U0903954

托马斯·品钦 作品

Thomas Pynchon

致命尖端

BLEEDING EDGE

[美国]
Thomas Pynchon
托马斯·品钦 著

蒋怡 译

译林出版社

序
在归零地，结一张品钦的网

但汉松

一、网

一生酷爱猪仔玩具的品钦，想必应该看过《夏洛的网》。出生时抢不上母猪奶头而险些遭到农场主淘汰的小猪威尔伯，颇像是品钦笔下一直记挂的“弃民”原型，而三番五次从既定的末日厄运中拯救他的，正是一张纤细而神奇的“网”——凭着在网上结出的神秘文字，“网”不仅成为乡民和观光客眼中的神迹，还传递出重审低贱生命之美的谕令。《致命尖端》（*Bleeding Edge*，2013）也是一部关于“网”的小说，只是这张网不是蜘蛛的唾液结成的，而是虚拟的二进制代码、服务器、电脑终端和网线构成的隐匿赛博空间，如幽灵般悬挂在世贸中心遗址纪念公园的深井中。

这并不是品钦第一次在小说里“触网”。在前一部《性本恶》（*Inherent Vice*，2009）中，私家侦探多克就通过友人的计算机实验室见识了“阿帕网”（即“因特网”的前身）。站在20世纪60年代的终结处，嬉皮士们隐约感到一扇新的“伊甸园之门”正在开启，网络将引领人类的肉身去飞升和超越，“就像是迷幻药，完全是另一个奇异的世界——时间，空间，所有这些都不同”。然而，品钦也借主人公之口，道出了网络时代的隐忧:“当年他们发现迷幻药能变成一个通道，让我们看见某些被他们禁止的东西，于是政府立刻宣布这是禁药，还记得吗？信息跟这个不就是一码事吗?”

先进美好，却致命淌血，这正是当代社会所谓“血尖”技术的悖论。“网络”及其依附的人类数字化生存，由此成为品钦小说世界中像“火箭”一样重要的文学—科技母题。其实，以恶托邦的笔法来讽刺这个信息时代过度联结的互联网对人的异化，这在当代西方小说中并不鲜见，代表性的近作或许是大卫·艾格斯（Dave Eggers）的《圆环》（*The Circle*，2013）。艾格斯在书中毫不留情地挖苦了硅谷那些科技巨头（如谷歌、脸书和苹果）的虚假节操，大数据时代个人隐私的消失威胁到了人的基本自由，笃信“分享即关怀”的社交网络最终演变成一场全民狂欢的噩梦。相较之下，品钦对于高速信息网络的态度则复杂含混得多，因为他深知互联网从诞生开始，就是两股迥异的历史力量交缠的产物。

一方面，“阿帕网”当然属于严格意义上20世纪70年代五角大楼的军工产物，但另一方面，早期互联网实验室里也携带着20世纪60年代美国西海岸大学校园嬉皮士的自由因子——那些最早的网络冲浪者，将塑造一种“极客”亚文化，他们中的佼佼者后来打造出了“硅谷”，彻底改变了我们现在的生活面貌。事实上，构成因特网基石的TCP/IP协议本身就是一种全新的通信协议文化。如曼纽尔·卡斯特在著名的《网络社会》中所言，它是“通过给予别人以及从别人那里获得而形成的协同的基础上进行发展”，它“从根本上实现了不同文化之间的通信，但是不一定要共享价值观，而要共享通信价值”。甚至如品钦在《葡萄园》（*Vineland*，1990）里神秘展望的那样，赛博空间里的人类生活将是“无重量、无形状的电子在场与缺席的链条”，那一长串“0”

和“1”表征了更高级的人类存在方式，就像“天使，小神或UFO里的来客”。

不过，这部《致命尖端》却更像是网络时代的后现代启示录。小说以2001年春天的纽约开场，彼时穆罕默德·阿塔的劫机小组成员尚未从迈阿密动身，《老友记》中瑞秋的发型依然是城里女性竞相效仿的时尚，华尔街的伯尼·麦道夫仍旧是高级投资者口中最值得信赖的生财机器。但是，一种诡异的微型末日感已悄然在纽约人脑海中盘桓——哪怕之前的“千禧虫”危机被证明不过是虚惊一场，哪怕大部分人尚不明白在遥远的阿富汗塔利班摧毁巴米扬大佛意味着什么，但纳斯达克的大崩盘却足以让曼哈顿“硅巷”的创业者在那个春天心惊胆寒。作为劫后余生的互联网创业者，小说里的电脑极客贾斯丁和卢卡斯似乎比任何人都提早意识到了这个城市、这个时代的危机四伏。

尽管《万有引力之虹》中有过“万物皆有联结”这样的名句，但品钦却并非简单暗示“互联网泡沫”（Dot-Com Bubble）与基地组织的恐怖袭击之间存在某种因果关联。《致命尖端》与其他“9·11”小说最不同的叙事视角，乃是将新世纪初互联网产业的灾难和世贸中心的灾难放在晚期资本主义的宏大语境下。换言之，历史从未如福山所言的那样走向终结，“双子塔”的倒塌既不是一个无辜城市凭空招致的无妄之灾，也不仅仅是某个超级强国霸权外交的咎由自取，而是一场不断持续的灾难堆积，将本雅明式的世界历史废墟又垒高了一寸罢了。

从这个意义上说，《致命尖端》并不是品钦写的第一部“9·11”小说。早在《反抗时间》（*Against the Day*, 2006）这部尚未译介的皇皇巨著中，品钦就以曲折的春秋笔法，将“后9·11”的历史之思投向了19世纪末的美国无政府主义者，投向了在威尼斯屹立千年后突然倒塌的圣马可钟楼，投向了发生在遥远的西伯利亚的通古斯大爆炸……品钦似乎习惯于从全球资本主义和现代性的历史运动轨迹中，审视人类社会这些突如其来的灾变、战祸、暴乱、冲突和坍塌，而“网络社会”或“9·11”不过是对这一连续体在当下阶段的最新命名。甚至可以说，品钦并不是心血来潮才决定在晚年写一部“9·11”小说，他毕生的文学创作都在预言这类“末日”事件的不断到来，他笔下那些形形色色的与历史对抗的鬼魂从未真正退场，他们迟早会从边缘悄然越界，对现实的中心进行轰然一击。

二、“帝国”

阅读《致命尖端》时可资参考的一个重要理论资源，是哈特和内格里那本极具影响力的《帝国》（*Empire*，2001）。这两位左翼学者在新世纪伊始时提出，全球化时代的“帝国”乃是一种新形态的治理方式，它迥异于从前作为历史征服力量的旧帝国（如古罗马帝国、大不列颠帝国），而是一种没有时空边界的、超越民族国家范畴的存在。这个“帝国”并非专指今日的世界超级强国美国，甚至也不是历史的某个分期阶段，而是一种悬置历史的力量，它试图站在历史之外，以“一种新的主权形式来有效规控全球交换”。哈特和内格里进一步认为，这种“解域化”的“帝国”不仅在今日的社会生活中无孔不入，而且它的主权具有高度的虚拟性（virtuality），往往以高科技的媒介技术和信息网络为载体，来实现德勒兹所说的“控制社会”（control societies）。

既然这样的信息帝国是全球化的晚期资本主义所呈现的统治生态，那么品钦以虚拟的全球网络为背景来书写纽约“9·11”恐怖袭击也是情理之中了。正是在这个意义上，“9·11”不再是亨廷顿所说的西方基督教与东方伊斯兰教之间爆发的“文明的冲突”，而是哈特与内格里所言的“帝国”与其不满者之间的斗争。两位作者甚至颇具争议地写道,“这些(帝国的)敌人常被称为恐怖分子,这个简化的术语在概念上很粗糙,它根植于一种警察思维”。诡异的巧合是,《帝国》出版后不久即发生了“9·11事件”。一些批评者常将上面这句话搬出来大加鞭挞,认为是对恐怖分子的一种洗白,但也有学者认为哈特与内格里的左翼思想写作是对全球恐怖主义时代到来的一次启示录式的预言。

品钦显然希望再现“恐怖分子”标签背后的极端含混性。他笔下的“9·11事件”真相扑朔迷离,各种阴谋论的叙事犹如“量子纠缠”一般鬼魅。核心的反派人物艾斯是一个四处并购的IT巨头,利用可疑的互联网公司hashslingrz在世界各地进行洗钱和金钱输送,与之关系暧昧的既有中东的阿拉伯极端组织,也可能涉及俄国、以色列和美国政府高层之间的博弈。品钦并未在小说中将艾斯的真实背景和盘托出,也没有确凿说明在纽约公寓楼的天台上那些用“毒刺”防空导弹演习的准军事分子如何卷入了“9·11”袭击。但毫无疑问,艾斯以及其名下鬼影幢幢的互联网产业只是站在前台的代理,居于幕后的正是哈特与内格里书中探究的那个无以名状的、虚拟态的“帝国”。

透过一个小说人物之口,品钦如是描述我们所处的帝国之网:“晚期资本主义是一个全球范围内的金字塔骗局,那种你用人类作为牺牲品一层一层摞起来的金字塔,同时还要让那些傻瓜相信会永远这么持续下去。”在这样依靠虚假承诺和信心而维系的庞氏骗局中,所有的人类牺牲品就如同“帝国”每天制造出的垃圾(“玛克欣扔掉的每一个装满了土豆皮,咖啡屑,没吃完的中餐,用过的卫生纸、卫生棉球、餐巾纸和尿不湿,腐烂的水果,变质的酸奶的费尔威购物袋”),堆积在远离纽约市中心的垃圾场里。然而,他们和它们并没有凭空消失,而是“进入了集体的历史,如同身为犹太人,发现死亡并不是一切的终结”。

如果说制造出这些当代弃民的，是互联网驱动的全球资本主义，那么收容他们的同样也是互联网。一方面，电子网络的虚拟性、即时性、匿名性和去中心化让“帝国”可以更好地制造出超级全景监狱，实现生命政治的全面控制；但另一方面，网络的这些特性又帮助“帝国”的不满者在0和1的数字世界里去反叛、去逃离。《致命尖端》告诉我们，那个熟知的因特网已被资本主义高度商业化，搜索引擎和各种网络“后门”软件让我们在“帝国”里无处遁形；与这种“浅网”相对的是“深网”（Deep Web），后者是一个“结构精美的垃圾场”，那里“大多是废弃的网站和断开的链接”，内部则是“一套完整的具有重重限制的隐形迷宫”。

贾斯丁和卢卡斯所设计的“深渊射手”（DeepArcher）就是深网之中的虚拟“庇护所”：在这里，为了躲开搜索引擎的“爬虫”程序和政府机关的监管审查，一切的节点访问都是匿名的，一切的网页链接都是随机生成的。当女主人公玛克欣进入这个神秘的网络地带，居然发现那里人满为患，到处是“探险家、朝圣者、侨居他国靠国内汇款生活的人、逃跑中的爱侣、强占他人土地者、潜逃犯、神游症患者”。而在“9·11”发生之后，“深渊射手”又成为纽约那些死难亡灵的游魂收容站，他们以虚拟的后人类身体继续寄居在这里。自不消说，那些寻找新的“双子塔”进行攻击的恐怖分子，也会选择这样的匿名社交网络进行串联和组织。

由此可见，品钦眼中的全球电子信息网络是一把双刃剑。它为“帝国”实现“控制社会”提供了史无前例的便利，也服务于全球资本主义的市场扩张，正如《致命尖端》中写到的那样：“在二进制的微环境里，在全球各地沿着不见天日的光纤和双绞线，如今以无线连接的形式，穿过私人空间和公共空间，网络血汗工厂里的每一处地方，闪闪发亮的绣针一刻也不停歇地在那张永不平静的帷毯上编织。”但与此同时，这张网又为“帝国”的反叛者提供了最佳的对抗武器，给予了那些资本主义的他者一种宝贵的自由和保护。1984年，品钦在《纽约时报书评》发表了一篇题为《做一个勒德派是否可行?》（*Is It O.K. To Be A Luddite?*）的文章，探讨了勒德派与机器的悖论关系。在当下的时代，无数电脑组成的万维网似乎就是当代勒德派分子要去抗争的超级机器，然而信息革命又为大众实现了赋权，让他们可以实现从前无法想象的自由和联结。所以，品钦无意像《圆环》那样将互联网生存讽刺为赫胥黎式的“美丽新世界”，他迫切希望我们去思考网络被资本主义的工具理性所异化的危险，但同时也要将万维网继续作为对抗“帝国”的武器。

更多的开源软件？更隐匿的网络访问方式？更多的斯诺登？更多的20世纪60年代嬉皮士精神在极客文化中复兴？或许吧。品钦冷静地提醒读者，“深渊射手”和它所在的“深网”并不能一劳永逸地实现逃离和超越，“一旦等他们下来［深网］这里，一切就会被郊区化，速度比你说的‘晚期资本主义’还要快。之后一切都会跟上面浅滩里一样了。一个接一个的链接，全都在他们的控制之下，既安稳又体面。每个角落都有教堂，所有酒吧都有营业执照。谁还想要自由，就不得不套上马鞍，往其他地方奔去”。

三、“大苹果城”

在关于“帝国”和互联网的宏大叙事之外，《致命尖端》还是一部关于纽约城的黑色侦探小说。品钦虽然生于纽约长岛，但常常被视为加州作家——《拍卖第四十九批》是在加州湾区的漫游记，《葡萄园》

的故事发生在加州的安德森河谷，而《性本恶》的情节则是围绕洛杉矶的冲浪海滩小镇展开。按照一些真假难辨的说法，品钦正是20世纪70年代在南加州的海边小屋写出了那部石破天惊的《万有引力之虹》。

“加州”之所以成为这位后现代小说家首选的地理坐标，当然有着深刻的文学成因。加利福尼亚有灿烂持久的阳光，有超级大都市洛杉矶，有冲浪圣手云集的海滩，有造梦的好莱坞，有沙漠、葡萄园和雪山……而与此同时，这里也有雾霾、焚风、《休伦港宣言》、瓦茨暴乱、房地产投机、曼森家族和霓虹灯下丑闻缠身的LAPD。或许在品钦看来，没有哪个地方像加州这样表里不一，永远在最明媚光鲜的外表下掩藏着最龌龊可憎的丑恶，吸引着钱德勒笔下的私家侦探马洛去不断探寻黑色的传奇故事。

那么纽约呢？这个品钦笔下极少涉及的故乡之城，到底对他的文学想象而言意味着什么？据说最近二三十年，品钦一直定居在纽约市，而且和自己的文学经理人梅兰妮结了婚。1998年在曼哈顿街头被记者拍到时，这位年过六旬的文学隐士正牵着自己七岁的儿子杰克逊过马路。“9·11”恐怖袭击发生的时刻，品钦很可能是这场城市浩劫的亲历者，并最终在十二年后写出了《致命尖端》。对法国思想家来说，曼哈顿“归零地”代表的是图像与现实之间的后现代哲学关系，而双子塔则是全球经济自由主义的象征性符号；但对品钦来说，纽约却不只是晚期资本主义的提喻，它更是一座留下了他生命记忆的活生生的城。

没有谁比《夏洛的网》的作者更精准地描述了“大苹果城”的特点。在那篇广为传颂的《这就是纽约》（*Here is New York*）一文中，E. B. 怀特曾这样写道：

> 不论你身在纽约何处，都免不了与伟大时代、辉煌事功、奇

人、奇事、奇闻发生感应。此刻，我坐在中城闷热的旅馆房间里——房间紧靠高楼天井的半截腰处，忍受华氏九十度的高温。房间里没有一丝风，然而，我仍不由得感受到周遭有什么东西扑面而来。隔二十二个街区，是鲁道夫·瓦伦蒂诺的遗体安葬处；隔八个街区，内森·黑尔给人处决；隔五个街区，欧内斯特·海明威在出版商的办公室直捣马克斯·伊斯曼的鼻梁；隔四英里，沃尔特·惠特曼坐在桌前，埋头为《布鲁克林鹰报》写评论；隔三十四个街区的一条街上，薇拉·凯瑟住过，她来纽约，写一些关于内布拉斯加州的书；隔一个街区，马塞林曾经在竞技场剧院的舞台上插科打诨；三十六个街区外一处地方，历史学家乔·古尔德当着众人的面，将一台收音机踢得粉碎；隔三十个街区，哈里·索枪杀了斯坦福·怀特；隔五个街区，我曾经在大都会歌剧院为人引座；仅隔一百零二个街区，老克拉伦斯·戴在主显教堂洗去了他的罪恶。

与蔓生的“天使之城”洛杉矶相比，纽约以令人窒息的密度，在每个街区散发着各种城市传奇的味道——它与其说是一个典型的美国都市，还不如说更像是属于全世界的大都市，诡谲而异质。然而，透过玛克欣的“侦探之眼”，品钦敏锐地感觉到纽约城20世纪末以来发生的变化，那种曾让怀特心心念念的城市特质消失了。就像《致命尖端》中写的那样，在“朱利安尼和他那帮开发商朋友们”的合力整治下，“已经把这个地方迪士尼化了，它变得非常贫瘠——阴郁的酒吧、卖降胆固醇和减肥药的药房、色情影院已经被推倒或翻修了，邋里邋遢、无家可归、没有发言权的弱势群体被赶走了，也不再有毒贩子、皮条客或表演三公术的卖艺者，甚至都没有逃学的孩子在玩弹球游戏了——

都被赶走了”。

当然，新世纪的这个“洁版”纽约并未变得更加天真无害。和那些坐在双层敞篷观光车上的外国游客相比，以商业诈骗调查为职业的玛克欣更清楚这些光鲜的摩天大楼背后隐藏的罪恶。品钦几乎毫不掩饰地让玛克欣戏仿了《拍卖第四十九批》中的南加州家庭主妇俄狄帕，后者要侦查的是那个代表了美国遗产的地下邮政网络，并在旅行中对20世纪60年代的南加州进行了一次认知绘图，而前者则是试图弄清21世纪的纽约及其虚拟的地下网络如何成为“帝国”的角力场。不过，玛克欣对于眼前的黑色城市（noir city）并没有俄狄帕那般生涩；相反，玛克欣在职业生涯中和纽约的三教九流打过交道（她说自己“跟收账人、军火交易商、如疯狗般乱吠的共和党人起争执时总能获胜”），她所从事的财务审计行业“有一种道德感褪去后的光环，一种愿意跳出法律的束缚、把审计员和税收员的行业秘密公之于众的令人信赖的意愿”。某种意义上，她更像是《性本恶》中那个嬉皮士私家侦探多克，将盖茨比式的美国大亨（和他们讳莫如深的“金獠牙”企业）从暧昧不明的历史语义场中曝光出来。

这里，艾斯或《性本恶》中的乌尔夫曼都不过是品钦戏谑编织的侦探叙事中的邪恶代理人，主人公追凶之旅的终极意义指向的其实并不是具体的人，而是那个城市。对于这一点，品钦在《致命尖端》的开篇引言中就表达得再清楚不过了：“倘若纽约以角色的身份出现在悬疑小说里，那么它既不会是侦探，也不会是凶手。它会是那个神秘的嫌疑犯，知道事情的真相，却不打算说出来。”这段出自纽约侦探小说家唐纳德·E. 韦斯特雷克（Donald E. Westlake）的话，替品钦道出了《致命尖端》中这个城市的诡异本性：“大苹果城”深藏着太多的秘密，所有暴力与邪恶的犯罪都无法直接归咎于它，但它似乎又并非纯然无辜，而是在某种意义上属于那些“9·11式”可怖罪愆的同谋。

四、臆想症

对于熟悉品钦的读者，阅读《致命尖端》时最不陌生的元素，恐怕就是“阴谋论”（conspiracy theory）了。品钦的所有小说都试图在主流历史叙事的高塔下构建另一种影子叙事，甚至连小说家本人也被传闻为生活中的偏执症患者，其神龙见首不见尾的行踪多半是为了摆脱臆想中的秘密部门的追查。本书中提到的“蒙托克计划”，就是历史妄想症爱好者最爱提及的案例之一（另一个也让他们魂牵梦绕的，大概就是神秘的内华达州51区），据说在那个巨大的军事雷达站禁区里面，隐藏着美军秘密研制时空穿梭旅行和心灵控制术的实验室（顺便说一个不算特别意外的巧合：蒙托克就坐落在品钦的故乡——纽约长岛）。

对于童年时代就被蒙托克的雷达波“感应”过的品钦来说，大热美剧《X档案》这样的“外星人阴谋论”并不算是科幻迷走火入魔的低智表现。穆德要去解开的无数悬疑背后，体现的是对正统的官方历史叙事的不信任，人们有理由担心在末日般灾变来临的时刻，权力的垄断者们是否会在民众中升起无知之幕，然后在背后交易不可告人的秘密——这些秘密可能涉及地缘政治、经济利益、家族权柄，甚至就是单纯的活下去的机会。如果你觉得流行小报上关于“共济会”秘密操纵世界，或五角大楼隐瞒“罗斯威尔飞碟坠毁事件”纯属阴谋论者的无稽之谈，那么“伊朗门”、“国会纵火案”或匈牙利犹太人救援委员会的卡兹纳与艾希曼的魔鬼交易又说明什么呢?

有评论家认为，《致命尖端》是品钦小说中阴谋论色彩最不浓厚的一部，但即使如此，我们仍然能够看到小说人物之间口口相传的各种“9 · 11”阴谋论——曼哈顿恐怖袭击会是美国政府一手策划的“国会纵火案”吗？恐怖袭击发生之前，那些开着黄色出租车的穆斯林司机被预先警告远离下城保平安了吗？为什么在那个9月初，芝加哥交易所出现了一波美联航和美航反常的看跌期权？……最有意思的一个阴谋论版本，是关于“全球知觉实验计划”（Global Consciousness Project）。这个确有其事的实验是以普林斯顿大学为中心，每秒不间断地收集世界各地近百个站点的随机事件发生器（Random Event Generator）的数据。这些数据来自各地计算机完全随机发出的“0”与“1”数值，科学家能够以此计算它们的全球相干性（global coherence）。

更通俗地说，它们是一组组毫不相干的随机数，是电脑极客们能想到的“最纯粹”的任意性数字串，因此被用来作为“深渊射手”网站的随机密码，以提高该网站的匿名性。然而诡异的是，“在9月10日晚上出了问题，从普林斯顿得到的这些数字突然偏离了随机特征……这种情况持续到9月11日和随后的几天。然后一切又神秘地回到原来近乎完美的随机状态”。小说并未虚构的事实是，“全球知觉实验计划”所统计的全球相干性的确在“9 · 11事件”发生前几个小时出现了重大异常，随机特征在重大全球灾难发生前骤然消失。这似乎印证了普林斯顿科学家们提出的一个理论：“假如我们的思维都以某种方式连接在一起，那么当出现重大全球性事件和灾难时，[征兆]就会体现在这些[随机]数字中。”

以品钦对科学的专业见解，我相信他并非没有意识到“全球知觉实验计划”这个泛心理学实验本身存在的巨大争议——在大数据的计算时代，海量数据中往往会呈现出无法科学解释的相关性，它们中有相当部分被称为“伪相关”，不适用于传统实证科学中的因果分析。品钦真正感兴趣的，其实是在言之凿凿的官方历史叙事之外，引入更多的关联维度，从而建立一种历史臆想症的思维范式，在那些被我们习惯性认知判定为“随机”的地方（譬如自由化的金融市场，或全球互联网的数据包输送），窥见某些重要却未知的联结或规律特征。它们甚至可能就是人类历史大数据中尚待揭开的“本福特定律”。所以，品钦并不是要在“9·11”小说中提炼出一种与小布什政府的反恐战争迥然相异的反叙事，而是用无尽的数字拓扑网络作为象征，召唤出与单义的历史书写术不相容的臆想症思维的价值。这也是他与德里罗用《天秤星座》（*Libra*）来重写肯尼迪遇刺历史颇为不同的地方。

品钦这是在继续操练后现代文学理论中所谓的“历史编纂的元小说”（historiographic metafiction）吗？我认为，《致命尖端》并非典型意义上的后现代小说，品钦也无意继续在这样的文学标签下进行创作。品钦借用书中人物玛奇（一个左翼的博客写作者）这样评价了“9·11”的意义：“‘9·11’袭击发生后，在所有那些混沌与困惑中，美国历史悄悄地打开了一个洞，一个管理责任的真空，人类资产和金融资产开始在里面消失。以前在嬉皮的单纯岁月里，人们喜欢怪罪‘CIA’或‘某个秘密的流氓机构’。但是，这次是全新的敌人，你无法说出它的名字，也无法在组织表或预算线里找到它——天知道，说不定连CIA也怕它们。”我们也许可以效仿哈特和内格里将之姑且命名为“帝国”，但品钦却相信这个历史黑洞的混杂性和无法命名性。它具有太多蹊跷和诡异的面相，唯一可以确凿说出的，是我们在它面前的欲逃无计，对此我们无须加以后现代的诡辩。

进一步说，“9·11”并不是任何具有历史纪元意义的创生性事件，它只是一个历史连续体中看似偶然、实则必然的契机，让纽约人从天真慵懒的城市生活幻觉中醒来，看到自己置身于“哥谭市”的现实。

“只需一小队形同人字雁群的飞机，立即就能终结曼哈顿岛的狂想，让它的塔楼燃起大火，摧毁桥梁，将地下通道变成毒气室，将几百万人化为灰烬。死灭的暗示是当下纽约生活的一部分：头顶喷气式飞机呼啸而过，报刊上的头条新闻时时传递噩耗……在可能发动袭击的狂人的头脑中，纽约无疑有着持久的、不可抵挡的诱惑力。”同样是在E. B. 怀特1949年发表的那篇《这就是纽约》中，我们看到了半个世纪前关于“9·11”的预言。品钦并不比怀特更加乐观，他笔下的艾斯并未被绳之以法或走向穷途末日，那个让纽约出现“归零地”式历史黑洞的“敌人”必将再度回来。

当然，我也不认为《致命尖端》是全然悲观的历史笔调。相反，这部小说隐约传递了马修·阿诺德那首《多佛海滩》的味道——虽然“人类苦难的浑浊的潮汐”永远不会停歇，虽然“纷争和溃逃的惊恐在荒原上交织/愚昧的军队于昏暗中在荒原上争斗”，但我们和爱人之间依然可以用更紧的拥抱、以更真诚的爱来抵御这些注定到来的灾难。小说开篇时，正是2001年的春分，“上西区的每棵豆梨树都在一夜间绽开了一簇簇的白梨花”，而在结尾时，第二年的春天又准时来到，母亲们送孩子去上学，纽约“街上的梨树又在一夜间迸出了压满枝头的朵朵梨花”。此时，倒春寒的城市依然可能再下雪，世贸中心的废墟远未清理完毕，但我们的女主人公玛克欣已经成了一个更坚韧、更懂爱的母亲。

在掩卷时，读者将发现暮年品钦最温柔的时刻……

致命尖端
BLEEDING EDGE

倘若纽约以角色的身份出现在悬疑小说里，那么它既不会是侦探，也不会是凶手。它会是那个神秘的嫌疑犯，知道事情的真相，却不打算说出来。

——唐纳德·E.韦斯特雷克

1

今天是2001年的春分，一个名叫玛克欣·塔诺的女人，虽然在有些人的数据系统里她仍然姓莱夫勒，正步行送两个儿子去上学。是啊，也许他们已经过了需要大人接送的年龄，也许是玛克欣自己还不愿意放手，就只有两三个街区的路程，又正好是她去上班的路，她很乐意，所以就顺道咯！

今天清晨，似乎上西区的每棵豆梨树都在一夜间绽开了一簇簇的白梨花，条条街上都是。玛克欣正欣赏着，阳光恰好顺着屋顶和水箱照射进来，照在街区那头的一棵树上，刹那间，那棵树便沐浴在阳光里了。

"妈妈？"齐格跟往常一样急匆匆的，"哟。"

"孩子们，快看啊，那棵树！"

欧蒂斯很快地看了过去。"好漂亮啊，妈妈。"

"还不赖。"齐格附和道。孩子们继续往前走，玛克欣又朝那棵树看了半分钟才赶了上来。走到街角时，她习惯性地做出掩护的动作，挡在孩子们和某个就爱在拐角把人撞倒的司机之间。

从朝东的公寓窗户上反射过来的阳光，开始在街对面的大楼正面上投射出模糊的图案。不久前才投入使用的双层巴士穿越城市的街区，犹如巨型昆虫在爬行。钢质的卷帘门正被人摇起，早来的卡车并排停着，人们拿着水管，在清扫自家门前的人行道。流浪汉睡在门口，拾荒者提着装满空酒瓶和饮料罐的大塑料袋，赶往市场去卖钱，职员们在大楼前面等待主管的到来。晨跑的人在路边原地蹦跳，等交通灯变成绿色。警察在咖啡店里处理百吉圈短缺引发的纠纷。孩子、家长和保姆们有的开车，有的步行，正沿着不同的方向赶往附近的学校。似乎有一半的孩子踩着崭新的雷热滑板车，这意味着留意事项上又多了一条：当心别被滑动的铝制品袭击。

奥托·库格尔布里茨学校位于阿姆斯特丹大道与哥伦布大道之间的三座紧挨着的褐砂石建筑里，在《法律与秩序》[1]剧组至今尚未去取过景的一条十字街上。学校以早年的一位精神分析家的名字命名，此人当年因为提出了一套复演论，被弗洛伊德从核心团队中扫地出门。他认为人在一生中必然要经历所处时代所谓的神志错乱的各个阶段——婴儿期的唯我主义、青春期和成年初期的性爱狂躁、中年的臆想症、晚年的痴呆……逐步发展直至死亡，死了才总算"神志正常"。

"发现了那个很得意吧！"弗洛伊德朝库格尔布里茨弹了弹烟灰，命令他滚出博格巷19号[2]的大门，再也不要回来。库格尔布里茨耸了耸肩，移民到了美国，在上西区定居下来，开了家诊所，很快就有一些时不时经历心理痛苦或危机的达官显贵来找他治病，人脉就这样积累了起来。他越来越频繁地现身于灯红酒绿的社交场所，每回以"朋友"的名义给人相互引荐时，那些人都能一眼看出，对方的心灵曾得到过他的修复。

不管库格尔布里茨的精神分析对那些患者的脑子起了什么作用，反正一些患者是顺利地度过了大萧条。没过多久，他们就捐了一笔启动资金建了这座学校，让库格尔布里茨从中抽取利润，还让他设计了

---

1 美国NBC的电视剧《法律与秩序》，以警察和法律为题材，从1990年播至2010年，共二十季。——本书所有的注释均为译者注

2 博格巷19号是弗洛伊德当年在维也纳的心理诊所和住所的地址，现为弗洛伊德博物馆所在地。

一套课程，把每个年级都视为一种不同的精神状况并分别对症下药。说白了，就是一家会布置家庭作业的精神病院。

今天早晨跟往常一样，玛克欣发现学校的大门廊里挤满了学生、值早勤的老师、家长和保姆，还有坐在婴儿车里的弟弟妹妹。布鲁斯·温特斯娄校长的着装与春分很协调，他穿着一身白色西装，戴了顶巴拿马草帽，正忙着招呼众人。他记得所有这些人的名字，还有他们芝麻绿豆大的家常。他拍拍人家的肩膀，极尽亲切殷勤之态，必要时跟人闲聊几句，或是咋呼两声。

“玛克西，你好!”维尔瓦·麦克尔默穿过走廊，从人群中自如地走来，步子慢悠悠的，在玛克欣看来，这是典型的西海岸做派。维尔瓦这人挺讨人喜欢的，就是没什么时间观念。据传，很多人的上西区妈妈证被吊销了，就因为一点点小过错，比起她逃过惩罚的那些事轻得太多。

“我今天下午又有一大堆事要忙得走不开了，”她从隔着几个婴儿车远的地方喊道，“不是特别重要的事，起码现在看来还不是，可是又……”

“没事，”玛克欣只想加快一点谈话的速度，“我会把菲奥娜接回我们家，你随时来接她都可以。”

“谢啦，谢啦。我不会太晚的。”

“她可以睡在我家。”

在她们俩熟络以前，玛克欣总是会端出花草茶招待维尔瓦，自己就煮上一壶咖啡喝。某一天维尔瓦终于发问了，当然是以一种和气的方式：“莫非我屁股上挂着加州的车牌，还是怎么?”今天早晨，玛克欣注意到，维尔瓦的打扮不像以往工作日那般随意：她今天穿着芭比以前常说的那种“经理人午餐套装”，而不是牛仔工作服；头发也盘了起来，不像平日里那样编成金色的辫子；代替塑料的帝王蝶耳环的，是钻石耳钉吗，还是锆石?说是今天晚点有个约会，那肯定跟工作有关了，是找工作吗，还是又要去筹资?

维尔瓦虽是从波莫纳学院毕业的，却没有正经行当。她和贾斯丁是外地人，从硅谷搬来的硅巷。贾斯丁和他在斯坦福的一个朋友一起开了家小公司，公司居然安全渡过了去年的互联网灾难，尽管并没有达到所谓的“非理性繁荣”[1]的程度。时至今日，他们还付得起库格尔布里茨的学费，甭提河滨路附近那套褐砂石房子的地下室和会客层的租金了。玛克欣第一次见到那座房子时，心中便涌起了一股地产忌妒。“房子真够气派啊，”她假意为他们自豪，“难道是我入错行了？”

“跟这边这位比尔·盖茨聊聊吧，”维尔瓦丝毫不感兴趣地说，“我呢就在一旁待着，等他们给我优先购股权好了。是吧，亲爱的？”

晒着加利福尼亚的阳光，在水中潜泳，大部分时候是这样。但时不时就……玛克欣干了自己这一行足够久了，久到对无法言明的东西越来越敏感。“祝你好运，维尔瓦。”她心想，管他什么事呢。她走出学校的门廊，出去时亲了亲两个儿子的额头，继续早晨的上班路，发现直到这时，那个加州女人才缓缓地回过神来。

玛克欣在街的另一头经营一家小型的欺诈案调查代理公司，名叫“缉凶事务所”——她还曾经想过再加上“惩凶”这个词，但很快就意识到，这个想法哪怕不是她在异想天开，起码也是她一厢情愿。公司在一家老式的银行大厦里，门厅有着非常高的天花板，要是在吸烟还未禁止的从前，有时连天花板也看不见。这座大厦作为金融的殿堂，在1929年股市崩盘的前不久建成，当时那种盲目的疯狂与近来的互联网泡沫倒是有几分相似。之后的很多年里，大厦被几次三番地重修过，逐渐变成了干墙的羊皮卷。大厦里面住过调皮的熊孩子、抽大麻的梦游者、明星经纪人、推拿师，甚至有过非法的计件作坊和藏着天知道多少种走私货的小仓库，还有最近这段时间里玛克欣那层的一家叫“媒婆直通车”的提供相亲服务的公司、往来旅行社和针灸师兼草药专

1 “非理性繁荣”是时任美国联邦储备委员会主席格林斯潘在20世纪90年代末的“互联网泡沫”期间的一次演讲中所创造的词，为的是提醒公众，市场有可能被过高地估值。

家应博士那飘着香味的套间，以及走廊尽头的“空洞公司”[1]。“空洞公司”原先是一家包装盒无限公司，当年营业的时候就很少有客户上门。现在的租户还记得，如今那些拴着门链、挂着门锁的大门，在从前的时候两旁曾站满了穿制服和配乌兹枪的打手，他们会帮神秘的货物签收。由于他们的自动武器随时会开火，平日里就多了几分刺激，而现在呢，“空洞”就空荡荡地杵在那儿，像是在等待着什么。

玛克欣一出电梯，就听到戴托娜·洛莱那尖锐、夸张的大嗓门从走道尽头的房间里传出来，又在滥用办公室的电话了。她轻手轻脚地走进去时，戴托娜正好在大声嚷嚷：“我会签了那些混账文件然后搬出来，你要当爸爸，那你就负责这堆烂事。”然后她猛地挂上了电话。

“早啊。”玛克欣带着下行三度的曲调欢快地说。第二个音符似乎高了点。

“最后一次跟那混蛋通电话。”

这些日子里，仿佛城里所有的恶棍都在他们沾满油脂的名片盒里放了“缉凶事务所”的联系方式。玛克欣的电话答录机里堆满了好多条留言，有下流坯子只喘气不说话的骚扰电话，有推销电话，甚至还有几个电话是跟几张目前仍有效的罚单有关。玛克欣在回放录音时做了下分拣，给一个内部举报人的紧急电话回了过去。这人供职于泽西的一家食品公司，他们公司在秘密地与KK甜甜圈公司[2]的一位前雇员谈判关于非法购买被KK公司列为最高机密的“试验箱”上的温度和湿度装置，还有保密级别同样高的甜甜圈挤压机的照片。那些照片虽然现在看来像是多年前在皇后区拍的汽车圆圈部件[3]的宝丽来照片，但

1 原文是“Vacancy”，有“（等待填充的）空白或空缺等”的意思，指向这家公司提供的产品，即包装盒及包装服务。

2 KK甜甜圈公司是一家在纽约股票市场挂牌上市的公司，美国第二大甜甜圈食品公司。公司成立于20世纪三四十年代，60年代开始在美国东部发展迅速，其业务现已拓展到亚洲和澳大利亚、英国等地。

3 “Donut”一词在英文里除了有“甜甜圈”的意思，还有表示“环状物（如汽车轮胎等）”的意思，因此这里的“auto parts”，是小说作者在早餐吃的“甜甜圈”与汽车的“圆圈部件”之间玩了一个文字游戏。

其实已经做过图像处理，看上去有些古怪。“我开始觉得，这桩交易有点意思了，”这个联络人的话音稍微颤抖了下，“说不定根本就不是合法的。”

“或许吧，特雷沃，因为它属于第十八篇所讲的一种犯罪行为[1]？”

“这是FBI在钓鱼执法！”特雷沃喊叫道。

“FBI为什么要——”

“那还用说？那可是KK甜甜圈公司啊？ FBI在执法的各个层级上都向着他们哥们的利益！”

“好吧，我会跟卑尔根县的地方检察官谈谈，说不定他们知道什么——”

“等等，等等，有人来了，他们看到我了，哎呀！我最好还是——”通话断了。经常这样。

玛克欣突然意识到，自己正不情不愿地盯着涉及德韦恩·Z.（“迪奇”）库比兹的最新欺诈卷宗看，卷宗有过多少起她都忘了数。迪奇是各种小发明、小玩意的零售商，因为“迪奇大叔”的电视广告而在三州地区[2]颇有名气，广告里，他在某种转台上高速旋转，像个孩子一样玩疯了（“迪奇大叔！来大甩卖啦！”）。他拖着各种橱柜收纳盒、猕猴桃的削皮器、激光辅助的开酒器、能在收银台扫描距离并计算哪支队伍移动得最快的袖珍测距仪，还有吸附在电视遥控器上的声音警报器，这样你永远不会丢了遥控器，除非你连控制警报器的遥控器也找不到了。其实这些玩意都还没有上市，但晚间电视里的宣传广告比比皆是。

迪奇有好几次差点儿进了丹伯里的大门[3]，可他总是有把握跟法律打擦边球，这样一来就把玛克欣置于道德的险路上，这路险得就连大峡谷的驴子都会犹豫再三。问题就出在迪奇有一种魅力，起码他从转

1《美国法典》第十八篇是关于犯罪行为与刑事诉讼程序的。

2 美国有多个地方可以被称作三州地区，而这里的三州地区应该指的是纽约大都市区，包括纽约、新泽西和康涅狄格在内的地区。

3 丹伯里联邦监狱位于康涅狄格州，离纽约大约七十公里。

台上下来时那孩童般的天真，在玛克欣看来不像是装出来的。对于一般的行骗者来说，家庭破裂、颜面扫地、蹲监狱的危险，这些就足够让他们去找个合法的路子，哪怕不是完全正经的行当也好啊。但就算是在玛克欣要打交道的这些冒小风险的骗子中，迪奇的学习曲线也永远是一条水平线。

从昨天开始，迪奇大叔在长岛朗康科马线[1]某站处的分店经理就一直不停地留下一些越来越让人摸不着头脑的留言。仓库的问题，库存出现了异常，有一点出入，该死的迪奇。玛克欣什么时候才能反击，像安吉拉·兰斯伯里[2]那样查些有点质量的案子，而不是像被流放一样困在这个模糊昏暗的大烂摊子中呢？

最后一次到迪奇大叔那里做实地调查时，玛克欣在一个很高的硬纸箱堆的拐角处撞上了迪奇本人。他穿着抢眼的黄色T恤，上面印着“疯子艾迪”[3]的字样，躲在某个平均年龄只有十二岁的审计小组后面鬼鬼祟祟。他们公司雇用溶媒滥用者、游戏痴迷狂及诊断为批判思维受损的患者，然后立刻发配他们去管理资产库存，因这些行为而臭名昭著。

“迪奇，干吗呢？”

“喔，我又干了这事，像布兰妮唱的那样。”[4]

“瞧这个。”玛克欣在走道里噔噔噔地走来走去，随意拿起或抬起那些密封的硬纸箱。其中一些箱子虽然密封了，但似乎里面是空的。啊！这要是换作别人说不定会很惊讶，但玛克欣没有。“难不成我是神

---

1 朗康科马线是位于纽约长岛的铁路系统中的一条路线。

2 安吉拉·兰斯伯里是出生于英国的演员，曾多次获得电影和电视大奖。她最著名的作品是在美国CBS电视剧《推理女神探》（1984—1996）中扮演的推理作家兼业余侦探杰西卡·弗莱彻。

3 “疯子艾迪”是美国一家卖电子产品的零售商，于1971年在美国成立，以创始者之一的艾迪·安塔的名字命名。1987年，检方对“疯子艾迪”展开调查，艾迪·安塔被控多项罪名。1989年，公司宣布破产并清算，1997年，艾迪·安塔被判入狱。至此，“疯子艾迪”成了公司欺诈的著名案例。

4 美国歌手“小甜甜”布兰妮于2000年推出了她的第二张专辑《喔！我又干了这事》，在欧美及亚洲获得了巨大的商业成功。

奇女侠？还是说，我们正遭遇轻微的库存膨胀？……你可不能把这些空箱子堆这么高啊，迪奇，看看最下面的箱子，上面这么大的重量它怎么不会被压垮呢？这通常是个举报的好理由啊，还有，还有你这个儿童审计组，你起码应该让他们都离开大楼，然后再把卡车开到装货的月台，把这些硬纸箱运到下一家该死的分店去，懂我的意思吗……”

“可是，”迪奇的眼睛睁得跟游乐场的棒棒糖一样大，“这一招对疯子艾迪管用啊。”

“疯子艾迪去坐牢了，小迪。你这是要在自己的档案上再加一项控告啊。”

“嘿，别急，这里可是纽约，大陪审团连意大利腊肠都会起诉的。”

“那……现在我们怎么办？我应该通知特殊武器和战术团队吗？”

迪奇笑着耸了耸肩。他们站在硬纸箱和塑料味道的阴影里，玛克欣吹着《帮帮我啊朗达》[1]的口哨，拼命遏制自己想要用铲车把他推倒的冲动。

此刻，她盯着迪奇的资料看了很久都没有打开。一种灵修。内部电话响了。“有个叫雷吉的人来了，他没有预约。”

得救了。她把文件夹放在一旁，这份文件像是很管用的禅宗公案，只是怎么也不会有人参透。“雷吉，快把你的屁股挪进来。好久不见了。”

1 “海滩男孩”在1965年的一首歌，品钦在另一部小说《性本恶》（2009）中也数次提到这首歌及这个组合。

2

事实上有两三年没见了。雷吉·德斯帕德看起来在这段日子里憔悴了不少。他是拍纪录片的，职业生涯从90年代盗录枪版电影开始。当时他常带着一台借来的摄像机去看午后场，把首轮放映的电影正片从大屏幕上录下来，然后把录像带复制好多份，拿到街边卖能卖到一美元，有时运气好能卖到两美元，经常在电影的首映周里就赚到了钱。影片的专业质量会打点折扣，来影院看电影的人闹哄哄的，他们把午餐装在能发出很大声响的纸袋里，要不然就是电影看到一半站起身来挡住画面，经常会持续好几分钟。雷吉托住摄像机的姿势也并不总是那么稳当，屏幕也会在画面里扭来动去，有时慢而轻柔，有时又粗暴得令人咋舌。待雷吉发现摄像机还有变焦功能后，画面里就多出了许多拉近和拉远的镜头。你可能要说，这是镜头本身需要，像是人体解剖的细节、群众戏里的临时演员、背景交通里看上去很时髦的汽车之类的。命运来敲门的那一天，雷吉在华盛顿广场上，正好把一盘录像带卖给了纽约大学一位教电影的教授。教授第二天又来了，追了雷吉一条街，气喘吁吁地问他是否知道自己所从事的后后现代艺术形式有多前卫，“你用了新布莱希特的叙事颠覆”。

这听起来多少都像基督教减肥项目的推销词，所以雷吉的注意力很快就跑偏了，可这位迫切的学者很坚持，没过多久，雷吉就在博士班的研讨会上放映自己的录像带，不久后开始拍摄自己的电影。有工业片，有未签约乐队的音乐视频，还有玛克欣知道的深夜名人促销节目。工作就是工作。

“似乎我来得不巧，你很忙啊。”

“季节性的，逾越节啊，复活节周啊，大学篮球联赛决赛啊，正好赶上周六的圣帕特里克节，平时的话一点也不忙，雷吉——今儿个是什么风把你吹来了，婚姻触礁了？”有些人觉得她唐突，这让她丢了一些生意。但另一方面，这么问可以剔除那些来找乐子的。

雷吉沮丧地耷拉着脑袋，“1998年后就再不是个事了……慢着，是1999年吗？”

“啊，走廊走到底，‘媒婆直通车’，去看看吧，他们最擅长安排咖啡约会了，记得问伊迪丝要折扣券，这样第一杯大拿铁就不要钱——好吧，雷吉，如果不是家务事……”

“是有关我在拍纪录片的这家公司，我总是碰到……”雷吉脸上那古怪的表情让玛克欣知道了事情的严重性。

“他们的态度。”

“权限问题。他们瞒着我的事太多了。”

“我们说的是最近的事吗，还是要查查过去，无法读取的遗产软件[1]，还是快要失效的法规？”

“不，是一家在去年的科技股崩溃时没有破产的网站。不存在旧软件的问题，”雷吉压低嗓音说，“可能也不存在法定时效的问题。”

呃喔。“如果你只想调查他们的资产，那不需要找司法专家，只要上上网，像LexisNexis、HotBot、AltaVista[2]这些网站，如果你能帮我们保守行业机密的话，别忘了去查查黄页簿——”

“我真正要找的东西，”雷吉一脸严肃，不像是不耐烦，“可能并不

1 遗产软件是指由于计算机技术的发展而带来的一些不知道如何处置或维护但又起到重要作用的软件。新软件的开发可以基于遗产软件资源，也可以重新开发，前者更节省费用。

2 这些网站都是在谷歌出来以前的主要搜索引擎。

是通过搜索引擎就能查到的。”

“因为……你要找的东西……”

“只是普通的公司记录——日记账、分类账、登录记录、税务表。仔细一看，就能发现很诡异，这些东西都藏在LexisNexis远远不能查到的地方。”

“怎么会呢？”

“深网？表层爬虫到不了那里，别提还有加密啊，奇怪的地址重定向之类的——”

哦。“也许你得找个精通IT的人帮你看看？因为我真的不——”

“已经找了人在看了。艾瑞克·奥特菲尔德，史岱文森[1]毕业的天才，执业捣蛋鬼，年纪轻轻就是玩电脑的好手，我完全相信他。”

“那么那些人是谁啊？”

“市中心的一家计算机安全公司，叫hashslingrz[2]。”

“听说过他们，的确做得很好，市盈率堪比科幻数字，而且在到处招募员工。”

“这就是我想说的，他们不光存活了下来，而且生意还很兴隆。前景很看好，对吧？”

“但是……慢着……拍hashslingrz的电影？镜头里有什么，一群盯着屏幕的电脑迷？”

“原先的剧本里有很多飞车追逐和爆炸的镜头，但不知怎的，预算……公司给了我一小笔预付款，另外还给了我所有的权限，昨天之前我还这么认为，所以我觉得还是跟你聊聊的好。”

“账目里有猫腻。”

---

1 史岱文森高中是全美公立中学中排名前三的中学，位于纽约曼哈顿，学校有多位毕业生摘得过科学领域的诺贝尔奖。尤其值得一提的是，该校从旧址搬往新址（靠近归零地）后，新大楼正式开始使用的第一天就是9·11发生的前一天，即2001年9月10日。

2 该公司的名称与“hash slinger”的拼法极为接近，后者的意思是指廉价餐厅里的厨师，尤指对顾客态度不礼貌的厨师。“Hash”在技术领域有着完全不同的意思，可翻译成“杂凑”，比如“hash value”是指从一连串文本中杂凑而产生的数字，或者叫信息摘要。

“就是想知道我在替谁干活。我还没有出卖自己的灵魂——好吧，也许时不时有那么两三节的旋律和布鲁斯[1]，不过我觉得还是让艾瑞克帮我到处看看为好。你知道他们的CEO盖布里埃尔·艾斯的事吗？”

“知道一点。”行业杂志的封面人物，网络热消退时全身而退的年轻富翁之一。她想得起来，照片上的艾斯，身穿米黄色的阿玛尼西装，戴着定制的海狸皮软呢帽，虽没有像教皇一样为左右各位赐福，可有必要的话立刻能这么做……没有显贵的出身，但家里很支持他干事业……“我读过一些，并不感兴趣。他让比尔·盖茨看上去也有人格魅力。”

“那只是他的舞会面具，他这人隐藏得很深。”

“你指什么，黑社会、秘密行动？”

“照艾瑞克的说法，他的动机是用代码写的，我们没有人能读懂。可能除了666[2]以外吧，那个数字是会反复出现的。你提醒我了，你还有那个隐藏持枪证[3]吗？”

“有证带枪，随时行动，嗯哼……怎么了？”

他开始有些含糊其词，“那些人不是……你经常在技术界看到的那种人。”

“比如……”

“首先，他们一点也不像是电脑迷。”

“就……这么多？雷吉，以我多年的经验来看，贪污犯用不着我们三天两头去抓，让他们在公众面前出出丑就能治得了他们。”

“是啊，”他几乎用歉疚的口吻说，“但要是这不是贪污呢？或者说不光是贪污，要是还有其他呢？”

---

1 极有可能是暗指美国蓝调大师罗伯特·约翰逊。他是美国20世纪30年代音乐圈里最具有传奇色彩的歌者与吉他大师，年纪轻轻便去世。坊间有传言他在十字街把灵魂出卖给魔鬼，换取了超群的吉他创作与演奏天赋。

2 在《圣经·启示录》13：18节中讲道：“它呼唤智慧，每个有理解能力的人都能计算出这个野兽的数字，因为它代表一个人数，这个数字就是666。”

3 美国的枪支管理较为宽松，个人带枪出去有两种可能：公开携带和隐藏携带，每个州对于这两种携枪方式都有具体的规定。隐藏携带，顾名思义就是把枪放在身上别人看不到的地方，这需要办理相关证件，如果没有这个证件但突然拔出枪来就是犯了重罪。

“藏得深，准没干好事，而且他们所有人都有参与。”

“对你来说我是不是太疑神疑鬼了？”

“才不是，多疑症好比是生活厨房里的葱姜蒜，是吧，再怎么多都不打紧。”

“那么就应该没什么问题了……”

“我最讨厌别人这么说了。但我还是会调查下的，然后告诉你结果。”

“好——极了！这让人感觉自己就是艾琳·布罗克维齐[1]！”

“唔。好吧，我们还有个尴尬的问题。我想你不是来雇我干活的，对吧？倒不是我介意干没有保障的事，只是会涉及些道德问题，像是无中生有？”

“你们这些人入行难道不宣誓吗？比方说你看到有诈骗在发生——？”

“那是《欺诈克星》，他们只能停了这剧，给观众太多幻想了。但蕾切尔·薇姿还不赖。”[2]

“我就说说嘛，因为你跟他们很像。”雷吉笑着，举起双手和拇指那么比画着，仿佛在取景拍戏。

“哟，雷吉。”

和雷吉在一起总会走到这一步。他们第一次见面是在一艘游轮上，如果你把“游轮”看成一个比较专业的词汇的话。[3]当时，玛克欣与丈夫霍斯特·莱夫勒刚刚分居不久，还没有走到“那一步”，她把自己关在家里好几个小时，拉上窗帘，一遍遍地循环播放一张精选集里史蒂薇·尼克斯[4]唱的《山崩》，其他的歌一概不听。她喝着难喝的皇冠威

1 艾琳·布罗克维齐是美国的一位法律工作者和环境保护主义者，她虽然没有接受过法律方面的正式教育，但却打赢了对1993年加州的太平洋瓦斯与电力公司的诉讼。这场成功的诉讼在2000年被改编成同名电影《艾琳·布罗克维齐》（又译《永不妥协》），由茱莉亚·罗伯茨主演。

2《欺诈克星》可能是品钦编造出来的一部连续剧或电视节目，蕾切尔·薇姿是生于英国伦敦的著名演员。

3 英语里的“cruise”既可以指游轮，也可以指在公共场合寻觅异性寻欢对象。

4 史蒂薇·尼克斯是美国著名摇滚乐歌手和流行音乐作家。

士忌调的秀兰·邓波儿鸡尾酒[1]，然后直接从瓶子里喝更多的石榴糖浆，每天用掉一大堆纸巾。最后，玛克欣被朋友海蒂说服了，去搭搭加勒比游轮说不定能改善她的精神状况。某一天，她从办公室出来，抽噎着鼻子走进了往来旅行社，看到旅行社里四处积了灰尘，家具破破烂烂的，还有一个远洋客轮的散乱模型，客轮的设计元素里有一些皇家邮轮泰坦尼克号的影子。

“你太走运了。我们刚刚有个……”长长的停顿，没有眼神交流。

“有个人退订了。”玛克欣替那人说。

“可以这么说。”价格让人无法抗拒。任何脑子正常的人都没办法抗拒。

她父母倒是很乐意看管两个孩子。玛克欣还在流着鼻涕，与给她送行的海蒂坐在出租车里，朝不知是纽瓦克，还是伊丽莎白港的港口站驶去，港口处理的貌似大多是货轮，其实玛克欣要搭的“游轮”原本是匈牙利的一艘名叫“M/V阿里斯蒂德·沃尔特”的不定期货船，[2]为了图方便，就挂着马绍尔的国旗航行。直到出海后的头一天晚上，玛克欣才发现，原来她预订的是“1998年度美边人障协会欢聚会”，这是美国边缘型人格障碍协会的一个年度聚会。这么有趣的聚会，居然还会有人想要退订？除非……啊啊啊！她回头望向码头上的海蒂，海蒂可能正幸灾乐祸呢，可轮船渐行渐远，眼见着海蒂逐渐消失在工业区的海岸线里，要游回去是不可能了。

当晚第一次入座用餐时，她发现有一群人正聚在一幅写着“**欢迎边界！**”的横幅下面兴致勃勃地狂欢。船长看样子很紧张，不停地找借口想躲到桌布底下。每隔一分半钟，有个DJ就会切歌到非官方的美边人障协会会歌，也就是麦当娜的《边界》，当唱到“越——过边——界

1 秀兰·邓波儿鸡尾酒是一种没有酒精的鸡尾酒，以童星秀兰·邓波儿的名字命名，其主要成分是石榴糖浆、柠檬汁等。

2 品钦说是匈牙利的货船，其实是在开玩笑，因为匈牙利是内陆国家，根本没有港口。阿里斯蒂德·沃尔特是贝拉·卢戈西在匈牙利拍摄默片时用的一个舞台名字。

线！！！”时所有人都会加入，“线”字最后的“n”鼻音尤其突出。多半是某种传统吧，玛克欣心想。

那晚再到后来，她注意到有个人一直在安静地游逛，眼睛紧紧地盯着取景器，用索尼VX2000拍一些值得镜头记录的目标。他的相机扫过一个又一个客人，任由他们侃侃而谈或一言不发，此人正是雷吉·德斯帕德。

玛克欣想，这可能是她改正自己犯下的这个严重错误的机会，便跟上他在寻欢作乐的人群中的脚步。“喂，”过了会儿他说，“跟踪狂，我终于找到最佳状态了。”

“我不是要——”

“不，其实你可以帮我让他们分分心的，不要太不自然了。”

“不想让你的专业水平打折扣，我已经好多个星期没去色彩画家那里了，我身上这套行头是在菲尼斯地下百货[1]淘的，一共花了不到一百美元——”

“我不觉得他们会关注这个。”

好吧。上次是什么时候，有人像这样拐弯抹角地说她能算上个……可能不是胳膊蜜糖[2]，可能算是个胳膊爆米花？她应该生气吗？生多大的气？

他们从一群参加者跟随到另一群，很快便把目标锁定在一个长相普通的人及他妻子格兰迪丝身上，此人对候鸟猎取和保护的邮票，也就是收藏家们所说的鸭票[3]感兴趣，而他妻子可能并不怎么有兴趣——

“……我的梦想是成为鸭票收藏界的比尔·格罗斯[4]。”大家注意，

---

1 菲尼斯地下百货是总部位于美国马萨诸塞州的连锁百货商店，也是美国历史最为悠久的折扣商品批发店。

2 胳膊蜜糖（arm candy）是指陪伴你或其他人的一位极具吸引力的同伴。该说法来自参加宴会时，有些人会找一位很有吸引力的同伴一起，以提升自己的气场。你会挽着/锁住（lock）他/她的手臂（arm），他/她就是你的宝物（candy）。

3 鸭票是美国政府发行的一种印有鸭子和其他水禽的邮票，于1934年正式开始，旨在用出售鸭票的收入来保护水禽。狩猎者必须购买鸭票才能合法地打猎。

4 比尔·格罗斯是美国著名的基金经理人和金融作家，他收藏很多邮票。

不只是联邦鸭票，而是所有州发行的鸭票——这位事到如今已经厚颜无耻的完美主义者，在过去的几年里漫步至集邮狂热里极具诱惑性的沼泽地，肯定收藏了所有的版本：狩猎者和收藏家的版本，艺术家签名的版本，带有特别记号的版本，各种变体票、错体票和趣味品，州长特别版…… “新墨西哥州！新墨西哥州只有1991年到1994年期间才发行过鸭票，他们发行的最后一枚就是所有鸭票中最具有收藏价值的那枚，也就是罗伯特·斯坦纳[1]那美得没天理的《飞翔的绿翅水鸭》，我正好收藏了一个印版方连……”

“等有一天，”格兰迪丝俏皮地说，“我要把它从储藏的塑料盒中拿出来，用我舌头上的口水把背面的胶水化开，然后用它来寄煤气费账单。”

“它不能用来抵邮资的，宝贝。”

“你是在看我的戒指吗？”一个穿了米黄色的80年代权力套装[2]的女人走进镜头里。

“很好看，就是有点……眼熟……”

“我不知道你看不看《豪门恩怨》[3]，还记得那回克里斯塔尔不得不把她的戒指当掉吗？这是一个立方体的氧化锆，仿制品而已，花了五百六十美元，当然是零售价，欧文总是买原价商品，他是我俩关系里的301.83[4]，我只是陪他来的。他每年都拉我来参加这样的活动，由于没人和我聊天，我就大吃特吃，吃到裙子都要穿14或16码[5]的了。”

“别听她的，她可是有着这个连续剧二百来集的贝塔麦克斯[6]的人。

1 罗伯特·斯坦纳是美国艺术家，因制作以鸭子为主题的邮票而著名。

2 80年代权力套装指的是引领正装风潮的阿玛尼设计的强调宽肩和硬线条的西装，因能给观者以一种力量感而得名。

3《豪门恩怨》是美国的一部黄金时段电视剧，从1981年1月开始播至1989年5月，共有357集。下面讲到的克里斯塔尔是电视剧主人公布莱克忠诚的妻子，她以前曾是布莱克的秘书。

4 301.83是世界卫生组织发布的国际疾病分类标准中对边缘型人格障碍的分类数字。

5 美国的服装尺码标记体系中，女士服装是以2、4、6及往上的偶数来表示，最大一般为18。小说原文是“mid-two-figures”，也就是两位数的中间，即14或16码。

6 贝塔麦克斯是索尼公司开发的一种家用录像带格式，于1975年5月上市。

不是边缘型？你根本不知道——在80年代中期，她居然把自己的名字都改成了克里斯塔尔。要是换个不通情理的丈夫，说不定就会认为她脑子不正常了。”

后来，雷吉和玛克欣去了游轮上的赌场，那里的人们穿着不合身的燕尾服和礼服，正在玩轮盘赌和百家乐游戏，这些人一根接一根地抽烟，猥琐地前顾后盼，挥舞着一大把假币的样子真叫人讨厌。“类未詹邦症，”有人告诉他们，“类属未诊断型詹姆斯·邦德综合征，是完全不同的互助小组。还没有写进DSM[1]里，但是他们正在游说，也许可以写进第五版中……总是欢迎人格稳定的人来参加我们的聚会，懂我的意思吗？”其实玛克欣并不懂，但她还是买了“五美元”的筹码，离开赌桌时赚了很多，如果是真钱的话，都足够去一趟萨克斯百货[2]了，当然前提是她能幸运地从这趟旅行中脱身。

不知从何时起，一张酒喝多后涨红了的脸出现在取景器里，那张脸是一个叫乔尔·维纳的人的。“哦，我明白了，你认出了我上过新闻报道，现在就拿我来当拍摄素材，对吧？虽然我被判无罪，其实已经是第三次在那种性质的控诉里被判无罪了。”接着，他的话匣子便打开了，滔滔不绝地讲起了司法如何不公正，不知怎的跟曼哈顿的地产业有些关联，要玛克欣跟上所有的微妙细节还真不容易。也许她应该努力去跟上的，这些信息能帮她免去这一块不少的麻烦。

一船的边缘型人格障碍患者。最后，玛克欣和雷吉找到了几分钟的安宁，在甲板上看着加勒比海慢慢远去。到处都是高耸的货物集装箱，堆得有四五层高，人仿佛置身于皇后区的某个地方。玛克欣的所有心思并非都上了这艘游轮，她不自觉地纳闷，这些集装箱中有多少是空壳，某种海上库存欺诈正在进行的概率又有多少。

她发现雷吉并没有打算拍摄她。“我本来没觉得你有边缘型人格，

1 DSM指“精神疾病诊断与统计手册”。

2 萨克斯百货是美国一家售卖高档服饰和奢侈品的百货公司，在第五大道上有一家旗舰店。纽约人以去萨克斯百货购物为身份与地位的象征。

想着也许你是工作人员呢，像是社会部主任之类的。”玛克欣惊奇地发现，她已经有，哦，可能有一个多小时没有想霍斯特那事了，她心里有数，只要稍微提一丁点儿那事，雷吉的摄像机就会拿起来对准她了。

美边人障协会的聚会长期以来的一个固定节目就是造访真实生活中的地理边缘，每年都去不同的地方。去墨西哥边界加工厂[1]的奥特莱斯来趟购物游，去加州州界线的赌场痛快地发泄下赌瘾，在梅森—迪克森沿线吃顿宾州德式大餐。[2]今年的边缘目的地在海地和多米尼加共和国之间，由于香菜大屠杀[3]那个年代里阴郁的因果轮回至今仍挥散不去，介绍小册上对大屠杀的历史只字不提。当“阿里斯蒂德·沃尔特号”驶入风景秀丽的曼萨尼约[4]湾时，情形骤然变得混乱无序。游轮刚在佩比罗萨尔塞多[5]的码头靠岸停泊，一心想着钓大鱼的乘客就兴奋地租了船去抓大海鲢。像乔尔·维纳那些人，房地产业已经把他们的好奇心驱使为执念了，他们很快就在逛当地的中介机构，被拖拽进那些心怀贪念和鄙视美国佬的人的幻想中。

岸边的本地人操着一口克里奥尔语和西班牙语的混合语。在码头的尽头，卖纪念品的小摊点很快就出现了，点心摊贩在卖雅尼可可和奇米秋里，[6]巫毒教和萨泰里阿教的信徒在兜售符咒，还有卖玛玛胡安

---

1 原文是西班牙语。

2 梅森—迪克森线是美国宾夕法尼亚州与马里兰州之间的分界线，由英国的两位测量员梅森和迪克森划定，品钦曾以两人的故事创作过小说《梅森和迪克森》（*Mason & Dixon*）；宾州德人（Pennsylvania Dutch）是指17—18世纪在美国宾夕法尼亚州定居的德国移民及其后裔，其中“Dutch”是德语“Deutsch”的英译。

3 香菜大屠杀是1937年10月发生在海地的种族灭绝事件，时任多米尼加共和国总统的拉斐尔·特鲁希略下令对居住在边界的海地人实行屠杀行动。香菜（Perejil）是西班牙文，当时多米尼加的士兵每人手拿一把香菜问对方能不能用西班牙语回答，如不能就被认定为海地人，然后杀害。

4 曼萨尼约是一座位于墨西哥科利马州的城市，坐落在太平洋沿岸，拥有墨西哥最繁忙的港口。

5 佩比罗萨尔塞多是多米尼加共和国基度山省的一个港口城市。

6 雅尼可可是多米尼加的一种用生面团炸的煎饼。奇米秋里（Chimichurros），此处品钦可能是误拼，疑应为“Chimichurris”，意思是一种用于烤肉的绿酱，它源自阿根廷，是用剁碎的西芹、大蒜、植物油、白醋等混合后做成。

那的供应商，[1]玛玛胡安那是多米尼加的一种特产，装在一个巨大的玻璃罐中，每个罐子里面都有一块像是从树上扯下的东西浸泡在红酒和朗姆酒中。正如每个圣代冰激凌上都有一颗跨边界的樱桃，每一罐多米尼加的玛玛胡安那上也有一个正宗的海地巫毒教的爱情咒语。“真有这么神吗！”雷吉大声说。他和玛克欣跟一小群人一道开始品尝那个东西，把罐子传来传去地喝，没过多久就发现他们已经在城外几英里处的热带梦想酒店里了。这家豪华酒店建成了一半，目前是荒弃的状态。他们尖叫着冲过走道，紧紧拽住头顶上方的丛林藤蔓，拉着藤蔓凌空荡过庭院，追着蜥蜴和火烈鸟跑，相互之间也嬉闹追赶着，还在霉臭的特大号床上撒欢。

爱情，让人觉得既兴奋又新鲜，就像他们以前在《爱之船》[2]里唱的那样。海蒂说得没错，这钱该花，这正是玛克欣所需要的，虽然过后她对具体发生的事并不如此确信。

现在她拿起记忆的遥控器，按下暂停，然后停止，然后关机，不露声色地笑了笑。“好奇怪的游轮游啊，雷吉。”

“从那以后你有没有再收到那些人的消息？”

“偶尔有电子邮件，当然每到过节，美边人障协会就追着我要捐款。”她越过咖啡杯的杯沿注视着他，“雷吉，我们有没有，呃……”

“我觉得没有，我大部分时间跟印第安纳波利斯的莱普唐德拉在一起，你总是跟那个房地产强迫症患者一起玩消失。”

“是乔尔·维纳。”玛克欣像是被吓到了，一脸尴尬，眼珠子不停地打量着天花板。

“我本来不想提的，抱歉。”

“你听说了吧，他们把我的执照吊销了。这跟乔尔间接有关，他的

---

1 玛玛胡安那是多米尼加当地的家庭自己调配的药酒，有壮阳的功能，主要是把朗姆酒、蜂蜜和红酒混合，并在其中加入树皮或是树根和草药。

2《爱之船》是美国ABC电视台播放的一部连续剧，是关于一艘游船上的故事，从1977年开始播至1986年。

本意虽不想这样，却帮了我这么个大忙。好比说，我以前是CFE[1]时就很性感，那么卸去圣职后呢？对某些人来说，我的魅力简直不可阻挡。你可以想想都是些什么人来找我，我不是指你。”

她猜，注册舞弊审查师误入歧途的一大卖点，就在于他们有一种道德感褪去后的光环，一种愿意跳出法律的束缚、把审计员和税收员的行业秘密公之于众的令人信赖的意愿。玛克欣以前碰见过从信仰组织中被驱逐出去的信徒，有段时间很是担心，那将是社交的荒地。但是消息一传开，很快，“缉凶事务所”的生意就空前地红火，她几乎应付不过来。当然，新客户并不总像她有执照时碰见的那些人一样受人敬重。可怕的黏黏怪从该死的墙纸里渗出来，其中就有乔尔·维纳，玛克欣发现其实有好几次她都放他一马了。

遗憾的是，不知怎的，乔尔在唠叨房地产界的不公平际遇时忘了添加必要的细节，比如说，他经常滥用一系列合作公寓[2]董事会的成员身份，他遭人控诉，说他身为合作公寓的会计没有管理好托付给他的会费，还有在布鲁克林的RICO[3]民事指控，还有他妻子也在地产业经营自己的生意。“一直就是这样，要解释清楚不容易，”她在头顶上方扭动着所有的手指，“像是有根天线。对于乔尔，我觉得很放心，放心把行业的一些伎俩告诉他。对我来说，这并不比国税局的人去兼职当报税代理人更糟糕。”

但是，这让她严重触犯了ACFE[4]的行为准则。其实好多年来，玛克欣一直就在滑向那边缘，沿着边缘徘徊。只是这一回，她脚下的冰块在还没有嘎吱作响或颜色没有明显变深时就碎裂了。审查委员会里

1 注册舞弊审查师的首字母缩写。

2 纽约的一种房产模式，相当于整幢楼是一家公司，你购买的是这家公司的一部分股份，但它不是上市公司，不能自由买卖和出租，必须经过这个公司的董事会同意才能购买和使用。每栋合作公寓都有自己的委员会和居住准则，无论是要买还是租，你都必须向委员会申请，提供自己的相关佐证材料，证明自己是一个有经济实力且不会违反委员会准则的“好人”。曼哈顿有百分之七八十的公寓楼采用这种模式。

3 RICO指《反有组织犯罪及腐化组织法》，于1970年在美国国会通过，目的是为了严惩那些诸如敲诈勒索、高利贷和非法赌博等带有黑社会性质的有组织的刑事犯罪。

4 指美国注册舞弊审查师协会。

相当多的成员看出了利益的冲突，并且不光只有这么一次，而是呈现出某种规律。对玛克欣来说确实如此，就算现在也没有改变，在友情与超级讲究的准则遵守之间，她仍不需要动脑筋就能做出选择。

“友情？”雷吉搞不懂了，“你甚至都不喜欢那个人。”

“专业术语而已。”

吊销执照的信函用的信纸很高档，比里面的内容还要值钱。里面无非是说滚你妈的蛋，还有取消她在第八圈[1]的所有特权，那是一所位于公园大道上的高档CFE俱乐部。信里还不忘提醒她返还她的会员卡，结清酒吧的账单，并给出了所欠金额。信的底端貌似还有个附笔，说她可以提出上诉。他们还附上了表格。真有意思。玛克欣不会把这张表格扔进账目碎纸机里去的，暂时还不会。令玛克欣惊讶的是，她第一次注意到协会的公章，那是一把在一本敞开的书的前上方熊熊燃烧的火炬。这有什么寓意？从这本书里面的书页来看，可能喻指法律，书就快要被这燃烧的火炬点着了，难道火炬是指真理之光？是不是有人想说，这儿的法律着火了，这是真理不可改变的可怕代价……就是这样！这是无政府主义者用密码写成的隐秘讯息！

“想法很有意思，玛克欣，”雷吉想要用声音盖住玛克欣的话，“那么你提起上诉了吗？”

事实上并没有——随着日子一天天地过去，她总能找到不去做的理由，比如她承担不起诉讼费用，上诉过程可能全都是走走过场，她所尊敬的同事们轻率地把她踢了出去，她真的想再回到那种充满恶意的环境里去吗？类似这样的理由。

“有些过于敏感了，那些家伙。”雷吉是这么看的。

“也不能怪他们。他们希望我们能在这个动荡的乱世里成为无法腐蚀的静止点，每个人都能信赖的原子钟。”

“你刚刚说‘我们’。”

---

1 第八圈（the Eighth Circle），在但丁的《神曲》里，地狱的第八层（the Eighth Circle）是接收那些犯下欺诈或背叛罪行的人的。

“证书是收了起来，但它还挂在我灵魂的办公室墙上。”

“真是赖皮啊。”

“《邪恶的会计》[1]，是我在创作的一部连续剧，瞧，我把试播集的剧本写好了，你想读一读吗？”

1《邪恶的会计》有可能暗指1992年由哈维·凯特尔主演的一部犯罪剧电影。

3

说起往昔，嘿，不是开玩笑，它就等于让人去喝个烂醉。玛克欣一听见雷吉身后的电梯门关上，就立刻去开冰箱。在这阴冷的混乱里，灰皮诺[1]在哪儿呢？“戴托娜，又没有酒了吗？”

“不是我喝完的。”

“当然不是，你更喜欢喝夜车[2]。”

“嘀，难道我今天真的需要酒道吗？”

“嘿，你已经戒了，所以我只是开玩笑呢，是吧？”

“戒酒疗法。”

“你说什么？”

“你觉得十二步的人[3]比你低个档次，一直以来都这么认为，你参加了某个水疗项目，躺在那里，脸上涂满了海藻和其他东西，你根本不知道那是什么感觉——好吧，我来告诉你……”她戏剧性地顿了顿。

“你不会是要去吧。”玛克欣提示说。

“我告诉你，这是工作，姑娘。”

---

1 灰皮诺是一种口味清淡、香气淡雅的白葡萄酒。

2 夜车是夜间快车的简称，它是一种价格低廉、味道甜美的高浓度酒。

3 十二步的人指参加匿名戒酒会的人，这是一个国际性戒酒互助组织，提倡用十二个步骤来戒酒。

“哦，戴托娜。不管怎么样，我很抱歉。”

所有的情绪都奔涌而来，寻常的情感现金流转表上，满是没有收回的应收账款和呆账。已经到达底线了，“千万不要跟从牙买加岛来的任何人打交道，他们以为‘joint custody’[1]的意思是带大麻来的人。”

“碰上霍斯特我真幸运，”玛克欣回想说，“大麻对他从来没有什么影响。”

“我猜，那是因为你们吃的白色食物，白面包这些东西，”她套用吉米·亨德里克斯的歌词，“蛋黄酱！都在你的脑海里[2]——你们所有人，白到无可救药。”电话机在耐心地一闪一闪。戴托娜回去工作，留下玛克欣在那里纳闷，喜欢抽拉斯塔大麻[3]的爱好怎会跟霍斯特扯上关系。除非霍斯特以某种方式留存在她的心里，但她也不确定自己是否一直留恋着他，毕竟已经有一段时间不怎么想到他了。

说到霍斯特，身为美国中西部的第四代传人，他跟谷物升降机一样情绪化，像哈雷脊状头[4]一般有着致命的诱惑力，饥饿感上来时，又跟地道的女仆仪式[5]一样必不可少（上帝保佑她）。时至今日，霍斯特·莱夫勒在预测某些商品的全球行情方面，有着几乎是零失误的壮举，他往往比商品本身都更早知道，所以在认识玛克欣以前就发了一大笔财，之后眼见着财产一路飙高，他努力想实现据说是三十岁时发下的誓言：花钱的速度要跟得上挣钱的速度，只要撑得住就出去寻欢作乐。

“那么……赡养费给得多吗？”戴托娜在上班的第二天问。

---

1 joint custody（共同监护权）里的“joint”一词作名词时可以指大麻烟卷。

2 吉米·亨德里克斯是美国吉他手、歌手和作曲人，被认为是摇滚音乐史上最伟大的电吉他演奏者。他的《紫色烟雾》里的歌词原文是：“紫色烟雾！都在我的脑海里！”

3 原文“Rasta drug”中的“Rasta”是俚语，指大麻中的一种。该词来自拉斯塔法里（Rastafari），这是从20世纪30年代兴起于牙买加的一个黑人基督教宗教运动，这个教派的教徒们把吸食大麻当作一种圣礼，认为吸食大麻可以获得智慧，能更好地领悟上帝的旨意。此处音译为拉斯塔大麻。

4 哈雷脊状头是哈雷摩托车的一款发动机名字。哈雷摩托车是美国一家摩托车制造商生产的重型摩托车，带动了美式机车的重型摩托车风潮。脊状头发动机是该公司于1936年推出的新型发动机，标志着新一代顶置气门型发动机的诞生。

5 女仆仪式是美国一家总部位于艾奥瓦州的连锁餐厅，创立于1926年。

“没给。”

“什么？”她盯着玛克欣看了好一会儿。

“有什么我能帮你的吗？”

“这是我听说过的最疯狂的疯狂白人妞的故事。”

“还有更离谱的呢。”玛克欣耸了耸肩。

“男人出去找乐子你有意见是吧？”

“当然不是，人生不就是来找乐子的嘛，是吧，戴托娜。是的，霍斯特那样我没意见，但是，他碰巧觉得婚姻也是找乐子，好吧，那就是我俩三观不合的地方。”

“她的名字叫詹妮弗，该死的，是吧？”

“其实叫穆丽尔。”

说到这里——注册舞弊审查师的一部分技能，就是喜爱寻找隐藏的规律——玛克欣寻思着……有没有可能，霍斯特其实偏爱那些名字是廉价雪茄的女人，有个跟他有地下情的名叫菲利帕·“菲利”·布朗特[1]的女人藏在伦敦，或是某个穿着旗袍、留着那种短巧发型的迷人的亚洲仲裁人名叫谭罗伊[2]……“还是别想多了，霍斯特已经是过去了。”

“噢。”

“公寓留给了我，当然他拿走了黑斑羚[3]，1959年的款，不过保养得很好。瞧，我又来了，又在呜呜地发牢骚了。”

“哦，我以为是冰箱的声音呢。”

没错，戴托娜简直就是知心天使，仅次于玛克欣的朋友海蒂。她和海蒂第一次有时间坐下来聊起这件事时，玛克欣把过程仔细说了一遍，详细到连海蒂也觉得尴尬。

“他给我打电话了。”海蒂假装说漏了嘴。

---

1 菲利是一种美国产的雪茄的名字，产地是宾夕法尼亚州的费城，由此而得名。这种雪茄有不同的大小，其中布朗特（Blunt）指一种小雪茄。在玛克欣的想象中，有一个小名叫菲利的女人——菲利帕·布朗特是霍斯特的情人。

2 原文是“Roi-Tan”，这是一种雪茄，常译作罗伊谭，玛丽莲·梦露曾经帮它做过广告。

3 黑斑羚是雪佛兰的一款车型。

没错。“什么，霍斯特吗？打电……”

“他约我出去。”她眼睛睁得大大的，装作一脸无辜的样子。

“你怎么回答他的？”

等了完美的一个半节拍，然后我说：“哦，我的老天，玛克西……我太对不住你了。”

“你？和霍斯特？”玛克欣感觉很奇怪，不过也仅仅是奇怪而已，她把这看成积极的信号。

可是海蒂看上去很难过。“上帝饶恕我吧！他一直不停地聊起你。”

“噢，但是呢？”

“他似乎很冷淡。”

“三个月的LIBOR[1]，毫无疑问啊。”

谈话继续进行着，两人聊到了很晚，尽管明天孩子们还要上学。海蒂的越轨之举并没有像高中时一些至今仍让玛克欣耿耿于怀的小过错那样令她生气——借了衣服再没有还回来，邀请她去根本不存在的聚会，安排她跟明知道是精神变态的男生约会，类似这种事。两人聊得疲惫准备休息时，海蒂可能感到有点小失望，她放纵的风流事不知怎的，只是很自然地归入了其他的家庭系列琐事中，这些琐事很久前从芝加哥就开始了，那是霍斯特和玛克欣初次相识的地方。

玛克欣当时为了一桩CFE的公事熬夜工作，她来到贸易局大楼里一家叫赛尔斯咖啡店[2]的酒吧，那里的酒杯之大，早已在坊间传为佳话。那是快乐的时光。快乐？我的老天。酒吧是爱尔兰式的，对一些人来说，这已经说明了问题。你点一杯“调好的酒”，就会拿到一个装满了比如说威士忌的巨型玻璃杯，里面说不定还有一两个小冰块漂浮在上面，然后再给你一瓶十二盎司的汽水，还有另一个酒杯用来把两

---

1 LIBOR是伦敦银行同业拆放利率的缩写，指伦敦一批银行之间相互借款给对方时的平均利率。对于在期货市场进行交易的人，比如霍斯特，三个月的LIBOR也是他们关注利率走向的金融工具之一。

2 赛尔斯是罗马神话中的谷物女神。

者混合。玛克欣莫名其妙地跟当地的一个家伙起了争执，关于德勤[1]，那个家伙就是霍斯特，他硬说是勤特。等到两人把问题弄清楚时，玛克欣已经不确定自己能不能站起来，更不用说找到回旅馆的路了，所以霍斯特就好心地送她上出租车，还把自己的名片偷偷塞给了她。还没等到玛克欣从宿醉中清醒过来，他就打来了电话，油嘴滑舌地怂恿她去调查一桩欺诈案，以后还会有很多类似的破差事。

“落寞的妹子，没有人可以求助”，等等之类的说辞。玛克欣信了他的话，以后她也会继续这样，接了这桩案件，做直接的资产调查，常规的出庭做证，等到几乎完全忘了这件事时，有一天在《邮报》上看到，爆炸性新闻啊！**《连环掘金者再度出击，丈夫目瞪口呆》**。

“说这是她第六次这样大捞一笔了。”玛克欣若有所思地说。

“我们知道的第六次而已，”霍斯特点点头，“对你来说不成问题，是吧？”

“她嫁给他们，然后——”

“婚姻适合有些人，总得有些好处吧。”

哦！

怎么就一一回忆起来了呢？从空头支票诈骗犯和法式化整[2]的能手，再到把她的复仇探测器远远地钉在障眼物上的复仇剧，这些罪虽可以遗忘但绝不宽恕，它们迟早会变成重罪的档次。她一次又一次地扑进去，就因为是霍斯特，该死的霍斯特。

“又给你找了一件，你是犹太人吧？”

“而你不是。”

“我？我是路德会的，现在也不确定了，因为总是变来变去。”

“要提到我的宗教背景，是因为……”

布鲁克林的饮食教规欺诈案。好像是有一群暴徒，假扮成洁食监督

1 德勤是四大国际会计师事务所之一，全球总部位于纽约。

2 法式化整是一种计算机欺诈行为，用计算机系统把所有小于0.5美分的利息收入都纳入犯罪人的账户。

员[1]或合礼监督员，对社区里不同的商店和餐馆展开突击“检查”，把样式别致的证书卖给他们放在窗口，还在他们的库存中倒腾，装模作样地把犹太清洁认证[2]或合礼的标签贴在所有东西上。他们简直是一群疯狗。“听起来更像是一场彻底的骗局。”玛克欣认为，“我只会看账簿。”

“以为你会对他们很有感情呢。”

“去找梅耶·兰斯基[3]吧——等等，他已经死了。”

话说回来……路德会的某个分支，哈。跟非犹太裔男孩[4]约会的话就会有问题出现，当然这还为时过早，不过信仰的障碍还是存在的。日后，两人开始坠入情网时，玛克欣会听到霍斯特一番狂放的言辞，说要皈依犹太教。“犹太”跟“破案”也押韵，[5]真是讽刺。最终霍斯特发现，改宗的前提是学习希伯来文，还要行割礼，接着你也料到了，他决定再考虑一下。玛克欣反正无所谓。假如说犹太人从来不会改宗，这是一条举世公认的真理，那么霍斯特当然算是，这也一直是他反驳为什么不是的主要论据。

某一天，他递给她一份咨询合同。“我可以聘请你。”

“嘿，随时都可以。”玛克欣随口说出的一句行业客套话，这次却有着决定性的意义。以后，在婚后的日子里，她变得越来越谨慎，话不随便说出口。事实上，到最后分手前，她几乎到了沉默的程度。霍斯特坐在那里，一本正经地捣鼓他在软件商店[6]的折扣商品区里找到的一个电子表格程序，叫作Luvbux 6.9，他花时间把从巨大到庞大范围内的数字加总，仅仅为了让玛克欣陷入沉默。他还进一步折磨自己，打

---

1 原文是希伯来语。犹太餐厅的饮食禁忌非常严格，餐厅里最重要的职位就是洁食监督员，他必须经过严格的培训获得资质。

2 原文是希伯来语。犹太教所规定允许的通过审批认证的产品或成分，犹太人吃的食物通常要有“犹太清洁认证”的标志。

3 梅耶·兰斯基是波兰裔犹太人，一名重要的有组织犯罪头目。他是查尔斯·卢西亚诺的拍档，曾在美国建立起犯罪的帝国。

4 原文是意第绪语。

5 原文的犹太（Jew）和线索（clue）押尾韵。

6 软件商店是美国的一家软件零售商，1994年与游戏站合并，合并后的公司改名为新星零售店。

开一项特别功能，能够计算每获得一分钟的沉默花了他多少钱。啊啊啊！真是烦人！

“我有一回发现，”玛克欣说给海蒂听，“要是我多抱怨一些，他会不会给我我想要的任何东西？就为了让我闭嘴？好吧，我不晓得，不知为何我已经感受不到爱恋了。”

“你天生就爱发牢骚，这对你来说太容易了，我理解。”海蒂低声说，“霍斯特是个软柿子，有述情障碍的傻子。你从没发觉他的这个特点，还是说，你——”

“——发现时已经太晚了，”玛克欣跟她一唱一和，“是的，海蒂，但就算这样，有时候我还是很欢迎生活中能再出现这样一个好相处的人。”

“啊，你要他的电话吗？霍斯特的？”

“你有吗？”

“没有啊，呃——呃，我本来打算问你要呢。”

她俩互相朝对方摇了摇头。不用照镜子，玛克欣就知道，两人看上去活像一对颓废的老太太。两人的形象多少还是有些魅力的，所以要做一些不寻常的调整。在相识的早期，尽管实际上一直都是如此，玛克欣明白她不是两人中的公主。当然海蒂也不是，但海蒂并不知道，以为自己就是公主，并且这么些年来，慢慢相信玛克欣是公主身边不那么有魅力的古怪的跟班。不管眼前到底什么状况，恐海症公主[1]总是女主角，玛克箱夫人[2]则是伶牙俐齿的侍女，干脏活累活的务实精灵，在公主睡着时，或者更经常的是心不在焉时，由她来完成公主应尽的职责。

两人都有东欧血统，这很可能加深了她们的姐妹情，因为即使在那个年代，你依然会发现，上西区的人们在犹太人内部做了些固定的划分，最令人不爽的莫过于对上等的德国犹太人与阿什肯纳兹犹太人的区

1 原文的“heidrophobia”与“hydrophobia”（狂犬病、恐水症）形成双关。
2 构成原文“Maxipad”的两个词根分别是“特大号”（Maxi-）“垫子”（-pad）的意思。

分。[1]据说，母亲们把她们最近跟人私奔的孩子强行劫持到墨西哥，与在经纪业或医学界大有前途的年轻人，或者是不仅脸蛋迷人，脑子还比她们以为自己要嫁的男人更好使的女孩子匆匆离婚，只因为这些人的致命缺点是，他们的名字说明他们的祖先在大离散时去了错误的地方。这样的事其实在海蒂身上也发生过，她的姓氏乔尔纳克拉响了各种警报，虽然信号并没有抵达远在天边的飞机。在那件倒霉事上，“务实的精灵”当了代理人，后来又帮忙收取分手费，向施特鲁贝尔一家索要高价，比他们原先愿意出的摆脱海蒂这个波兰小便宜货的价格要高出不少。“其实是加利西亚人。”海蒂说。对玛克欣来说，她并不担心受到良心的谴责，因为伊万·施特鲁贝尔其实就是个无能的登徒浪子，他活在对他母亲海尔维提亚的恐惧中。那天，他母亲穿着圣约翰[2]的套装，一副恶声恶气的模样，恰好在关键时刻出现，及时阻止了伊万想要对玛克欣有更进一步的非分念头，说明他一开始对海蒂就不是认真的。玛克欣并没有把施特鲁贝尔背叛的细节告诉公主，只是说“我觉得他跟你在一起，基本就是为了离开家”。海蒂一点儿也不沮丧，比玛克欣料想的要好。两人坐在她家那张宽大的厨房桌子边，一边数着施特鲁贝尔给的钱，一边吃着冰激凌、三明治咯咯地笑。“他是我一生最爱的人，是那个邪恶顽固的女人拆散了我们。”古怪的跟班每次都在一旁，说些“面对现实吧，宝贝，她的奶子更大”这样机智的话。

海蒂心灵的某部分叶瓣大概受了伤——因为施特鲁贝尔太太说不定只是随口一说，比如用墨西哥离婚相要挟，[3]可没过多久，海蒂就在一场环球小姐选美比赛中困难地说着一口可以跟鲍伯·巴克[4]媲美的西

1 原文的“Hochdeutsch”是指标准德语，历史上的阿什肯纳兹（Ashkenazi）犹太人讲意第绪语，这种区分极有可能是对操意第绪语不同方言的使用者的划分，比如说上等的德国犹太人和农民出身的波兰犹太人。

2 圣约翰是美国的一个高档时尚品牌，成立于1962年，专门生产女性的针织衣物。

3 在20世纪60年代，许多美国人跑到墨西哥去离婚，因为在美国，离婚手续比较复杂而且历时漫长，而在墨西哥离婚的话更省时间更加简便，也更便宜。

4 鲍伯·巴克是美国电视节目、游戏节目的著名主持人，曾主持过环球小姐选美比赛。巴克有八分之一的印第安裔血统，所以很有可能的是，他并没有西班牙口音。

班牙口音。语言问题转而又波及其他方面。海蒂心目中真正的拉美裔是《西区故事》里的娜塔莉·伍德[1]，尽管玛克欣告诉过她很多次，娜塔莉·伍德的原名是娜塔莉·尼古拉耶芙娜·扎哈连科，她来自一个有着俄罗斯背景的家庭，她在电影里的口音可能更接近俄语而不是波多黎各语[2]。玛克欣的耐心快要耗尽了，可是压根就不管用。

那个花花公子后来去了华尔街当学徒，时至今日没准儿已经换了好几任太太。海蒂独身一人乐得自在，在学术界追求自己的事业，最近刚拿到了城市学院大众文化系的终身教职。

“在那件事上，你把我的烤肉卷从微波炉里完全拿了出来，”海蒂漫不经心地说，“别以为我会永远感激你。”

“我能怎么办，你总以为自己是格蕾丝·凯利。”

“是啊，我就是，现在也是。”

“不是事业有成的格蕾丝·凯利，”玛克欣指出，“只是《后窗》里的那个格蕾丝·凯利。[3]以前，我们经常盯梢街对面的窗户。”

“你确定吗？你知道你那时像谁吗？”

“瑟尔玛·瑞特，是吧，也许不是。我以为我是温戴尔·柯瑞呢。”

那是青少年时期的一场恶作剧。假如说存在鬼屋，那么也会有业债未了的公寓楼。她们以前喜欢暗地里观察的那幢叫德塞雷特[4]的大楼，经常让达科塔[5]看上去像假日旅店。在玛克欣的记忆里，那座大楼一直让她很迷恋。她在街对面长大，德塞雷特赫然耸立在社区里，想要冒充上西区公寓楼又一傲娇的范例。它有十二层，以凶险的杂乱装饰占据了整个一块方方正正的街区——螺旋形防火梯在每个角落都有，

1 娜塔莉·伍德是美国女演员，父母是俄罗斯人，她曾经获得三次奥斯卡提名，最著名的作品是电影《西区故事》。

2 原文是西班牙语。

3《后窗》是英国导演希区柯克执导的一部悬疑片，于1954年在美国上映。格蕾丝·凯利及下文提到的瑟尔玛·瑞特和温戴尔·柯瑞在影片中担任主演。

4 此词来自《摩门之书》，在耶瑞代特语中的意思是“蜜蜂”，摩门教徒认为，耶瑞代特是在巴别塔建造时期来到美国的一个部落。美国犹他州的别称也是德塞雷特。

5 也叫达科塔公寓，位于纽约曼哈顿上西区的72街与中央公园的西北角落，建于19世纪80年代，是曼哈顿最昂贵、最著名的公寓楼。

塔楼，阳台，屋檐处的滴水嘴，鳞状叠盖、尖牙利齿的铸铁动物像呈蜿蜒盘旋状俯视着出入口，盘绕在窗前。一口精致的喷泉立在中心庭院里，四周是环形车道，宽到足够停放两三辆超长版豪华轿车，还能给一到两辆劳斯莱斯留有空间。拍电影的工作人员来这里拍故事片、广告和系列剧，他们把大量光线打进大门入口那个贪得无厌的无底洞里，搞得邻近几座大楼里人人睡不上安稳觉。齐格说他有个同班同学住在这幢楼里，但它离玛克欣的社交圈太远了，德塞雷特大楼的一个工作室除租金以外的额外房费据说就要三万美元以上。

高中里有段时间，玛克欣和海蒂去坚尼街买来廉价的双筒望远镜，躲在玛克欣的卧室里，盯着街对面亮着灯的窗户看，有时一直待到凌晨，等着有事发生。任何人形的出现都是件大事。刚开始，玛克欣还觉得很有情调，所有这些不相干的人在平行地生活——之后，她慢慢地形成了你会说是哥特式的看法。其他大楼可能会闹鬼，而这座大楼自身似乎就是不死之身，是石头僵尸，只有当夜幕降临后才出来，它在城市里悄然走动，不被人看见，干着它隐秘的勾当。

两个女孩不断策划各种计谋，想要溜进大楼里看看，拎上适合出街的香奈儿包包，穿着从东区寄售店买来的名牌裙装，昂首阔步地晃悠到门口也好，要不然小心翼翼地溜到门口也罢，可每次走到一个爱尔兰裔的看门人跟前就停住了。看门人斜着眼从上到下仔细地打量她们一番，又朝书写板瞥上一眼。“没有收到命令，”他煞有介事地耸耸肩，“没有命令就不能让你们进去，理解我的意思吗？”然后他一脸怒气地说了句“再见”，大门就哐当一声地关上了。当爱尔兰人的眼睛不在微笑时，你要么编个更好的理由，要么穿着双适合跑路的鞋子。

这种情况一直持续到80年代的健身热潮才算结束。那时，德塞雷特的管理层突然想到，顶层的游泳池可以用作健身俱乐部的设施，向顾客开放，能挣来不少额外的收入。就这样，玛克欣终于能进大楼了，只不过以外来者或“俱乐部会员”的身份，她还得绕到后面的入口乘货梯上去。海蒂则再也不想跟这个地方有任何瓜葛了。

“它被人诅咒了。你注意到没有，游泳池总是关得很早，晚上没有人想待在那儿。”

“也许是管理层不想付加班费吧。”

“我听说它是由一个犯罪团伙在运营。”

“具体哪个犯罪团伙呢，海蒂？况且，那又有什么区别呢？”

后来会证实，有很大的区别。

4

那天下午晚些时候，玛克欣约好去见她的心理治疗师。这位治疗师碰巧与霍斯特一样喜爱沉默，认为沉默是这世上的无价商品，虽然有可能两人喜爱的方式并不一致。肖恩的诊所在荷兰隧道[1]附近的一套没有电梯直达的公寓里。他在个人网站上的简历中隐约提到了在喜马拉雅山的游荡和政治流亡的经历，但是，尽管他声称接触过尘世限度以外的古老智慧，花五分钟调查下就会发现，他唯一一次去东部的旅行是搭灰狗大巴，从老家南加州到纽约，而且就发生在几年前。肖恩是卢金格高中[2]的辍学生，极度沉迷于冲浪，在一个冲浪季里就在好几个海滩创下歪爆[3]的纪录，还几次被冲浪板打到头部而受伤。他坚持支付这套公寓昂贵的租金，还有满满一柜子十二套几乎一模一样的黑色阿玛尼西装，吸引来的能够负担起治疗费的纽约人，都是些容易上当受骗的人，不是精神的真正信徒，而这在平时是很少能观察出来的。

有两三周的时间，玛克欣每次来诊疗，都发现这位年轻的导师因为阿富汗的新闻而越来越按捺不住愤怒。巴米扬附近的一座砂岩悬崖上，有两尊雕刻于5世纪、世界上现存最高的巨大佛像。尽管来自全世

1 荷兰隧道位于纽约市，穿越哈德逊河连接曼哈顿与新泽西州的泽西市。
2 卢金格高中是位于加州朗代尔的一家公立高中。
3 歪爆是冲浪的一个术语，指冲浪者从冲浪板上意外跌落水中。

界的反对声高涨，它们还是在一个月内被塔利班政府轰炸并多次炮击，直到最终沦为一堆碎石。

“那些该死的暴徒，”肖恩这么说，“‘对伊斯兰不敬’所以就炸了它，那是他们解决所有事的方法。”

“有没有这样的说法，”玛克欣柔声地回忆说，“如果佛陀挡了你通往觉悟的道，毁了他也不成问题？”

“当然，如果你是佛教徒的话。可他们是瓦哈比教派，以信仰为幌子，实际却是政治原因，他们无法应对来自周围的挑战。”

“肖恩，对不起。可你不是应该已经超越这些了吗？”

“噢，你太抬举我了。想想吧——几乎只需要大拇指在空格键上随意一敲，伊斯兰就变成了我摔[1]。”

“发人深省啊，肖恩。”

他朝手腕上的豪雅表扫了一眼，“我们今天要早一点结束，希望你不要介意，我追《脱线家族》[2]呢，你知道……？”肖恩痴迷于看70年代知名连续剧的重播，对此他的客户圈里多有议论。如同其他导师能帮佛经做注解一样，肖恩可以帮这部剧的某几集做解释说明，他似乎尤其喜欢全家去夏威夷旅行的那三部分——倒霉的蒂基、格雷格那次几乎致命的歪爆，还有文森特·普莱斯[3]客串的精神不太稳定的考古学家……

“我自己也一直是‘简戴了顶假发’[4]那种人。”玛克欣有一次在不经意间承认。

“有意思啊，玛克欣。你想，呃，聊一聊吗？”肖恩冲着她眉开眼笑，那笑容是茫然的，是多半只有加州人才会的那种微笑，仿佛在说

---

1 伊斯兰的英文“Islam”在“i”和“s”之间多个空格，变成“I slam”。

2《脱线家族》是美国的一部电视连续剧，从1969年播至1974年，故事是关于姓布兰迪的一大家子的事。

3 文森特·普莱斯是美国著名的恐怖片演员，他在《脱线家族》里客串了休伯特·怀特海教授。

4 在《脱线家族》里有一集，简的好朋友露西发生日宴会的邀请函，不小心写给了玛西亚。简以为自己不被人喜欢的原因是别人都忌妒她的金发，所以为了改变样貌就买了顶黑色的假发，打算戴着去参加露西的生日宴会。品钦在《性本恶》中也略有提及这个细节。

“宇宙就是个笑话，但你不知道哪里好笑”，常常让玛克欣违背佛教教义地胡思乱想，生气到无法平静。玛克欣不想明确地骂他是“木鱼脑袋”，虽然她猜，假如有人在他的耳朵里放个轮胎气压表，那么读数没准儿要比标准值每平方英寸低个几磅。[1]

晚些时候在库格尔布里茨，齐格和奈杰尔及他的保姆去学以色列格斗术，玛克欣接上欧蒂斯和菲奥娜回家。两人不一会儿便坐到了客厅的电视机前看《暴力时刻》，里面有欧蒂斯目前最喜欢的两个超级英雄——以体形魁梧和个性称得上见义勇为而著称的无礼先生，还有邋遢侠，后者在平常生活里是个极度爱整洁的孩子，总是把床铺和房间整理得干干净净，但只要作为临时警察出去执勤，就变身成为正义而战的孤独的战士，把垃圾扔在讨人厌的政府机构里，贪婪的公司里，乃至人人都不怎么喜欢的整个国家，他还把废水管线改道，把对手埋在剧毒废料的小山堆里。在寻找诗性的正义，或者在玛克欣看来，压根就是在捣乱。

菲奥娜正处于精力充沛的孩童与阴晴不定的青春期之间的幽谷地带，虽然已经找到了平衡，可还是会摇摇晃晃，这不由得让玛克欣擦了擦鼻子，暗想这种平静会怎么样突然被打破呢。

“你确定，”欧蒂斯完全开启了绅士模式，“你不会觉得太暴力？”

菲奥娜她爸妈其实应该为这个小可人儿考虑买份心碎肇事险了，只见她扑闪着偷用了妈妈化妆品的眼睫毛。“你可以告诉我什么时候不要看。”

玛克欣一眼认出，那是女孩子假装什么事都可以让别人告诉她的惯用手段，就塞在他们面前一碗奇多健康食品，还有两瓶无糖汽水，示意他俩好好看，然后离开了房间。

“傻蛋开始让我不爽了。”无礼先生嘟哝着，全副武装的人员运输车和直升机正向他包围过来。

---

1 这儿的“木鱼脑袋”的英文原文是“airhead”，字面意思是“空气脑袋”。

齐格学完以色列格斗术回来，照旧是一脸青春期性焦虑的困惑。他非常迷恋他的教练爱玛·莱文，有传言说她以前在摩萨德工作。第一天上课时，他那个跟往常一样消息过于灵通、大脑又不思考的朋友奈杰尔脱口就问："莱文小姐，你是不是基顿[1]的女杀手呢？"

"我可以说是，但这样一来我就必须杀了你。"她低沉的声音中带着嘲弄，又不失性感。有几个人吓得嘴都张大了。"不是，孩子们，抱歉让你们失望了，我只是个分析师，在办公室工作，1996年沙布泰·沙维特[2]离开时，我也走了。"

"她是个美人，是吧？"玛克欣忍不住打听。

"妈妈，她是……"

足足等了三十秒，"你不知道怎么描述。"

还有纳夫塔利，她的男朋友，前摩萨德成员，他甚至只需要斜眼瞟人一眼就能把她杀掉，除非这说不定只是某个孩子步入青春期前情不自禁的幻想。

维尔瓦打来电话，说要吃过晚饭才能到。好在菲奥娜不是个挑食的孩子，其实就没有她不吃的东西。

玛克欣收拾完碗碟，往儿子们的房间里探了下头，发现他们和菲奥娜正聚精会神地盯着屏幕，屏幕上露出一个第一人称的射击手，他有许多强大的武器装备，背景是在一个看上去非常像纽约的城市里。

"孩子们，我怎么跟你们说暴力游戏的？"

"我们把溅血的选项关闭了，妈妈。很好玩，看啊。"一边敲着键。

在一家有点像是费尔威[3]的商店，新鲜的商品摆在前面。"好，注意观察下这里这位女士。"她从人行道上走来，一副中产阶级的模样，打扮得很得体，"她有足够的钱买杂货，对吧？"

---

1 基顿是以色列摩萨德组织的一个部门，据说主要负责处决对手。
2 沙布泰·沙维特于1989—1996年间担任摩萨德的首领。
3 费尔威是纽约一家著名的食品杂货连锁超市，创办于1933年，当时只是一家小型社区商店，现已发展成为拥有十几家门店的杂货连锁店。

“错了，快看。”这个女人在葡萄前面停下了脚步，葡萄在沾着露珠的晨光里还没有人动过，她毫无歉疚迹象地开始随便翻动，把一颗颗葡萄从根茎上摘下就吃。接着她走到李子和油桃那里，摸了摸其中一些，吃了几个，又把两三个藏到包里等会儿吃。然后她去浆果区吃早午饭，打开包装袋，偷一些草莓、蓝莓和树莓，大口大口地吃，完全没有羞耻感。接着又去拿香蕉。

“你觉得呢，妈妈，能足足拿个百来分，是吧？”

“她是个馋婆娘，不过我不觉得——”

太晚了——从屏幕边缘的射击手位置冒出来一把黑克勒&科赫UMP45的枪头，转过来朝向这个人渣，然后伴随着低音增强的自动手枪枪声音效，把她打飞了。解决得干干净净。她只是消失了，人行道上甚至连一滴血也没有。“看到没有？没有血，实际上不暴力。”

“但偷水果，罪不至死啊。如果是一个流浪汉呢——”

“目标名单上没有流浪汉，”菲奥娜向她保证，“没有孩子、婴儿、狗、老人——从来没有。我们其实是在对付雅皮士。”

“朱利安尼市长会说是提高生活质量的小事。”[1]齐格补充说。

“我从没想过，电子游戏是臭脾气的老年人设计的。”

“是我爸爸的合伙人卢卡斯设计的，”菲奥娜说，“他说，这是他给大苹果城的情人节礼物。”

“我们在帮他测试。”齐格解释道。

“在八点钟方向，”欧蒂斯说，“快看。”

穿西装的成年男人，手里拎着公文包，站在人行道车流的中央大声责备他的孩子，小孩看上去大概四五岁。辱骂声越来越凶，“如果你不——”男人把他的手举了起来，情况不妙，“后果会很严重。”

1 朱利安尼于1994—2001年间担任纽约市长。以前纽约有一个特殊景观：“洗车流氓”，地痞守在路口或塞车的区域，朝着开车人的挡风玻璃随便喷几下，再拿抹布或报纸擦一下，然后问对方要“服务费”，不给就踹门或吐口水。这些行为按照法律来说并非犯罪行为，于是纽约的警力并不致力于这种小事。不过朱利安尼坚持认为，整顿纽约市的秩序要从抓“洗车流氓”开始，不到一个月的时间，“洗车流氓”几乎销声匿迹。

“哼，今天就不会了。”全自动的武器选项又跳了出来，很快，骂人者不见了，孩子一脸困惑地到处张望，小脸蛋上仍挂着泪珠。屏幕角落的总分增加了五百分。

“那么现在他一个人在街上了，你们帮的大忙啊。”

“我们只要——”菲奥娜点击了下孩子，把他拖到标着“安全接收地带”的窗户里。“等信得过的家庭成员，”她解释说，“来把他们接走，买比萨给他们吃，带他们回家，他们的生活往后就不用担心啦。”

“快来，”欧蒂斯说，“我们到处去逛逛。”他们开始巡游纽约市各种不文明行为那逛不完的展馆，干掉大声讲电话的人、道德上自命不凡的骑自行车的人、推着双胞胎手推车的妈妈，她们的双胞胎已经足够大，完全可以走路了，却懒洋洋地躺在推车里。“一前一后地走，我们警告一下就放她们走了，但这位妈妈不听，瞧，并排走，路上的其他人就没法通过？算了。”砰！砰！双胞胎飞了起来，满脸笑容，飞到纽约的上空然后落入了儿童箱里。路人大多没有留意到他们的突然消失，除了虔诚的教徒，他们以为是被提[1]。“孩子们，”玛克欣感到震惊，“我不懂——等等，这是什么？”她发现公交车站有人插队，没有人注意到。黑科女侠快来救场！“好吧，我要怎么做呢？”欧蒂斯很乐意提供指导，你还没来得及说“再想想清楚”，那个爱占便宜的娘们就被迅速除掉了，她的孩子被拖到了安全的地方。

“干得漂亮，妈妈，那可是一千分。”

“其实挺好玩。”她扫视着屏幕寻找下一个目标，“等等，我没有说过这话。”过后，玛克欣想帮它找个积极正面的说法，想着这也许是进入反欺诈行业的一种虚拟的启蒙方式。

“你好，维尔瓦，快进来。”

“我没想到会这么晚。”维尔瓦把头伸进欧蒂斯和齐格的房间，“嘿，宝贝儿？”女孩抬头看了看，嘟哝着跟妈妈打了个招呼，又回到

1 被提是指耶稣再临时，已死的信徒将会被复活提升，活着的信徒也会被一起送到天上与基督相会，并且身体将升华为不朽的身体。

雅皮杀中。

“哦，看啊，他们正把纽约人一个个干掉呢，太可爱了！我没有针对个人的意思。”

“你很擅长这个——菲奥娜，虚拟谋杀这种事？”

“哦，一滴血都不流，好像是卢卡斯没有设计溅血的功能。大家以为是他们自己没启用，其实根本就不存在这个功能。”

“那么，”玛克欣清空面部表情和声音里任何指责的意味，“是妈妈都批准的第一人称枪手咯？”

“我们打算广告语就这么说呢。”

“你们在哪里做广告？互联网上吗？”

“深网。在下面，广告还在发展的初期，而且价格用鲍伯·巴克的话来说‘对路’[1]。”维尔瓦比画着引号的手势，她的头发又编回了辫子，来回弹跳着。

玛克欣从冰箱里拿出一包像是费尔威综合咖啡豆，把豆子倒在研磨机里。“保护好你的耳朵啊。”她把咖啡研磨好，倒进电动滴滤机的过滤器里，然后按下电源开关。

“这么说来，贾斯丁和卢卡斯现在进军游戏业了。”

“真的不是我在大学里学到的那种做生意的方式，”维尔瓦偷偷地告诉她，“活到这把年纪，生活应该很正经了，但那两个家伙老大不小了还在玩。”

“哦——男性焦虑，是的，这样就好多了。”

“那款游戏只是促销的赠品，”维尔瓦皱了皱眉，“我们的产品还是深渊射手。”

“那是……”

“跟‘出发’拼写相近，只是读成深渊射手[2]？”

---

1 鲍伯·巴克主持的一档电视节目叫《价格竞猜》，它是美国的老牌游戏节目之一，主要就是竞猜价格，然后拿奖品。

2 深渊射手的原文是“DeepArcher”，与“出发”（departure）极其相近。

“类似禅宗。”玛克欣猜。

“类似大麻。最近人人都在要源代码——联邦政府、游戏公司，还有该死的微软，都亮出了竞价，就是那种安全性设计——跟那些人以前看到的完全不一样，所以他们都很疯狂。”

“那么你今天是出去找下一轮投资的吗？这次哪位是幸运的风险投资人啊？”

“你能保密吗？”

“也不看看我是做什么的，专业装聋作哑。”

“要么，”维尔瓦想了想，“我们拉钩钩？”

玛克欣耐心地伸出小手指，钩住维尔瓦的小手指，眼神交流了下，“那么又——”

“喂，你连另一个库格尔布里茨的妈妈也信不过？”

于是，她们照例说了一番事先声明。玛克欣郑重地拉钩钩时，把另一只手插在口袋里手指交叉着。“我们今天碰到有人抢先出价，即使放在科技泡沫最厉害的那时，这也是一笔极好的投资。而且不是风险投资家，是另一家技术公司，今年在硅巷做得很好的那家，hashslingrz。”

呼呼呼。“是啊……我好像……在哪里听过那个名字。你今天就是去了那里吗？”

“一整天都在那儿。我还是充满活力的少女，他的精力也很好，那个人。”

“盖布里埃尔·艾斯，他给你们出了很高的价，要买那个什么来着，源代码？”

维尔瓦的耳朵都快碰到肩膀了，那种西海岸夸张的耸肩。“他显然不知是从哪里拿出一笔可观的款额，足够重新考虑上市了，我们已经把红鲱鱼[1]无限期推迟了。”

---

1 喻指用来诱惑他人使其转移视线的东西。此前，维尔瓦的公司主要通过吸引风险投资者而筹集发展的资金，她说是红鲱鱼，说明公司并不想真正上市，而是把上市作为噱头吸引更多的私人资本投资。

“等等，硅巷的收购热是怎么回事，难道没有跟泡沫破裂一起消退吗？”

“对那些从事安全维护的人来说没有，他们现在的形势一片看好。所有人都紧张时，公司考虑的就是怎么保护他们现有的东西。”

“那就是说，你们一直在跟盖布里埃尔·艾斯打交道。可以帮我签个名吗？”

“我们去了他在东区的别墅举办的午后聚会，他和他妻子塔利斯都在，他妻子在hashslingrz担任会计，我猜应该也是董事会成员。”

“这场收购彻底吗？”

“他们只需要，有这么一部分是到达某个地方但又不留下痕迹。至于内容，他们倒不怎么关心。它跟目的地或旅途过程没什么关系，说真的，这些活宝不在乎这些。”

时至今日，玛克欣已经对这类想掩盖踪迹的态度再熟悉不过了，甚至极其亲密了，虽然她但愿不要这样。接下来，它会从无知的贪婪变成某种可以辨识的欺诈行为。她在想，有没有人曾经帮hashslingrz做过贝内什模型[1]分析，看看公开的数据是如何按照老规矩被肆意篡改的。提醒自己——找时间做一下。“这个深渊射手，维尔瓦，是什么——一个地方吗？”

“是一趟旅程。下次你到我那里去，让他们给你演示一下。”

“好，有段时间没见到卢卡斯了。”

“他最近不怎么来，发生了点小矛盾。他和贾斯丁总是找借口吵架，从起先的要不要卖掉源代码开始。还是那老一套经典的网络两难境地，是从此锦衣玉食呢，还是做成压缩包免费发布，以维持他们身为极客的信誉，也许还有自尊，但这样的话只能挣个差不多中产的收入。”

“卖掉，还是免费赠送，”玛克欣仔细想了想，“是很难做的决定，维尔瓦。他俩分别想做哪一个？”

---

1 贝内什模型是一种数学模式，由美国会计学系教授贝内什于1997年提出，用来帮助揭露那些可能通过在金融报表上做手脚而操纵盈利的上市公司。

“两人同时都想做这两件事。”她叹了口气。

“可以理解。你呢？”

“哦，夹在两者中间？你会觉得这只是嬉皮士在矫情，但有一大拨钱砸进我们的生活，我并不开心。那可能非常具有毁灭性，以前在帕洛阿尔托，我们认识一两个暴发户，他们的人生一下子变得丑陋可悲，我宁愿看到这些人按部就班地工作，可能做点新的什么生意。”她斜着嘴笑了笑，“要让纽约人理解不容易，抱歉。”

“我见多了，维尔瓦。只要是资金流动，不管流进还是流出，都没关系，可一旦超过某个数额，情况就会变得很糟。”

“并不是说我在忍耐我老公，好吧？我只是讨厌他们吵架。他们真心喜欢对方，老天。他们故意摆出一副‘老兄你谁啊’的态度，但其实就像两个人在一起玩滑板。我应该吃醋吗？”

“吃什么醋？”

“你知道那类老派电影吗，里面有两个孩子是最好的朋友，一个人长大做了神父，另一个成了歹徒，好吧，那就是卢卡斯和贾斯丁。拜托别问我哪个是哪个。”

“但假如说贾斯丁是神父……”

“呃，那个……最终没有陷入枪战的。”

“那么卢卡斯……”

维尔瓦的目光朝远处望去，想摆出“海滩兔女郎[1]眺望大海”的神情，却只流露出玛克欣不得已见过很多次的那种表情。别——别插话，她建议自己，尽管那个几乎无法抑制的问题慢慢浮现了。维尔瓦有没有在背地里跟她老公的合伙人发生关系，抱歉，是“约会”？

“维尔瓦，你不会……”

“不会什么？”

“算了。”于是两个女人都耐人寻味地笑笑，耸了耸肩，一个人先，

1 海滩兔女郎一开始是指跟海滩边的冲浪手混在一起的漂亮女子，现在指在海滩边生活、工作和玩耍的漂亮女子。

一个人后。

有很多问题还没有讨论，其中一个是，玛克欣直到近来才发现维尔瓦和豆豆娃的事。好像是维尔瓦在外面做一些跟时尚的毛绒玩具和豆子袋混合商品有关的套利生意。他们第一次游乐约会后，“所有的豆豆娃菲奥娜都有，”欧蒂斯强调地点点头，“全世界所有的。”他想了一会。“好吧，是每一种豆豆娃，全世界的每一种，那就……跟仓库一样。”

儿子们时不时地会让玛克欣想起霍斯特，比如这会儿他傻愣愣地抠字眼的模样。她得控制住自己，不要抓起欧蒂斯，满嘴口水地亲吻他，像挤牙膏一样把他压扁，做出类似的事。

“菲奥娜有……那个戴安娜王妃的豆豆娃？”她反倒是问。

“‘那个’？拜托，妈妈。她有所有的版本，甚至是BBC采访周年庆的版本。在床底下，都堆在壁橱里，它们快要把她挤出房间了。”

“你是说菲奥娜是……喜欢豆豆娃那种女孩。”

“她倒还好，”欧蒂斯说，“她妈妈是家里最痴迷的。”

玛克欣留意到，每星期至少一次，维尔瓦一把菲奥娜安全地送到库格尔布里茨，就去86街搭穿城公交，赶往另一场豆豆娃的交易。她收集了东区一些零售商的名单，那些零售商通过邻近肯尼迪机场的某个神秘仓库，拿到从中国直运来的毛绒玩具。他们不等到卡车卸货，其实在飞机降落前就拦截下了资源。维尔瓦在东区廉价购入，然后跑回西区各种各样的玩具店，事先仔细地记下这些店的送货安排，以稍低于他们在自己的卡车送货来时要付的价格卖给他们，这样两方都赚了差价。另一边，菲奥娜虽然不喜欢收藏，却拥有越来越多的豆豆娃。

“而且这还只是暂时的，”维尔瓦解释说，在玛克欣看来她相当有热情，“再过十年、十二年，等上大学时，你知道这些对收藏家来说值多少钱吗？”

“很多？”玛克欣猜。

“多到没法计算。”

齐格就没那么确信了。“除去一两个特别款，”他指出，“豆豆娃并没有包装盒，可这对收藏家来说很重要，也意味着超过百分之九十九的豆豆娃乱糟糟地敞在那里，被踩踏，被咬开，还沾上了口水，掉进暖气片里找不到了，被老鼠啃了，十年以后不会有一个适合收藏，除非麦克尔默太太把它们藏到菲奥娜房间外面某个塑料保管箱里，阴暗控温的地方才好。可她永远也想不到这一点，因为这么做才合乎常理。”

“你的意思是……”

“她是个疯子，妈妈。”

5

身为当地“严肃八卦组织”会费缴清的会员，玛克欣费尽心思地打探hashslingrz的动向，没过多久就开始纳闷，雷吉摊上的到底是什么事儿啊，更糟的是，他这是硬把她往哪里拽呢。打个比方来说，从灌木丛中跳出来的第一个怪物，在摇晃着它所谓的鸡巴的，便是有些支出中出现的本福特定律[1]异常。

本福特定律以某种形式存在，已经有一个多世纪之久，可它作为反欺诈调查员的工具才刚刚开始在文献资料中露面。它的理念是，有人想要伪造一连串数字，可又做得过于造作，把数字完全打乱了。他们以为数的首位数字是从1到9平均分布的，因此每个数字出现的概率是11%，或是在11%上下浮动。但实际上，在大部分数字串里，首位数字的分布并非是线性的，而是呈对数。大约有30%的概率，首位数字其实是1——然后17.5%的概率是2，以此类推，沿着曲线下降，到9时，概率只有4.6%。

因此，当玛克欣逐项查看hashslingrz的这些支付款时，她数了数首位数字出现的概率，你猜怎么着，离本福特曲线可远了，在业内人

1 本福特定律是指在一对从实际生活得出的数据中，以1为首位数字的数的出现概率约为总数的三成，越大的数，以它为首的数出现的概率就越低，该定律可用来检查各种数据是否造假，它在20世纪二三十年代由物理学家本福特发现并通过检查许多数据来证实。

们管这个叫“造假的午餐肉”。

继续往下查，很快她就开始发现其他的猫腻：连续的发票号、加总起来不对的校验数位[1]、通不过卢恩算法的信用卡号。[2]情况变得很清楚，有人把钱从hashslingrz拿出来，然后零星碎雨地散布到各地不同的神秘承包商手里，其中一些几乎肯定是幽灵承包商，数额粗略算一下可能高达大几十万，甚至七位数出头，真叫人恐慌。

这些问题收款方中新近的一位是一家位于市中心的小公司，名叫hwgaahwgh.com，这是“嘿，我们这里有很棒很时髦的网页制图”的首字母缩写词。是吗？不怎么像。Hashslingrz一直定期支付款项给他们，而且总是在每一张几乎肯定是假发票开出的一周以内，直到有一天这家小公司突然破产了，可是依然有那些大笔大笔该死的款项继续汇入它的营业账户中，hashslingrz里显然有人采取了隐瞒措施。

她很讨厌像雷吉那样多疑的担忧变成现实。可话虽如此，多半还是值得一查的。

玛克欣从街的另一头朝那个地址走来，地址映入眼帘时，她的心头若不是明确地一沉，起码也是一紧，紧紧地缩进单人潜水艇里，航游在流经这个城市所有的地产交易下方的贪婪下水道里，那儿地形凶险，复杂如同迷宫。事实上，这幢楼是一座十分精致的建筑，有着赤褐色的贴面，一个世纪前盖起来时，就不像当时的商业地产那样华丽繁复，但很齐整，出奇得令人舒适，仿佛建筑师们确实考虑到了将来

1 校验数位，或叫无用数据总和，是基于对所有除金额外其他数字的运算，例如对这些数字进行求和。比如，假设账户数字是5 678，那么其数字之和是26，而校验位数就是和的最后一个数字。

2 并不是随便的信用卡号都是合法的，它必须通过卢恩算法来验证。验证过程为：1. 从卡号最后一位数字开始，逆向将奇数位相加；2. 从卡号最后一位数字开始，逆向将偶数位数字先乘以2（如果乘积为两位数，则将其减去9），再求和；3. 将奇数位总和加上偶数位总和，结果应该可以被10整除。

每天在这里上班的人。可它太精致了，犹如瓮中之鳖，请求别人在不久后的某一天将它推倒，把那个时代的细节设计重新利用到某个雅皮士的奢华公寓的整体装潢里。

大厅的地址栏里写着hwgaahwgh.com在五楼。玛克欣认识一些老派的反欺诈调查员，他们走到这一步时会心满意足地离开，可事后又懊悔不已。另一些调查员则建议她不管发生什么事都要继续往前走，直到站在那间闹鬼的屋子里，把幽灵供应商从它精心布置的沉默氛围中唤醒。

往楼上去时，她透过电梯门的缝隙看着楼层一层层闪过——穿着运动装备的人们聚在一排售卖机旁，人造竹子装饰着木制服务台，服务台木头的颜色比站在后面的白皮肤女郎的肤色还要浅，穿着校服打着领带的孩子一脸茫然地坐在某个高考培训师或治疗师抑或两者兼是的等候区。

她发现门是完全敞开的，整个地方空空荡荡，又是一家破产的网络公司，融入当前的办公室景观中——失去光泽的金属台面、邋里邋遢的灰色隔音材料、铁箱的隔板，还有赫尔曼·米勒牌工作间[1]——已经开始腐烂了，到处一片狼藉，积满了灰尘……

呃，只是差不多空荡荡而已。从远处的某个隔间里，飘来一阵微弱的电子旋律，玛克欣听出来是《可罗布希卡》[2]，90年代职场对不务正业的赞歌，节奏越来越快，伴随着紧张的尖叫声。确实是幽灵供应商啊。她是不是进入了某个超自然的时空扭曲里，办公室里懒人的幻影在继续浪费着数不清的人类时间玩俄罗斯方块？有这个游戏和Windows的纸牌游戏保驾护航，怪不得技术业全线溃败了呢。

她悄悄地朝传来悲伤的民间小调的方向走去，走到那里时，正好有个天真无邪的声音说了句“我操”，接下来是沉寂。一个年轻的女子

1 铁箱和赫尔曼·米勒均是美国办公家具的顶尖品牌。

2 “可罗布希卡”的原意为“贩子的包裹”，发源于19世纪，后被用于游戏俄罗斯方块的背景音乐。

用半莲花坐的姿势，坐在一个隔间里磨损的、落满灰尘的地板上，她戴着书呆子款眼镜，手托一台便携式游戏机，正目不转睛地盯着看。她的身旁有一台笔记本，处于开机的状态，通过从地毯下面冒出来的电线插到了电话插孔里。

"你好。"玛克欣说。

年轻的女子抬头看了看。"你好，我在这里干什么呢，呃，我只是下载些东西，56 k是很快的速度，可还是需要一些时间，所以趁着这台老古董在工作，我就操练下我玩俄罗斯方块的技能。如果你要找通电的终端，还有一些分散在其他的隔间里。说不定还有两三个硬件没被人掳走，RS232[1]、连接器、充电器、电线等。"

"我原本希望能找到在这里工作的人，不然更有可能的是，曾经在这里工作的人。"

"以前我在这里做过些兼职。"

"大吃了一惊，是吧？"玛克欣示意了下周围空荡荡的情景。

"没有，从一开始就很明显，他们花费太多的钱去购买通信设施了，这是网络从业者的经典错觉，还没反应过来，就又出了一桩清算事件，又有一批雅皮士去厕所里号啕大哭。"

"我这是听到了同情的声音，还是担忧？"

"去他妈的，那些人都疯了。"

"这要看他们在哪个热带海滩逍遥快活，而我们继续累死累活地干。"

"啊哈！又一个受害者，我敢打赌。"

"我们老板觉得他们可能收了我们双份的钱，"玛克欣信口胡诌起来，"在最后一张账单里，我们及时发现了问题，可有人建议我们应该派人去看看，当时我正好在喊声能到达的不远处。"

女孩的目光不停地瞟向她那台小电脑的屏幕。"太糟了，所有人都

---

1 RS232是一种接口电缆，在2001年前后，它是把调制解调器、打印机、鼠标等连接到电脑上的标准设备，现在，这些连接线已经过时，多用USB等更快的装备。

跑路了，现在只剩下些捡破烂的。你看过那部电影《希腊人佐巴》没，里面那位老太太一死，全村的人都跑到她家抢她的东西？好吧，这里就是现实版的希腊人佐巴。”

“壁式保险箱不容易打开，还是……”

“解雇通知书一发，所有的东西都清理掉了。你们公司呢？他们至少有帮你们把网站建起来然后正常运行吧？”

“无意冒犯……”

“哦，说来听听，标签杂烩汤[1]，是吧，到处挂满了蠢翻天的横幅，跟高中厕所里的隔间墙一样胡来。所有的都挤在一块儿，要找某样东西的话，一会儿你的眼睛就疼了。还有弹出式广告！一提起这个，‘window.open’是所有编写的脚本语言里最恶毒的代码，弹出式广告就是网页设计中的毒蘑菇[2]，我必须把它们狠狠地踩回老家去，很无聊的差事，不过得有人去做。”

“反正‘很棒很时髦的网页制图’，这个说法很奇怪。”

“是有点莫名其妙。我是说，我尽了自己的本分，但不知怎的，感觉他们的心思不在这里。”

“没准儿网页设计不是他们的主业？”

女孩有意识地点了点头，仿佛有人在监听。

“听着，等你这里忙完了——对了我叫玛克西——”

“德里丝科尔，你好——”

“我请你喝杯咖啡之类的吧。”

“好是好，沿着这条街走有一家酒吧，那里随时可以喝到芝玛[3]。”

玛克欣给了她一个眼色。

---

1 在网页开发上，标签杂烩汤指的是为某个网页编写的句法或结构不正确的超文本标记语言。

2 毒蘑菇的说法来自日本经典游戏《超级玛丽》，毒蘑菇是玛丽系列当中最为经典的敌人之一，相当弱小，常常需要玛丽跳起来一脚把它踩扁。

3 芝玛是一种柠檬味的麦芽酒精饮料，由库尔斯酿酒公司生产，最初于1993年问世，获得了很大的欢迎，以作为女生喝的饮料而闻名，2008年在美国停止生产，但日本仍有销售。

“你的怀旧情结跑哪儿去了，姐们，芝玛可是90年代的酒，来，第一杯我请客。”

“费边的比特桶[1]”开张于网络繁荣的早期岁月里。吧台后面的女招待看到德里丝科尔和玛克欣走进来，朝德里丝科尔挥了挥手，然后伸手去够芝玛的龙头。不一会儿，两人便在两三个曾经疯狂流行的新奇酒水的超大啤酒杯后面的一个小包厢里坐了下来。眼下，酒吧里还没什么动静，不过快乐的时光即将到来，有一场临时组织的解聘聚会就要开始，“比特桶”在举办这类聚会方面已经小有名气。

德里丝科尔·帕吉特是网页设计的自由从业者，“跟其他人一样，做一单算一单”，还做些编写代码的兼职工作，时薪三十美元——她干活速度快，又认真，名声很快传了开来，所以她差不多持续地有活可以干，偶尔在短聘周期里有空当，她就会去温尼列表[2]上找活干，要不然就把名片贴在大垃圾筒边，用诸如此类的方法混口饭吃。隔三岔五也会参加阁楼聚会，不过是冲着廉价酒水去的。

德里丝科尔今天来hwgaahwgh.com，是要找Photoshop的滤镜插件，她跟同龄的许多人一样养成了一种癖好，喜欢搜寻各种新奇版本的拾荒游戏。“我应该设计适合自己用的插件，我在自学滤镜工厂的语言，几乎跟C语言差不多，可抢夺更方便，今天我就从帮兹莫博士[3]修图的那些人那里下载了些东西。”

“什么，地铁里那个长着娃娃脸的皮肤科医生？”

“几乎是另一个人，对吧？一流的手法，清晰度，亮光。”

“那么……这么做合法吗……”

---

1 比特桶在计算机语言里指所有丢失的计算机数据去的地方，没有保存而丢失的文稿、下载损坏的文件、硬盘故障或系统崩溃丢失的数据等都可以在这一神秘的、储存着所有丢失计算机数据的地方找到。

2 “温尼列表”是“纽约万维网网页工作者的电子邮箱列表”（the New York World Wide Web Workers e-mail list）的缩写语（the WWWNY list，或是the Winnie list），它是网络发展的早期在网络专业人员中流传的一份列表，适合自由职业者用来找零活干。

3 兹莫博士指约翰·兹莫，他是纽约的皮肤科医生，因为大量做电视广告和地铁广告而著名，他的广告里说“现在你可以有漂亮干净的肌肤了”。

“就看你能不能进得去，抢得到，拿得走。你从没干过这类事？”

“经常干。”

“你在哪里工作？”

好，玛克欣心想，咱来看看会发生什么。“Hashslingrz。”

“哇。”德里丝科尔露出诧异的表情，“我也在那里做过一些零活。我觉得那里的全职工作我做不来。一群跪舔比尔·盖茨脸上的香蕉奶油派残渣的卑鄙之徒，他们让该死的微软看上去都像绿色和平组织。我怎么从来没见过你？”

“哦，我也是在那里兼职，一周去一次，做些应收账款的账目。”

“如果你是盖布里埃尔·艾斯的铁粉，那就忽略我说的话吧，但是——哪怕在一个遍地是傲慢卑鄙的小人的行业内，盖布身边方圆一英里以内的所有人都该穿防护衣。”

“我想我也许见过他一次。隔着些距离，我的视线里尽是各色各样的随从。”

“他做得还不算太糟，对于正好在最后时间里赶上的人来说。”

“怎么说？”

“街头信誉。在1997年前赶上的人都没有问题——在1997年到2000年之间的，两种情况都有，也许他们并不总做得很好，但一般来说，他们不是你现在在行业内看到的那种彻头彻尾的白痴。”

“他能算不错？”

“不，他是个卑鄙的家伙，不过属于早期那一批的。打先锋的卑鄙家伙。你有没有参加过传说中的hashslingrz聚会？”

“没有。你呢？”

“一两次吧。他们让所有光着身子的妞儿从货梯里出来，全身铺满KK甜甜圈的那次，还有布兰妮·斯皮尔斯假扮Jay-Z出席的那次，后来才发现只是长得很像布兰妮·斯皮尔斯而已。”

“哇，我错过了多少好戏啊。就知道不该生这些个孩子的……”

“不管怎样，那些日子现在都成了过去，”德里丝科尔耸了耸肩，

"成了往昔的回声，尽管hashslingrz还是像1999年那样在招人。"

唔……"我确实发现多了好些新的工资单，怎么回事？"

"还是那老一套的撒旦契约，只是更多而已。他们总是喜欢招徕业余的黑客——现在他们又建了个这个，它不光是一台有着防火墙的虚设的电脑，还是一个虚拟的公司，完全是个木人桩，像诱饵一样坐等一群脚本小子[1]上钩，留意他们的一举一动，等到他们快要破解核心部分时，逮住他们，威胁说要采取法律行动，然后给他们两个选择，要么去赖克斯[2]坐大牢，要么有机会朝成为一个'真正的黑客'迈出下一步，他们是这么说的。"

"你认识遇到过这种事的人吗？"

"认识几个。有些人接受了交易，有些人逃出了城去。他们帮你报名参加皇后区的一门课程，让你去学阿拉伯语，以及怎么写阿拉伯黑客文[3]。"

"那是……"她猜，"用标准键盘打出看上去像阿拉伯语的字吗？那么hashslingrz要干吗，进军新的中东市场？"

"这是一种说法。也有人说，人们每天来来去去，却完全不知道，即便是在星巴克里他们旁边的电脑上也满屏幕都是，残酷无情的赛博空间战争在没日没夜地进行着，还有黑客大战、DOS攻击、木马病毒、其他病毒程序、蠕虫病毒……"

"我好像在报纸上看到关于俄罗斯的新闻了。"

"他们很认真地对待网络战争，在训练人员方面投入了大笔开销，但是即使是俄罗斯，你也不用，"德里丝科尔假装在抽空气水烟，"像担心我们的穆斯林兄弟那样担心。他们才是真正的全球力量，他们一

1 在黑客文化里，脚本小子是指没有受过训练、想要用其他人开发的脚本或程序攻击电脑系统和网络的个人，这些人缺乏编写复杂程序和独立开发的能力，通常是个贬义词。

2 赖克斯是纽约市主要监狱的所在地，位于赖克斯岛上，该岛位于皇后区和布朗克斯区之间的东河上。

3 阿拉伯黑客文是指一些在互联网上用于传递信息的文字书写方式，比如说把阿拉伯语编码成阿拉伯数字和拉丁字母等。

直以来非常需要钱。时间像滚石乐队唱的那样，站在他们那一边，是的，的确是。[1]前头有麻烦了。办公室里有传言，说有一些天价的美国政府的合同，人人都想拿到，中东出现了大交易，圈子里有人说第二次海湾战争就要爆发。也许布什想超过他老爹。”

分身有术的玛克欣立刻切换到焦虑的妈妈模式，想着她的两个儿子现在可能年纪尚幼，不会被征召入伍，但是再过十年呢，考虑到美国打仗总会拖好多年，到时他们就是桶中之鳖了，十有八九是四十二加仑的那种桶，现在只要卖二十到二十五美元……

“你没事吧，玛克西？”

“想问题呢。听起来，艾斯想建立下一个邪恶帝国啊。”

“叫人伤心的是，总有那么多程序猿闭着眼睛跳下去，当机器的炮灰。”

“他们就这么点脑子吗？电脑迷的复仇都跑哪儿去了？”

德里丝科尔冷冷地哼了一声道：“不存在电脑迷的复仇了，你知道吗，去年当一切崩溃时，真正有意义的是书呆子再一次失败出局了，四肢发达的傻大愣赢了，向来都是如此。”

“行业里有这么多电脑迷的亿万富翁又怎么说？”

“装点门面而已。科技业全面溃败时，有几家公司幸运地存活了下来，很好。但是更多的公司倒闭了，最大的赢家是那些有幸拥有华尔街老式愚蠢的人，到最后那才是无敌的。”

“拜托，不可能华尔街所有的人都很蠢啊。”

“有些宽客[2]很聪明，但是宽客总是来了又走了，他们只是受人雇用的书呆子，跟随着潮流变化。傻大愣即使被随机交叉咬到屁股了可能还不知道它是什么，可他们有那种繁荣兴旺的动力，他们跟深层的

---

1 滚石乐队有一首歌里唱道，“时间站在我的身边，是的，的确是”，这首歌由拉格沃创作，1964年走红。

2 宽客是受过严格科学训练的数量金融师，这个职业的具体类型包括从事交易模型、模型识别、研发、程序设计、统计套利、风险管理等的专业人士。

市场律动保持同步，那总是会打败书卷气质的，不管它变得多聪明。”

快乐时光开始了，酒槽里的酒水价格降到了二美元五十美分，[1]德里丝科尔换了芝马提尼喝，其实就是芝玛和伏特加的混合酒。玛克欣哼着上班族妈妈的布鲁斯，继续喝芝玛。

“我真心喜欢你的头发，德里丝科尔。”

“我跟其他人一样打理头发，你知道，正儿八经的黑色，前面留着短短的刘海，但是我一直偷偷地想学《老友记》里的瑞秋，于是我就开始收集詹妮弗·安妮斯顿的图片，从网站上、小报上等。”

德里丝科尔很快就发现，自己有满满一钱袋的剪贴照片和截屏照片，她从一家美发沙龙跑到另一家，心情也越来越迫切，急着想把头发做成和詹妮弗·安妮斯顿一样——后来她才慢慢明白过来，事情出点纰漏总比正确无误来得更为容易，因为即使花上好几个钟头执着地一根根头发进行配色，用极客电影里整套实验室的奇怪设备来定制风格，结果也往往比“就快接近了，但是没有雪茄[2]”好不了多少。

“也许，”玛克欣柔声地说，“你本来就不应该，怎么说呢，那样吧……？”

“不，不！就是要那样！我喜欢詹妮弗·安妮斯顿！詹妮弗·安妮斯顿是我的榜样！万圣节那天，我总是装扮成瑞秋！”

“好吧，但是这……跟布拉德·皮特没什么关系吧，还是说……”

“哦，哦，他俩的婚姻绝不会长久的，他配不上詹妮弗。”

“布拉德·皮特配……‘不’……上。”

“等着瞧吧。”

“好吧，德里丝科尔，虽然我知道并不可取，但还是建议你试试花市区那家‘默里和莫里斯美发店’。”她在钱包里一阵翻腾，找他家的

---

1 在英语里，酒槽里的酒水通常指用低成本的普通烈性酒，而不是某一特定品牌的酒做成的酒精饮料，这些低成本酒通常储存在酒保随手可拿到的酒槽里，故因此而得名。因为这些酒价格便宜，一些酒吧会以特价来鼓励客户光顾。

2 就快接近了，但是没有雪茄：在19世纪美国的狂欢节上，人们常常以雪茄为奖品奖励给获胜者，现在这一说法常用来对没有获得奖品的人说。

会员卡，或者说更像是九折的体验优惠券。那两个神经错乱却莫名其妙地通过了行业认证的美发专家近来瞧见詹妮弗·安妮斯顿模仿热中大有商机，就大手笔地投资萨哈格[1]卷发夹，还经常去加勒比的度假胜地参加发色挑染的集中辅导工作坊。两人坚持不懈的创新动力还扩展到了其他的沙龙服务上。

"今天试一下我们的生肉面膜，莱夫勒太太？"

"呣，那个怎么样？"

"你没有收到我们邮寄的特价通知吗？这个星期都是折扣价，能奇迹般地改善肤色——当然是新鲜宰杀的，那些酶还没来得及分解，怎么样？"

"呃，我不……"

"好极了！莫里斯，杀……鸡！"

从后屋传来一阵恐怖的惊叫声，接着又安静下来。玛克欣这时正斜靠着椅子，眼皮不停地跳动，只听——"现在我们要涂这个东西，"啪！"……这个是生肉，直接涂到这张漂亮但松垮垮的脸上……"

"呣呼……"

"怎么？（轻一点，莫里斯！）"

"为什么会……呃，那样动来动去？慢着！是不是——你们这些家伙把死鸡肉放在我的——啊啊啊啊啊！"

"还没完全死呢！"莫里斯喜滋滋地告诉扑腾着的玛克欣，鸡血和鸡毛飞溅得到处都是。

她每次来这里，情形都跟这次差不多。每回走出美发店，她都发誓这是最后一次。可还是不由得发现，最近有成群的假詹妮弗·安妮斯顿争相等着用电吹风，仿佛城里就是拉斯维加斯，而詹妮弗·安妮斯顿就是下一个埃尔维斯[2]。

"贵吗？"德里丝科尔问，"他们怎么做的？"

---

1 萨哈格应该是指纽约曼哈顿著名的发型师约翰·萨哈格。
2 美国五六十年代著名的摇滚歌手埃尔维斯·普雷斯利，绰号"猫王"。

"还在你们这些人常说的测试阶段，所以我觉得他们会给你一个优惠价的。"

周围的人群慢慢分成了一批各色人等的男黑客、女黑客，还有公司白领，他们换上了从一家酒吧喝到另一家的行头，出来要么是来找艳遇，要么找廉价劳工，就看今夜的运气怎么样。

"有一样东西这里没有以前多了，"德里丝科尔指出，"就是以色骗钱的男女，这些人以为这里有一大把电脑迷亿万富翁从厕所里走出来，就这么走进他们的生活。虽然在以前也是比幻想好不了多少，可现在这些日子里，哪怕是最偏执的技术钓金女也不得不承认，轻易可得的钱财太少了。"

玛克欣注意到，吧台那边有两个人似乎在盯着不知是她，还是德里丝科尔，还是她们两个人看，兴趣不一般。虽然很难说这里的正常兴趣是什么样，但他们在玛克欣看来并不太正常，这可不是喝芝玛后说的胡话。

德里丝科尔循着她的目光望去。"你认识那边的那些人吗？"

"不认识，啊哈，以为是你认识的人呢。"

"他们是第一次来这儿，"德里丝科尔非常确信，"看上去像警察。我应该吓一跳吗？"

"突然记起来我不该出来溜达的，"玛克欣窃笑道，"那我出去了，你留下来，看看他们到底跟踪的是咱俩中的哪一个。"

"我们故意演一场戏，写下自己的电子邮箱地址和电话号码这些东西，那样的话我们看起来就不像多年的同事。"

原来玛克欣才是他们真正感兴趣的人。这既是好消息，也是坏消息，德里丝科尔瞧样子是个乖孩子，不需要这些白痴跟踪。而另一边则是玛克欣，此刻因为喝了柠檬味的波普甜酒而微微露出醉意，她得想法子甩掉他们。她搭了辆出租车，朝城里而不是城外驶去，途中又假装改变主意，这让司机大为恼火，最后来到了时代广场。好几年里，如果可以的话，她已经特意不到时代广场的附近去了。在她的记忆里，以往年少轻狂的岁月里那个脏乱的地方已经不复存在，朱利安尼和他那帮开发商朋友们，还有那帮以郊区为城市标准的势力，已经把这个地方迪士尼化了，它变得非常贫瘠——阴郁的酒吧、卖降胆固醇和减肥药的药房、色情影院已经被推倒或翻修了，邋里邋遢、无家可归、没有发言权的弱势群体被赶走了，也不再有毒贩子、皮条客或表演三公术[1]的卖艺人，甚至都没有孩子逃学去玩老式弹珠台了——都被赶走了。生活会怎么样，某种关于它的愚蠢的共识，正无情地控制着整个城市，仿佛恐怖的颈索一般越勒越紧，那些只有在郊区有车有房的人才消费得起的电影城、购物中心、大型连锁商店，所有这些无不让玛克欣感到恶心。啊啊啊！他们已经着陆，他们就在我们中间，市长的老本营在郊区及更远的地方，[2]这帮了他们不少的忙，市长就是他们中的一员。

今晚，他们都在这里，聚在他们自己的美国心脏地带的这个重生的仿制品里，在这个邪恶的大苹果城里。玛克欣在人群中逗留了好久，最后躲进了地铁，她搭乘1号线到59街，换乘C火车，在达科塔下车，随后在一车日本游客中穿梭前行，这些游客在约翰·列侬被暗杀的遗址拍照留念。等到她再回头看时，已经见不到在跟踪她的人了，如果说他们在她踏进“比特桶”前就在雷达上盯上了她，那么多半也知道她住在什么地方。

1 三公术是纸牌魔术中的一个很经典的赌术表演，有着两百多年的历史，魔术师可以用它来赚演出费，街头骗子用它来骗钱。

2 时任市长的朱利安尼出生于纽约布鲁克林区，后全家搬至长岛。

6

晚饭吃比萨。还有什么新鲜事？

“妈妈，那个疯婆子今天来我们学校了。”

“然后呢……有人报警了，还是怎么？”

“不是，我们开集体大会，她是演讲嘉宾。她从前也是从库格尔布里茨毕业的。”

“妈妈，你知道布什家族跟沙特阿拉伯的恐怖分子有生意往来吗？”

“你是说石油生意。”

“我觉得她是这个意思，不过……”

“怎么？”

“好像还有其他事，她想说，不过不方便对着一群孩子说。”

“真遗憾我错过了。”

“你来参加高年级的毕业典礼吧，她还会再来当演讲嘉宾的。”

齐格递过来一张传单，上面是帮某个叫“下地狱者小报”的网站做的广告，“玛奇·凯莱赫”在上面签了名。

“嘿，那么你见到玛奇了。好，事实上，很好。”Hashslingrz的传奇在这儿继续上演。玛奇·凯莱赫碰巧是盖布里埃尔·艾斯的岳母，她的女儿塔利斯和艾斯是在大学里谈的恋爱，可能是卡内基·梅隆[1]。据说，跟这位网络亿万富翁的收入增长以同比例增加的，毫无疑问是紧随而来的冷漠。当然这不关玛克欣什么事，虽然她知道玛奇本人离了婚，除了塔利斯以外还有两个孩子，是两个儿子，一个在加利福尼亚的IT界做类似公职人员，另一个去了加德满都，此后云游各方，偶有明信片寄来。

玛奇和玛克欣初次相识是在十年还是十五年前的合作公寓暴乱中，那时，房东们故态复萌，使出盖世太保的伎俩让现租户搬走。他们出的钱少得让人嗤鼻，可就是有一些租户接受了。不肯接受的租户则受到了差别对待，他们移走了公寓的门，说是要"例行维护"，不收走垃圾，还放出攻击犬，雇来流氓暴徒，把80年代的流行音乐开到震天响。玛克欣注意到，玛奇站在由社区里的故意搅局者、老左派、租户权益组织者等人组成的抗议队伍里，站在哥伦布大道上的一栋楼的前面，等着工会巨大的充气工贼鼠辈出现。抗议队伍的标语包括"**欢迎鼠辈——房东的一家**"和"**CO-OP——残忍无礼粗暴的行为**[2]"。无证的哥伦比亚移民把家具和家庭财产全都搬到人行道上，想要无视这场情绪骚乱。玛奇把英国裔老板逼得靠在卡车上，狠狠地斥责了他一顿。那时的她身材纤细，红色的头发中分齐肩，后面用发网兜住，这发网其实是她一整柜复古发饰中的一个，现在已经成为她在街坊邻里的标志。就在深冬里的那一天，玛奇戴着绯红色发网，脸颊边缘在玛克欣看来泛着银光，犹如某一张年代久远的照片。

玛克欣一直想找机会跟她说句话，这时有个叫萨缪尔·克里克曼医生的房东现身了。他是退休的整容医生，与他一同前来的还有一小群他的继承人和财产受让人。"你这个卑鄙贪婪的老混蛋，"玛奇兴高采烈地迎上去，"你居然敢在这里露脸。"

"丑恶的荡妇，"这位和蔼的大家长回答道，"我们行业里没人会碰你这样的脸，这个婊子是谁，赶紧把她撵走。"有一两个曾孙走向前去，乐意效命。

---

1 本书所提到的几处卡内基·梅隆均指卡内基·梅隆大名。
2 英文里的"残忍无礼粗暴的行为"的首字母缩写正好也是CO-OP，也就是"合作公寓"。

玛奇从钱包里掏出一罐二十四盎司的洁力牌烤炉清洁喷雾剂开始摇晃。“问问这位知名的外科医生，碱液会把你们的脸怎么样，孩子们。”

“快叫警察。”克里克曼医生下令道。抗议队伍里有几个成员走上前来，开始和随同克里克曼来的人商量事情。双方争执不下，随后便发生了轻微的肢体冲突，《邮报》在报道故事时可能稍微夸张了些。这时，警察出现了。随着光线慢慢变暗，加之时限临近，众人便散了去。“晚上我们不抗议，”玛奇告诉玛克欣，“我个人不喜欢从抗议队伍里退下阵来，但现在我可以去小酌一杯。”

最近的一家酒吧叫“老伙计”，采用爱尔兰工艺，但偶尔会有一两个年迈的英国同志溜达进来。玛奇想喝“爸爸的渔船”[1],酒保赫克托便帮她调了一杯，仿佛他最近一周都在调这种酒，但之前只见过他吸啤酒和斟酒。为了陪陪玛奇，玛克欣也要了一杯。

两人发现，原来一直以来她们的住处只相隔几个街区。玛奇从50年代末开始就住在这个社区，当时，波多黎各裔的匪徒不停地骚扰社区里的英国人，太阳下山后人们都不敢到百老汇以东的地方去。她讨厌林肯中心，因为它毁坏了整个社区，七千多个波多黎各家庭背井离乡，只因为英国人的醉翁之意不在高雅文化上，他们只是畏惧这些人的子孙后代而已。

“伦纳德·伯恩斯坦写了一部与此相关的音乐剧，不是《西区故事》，是另一部，罗伯特·摩西[2]在里面唱道：

扔那些波多
黎各人到
大街上——它只是个

1“爸爸的渔船”是用朗姆酒、柠檬汁和葡萄柚调制的一种黛绮丽鸡尾酒，因为作家海明威而获得该名称，“爸爸”是古巴人对海明威的昵称，因此，这种酒也叫海明威版黛绮丽。

2 罗伯特·摩西是20世纪纽约及其市郊的建筑大师，他的设计理念是通过道路、桥梁等把纽约与周围其他地区紧密联系起来，为人们出行、工作和生活提供极大的便利。他对纽约城市面貌的影响延续至今。

贫民窟，全部推
倒——倒——倒！”

一阵尖厉的百老汇男高音，足以让玛克欣胃里的酒凝结。“他们甚至胆大妄为到跑到他们破坏的社区里拍摄该死的《西区故事》。文化，我很抱歉，赫尔曼·戈林[1]说得没错，每次你听到这个词，记得检查下随身携带的手枪。文化诱使富人产生最卑劣的冲动，它抛弃一切尊严，乞求被郊区化，被腐化至堕落。”

“你有空时真应该见见我爸妈，虽然他们不喜欢林肯中心，但是你可以让他们别去大都会艺术博物馆啊。”

“你开玩笑吗，伊莲恩，还有厄尼？我们是老相识了，我们以前常常在同一场游行里碰到。”

“我妈参加游行？为了什么，哪个地方的折扣？”

“尼加拉瓜，”玛奇没觉得好笑，“萨尔瓦多、罗纳德·雷刚[2]和他的小兄弟们。”

那段时间，玛克欣还住在家里，攻读学位之余会偷偷溜出去参加周末的俱乐部嗑药狂欢，当时只留意到伊莲恩和厄尼看上去有些心烦意乱。直到过了很多年，他们才愿意分享他们记忆里的塑料手铐、胡椒喷雾、无标志的货车，还有警察最擅长的警察作为。

“又让我做了回迟钝的女儿。他们准是听了什么传言，说我性格上的缺陷。”

“说不定他们只是不想让你惹上麻烦。”玛奇说。

“他们可以邀请我一道去啊，我可以做他们的后盾。”

“再晚开始都不迟，天知道我们还要做多少事，你以为情况已经好转了？继续做梦吧。负责发号施令的该死的法西斯分子从未停止过让

1 赫尔曼·戈林是纳粹德国的一位军事领袖，组建了盖世太保，他有一句名言："我一听到文化这个词，就伸手去掏我的勃朗宁。"勃朗宁是一种小型的自卫自动手枪。
2 指曾任美国总统的罗纳德·里根。

异族人相互憎恨，这是他们压低工资、抬升租金、维持东区一带所有权力、让一切像他们希望的那样保持丑陋和愚蠢的方式。”

“我确实记得，”玛克欣现在告诉儿子们，“玛奇总是那么地……政治？”

她在日程表上贴了个便签贴，提醒自己去参加毕业典礼，看看那个用发网兜住头发的老疯狗最近在忙些什么。

雷吉来报告最新的进展。他去见过了他的IT专家艾瑞克·奥特菲尔德，艾瑞克近来在深网里打探hashslingrz的秘密。“告诉我，什么叫阿特曼-Z？”

“人们用来预测一个公司会不会在比方说未来两年里破产的公式。你把数字代入进去，找小于好像是2.7的得分。”

“艾瑞克找到了一整个文件夹，里面全是艾斯对不同的网络小公司做的阿特曼-Z分析。”

“目的是……得到什么？”

雷吉的眼神在闪躲。“嘿，我只是举报人而已。”

“这孩子给你看什么结果了吗？”

“我们不怎么在网上聊天，他非常多疑，”是啊，雷吉，“只喜欢在地铁上面对面碰头。”

今天，有个脑子有病的白人虔诚教徒在车厢的一头跟另一头的黑人合唱团比赛谁的嗓门大。这刚好是个完美的时机。“我给你带了些东西。”雷吉递过来一张光盘，“我要告诉你，这可是得到林纳斯[1]本人用

1 林纳斯是著名的电脑程序员，Linux系统内核的发明人，他选取了企鹅作为Linux系统的吉祥物。企鹅尿是一种想象的东西，林纳斯把企鹅尿洒在其他人所做出的贡献上，以这种仪式赐福于他们，让他们正式成为内核的合作成员。这种说法首次出现于1998年11月，当时，林纳斯把内核的维护工作移交给考克斯，他说："我不会抢不属于我的功劳：2.0.X的所有工作都是考克斯维护的［……］他请我'洒些神圣的企鹅尿在上面'来赐福和正式宣布，我就这么做。"

企鹅尿赐福的光盘哦。”

“这是要让我现在就内疚，是吧？”

“当然，会有帮助的。”

“我参加，雷吉，只是不是太自在。”

“你总好过我，坦白说，我根本没那胆量。”原来他们要像炮弹一样径直俯冲到怪异的深处。艾瑞克使用的是他兼职的地方的电脑，那是一个没有IT菜鸟的大公司，公司正处于危机当中，而之前根本没有人注意到危机会发生。有一点不同，每回他从深网中浮到表面来，都会比以前更反常一些，至少在他周围隔间的人们看来是如此，不过那些人中有好几个经常花大把时间在主机房里吸食灭火器里的哈龙[1]，他们观察起问题来未免有失偏颇。

情形不像艾瑞克料想的那样简单。加密设置虽然算不上极端严谨，但着实很有挑战。雷吉幻想着迅速进去打探下就出来，但艾瑞克发现这家7-11便利店的员工个个带着全自动突击步枪。

“我好几次闯进这个黑暗的档案室里，那里锁得严严实实的，直到我破解进去才知道里面藏了些什么。”

“你说的是限制访问。”

“它的理念是万一碰上天灾或人祸，好歹有一个故障保险箱，你可以把资料藏在远处某个地方的冗余服务器里，希望至少有一台能躲过灾难，只要不是世界末日。”

“我们所理解的末日。”

“如果你想拍手称快的话。”

“艾斯觉得会有灾难发生？”

“更有可能的是，他只是想把东西藏起来，躲避多管闲事的人。”艾瑞克起先的策略是假装自己是个来找乐子的脚本小子，看看能不能从

1 哈龙是属于卤代烷的化学品，主要用于灭火药剂。

“后门”进去，然后安装一个Netbus服务器。[1]然而屏幕上立刻弹出一段用黑客文写的信息，还有“祝贺你菜鸟，你以为你进来了但是你真正所在的是个鬼地方”的对话。这个回复的风格里，有某样东西吸引了艾瑞克的注意。为什么他们的安全系统要大费周章做得如此个性？为什么不简洁一点、程式化一点，比如说“拒绝访问”？某样东西，也许仅仅是它调皮的热情，令他想起了90年代的老牌黑客。

他们是在逗他吗？他们会是什么样的玩伴呢？艾瑞克心想，如果他只是四处打探的包猴[2]，那么他得故意装作不知道这些家伙的来头有多大，甚至他们是谁。所以一开始，他着手破译密码时，表现得仿佛密码可能像微软的LM哈希值[3]一样老套，连傻瓜也能破解。安全系统又以黑客文回应了，“菜鸟你知道自己在跟谁捣乱吗？”

此时，雷吉和艾瑞克已经在布鲁克林区中部了，出口处远远传来嘟哇音乐和《圣经》朗诵的声音，艾瑞克做好了开溜的准备。“你总是在那里进进出出，雷吉，有没有正好碰见过他们安全系统的人？”

“我听到谣言说，盖布里埃尔·艾斯亲自管理那个部门，背后应该是有段故事的。有个人把一个通电的终端放在桌子抽屉里，忘了告诉他。”

“忘了。”

“等大家都知道时，各种各样的专有代码都供人免费获取。他们花了好几个月维修，跟海军的一个大合同也泡了汤。”

“那个粗心的职员呢？”

---

1 后门是指一种黑客工具，由开发商在计算机代码里插入的安全弱点，以更好地为合法的用户提供支持。它的名字是对微软的服务器软件Back Office和“back door”的戏仿。Netbus不是病毒，但广泛用来偷窃数据和删除文件，它允许黑客读取数据和远程控制一些视窗功能。Netbus包括服务器和客户机部分，服务器必须安装在你想控制的人的计算机上。

2 包猴在互联网上特指一类人，他们故意用数据包淹没网站或网络，对受攻击的网站或网络的用户而言会造成拒绝服务的情景。包猴跟脚本小子的不同点在于它不会留下痕迹，使得包猴的身份难以被追查到。

3 哈希算法将任意长度的二进制值映射为固定长度的较小二进制值，这个二进制值成为哈希值。微软的LM哈希值则是指微软LM先于Windows NT用来储存用户密码的最初的哈希值。

"消失了。这些都是公司里的传言，知道吧。"

"说明很可靠。"

在雷吉看来，不会比象棋游戏更加危险。防御、后退、假动作。当然，除非这是一场在公园里临时组织的游戏，你的对手在毫无预警的前提下突然变得极度精神错乱。

"不管是多疑症还是什么，总之艾瑞克很来劲，"雷吉向玛克欣汇报说，"他逐渐觉得，这可能是某种入学考试，如果在另一端的是艾斯本人，如果艾瑞克足够优秀，也许他们会招募他。也许我应该让他拼命逃。"

"我听说这是他们的招聘策略，你可能也知道吧。但雷吉，你听上去对手头的工作不那么热心了呢。"

"你听说的其实不过是冰山一角，我甚至不知道在这件事上我在做什么。"

呃哦。玛克欣直觉性地警惕了起来。当然这不关玛克欣什么事，可她还是说："你前任。"

"还是那老一套的忧郁调调，没什么大事。现在她和她老公正商量着要搬去西雅图。我也不知道，他是大公司的精英人物，主管肛门不适[1]的副总裁。"

"啊，雷吉，真抱歉。在从前的肥皂剧里，'调去西雅图'是领盒饭的意思。我以前以为，像亚马逊、微软这些公司全是由虚构肥皂剧看不上的人物成立的呢。"

"我一直都提心吊胆的，直到格雷西寄来了一张很可爱的通知单，上面写着'太棒了！我们要有宝宝了！'。的确也到时候了，是吧？所以一切都尘埃落定了。"

"你还好吧？"

"总要好过我的孩子成了他的让我心里发毛，噩梦连连，真是噩梦

1 肛门不适的另一个说法是"pain in the butt"，也就是"讨厌鬼"的意思，所以在这里是讽刺。

连连啊。仿佛他是该死的施虐狂。”

“得了吧，雷吉。”

“怎么，这种事经常发生。”

“家庭剧看多了，对你的大脑不好，还是看看午夜过后的卡通片吧。”

“拜托，那我应该怎么应付呢？”

“我知道这不是你能轻易放下的事。”

“其实我想到了一种更积极的方法。”

“哦，不，雷吉，你不是要……”

“往那狗杂种的屁眼里捅顶帽子，光想想就很带劲是吧……可要那样的话，恐怕格雷西再也不会理我了，女儿们也是。”

“嗯，还是不要了。”

“也考虑过强夺作战，可我甚至连那个也承担不了。我早晚得工作，光靠社保号，他们就能逮到我，然后我下半辈子都要跟律师打交道了。而那尖头发哥们[1]得到了我的女儿们，我却再也不准见她们。所以近来我在想，也许我应该多去那里示示好。”

“噢，那……他们欢迎你去吗？”

“或许我会先找份工作，然后给大家一个惊喜。只是不想你们把我看扁了。我知道，我看上去像在逃避什么，可纽约才是我真正逃避的地方，现在，我和孩子们就要隔开整个大陆了，太远了。”

玛克欣在调查像hwgaahwgh.com这样的小型新公司时，会习惯性地顺便看一下牵涉到的投资人。假如有人亏了钱，那么他们总有可能会想要雇用玛克欣，处理抢险车尾气排放之类的问题。跟hwgaahwgh

1 在《呆伯特》系列漫画中，主人公呆伯特的老板有着尖尖的头发，叫作尖头发老板，他缺乏管理能力和一般常识，爱说大话。

有关联的名字中出现频率很高的，是位于苏豪区[1]的一家风险投资公司，名称叫“街灯人家”。就是《别停止相信》里的歌词[2]，玛克欣想象着。在这家投资公司列出来的客户里——无疑是巧合——也正巧有hashslingrz。

“街灯人家”在一个有着铸铁外墙的地方，那里曾是工厂，离苏豪区周边的主要购物街有段距离。血汗工厂年代留下的因果报应的回音，早已被便携式音响系统、屏幕和地毯铺盖驱走了，化为中性的不再困扰的缄默。巴迪·奈廷格尔[3]牌座椅周围摆放着形形色色含苞待放的水培植物、水仙花和倒挂金钟，几张奥托·察普夫[4]设计的黑色皮制老板椅，不时地点缀在由朱家田[5]特别设计的拉丝镍工作台中间。

要是有人问起来，罗克韦尔·“罗基”·斯拉杰亚特会解释说，他名字的最后去掉了元音，是为了做生意的顺畅和节奏感所付出的代价，就像歌剧里的歌词一样。其实，他以为会听上去更像英国人，只不过对一些特殊来访者而言，比如今天的玛克欣就算得上一位，他们知道他会突然反转，又变得像少数族裔一样滑溜。

“嘿！你要来点吃的吗？来个福椒鸡蛋三明治咋样？”

“谢谢，可我刚刚——”

“我老妈做的福椒鸡蛋三明治。”

“哦，斯拉杰亚特先生，这就要看情况了。你是说这是你妈妈的秘诀？还是说，这是她私人的胡椒鸡蛋三明治，出于某个原因她把它们藏在那个餐柜里，而不是本来应该放的冰箱里？”玛克欣跟肖恩学习

---

1 苏豪区是纽约曼哈顿内的一个区域，最早被人称为铸铁区，因为这里从19世纪中叶开始大量使用铸铁来装饰外墙，它的南北分别是运河大街和休斯敦大街，因此而得名。SoHo是South of Houston的简称。

2《别停止相信》是美国旅行者乐队于1981年推出的一首歌曲，这首歌曲成为时代名作。里面有句歌词是“陌生的人们等候着/来来回回于大道上/他们不停地在夜晚互寻身影/街灯人家/活着只是要找出那份情感/隐藏于夜晚的某处”。

3 巴迪·奈廷格尔于1928年在加拿大多伦多市中心创办了奈廷格尔公司，专门生产桌椅。

4 奥托·察普夫是享誉世界的德国设计师，主要从事桌椅等办公家具的设计。

5 朱家田是著名的华裔美国设计师，曾任办公室家具设计的领导品牌“铁箱”的首席设计师。

时，在一种叫“假吃”的奇异的亚洲技巧方面受过训练，所以如果真要吃的话，她会仅仅假装在吃胡椒鸡蛋三明治，别看这三明治外形地道，里面有可能放了几乎任何毒药。

“没关系！”他抢回那个三明治，它现在看起来在不自然地晃动，“它是塑料的！”然后把它扔到桌子的抽屉里。

“有点难嚼碎。”

“你真逗，玛克西，我这么叫你可以吧，玛克西？”

“当然。我不叫你罗基也可以吧？”

“随你愿意，不着急，”突然有那么一瞬间，他很像加里·格兰特[1]。什么？在玛克欣周围的某个地方，很久没用的天线在振动，开始追踪目标。

他接起电话。“别挂电话，好吗？什么？跟我聊聊……不。不，领售是板上钉钉的事了。[2]完全棘轮条款[3]，也许可行吧，但得问问斯帕德。”他挂了电话，在电脑里打开一份文档。“好，这是关于最近破产的hwgaahwgh网站的事。”

“你是他们的，或者我应该说，曾经是他们的风险投资人？”

“是啊，我们做的是他们的A轮投资。自那以后，我们一直想要发展成更像是夹层投资[4]。早期投资太简单了，真正的挑战，”他忙着敲击键盘，“是在重组成不同的分券上……帮公司估值，根据韦恩·格雷茨基法则计算冰球会出现的地方，而不是它现在所在的地方，懂我的意思吗？”[5]

---

1 加里·格兰特是美国电影演员，出生于英国。

2 领售权是指风险投资人强制公司原有股东参与投资者发起的公司出售行为的权力。

3 完全棘轮条款是指投资人过去投入的资金所换取的股份全部按新的最低价格重新计算。

4 原文此处的“mezz posture”指的是夹层投资（Mezzanine capital），是一种从属债务或股本融资工具，它的目标主要是已经完成初步股权融资的企业。夹层投资的风险与收益低于股权投资，高于优先债权，在公司的财务报表上，夹层投资也处于底层的股权资本和上层的优先债之间，因而被称为“夹层”。

5 韦恩·格雷茨基是加拿大著名的冰球运动员，苹果公司前CEO乔布斯曾说过一句话：“韦恩·格雷茨基有一句话我很喜欢。‘我滑到冰球即将出现的地方，而不是它刚刚在的地方。’我们总是想在苹果公司这么做，从很早很早就开始，并且我们会一直这么做。”

“那么它之前所在的地方呢？”

他眯起眼睛看屏幕，“我们哼哧哼哧地干活，记下这些日志，然后归档，感想啊，希望啊，担忧啊……就像是……甚至回来把风险投资协议也研究了起来，这些家伙对优先清算权太挑刺了，害我们多花了好几天时间。我们最后只在很小的部位上拿了1–X的倍数，所以……虽然我不想打听你的事，可你怎么会因为这件事来调查我们呢？”

“你有没有因为不想让人关注而感到困扰呢，斯拉杰亚特先生？”

“不是说我们是放高利贷的吧。你看看那一栏。”

她看了看。“你们……有一个公司保龄球队。”

“这是行业的裁决，玛克斯。是从1998年威尔斯通知[1]那件事开始吗？敲响了我们的警钟，”他就像参加脱口秀的受害者那样真诚，“我们全都跑到乔治湖去静修，彼此完全敞开心扉，投票表决，规范我们的行为，那样的日子已经一去不返了。”

“恭喜了，能学到道德教训总是好的。或许它能帮你品鉴下我找到的一些有意思的数字。”

她详细地告诉了他hashslingrz的本福特曲线和其他矛盾的地方。“这些可疑支出的收款人中最明显的就是hwgaahwgh.com。奇怪的是，这家公司清算以后，付给它的款项却戏剧性地越来越大手笔，而且似乎都消失在了海外某个地方。”

“该死的盖布里埃尔·艾斯。”

“你说什么？”

“关于这个人的记录是他在许多新创公司的资产组合中握有股份，通常不低于百分之五，他帮这些公司做过阿特曼–Z分析，知道它们短时间内就会倒闭。用它们作外壳，把他想移动的资金不露声色地调来调去。Hwgaahwgh貌似就是其中一家。调去哪里，为了什么目的，你肯定想知道，是吧？”

---

1 “威尔斯通知”是美国证券交易委员会对在美上市公司进行民事诉讼前发出的非正式提醒，它是由证交会的威尔斯委员会在1972年推荐采用的程序，故而得名。

“正在调查。”

“介不介意我问一句，谁让你调查这个的？”

“一个不想牵涉进来的人。另外，我从你的客户列表里看到，你也跟盖布里埃尔·艾斯做一些生意。”

“不是直接跟我做，有段时间不了。”

“难道没有跟艾斯在社交场合里聊过天吗？你，甚至可能是……”她点头示意了下罗基桌上一张套了相框的照片。

“那是科妮莉亚。”罗基点了点头。

玛克欣朝照片挥挥手。“你好，那是肯定。”

“你也看到，她不仅是个美人儿，还是从老式学校毕业的优雅的女主人，能应对各种社交挑战。”

“盖布里埃尔·艾斯，他……很有挑战性吗？”

“好吧，我们出去吃过饭，就一次。没准儿是两次。在东区的某个地方，有个人拿着擦菜板和松露走过来，把松露擦碎在你的食物上，直到你喊停。还有标了酿制年份的香槟酒，这类东西——对盖布来说，重要的总是价格……自从去年夏天在汉普顿斯[1]一别后就再没有见过他们。”

“汉普顿斯，这还说得过去。”那是闪闪发光的老鼠洞，美国富人名流的夏季避暑胜地，大量雅皮士效仿者到了那个季节蜂拥而至。玛克欣有一半的业务迟早都要追踪到某某人对汉普顿斯幻想的病态渴求，这样的幻想现在早已过了期，只是这些人没有注意到而已。

“更可能是蒙托克[2]。甚至不在海滩上了，回到了树林里。”

“那么你们的圈子……”

“时不时会有交叉，这是当然，有两三次在IGA[3]，还有几次在蓝鹦

1 汉普顿斯位于纽约长岛的东端，由南汉普顿和东汉普顿的一些小村庄组成，离曼哈顿市区约两个多小时的车程，是东海岸最受欢迎的旅游度假胜地。

2 蒙托克位于纽约长岛南岸东段，以往，美国陆海空军与海岸防卫队都曾在此驻扎。

3 IGA是美国的一个杂货店名称，总部在芝加哥。

鹉吃墨西哥菜，但艾斯夫妇这些天交往的圈子很不同了。”

“以为他们至少在费舍路[1]呢。”

他耸了耸肩。“我太太跟我说，即使是在南福克[2]，也依然有人很抵触像艾斯那样的钱。你自己在空中建楼阁是一回事，对吧，可你用并非大家都相信是真实的钱来支付就是另外一回事了。”

“《易经》里的说法。”

“她注意到了。”又是那半淘气的神情。

啊哈。“船，船怎么样，他们有船吗？”

“多半租一条。”

“出海吗？”

“你当我是谁啊，莫比・迪克吗？既然你那么好奇，就自己去看看呗。”

“是啊，话说得没错，可是谁付车费，每天的费用又从哪儿来，懂我的意思吗？”

“什么，你干这活是要投机谋利？”

“到目前为止，花一美元五十美分坐地铁来这里，我可能还付得起，超过就……”

“应该没多大问题。”他拿起电话，“*亲爱的*[3]卢皮塔，你能开张支票给我们吗？开……呃，”朝玛克欣扬了扬眉毛，玛克欣耸耸肩，伸出五个手指，“五千美元，给——”

“五百，”玛克欣叹了口气，“五百，哎呀，好吧，我被你感动了，但是五百就足够了，我可以开张票据。下一张发票，你可以做唐纳德・特朗普之类的人，怎么样？”

“只是想帮帮你，我出手阔绰，这可不是我的错，是吧？至少让我

---

1 费舍路是纽约长岛东汉普顿的一条豪宅大道，东汉普顿最吸引人的别墅群就位于靠近费舍路和百合塘路的海边。

2 南福克属于纽约长岛的萨福克郡，是长岛南岸的一个半岛。

3 原文是意大利语。

请你吃顿午饭吧?"

她壮着胆子朝他的脸望了一眼，果然——加里·格兰特式的笑容，满感兴趣的笑容。啊！英格丽·褒曼会怎么做呢？格蕾丝·凯利呢？"我不知道……"事实上，她知道，因为她的大脑里有这种内置的快进功能，能定位到从现在开始的一到两天后的自己，正瞪着镜子里说，"你当时到底他妈的在想什么啊?"而现在，它显示的是"无信号"。唔。多半只是说，她可以去吃点午餐吧。

他们转过街角，来到恩里科的意式厨房，她想起来，萨加特[1]曾给这家店打过好评，他们找了张桌子。玛克欣去洗手间，在回来的路上，其实她还在洗手间时，就听见罗基和服务员在争论。"不是。"罗基说话时带着某种邪恶的幸灾乐祸，玛克欣发现有些小朋友也会这样。"不是'帕斯塔俄法琼利'，我想我说的是帕斯塔法祖尔。"[2]

"先生，如果您看下菜单，上面拼写得很清楚，"他热心地指着每一个字，"'帕斯塔，俄，法琼利?'"

罗基盯着服务员的手指看，想着怎样才能最方便地把它从他的手上截下来。"可难道我不是个讲理的人吗？当然是啊，我们来看看它的古典源头，告诉我孩子，难不成迪恩·马丁唱的是'当星星让你垂涎/就像帕斯塔法祖尔'[3]？不，不是，他唱的是——"

玛克欣安静地坐着，把注意力集中在自己的眨眼频率上。此时的罗基，声音远远算不上低，正滑稽地模仿着迪恩·马丁，好在没有走调。老板马可从厨房里探出头来。"哦，是你啊。*怎么回事*[4]?"

"你可以跟这个新来的家伙解释下吗?"

"他在烦你吗？只要五分钟，他就跟蜗牛壳一起在垃圾箱里了。"

---

1 萨加特是由蒂姆·萨加特和尼娜·萨加特在1979年创办的评级系统，负责收集消费者对全球酒店、餐厅、购物等做的评价。

2 帕斯塔俄法琼利（pas-ta e fa-gio-li）在意大利文里的意思是加豆子的意大利面食，它与帕斯塔法祖尔（pastafazool）其实是一种食物，两种不同的说法而已。

3 指美国歌手迪恩·马丁的歌《那就是爱情》。

4 原文是意大利语。

“也许只要帮他在菜单上改改拼写就行？”

“你确定吗？需要去计算机上改，还是揍他一顿来得方便。”

这位服务员也唱了两三段女高音的唱段，他明白过来到底是怎么一回事，就站在一旁，尽量不让眼珠子转得太厉害。

最后，玛克欣点了家常的手卷意粉和鸡肝，罗基则要了意式烩牛仔骨。“嘿，要来点什么酒？”

“1971年的天娜干红怎么样？——可又得来那么多自作聪明的对话，还是要黑珍珠干红吧？小杯的？”[1]

“正合我意。”他并不是看到超级托斯卡纳红酒过于昂贵才改变主意的，但有一道闪光进入了他的眼睛，这大概就是她之前一直想要看到的吧。可为什么又会那样呢？

罗基的手机响了，玛克欣听出铃声是《偷洒一滴泪》[2]。“听着亲爱的，情况是这样的——等等，*该死*[3]，我是在跟机器人讲话，对吧？又来了。那么！嗯哼！你怎么样？你当机器人多久了……你不会是犹太人吧？是啊，比如说你十三岁那年，你爸妈给你办机器受戒礼了吗？”

玛克欣干瞪着天花板发呆，“斯拉杰亚特先生，介意我问你些事吗？只是出于职业兴趣——hashslingrz的种子基金，你知道一开始是由谁出资的吗？”

“当时大家的猜测也是各种各样，”罗基回忆道，“常见的嫌疑犯，格雷洛克、熨斗、联合广场[4]，但没有人真正知道，这是个巨大的黑色秘密。可能是有资源让大伙闭嘴的人，甚至是某家银行。为什么这么问？”

“我想把范围缩小一点。天使基金，某个坐在阳光地带的大厦里吹

---

1 天娜干红产于意大利托斯卡纳的安东尼世家，第一瓶诞生于1971年，是一种非常昂贵的红酒。以它为代表，托斯卡纳地区为了获得更好的葡萄酒，引入非本地品种的葡萄，被西方媒体誉为“超级托斯卡纳”葡萄酒。黑珍珠干红产于意大利的西西里岛，酿自一种叫黑珍珠的葡萄。

2《偷洒一滴泪》是意大利作曲家多尼采蒂的歌剧《爱情灵药》中一首著名的咏叹调。

3 原文是意大利语。

4 这三家都是风险投资公司。

着中央空调的古怪右翼分子，还是一种更加体制化的邪恶势力？”

“等等——要是换作我太太会说，你想要暗示什么？”

“你们那帮人，”玛克欣不动声色，“还有你多年的共和党人脉……”

“我们这帮人，一群老家伙，幸运的卢西亚诺[1]，OSS[2]，拜托，算了吧。”

“当然没有诋毁少数族裔的意思。”

“我应该提一下隆吉・茨维尔曼[3]吗？欢迎来到‘街灯人家’。”他举起酒杯，轻轻地碰了下她的。

她能听见钱包里那张尚未提存的支票在嘲笑她，仿佛她是一个巨大恶作剧的嘲弄对象。

再怎么说，黑珍珠干红还不赖。玛克欣和善地点点头，“等我开发票来。”

1 查理・卢西亚诺的绰号，卢西亚诺是意大利裔美国人，知名的罪犯和黑手党老大，一手创立了卢西亚诺犯罪家族。

2 OSS指的是战略服务办公室，它是美国一家情报机构，成立于第二次世界大战期间，它在战时发挥着重要的作用，是CIA的前身。

3 原名是阿伯纳・茨维尔曼，他是犹太裔黑帮老大，在禁酒令时期非常活跃。

7

一天晚上，玛克欣终于来到了维尔瓦的家，来看看被众人觊觎但又说不清道不明的深渊射手应用程序。她带了欧蒂斯一道来，欧蒂斯一到，就与菲奥娜消失在了她的房间里。菲奥娜的房间除了收藏有大量的豆豆娃以外，还有一套“梅兰妮购物中心”，欧蒂斯被奇妙地吸引住了。梅兰妮本人是个半尺寸大小的芭比，她有一张信用金卡，用来买衣服、化妆品、美发用品和其他生活必需物，但欧蒂斯和菲奥娜给她的秘密身份比这个要更黑暗些，需要帮她做一些快速的服装变身。购物中心里有一个饮水供应处，一个比萨店，一台自动取款机，最重要的是还有一台手扶电梯，这对枪战场景来说极为方便。欧蒂斯往这个郊区女孩的田园生活中又加了好几个4.5英寸的动作人物，许多来自卡通片《龙珠Z》[1]，包括贝吉塔王子、悟空、悟饭、萨博等。两人设想的情境通常围绕着暴力袭击、恐怖分子在商店疯狂地行窃，还有雅皮士寻衅闹事，结局都是购物中心被大面积地破坏，主要由菲奥娜的另一个自我——与购物中心同名的梅兰妮本人一手导致，她身穿披风，绑着弹链。他们想象出来的激烈场景里冒着浓烟，遍地狼藉，四处都是横躺着的和肢解了的无法辨认的塑料尸体。欧蒂斯和菲奥娜离开每

1《龙珠Z》改编自日本著名漫画家鸟山明的同名漫画，于1989年4月在日本富士电视台首播，标题中的“Z”是希腊字母“Zeta”。

个场景都要举手击掌，唱着“梅兰妮购物中心”广告里的结束词：“购物中心太带劲了。”

贾斯丁的合伙人卢卡斯住在翠贝卡[1]，今晚晚到了一会儿，因为他追着交易商跑遍了半个布鲁克林，找眼下臭名远扬的某种大麻，叫“火车残骸”。他穿着一件在漆黑中闪闪发亮的绿色T恤，上面写着“UTSL”，玛克欣刚开始以为是“LUST”或没准儿是“SLUT”的变位词，后来才知道这在“UNIX”里是“用这个源代码，卢克”的缩写。

“我们不知道维尔瓦怎么跟你介绍深渊射手的，”贾斯丁说，“它还在测试阶段，所以要是出现尴尬的情况，你别觉得意外。”

“我要提醒你们，我不擅长这些东西，这让我的两个儿子很抓狂。我们一起玩超级玛丽，毒蘑菇一跳起来就把我踩扁了。”

“它不是游戏。”卢卡斯纠正她。

“虽然它的前身确实在游戏界，”贾斯丁补充说，“比如在80年代开始出现线上版的MUD巫师指令，当时大部分是文本。卢卡斯和我在VRML问世时成年，发现我们可以创造我们想要的图样，所以我们就这么干了，或者说卢卡斯就这么干了。”

“虽然只是提供框架素材而已，”卢卡斯认真地说，“但它们的影子很明显，比如《阿基拉》里的新东京[2]、《攻壳机动队》[3]、小岛秀夫创作的《合金装备》[4]，小岛秀夫自打我小时候起就被奉为上帝了。”

“你从一个节点走到另一个节点，越往深处走，越会感受到你眼前的视觉图像是由全世界的用户贡献的。所有的全免费，这是黑客伦理。每个人贡献他那一小部分，然后不图回报地消失，这为幻觉增添了神秘色彩，你知道什么叫化身，对吧？”

1 翠贝卡是纽约市曼哈顿下城的一个街区，形状接近梯形，由坚尼街、西街、百老汇和维西街之间的区域所构成。

2《阿基拉》是由日本漫画家大友克洋创作的漫画，新东京指漫画和游戏里通常刻画的那种虚构的未来主义版本的东京。

3《攻壳机动队》是由士郎正宗在讲谈社青年漫画刊物《周刊Young Magazine》上连载的漫画，后被改编成TV动画。

4《合金装备》是日本小岛工作室制作的一款经典战术谍报系列游戏。

“当然，曾经配过一次处方药，它们总让我有点，怎么说好呢，是恶心吗？”

“在虚拟现实里，”卢卡斯开始解释，“它是一个你用来代表自己的3-D图像。”

“是啊，永远在线的玩家。但也有人告诉我，在印度教里，化身的意思是降凡。所以我总是想——当你从屏幕这边进入虚拟现实时，就像是死去然后重新化为人身吗，明白我的意思吗？”

“它是代码，”贾斯丁多半有些困惑了，“只要记住，它是由两三个通宵熬夜、吃着冷比萨喝着热焦特[1]的极客写的，不一定是用VRML，但是用某种从它超变而来的语言写的，就是这样。”

“他们不玩玄乎的。”维尔瓦朝玛克欣笑了笑，笑容里明显没有丝毫喜乐。她肯定是听多了这种话。

贾斯丁和卢卡斯在斯坦福相识，两人经常在玛格丽特·杰克楼附近的小范围内碰见，这座楼当时是计算机科学系所在地，被人们亲切地唤作“边缘入侵”。他们用原始呐喊[2]来减压，一起度过一个又一个期末考试周。等到毕业时，两人已经花过好几个星期的时间，沿着沙丘路来来回回地朝圣，向立在即将家喻户晓的著名大道两侧的风险投资公司推销自己。两人好没正经地拌嘴，在演出焦虑中颤抖，或者决心达到禅的境界，就坐在那个年代里典型的交通堵塞中观赏植物。有一天，他们拐错了弯，最后来到了一年一度的沙丘肥皂箱赛车现场。路两旁，干草包和数以万计的观众站成两列，注视着满大街的本地赛车手全速冲下坡道，朝远处的斯坦福塔开去，据说他们的动力完全靠地球引力。

“那边那个穿着50年代宇航服的孩子刚刚失控打滑了。”

---

1 焦特可乐是美国最早的一款能量饮料，它含有高咖啡因，能让人兴奋，因而受到了大学生和电脑程序员等的热爱。

2 原始呐喊是指美国一些高校里的学生为释放期末考试的压力而进行集体尖叫，又称原始尖叫或原始呐喊。比如哈佛大学每学期期末复习周的最后一天，也就是期末考试开始的前一天晚上十二点，会举办集体尖叫和裸奔活动以释放考试的压力。

“他不算是个孩子了。”

“是啊，我知道，是伊恩·朗斯布那家伙吗？上周跟我们一起吃午餐的风险投资人？用生姜水配菲奈特·布兰卡[1]喝的那位？”那是他们赶赴的又一场令人遗憾的午餐约会。十有八九是在帕洛阿尔托花园宫殿酒店的“面包师”意式餐厅，虽然两人现在都不记得了，因为每个人都喝得酩酊大醉。饭局临近结束时，朗斯布开始写支票，可似乎无法停止不写0，0很快就跑出支票的边缘，在桌布上继续写。没过多久，这位风险投资人的头便砰的一声倒在桌布上睡了过去。

卢卡斯偷偷去够他的支票簿，瞧见贾斯丁朝门口走去。“等等，喂，没准儿能兑成现金呢，你上哪儿去？”

“你知道他万一醒过来会怎么样吧，我们才不要为一顿我们付不起的午餐买单呢。”

那不是他们最体面、最风光的时刻。服务员们开始朝翻领上的小麦克风急切地大声喊叫。在沙滩上晒黑了的数码美眉坐在远处的餐桌边，在他们走进来时还颇有兴趣地打量过他们，而此时却把头别过去露出不悦之色。好斗的餐馆工在他们快速跑过去时把没喝完的汤泼在了他们身上。停车场里的啾啾[2]之前曾想过用钥匙来剐蹭贾斯丁座驾上的漆面，现在干脆直接吐吐口水完事。

“情况说不定会更糟呢。”他们安全地回到280号公路上后，卢卡斯这么说。

“伊恩肯定会不高兴的。”

好，此刻他就在肥皂箱赛车的现场，倘若他们想知道他的感受，这是绝佳的时机。可不知怎的，这两个搭档只是心虚地不断往仪表盘后面缩下去。他们以为被人恐吓后会学聪明点，可时至今日，他们还没有在纽约遇见过任何资金提供人。

---

1 菲奈特·布兰卡是意大利著名的苦味酒，也是世界最著名的苦酒之一，号称“苦酒之王”，常用来醒酒和健胃。

2 啾啾是游戏《塞尔达的传说》里不断会出现的敌人，呈凝胶状的一团。

玛克欣想象得出来。90年代的硅巷，给反欺诈调查员带来了足够多的工作。卷入的资金多得吓人，尤其是1995年以后，料想得到，诈骗犯圈子里有些人就觊觎这些钱，特别是人力资源部经理。他们经常把电子工资表这一发明与偷窃许可证相混淆。假如说这一批诈骗艺术家在IT方面时不时会无计可施，那么他们在社交领域弥补了这一不足。许多电脑迷企业家容易轻信他人，就上了他们的钩。可有时候，骗钱与被骗钱之间的界限又会消失。玛克欣关注的有些新创企业，它们的股票估价高到不理性，所以这两者其实并没有多大的区别，这一点没有逃过她的注意。一个商业计划若依赖于“网络效应”某天会生效这一信仰，那么它跟叫旁氏骗局的天上掉馅饼的好事又有何区别？风险投资客贪婪地掠夺，行业上下人人对之闻风丧胆，他们被人瞧见从宣传会上出来，钱包敞着，眼珠子快要掉出来了。他们刚刚一直沉浸在电脑迷设计的带有潜意识信息[1]、用老歌混音做配乐的视频里，按下的按钮比玩任天堂64上瘾的人还要多。谁才是这里更狡诈的人呢？

自从互联网泡沫发生以来，玛克欣已经大大增长了对极客世界的见识，虽然离完全熟识还有段距离。玛克欣扫视了贾斯丁和卢卡斯一番，看看他们有没有心灵恶意代码。她发现，哪怕是以这个年代最宽松的定义来看，这对合伙人都算得上奉公守法，甚至可能是人畜无害的。兴许只有在加州才有，真正的电脑迷都是从那里来的，而你在这边海岸看到的，都是些西装革履、监控什么可行什么不可行、努力效仿最新的时髦技术的人。然而，只要一个人足够喜欢冒险，想把业务从西边搬来纽约，都应该有人提醒他们——玛克欣要是不告诉他们她所知道的她家乡的盗窃罪的覆盖范围，那就太没有职业道德了，难道不是吗？所以，只要跟这些家伙在一起，她就会不断地在“热心的当地人”和它更邪恶的变身之间悄悄地变来换去，邪恶的变身是指那些爱发牢骚、挥舞着汤勺给人免费建议的人，在当地被称作“犹太妈

1 指音乐中加上的一些很微弱、几乎听不到的声音。

妈”，而她一直活在害怕变成这种人的恐惧中。

呃，后来发现，她大可不必担心——事实上，卢卡斯和贾斯丁比玛克欣想象的女童子军类型要聪明干练得多。还在硅谷时，在被工业园区随意取代的那些橘子园里头，两人同时对加利福尼亚与纽约的不同之处有所顿悟——维尔瓦觉得吧，可能算得上是同时，但算不上有所顿悟——大概是由于阳光太强烈，自我欺骗得太多，太过于自由散漫了。他们曾听到谣传说，在东部，内容为王，它不光是可以被盗取然后开发成电影剧本的东西。他们以为他们需要的是一个沉闷的、不适合人待的办公场所，在那里，夏天实际上有时候会结束，纪律是日常必备。等到他们发现，真相就是硅巷跟硅谷一样是疯人院时，要回去为时已晚。

两个小伙子不仅成功地从沙丘路的知名公司沃尔希斯和克鲁格[1]那里拿到了种子基金和天使基金，还拿到了A轮投资。两人就像一个世纪以前的美国新移民，去探索深受历史困扰的旧世界那样，回到东部后便迫不及待地前去拜访重要客户，1997年初从一个急需现金的网站开发商手里承租来两三间办公室开张营业，公司位于熨斗大厦和东村之间当时魔法还没有散去的那块地皮上。虽然内容依然为王，可他们还是迅速学会了家长制社会的潜在意蕴，学会跟一帮电脑迷王子激烈地争夺，了解了黑暗王朝的历史。没过多久，两人便出现在行业期刊里，八卦网站上，考特尼·普利策[2]的闹市晚宴上，凌晨四点在建于荒弃的地铁沿线的幽灵车站的木制酒吧里喝卡里莫求[3]，与姑娘们打情骂俏，那些妞儿脑子里的时尚概念包括一些似有若无的能指，譬如由二流的立陶宛矫形牙医安装在郊区的定制毒牙。

1 沃尔希斯和克鲁格分别是恐怖片《13号星期五》和《半夜鬼上床》中恶魔形象的人物。

2 社会名流考特尼·普利策来自鼎鼎有名的普利策家族，有着“硅巷联谊公主”的美誉。她在互联网行业工作七年后，创立了“与考特尼同品鸡尾酒”的活动。该活动每月定期举办，是网络行业里联谊性质的鸡尾酒聚会，目的是为职业人士、雇主与雇员交流提供平台。

3 卡里莫求是一种葡萄酒饮品。

“那么……”一个长相姣好的年轻女士摊开她翻转向上的手掌，“这里的人很和善很友好，对吧？”

“而且我们也听说了一些事迹。”卢卡斯点点头，笑容可掬地盯着她的乳头看。

“我去过加州一次，不得不说，你在外面期待着碰见人跟你打招呼，可事实让人很震惊——都在谈论权钱！你不信？硅巷这里可不会有人像你在马林县被那些人瞧不起一样轻视你的。哦，真抱歉，你该不会是‘全球电子链接’那伙人吧？”

“绝对不是，”卢卡斯哧哧地笑，“我们厌倦透顶了。”

等到技术市场开始如冲厕所般倾泻到底时，贾斯丁和维尔瓦已经存了足够多的钱，再加上藏在席梦思里的一小笔，足够支付圣克鲁兹郡的一套房子和某块地皮的首付了。而卢卡斯一直把钱放在自己家以外的地方，买新股啦，买只有反社会的病态宽客才懂的奇特装备啦，所以当技术股暴跌时，他受的打击要大得多。很快，人们就时常冒昧地前来询问他去了哪里，维尔瓦和贾斯丁不自觉地推说自己不记得了，来回避那些不受欢迎的关注。

“来呀。”他们领着玛克欣爬上一段旋转楼梯来到贾斯丁的工作室，里面横七竖八地堆着显示器、键盘、散乱的光碟、打印机、电缆、压缩文件驱动器、调制解调器、路由器，唯一可见的书是一本CRC指南、一本骆驼书和一些漫画书。[1]墙纸是定制的，特意设计成十六进制的图案，玛克欣习惯性地想找重复的数段，可是怎么也找不到。还有几张卡门·伊莱克特拉的海报，大部分是她在演《海滩救护队》期间拍的。角落里有一台巨型的伊索玛克蒸汽朋克风格的浓缩咖啡机，维尔瓦管它叫“不眠者”[2]。

---

1 CRC指南指的是《CRC化学物理指导手册》，是一本为科学研究提供参考的综合性手册，已再版接近百次。骆驼书是指《Perl语言编程》，该书于1991年初版，因为封面上的骆驼而被许多程序员称为“骆驼书”。

2 不眠者（insomniac）与伊索玛克（Isomac）发音很相近。

“深渊射手的总部。”卢卡斯做出那种“容我给你介绍”的臂波动作。

起初，两人的想法是创造一个可以逃离真实世界里种种烦扰的虚拟避难所，你会不禁感叹好有先见之明啊。一个为受难者准备的大型汽车旅馆，一个能在任何地方用键盘搭乘虚拟午夜快车到达的目的地。“创作分歧”确实出现过，不过莫名地没有受到关注。贾斯丁想回到过去的时光，回到从未存在过的加州，那里平静无事，晴空当照，太阳事实上永远不会下山，除非有人想看浪漫的日落。而卢卡斯在寻寻觅觅的，可谓是一个更黑暗些的地方，那里经常下雨，沉重的寂寞像风一般刮过，里面藏着摧毁的力量。综合起来的结果就是深渊射手。

“哇喔，简直是宽银幕电影啊。”

“很有趣，是吧?”维尔瓦打开一台十七英寸的大型液晶显示器，“全新的，原价怎么也得要一千美元左右，不过我们是以优惠价买来的。”

“你也是一分子。”玛克欣同时提醒自己，她从未真正搞清楚，这些家伙的钱是怎么挣来的。

贾斯丁走到一张工作台边，坐下来开始噼里啪啦地敲键盘，卢卡斯这时在卷两根大麻烟。不一会儿，遥控百叶窗合上了板条，把世俗的城市隔在外面，灯光暗下去，屏幕亮了起来。“要是你愿意的话，可以去用那边的另一个键盘。”维尔瓦说。

一个启动画面跳了出来，是二百五十六色的光影显示模式，没有标题，也没有音乐。一个身着一袭黑装的高个子来到一个万丈深渊边，它看不出性别，长发用一个银色发卡捋在后面，这便是射手本尊。在它身后的路上，表层世界里阳光普照的远方以强迫透视的技法向后退去：荒凉的乡厝、农田、郊区、高速公路、薄雾笼罩的城楼。屏幕上的其余地方被深渊占据了——它远不是缺场，而是一种黑暗，里面孕育着光被创造出来前的模样。射手立在悬崖边，弓拉满，陡直地瞄准下方，对准那深不可测的未创之世，等待着。从后面看过去，它的脸略微转向了一侧，心无旁骛，孑然一身。一阵微风吹过青草地和灌木丛。“看来是我们图省事，没有费心去让很多东西动起来，”贾斯丁评论说，“但是你要是凑近些看，会看到头发丝也在轻轻漾动，我想眼睛也眨过那么一次，就是你得盯着看。我们想做出静止不动的效果，但不能是僵硬和呆滞。”程序加载好后，既没有出现主页，也没有配乐，只有一个背景声音，慢慢地越来越响。玛克欣认出来，那是无数火车站、汽车站和机场放的音乐。接着，室内景象平滑地交替淡变，在那激动人心的一刹那，看得出来，它在细节处理方面远远地走在了玛克欣所见过的齐格和朋友们经常玩的游戏平台上的任何游戏的前头。当前的视频游戏基本是棕色系，它则迸发出晨光熹微时的全彩色光谱，多边形细致到呈平滑连续的曲线。那艺术手笔，那建模，还有阴影区，交融与糊化，这些都经过优雅的处理，甚至有……你能称它为天才之作吗？反正它让《最终幻想X》看上去就像蚀刻素描魔法板。这个带框架的清晰的梦境，它渐渐地靠过来，把玛克欣环抱在内。奇怪的是，她居然一点儿也不惊慌，就这么顺从了。

指示牌上写着“深渊射手休息室”。在这儿等待的乘客被赋予了真实的面孔，有些脸乍一看玛克欣以为她认识，或者说应该认识。

“很高兴遇见你，玛克欣。你会跟我们在一起待一会儿吗？”

“不知道。谁告诉你我的名字的？”

“去吧，到处去看看，用这个光标，想点哪里就点哪里。”

按理说玛克欣要找一个旅行链接，可是她不断地错过了它。“启程”被无限期地延后。她推断自己应该搭上一辆看上去像班车那样的交通工具。刚开始，她连车要离开都不知道，直到车开走了才反应过来。过后，她甚至找不到她要去的那个月台的路。从楼上琳琅满目的酒吧往下看，可以看见一幅壮阔的图景：大量老式的与后现代的机车来来往往、并行不悖，一直延伸到地平线那端。“没关系，”对话框安慰她，“这是体验的一部分，迷路对提升体验有帮助。”

不久之后，玛克欣不自觉地在四处转悠，碰见什么都要点一下，人脸、地上的垃圾、吧台后面酒瓶上的商标。不一会儿，她感兴趣的不再是能去什么地方，而是探索的行为本质。据贾斯丁说，这个点子是卢卡斯的创意。贾斯丁把它转化成代码，但是视觉图像和声效设计、车站里回荡着的密集的喧闹声、十六进制的色彩明暗，还有成千上万个额外特效，每一个特效描绘得各不相同，细节制作也是五花八门，每一个都可能触发分线任务，或者有时候仅仅是挂在那儿当装饰，还有非常注重语言地区差异的非机器人声，所有这一切都是卢卡斯的杰作。

最终，玛克欣找到了一张火车时刻表的主要指南，当她点击“午夜特快”时——中了。她开始交替着淡入与淡出，先上楼梯再下楼梯，穿过黑黢黢的人行隧道，来到经维多利亚时代高耸的玻璃和铁制品柔化的亮光里，再穿过一扇旋转门，当她靠近时，看门的守卫从影影绰绰、一本正经的机器人变成了婀娜多姿、笑脸迎人的草裙舞姑娘，她们的头上戴着兰花花环。最后，玛克欣来到一列火车附近，和蔼的工程师从驾驶室里探身出来，大声喊道：“不着急，女士，我们停在这里等您。”

然而，就在她踏上列车的刹那，车开始疯狂地加速，从0到曲速只花了十分之一秒，他们就这样朝深渊射手奔去。从两侧窗户边疾驰而过的3-D乡村详景肯定比必要的更加精致，无论她试着多么仔细地观察，它都没有失去清晰度。依靠卢卡斯和贾斯丁对海滩美眉的幻想而设计的列车女乘务员推着餐车不断地走过，餐车里满是垃圾食品、太平洋的饮料比如龙舌兰日出和迈泰[1]，还有非法程度不一的各类毒品……

谁能供得上像这样的带宽呢？她把鼠标移动到列车后部，期待看见铁轨向后退去的壮观景色，却发现空无一物，色彩缺失，熵变为另一个更加光明的世界里一抹网景般的灰色。仿佛在这儿，任何逃往避难所的想法都必须包括没有回头路。

玛克欣此刻身在火车上，然而她看不到要停止点击的理由——她

1 两种鸡尾酒，前者是以少量墨西哥产的龙舌兰酒加大量鲜橙汁佐以红石榴糖浆调制而成，后者是用白色朗姆酒和柠檬汁、柳橙汁、凤梨汁等调制而成。

点击女乘务员的脚指环，点击她们带来的“东方什锦小吃”里红辣椒味的米饼，点击洋溢着过节气氛、插在饮料上的热带水果块里的彩色牙签，很难讲，说不定它就是下一个该点的——

最终让她点对了。屏幕开始闪烁，她被猛地，也可以说是被粗暴地带到了一块永远是黄昏的地方，大概是在城外，不再在火车上了，身边不再有快活的工程师和莽撞的女服务生，人烟稀少的街上灯光越来越暗，仿佛公用路灯获得批准，一个接一个地烧坏，夜的王国会由消耗重新接管。在这些昏暗的大街上，形状不规则的塔楼像森林植被趋光生长一样摸索着路，而光只是间接地照来了这里……

她迷路了。没有地图。这跟在尘世的浪漫景点里迷路还不一样。这里不大可能有意外的惊喜发生，只有她认出来在梦里有过的一种感觉，是某样未必令人愉快的事即将发生的感觉。

她闻到空气中有大麻烟味，维尔瓦端着装了咖啡的马克杯出现在她的身旁，马克杯上写着“我相信是你拿了我的订书机”[1]。“天哪，这都几点了啊？”

“没有那么晚，”贾斯丁说，“不过我想我们很快就要下线了，搞不清楚谁在监控我们。”

刚巧她也开始觉得不自在了。

“这个没有加密吗？防火墙呢？”

“噢，各种防护都有，”卢卡斯说，“但要是有人想进来，他们就会进来，不管是深网，还是其他地方。”

“这个就在深网里？”

“很下面的地方，是概念的一部分。想躲开那些机器人、蜘蛛。对浅网而言，一份robot.txt协议就行了，循规蹈矩的机器人，可总有流氓机器人，它们不只举止粗鲁，还真他妈的恶毒，它们只要一看见有拒绝访问的代码，就自动找上门来。”

---

1 这是电影《上班一条虫》中的角色米尔顿·瓦德姆斯的一句台词。

“所以还是待在深网里的好，”维尔瓦说，“要不了多久就会上瘾。有个黑客说过——一旦你往深处去，再也别想睡觉去。”

他们在楼下的厨房餐桌边再次聚到一起。那两个合伙人大麻烟抽得越多，空气中的烟味越重，似乎越能轻松地谈论“深渊射手”，虽然谈的都是些玛克欣听不大懂的关于黑客的那点事。

“所谓血尖技术，”卢卡斯说，“就是没有经过可靠测试、具有高风险、只有沉迷于技术尝鲜的人才能自如使用的东西。”

“以前让风险投资客趋之若鹜的那些狗屁玩意儿，”贾斯丁回忆说，“从前那会儿，1998年，1999年时，让他们把钱投进去的那些地方？你必须要造出比深渊射手怪异得多的东西，才能让他们扬扬眉毛。”

“我们的对他们来说几乎毫无新意。”卢卡斯同意，“首先，我们的设计先例碰巧就相当地精彩。”

据贾斯丁所言，深渊射手的根源要追溯到匿名重邮器，那是在penet.fi的时代用芬兰技术开发出来的一款软件，它早于当时刚刚出现的各式各样的洋葱型转发程序。“重邮器会把数据包从一个节点传输到下一个，只留下足够的信息告诉数据链里的每一个链接下一个将在哪里，仅此而已。深渊射手在此基础上又往前跨了一步，它立即而且永远忘记了先前链接的位置。”

“像是马尔可夫链，它的转移矩阵不停地重置。”

“随机重置。”

“伪随机重置。”

他们还给它加上了特别定制的出错链接页面，来掩盖无人想暴露的健康通道。“它真的就是另一个迷宫，只是没有人能看得见而已。你在探寻透明数据链，每一个链接一被点击就消失，然后重新定位……这是一个看不见的自我重新编码的通道，没有重走回头路的可能。”

“但如果进去的路线在你身后被抹除了，那你怎么出来呢？”

“跺三下脚，”卢卡斯说，“然后……不对慢着，那是另一码事了……”

8

雷吉的多疑症有个副作用，就是会左右他去哪里吃饭的决定。玛克欣在皇后区大桥附近那个诡异拥挤的社区找到他时，他正坐在一家叫“百吉面包坊”的店里的临街窗户边，打量着来往人流中对他分外注意的行人。他的身后黑漆漆一片，室内大概很宽敞，可里面既没有声音也没有光线传出来，服务员也很少。

“这么说来。”玛克欣说。

他的脸上露出某种神情。“我被人跟踪了。”

“你确定吗？”

“比这更糟，他们还进了我的公寓。兴许还有电脑。”他盯着一块他一时冲动买来的芝士丹麦酥仔细看，仿佛在找被人侵占过的证据。

“你不要想多了。”

“行啊。”他一脸沮丧，“你以为我疯了。”

“我知道你疯了，”玛克欣说，“可这也不能说明你搞错了。也有人对我表示出兴趣了。”

“让我想想。我在艾斯的公司里找不可告人的秘密，等回过神来，我已经被人跟踪了，现在他们还跟踪你了？你要告诉我这没有联系？我不应该害怕，不应该担心自己的生命安危。”附带一个即将转音的挂留和弦。

“还有其他原因，”她唠叨着，“可关我什么事？”

这个反问句雷吉没在意。“你知道什么是哈瓦拉吗？”

“当然……对了，呃，在电影《野餐》(1956)里，是吧，金·诺瓦克从河面上顺流而下时，所有的土著人把双手举到空中，然后高喊——”

“不是，不是，拜托，玛克西，是指……他们告诉我，是指一种在全球范围内移动资金的方式，不需要银行国际代码和银行手续费，也没有你在大通银行和其他银行碰见的那些麻烦。百分百可靠，至多需要八个小时。不留纸据痕迹，不受管理，没人监视。”

“这怎么可能呢？”

“第三世界的奥秘，通常是家庭操作。一切都依赖信任和个人名誉。”

“哇，我就纳闷，我怎么从来没在纽约碰见过这号事。”

“这里的哈瓦拉系统经纪人都在进出口行业，他们以价格折扣和物品的形式拿提成。他们就像是优秀的赌注登记经纪人，所有的内容都记在脑子里，这一点西方人似乎做不到，所以在hashslingrz里，有人在各式各样的密码和链接目录里面藏了很多桩大宗交易的资料。”

“你是从艾瑞克那里听说的吗？”

“他在hashslingrz的一间后勤办公室里装了窃听器。”

“那里有人身上带着窃听器？”

“其实是一只菲比精灵。”

“什么，是一只——”

“好像是它里面有个语音识别芯片，艾瑞克动了手脚——”

“等等，是说两三年前的圣诞节，城里所有孩子包括我们家的，人手一个的毛茸茸的可爱小动物，那个菲比精灵吗？你那个天才朋友侵入了菲比精灵？”

“这在他们的亚文化里很常见，他们似乎对可爱的东西没有免疫力。刚开始，艾瑞克只是想惹怒那些雅皮士——你也知道，教他们些街头语言啊，大为光火地骂街之类的。之后他发现，在他工作的地方，磨码器们的隔间里出现了好多只菲比精灵。所以我们就拿他摆弄的那只菲比精灵，升级了内存，安装上一个无线连接，然后我把它带去了hashslingrz，让它坐在架子上。现在我什么时候愿意，什么时候就可以晃悠到那里。我事先在诺歌4里放了个拾音器，所有机密的东西都可以下载下来。”

“比如hashslingrz用来把资金转移到国外的这个哈瓦拉系统。”

“后来发现是转移到海湾地区去了。这个哈瓦拉系统的总部在迪拜。而且艾瑞克还发现，即便只是到达hashslingrz的账簿藏匿的地方，他们也会让你经历用奇怪的阿拉伯文，也就是他们管它叫黑客文写的重重关卡？这一切都在变成一部荒漠电影。”

这是真的。那是一场海外的把戏，却比把戏该有的规模还要大，这并没有逃过玛克欣的注意。她查了查总能帮得上忙的行贿指数，还有它的姐妹版——贪污感知指数的最新数据，这两个指数根据贪赃枉法行为的发生概率为全世界的国家排名，hashslingrz似乎在地图上的所有地方都有见不得人的生意往来，尤其在中东。最近，她听到有传闻说，人人皆知伊斯兰教对任何产生利息的做法都很敏感。债券活动很罕见，近乎不存在。他们不会做空，而是倾向于用符合伊斯兰教法的变通办法，比如去订金拍卖会[1]。为什么要担心伊斯兰教恐惧生息的特点呢，除非……？

除非艾斯一定能在那个地区大赚一笔，不然还能是什么？

玛克欣咖啡杯里的对流不停地让某样东西浮到表面来，停留的时间只够她喃喃地说上一句“嘿，等等……”，然后又沉了下去，太快了，根本来不及看清。她可不打算把手指伸进去探个究竟。“雷吉，既然你朋友破解了所有的密码，你打算怎么应付呢？”

“肯定有问题，”他显得不耐烦，也很焦虑，“没准儿这事儿还必须

1“订金拍卖会”的原文是“arboon auction”，“arboon”一词在阿拉伯语里的意思是预付款。

得阻止。”

“你觉得比单纯的诈骗更严重，能是什么了不得的大事呢？”

“你是专家，玛克欣。如果是普通的诈骗窝点，大开曼之类的，那是另一码事。可这是中东，有人在兴师动众地保守秘密，仿佛艾斯或是他公司里的某个人不仅要把秘密藏好，还要为某个，某个既庞大又无形的组织提供资金——”

“那么……把大笔资金汇集到阿联酋，不可能是出于某个完全清白的理由，是因为……”

“因为我不停地在想，那清白的理由会是什么，可就是想不到。你能想到吗？”

“国际阴谋我不插手，你忘啦？呃，或许尼日利亚电子邮件诈骗案[1]例外。不过，通常我都是在这里跟一些心术不正的咖啡师和放鸽子[2]的艺术家打交道。”

他俩坐着不说话了一会儿，食物里的某种未知的生命物在继续它们的娱乐活动。

“希望你在包里随时带好那支雄猫[3]。”

“噢，雷吉。也许你才应该带把枪。”

“或许我应该敲定旅行计划了，比如说去遥远的地方。不用说，艾瑞克调查得越深，他就越惊慌。他现在坚持要求在深网里跟他碰面，而不是地铁上。坦白说，我有点不乐意。”

“有什么好不乐意的？”

“你下去过那里吗？”

“不久前去过，看上去是个碰头的安全地方。”

---

1 尼日利亚在国际上因为一种银行诈骗形式而臭名昭著。在尼日利亚电子邮件诈骗案中，一家尼日利亚银行与一个诈骗犯合伙，诈骗犯称他在银行里有一笔钱要取出来，然后说服受害者告诉他银行账号，说要把这笔钱转到他的账户上，会给他一些酬金表示感谢。事实上，他们会从受害者的账户里取出不属于他们的钱，或者扣除他一大笔费用。

2 放鸽子是一种欺诈手段，骗子事先在一只鸽子嘴里放上钱，鸽子吐出钱来，骗取别人相信，让别人把更多的钱放入鸽子嘴里，然后骗子卷款逃走。

3 雄猫指的是贝雷塔3032雄猫，一款小型的半自动女式手枪。

“你这么能适应，应该由你下去跟艾瑞克聊聊，省去我这个中间人。”

“也许吧，只要你不介意，聊多久都不成问题。”她是在想哈瓦拉，hashslingrz，甚至是雷吉的个人安危吗，其实都不是。她在想卢卡斯和贾斯丁的那个可能会或可能不会带她去深渊射手的班车，不管深渊射手会是个什么地方。虽然她还没做好准备承认，但暗地里已经在想象深网里的夏尔巴人、忠诚甚至帅气的艾瑞克引领着她穿过迷宫的第一种场景。南茜·朱尔[1]滚蛋去。“我先在现实世界里接触下他，面对面，看看我们有多信任对方。”

“祝你好运。你觉得我疑神疑鬼？现在你哪怕只是靠近那个家伙，他就会吓破胆。”

“我会装成是意外遇见的，通常就这么干。你能不能告诉我，他常去哪些地方？”

“我会发邮件给你。”之后，雷吉迅速地朝街上看了看，不一会儿便悄悄地朝市中心的方向走去，消失在春日的微光里。

玛克欣身上最管用的感应器是膀胱。假如她不在要找的信息的范围内，就会好几天对解小便提不起特别的兴趣，而一旦她有可能从中找到线索的电话号码、公案或股票情报出现在附近，提示出动的警报器保准会指引着她去找足够多的重要的厕所墙，她已经学会了留心观察这一信号。

这一次，警报响的时候，她在熨斗区。尽管理智告诉她不要，她还是走进了“无声之墙”那光线昏暗、充斥着油脂味和烟味的室内。网络泡沫期间，那里曾是块香饽饽，后来落魄成了低档餐馆。去洗手

---

1 南茜·朱尔是由爱德华·斯特拉迈耶创作的悬疑小说系列里的虚构人物，最早诞生于20世纪30年代。朱尔是一位刚满十六岁的少女侦探，是美国家喻户晓的一位明星神探。小说现已被改编成漫画、电影乃至游戏。

间的路并没有清晰的指示。她穿梭在餐桌旁的顾客当中，这些人看上去要么是不幸福的夫妇，要么是单身男子，多半都是些要打求助热线的主儿。好像有人在喊她的名字，话音颇为急促。好吧，急促的事儿来了。她朝幽暗中斜眼望去。

“卢卡斯?”正是他，哪怕在昏暗里，也能看出他那无精打采和邋里邋遢的模样。“你知道他们把洗手间藏在哪儿了吗?”

“嘿，玛克西，听着，你进去后能不能帮我个忙——”

“你刚刚跟某个人分手了，”这是你分手时自然会选择来的那种地方，“想知道她现在怎么样。当然可以，她叫什么名字?”

“卡西迪，可你怎么会——”

“洗手间在哪里?”

穿过厨房，下几级楼梯，再绕过两三个转角。那里并不比楼上光亮多少，有人会说这是考虑得周到。有一股特意点燃的大麻味。玛克欣扫视了下短短一排的几个隔间。没有血从门下流出来，也没有抑制不住的啜泣声，很好，很好……“是你吗，卡西迪?”

“你是谁?”话音从一个隔间里传来，“肯定是让他甩了我的贱货。”

“不是，不幸没被你猜中，我已经一身麻烦了。只想进来待一分钟。”她走进卡西迪旁边的隔间。

“一看到这个地方，我就该猜到了，”卡西迪说，“如果我们在大街上处理这些事会好很多。”

“卢卡斯有一点内疚，想知道你怎么样了。”

“没什么问题，我是进来小便的，不是割脉。卢卡斯是谁?”

“哦。”

“我就说呢，就是那些我常去的该死的夜总会。他跟我说他叫凯尔。”

她们并排坐在那里，互相看不见对方，中间的隔板被人用马克笔、眼线笔和口红写了字，之后又被其他评论擦除和涂抹，在渐淡的红影里弥散到整面墙上。墙上的涂鸦有带着老式前缀的电话号码，待售的汽车，失去爱人、得到爱人、渴望爱人的种种宣言，种族怨愤，用西里尔语、阿拉伯语、汉语写的难以辨认的言辞，一片象征符号的网状图，深夜航班的旅游宣传册，玛克欣还没有考虑好要不要去。与此同时，卡西迪在跟她描述某一个尚未卖出去的试播节目，是关于发生在14街以南的反常约会，玛克欣几乎可以猜到，卢卡斯在里面就只有打打下手的份。之后卡西迪说到了深渊射手这个话题，真是不可思议啊，虽然只有那么一会儿这么觉得。

“是啊，那个启动画面，”玛克欣得意地说，“棒呆了。”

“是我设计的，就跟设计塔罗牌的那妞[1]一样。很棒，别忘了还很时髦。”她的话里一半是讽刺，只有一半。

没错，原来卡西迪刚开始遇见卢卡斯时，她正在hwgaahwgh.com工作。

“你跟卢卡斯，凯尔，签了什么合同之类的了吗？”

“没有，我也不是因为爱他才设计的。说不清楚。它是从某地方突然来的灵感，在那个一天半里，我感觉在跟我正常能力范围以外的力量过招，你懂吗？我并不是害怕，只是想尽快摆脱，就写了文件，编了Java语言，此后再也没看过。我记得后来有人说，天哪，这简直就是世界尽头，可是坦白说，我并没有想到他们居然会建起交通。要是我是新用户，客观地看，我会觉得它就是一个草草编成的‘关闭窗口’[2]，然后就不去管它了。他们要卖给一位客户的话，还是卖给盖布里埃尔·艾斯这些人的好。”

不一会儿，凭借怪异的厕所直觉，两个女人同时从隔间里走了出来，互相看着对方。卡西迪的身上文了刺青，留着穿孔，头发是人类基因组整个图谱上都找不到的一种淡紫色调，她的年纪似乎做任何事都还不到法定年龄，看到这一切玛克欣并没有过于惊讶。另一边，卡西迪回看她的样子，让她觉得自己像是希拉里·克林顿那样的人。

“你能去楼上看看他还在那里吗？”

---

1 指帕梅拉·科尔曼，她虽然为塔罗牌画了插画，但是去世时身无分文。
2 Java语言里关闭输入流、释放内存的命令。

“乐意效劳。”她再次回到楼上那光线阴暗的失幻空间里。是的，他还在那儿。

“我都担心你们俩了。”

“卢卡斯，她才十二岁。你最好开始付她版权费。”

9

像纽约财政厅那样的征税机构偶尔会聘请一位外部审查员，尤其是共和党人当市长时，因为共和党人有个奇怪的想法，认为私有部门总是正义的，公共部门是邪恶的。玛克欣回到办公室时，正好赶上接阿克塞尔·奎格利从约翰街打来的电话。阿克塞尔老把案子当成自己的事，他告诉了她又一桩令人悲痛的逃避销售税案的最新进展，虽然案件已经发生有一阵子了。阿克塞尔的线人通常是心怀怨愤的职员，其实他和玛克欣是在拉沃夫教授主持的一场“职员怨愤情绪工作坊”上结识的，这位教授被公认是怨愤情绪理论的鼻祖和颇有影响力的“审计信息与评审的职员怨愤情绪模拟项目”即DESPAIR的创办人。

按照阿克塞尔的说法，在一家名叫“松饼与独角兽”的连锁餐厅里，有人用影子软件伪造收据。压低销售的装置倘若不是在出厂时就安装在了收银机里，就是通过一款保存在外部CD上的叫“杀手”的定制软件来加载。证据指向某位高层经理，没准儿是老板本人。阿克塞尔觉得嫌疑最大的是菲普斯·埃珀迪尤，大伙儿管他叫维普，因为他总是一副刚从酒店休息室里出来或亮出一张写着名字首字母的折扣卡的派头。

玛克欣觉得，杀手软件诈骗最有趣的地方在于它需要面对面的传授。没有说明书教你怎么用，因为不存在印刷出来的指导文字。你无法在说明书里找到软件里包含的功能，这些功能需要卖收银机的商贩亲口传授给他人，如同卡巴拉里的某些魔法知识从流氓拉比传给学徒一样。假如说明书是经文，那么影子软件的教程就是隐秘的知识。而推销它的极客——除去一两处小细节不像之外，比如说正义感、更高的精神力量——他们就是拉比。一切都是严格私人化的，扭曲地看，甚至称得上浪漫。

维普据说跟魁北克的黑社会势力有生意往来，那个城市的杀手软件行业目前正一片繁荣。去年的隆冬时节，玛克欣被纳入城市的预算线里，跟往常一样快速出发，飞到蒙特利尔去调查那极客。她出现在多瓦尔，在舍布鲁克的万怡酒店办理了入住，然后在城里四处蹦跶，办一件又一件徒劳的差事。随便走进一栋灰色的高楼，在街面以下好几层，沿着走道走去，你会听到餐馆里传来声音，转个弯，便看见整个蒙特利尔的市民在长长的一排餐厅里享用午餐，如同串在这个地下城市里的一群列岛。在那些日子里，这个地下城扩张的速度非常快，快到没有人知晓一幅描绘它的可靠地图。再者，玛克欣购物买到快要恶心了，于是来到地铁站的尾端，那里有现场爵士乐演出的酒吧，卖绉纱的商业中心，普丁[1]专卖店，一眼望过去是光洁干净的新走廊，马上会有更多的商家入驻这里，所有的店都不需要人们冒着严寒走到被大雪困住的零度以下的街面上去。后来，她从麦尔安德一家酒吧的洗手间墙上看到了一个电话号码，打过去找到一个叫费利克斯·博因久的人。此人在圣-丹尼斯一间大家称为单身汉公寓[2]的地下室公寓里工作，他听到维普的名字时不仅能记起来，还威胁说要踢破他的门，显然维普有某一笔逾期付款还没有给他。他们约定在一家叫网网的自助洗衣店里碰头，这家店不久后会成为台地的传奇。费利克斯看上去几乎年长到可以有驾照了。

1 加拿大魁北克省的一种由乳酪、肉汁和薯条做成的食物。
2 原文为法语。

一番寒暄[1]过后，费利克斯跟这个城市的其他人一样，毫不费劲就自然地切换到了英语。“那么你和埃珀迪尤先生，你们是同事吗？”

“其实我们是邻居，住在威斯特彻斯特。”玛克欣假装自己也是对“隐藏的清除功能”感兴趣的心怀不轨的商人，当然只是出于对技术方面的好奇而已。

“我很快可能要去你们那里了，去融资。”

“我以为在美国，这多半会牵涉到法律问题。”

“不是，其实是要创办一个PCM项目。”

“是某种，呃，吃着玩的药物吗？”

“影子软件防护对策。”

“慢着，你不是支持影子软件的吗，这个防护对策又是咋回事？”

“是我们发明的，我们再破坏它。你在皱眉头了。我们超越了正义与邪恶的界限，技术嘛，它是中立的，嗯？”

回到费利克斯的地下室软榻上时，正好赶上加拿大原住民电视台的晚间电影档，这家电视台的影片库囊括了基努·里维斯演的所有电影，包括那天晚上放映的费利克斯的最爱《捍卫机密》。他俩抽着大麻，点了份蒙特利尔比萨外卖，比萨上面的配料是没人晓得什么品种的香肠，然后渐渐沉浸到剧情里，用海蒂的话来说，什么也没有发生，除了两三天后玛克欣飞回纽约时，带着的维普·埃珀迪尤的资料比她以往出差查案带回去的都要厚实，税务机构觉得他们的钱没有白花。

紧接着，好几个月没有他们的音讯，直到阿克塞尔现在突然打来电话。“只想告诉你一声，维普的屁股是青青草，财政厅的割草机马上要整平它了。”

“谢谢你的消息，我最近正失眠呢。”

“现在，地区检察官办公室在起草相关文件。我们还需要两三个细节，比如说他现在身在何处。你不会恰好知道吧。”

---

1 原文为法语。

"我和维普没有联络，阿克塞尔。哎呀，姑娘只是朝重要证人笑了一下，大家心里就开始有谱了。"

当天夜里的入眠是缓慢且呈螺旋状的。玛克欣像失眠症患者会重梦年轻时的某段旋律和歌词那样，不断地兜回到雷吉·德斯帕德身上，回到在"阿里斯蒂德·沃尔特号"上的时光。那个瘦弱闪耀的孩子，在没有人脉的独立电影制片人之路上悲惨地过着每一天，如此坚定地保持着微笑。希望他这个hashslingrz项目不致为他带来太糟糕的下场，可这样的企盼，其实无异于在一个满是否定的温水缸里颠簸前进。这背后另有隐情，雷吉知道该把这事告诉谁，他对玛克欣的了解很准确，知道她跟他一样警觉，当寻常的贪婪超过一定限度，夜晚的引擎声，人为的故意遗忘，驶上轨道，开足马力加速前行……他们一靠近便能感受到。

就在那时，就在玛克欣快要进入异相睡眠时，电话铃响了，是雷吉打来的。

"不再是拍一部电影了，玛克西。"

"明天你打算多早起床，雷吉？"还是换一种说法，现在可是他妈的半夜啊。

"今晚不打算睡了。"

意味着玛克欣也不可能睡了。于是两人就在东村的一家二十四小时营业的乌克兰饭馆里碰头，吃顿非常早的早餐。雷吉坐在后面的一个角落里，正在捣鼓他的强力笔记本电脑。时下虽是夏天，可天气还不至于太过潮湿或糟糕，而他却满头大汗。

"你看起来好狼狈，雷吉，出什么事了？"

"严格来讲，"他把双手从键盘上移开，"我在hashslingrz应该能随便走动，对吧？虽然我一直知道我没有。然后昨天，我终于走进了不该进的房间。”

“你确定门不是锁着的，不是你撬开的？”

“好吧，门不应该是锁着的，门上的指示牌写着‘**洗手间**’。”

“所以你就非法闯进去了……”

“不管怎么说，那房间里看不到有陶瓷便器，看着倒像是实验室，有试验台、仪器之类的、电缆、插头、零部件和人工，我很快意识到，这种作业顺序我可不想了解。然后我就发现，周围全是些叽叽喳喳说话的阿拉伯人，我一走进去他们立刻不吱声了。”

“你怎么知道是阿拉伯人，他们穿的服装，还有骆驼？”

“听他们说的话像是，他们不是英国人，也不是中国人，我朝他们招手就像是‘嗨，我的沙漠黑鬼们[1]，啥事啊——’”

“雷吉。”

“好吧，更像是‘Ayn al-hammam’[2]，洗手间在哪里，他们中的一个人立刻过来，冷冰冰的，毕恭毕敬，‘您是在找洗手间吗，先生？’有人在咕哝着，但没人朝我开枪。”

“他们看见摄像机了吗？”

“难说。五分钟后，我就被叫到大冰锥[3]的办公室里，他首先想知道的，是我有没有拍到房间或里面的人的镜头。我告诉他没有，我当然是骗他的。

“而他说，‘因为如果你拍到了镜头，你就必须把它交给我。’就是那个‘必须’，我觉得就像是警察告诉你，你‘必须’离那辆车远一点。就在那时我开始害怕了。坦白说，我要再考虑考虑整个该死的项目了。”

“那些人在干吗？装配炸弹吗？”

“希望不是。周围到处都是电路板。有什么炸弹需要那么多逻辑电路的？这下麻烦大了。”

---

1 沙漠黑鬼是美国的一种种族恶称，指阿拉伯人。
2 阿拉伯语，意思为“洗手间在哪里”。
3 雷吉用艾斯的名字（Ice）开了个玩笑，“Ice Pick”是冰锥。

“我可以看看你拍的镜头吗？”

“我刻在光盘上给你。”

“艾瑞克看了吗？”

“还没有，我俩在布鲁克林区和皇后区交界处的某个地方说了会话，他在外面巡游，假装自己是在找咖特的瘾君子，但实际上找的是艾斯的哈瓦拉。”

“他怎么突然这么有动力了？”

“以为这是在进球得分吧，可我还是忍住没问。”

她正在淋浴，想清醒清醒，突然有人从浴帘外伸进头来，开始模仿《惊魂记》里淋浴场景的音效，发出尖锐的“咦——咦——咦”的声音。要是在从前，她肯定会尖叫，某种病会发作，可现在呢，她知道有人在跟她闹着玩，只喃喃地说了句“晚上好，亲爱的”。因为来人正是远远没有成为过去的霍斯特·莱夫勒，像巴兹尔·圣·约翰那样，不说一声就突然出现在布伦达·斯塔尔的生活里，[1]一年来他脸上的皱纹越来越深，在准备好要离开的时候，交替镜头里布伦达·斯塔尔的眼角处恰好泛着盈盈的泪光。

“嘿！我早到了一天，你吓了一跳吧？”

“没有，别色眯眯地偷窥我，霍斯特！我一会儿就出去。”他勃起了吗？她退回到淋浴房的速度太快，来不及看清。

她来到厨房里，浑身散发着玫瑰香的湿漉漉的热气，头发用毛巾包住盘在了头上，穿着一件从科罗拉多的温泉浴场偷回来的毛巾布浴袍，他俩曾去那里度过两三个星期的假，当时还是你侬我侬的关系。

1《记者布伦达·斯塔尔》是一部关于一个爱冒险的女记者的连环漫画。在故事里，女记者布伦达与巴兹尔·圣·约翰结婚后育有一子，之后离婚了。

她发现霍斯特正一边儿哼着《罗杰斯先生》[1]里的主旋律，“今天是这个社区里美好的一天”（至于原因她永远不会去过问），一边儿在冰箱里到处翻腾，同时还不忘吐槽冰箱里的层层积霜史。想来他在飞机上肯定没怎么填饱肚子。

“找到了。”霍斯特对本＆杰里牌冰激凌有着特定的探测天赋，他取出来一夸脱半结晶的香蕉巧克力味冰激凌，坐下来，两只手各拿一个特大号勺子，然后开始挖。“那个，”他过了会说，“儿子们在哪儿呢？”

她发现，他多拿的那个勺子是用来抹平冰激凌的。“欧蒂斯在菲奥娜家吃晚饭，齐格在学校里排练。他们周六晚上要演《红男绿女》[2]，所以你正好赶上了，齐格要扮演内森·底特律。你的鼻子上沾到了。”

“我想死你们了。”这不是头一回，他的话里有一种独特的音调在表明，假若玛克欣愿意，她大可以承认，霍斯特的免疫系统远远没有要求他自己满世界自我陶醉地追寻黑兰花血清[3]，这一点他本人其实也几乎没有意识到，他的免疫系统这些天来真正无法处理妥当的，实际上是恐怖的前夫布鲁斯。

“等齐格一回来，没准儿我们会叫外卖吃，要是你也想来点的话。”

就在这时，齐格信步走了进来。“妈妈，这次的混球是谁，我来猜猜，又是你的约会对象？”

“什么，”霍斯特匆匆打量了她一眼，“你又约会？”

玛克欣用眼梢的余光偷偷瞄到，他们拥抱的时间比人料想的长了点。

“那犹太人的打架功夫学得怎么样？”

“哦，进展得不错，上周刚刚干掉一个教官。”

“太棒了。”

1《罗杰斯先生》是美国的一档儿童电视节目，由弗莱德·罗杰斯创作和主持，最早于1963年在CBC电视台首播。

2《红男绿女》是百老汇的一部音乐剧，改编自达蒙·朗伊恩的短篇故事，讲述的是纽约赌徒的故事，1950年首演后大受欢迎，获托尼奖、最佳音乐剧等多项大奖，此后几乎每十年就要复排一次。

3 影射前文提到的巴兹尔·圣·约翰，他为黑兰花血清而疯狂。

玛克欣假装在看一摞外卖菜单。“你们想吃什么？除了鲜活的东西之外。”

“只要不是那种巨大疯狂的嬉皮食物就行。”

“啊，快来点菜，爸爸——长面包？有机甜菜油煎饼？嗨——嗨！”

“光想想就叫人流口水！”

不一会儿，欧蒂斯也加入了进来，他才是真正挑剔的那位，回到家时还饿着肚子，因为维尔瓦的烹饪秘诀尚处于试验阶段，于是更多的外卖菜单加到了那一摞中。四人的讨论眼见着就要持续到深夜，霍斯特的生活原则更是让讨论雪上加霜，例如，要避免选那些用长着脸蛋或穿着怪异服装的食物做商标的餐厅。最后的结果跟往常一样，他们决定从综合比萨屋点菜，这家店的比萨配料、饼皮和尺寸可选种类的菜单跟节假日期间马赫尔·施莱默[1]的商品目录一样厚，而且它的派送区域可以说并不包括他们住的公寓，这就要求通常的塔木德经般的电话讨论从他们是否会送外卖到这里开始。

“只要九点钟我能坐到电视机前就行，”霍斯特是BPX有线频道的忠实观众，这家电视台专门播放传记影片，“美国公开赛就快开始了，整个星期都在放高尔夫球手的传记片，由欧文·威尔森扮演杰克·尼克劳斯，休·格兰特演的《菲尔·米克尔森的故事》……”

“我本来打算在生活频道看一部托蕊·斯培林的长片的，不过我可以用另一台电视机看，请别客气，把这儿当自己家。”

“你真是太随和了，我可爱的小百吉圈。”

两个儿子几乎不约而同地转了转眼珠子。比萨外卖到了，大家匆匆地吃了起来。原来霍斯特这趟回来，计划在纽约待上一阵子。“我在世贸中心那里租了别人转租出来的一个办公场所。也许我该说上面，在一百来层呢。”

“不一定要在大豆之乡。”玛克欣评论道。

---

1 美国的一家本部位于伊利诺伊州的零售商店。

“哦，我们在哪里办公已经无关紧要。公开喊价的时代快要结束了，大伙儿都转到互联网上的全球交易所去了，我只是在比大多数人花更多的时间适应而已，要是买卖实在做不下去，我总是可以去恐龙电影里当个临时演员。”

天色已晚，玛克欣好不容易从hashslingrz的麻烦事中抽离出来，随即被客房里的电视机声音给吸引住了，那声音故意凸显出一种优雅的凌乱，有似曾相识的感觉——“我尊重你……的球场经验和在球场上的驾轻就熟，但是……我觉得要打这个洞……五号铁可能……不太合适……”分明就是《吉吉·罗德里格斯的故事》里的克里斯托弗·沃肯。齐格、欧蒂斯和他们的爸爸都躺在床上，在电视机前面打盹儿。

好吧，他们爱他。她应该怎么办呢？她想躺在他们边上，这就是她应该做的，然后一起看完剩下的电影，可他们已经占满了所有的地方。她去了客厅，打开那个频道，最后在沙发上睡着了，虽然是在吉吉以一杆之差超过金·哈克曼扮演的阿诺德·帕尔默，赢得1964年西部公开赛这个精彩片段播完之后。

倘若你真的跟大家一样无法接受——那么，海蒂——觉得你应该接受不了这事儿，她在入睡前这么告诉自己，你会去弄个限制令，然后送他们去卡莰基尔露营。

第二天，霍斯特带欧蒂斯和齐格去他在世贸中心的新办公室。他们在“世界之窗”享用午餐，那里对着装有规定，所以男孩们穿了西装打了领带。“像是去卡尔盖特[1]一样。”齐格嘟囔着。那天偏偏刮起了中度以上的大风，高楼以五英尺可感觉像是十英尺的偏离度在前后摇晃。据霍斯特的合租人杰克·皮门托说，在暴风雨的天气里，人仿佛置身于一艘非常高大的轮船的瞭望台里，往下看时能看到直升机和私人飞机，还有附近的高楼。“这么高啊，看样子有点危险呢。”齐格这么觉得。

“才不会呢，”杰克说，“它稳如战舰。”

---

1 这里指卡尔盖特中学，位于纽约曼哈顿的一所小型私立男校，学校规模只有六百多个学生，据说品钦的儿子在那里上过学。

10

周六晚上在库格尔布里茨，负责灯光的工作人员喝得醉醺醺的，不是搞错了提示，就是忘记了提示。演斯凯和萨拉的两个孩子在现实生活中交往得挺顺利，带妆彩排那天却当众吵着分了手。可尽管如此，《红男绿女》还是获得了巨大的成功，而且要是看导演斯通查特先生拍摄的DVD，效果还要更好，因为斯科特和努特拉·冯兹大礼堂[1]存在许多视线问题，礼堂设计师大概精神哪里出了问题，不停地改变设计方面一些细微的构思，比方说让几排观众席面对舞台等。

外公外婆大声喝着彩，拍下一张张快照。“来家里坐坐，”伊莲恩朝霍斯特使出岳母[2]通常的邪恶眼色，“喝杯咖啡。”

“我陪你们走到拐角，”霍斯特说，“之后我要去处理些公事。”

“我们听说你要带孩子们去西部？”厄尼说。

“中西部，我长大的地方。”

“那么你们是打算整天耗在电子游戏室里咯。”伊莲恩表现得很讨喜。

“真怀念那段时光，”霍斯特努力解释说，“我的童年可是游戏室的黄金年代，现在我觉得我也不能说它已经告一段落了。所有这些家庭

---

1 极有可能是暗指俄亥俄州辛辛那提大学分子研究的冯兹中心。
2 原文为意第绪语。

电脑游戏，任天堂64啊，索尼游戏机啊，现在又有了微软游戏机这玩意儿，大概我只是想让孩子们看看，以前把外星人炸飞是什么样子。”

“但是……严格来说这难道不算绑架？越过州界线之类的？”

“妈，”玛克欣让自己也吓了一跳，“他……是孩子的爸。”

“我滴个乖乖，伊莲恩，不要这样。”厄尼建议说。

好在走到拐角了。霍斯特摆了摆手：“以后再见吧。”

“如果回来太晚记得打个电话？”玛克欣努力想记起正常的已婚夫妇会怎么说。跟霍斯特来个眼神交流也不错，只是少了肥皂剧里的暧昧。

“都这么晚了，”伊莲恩在霍斯特走远后问，“这次又会是什么‘公事’呢？”

“如果他跟我们一道来，你又会抱怨，”玛克欣很纳闷，为什么现在她突然帮霍斯特说话了，“八成他只是找个借口回绝，你没听说过吗？”

“好吧，我们买了很多油酥糕点，够一大群人吃，也许我应该打电话给——”

“别，”玛克欣低声吼道，“别叫其他人了。别叫诉讼律师，别叫穿哈佛运动短裤、顺道路过的妇产科医生，不准叫那些人来。拜托。”

“她永远也忘不了，”伊莲恩说，“就叫过那么一回。我保证，是你多心了。”

“还不看看她这是随了谁？”厄尼说这话不是在提问，那是某段二重唱里的唱词，玛克欣也许在有生之年听过那么一两次。今晚，一家人的谈话从温和地讨论歌剧创作家弗兰克·路西开场，不一会儿话题便过渡到泛泛的歌剧上，包括激烈地争论谁唱了那首伟大的《今夜无人入睡》。厄尼认为是尤西·毕约林，伊莲恩觉得是《春之序曲》里的狄安娜·德宾，前两天晚上电视台还播了这剧。“那部英语抒情剧？”厄尼摆出一个鬼脸，“都不够叮砰巷[1]的水准，太可怕了。她是个可爱的姑娘，就是没有小号般嘹亮的嗓音。”

---

1 叮砰巷位于纽约曼哈顿第五大道和第六大道中间的西28街，那里在19世纪末20世纪初聚集了许多音乐出版商和作曲人，所以现在用来代指流行音乐出版界。

“她是女高音，厄尼。而毕约林呢，真应该吊销他的工会会员证，他唱‘*星星沉落下去*[1]’那句时带着的瑞典调子，真叫人受不了。”

谈话就这么进行着。在玛克欣小时候，他们曾不停地想要拖她去大都会，但一直没能成功，她从未迷上歌剧。好多年来，她一直以为尤西·毕约林是加州一个校园的名字。哪怕是简化版的由电视明星出演的儿童午后场，演员的头盔帽檐里有角伸出来，也没能让她提起兴趣。好在它会隔代遗传，现在齐格和欧蒂斯已经变成他们外公外婆的铁杆剧友，齐格偏爱威尔第，欧蒂斯则喜欢普契尼，两人都不怎么喜欢瓦格纳。

“其实，外婆外公，别怪我多嘴，”此时欧蒂斯突然想起来，“是艾瑞莎·弗兰克林，1998年格莱美她顶替帕瓦罗蒂上场的那回。”

“‘1998年’。那是好久好久以前了。过来，你这个小机灵鬼。”伊莲恩伸手去掐他的脸蛋，他聪巧地躲开了。

厄尼与伊莲恩住在一栋租金受管控的战前经典式七层楼房里，天花板的高度可以媲美带穹顶的体育场，不用说，到大都会只需步行。

伊莲恩挥了挥魔杖，咖啡和糕点突然现形了。

“根本不够！”两个孩子人手一个盘子，里面的丹麦酥、芝士蛋糕和果馅卷堆得满满的，多到不利于健康。

“你，我会打你一记耳光哦……”孩子们跑到隔壁房间去看《太空大侠》[2]，那是外公一集一集贴心地帮他们录下来的。“不准掉一粒碎屑！”

出于条件反射，玛克欣朝她和妹妹布鲁克以前住的卧室里瞧了瞧。在布鲁克的房间里，家具窗帘连同墙纸貌似都换了新的。“这是怎么回事？”

“布鲁克和阿维回来要住。”

“什么时候？”

“什么，”厄尼露出调皮的眼神，“你没看到新闻发布会吗？最新的

---

1 原文为意大利语。

2 青少年看的一档搞笑虚假的谈话节目。

消息是说劳动节前，虽然他可能管它叫利库德节。”

“又来了，厄尼。”

“我说什么了吗？她要嫁给一个狂热分子，那是她的事，生活就是充满了有趣的惊喜。”

“阿维拉姆是个还不错的丈夫，”伊莲恩摇了摇头，“我必须要说，他并没有太多政治倾向。”

“歼灭阿拉伯人的软件，抱歉，那还不叫政治？”

“可不可以安静地喝点咖啡。”玛克欣悦耳地插了句嘴。

“不要紧，”厄尼朝天摊开双手，“总是当妈的心从鞋盒子里掉到雪地上，没人过问当爹的，不，当爹的压根就没有心可言。”

“噢，厄尼。他跟他的同龄人一样，就是个电脑迷而已，于人无害的，所以饶了他吧。”

“他要是于人无害，为什么FBI总来查问他的事？”

“什么？”在某个并不太隐僻的脑叶里，一部至今尚未发行的电影里的一声锣响，骤然又刺耳。玛克欣虽然被诊断患有慢性巧克力缺乏症，此刻却坐在那里，手里的餐叉悬在半空中，眼睛盯着从苏蒂纳面包坊买来的三层巧克力慕斯蛋糕发愣，不过她的兴趣突然发生了转向。

“八成是CIA，”厄尼耸了耸肩，“NSA，KKK，谁知道呢，‘需要一点信息完善档案。’他们喜欢这么说。然后那些让人尴尬的问题，一问就是好几个小时。”

“什么时候开始的？”

“就在阿维和布鲁克去以色列后。”伊莲恩很确定地说。

“什么样的问题？”

“同事，以前和现在的工作，家庭，哦，对了，既然你问起来，你的名字也提到了，哦，还有，”厄尼此时露出的狡黠神情，她是再了解不过了，“你要是不想吃那块蛋糕——”

“只要你愿意在勒诺克斯山医院解释餐叉伤是打哪儿来的。”

“这个，有个人给你留了他的名片，”厄尼递给她，“让你给他打电话，说不着急，等你有时间再打。”

她看了看那张名片。尼古拉斯·温达斯特，特殊案件专员，还有一个电话号码，区号是202，也就是特区，好吧，就只有这些，没有机构或是办事处的名称，甚至连个徽标都没有。

“他穿得很得体，”伊莲恩回忆道，“不像他们平常的样子。鞋子很考究，没戴结婚戒指。”

“简直没法相信，她居然把我跟一个联邦警官想到一块儿去了。我说什么了吗？我当然相信。”

“他问了很多关于你的事。”伊莲恩继续说。

“呃……”

“话说回来，”她的口气很平静，“也许你说得对，就不应该跟政府官员约会，至少电影《托斯卡》[1]一遍都没看过前就不应该。我们当时有票，是你自己那天晚上有其他事要做。”

“妈，那是1985年的事了。”

“普拉西多·多明戈，还有希尔加德·贝伦斯，”厄尼的眼睛在放光，“绝对是传奇。你没有碰上麻烦吧？”

“哦，爸爸。不管什么时候，我的手头都有十来件案子在查，总是会牵涉到联邦政府——政府合同、银行监管、RICO控诉、额外的文书工作，然后结案时又会有其他案子出现。”她尽量不让这话听起来像在故意让听者担心一样。

“他看上去……”厄尼眯缝着眼，“不像是个做文案的官员，更像是出现场的那类人。不过说不定我的感觉不准。他给我看了我的档案，我跟你说过吗？”

“他什么？毫无疑问，他在跟受访者拉拢关系。”

“这是我吗？”厄尼看到照片时这么说，“我看起来像山姆·谢斐。”

“你的一个朋友吗，塔诺先生？”

1 指歌剧《托斯卡》，里面的反派人物是秘密警察的首领。

“是个电影明星。”他于是就向小埃弗伦·津巴利斯特[1]解释，在《地球停转之日》里，山姆·谢斐扮演的是巴恩哈特教授，这世上最聪明的人，跟爱因斯坦有得一拼。他在书房里写了一黑板的高等方程式后，走到外面去待了一分钟。外星人克拉图来找他，瞧见这一黑板的符号，这些符号就如同你上过的最令你毛骨悚然的几何课。他发现方程式中有个地方似乎有错误，就擦掉后重新写上，随后离开了。教授回来后立刻留意到了方程式里的变化，站在那里盯着黑板两眼放光。当联邦探员偷偷按下快门时，厄尼的脸上恰好闪过类似的表情。

“我听说过那部电影，”那个叫温达斯特的人想了起来，“那是冷战白热化时期的反战宣传片。”

“是啊，你们这些人把山姆·谢斐也列入了黑名单。他拒绝出庭做证。好多年没有电影公司愿意请他。他就开始在一家高中教数学谋生，真是太不可思议了。”

“他教高中？谁会不忠不义到请他呢？”

“现在可是2001年，玛克西莱，”厄尼前后摇晃着脑袋，“冷战照理是结束了，可这些人怎么还不改变，还不往前看，这种可怕的惰性又是从哪里来的呢？”

“你过去总是说，他们的时代并未过去，而是尚未到来。”

临睡前，厄尼常常给女儿们讲恐怖的黑名单故事。别的孩子自小听的是七个小矮人，而玛克欣和布鲁克则听着好莱坞十君子的故事长大。妖魔鬼怪和邪恶巫师之类的角色一般由20世纪50年代的共和党人扮演，他们被仇恨冲昏了头，还沉浸在1925年前后的时光里，几乎对任何偏离“资本主义”的“左倾”思想都怀有生理性的厌弃，也就是说，通常他们想守住一沓越来越多的钱，守住它们不被国税局夺走。毕竟在上西区长大，不可能没有听说过这样的人。玛克欣常想，这是否就此引导着她走向了欺诈调查，如同它或许也引导着布鲁克走向阿

1 这里是叙述者在开玩笑地说温达斯特就如同小埃弗伦·津巴利斯特这样的人，后者在电视剧《FBI》中扮演一个FBI特工。

维还有他的高科技政治一样。

“那么你会给他回电话吗？”

“你这话听上去就像‘她叫什么名字来着’。不会，爸爸，我不打算回电话。”

然而，这事似乎不由玛克欣说了算。第二天傍晚的下班高峰时段，天落起蒙蒙细雨来……有时候她控制不住，就想去外面街上透透气。寻常工作日里的区区一个简单的点，也就是萨福所谓的被白日驱散的一切的重新汇聚点，[1]玛克欣忘了在哪一门大学课程里学过，只记得说它成了无数部路人剧，每一部都充满了神秘，比白天的高气压表所能承受的还要更紧张、更刺激。世事万物都变了。空气中弥漫着雨后的清新气味，汽车的噪声液化成水汽，街道投影在城市公交的窗玻璃上，使公交车内充斥着无法辨认的3-D图像，犹如平面莫名其妙地变得立体。粗鲁的普通曼哈顿傻蛋挤在人行道上赶路，他们似乎也沾染上了某种深度，某种意图——他们微笑着，他们放缓脚步，就算是耳朵贴着手机的人也更像是在对着对方唱歌，而不是东拉西扯。还看见有人捧着盆栽在雨里散步。哪怕是雨伞与雨伞之间最轻微的触碰也可能挑起性欲。

“你是说，假如碰见了那把适合你的雨伞。”海蒂有一回想搞明白。

“挑剔的海蒂，任何雨伞都行，有什么关系？”

“木鱼脑袋的玛克西，要是泰迪·邦迪[2]怎么办？”

今天晚上，事态实际上就像那样发展着。玛克欣在一个脚手架下

1 此处是指古希腊女诗人萨福的诗《断章104》：“黄昏呀，你召回了一切；/光芒的早晨所驱散的一切；/你召回绵羊，召回山羊；/召回小孩到母亲的身旁。”（周作人译文）

2 泰迪·邦迪是美国一位臭名昭著的连环杀人案的凶手，20世纪70年代里曾多次绑架妇女并实施强奸和谋杀。

面等着一阵如注的暴雨过去，此时，她感觉到有个男人在她旁边。雨伞间的触碰。夜幕中的陌生人在交谈——不对，慢着，还有其他情况。

“晚上好，塔诺女士。”他递过来一张名片，跟昨晚厄尼给她的那张一模一样。而这张她没有去接。“没事的，没有GPS芯片之类的东西。”

我的天。他那操蛋的声音，跟答录机上陌生推销电话里的声音一般洪亮，充满了做作与虚假。她斜眼瞥了他一下。他大概五十岁出头，脚穿午夜的深棕色鞋子，伊莲恩管这叫考究，身着高聚酯纤维含量的风衣，正是从小学起包括她自己在内的所有人都警告她要远离的那种人。所以她想当然地脱口而出：

“已经有一张了。这就是你本人啊，尼古拉斯·温达斯特，我相信你没有带联邦工作证或逮捕令之类的吧？我只是做个小心本分的公民，懂吗？尽我所能打击犯罪而已。”她什么时候才能明白言多必失啊？怪不得，边缘型人格协会那群人总盯着她不放，他们季节性地跟她追要捐款，这其实是用来检测她多疑症病况的最新指标，她若无视它们，吃亏的是她自己。所以我到底是怎么了呀，她纳闷着，莫非我是爱讨好人的强迫症患者？难不成我真如海蒂常说的那般饥不择食？

此时，只见他迅速打开一个口袋大小的皮制物件，随后又很快地合上，没准儿是一张好市多的会员卡，随便什么东西都有可能。“你瞧，你真的可以帮上我们的忙。如果你不介意来一趟联邦大楼，花不了——”

“你他妈的脑子有问题吗？”

“好吧，那去阿姆斯特丹大道上的希巴纳怎么样？我是说，你还是有可能被人下药后绑架，但那里的咖啡总比市中心的要好。”

“给你五分钟，”她嘟哝道，“我就当是快速审讯。”她为何要答应他这么多？需要父母的批准，都已经三四十岁了还需要？好家伙。当然，厄尼依然相信罗森堡夫妇是无辜的，他痛恨FBI，还有它里面所有的傀儡，而伊莲恩则深受未确诊的OY之苦，也就是强迫性八婆综合征。此外，他身上有某种气质跟汽车警报一样无休无止，仿佛在尖叫着“无法接受”。换作詹姆斯·邦德的话肯定能轻松应付，英国佬总是可以依赖口音，他们身着燕尾服，用着厚达好几卷书的阶级称谓。可在纽约，你只能靠鞋子。

她分析到那里时，雨稍微小了些，他们已经走到了希巴纳中式—多米尼加咖啡馆。这里可是我住的社区，要是被人看到我跟这么个讨厌鬼在一起可怎么办？她想到这一点时已经太晚了。

“你可以试试左将军的卡蒂比亚斯[1]，它们获得的评价很高。”

“猪肉，我是犹太人，《利未记》里有讲，具体别问。”玛克欣其实饿了，不过只点了咖啡。温达斯特要了杯“死亡之梦”，还与女服务员用多米尼加的方言聊起了这种饮料。

“这里的‘死亡之梦’很不错，”他告诉玛克欣，“古老的锡瓦奥秘方，家庭世代相传。”

玛克欣碰巧知道，其实是老板进到里屋把奶昔扔到搅拌机里做成的。她想，要不要告诉温达斯特这个秘密呢，可转念一想又很气恼，这在他听来得有多自作聪明啊。“这么说，是有关我妹夫的事咯？他过一两个礼拜就回来了，你可以自己去问他。”

玛克欣能听见温达斯特用鼻子呼气的声音，不过与其说他是恼羞成怒，倒不如说是满心遗憾。“你想知道最近让安全部门的人神经紧张的事是什么吗，塔诺女士？是一款叫‘普罗米斯’的软件，本来是为联邦检察官设计的，供地方法院之间共享数据。无论你的文件是用什么语言写的，也无论你用的是什么操作系统，都不要紧。可俄罗斯的一帮暴徒把软件卖给了阿拉伯瘪三，更要命的是，摩萨德还慷慨热心地满世界跑，帮当地办事处安装软件，有时候还额外赠送格斗术课程，当销售激励。”

“有时候也送面包店出炉的犹太酥面包，我怎么开始觉得你的话里

---

1 卡蒂比亚斯是一种多米尼加的街边小吃，又叫木薯馅饼，而“左宗棠鸡”是美国华人餐馆里一道很著名的菜。由于这是一家中式—多米尼加餐馆，该菜有可能是把左宗棠鸡里的鸡肉或酱汁放在卡蒂比亚斯里。

有恐犹的口气？”她留意到他的脸有一点歪，不太确定是哪里，看上去像是打过几次架后导致的。他脸上有一两道皱纹，给人一种没有商量余地的紧张感，男人粗犷的气质有时候就是这么开始浮现的。他还有一张出奇精致的嘴，不说话时嘴唇就抿着，不会摆出张着嘴期待什么的模样。他的头发淋了雨，仍然湿漉漉的，剪得很短，用发油抹得服服帖帖，向右偏分，开始有银丝爬上来……那双眼睛多半见过了太多世面，真应该用墨镜遮起来……

“喂？”

现在可不是胡思乱想的时候，玛克欣。好吧，“因为我是犹太人，所以你以为我想听犹太软件的事？每个审阅周期他们都让你去参加那种人际交往能力的研讨会。”

“无意冒犯你，”他那幸灾乐祸的笑容可不这么说，“但这款‘普罗米斯’软件最让人不安的地方，在于它总是内置了一个后门，所以只要安装在世界上任何地方的一台政府电脑上——司法部门、情报部门、特别行动部门——任何知道这个后门的人都能悄悄溜进去，然后想干什么就干什么——不管他们身处何方——所有的秘密都不再是秘密了。更别提还有两三种高度精密的以色列芯片，据说摩萨德同时也会把它们安装上，却不一定告知用户。即使电脑是关机的状态，这些芯片也能翻找出信息，然后保存起来，等‘地平线’卫星过来时，用一个数据突发包就能把所有的资料传送出去。”

“哦，真够阴险啊，这些犹太人。”

“难道以色列就不在暗中监视我们吗？还记得1985年的波拉德事件[1]吗？哪怕是像《纽约时报》那样的左翼报纸也报道了这件事，塔诺女士。”

玛克欣想知道，一个人得有多右翼，才会称《纽约时报》是左翼

---

1 波拉德在美国担任民用情报分析师时，曾偷偷地把机密信息传送给以色列，他于1987年被判终身监禁。由于他的罪犯在1987年11月1日以前，所以他申请了假释，于2015年11月20日出狱了。

报纸？“那么阿维拉姆就是从事那个什么芯片，还有软件的工作？”

“我们认为他是摩萨德。也许他不是从荷兹利亚毕业的，但至少是他们的潜伏平民，他们管这些人叫萨亚尼姆，在这里的犹太人聚居区做着一份正业，随时等待召唤。”

玛克欣看了看手表，收拾好手提包站起身来。“我可不打算告发我妹妹的老公。我觉得这是种个人陋习。哦，你的五分钟好一会儿前就到了。”与其说她听到，不如说是感受到了他的沉默，“怎么了，怎么这副表情？”

“还有一件事，听我说完？我们单位有人了解到，你对hashslingrz.com的财务状况感兴趣，在我们看来是专业方面的兴趣。”

“这些都是公开的，我用的网站，没有什么是非法的，可是你们怎么知道我在调查什么？”

“小菜一碟，”温达斯特说，“我们喜欢称它为‘不放过任何一个按键’[1]。”

“那让我来猜猜，你们是想让我离hashslingrz远一点。”

“不，事实上，如果存在欺诈问题的话，我们很想知道。不过等以后再说吧。”

“你们想聘请我？用钱？还是说你打算用人格魅力？”

他从大衣口袋里找到一副玳瑁材质的漫步者墨镜，把眼睛遮了起来。总算遮住了。他笑了笑，用他那张精致的嘴说道：“我有那么坏吗？”

“噢。现在我又该帮他找回自尊了，我成了玛克欣医生。听着，给你一条忠告，你是从特区来的，那试试政治与散文书店[2]的自助服务区吧——同理心，现在的人都没那玩意了，卡车没送来。”

他点了点头，起身朝门口走去。“希望以后还能再见到你。”由于他戴着眼镜，当然就不好判断这话是什么意思。而且，他把账留给了

1 小布什政府在2001年提出了“不落下任何一个孩子”的教育法案，规定每个州实行标准化的考试制度。

2 政治与散文书店是位于首都华盛顿的一家独立书店。

她付，真是吝啬。

好吧，温达斯特特工的事告一段落。所以，那天晚上发生的事帮了倒忙。其实是在第二天天亮前，她做了一个关于他的非常逼真的梦，梦境一点儿也不清晰。梦里两人不单单在做爱，确切地说是到处去做爱。具体细节随着渐渐射进房间来的黎明的光亮和传来的阵阵垃圾车、手提钻的声响而悄悄地溜走了，最后她的记忆里只留下一幅不愿消退的图像，是那根联邦阴茎，炽红又凶猛，只有玛克欣才是它的猎物。她曾经试着逃跑，可又不是真心想躲避那根阴茎。它戴着一顶奇怪的头饰，十有八九是哈佛的橄榄球头盔。它能看穿她的想法。“看看我，玛克欣。别转移视线啊，看着我。”一根会说话的阴茎，还是操着同样装腔作势的广播播报员的声音。

她看了看钟，没时间睡回笼觉了，可谁又非得想呢？她需要的是去办公室，做些有趣正常的工作。就当她要出门送两个儿子去上学时，门铃寻常的大本钟主题乐响了。一百年前，有人觉得这个主题乐正好配得上这幢楼的宏伟气派。玛克欣眯着眼，透过猫眼向外望，原来是星兹快递员马文，他的骇人长发绺捋在上面，压在了自行车头盔里，他身穿橘色的夹克衫和蓝色的工装裤，肩上搭着一个橘色的邮差包，上面印有最近倒闭的kozmo.com[1]的奔跑中的男人的标志。

“马文，你这么早啊。你这身装备是怎么回事，你们不是几个礼拜前就倒闭了嘛。”

“并不是说我不能再骑车了啊。只要我的两条腿还能蹬，自行车也没有机械故障，我就可以永远骑下去，我是飞翔的荷兰人[2]。”

“奇怪了，我没有在等什么包裹啊，你肯定又把我跟别的无名小卒搞混了。”只是马文的事迹相当离奇，每回他送来的包裹，玛克欣知道并不是她订购的，可每次都正是她所需要的。

1 这是一家在现实生活中存在过的外卖网站，于2001年4月停止营业。

2“飞翔的荷兰人”是指瓦格纳的一部歌剧的名字，讲的是荷兰一个海军军官，注定永远在大海上航行，或者说只有在找到真爱后才会停止（在歌剧中，他当然没有找到真爱）。

这是她头一回在白天见到他。以前，他常常傍晚才开始上班，一直工作到天亮。他会骑着他的橘色单速场地车，给社区里彻夜不眠的瘾君子、电脑黑客和其他那些以为网络气球会永远往上爬升的即时满足客派送甜甜圈、冰激凌和录像带，而且保证一个小时内送到。

“这儿的社区街坊时髦又气派，”这是马文的说法，“我知道一旦我们开始往14街以北派送，终结就开始了。”

据坊间传言，朱利安尼市长厌恶所有骑车送外卖的人，据说他公开宣布与马文结下私仇，再加上马文的特立尼达血统和他在星兹的个位数员工编号，这些都为他在场地车外卖社区树立了标志性的地位。

“挺想你的，马文。”

“太忙了。这些天我到处跑，像杜安里德药妆店[1]这些地方。别给我你那张到处挥舞的纸币，给的太多了，太感情用事了，哦，这个，这个也是给你的。”

他拿出一个装在米黄色塑料袋里的四英寸长一英寸宽的高科技小玩意，一端似乎还有一个USB接口。

“马文，这是什么？”

“啊，莱太太，你总是跟我开玩笑。我只负责派送，亲爱的。”

是时候找个专家问问意见了。“齐格，这东西是啥？”

“看样子像是一个小型的八兆闪存盘，就像是记忆卡，不过略微有些不同。IBM生产过一款，不过这个是亚洲的山寨货。”

“也就是说，这里面有可能储存了文件之类的东西？”

“随便什么东西都可以，十有八九是文本。”

“我要怎么做呢，往电脑上一插就行了吗？”

“哎呀！不！妈妈！你不知道里面有什么。我认识布朗克斯科学高中的朋友——让他们在那里的计算机实验室里先检查下。”

“你说话的口气像极了你外公，齐格。”

1 杜安里德药妆店是一家连锁的药店和便利店，密集分布在纽约城里的各处。它的第一家店于1960年创办，开设于曼哈顿下城百老汇与杜安街和里德街，因其地点而得名。

第二天齐格回来说:“你那个闪存盘?没什么问题，可以放心地复制，里面不过是好些文本，看起来像半官方的资料。”

“你朋友在我看之前就先看过了。”

“他们……呃，他们不怎么读资料，妈妈。不是针对个人，我们这一代人就是这样。”后来发现，原来是尼古拉斯·温达斯特本人的一份档案，从某个名叫脸罩网[1]的间谍专用的深网目录里下载而来，这个网站有着跟高中年鉴里类似的冷酷幽默。

温达斯特终究看着不像FBI。要是有可能的话，情况要更糟。假如新自由主义的恐怖分子有一个兄弟联盟或姐妹联盟(但愿不要)，那么温达斯特从一开始就是里面的成员，一名实地特工，他的第一份记录在案的工作是作为初级勤务工在智利的圣地亚哥执行任务，在1973年9月11日那天，他为飞机探明敌军阵地的位置，那些飞机炸毁了总统府并杀害了萨尔瓦多·阿连德。

从低级的代收贿金开始，逐渐升级为秘密监视和商业间谍活动，温达斯特的荣誉表在某个时刻变得凶险起来，也许早在他翻越安第斯山脉到阿根廷时便已开始。工作任务开始包括“强化审讯”和“不顺从对象的重新安置”。即使玛克欣对阿根廷那些年的历史只略知一二，她也能解释得来。1990年前后，作为“阿根廷通”骨干队伍的一部分，“肮脏战争”[2]的美国老兵当时继续留在那儿，为战后崛起的IMF[3]的走狗出谋划策。温达斯特曾参与创建一个名为“朝向美洲的新全球机遇”(TANGO)的特区智囊团，他拥有三十年的客座讲师经历，包括在臭名昭著的美洲学校[4]里做讲师。经常有一群年轻的追随者聚在他的身边，虽然原则上他貌似反对个人崇拜。

---

1 此处可能是在戏仿脸谱网(Facebook)。

2 “肮脏战争”发生于1976—1983年间，阿根廷右翼军政府国家恐怖主义时期，针对异议人士与游击队所发动的镇压行动。

3 指国际货币基金组织。

4 美洲学校是美洲美国陆军学校的简称，它是位于佐治亚州哥伦布市本宁堡附近的一所美国国防部机构，主要为拉美国家的政府人员提供军事训练。

显然，长期以来同事们对温达斯特有各种疑虑。从全世界面临困境的经济体那里榨取的金钱量多得惊人，他却出乎意料地不愿意去分一杯羹，这很快引起了别人的猜忌。他要是能参与，肯定会是个安全得力的共犯。单纯以意识形态为动力——除了贪婪以外，不然还能有什么呢？——让他看上去古里古怪，几乎算是危险分子。

所以随着时间的流逝，温达斯特被迫接受了一个怪异的妥协办法。任何时候，只要政府按照IMF的要求廉价变卖一笔资产，他都同意拿取百分之一，或是再后来，等他的影响力更大时直接收购——可他这个嬉皮疯子从来没有去兑现过。一家发电厂转为私营，以很低的价格变现，温达斯特成了隐名合伙人。供应地区水利系统的水源、原住民土地上电力线的便利设施、治疗发达世界闻所未闻的热带疾病的诊所——温达斯特在其中都占了不太多的股份。倘若有一天，出奇地闲来无事时，他应该把资产组合拿出来，瞧瞧自己名下有什么。他会发现自己控制的收益里有油田、冶炼厂、教育系统、航空公司、电网，遍布于世界上新近私有化的各个地方。“没有规模特别大的，”一份机密报告总结说，“但假如所有资产集合在一起，按照策莫罗的选择公理[1]，当事人有时会发现自己实际上控制着整个经济体。”

玛克欣突然想到，以同样的想法类推，那么温达斯特必然也伤痛累累，伤疤遍及身上各个部位。在他的宿业券上，加起来大概相当于死了上百次——谁知道呢，说不定有上千次。她应该跟人说吗？厄尼？还是想撮合他俩的伊莲恩？他们肯定会气得跳脚。

真他妈的吓人。这是怎么发生的呢，这个人怎么会从最低级的步兵，变成前两天晚上跟她搭讪的那个受虐狂呢？这是一份文本文件，没有图片，不过玛克欣不知怎的能看见彼时的温达斯特：一个干净清爽的孩子，留着短发，穿斜纹布裤子和扣角领衬衫，一周只用刮一次胡子，跟着一群神气活现的年轻人满世界跑，拥进第三世界各地的城

1 选择公理是数学中的一条集合论公理，它指出对所有非空指标集族来说总存在一个索引族。该公理最早于1904年由恩斯特·策莫罗发现并证明。

镇里，在古老的殖民地里堆满办公用的复印机和咖啡机，通宵开夜车，复印为彻底毁灭目标国、用自由市场幻想来取代它们的装订整齐的计划书。“早上九点钟前每个人的桌上要有一份这个，快点，快点！[1]”在这群大多来自东海岸的乳臭未干的毛头小子中间，漫画里飞毛腿冈萨雷斯的台词想必广为流传。

在过去那段更为单纯的岁月里，即使温达斯特有造成任何伤害的话，它们也都安全地待在了纸上。可是后来，在某一刻，她觉得是在一片广袤无情的平原中央的某个地方，他迈了一步。那个动作在那片无垠之地上细微到几乎不起眼，然而就如同找到电脑屏幕上一个隐形的链接并点击下去，他就这么地被送到了来世。

一般来说，除非是NBA，全是男人的故事会挑战玛克欣的耐心。齐格和欧蒂斯偶尔会拉她去看动作电影，可要是片头字幕里没有那么多女性的话，她的注意力就会跑偏。她翻阅温达斯特的宿业记录时，同样的事就发生了。当时她翻到了1982—1983年，他驻扎在危地马拉种植咖啡的乡下，假装在从事一个农业项目。能干的农民温达斯特。后来发现，他在那里遇见了一个叫希奥玛拉的当地年轻姑娘，追求她并娶了她——用他未留名的传记作者的话来说，“他被安排了一场婚事”。那一刻，玛克欣想象着在丛林里举行的结婚典礼，有金字塔、土著的玛雅仪式、嗑药致幻的宾客。可是不对，其实是在当地天主教堂的圣器收藏室里举行的，现场的人们不是已经就是即将成为陌路人……

假如政府机构是男方亲家的话，那么希奥玛拉在不少方面都配不上他。她的娘家在政治上是随时会惹麻烦的问题家族，从守旧偏左的阿雷瓦洛派[2]人士，到不由分说地痛恨联合果品公司[3]的激进分子，再到

1 原文是西班牙语，是华纳公司的《乐一通》《梅里小旋律》等卡通片里的飞毛腿冈萨雷斯（飞飞鼠）常说的一句欢呼加油声。

2 危地马拉在1944年曾形成过一个政治选举阵线，支持胡安何塞·阿雷瓦洛当选总统，其主要参与者是人民解放党和国家复兴党，该阵线在当年12月份总统选举后即宣布解散。

3 联合果品公司创建于1899年，是一家把中南美洲的热带水果（主要是香蕉）销往美国与欧洲的美国公司。该公司在20世纪上半叶的发展势头很好，控制了中美洲、哥伦比亚的加勒比沿海等多地大量的地域及输送网络。

无政府主义中坚分子的姑姨表侄，他们打理安全屋，跟乡农们用坎霍瓦尔语交谈，还有形形色色的军火走私贩和毒贩子，那些人只想安安静静不被人打扰，可总被当成有嫌疑的游击战支持者，但似乎住在这个地区的每个人都是。

这么说来……这算什么呢，是真爱，还是帝国主义的强奸，抑或是跟土著人打好关系的幌子？这份资料不愿意提供细节。此后再也没有提到希奥玛拉或温达斯特在危地马拉的那件事。几个月后，他在哥斯达黎加出现，不过没有太太陪同在侧。

玛克欣把资料往下拉，此时更多关注的是一开始为什么马文带这个来给她，她应该怎么处理这东西呢？好吧，好吧，也许马文是来自其他世界的使者，甚至是天使，可不管是什么隐形力量在指使他，她都不得不问些专业的问题，譬如在尘世空间里，储存数据的装置怎么会落到马文手里的？有人想让她看这份资料。是盖布里埃尔·艾斯吗？是CIA的某些人还是谁？温达斯特本人吗？

11

时隔大约一个星期，玛克欣又来到了冯兹大礼堂，这回是参加八年级学生的毕业典礼。先是按照惯例，来自不同宗教团体的神职人员一个个穿着得体的服装列队走过，这总是让她想起说笑话前的铺垫。接着，库格尔布里茨比波普乐团演奏《比利的颤动》。布鲁斯·温特斯娄在一句话里用上了许多个多音节单词，多到可谓创下了某项吉尼斯纪录。随后，演讲嘉宾玛奇·凯莱赫上台来了。玛克欣有一些震惊，怎么才过去两三年，她的变化竟如此之大——且慢，她突然一阵惊慌，心里直纳闷，到底是过去了多少年？如今玛奇的头上已经有灰白的发丝爬了上来，并且它们在发间站稳了脚跟，安下了家。玛奇今天戴着副特大号墨镜，说明她对眼部妆容暂时丧失了信念。她身穿沙漠迷彩军服，头发标志性地用发网兜了起来，今天的发网貌似是荧光绿的。后来发现，她的毕业演讲是个寓言，一个没人能听懂的寓言。

“从前有一座城市，里面住着位强大的统治者，他喜欢乔装改扮后在城里悄悄地走动，偷偷干自己的事。偶尔有人认出他来，但这些人总是愿意接受一小撮金银，答应忘记这事。‘你被短时间地暴露在了一种充满剧毒的能量里，’这是他一贯的做法，‘这里有一笔钱，我相信能够补偿你所受的伤害。很快你会开始忘记，然后就会感觉好很多。’

“当时，夜幕降临后，城里有一位说不定看着跟你奶奶没什么两样的老太太，也在夜色里走动。她扛着一个大麻袋，里面装满了从街上捡来的又脏又破的衣服、纸片、塑料废品、损坏的器具、剩菜剩饭和其他垃圾。她的足迹遍布各处，住在这个城市户外的时间比任何人都长。她无所依傍，终日餐风饮露，对城市的一切无所不知。她是被城市丢弃的垃圾的守护人。

“终于有一天，她与城市的统治者碰上了，他猛地吃了一惊——当他好心好意地拿出一些钱币给她时，她却生气地扔回给他。钱币散落在铺路石上，发出清脆的声响。‘忘记？’她尖声喊道，‘我不能忘记，也不该忘记。记住就是我做人的本质。要我忘记，尊敬的先生，这代价大大超出了您的想象，更别提付不付得起了。’

“统治者大为惊讶，他多半以为，肯定是自己给的钱不够，就又开始在钱包里掏啊掏，等他抬头看时，老太太已经消失了。那天，他比往常更早地结束了秘密工作，早早地回去了，神经异乎寻常地紧张。他觉得当务之急是找到这个老太太，并且不伤她毫发。这实在是太诡异了。

“他虽然不是本性暴戾之人，却在多年前就明白，没有人会坚持做一份像他那样的工作，除非他们愿意为了它不择手段。好多年来，他一直在找除暴力以外的创新法子，结果通常是收买人心。比如把跟踪皇室名流的人雇来做保镖，重新指派有长鼻子问题的记者[1]去做‘分析师’，在国家情报办公室任职。

“以这个逻辑看，背着大垃圾袋的老太太理应成为主管环境的内阁部长，未来某一天，全市的公园和回收站都会以她的名字命名。可每当有人拿着工作去找她时，都无法找到她在哪里。而她对统治制度的批评，却已经深入城市的公众意识，不可能被抹除了。

“好，孩子们，这只是个故事，是以前在苏联人们大概会听到的那种故事。这些伊索寓言老百姓们口口相传，大家都知道寓意，可在21世纪的美国，我们还能这么说吗？

1 指善于说谎话的人，像匹诺曹一样会鼻子变长。

“那个老太太是谁？她这么多年来发现的都是些什么事？她拒绝被收买的那位‘统治者’是谁？他‘偷偷在做’的‘事’又是什么？假设‘这位统治者’并非是人类，而是一股没有生命的强大力量，它虽然无法授爵，却大权在握，这用在我们所说的城邦里已是绰绰有余。答案留给你们去想吧，库格尔布里茨的2001届毕业生们，这是留给你们的作业。祝你们好运。把它当成竞赛题，把你们的答案贴到我的博客里，tabloidofthedamned.com，第一名的奖励是一个比萨，上面要什么配料都没问题。”

观众一见这个博客的网址，纷纷鼓掌喝彩，掌声要比玛奇去这里往东和往西的那些势利学校演讲获得的多，但是仍够不上人们对一个库格尔布里茨校友的期待。

“我就是这样的人，”在随后的招待会上她告诉玛克欣，“女人们不喜欢我抛头露脸的样子，男人们不喜欢我的态度，这就是我减少露面的次数、专注于写博客的原因。”她递给玛克欣一张欧蒂斯带回家的那种传单。

“我会去看看的。”玛克欣答应道。

她朝露台对面点了点头，“跟你一起来的那个人是谁啊，长得像斯特林·海登的那人？”

“像谁？噢，他是我前夫。好吧，算是前夫吧。”

“还是两年前那个‘前夫’？那当时就没有结束，现在还没有结束，你在等什么呢？他有个类似纳粹的名字，[1]要是我没记错的话。”

“霍斯特。你会把这写进网络博客里吗？”

“如果你能帮我一个大忙，我就不写。”

“呃喔。”

“说正经的，你是CFE对吧？”

“他们吊销了我的执照，我现在是自由职业。”

---

1 霍斯特·莱夫勒跟霍斯特·威塞尔同名，后者是一名德国纳粹活动家，也是纳粹党歌《旗帜高扬》的歌词作者。

“不要紧。我要向你请教些事。”

“我们要不要一起吃个午餐？”

“我不参加午餐应酬，那是晚期资本主义的腐败滋生物。早餐怎么样？”

不过，她的脸上带着微笑。玛克欣突然想到，玛奇跟她刚刚做的演讲完全是两个样儿，她不是干瘪的老太婆，她是个矮墩墩的胖子。她的脸容和举止说明她是那种刚认识你五分钟就会招呼你吃东西的人，吃她递来的东西，她会用汤匙舀好了送到你的嘴边。

哥伦布大道上的比雷埃夫斯餐厅里扔满了杂物，一片狼藉，四处弥漫着香烟味和厨房里飘来的油烟味。它是一家社区店。服务员迈克把两三套裹在出现裂缝的棕色塑料封皮套里的沉甸甸的菜单扔在桌上便扬长而去。“不敢相信，这个地方居然还在，”玛奇说，“都说它剩下的时日不多了。”

“不会吧，这家饭馆会一直开下去的。”

“你是从哪个星球来的？只要卑鄙的房东和无耻的开发商合力，这个城市就没有一栋建筑能在同一块地方待上五年。随便说一个你喜欢的建筑吧，要不了多久，它就会变成一堆高档的连锁店，要不然就是成为一帮有钱没脑子的雅皮士的公寓。你以为真有什么公共空间会永远留存下来？不好意思，你可以跟它吻别了。”

“河滨公园呢？”

“哈！别提了。中央公园都不安全，那些人有眼光，憧憬着把从中央公园西侧到第五大道的地方全都实打实地盖上舒适的住宅楼。同时，《档案记录报》[1]穿着小巧的百褶短裙到处挥舞着毛绒球，只要看到有水

1 指《纽约时报》。

泥浆搅拌机开过就雀跃不已，傻兮兮地咧着嘴笑。在这里生活的唯一办法就是别投入感情。”

玛克欣从肖恩那里听过类似的忠告，虽然并不一定是针对房地产。“我昨晚看了你的博客，玛奇，这么说来，你也在关注网络公司咯？”

“要仇恨房地产业很容易，可这些电脑迷略有不同。你知道苏珊·桑塔格一般怎么说吗？”

“‘我喜欢这一绺银丝，我要留着它’？”

“如果有一种感受你真的想找人说说，而不光是自己表现出来，你就需要‘一种掺着适度鄙视的深深的同情’。”

“鄙视我能理解，可同情怎么说呢？”

“他们的理想主义，”玛奇兴许有一些不情愿地说道，“他们的青春……玛克西，60年代过后我就再没见过这些东西。这些孩子会改变世界的。‘信息需要自由。’他们真的说到做到。可同时呢，那些贪婪操蛋的网络公司老板却弄得房地产开发商看上去像小鹿斑比和兔子桑普[1]。”

直觉像投币式洗衣机一样哐当一声，进入了一个新的清洗流程。“让我猜猜，是你合不来的女婿，盖布里埃尔·艾斯。”

“你简直是魔术师啊，你搞生日宴吗？”

“其实就在最近，hashslingrz也碰巧让我一个客户得了社会不适症，算是客户吧。”

“嗯，嗯？”玛奇急切地问，“跟欺诈有关？”

“取证还不能用来做呈堂证供，或者说目前还不能。”

“玛克西，他们那里真的在发生很奇怪的事。”

这时候迈克出现了，嘴里叼着一根闷燃的雪茄。“两位女士要来点什么？”

“好久没在这里吃了，”玛奇两眼放光，“来点华夫饼、培根、香

1 迪士尼动画电影《小鹿斑比》里的两个角色。

肠、家常炸土豆片、咖啡。”

“麦米片，”玛克欣说，“脱脂牛奶，有水果吗？”

“今天的水果是一根香蕉。”

“我也要咖啡，谢谢。”

玛奇慢悠悠地摇晃着头。“这就是早期的食物暴政。来，跟我说说，你跟盖布里埃尔·艾斯怎么了？”

“只是好朋友，别相信第六版[1]。”玛克欣快速地讲了一遍大致经过——本福特曲线异常、幽灵销售商、涌向海湾的资金流。“目前我只知道个大概，不过貌似牵涉到很多政府合同。”

玛奇面带愠色地点了点头。“Hashslingrz跟美国安全机构的关系相当铁，甚至可以说是它的左膀右臂。秘密工作、反制措施，天知道有多少。你知道吗，他在蒙托克有栋别墅，早晨慢跑沿着小路就能到达老空军基地。”她的脸上露出古怪的表情，看热闹和宿命感怪异地杂糅在一起。

“为什么会——”

“蒙托克计划。”

“那个……哦，等等，海蒂提到过……她上课教这个，是类似……都市传说吧？”

“可以这么说。”玛奇很沮丧，“你也可以说，这就是美国政府的真实面目，比你能想象到的还要糟糕。”

迈克端来了菜。玛克欣坐在那儿剥香蕉皮，把香蕉切成一片片放入麦片里。玛奇也动手享用她的高胆固醇早餐，不一会儿嘴里便塞满了菜在那儿侃侃而谈，玛克欣只好努力瞪大眼睛，尽量不流露出任何评判。“我明白我对阴谋论的信赖度，有一些分明是放狗屁，有一些我倒是很想相信，所以要特别小心，其他一些即使我想躲也躲不了。蒙托克计划绝对是二战以来最恐怖的疑团，所有那些偏执的产值论、庞

---

1 第六版指的是《纽约时报》的丑闻栏目，现已不在第六版上，它还成为一个网站和杂志的名字。

大的地下设施、奇异的武器、外星人、时间旅行、其他维度，要我往下说吗？偏偏对这个项目兴趣盎然的人，暂且不说兴趣变态了，竟是我那卑鄙的女婿，盖布里埃尔·艾斯。”

“你的意思是，他只是一个有古怪癖好的年轻亿万富翁，还是说……？”

“试试把他想成‘贪图权力的CIA脑残粉’。”

“如果是真的话，这个蒙托克计划，那他就真是这样了。”

“还记得1996年的TWA800航班吗？当年在长岛海湾上空突然爆炸后，政府的调查很像是在敷衍了事，最后所有人都认为是他们干的。蒙托克人说，是蒙托克角那里一个秘密实验室研发的粒子束武器造成的。有些阴谋论听上去很暖心，能宽慰人，我们知道坏人的名字，希望看到他们遭报应。至于另一些呢，你就不太确定自己是否希望其中任何一个属实了，因为它们是如此丧心病狂，如此深不可测，又无所不包。”

“什么——时间旅行？外星人？”

“倘若你在从事秘密的工作，不想引人注意，要让它被人耻笑和不当回事，有比加些加州元素进来更好的方法吗？”

“艾斯留给我的印象，不像是反政府的改革派，也不像是追求真相的人。”

“大概他以为这一切都是真的，就想参与到里头，如果说他还没有的话。他根本不跟人说起这事。大家都知道拉里·埃里森喜欢玩赛艇，比尔·格罗斯收藏邮票。但艾斯的这份《福布斯》可能会称‘酷爱’的兴趣，却没有多少人知道，起码目前还没有。”

“听起来像是你想贴在博客里的那种东西。”

“待我查明更多的事情后再贴。每天都会有新证据冒出来，艾斯有大笔大笔的钱以不可告人的目的，汇向不同的地方。也许一切都有联系，也许只有部分有联系。比如说你努力追查下落的那些幽灵款项。”

“我正在努力。我查到这些款额被汇到世界各地去洗干净，经过尼日利亚、南斯拉夫、阿塞拜疆的转付账户，最后在阿联酋的一家控股银行里汇集，那是一家在杰贝阿里自由贸易区注册的特殊目的机构，跟蓝精灵村庄差不多，不过比它更精巧可爱。”

玛奇坐在那里，瞅着餐叉上的食物，你仿佛可以看到那老左派的双离合器在挂挡，开始运转。“这个我也许想贴在博客上。”

“还是不要的好。我不想打草惊蛇。”

“万一是伊斯兰恐怖分子之类的怎么办？时间或许是关键。”

“拜托，我只是追捕挪用公款的人而已，我看上去像谁，詹姆斯·邦德？”

“不知道，像男人一样勇猛地笑笑看呢，我们来瞧瞧。”

然而，玛奇的脸上此刻浮现的那种表情，那种令人费解的崩溃情绪，开始让玛克欣纳闷，还有谁会让她稍稍松口气呢。“好吧，我的线人有人给他提供消息，对方是个极客小子，他不停地在找啊找，想要破解hashslingrz加密的一些材料。不管他找到什么，不管什么时候能找到，我都可以传给你，好吗？”

“谢了，玛克西。我得说我欠你一个人情，虽然目前严格来说还没有。但如果你真的要我……”她显得很尴尬，玛克欣的妈妈第六感启动了，告诉她这肯定跟塔利斯脱不了干系。玛奇从不羞于承认，塔利斯就是她曾经祈祷自己能有的孩子，她也是所有孩子中最让她挂念的那一个，住在上东区那里，就在公园对面。不过玛奇倒宁愿她也去了加德满都。贵为名流太太又如何？自己的母亲都不怎么见得到女儿——她失去的塔利斯，被卖给了她永远也不可能停止憎恨的那个世界。

“让我来猜猜。”

“我不能去那里。我不能，但说不定你可以找个借口去，去看看她过得怎么样。你只需要描述给我听就行。我在网上看到，她是hashslingrz的公司审计员，也许你可以，我不知道……”

“就打个电话过去，说‘你好，塔利斯，我觉得你们公司里有人在玩谁从饼干罐里偷了饼干的游戏，你们需不需要一个吊销了执照的CFE啊？’拜托，玛奇，你这是乘人之危。”

“那么……他们会再吊销你的执照，还是怎么?”

玛克欣谨慎地问:“你上次见到她是什么时候?”

“在卡内基·梅隆，她拿到MBA学位时。那是好多年前的事了，当时她甚至没有邀请我，不过我还是去了。即使从我站的地方，从最后面看过去，她也是容光焕发。我在栅栏[1]附近躲了一会儿，希望她会走过来。现在回头看看，真他妈的窝囊。跟芭芭拉·斯坦威客那部电影一样，除了时尚造型不像里面那么糟糕。[2]”

这话不禁引起了玛克欣回过头来评一评玛奇今天的扮相。玛克欣留意到，玛奇的发兜跟手提包很般配，是一种鲜艳的芜菁紫。“好吧，说不定我可以趁机拉拉关系。即使她不愿意出来赴约，那也会告诉我一些信息的，对吧?”

---

1 卡内基·梅隆大学的校园里有一排木栏，起初因为一些学生的恶作剧，导致了后来的学生有为栅栏涂漆的传统，栅栏就成为这所大学的一个特色。

2 指电影《史黛拉恨史》，在临近结局处，芭芭拉·斯坦威客扮演的女主人公史黛拉偷偷地在远处观望着女儿罗拉的婚礼。

12

塔利斯刚从蒙托克回来不久，在上班前还能为玛克欣腾出点时间。那天一大早，在令人眩晕的夏日暑光里，玛克欣先去趟城里赶赴与肖恩一周一次的约会，肖恩看着像是在一个感官剥夺监牢里通宵熬了一宿。

“霍斯特回来了。”

“你是说，”他在空中比画着引号，“‘回来了’？还是只是回来了？”

“我怎么会知道？”

他轻轻拍了拍太阳穴，仿佛在聆听远方的声音，“维加斯？埃尔维斯教堂？霍斯特跟玛克欣两个人？”

“拜托，这是我妈会跟我说的话，要是她不那么厌恶霍斯特的话。”

“对我来说俄狄浦斯味儿太重了，不过我可以推荐你去一个很棒的弗洛伊德派医生那里，收费灵活，诸如此类的。”

“还是不要吧。你觉得换了道元[1]会怎么做？”

“静坐。”

等差不多大半个小时过去后，“嗯……静坐，对，还有……？”

“只要静坐就好。”

---

1 日本佛教的道元禅师。

在去城外的出租车上，司机把广播调到了一个基督教电话点播台，聚精会神地听着。这可不是什么好兆头。他决定走公园大道，一路朝城外开。广播里此刻在谈论的《圣经》文本，是从《哥林多后书》里选出来的，“你们既是精明人，就能甘心忍耐愚妄人。”玛克欣只当这话是让她不要提议另择他路的信号。

虽然公园大道在某人的主张下曾尝试过美化工程，但对所有市民而言，除了那些长期摸不清状况的人以外，它一直是纽约城里最无趣的街道。原先建造它，就是为了体面地遮盖通往大中央车站的铁轨。不然它还能怎样，难不成像香榭丽舍大道？举例来说，倘若在夜里，坐在加长版豪华轿车里开去哈莱姆时路过，这路兴许还勉强能入眼。可在光天化日下，以每小时开过一个街区的平均车速堵在喧嚣嘈杂、乌烟瘴气的车流里，车又都破损严重，司机们忍耐着（或享受着）与玛克欣这位司机相类似的敌意感——更别说还有警戒线、并道标志、手提钻施工组、铲斗机和前端式装载机、水泥浆搅拌机、沥青摊铺机、没有印承包商名字更别指望印电话号码的破旧的翻斗车——这是精神修行的契机，虽然多半是东方式的修行，跟这家广播台播的没什么关系。现在广播台在播某种基督教嘻哈的刺耳音乐。基督教什么？不，她才不想知道呢。

不一会儿，一辆挂着汽车商牌照的沃尔沃抢了他们的道，那车的多面体防撞压损区甚是扎眼，哪怕发生事故也能让它安然无恙。

“该死的犹太人，”司机瞪着双眼怒喝道，“这些人开车跟他妈的禽兽一样。”

“可是……禽兽又不会开车，”玛克欣安慰他，“难道……耶稣会这样讲话？”

“要是核武器把所有犹太人都灭了，耶稣一定很开心。”司机解释说。

“哦。可是，”她不知怎的忍不住想指出来，“莫非……他自己不是犹太人？”

“别跟我胡说八道，女士。”他指着一张夹在防晒板上的他的救世主的全彩印刷像说，“他跟你见过的犹太人像吗？看看他的脚——凉鞋，对吧？大家都知道，犹太人不穿凉鞋，他们穿拖鞋。亲爱的，你肯定住得离城很远吧。”

那还用说吗，她几乎这么回答了，我肯定住得远啊。

“你是我今天最后一单了。”他的语调如此怪异，玛克欣的警报灯开始闪烁。她瞥了一眼后座上的视频显示器。离随便哪个换班都还有好久。

“我让你这么不爽吗？”玛克欣但愿自己是开玩笑。

“我得着手干了。我总是耽搁，可是没时间了，今天必须行动。我们不能像渔网里的鱼那样被一兜而起，我们知道它快要来了，得开始准备了。”

所有想骂人或冒着被赶下车的风险教训他一顿的冲动都消失了。要是她能安全到达目的地，那就值……什么？起码值两倍的车费。

“其实，还有两三个街区我想步行，要不就在这里让我下车？”他乐意至极，还没等车门完全关上就迅速驶离，转过街角向东开去，朝着某个她不想费脑筋去想的命途。

玛克欣对上东区并不陌生，虽然这地方依然让她感觉不舒服。小时候，她在茱莉亚瑞查曼公立高中[1]上学——好吧，有那么一两回她本来可以觉得安心自在——学校在东67街上，她每周有五天搭穿城公交，可从来没有适应过。热衷绑头带的地区。每次来这里，总像走进了一个秩序井然的侏儒社区，每样东西都缩小了比例，房子更矮，过马路用的时间更短，每分钟你都期待着有个矮小的官方迎宾员走到你跟前说，“身为矮人国的市长……”

话说回来，艾斯的府邸是那种地产经纪人见到会惊呼“太壮观了！”的大宅。换句话说，真他娘的气派。整整有两层，说不定是三

---

1 位于纽约曼哈顿的一所高中，现已不再存在。它曾是纽约上东区唯一一家公立高中，后被拆分成六所独立运营的学校。

层，不好说，不过玛克欣知道，她是没资格一一参观的。她从一个公共区域进入，那里是用来举办宴会、音乐会、募捐等活动的地方。中央空调开得很足，眼下天气越来越热，想必也没什么大碍。再往里走上相当长的一段路，她瞥见有一部升降电梯，肯定是通往更加私密的地方的。

她获准穿过的那些房间没有什么特色。灰绿色的墙上挂着形形色色的昂贵艺术品——她认出来一幅马蒂斯的早期画作，好几幅抽象的表现主义的作品则不认得，兴许还有一两幅塞·敦普利的画——这些画作的风格并无一致，说明并非收藏热情使然，更多只是出于买主想陈列收藏品而已。不管是毕加索博物馆，还是威尼斯的古根海姆美术馆，它都比衬不上。角落里有一架贝森朵夫帝王琴，一代又一代花钱雇来的钢琴演奏家们在上面连续演奏好几个小时的坎德&埃布、罗杰斯&汉默斯坦、安德鲁·劳埃德·韦伯的集锦曲目，而盖布和塔利斯还有各路恶棍在房里举办活动，以名目繁多的由头温和地剥削东区贵族的支票簿，其中许多理由以西区的标准来看压根不值得一提。

“我的办公室。”塔利斯说。一张上等的乔治·尼尔森书桌，还有一面同样品牌的奥尔马猫头鹰挂钟。呃哦。尤物预警。

把白天的装束整得像去参加晚会，这一肥皂剧技巧被塔利斯发挥到了极致。妆容高端上档次，头发是蓬松的短发，每一绺都花了大价钱，所以每当她抬起头，发丝都能不紧不慢地悄悄回到先前那优雅散乱的状态。黑色的丝绸休闲裤搭配一件下部的纽扣解开的上衣，玛克欣心想她认得，那是纽约时装周的春季展品。此外，她穿着一双意大利皮鞋，价格贵到只有等一年一度特价出售时人类——某些人类——才能负担得起，每只重达半克拉的祖母绿耳环，爱马仕手表，用戈尔康达钻石打造的雅蔻戒指，每回她走到从窗外射进来的阳光里，戒指就突然闪耀出几乎刺眼的白光，像是超级女侠用来迷惑坏人的魔法闪光弹。她俩面对面时，玛克欣会不止一次地想，坏人是谁，没准儿也包括她玛克欣吧。

楼下女佣模样的人端来一壶冰茶，还有一碗包括紫蓝色在内的五颜六色的根菜条。

“我永远爱他，可盖布是个奇怪的家伙，我俩刚开始约会时我就知道，”塔利斯用那种对某些男人有致命魅力的、像花栗鼠般的细小声音说道，“他有过许多期待，我不觉得它们可怕，只是不寻常而已。我们当时还年轻，可我能看到他的潜力，我告诉自己，宝贝，去做这个项目，它有可能是下一波潮流，时至今日……最糟糕的情况是我们学到了很多。”

我呢，我需要一个呼啦圈[1]。

塔利斯跟盖布里埃尔于卡内基·梅隆计算机科学系的黄金年代在那儿相逢。盖布的室友迪特尔主修风笛，卡内基·梅隆恰好能颁发此专业的学位，虽然这家伙在宿舍里只准用练习笛，可发出的声音依然足以把盖布赶到尚不算远的计算机堆里去。没过多久，他就在外面盯着学生休息室里的电视机屏幕看，或是用其他宿舍的电视机，包括塔利斯她们宿舍的。他很快就在极客堆里厮混，流连于电视机的光亮，常常不确定自己是醒着，还是在异相睡眠里做梦，这就是为什么他一开始与塔利斯的交谈在塔利斯现在的记忆里“不同寻常”。她是他真正的梦中女郎。她的形象跟希瑟·洛克利尔、琳达·埃文斯和摩根·弗莱查尔德等人交杂在一起。她焦虑地不知如何是好，万一他睡上一夜的好觉，看见她，没有经过电视过滤与修饰的真正的塔利斯，会怎么样呢。

“所以说？”玛克欣瞟了她一眼。

“所以我到底在抱怨什么呢，我知道，就是我母亲以前常说的。我们还交流的那会儿。”

正好引到那个话题上，玛克欣想。“其实我和你母亲是邻居。”

“你是她的粉丝吗？”

“不算是，高中时同学们甚至觉得我有当领导的潜质。”

“我的意思是，关注我母亲博客的人，下地狱者小报。没有一天她

1 这是电影《鼠来宝》中一首很流行的圣诞歌曲里的歌词，前文有提到塔利斯的说话声音像花栗鼠。

不给我们发攻击性邮件，我和盖布，还有我们公司hashslingrz，她永远咬着我们不放。明摆着是岳母的幻觉。最近她又在到处散布那些疯狂的控诉，说有一个秘密的美国外交骗局，把大量资金转移到了海外，比80年代的伊朗门事件[1]还要严重。我母亲是这么说的。”

“看来她和你先生合不来。”

“她跟我也合不来。我们就是相互讨厌，这不是什么秘密。”

塔利斯和玛奇，还有她父亲锡德显然是从她大三那年开始疏远的。“放春假时，他们想带我们出去度假，可一路上得目睹他们大吼大叫，太恐怖了，在家里已经受够了这些尖叫，所以我和盖布就去了迈阿密。显然，有一些我袒胸露臂的镜头经过颇有情调的滤镜处理后，不知怎么回事上了MTV，从那里开始情况急转直下。他们忙着相互谩骂，等终于理出头绪时，我和盖布已经结婚了，一切都太晚了。”

玛克欣一直想要说，她不介入家庭纷争，即使玛奇派她来就是为了干这事。虽然母女两人的住宅相距甚远，中间隔着好几英里的镶木地板，塔利斯还是被某种已成惯性的怨恨裹挟着。“只要是她能找到的任何关于hashslingrz的坏事，都会贴在博客里。”

但是且慢。玛克欣刚刚是不是听到了那些个含含糊糊的“可是”？她等了等。“可是，”塔利斯说了句（不，不，她是不是要——啊啊啊！没错，瞧，她还把手指放到嘴上了，哇，哇），“这并不意味着她错了，关于资金问题。”

“谁帮你们做审计，艾斯太太？”

“请叫我塔利斯。那……有问题吗？我们雇的是珍珠街的D. S. 米尔斯。他们的确穿白色鞋子之类的。但要问我信任他们吗？姆……”

“据我了解，塔利斯，他们挺靠谱的，不管WASP[2]会用哪个词来形

1 美国80年代中期的一桩政治丑闻，里根政府向伊朗秘密出售武器，造成了严重的政治危机。

2 WASP是“白人盎格鲁-撒克逊新教徒”的首字母缩写，指新教徒的盎格鲁-撒克逊裔美国人，现泛指信奉新教的欧裔美国人。

容。有关这些人的记录是，证交会喜欢他们，也许还够不上当它孩子的妈，不过已经足够了。我不明白他们会给你们造成什么问题。”

“假如有些情况他们没发现呢？”

玛克欣压制着想尖叫“阿尔——文[1]”的冲动，平心静气地问：“你是指……”

“哦，我不晓得……上一轮后的支付款有一些奇怪？因为这个行业的首要原则是始终善待你的风险投资商？”

“你们公司有人在……对他们耍手段？”

“那笔钱是要拨给基础建设用的，自从那……去年第二季度的风波以后，基础建设就变得超级便宜……服务器，好几英里的裸光纤，还有带宽，都是白菜价。”似乎跳到技术话题上去了。还是说有其他情况？话题骤然跳进，像光盘上有一个污迹就会突然跳进，一般你注意不到。“我算是公司的会计师，可每当我跟盖布提起这件事，他就跟我打马虎眼。我开始觉得自己像橱窗里的洋娃娃。”话几乎是从她嘴里滑出来的。

“但是……我要怎么说才合适呢……对于这件事，你和你先生一定认真地谈过吧，说不定谈过两次？”

她露出一个调皮的神情，把头发一甩。秀兰·邓波儿要跟她好好学着点。“也许吧。要是没谈过就有问题吗？”她是说“温替”？“我的意思是……”她停顿的这半个节拍意味深长，“我想在完全弄清楚之前干吗要去烦他呢？”

“当然，除非他自己也在忙活这事。”

她快速地吸了口气，仿佛刚刚才想到，“好吧……要是你，或是你推荐一个同事，来调查这件事怎么样？”

啊哈。“我讨厌调查夫妻间的纠纷，塔利斯。要不了多久就会有武器冒出来。我能嗅得出来，你们这事儿很快会变成家务事，快到来不

1 指《鼠来宝》里的一只名叫阿尔文的花栗鼠，他总是迟到或搞砸事情，所以别人总是对着他大呼小叫。

及说上一句‘可是里奇，这只是顶帽子’[1]。”

“我会感激不尽的。”

“嗯哼，我还是得把你们的审计师拉进来。”

“你就不能——”她又把手指放到了嘴上。

“这件事涉及专业领域。”她忽然感觉，在这间奢华昂贵的房间里头，自己完全像个傻瓜。玛克欣在放缓语速吗？好，说不定她想要什么费用，都可以跟这个傻姑娘索要，足够支付她去很遥远的地方度一趟假的昂贵费用。但一直要到后来，在隆冬的月份里，当她躺在热带海滩上浑身放松，装着朗姆混合酒的高脚磨砂玻璃杯突然在她手里凝结，然后碎裂在她身上时，她才发觉太晚了，幡然醒悟的奇异之流来得太晚了。

在这个节骨眼上，事情绝非表面上看来这么简单。这个有MBA学位的女人（通常这是愚蠢的确切信号）在把你当傻子耍啊，你这个自以为是的家伙，你必须尽快离开这个地方。她朝G-Shock迷你款手表夸张又郑重地扫了一眼，“天哪，还要去跟客户吃午餐，在史密斯&沃伦斯基牛排馆，今天是本月的吃肉日，我再打电话给你吧。要是我看到你母亲，代你问候她可好？”

“就说我‘暴毙’了吧。”

这算不上是优雅的退避。由于玛克欣没能成功，况且塔利斯多半会继续这么冷漠，她决心把真相一五一十地告诉玛奇。前提是假定她能插得进话，因为玛奇现在有个印象，认为玛克欣是处理这类问题的专家，于是她又开始了一场毕业演说，这一次是关于塔利斯的。

几年前一个阴冷的冬日午后，在从哥伦布大道的先锋市场回家途中，有个看不清脸的雅皮士经过玛奇身边时推了她一把，说了句“借过”。在纽约，这等于是说“别他妈挡我的道”。其实这类事情经常发生。玛奇把手里的包搁在路上肮脏的烂泥里，狠狠地踢了一脚，然后扯

---

1 电视剧《我爱露西》经常围绕婚姻纠纷展开戏剧情节，这是这部剧1954年《里奇发火》那集里的一句台词。

着嗓子大声喊道！“我讨厌城市这个悲惨的鬼地方！”看来没什么人注意到她，虽然包和包里散落的东西很快就不见了踪影。唯一有反应的是一个行人，停下来说，“所以呢？既然你不喜欢，干吗不住到别处去？”

“很有意思的问题，”她现在跟玛克欣回忆说，“我要花多长时间思考这个问题呢？因为塔利斯在这里，这就是理由，从这儿开始，在这儿结束，没什么新鲜的。”

“有两个儿子，”玛克欣点点头，“情况就不一样了，可有时候我坐着胡思乱想，要是生了一个女儿的话会怎么样。”

“所以呢？去生呗，你还年轻。”

“是啊，可问题是，霍斯特和在他后面我约会过的所有男人也都太年轻。”

“噢，你真应该去见见我的前夫，锡德尼。全国所有烦恼焦躁的青少年都会来朝拜他，只是为了吸一口他的二手烟，稳定心态。”

“他还……”

“还活着呢。他要是两腿一蹬，他自个儿准会吓一跳。”

“你们还有联系吗？”

“多到烦人，他跟一个十二岁的叫塞坎的人住在卡纳西线[1]附近。”

“他能见到塔利斯吗？”

“我记得两三年前颁布了一个禁令，当时锡德老在他们家窗户边的街上晃悠，还随身带了把中音萨克斯风，吹奏她以前很喜欢的老摇滚乐。当然，这很快就被艾斯阻止了。”

“大家一般尽量不与人为恶，可这个叫艾斯的人，真是……”

“她凡事都顺着他的意。你永远不想看到孩子再犯你自己犯过的错。而情况是，塔利斯跟我一样，嫁给了她不该嫁的有出息的企业家。你对锡德最糟糕的评价，不过是他觉得整天跟我在一起压力很大。可艾斯喜欢压力，压力越大越好，所以很自然地，我这个倔强的孩子塔

1 纽约地铁系统下辖的一条快速交通线。

利斯，特地不给他任何压力。他假装很喜欢，他太坏了。”

“这么说来，”玛克欣谨慎地问，“先不谈她在hashslingrz的职位什么的，你觉得她参与了多少？”

“你指什么？公司机密吗？她不是做线人的料，如果你这么希望的话。”

“你是说，她的怨气还不够大。”

“她说不定无时无刻不气得发疯，可这有什么用呢？他们婚前协议的附加条款比地铁上的乘客还多。艾斯他娘的控制着她。”

“我只在那里待了大概一个小时，可我有一种感觉。好比说，她有一件重要的事可能在瞒着那个大好青年。”

“譬如呢？”玛奇的眼神中露出满怀希望的闪光，“一个人。”

“我们只是在谈欺诈……但是……你觉得也有可能牵涉到一个情夫？”

“从一些往事来看，有可能。坦白跟你说，这不会伤了她妈妈的心。”

“真希望我能带给你更好的消息。”

“我会继续拿我能拿的，我买通了我的外孙肯尼迪的保姆奥费利娅，她时不时会让我俩独处一小会儿。我所能做的，无非就是好好看着他，别让他们把他教坏了。”她看了看手表，“你有时间吗？”

两人走到78街与百老汇的拐角处。“不要告诉任何人。”

“我们在等给你供货的毒贩，还是怎么？”

“等肯尼迪。他们送他去卡尔盖特上学，不然还能去什么鬼地方。他们想把他一路送去哈佛，读法学院，接着去华尔街工作，就是曼哈顿人寻常的死亡行军。这么说吧，要是他外婆有能耐，绝不许他们这样。”

“我猜他肯定很喜欢你，你是他第二重要的亲情纽带。”

“当然，因为我们厌恶同一个人。”

“噢。”

“好吧，也许夸张了些，我当然厌恶塔利斯，不过有时候我也很爱她。”

在统治阶层的理工学校前面的那个街区，穿衬衫、打领带的小男孩们开始成群地出现。玛克欣根本不需要慧眼，一眼就认出了肯尼迪。他皮肤白皙，头发卷曲，将来不知道要伤多少女孩的心。他优雅地从一堆男孩子里抽身出来，掉头以飞快的速度跑向街区，扑入玛奇的怀抱。

“嘿，孩子，累了吧？”

“他们快把我逼疯了，外婆。”

“就是啊，快要放假了，他们最后还想再打出几个安打来。”

“街区那里有人朝你挥手。”玛克欣说。

“该死，奥费利娅已经到了？一定是车来早了。好吧，乖宝贝，时间虽然短不过挺有意义。哦，这个，我差点给忘了。”递给他两三张神奇宝贝的卡片。

“耿鬼！日本的可达鸭？”

“我跟你说，这些卡片只有在东京几家特有的游戏厅的机器里才能搞到。我有认识的人，继续期待哦。”

“太棒了，外婆，谢谢你。”与外婆再拥抱了一下，他便离开了。玛奇看着他跑去奥费利娅等他的地方，目光像远距照相一样聚焦着。“我跟你说，那对快活的艾斯夫妇，要么他们还没注意到我，要么他们在故意装傻。不管是哪种情况，肯定有人告诉冈瑟，让他早点到这里来接。”

“这孩子很乖，还是神奇宝贝迷呢。”

“我只祈祷塔利斯没有从锡德母亲那里遗传到任何洁癖的基因。锡德仍然对四十年前被她扔掉的所有棒球卡片念念不忘。”

“霍斯特的母亲也是。那一代人怎么回事？”

“这种事现如今永远不会发生了，就凭那些雅皮士对收藏品市场的把控。不过，我仍然什么东西都买两套，以防万一。”

“你得当心点，不然就得年度最佳外婆奖了。”

“嘿，”玛奇决心死磕到底，“神奇宝贝，我啥也不懂。是西印度群岛的某个直肠病学家，对吧？”

霍斯特找不到他今天真正想吃的那种冰激凌口味，不断蓄积的焦躁正现出迹象来。他平日里感情很少外露，所以真是让人忐忑。

“巧克力花生乳酪曲奇布丁？、好几年都买不到那种口味了，霍斯特。”她意识到，她听上去活脱脱一个尖酸刻薄、泼人冷水的人，可这么多年来她曾努力避免变成这样，至少听上去不能这样。

“我说不上来，就像中医里说的，阳亏，阴亏？其中一个吧。”

“意思是……”

“我不想在儿子面前发疯。”

“哦，可在我面前，就没有问题。”

“我要怎么跟一个你这么点食物常识的人解释呢？啊啊啊！巧克力花生乳酪曲奇布丁。明白我说的吗？”

玛克欣拿起无绳电话，用它做出类似暂停的手势。“我来打911，怎么样亲爱的？当然，考虑到你的前科……”

这会升级为多么严重的一场家庭闹剧，永远没有人会知道，因为恰好在那时，里戈韦托[1]在门廊里把门铃按得丁零响。“我是马文。”

还没等她关上对讲机，他就站在了门口。无疑是送大麻来了。“又是你，马文。”

“日夜兼程，送君所需。”他从即将成为古董的星兹邮差包中取出两夸脱本&杰里牌巧克力花生乳酪曲奇布丁冰激凌。

“这一款不是1997年他们就停产了嘛。”玛克欣很惊讶，但更多是生气。

“那只是商业版说说的，玛赫欣。这是欲望。”

---

1 里戈韦托是哥伦比亚的一位公路自行车职业运动员。

霍斯特已经双手拿着勺子，在大口大口吃冰激凌了，他兴奋地直点头。

“哦，还有这个，这是给你的。”马文递给她一卷装在盒子里的录像带。

“《尖叫吧，博古拉》[1]？我们家已经有一大堆拷贝碟了，包括导演剪辑版。”

“亲耐的，我只负责派送。”

“你有没有电话，万一我需要把这东西寄到别处去可以打电话给你？”

“不是这么操作的，是我上门来找你。”

他轻快地骑走了，消失在夏日的暮色中。

1 1973年的一部恐怖电影。

13

一切来得太快。有一天，男孩们和霍斯特一大早起了床，钻进一辆宽敞的黑色林肯车里去肯尼迪机场。这个夏天的计划是先飞去芝加哥，在城里观光，再租辆车开去艾奥瓦，看望在那里的爷爷奶奶，然后动身周游玛克欣称为肿西部[1]的地方，因为每回她去那里，总感觉像是来月经。她也跟着车去机场，嘴上说不想太黏人之类的，只是想透过“林肯城市”[2]的窗户吹吹凉爽的清风，可以吗?

空乘人员两两并排走过，双手虔诚地放在身前，她们是空中的修女。身穿短裤、背着高高的背包的一长排人群在登机队伍里缓缓往前挪着位置。孩子们胡乱摆弄着立柱上用以维持队伍秩序的弹簧带。玛克欣不自觉地就在分析来往的人流量，看看哪条队伍移动得最快。这只是她的一个习惯，却搞得霍斯特很紧张，因为她总能猜对。

她一直待到航班号被叫，与包括霍斯特在内的所有人一一拥抱，随后目送他们走过登机道，只有欧蒂斯回头看了看。

---

1 此处原文为“the Midol West”，即中西部（the Middle West），其中“Middle”的发音跟“Midol”一样，后者是美国的一种止疼药的药名，专门用来治疗女性月经期的痛经。

2 林肯车的一种车型。

在往回走的路上，经过另一个登机口时，她听见有人喊她的名字，确切说来是尖叫。原来是维尔瓦，她脚踩着凉鞋，头戴一顶松软下垂的草帽，身穿纽约法规明令禁止的、颜色亮丽的、超迷你型无袖背心裙。“你们这是去加利福尼亚吗？”

“跟朋友们去那儿待两三个星期，然后我们借道维加斯回来。”

“黑客大会。”贾斯丁穿了一条夏威夷印花的冲浪短裤，上面有鹦鹉之类的图案。他解释说，这是一个年度黑客会议，各路电脑怪才聚到一起，密谋切磋，痛饮狂欢，这其中黑帽与白帽[1]都有，更别提还有自以为在从事卧底工作的不同级别的警察了。

菲奥娜去了新泽西参加某个日本动漫露营——贵格派电影和机械电影工作坊。那里的日籍工作人员自称除了“棒极了”和“真糟糕”之外一个英文单词也不会，其实这两个词已经绰绰有余了，能够适用于相当广泛的人类行为……

“深渊射手里的情况怎么样？”玛克欣只是出于友善，考虑到……

贾斯丁看上去心神不宁。“无论如何，要发生大变动了。趁在里面能享受时好好享受吧，在它相对还无法被攻破时。”

“会被人攻破吗？”

“要不了多久。太多人见它眼馋了，这趟维加斯之行会像是在操蛋的动物园里叫卖吆喝。”

“别朝我看，”维尔瓦说，“我只负责卷大麻和送垃圾食品。”

广播里传来一个人声，在用英语播送一则通知，可玛克欣突然间一个字也听不懂了。是那种庄重地预言大事即将发生的洪亮声音，她永远也不想被那种声音召唤。

“是我们的航班。”贾斯丁拎起他的随身行李。

---

1 黑帽与白帽是指两种不同种类的黑客。在信息安全领域里，有些组织会雇用白帽黑客，请他们去试探和入侵电脑系统以确认系统的安全性，并提出建议以提高安全程度，这些黑客得到客户的许可，因此他们的行为通常是合法的。而黑帽黑客则是在未得到邀请的情况下，擅自闯入受害者的电脑系统以获得他们自己想得到的利益，因此他们是犯罪分子。

“替我向西格弗里德和罗伊[1]问声好。”

维尔瓦不停地回过头抛来飞吻，一直抛到登机口。

玛克欣回到办公室时，戴托娜正用她藏在办公桌抽屉里的一台小电视机，目不转睛地盯着非裔美国爱情剧频道（ARCH）的午后场电影看，片名叫《五分防御》。电影里，哈基姆是职业的防御型中后卫选手，他在拍啤酒广告的片场结识了广告里的模特塞伦迪皮蒂并爱上了她。后者立刻鼓动这个哈基姆，没过多久，他便像姻亲对付餐前开胃菜那样对待跑卫。在他的启发下，进攻组开始开发出一套它自己的决胜法宝，扭转了他们队那一年赛途暗淡、至今连抛硬币也没有赢过的局面。一场接着一场地赢——外卡！季后赛！超级碗！

超级碗中场休息时，他们队落后十分。还有充裕的时间反败为胜。塞伦迪皮蒂火急火燎地越过几重安保，冲进更衣室。“亲爱的，我们得谈谈。”接着是插播广告。

“呼！”戴托娜摇晃着脑袋，“哦，你回来了？对了，有个神气活现的白人混蛋十分钟前打来了电话。”她在桌上一阵翻找，找到一张给盖布里埃尔·艾斯打电话的便条，上面写着类似手机号码的数字。

“我去另一个房间打电话。你的电影开始了。”

“你小心那个家伙，孩子。”

玛克欣心里牢记着CFE自古以来对两类人的区别对待，一类人是你有事要与他商量，另一类人只是出于情理回他个电话，于是很快拨通了盖布里埃尔·艾斯的电话。

没有说你好，过得怎么样啊，这位数字大亨只想知道，“你这电话安全吗？”

1 西格弗里德和罗伊是维加斯著名的魔术师二人组。

“我一直用它购物，告诉别人我的信用卡号码之类的，目前还没有发生过不好的事。”

“我想我们要界定一下什么是‘不好的事’，不过——”

“我们就严重地跑题了，这对于一个业务繁忙的重要人物来说是致命的……所以……”

“我想你认识我的岳母吧，玛奇·凯莱赫。你看过她的网站吗？”

“我有时会点击进去看看。”

“你也许读到过一些难听的评论吧，几乎每天都有，关于我公司的。你知道她为什么要这么做吗？”

“她似乎不太信任你，艾斯先生，非常不信任。她想必是相信，在我们所有人都觉得如此有趣的年轻亿万富翁的闪耀传奇背后，藏着一个黑暗的故事。”

“我们做的是安防行业，你想要什么，透明吗？”

不，我更喜欢不透明、加密、鬼鬼祟祟。“对我来说太政治了。”

“那金钱呢？我*岳母*[1]——你觉得我要花多少钱才能让她不再烦我们？只要大概估计下。”

“怎么说呢，我有种隐约的感觉，玛奇不是钱能收买的。”

“是啊，没错，要不你去问问？我会感激不尽的。”

“她让你这么操心吗？拜托，就是个博客而已，会有多少人去读呀？”

“一个人都嫌多，要是那个人听信她的谗言的话。”

于是两人陷入了僵局，族裔随你选。[2]她的回答照理应该是，“就凭你那些位高权重的关系网，平民世界里还有谁敢拿任何事向你追究责任啊？”不过那就相当于承认她知道许多不该知道的事了。“你知道吗，等我下次见到玛奇，我会问问她为什么不说些你们公司的好话，然后等她啐我一脸，骂我是你的娘们，背叛集体之类的，我就会无视

---

1 原文是意第绪语。

2 英语里有一个特定的说法叫墨西哥僵局，两方、三方或更多方分别拿枪对准对方，各方都不能动弹。这一幕在电影里经常出现。

这一切，因为在我的内心深处，我知道我是帮了好人一个大忙。”

“你瞧不起我，对吧？”

她假装在思考这个问题。“像你这样的人尚有瞧不起人的执照——而我的执照已经被吊销了，所以不得不以生气了事，而且这气也生不了多久。”

“那就好。对了，这没准儿也能提醒你以后离我妻子远点。”

“慢着，小子，”这个人真够差劲的，“你误会我了，瞧你把她说得这么冰雪可爱，不过——”

“尽量跟她保持距离，专业一点。搞清楚自己在为谁工作，好吗？”

“说慢点，我正记下来呢。”

不出所料，艾斯气愤地挂断了电话。

罗基·斯拉杰亚特来了，跟往常一样两手空空。“嘿，玛克西，我要去你们社区恐吓，不对等等，该怎么说呢，我是说去‘打动’一些客户。想跟你私下里聊聊。”

“有重要的事，对吧？”

“也许吧。你知道72街上的奥米加餐厅吗？”

“靠近哥伦布大道的那家，当然知道。十分钟后见？”

罗基坐在里间的包厢，在奥米加灯光昏暗的幽深之处。他穿着一套精致的商务型定制西装，戴着一副浅色镜框的眼镜，中等身高，举手投足间尽是雅皮士的作派。

“抱歉让你从工作中抽时间出来。这位是伊戈尔·达什科夫，一个值得结交的好小伙。”

伊戈尔吻了吻玛克欣的手，朝罗基点点头。“希望她没有带窃听器。”

“我有窃听器过敏症，”玛克欣故意解释给他听，“我能记住所有的事，等以后联邦政府找我问话时，我可以一股脑儿一字不差地说给他们听。或是说给你害怕的随便什么人听。"

伊戈尔笑了笑，斜着脑袋，确实被逗乐了。

"事到如今，"罗基喃喃道，"能把这些家伙稍微惹毛的警察还没被发明出来呢。"

玛克欣留意到，在隔壁包间，有两个保镖模样的年轻人正忙着玩掌上游戏机。"任天堂游戏机，"伊戈尔摇晃着拇指，"刚刚推出了《毁灭战士》[1]。失去控制的后晚期资本主义，'联合航空公司'，火星的卫星，通往地狱之路，僵尸与魔鬼，我觉得这后两个也包括在里面。他们是米沙和格里沙。问声好吧，帕东基[2]。"

没人应答，只有按键的声音。

"真高兴认识你们，米沙和格里沙。"不管你们的真名叫什么，你们好，我还是罗马尼亚玛丽皇后[3]呢。

"其实，"他们其中一人抬起头，露出一排不锈钢的监狱假牙，"我们更喜欢叫迪莫斯和弗布斯[4]。"

"他俩成天打游戏。刚从牢里[5]放出来，是我的远房亲戚，现在可不远咯。布莱顿海滩，那里简直是他们的天堂。我带他们来曼哈顿，让他们见识一下地狱长啥样。顺便也来见见我的哥们罗科。风险投资行业待你不薄是吧，老朋友？"

"回报速度慢了些，"罗基耸耸肩，"mi gratto la pancia[6]，你知道吧，就只是挠了挠肚子。"

---

1 任天堂游戏机Game Boy系列于2001年10月份正式推出了《毁灭战士》这款游戏，因此，此处的时间错置要么是品钦故意为之，要么暗示米沙和格里沙玩的是盗版的版本。

2 此处原文是俄语，"帕东基"是一种变异了的、乱糟糟的俄语，它的使用最早是在俄罗斯网站Udaff上，以俄语为基础，增加了一些三岁孩童的语法和拼写，使得句子几乎无法读懂。该词也用来指使用它的互联网亚文化群，这群人喜欢用另类的拼写来达到喜剧的效果，喜欢用脏话和谈论淫秽的主题。俄语的帕东基相当于西方世界里的L33T。参见前文的译注"黑客文"。

3 也即爱丁堡玛丽公主（1875—1938），她嫁给罗马尼亚国王斐迪南一世，家里人称呼她米西。

4 火星有两颗卫星分别叫迪莫斯与弗布斯，米沙和格里沙玩的游戏里的两个地方。

5 此处原文是俄语，牢里（zona）是西伯利亚人的俚语。

6 意大利语，意思为"挠了挠肚子"，也即没什么成效。

“我们会说khuem grushi okolachivat[1]，”伊戈尔冲着玛克欣微笑，“用你的老二把梨子从梨树上打下来。”

“听起来好复杂。”玛克欣也回以微笑。

“不过挺有意思。”

尽管此人看上去像是在俱乐部门口仍会被要求出示身份证的那种人，可在他光洁土气的包装里头，在*层层套叠*[2]的深处，分明藏着一个庞大笨拙、身经百战的前特种部队硬汉。他迫不及待地想要把十年前的战争经历与人分享。接下来在众目睽睽之下，伊戈尔把镜头回放至北高加索地区的一次秘密进行的高空低开跳伞。

“在夜空里往下坠，俯瞰群山，我冻了个半死，就开始思考人生——我真正想过什么样的生活？杀更多的车臣人吗？找到真爱，养家糊口，去一个暖和的地方，比如说果阿？差点忘记打开我的降落伞。等重新回到地面上，一切都明朗起来，完全清楚了。我要挣很多很多的钱。”

罗基咯咯咯地笑了起来。“嘿，这个我早就想明白了，根本不需要从飞机上跳下来。”

“说不定你去跳的话，你会决定把所有钱都捐出去。”

“你认识的人里面有人这样做吗？”玛克欣问。

“特种部队的战士身上经常发生奇怪的事，”伊戈尔回答说，“别提在高空中了。”

“问她吧。”罗基侧过身在伊戈尔的耳边说，“问吧，她没问题的。”

“问我什么？”

“你认识这些人吗？”伊戈尔把一份文件夹推到她面前。

“麦道夫证券，哞，听说过一些行业谣言。伯尼·麦道夫，华尔街的一个传奇。我记得，据说他做得很不错。”

“每个月百分之一到二。”

“平均收益还不错，有什么问题吗？”

---

1 俄语，意思为“用你的老二把梨子从梨树上打下来”，引申为做某事没有成效。
2 此处层层套叠（matrioshka）为俄语，该词另有“俄罗斯套娃”（matrioshkas）的意思。

“不是平均，是每个月一模一样。”

“啊哦。”她快速地翻看一页页，看了看图表，“搞什么名堂。一根完美的直线，永远向上倾斜吗？”

“你觉得有一点不正常是吧？”

“在这种经济环境里？看看这个——即使是在去年，技术市场破产那一年？不对，肯定是庞氏骗局，从这些投资的规模看，他也有可能在进行扒头交易。你有钱在他那里吗？”

“我朋友有，他们很担心。”

“那么……他们是知道怎么应对坏消息的成年人吧？”

“他们有他们特殊的方式，不过他们很欢迎明智的建议。”

“呃，我就有建议给他们，我今天建议他们赶紧地，如果可能的话尽量不动声色，制定最快撤资的战略。时间是关键，上个月能退出就更好了。”

“罗基说你有这方面的天赋。”

“任何傻瓜都能看出来，我不是说你。为什么证交会不采取行动？或是地区检察官之类的人。”

对方耸了下肩，他的眉毛极富表现力，拇指摩挲着其他手指。

“是啊，确实值得思考。”

有好一会儿了，玛克欣感觉边上有人在跳臂波舞和手捷舞，更别提发出轻声诵读和唱片师的音效了，那是从米沙和格里沙的那个方向传来的，原来他俩是半地下的俄罗斯嘻哈音乐的忠实粉丝，尤其喜欢一个叫德奇的小个子俄罗斯拉斯特法里说唱歌手——米沙背熟了他的头两张专辑，在哼着音乐外加口技，再由格里沙配上歌词，如果她没有把他俩搞混的话……

伊戈尔煞有介事地看了看他的白金劳力士切利尼，“你觉得嘻哈音乐对他们来说有好处吗？你有孩子吗？他们怎么样，他们……”

“想想我在他们那个年纪时听的音乐，我恐怕没有资格——不过他们现在唱的歌，似乎很容易上口呢。”

"'Vetcherinka U Detsla.'[1]"格里沙说。

"《德奇家的宴会》。"米沙解释道。

"慢着，慢着，我们给她唱'Ulitchnyi Boyets'[2]吧。"

"下次吧，"伊戈尔起身要离开，"下次一定。"他跟玛克欣握了握手，在她两个脸颊上亲了亲，先左后右再左。"我会把你的建议转告给我的朋友们。我们会告诉你情况怎么样。"他哼着小曲出了门。

"那两个大块头，"罗基称，"吃掉了两个整块的巧克力奶油派，是每人吃了两个哦，然后要我来买单。"

"这么说来是伊戈尔要见我，不是你？"

"你失望了？"

"不是，我的好哥们。他是混黑社会的吗？"

"我也还没有弄清楚。跟他在布莱顿海滩一起厮混的人，有一些在雅罗斯拉夫的圈子里混，那是在那个小日本[3]被逮捕以前，绝对是老式帮派啊。不过我迅速地瞄了一眼，没见有文身，衣领是15.5码的，嗯，"他摆了摆手，"不敢肯定。要我看，他更像个毒贩子。"

有一天，玛克欣要去德塞雷特的游泳池，可发现货梯被封了起来，多半要等进一步的通知了——肯定是有更多的雅皮士人渣在搬进来。她去乘另一部电梯，最后发现自己站在楼下那迷宫般的地窖里。虽然理智告诉她不要，可她还是踏进了那臭名昭著的后部电梯，那是早年的一部老电梯，有传言说它拥有自己独立的思维。其实，玛克欣渐渐开始相信那里闹鬼，几年前曾发生过什么事，从来没有得到解决，所

1 原文为俄语，意思是"德奇家的宴会"。

2 原文为俄语，译成中文为《街头霸王》。

3 伊万科夫是俄罗斯黑手党一位臭名昭著的成员，据说他跟俄罗斯情报组织有联系。他的绰号是"雅罗斯拉夫"，从俄语翻译过来的意思是"小日本"，因为他的脸部特征很像亚洲人。

以现在每逮到机会，电梯就想方设法把住户引到某个地方去，也许能帮它从因果轮回中解脱。这一次，玛克欣虽然按了游泳池那层的按钮，电梯却没有直接到达那儿，而是带着她停在了她没有当即认出来的那一层，那是……

“玛克西，嘿。”

她眯着眼，朝垢腻的昏暗处望去。“是雷吉吗？”

“仿佛是在一部亚洲恐怖电影里，”雷吉悄声说，“十有八九是彭顺的电影。你能沿着墙壁挪到这里来吗，这样我们可以避开那个监控摄像。”

“我们为什么又要避开摄像头呢？”

“他们不准我进这幢楼。现在差不多下达了禁令。”

“你怎么，你……现在潜伏在大楼里了？”

“还记得hashslingrz那个假卫生间吗？刚刚我走在街上，碰巧看到那里的一个人，我身上有足够的空白录像带，所以我就开始跟踪拍摄他。在附近的街区东拐西拐后，过了一会儿，他接了两三个我认识的人，接下来我发现，他们都进了德塞雷特这里，在门口得到了贵宾的礼待。我突然想起来，既然盖布里埃尔·艾斯是这个地方的业主之一——”

“等等，艾斯吗？什么时候开始的？”

“我以为你知道呢。反正现在说什么都是空话了，事情都已经发生了。艾斯昨儿个解雇了我。我的公寓又被人破门而入了，这回踏了个遍，我所有的镜头资料都被抢走了，除了藏起来的那些。”

情况看来不妙。“你最好跟我来。现在说不定有可用的货梯了。”

他们搭着货梯，成功地逃到了大楼后面，来到河滨路，从那里搭去城里的公交。

“我相信你还没有对警察之类的人说过这件事吧。”

“你是说，万一他们需要笑料来振奋一下百无聊赖的工作日是吗？当然，等我离开纽约时顺路去说怎么样？”

“去西雅图。”

“是时候了，玛克西。艾斯帮了我一个忙。我的简历并不需要再加上一条hashslingrz的电影，这有损我的形象，你知道吗，hashslingrz已经成为历史。不管发生什么，它的命数已定。”

“我不好说他们是不是真的到了破产的边缘。”

“要是网络公司有不死的灵魂，”奇怪的是，雷吉的声音听上去很遥远，仿佛已经在西行的车上向后对着窗外喊话了，“那么hashslingrz的灵魂已经丢了。”

两人在8街下了车，找了家比萨店，在人行道旁边的餐桌边坐了一会儿。雷吉陷入了一片哲思的愁云中。

“并不是说我是阿尔弗雷德·希区柯克那样的人。你可以看我拍的电影，一直看到两眼成斗鸡眼，都不会发现里面有什么更深层的含义。我看到有趣的事，就拍下来，仅此而已。你要是想知道，电影的未来——某一天，带宽会更宽，互联网上有更多的视频资料，人人都在拍摄东西，太多了根本来不及看，任何东西都没有意义。信不信，我就这么预言。”

“你是要人恭维你吧，雷吉，你的公寓不经安排就被人重新装饰了个遍，这事怎么说？肯定有人觉得你拍的东西很不错。”

“艾斯，”他耸耸肩，“想回购他以为是他的东西。”

不，玛克欣感觉手指里突然有一股流感似的疼痛闪过，心里想，艾斯会是最好的情况了。若是其他人，那么西雅图也许还不够远。“听着，要是你需要我帮你保管些东西——”

“别担心，你在我的候选名单上呢。”

“什么时候离开，你会告诉我的吧？”

“尽量吧。”

“拜托，哦，雷吉。”

“是啊，我知道，我以前经常看那部老电视剧《玄机妙算》[1]，要不

1《玄机妙算》是美国一部从1976年播至1978年的科幻动作电视剧。海梅·萨默斯是里面的女主人公，她在一次跳伞中受伤，被奥斯卡·戈德曼所救，在她的身体里植入仿生部件。

了多久，奥斯卡·戈德曼就会说，‘海梅——当心点。’”

“他是我的好榜样，教会我怎么当一个犹太母亲。记着，哪怕是海梅·萨默斯，也得时不时留着点神。”

“别担心，以前我常想，只要我从取景器里能看到它，它就伤害不了我。所以它需要点时间，不过现在我知道并不是这么回事。我这么说你满意吗？”雷吉的脸上写满了孩童希望幻灭时的神情。

“我想我可以把这当成好消息。”

14

足智多谋的艾瑞克·奥特菲尔德在hashslingrz的加密文档中发现了一堆神秘销售商，其中有一家光纤代理商叫“黑色线性解决方案”。

你会好奇，自去年新装业经历巨大的下滑以来，现在哪个神志正常的人还会买光纤呢？是啊，网络泡沫期间似乎铺设了太多的电缆，导致目前有成堆的光纤就搁在那儿，用他们的话来说，处于“闲置停用”的状态，结果是像黑色线性这样的公司猛地俯冲到这些生意的残躯之上，在原本就“通网”的大楼里搜刮出过度铺设和未使用的光纤，经过一番规划后，帮客户定制私有网络。

让玛克欣不解的是，为什么hashslingrz支付给黑色线性的款项要被藏起来，本不需要如此啊。光纤是公司的一笔合法开销，hashslingrz对带宽有需求，这理由已经很充分，即便是国税局似乎也乐意见之。然而，就跟hwgaahwgh.com一样，因为金额过于庞大，所以有人在大费周章地设置密码保护。

有时候，比起让局面继续发酵，屈服于恼怒会带来反常的乐趣。玛克欣给塔利斯·艾斯拨去了电话，运气不错。或者换一种说法，不是机器应答。“我接到你那迷人的丈夫打来的电话，他不知怎的竟然知道我们那天见过面。”

“不是我说的——我发誓，是这幢大楼，他们有出入登记，还有视频监控，好吧，说不定我的确提到过你来过的事儿？”

“不管怎么说，我确定他是个极好的人。”玛克欣回答说，“既然跟你通上了电话，我能不能向你请教个事？”

“当然可以。”让我瞧瞧，我该怎么……

“那天你谈到了基础建设，我正在帮新泽西一个客户处理资本核定的业务，他们对曼哈顿一个叫黑色线性解决方案的光纤代理商很感兴趣。不过这超出了我的领域——你跟他们做过生意吗，或者认识跟他们做生意的人吗？”

“没有。”不过，又出现了一连串古怪的打嗝声，玛克欣已经学会要“看仔细了”。“抱歉。”

“我原想着不用费劲就了解到信息呢，谢啦，塔利斯。”

黑色线性解决方案是位于熨斗区的一处建筑，有着亮闪闪的铬合金和霓虹灯的时尚外观。在这一款年龄不受限的电子游戏里，它卖的是紫锥菊果昔和海藻意式帕尼尼三明治，而不是把掺有麻醉剂的二氧化硅销售给顾客，满足他们对粗管道的堕落幻想，此种幻想是刚刚落下帷幕的那个时代的残留物，迟迟不愿意散去。

玛克欣正要从出租车上下来，这时她瞧见一个女人从大门里走出来。她穿着一件紧身的豹纹连裤衫，香奈儿哈瓦那墨镜没有架在头上当发箍，而是遮住了眼睛。她八成是故意不想让人认出来，可是实在太明显了，对的，没错，她就是塔利斯·凯莱赫·艾斯夫人。

玛克欣想着要不要挥挥手大声打个招呼，可塔利斯现在的行为紧张兮兮的，让普通的都市多疑症患者看起来就像纸牌赌桌边的詹姆斯·邦德。这是怎么回事？光纤突然就这么不宜张扬了？不对，其实是她的这身装扮，招摇地迎合某个人对妖艳挑逗的审美趣味，玛克欣自然很想知道对方是谁。

“您要下车吗，女士？”

“你还是继续打表吧，我只需要在这儿待一小会儿。”

塔利斯沿着街区向前走，紧张地四下张望。走到街角，她假装站在那里盯着洗手间的窗户看，双脚呈三位的芭蕾舞脚位，俨然艺术画廊里的某位伯纳德女郎。不一会儿，黑色线性解决方案的门又打开了，出来一个壮实的家伙，他穿着大卖场里卖的那种运动上衣和休闲裤，拎着一个肩带包，同样神色紧张地观察街面。他朝着跟塔利斯相反的方向走去，可仅仅走到停在几步之遥的一辆“林肯领航员”那里，便钻进了车子，以缓慢的滑行速度朝塔利斯开来。到了街角，他打开乘客车门，塔利斯一溜而上。

“快，”玛克欣说，“在交通灯变色前跟上去。”

“是您先生吗？”

“别人的，也许吧。看看他们去哪里。”

“您是警察？”

“我是《法律与秩序》里的伦尼啊，你没有认出我吗？”他们跟着笨重的油老虎，一路开上罗斯福路，朝着城外开去，在96号出口下来，沿第一大道继续往北开，来到城郊的一个居民区，那里出了上东区，可也不到东哈莱姆，是你也许曾经去会见毒贩子或补偿情人而安排夜里幽会的地方，不过现在已经浮现出高级住宅区的迹象了。

重新改装过的那辆大型轿车停在了一幢建筑物附近，接着花了个把小时停好车。建筑物的顶层颇为风雅地挂着一块标牌，从标牌上看出，这幢楼是新近改建过的，改建成了每间卧室高达百万美元的公寓楼。

“要是在从前，”出租车司机嘟囔道，“把那样的车随便停在街上？这人肯定脑子有问题，现在大家都怕剐蹭到那种车，因为它的主人很可能是用格洛克思考的某个坏蛋。”

“他们进去了。你能在这里等我吗？我想去瞧瞧。”

她给塔利斯和开“领航员”的那人留了两三分钟进电梯，随后踩着重重的脚步走到看门人那里。“刚刚进来的那些人？那些不知道怎么停大型越野车的白痴？他们刚刚他妈的把我的保险杠给撞坏了。”

看门的是个和善的年轻人，他并没有吓到直哆嗦，但说话声里带着歉疚。“我不能让您进去。”

“没关系，你也不必让他们下来，这样我们只会在大厅里大吵大闹，况且我现在的心情糟糕得想杀人，谁想这样呢，对吧？这是，”她递给他一张税务律师的名片，据她所知此人还未放出来，还在丹伯里坐牢，“这是我的律师，你下次见到跑路夫妇时记得转交给他们，哦，最好能告诉我他们的电话，或是电子邮箱之类的，我让律师来处理。”

走到这一步，一些看门人会一本正经地发脾气，可这里这位就跟大楼一样，刚来街区没多久，很乐意快点赶走为了停车这么点破事来找碴儿的疯婆子。玛克欣迅速扫了一眼前台的记录，带着那个情夫除了信用卡号以外的所有信息回到了出租车里。

“太好玩了。”司机说，“下一站去哪里？”

她瞟了一眼手表。回大本营去。“去上百老汇，札巴食品店附近都可以？”

“札巴，是吧？”有种小助手的语气貌似偷偷溜进了他的话音里。

“对，熏鲑鱼出现了一些奇怪的地方，得去查清楚。”她假装在检查贝雷塔的扳机。

“我应该给您一个私家侦探的特殊折扣。”

“其实我只是个……没关系，折扣我倒是要。”

“玛克西，你今晚要干什么？”

我想是一边看生活频道的《她的神经质未婚夫》一边自慰吧，怎么了，关你什么事？可事实上她说的是，“你在约我出去吗，罗基？”

“嘿，她叫我罗基呢。听着，是正儿八经的事，科妮莉亚也会一道去，还有我的合伙人斯帕德·洛伊特曼，没准儿还有两三个其他人。”

“你是开玩笑吧，社交聚会啊。我们去哪里？”

“韩式卡拉OK，有一个……他们称为练歌房[1]的地方，在韩国城，叫‘幸运十八’。”

“街灯人家，别停止相信，简直是卡拉OK的样板啊，我早该料到的。”

“我们以前常去第二大道上那个伊格家，可是去年我们——倒不是我——斯帕德害得我们……”

“被赶了出来。”

“斯帕德，他……”罗基有一点尴尬，“他是个天才，我这个合伙人，你要是碰到像D条例[2]那些方面的问题……可是他只要一靠近麦克风……好吧，斯帕德经常跑调。即使有音高来弥补，再先进的技术也跟不上他的调子。”

“我要带上耳塞吗？”

“那倒不用，温习下80年代的那些摇滚抒情歌，九点左右到就行。”罗基听出了她的话里有犹豫，像是出于直觉，他又加了一句，“哦，穿得随便点邋遢点，我可不想你抢了科妮莉亚的风头。”

一听这话，玛克欣径直朝衣橱奔去，找那件朴素淡雅但不缺话题感的杜嘉班纳，那是她从菲尼斯地下百货以三折的优惠价淘来的。那件衣服其实不甘心挣脱卡尔盖特妈妈、东区名媛之类的名流显贵的掌控，那位妈妈把孩子送去学校后百无聊赖地消磨着上午，衣服穿在她身上其实还小了两个号。玛克欣买来后一直在找机会穿，参加林肯中心的盛宴时穿？不然政治募捐活动呢？算了吧，还是去贪婪的、资本家扎堆的卡拉OK店时穿穿吧，正好派上用场。

那天晚上，众人聚在“幸运十八”的一间大包厢里，玛克欣发现有罗基那五音不全的同僚斯帕德·洛伊特曼，斯帕德的女友莱蒂西亚，形形色色从城外来过周末的客户，还有一小群真正的韩国人，他们穿

1 原文是韩语。
2 D条例指美国证监会颁布的于1982年开始实施的关于私募证券发售的规则。

着的那一身抢眼的淡黄色服装，极有可能是讽刺的时尚宣言，料子是朝鲜产的维尼龙，一种从煤炭变来的纤维，除非玛克欣听错了。这群韩国人从旅游巴士上下来后迷路了，对于能不能找到回去的路愈发不安。而科妮莉亚呢，她今晚亮相时舒适地穿着设计师副线品牌的服装，脖子上也戴着珍珠。即使没穿她今晚穿的高跟鞋，她也比罗基高。她浑身散发出你在许多WASP身上不常见到的那种自然的友善，虽然他们自称那是他们发明的。

玛克欣和科妮莉亚刚开始闲聊，罗基就摇晃着雪茄硬是挤了进来，他的装扮一如既往地非主流，一身鲁宾那奇的西装，一顶波萨林诺的帽子。“嘿，玛克西，过来一会儿，认识个朋友。”科妮莉亚默默地甩给他一个“拜托我们很忙好不好”的眼色，甚至比功夫片里手里剑和飞镖射出去时的同情心没准儿都要少……可是，可是，瞧见这两人之间露骨的眉来眼去没？“那要等广告结束咯。”科妮莉亚耸了耸肩，朝天翻了个白眼，转身往别处闲逛去了。玛克欣瞥见她撩人的后颈上挂着一个御木本幸吉的搭扣，成色照例是黄灿灿的金色，一般人不会这么搭配珍珠，这表露了米老鼠[1]工作人员的设计理念，他们以为美国人都长着一头金发，虽然科妮莉亚碰巧就是——接下来的问题是，她的金发是否一直长到了脑子里？

这个后续再议。另一头，“玛克西，跟莱斯特打个招呼，他以前在hwgaahwgh.com工作。”管他是清算了还是什么呢，这就是罗基，深入骨子里的风险投资客，他摆明了一直在四处物色好的商机。

莱斯特·特雷普斯戴了副方形黑框眼镜，身材壮实，用了某个药店品牌的发胶，说起话来像科米蛙[2]。叫人大为吃惊的是他今晚带来的朋友。上次见到费利克斯·博因久，他正从勒莱维斯克大街上的提姆霍顿咖啡店出来，走到蒙特利尔称为“微雪”，而世界上的其他地方称

---

1 御木本幸吉的日文是“Mikimoto”，与米老鼠（Mikimouse）有些接近，所以这里叙述者玩了一个词语游戏。

2 电视节目《大青蛙布偶秀》里的一个角色，是一只胆小又温和的青蛙。

为鹅毛大雪的里头。他今晚的发型很奇怪，若不是精心设计好诱惑看客的，就是他自己剪的，不幸剪坏了。

罗基和莱斯特此时已经悄悄地走到吧台那里。“很高兴再次见到你，事情都解决了吧？听着，”他朝罗基的方向鬼鬼祟祟地使了个眼色，“你没有提，呃……”

“收银机——”

“嘘——嘘！”

“哦，当然没有，为什么要说呢？”

“现在我们在想法子走正路。”

“跟麦可·柯里昂[1]那样，我明白，没问题。”

“说正经的。我和莱斯特，我们现在办了一家小规模的新公司。反杀手软件，你把它安装在销售点的系统里，它能自动破坏一定范围内所有的影子软件，要是有人用杀手软件，它能把他们的光盘熔化掉。好吧，不，也许没有那么暴力，不过挺接近了。你跟斯拉杰亚特先生是朋友吗？嘿，帮我们说几句好话呀。”

“当然可以。”让鹬蚌相争，想坐收渔利，是吧？不道德的少年，太可怕了。

卡拉OK的唱机一打开，那些韩国人就在点歌簿跟前排起了长龙，无论是寒暄的交谈，还是有利可图的对话，暂时都得与《不只是一种感觉》《波希米亚狂想曲》《跳舞女王》在音量上一较高下了。在屏幕上的韩英歌词后面，出现了令人费解的片段：一大群亚洲人在遥远的城市街道和广场上跑来跑去，大型体育赛事的场地上熙熙攘攘，从韩剧、自然纪录片，还有其他古怪的朝鲜半岛影像里剪来的低分辨率的连续镜头，经常与机器上播放的歌和它的歌词没有半点联系，有时候还造成了怪异的脱节。

---

1 电影《教父》里意大利黑手党柯里昂家族的第三子，他继承家族事业、成为第二代教父后力图使家族生意合法化。

轮到科妮莉亚时，她选了《马萨皮夸》，那是《艾米与乔伊》[1]里第二女高音受到观众热烈鼓掌的唱段。这部外百老汇的音乐剧讲的是艾米·费舍的故事，自1994年上演至今场场爆满。科妮莉亚赋予了这首歌一种新乡村音乐的感觉，此刻她站在放映着考拉、袋熊和袋獾的屏幕前左右摇摆，打在身上的光影仿佛一个个鲑鱼斑，她扯开嗓门高唱道：

马萨——皮夸！
在我的
梦里，我寻找你，
回去的路很长，
回到那条老的日出高——
速——
（耶，）
我以为……我会离开你，可我
仍然……梦见你，像
深夜的一个车站，
那是很久以前……

比萨在哪里？当你
需要……它时……
姑娘能去跳舞的酒吧在哪里？
我们曾经的童年时光在哪里？
那另外的两次机会在哪里？
（它们肯定都留在了过去）
马萨——

1《艾米与乔伊》是品钦虚构的一部音乐剧，来自纽约州马萨皮夸的乔伊与艾米·费舍发展了一段婚外恋。

皮夸，从来没有
梦想着我会拥有你，
我以为长大就意味着
把你抛弃……
但虽然我
想离你而去，可我
从没有失去过你，
因为你仍在这里，牢牢地
藏在我的心里，
（马萨皮夸啊！），
仍在这里，牢牢地
藏在我的心里……

呃，大多数《马萨皮夸》的转录制品的糟糕之处在于当白人唱腔想要唱布鲁斯走句时，即使唱得再好，让人听着也像在装腔作势。科妮莉亚巧妙地避免了这个问题。“谢谢你，”不一会儿，玛克欣在不知是补妆室，还是女厕所的地方夸赞道，“你唱得真是太棒了，绝对唱女高音的料啊，女主角般的存在，仿佛《奥克拉荷马》里的格洛丽亚·格雷厄姆！”

“谢谢夸奖。”科妮莉亚故作正经地说，“别人一般会说像早年的艾琳·邓恩，当然要去掉颤音。罗基对你的评价很高，我总认为是件好事。”玛克欣的眉毛一挑。“我的意思是说，好过他压根提都不提的那些人。”玛克欣不爱跟人讨论夫妻间的家务事，所以只是礼貌地笑笑，科妮莉亚明白了她的意思。“或许我们有空可以出来玩玩，吃个午饭，去购购物？”

“没问题。不过得提醒你，我不怎么喜欢购物。”

科妮莉亚一脸困惑，“可是你……你是犹太人吧？”

“哦，当然。”

"信奉[1]吗？"

"那倒没有，我现在已经非常熟练了。"

"我想我的意思是，有某种特定的……天赋，能找到……实惠的东西？"

"我的基因里应该有吧，我知道怎么找。不过不知为何，我还是会忘记摸摸料子啊，或是研究下吊牌，有时候，"她压低声音，假装看看周围有没有指责的目光，"我甚至……以原价买过东西。"

科妮莉亚假装倒吸了口气，装出疑神疑鬼的样子，"请不要告诉别人，我其实偶尔会……在店里因为商品价格跟人讨价还价。是的，有时候——简直难以相信——他们甚至会给我折扣，九折，有一次将近七折，不过只有那么一次，80年代的时候在布鲁明黛百货公司，现在还记得清清楚楚。"

"那么……只要我们彼此不向族裔警官告发对方就好……"

她们从女厕所出来时，发现同来的人已经明显地愈发吵闹了。装着"烧酒撞墙"[2]的玻璃杯和水壶到处乱放，有些韩国人横躺在沙发上，那些站着的，则交叉着脚踝在唱歌，沉迷于笔记本电脑的少年在角落里玩《天之炼狱》[3]，高斯巴雪茄的烟雾层层缭绕，女服务员们笑得更大声了，对好色的不轨之举也没有那么在意了。罗基在陶醉地唱《飞翔》，他找到了多明戈·莫都格诺1958年上《埃德·沙利文秀》的老电视节目录影，当时这首歌接连好几个星期上榜美国的每周流行唱片选目，罗基正从这个模糊的录像中学习多明戈的唱腔和动作。

说真的，谁会矫情到欣赏不来《飞翔》这首歌呢，它可以说是最伟大的流行歌曲之一呢。年轻人梦见自己在空中飞翔，不受重力和时

---

1 原文的"practice"既有"信奉"某一宗教，按某一宗教的教义来生活，也有"经常操练"的意思，科妮莉亚指的是前一释义，而玛克欣误以为是后一释义。

2 一般认为"哈维撞墙"是在20世纪50年代由一位美国著名调酒师在洛杉矶的一个酒吧里首次创造的，由伏特加、橙汁和加利亚诺配制而成，饮料名字取自一位名叫汤姆·哈维的冲浪手，此人时常去该酒吧饮用这道饮料，尤其在他输了比赛后会失态地往墙上撞，此饮料因此而得名。小说这里的"烧酒撞墙"鸡尾酒是把伏特加换成了韩国烧酒。

3《天之炼狱》是在韩国流行的一款在线角色扮演电脑游戏。

间的控制，仿佛提前进入了中年生活。在第二段里，他醒来发现自己回到了地面上，他首先看到的是他所爱的女人那双大大的蓝色眼眸。那对他来说就是天空了。所有男人都应该如此优雅地长大。

当托托乐队[1]的歌势不可挡地出现在等候歌曲里时，夜间聚会的高潮也就比预料的提前来临了。

“斯帕德，我觉得不是‘我把我的脑袋留在非洲了’[2]。”

“呃？可是屏幕上是这么写的啊。”你期待着屏幕上出现塞伦盖蒂平原上的畜群，可实际上出现的却是韩国热门电视节目《搞笑演唱会》第二季里的无声片段。一出哑剧，演播室里观众的笑声。房间里烟雾缭绕，导致屏幕上的图像都被愉快地弄糊了。

玛克欣跟一个迷路的韩国巴士乘客在讨论这家练歌房[3]名字里的数字十八，没有讨论出啥结果来。

“不吉利的数字，”那个韩国人色眯眯地斜睨着她，“韩文里的十八，意思是‘卖批’。”

“这样啊，可你要是犹太人，”玛克欣不为所动，“十八就意味着好运。比如说受戒礼的礼金，大家总是出十八的倍数。”

“卖批？在受戒礼上？”

“不，不，在希伯来字母代码，一种……犹太代码里，十八可以拆解成‘chai’，也就是生命。[4]”

“与卖批一个道理！”

这段跨文化的对话被男厕所里传来的骚动给打断了。“抱歉，失陪一下。”她朝里望了望，发现特雷普斯正跟人聊网页设计聊得起劲，或者说，其实是在荒唐地跟人比赛谁的嗓门大，对方是个假扮电脑迷的

---

1 由洛杉矶录音室乐师合组的一支合唱团。

2 托托乐队一首著名的歌曲叫《非洲》，里面那一句歌词是“我祝福雨降在非洲”。

3 原文是韩语。

4 “Chai”是希伯来文，意思为“生命”。这里所讲的希伯来文字母代码是一种基于希伯来语及希伯来字母的数秘术，将希伯来字母与数字相互替换，是卡巴拉派用来解经的一种方式。

大块头，玛克欣怀疑，他实际上从事的是某个迥然不同的行业。他俩的吵闹声甚至盖过了机器里传出来的卡拉OK音乐，表面上，两人在争论表格和层叠样式表，那是时下一个极具争议的话题，每回看到它引发群情激奋，玛克欣总有一种在见证宗教争端的错觉。她想象着，不管哪一方赢，从现在起再过十年，人们要想理解这一争论气吞万物的磅礴气势想必很难。可就在这里，在今晚，事情并非争论那么简单。在这个厕所里，目前来看内容并不是王。首先，那个山寨电脑迷就流露出太多罪犯的潜质了。

很自然地，玛克欣今晚只带了一个晚装包，没有地方放贝雷塔雄猫，希望这个聚会能安稳地举行，没有人上《每日新闻》头版的标题新闻，比如《练歌房枪击案》。不管有没有带枪，她的职责都很明确。她要涉足雄性激素的疾风骤雨，用一根独特的领带，上面有史高治·麦克老鸭的多重图案，颜色分成了赭橙色和铁紫色，用它成功地把莱斯特拉到安全的地方。

“盖布里埃尔·艾斯的一个到处惹事的跟班，”莱斯特重重地呼着气，“曾经共事过。抱歉，照理费利克斯要帮我解决麻烦的。”

“他人去了哪里？”

“在唱《九月》的就是他。”

玛克欣礼貌地等地球、风与火[1]还有费利克斯（你可以管他叫雾）再唱八个节拍，然后故作轻松地问：“你认识费利克斯很长时间了吗？”

“不长。我们总是在外间办公室里碰到，游说同一个风险投资商，发现我俩对影子软件都感兴趣，或者说，更像是我无所事事，迷上了影子软件，而费利克斯正好在找有搜索引擎推销技能的人，所以我们想可以组队啊。反正比我以前的行当要好。”

“Hwgaahwgh.com的事真遗憾。”

“我也觉得，不过那个公司的合作伙伴都变成了层叠样式表的纳

1 地球、风与火乐团是在1969年成立于芝加哥的男子乐队，《九月》是他们的一曲代表作。

粹，就像厕所里的那个家伙一样，而我只是一个老派顽固的表格支持者，如你所见——灰不溜秋、靠左对齐，不用觉得抱歉，博物馆里必须得有恐龙，要不然小孩子们就没什么可看的了，对吧？”

“这么说来，能暂时离开网页设计，你觉得很高兴咯？”

“为什么死抓着不放？要与时俱进，只要记住离盖布里埃尔·艾斯远一点——当然，除非他是你的好朋友，那样的话就当我没说。”

“我从没见过他，不过我几乎没听见有人说他好话。他会怎么做，在投资协议上做手脚？”

“不是，很奇怪，那些都是合法的。”

“资金也没问题？”

“也许一点问题也没有就是问题。”富乐绅皮鞋[1]露出烦躁不安的迹象，意味着这里面有内情，有太多的内情，“那一直是个谜团。我们的带宽太小，网速太慢，你甚至可以说，对hashslingrz来说仿佛第三世界。层叠样式表之类的，带宽从来没有对他们像对我们那样构成过问题。而艾斯呢，他是个贪图带宽的猪，收购了所有他能找到的价格在预算内的基础设施。有些网络公司因为过度铺设光纤网络而破产了，他们的损失，倒让艾斯赚了去。”

此刻有人把K歌频道切换到迈克尔·麦克唐纳的《只有傻子才相信》这首歌上，此人并非费利克斯，房间里好几个人在跟着唱。在这个洋溢着节日气氛的环境里，玛克欣从莱斯特的故事里听到的愁苦意味如此地明显，导致她的后CFE直觉警报器开始哔哔作响。这会是什么意思呢？

“这么说来，你帮艾斯做的工作……”

“都是些老式的HTML网页，HTML在这里的意思是‘他吃了更多的锂’，所有东西都要加密，我们中没有人知道怎么读取。艾斯想为所有东西都加上自动元标记。没有网页索引，没有导航，什么也没有，

1 富乐绅是美国一个老牌皮鞋品牌，诞生于1892年，以舒适性和高品质为特点。

照理是为了防止网络爬虫找到那些网页，所以深深地藏到下面以保安全。可是这样的活公司内部有很多人能干，那里的电脑迷少年犯可是比维护一台雷神之锤[1]服务器的还要多啊。”

“是啊，我听说艾斯还在为小家伙们运营一家康复中心。你亲自去过hashslingrz的总部吗？”

“艾斯收购hwgaahwgh后没多久，曾经叫我去当观众。我以为至少能请我吃顿午餐，可实际上呢，只有速溶咖啡和装在一个碗里的健康食品炸玉米片。没有辣番茄酱，甚至连盐都没有。他就坐在那里，不停地打量我。我们肯定有说话，可我记不得说了什么。我现在还做噩梦，不是因为艾斯，而是他的那些爪牙，其中几个以前坐过牢，我敢肯定。”

“我猜他们让你签了什么保密协议。”

“并不是说那里会有什么秘密泄露，没有人在解他们的和服。可即便是现在，hwgaahwgh.com已经破产清算了，保密协议也一直有效，直到可以预见的世界末日或是《大刀》[2]最终上市，不管哪个先到。我得完全听凭他们的吩咐——一天过得很糟糕，胃有一点不舒服，随便什么时候只要他们想，都可以拿我当出气筒。”

“那么……男士休息室里的那场谈话……也许不是真的跟网页设计有关？”

他眼珠子往上一翻，瞥了她一眼，那个眼神在不远处碰到足够的光，像镜面一样反射过来一则警告。像是在说，我不能跟你说那个事，你最好也别再问。

“因为，”她轻轻地试探了下，“那个人并不像寻常的电脑迷。”

“你以为艾斯很自信，对吧？”他恍惚的眼神里满是恐惧，仿佛看见近旁有东西在接近他，“他有那么多的高层人脉，可是其实他没有安全感，非常焦虑，也很生气，就像一个放高利贷的人或皮条客，刚刚才明白过来他并不能依靠自己收买的那些警察，甚至是他要负责呈报

1 雷神之锤系列是由id Software开发的第一人称射击游戏，最早的版本发表于1996年5月。
2《大刀》是离子风暴公司开发的第一人称射击游戏，于2000年4月12日上市。

的高层也无法为他撑腰——没有证交会听他的忧伤控诉，没有反欺诈小组，他在孤身作战。”

“那么你们在里面真正争论的是有没有人泄露信息？”

“我应该算幸运了。当信息想要自由时，泄露秘密从来都是顶多判个轻罪而已。”

他下一句话里会讲到其他事，就快要从口中说出来了，这时费利克斯出现了，他还未起疑心，仿佛他和莱斯特多半也有他们自己的保密协议。

莱斯特尽力让自己的面部表情保持镇定，露出一脸的无辜与茫然，可某个蛛丝马迹肯定在无意间露了出来，因为此刻，费利克斯朝玛克欣投来那种“你最好别把事情搞砸，嗯？”的眼神，一把抓住莱斯特，匆匆把他打发走了。

如同对男厕所里那个山寨电脑迷一样，玛克欣又一次强烈地感受到背后有隐秘的意图存在。仿佛定制收银机没准儿一直以来都是费利克斯为掩盖真正在做的事的幌子。

夜晚对一些人来说愈发模糊，玛克欣觉得它变得七零八落，碎裂成由遗忘的脉冲分隔成的小型微片段。她记得自己盯着点歌单看，又看见自己明明点了史提利·丹唱记忆与遗忘的快节奏情歌《你跟我在一起吗吴博士》，却不完全清楚为何选了这首歌。接下来，她发现自己站在麦克风前，莱斯特出乎意料地走上前来承担为她唱和声的任务。在萨克斯风伴奏的间歇，韩国人大声喊着“传麦克风”，他们不由自主地跳起了迪斯科舞步。“天堂车库[1]，”玛克欣说，“你去过？”

“大多时候去舞厅。”她大胆地朝他的脸迅速瞟了一眼。他那鬼鬼祟祟、耽于幻想的目光，她以前见过太多了，那是一种意识到自己不仅靠借钱过活且剩下的时日也不多的目光。

随后，她来到外面的大街上，众人各自散去。韩国人的观光巴士

1 天堂车库和下文的舞厅（Danceteria）都是纽约著名的夜店。

开来了，司机和女乘务员大声招呼着海外乘客上车。罗基和科妮莉亚一路挥手一路飞吻，直到坐进租来的林肯“城市”的后座。费利克斯正用手机一门心思地跟人通电话。那个男厕所里乔装打扮的大块头摘去了厚重的塑料眼镜框，戴上一顶鸭舌帽，理了理看不见的衣领，半路消失在了街区里。

在他们身后的“幸运十八”里，空灵的管弦乐正对着空无一人的房间演奏。

15

上午十一点半左右，玛克欣瞧见一辆大而坚实的黑色轿车停在她的办公室附近，让她想起老式的帕卡德，只是它的车身更长。由于要进行街道清扫，路的那一边一个半小时内是不许停车的，这辆车却对禁停标语置若罔闻。平常的做法是大家并排停在道路的另一边，等清扫车清扫完毕后再移回去，合法地停好车。玛克欣留意到，那辆神秘的豪车边上并没有人在等，更奇怪的是，这个街区平时能看见有停车执法人员，他们就像徘徊在羚羊群边缘的猎豹，今天却神秘地不见了踪影。事实上，正当她留心观察时，清扫车已经呼哧呼哧地绕过街角来了，可它一瞥见那辆高级轿车，便犹豫了一下，仿佛在考虑如何做才好。正当的程序是清扫车会慢慢停在违规车辆后面，等对方挪开。但这辆清扫车惴惴不安地朝街区缓缓开来时，突然就满怀歉意地调转方向，绕过那辆高级车，急匆匆地开去了街角。

玛克欣瞅见那辆豪华车上有一张用西里尔字母写的保险杠贴纸，很快便明白那是“我的另一辆豪车是迈巴赫”的意思，因为这辆车其实是吉尔-41047，它的零部件是一个个从俄罗斯运来的，在布鲁克林重新组装后，交到了车主伊戈尔·达什科夫的手上。玛克欣从套色玻璃窗向里张望，饶有兴趣地发现玛奇·凯莱赫也坐在里面，与伊戈尔相谈正欢呢。车窗摇了下来，伊戈尔把头探出来，递出来一个看样子装满了钱的费尔威购物袋。

“玛克西，你好吗[1]？你给的麦道夫证券的建议太棒了！非常及时！我的同伴们实在太高兴了！简直要飞上天！他们采取了行动，资产现在很安全，这是报答你的。”

玛克欣赶忙躲开，只是部分出于会计师对大笔现金的典型敏感。“你他妈没脑子啊？”

“你帮他们保住了一大笔钱。”

“恕我不能接受。”

“要是我们管这叫服务费呢？”

“那么究竟是谁聘请我的呢？”

伊戈尔耸了耸肩笑笑，没有给具体的信息。

“玛奇，你跟这个人什么关系？你坐在他的车里干吗？”

“进来。”玛克欣坐进车里，发现玛奇正坐在那儿数一大兜她自己的绿票子，“不，我不是他的情妇。”

“让我想想，那就只剩下那什么……毒贩子了？”

“嘘——嘘！”玛奇一把抓住她的手臂。其实事情的真相是，迪克曼街河道尽头的塔比河湾上有一个小码头，玛奇的前夫锡德从那儿进进出出，帮人捎带物资，这个伊戈尔貌似是他的一个客户。“我强调‘捎带’，”玛奇解释说，“是因为锡德才不管包裹里是什么呢，他只负责递送，从来不看里面是什么。”

“因为在他不看的包裹里，装的是……”

这个嘛，给伊戈尔捎的是甲卡西酮，也叫浴缸麻黄碱，“这个浴缸，我猜是在泽西吧。”

“锡德总能搞到好货，”伊戈尔点点头，“不是那种廉价煤气灶的拉脱维亚货，那里面有他们除不掉的高锰酸盐，所以是粉红色的，没吸多久你就精神不正常了，比如走路不对劲啊，颤抖啊。拉脱维亚的毒

1 原文是帕东卡夫斯基术语，即俄罗斯互联网亚文化群体帕东基所发明与使用的语言。

品，听我的话，玛克欣！别靠近它，它根本不是毒品，它完全就是一坨屎[1]啊！”

“我会尽量不去碰的，记着呢。”

“你吃过早餐了吗？我们这里有冰激凌，你喜欢什么样的？”

玛克欣瞧见吧台下面有一台相当大的冰箱。“谢谢，这时候吃冰激凌有点早吧。”

“不，不，这是真的冰激凌，”伊戈尔解释道，“俄罗斯的冰激凌，不是那种欧洲市场有食品警察[2]盯着的蹩脚货。”

“高乳脂含量，”玛奇替他翻译了下，“说白了，就是苏联时代的怀旧情结。”

“该死的雀巢，”伊戈尔在冰箱里一阵翻找，“该死的不饱和植物油，嬉皮士的蹩脚货，毒害了整整一代人。我安排有冷藏库的飞机每个月一次，把这种冰激凌运到肯尼迪机场。好了，我们这里有冰莓格子、拉姆齐，也有因玛尔卡，新西伯利亚公司的，非常棒的冰激凌[3]，暴风雪，塔罗斯多……今天特别为你准备的，榛仁味，巧克力屑，vishnya[4]，也就是酸樱桃味……”

“我可不可以拿一些过会儿再吃？”

她最后拿了一些半公斤的家庭装，里面有多种口味。

“谢谢，伊戈尔，东西差不多全了。”玛奇把现金放到手提包里。她计划今晚去城郊见锡德，帮伊戈尔取货。“你也一道来吧，玛克西。就去提下货而已，来吧，很有趣的。”

“我对毒品法律的理解跟你有一点出入啊，玛奇，记得上回我在法条里读到，这可算是非法出售违禁物品哦。”

“是啊，可这牵涉到锡德，情况很复杂。”

---

1 本段的四处原文均为俄语。

2 这里的食品警察既可以指如法国、德国等欧洲国家为了监管食品安全而特别设立的工种，也可喻指国家出台的食品政策或是公共健康营养讯息等。

3 原文是俄语。

4 俄语，意为酸樱桃味。

“一项B级重罪。你和你前夫——就我看，你们走得还……挺近？”

“别朝我挤眉弄眼的，玛克西，让人起鸡皮疙瘩呢。”她从吉尔车上下来，等玛克欣一起走，“记得数数你那个费尔威购物袋里有多少。”

“怎么说，我甚至不知道该有多少，明白我的意思吗。”

街角处有一辆卖咖啡和百吉圈的餐车。今天天气暖洋洋的，她们找了个门阶坐下，喝杯咖啡休息片刻。

“伊戈尔说你帮他们保住了不少钱。”

“你觉得那个‘他们’包括伊戈尔本人吗？”

“他觉得难为情，不肯告诉任何人。这是怎么一回事？”

“保不准是一场金字塔骗局。”

“噢，略有不同。”

“你是说对伊戈尔来说？他跟那谁打过交道——”

“不是，我的意思是，晚期资本主义是一个全球范围内的金字塔骗局，那种你用人类作为牺牲品一层一层摞起来的金字塔，同时还要让那些傻瓜相信会永远这么持续下去。”

“这超出我的业务范围了，哪怕是伊戈尔交往的那个层次，就让我很不安了。我还是跟那些在自动取款机边上转悠的人打交道更自在，那种档次的人。”

“那么，一会儿看一出活生生的街头剧吧，来城郊看看奇幻的世界，那些多米尼加人，你知道吧？”

“唔。也许我可以来一段老式梅伦格舞。”

玛奇要在威米里耶大道附近一家叫“秋伊密所”的舞蹈俱乐部跟锡德碰头。那儿的地铁从住宅区上方的高架路穿行而过，她们一从地铁里下来，便听见了音乐声。两人与其说是拖着脚步，倒不如说是大摇大摆地迈下楼梯走到了街上。萨尔萨舞曲深沉地震动着，从并排停着的“卡普利斯”和“凯雷德”[1]的音响系统里、从酒吧里、从肩挂式便携音响里传来。少年们相互追逐嬉闹，玩得不亦乐乎。人行道上是一派忙碌的景象，水果摊正在营业，一排排芒果和杨桃十分抢眼，角落处的冰激凌车在做夜市生意。

“秋伊密所”在一间不大不小的临街店面里，她们发现，店面往里是一家纵深很长的酒吧，看样子一直延伸到隔壁街区，里面光线明亮，声音嘈杂，气氛好不热闹。姑娘们踩着细高跟鞋，穿着比瘾君子的记性还要短的短裤，正与戴着金链子和窄边帽、扣子扣得很下的年轻人一起滑动着舞步。大麻烟味渗透在空气里。人们喝着朗姆酒、可乐、总统牌啤酒和布鲁加尔牌“爸爸的渔船”。与音乐主持相交替的，是现场的当地巴恰塔舞群，一声清脆洪亮的曼陀林与瓶颈压弦滑奏法的拨弦，一段不可能不会想跟着翩翩起舞的节奏。

玛奇身穿宽松的红裙，眼睫毛比玛克欣印象中要长，头发披了下来，像是爱尔兰版的塞莉亚·克鲁斯[2]。门口的人认识她。玛克欣深吸了口气，轻松地变身为她的跟班。

舞池里很挤，但玛奇毫不犹豫地消失在了舞群里。某个大概还未成年的娘娘腔不知从哪里冒了出来，说他的名字叫平戈，彬彬有礼地拉上玛克欣，邀她一块儿跳舞去。一开始，她还努力去回想当年在天堂车库的情景，想用来充数，不过很快就被节奏带跑了，舞步开始跟着音乐徜徉……

一对对舞伴愉快地来回旋转着。有时在女厕所里，玛克欣会发现玛奇不算太沮丧地看着镜子里的她自己。“谁说英国妞跳不来舞的？”

“问题好刁钻，是吧？”

锡德来得晚，他手拎一个总统牌长颈啤酒瓶，长相慈祥，留着那种头发根根直立的短平头，确实跟玛克欣印象里毒品走私贩的扭曲形

---

1 “卡普利斯”和“凯雷德”分别是雪佛兰和凯迪拉克公司推出的车型。

2 塞莉亚·克鲁斯是一位唱拉丁音乐的古巴歌手，被公认为20世纪最受欢迎的拉丁艺术家。她职业生涯的大部分时间在美国和拉美国家度过。

象相去甚远。

“可别让我干等啊。”玛奇心急地眉开眼笑。

“以为你会多需要一些时间猎艳呢，宝贝。”

“我没瞧见塞坎。他在图书馆什么的地方写读书报告吗？”

舞台上的乐队在演奏《再一次》。锡德把玛克欣拉起身来，开始跳一段为缩小版的舞池改编的巴恰塔，嘴里轻声地哼唱着副歌。“等我举起你外面那只手时，意思就是我们要旋转了，你只要记着一直转，转到最后面朝我就可以了。”

“在这个台上？你得有许可证才能旋转吧。噢，锡德，”等了两三个节拍后她礼貌地问，“你该不会是在挑逗我吧？”

“谁不愿意呢？”锡德大献殷勤道，“虽然你不该排除我是在故意让我前妻恼火。”

锡德是54俱乐部[1]的老员工了，在那里做过厕所保洁员。一到休息时间，他便跑到舞厅去捡钱，待轮班结束时能捡到多达一百美元的纸币，抢在其他员工前头尽可能多捡了些。钱都是顾客落下的，那些人整个晚上用纸币卷着吸可卡因，但锡德本人在抽百乐门香烟时更倾向于用隐藏式滤纸当类似一次性勺子用。

他们没有跳到舞厅打烊，不过等他们出来到迪克曼街上，再走到塔比河湾的小码头时，天色已经很晚了。锡德领着玛奇和玛克欣上了一艘矮矮的轻型摩托艇，艇身长二十八英尺，有三个艇尾座。它有着装饰艺术风格的优美外观，通身由深浅不一的木头打造。“或许这是性别歧视，”玛克欣说，“但我现在真的好想吹口哨。”

锡德向她们介绍。“这是1937年的加伍德，二百马力，在乔治湖上试过几次航，有着比随便一艘追赶它的船跑得都要快的光辉历史。”

玛奇把伊戈尔的钱递给他，锡德从底舱里拿出来一个做旧得很逼真的年轻人背包。

1 54俱乐部是20世纪70年代纽约的传奇俱乐部，也是美国俱乐部文化和夜生活文化的经典代表，以有钱人吸毒和跳迪斯科而闻名。它于1977年开业，1979年底关闭。

“需要我把两位女士送到哪里？”

“79街码头，”玛奇说，“加快速度出发。”

他们默默地解开缆绳开航。离岸三十英尺后，锡德偏过一个角度，折向上游开去。“该死。”

“你又来了，锡德。”

“两台V-8引擎，多半是卡特[1]。夜里这个时候，肯定是该死的缉毒局。老天爷，我是谁，帕皮·梅森吗[2]？”他发动引擎，朝夜幕里疾驰而去，船身以持续的节奏拍打着水面，激起艉急流，在哈德逊河里斩出一道不大不小的碎浪。玛克欣眼见着港口一侧的79街小船码头很快地被甩在了他们身后。“嘿，那是我要下的站。我们这是要去哪里？”

“跟着这个傻瓜，”玛奇嘟哝道，“八成是出海去。”

锡德过后也承认，这个念头确实在他的脑海里出现过，只不过这样一来会把海岸警卫队也招来，所以他决定赌一把，看看缉毒局是否谨慎及他们在硬件方面是不是真有限制。世贸中心巍然地立在岸边，在灯光笼罩中隐约浮现在他们的左舷船尾方向。黑夜里，朝远方望去是一汪辽阔无情的海洋。锡德不断靠向水道的右方，经过埃利斯岛和自由女神像，经过巴约讷海运站，直到瞧见前方的罗宾斯礁灯塔，仿佛也打算越过它似的，然后在最后一刻打了个大幅度的钩形右转，动作敏捷利落，却不符合当时躲避不知打哪儿冒出来的停泊船只及在夜幕里航行的油轮的航道规则。摩托艇轻巧地驶入康斯特波海湾，顺流直下到潮汐海峡。经过里士满港时，“嘿，港口那里有家达美乐还亮着灯哎，你们有谁想弄块比萨吃吃吗？”似乎话里有话。

在巴约讷大桥透空的高拱下面，储油罐和油轮运输永远不眠不休。对于石油的痴迷逐渐地跟另一种国家陋习交碰在一起，那就是处理废弃物时的无能为力。玛克欣已经闻到垃圾味好一阵子了，此时当他们靠近一片高耸的废弃物堆时，气味越来越浓烈。在疏于清理的小港湾

1 卡特彼勒是一个著名的美国发动机生产商。

2 帕皮·梅森原名霍华德·梅森，是美国的一个毒品走私贩和集团犯罪的首领。

里，垃圾岩壁怪异地发着光，到处弥漫着甲烷的气味，死亡与腐烂的味道，还有跟上帝的名讳一样难念的化学物的味道。垃圾填埋堆比玛克欣料想的还要高，据锡德说，得有将近二百英尺，比雅痞上西区典型的住宅楼还要高。

锡德熄了舷灯和马达，把摩托艇停靠在草原岛屿的后面，阿瑟溪和清溪的交叉口。那里是剧毒的中心，是大苹果城垃圾处理场的黑暗心脏，这个城市为了维持它那副虚模假样而丢弃的所有垃圾都聚在这里。出乎意料的是，它的中心地带是一片一百英亩未受破坏的沼泽地，就位于北大西洋候鸟迁徙路线的正下方，法律规定这里不准用于开发地产与垃圾倾倒，沼泽地的禽鸟安心在此栖息。一想到全城蔓延的房地产开发行动，说实话，此情此景真他妈地令人沮丧，因为它还能维持原样多久呢？这些无辜的飞禽还能继续在这儿舒适地住上多久？这一小块土地会让开发商的心儿歌唱——比如“这块地是我的地，那块地也是我的地”[1]。

玛克欣扔掉的每一个装满了土豆皮，咖啡屑，没吃完的中餐，用过的卫生纸、卫生棉球、餐巾纸和尿不湿，腐烂的水果，变质的酸奶的费尔威购物袋，都跟住在这个城里的她认识与不认识的人丢弃的垃圾一起，自1948年以来，在她还未出生前就开始，都堆积在那里的某个地方。一些东西她原以为丢失了，从她生活中消失了，原来只是进入了集体的历史，如同身为犹太人，发现死亡并不是一切的终结——忽然被剥夺了绝对零度带来的舒适。

这座小岛让她想起了什么，她花了好一会儿工夫才弄明白。仿佛你能触及那影影绰绰的、不祥的垃圾填埋地（它由密密麻麻的污秽物松散地堆积而成，是这座城市的完美的阴暗面），找到一组隐形的链接，点击后发生交替淡变，最终出现一个意料之外的避难所，一片古老的港湾，它免于沦落到像岛上其余地方那样已出现的和依旧在进行

---

1 这是对美国一首著名的民歌《这块地是你的地》的戏仿，里面有句歌词叫“这块地是你的地，这块地是我的地”。这首歌的歌词由民歌歌手伍迪·格斯于1940年创作。

的下场。如草原岛屿一般，开发商也在觊觎深渊射手。不管依然在下面进进出出的那些访客信仰什么，深渊射手的坚不可摧会在不久后的某天清晨，被一股脑儿涌来的网络爬虫窸窸窣窣往下爬的声音惊扰到，这些爬虫出于自身远非无私的目的，迫不及待地想要把另一块神圣的庇护所纳入地址索引中，就此毁了它。

他们诡异地等待了好长时间，想看看是否惊动了联邦官员之类的人。在看不见的那一头，在凌晨的这个时间点，有重型机器在附近某个地方来回开动。“我以为这个垃圾场停用了呢。”玛克欣说。

“官方的说法是，最后一艘驳船在第一季度结束前开来，等它开走后垃圾场便停用了。”锡德回忆道，“不过他们还是很忙，忙着填平它，盖住它，封闭它，裹得严严实实，然后再改建成公园，又一个适合雅皮士全家的好去处，朱利安尼这个抱树族。”

不一会儿，玛奇和锡德便开始了父母谈论孩子的那种低声隐晦的交谈，这次主要谈的是塔利斯。她跟她的兄弟一样，也许已经长大成人，可不知为什么，仍需要父母固定地花时间替他们操心，仿佛她还是圣心修道院里吸食签字笔墨水的问题少女。

“好奇怪，”锡德若有所思，“看着艾斯这孩子一路变成现在的样子。在大学里，他只是个温良的电脑迷。她把他带回家，我们想，好吧，一个性萌动的孩子，花太多时间坐在屏幕前，社交方面还算聪巧能干，可玛奇觉得她从他身上看到了优质服务商的潜质。”

“锡德有个小玩笑——嘿，长命百岁吧，歧视女性的猪猡。我们的想法总归是，希望塔利斯能知道怎么照顾好自己。”

“没过多久，我们就越来越少地见到他们了，他们挣了很多钱，足够在苏豪区安个称心如意的小窝。”

“他们当时是租房吗？”

“买的。”玛奇有一些唐突地说，“现金支付。”

“那个时候，艾斯已经在《连线》《红鲱鱼》上有人物专访了，然后hashslingrz上了《硅巷报道》的‘值得关注的十二家企业’榜……”

“你一直关注着他的事业。”

“我知道，”锡德摇了摇头，“挺可悲的是不是，但我们还能怎么做呢？他们跟我们切断了联系。仿佛他们在积极地寻求，他们现在的生活，那种遥远的虚拟生活，把我们其他人留困在皮囊空间里，只能干瞪着屏幕上的图像。”

“最乐观的情况是，”玛奇说，“艾斯只是个被网络泡沫带坏了的天真的电脑迷。继续做梦吧。那孩子从一开始就心术不正，无条件地服从那些不敢公开露脸的势力。他们在他身上看到了什么？好糊弄，愚蠢呗。前程似锦的蠢蛋。”

“而那些势力——说不定跟你们疏远就是他们计划的一部分，不是塔利斯的主意？”

他俩都耸了耸肩，也许玛奇更显苦闷一点。“想法不错，玛克西。不过塔利斯也有参与。不管是什么，她都有入股。她本来没有必要的。”

在垃圾崖壁后面的沼泽地里，施工的吵闹声持续不断。工人们秉承环卫局的悠久传统，时不时地靠长时间的兴奋嚷嚷来进行交谈。“这个点还工作，真是奇怪的轮班啊。”在玛克欣看来。

“是啊，有些人很乐意这个点加班。几乎就像是他们在忙一些不想让其他人知道的事。”

“有谁曾想知道吗？”玛奇一度陷入了她在库格尔布里茨做毕业致辞时的那个拾荒女人的状态，那个致力于挽救这个城市想要抛弃的所有东西的人，“要么是他们在拼命赶工，不然就是他们又在准备开发垃圾倾倒业务了。”

是有总统来访？还是有人在拍电影？谁知道呢。

早起的海鸥不知从哪里冒了出来，开始检阅它们的菜单。天空中现出一道拉丝铝的底光。一只夜鹭在草原岛屿的边缘长时间巡视后，喙里叼着早餐飞腾而起。

最终，锡德发动了马达，朝阿瑟溪开回去，接着进入纽瓦克湾，在卡尼岬向右拐弯驶入凄凉肮脏的帕塞伊克河。“方便的时候我就让你们俩下来，然后我要回到我的秘密基地去。”

在岬无岬附近，在普拉斯基高架桥黑色的拱状桁架结构下方，如铸铁一般不为所动的光亮在空中弥漫开来……高耸的砖砌烟囱，铁路货场……纳特利[1]的黎明，呃，准确来讲是锡考克斯的黎明才对。锡德把摩托艇开进一个属于纳特利高中赛艇队的船坞里，把假想中的游艇帽脱下，打手势示意乘客们上岸。“欢迎来到深泽西。”

“瞧瞧这位塔宾船长[2]。”玛奇打了个哈欠。

“哦，你可别忘了伊戈尔的背包啊，我的番茄小可爱。”

玛克欣的头发乱糟糟的，自打20世纪80年代起，这还是她头一回夜不归宿。她的前夫和孩子们在美国西部的某个地方，没有她在身旁肯定也玩得很开心。大约有那么一分半钟吧，她感受到了自由——至少感受到了面前摆着无数种可能，跟第一批沿着帕塞伊克河溯流而上的欧洲人当时的感觉一样。彼时，公司罪孽和腐败那冗长的道德寓言尚未赶超上来，二噁英、高速公路瓦砾堆，还有无人为之痛心的垃圾倾倒行为也还没有出现。

纳特利有一班借道纽瓦克去客运总站的新泽西捷运客车。她们抓紧时间睡上几分钟。玛克欣在捷运上做了个梦。披着披肩的女人，还有不祥的光亮。人人都在说西班牙语。老古董巴士不知为何在丛林里疯狂地奔跑，躲避貌似来自火山的威胁。与此同时，这也是一辆载满了上西区英国裔的旅游巴士，导游是温达斯特，正用他那自以为是的播音员声音讲解关于火山本质的一些东西。他们身后的火山并没有被撇在后面，情形越来越不妙了。车开到林肯隧道的某处时，玛克欣从梦中醒来。在客运站，玛奇建议说：“我们从另一条路出去，不走迪士尼地狱，去弄些早餐吃吃。”

她们在第九大道上找了一家拉丁早餐馆饱餐一顿。

“你有心事，玛克欣。”

---

1 纳特利和后文的锡考克斯分别是位于新泽西埃塞克斯郡和哈德逊郡的镇。
2 电视剧《爱之船》中的那位船长。

“一直想要问你，1982年那会儿，危地马拉发生了什么事？”

“跟尼加拉瓜、萨尔瓦多差不多，罗纳德·里根和他的党羽，像埃利奥特·艾布拉姆斯那些沙赫特曼派信徒，把中美洲变成了屠宰场，仅仅为了演绎他们区区那么点反共幻想。危地马拉当时已经落入一个杀人狂魔的控制，此人名叫里奥斯·蒙特，是里根一个特别的朋友，他像许多巫士那样，照例把他沾满鲜血的双手在婴儿耶稣身上擦得干干净净。由美军资助的政府杀人小分队横扫西部的高地，对外宣称打击目标是EGP，也就是穷人游击队，实际上却对他们遇上的所有本地老百姓实施灭绝行动。太平洋沿岸至少有一个死亡营，它的重心偏向也许是政治层面的，但在山上进行的却是就地大屠杀，他们甚至都不进行大规模掩埋，就把尸体丢在那儿等待丛林来处理，这样想必省去了政府一大笔清理费用。”

不知为何，玛克欣并没有她自己想的那般饥肠辘辘。“那么在那里的美国人……”

“不是人道主义援助者，天真的边缘型白痴，就是‘咨询顾问’，提供如何屠杀非白人的广博知识。不过到那时，屠杀的大部分活儿都外包给了美国的附属国，他们有必要的技术许可证。你为什么这么问？”

“就是好奇而已。”

“是啊，等你愿意的时候告诉我吧。我可是露丝·魏斯海姆医师[1]，没什么能吓倒我的。”

1 露丝·魏斯海姆医师是一位红遍美国广播与电视的性治疗大师。

16

在办公室门口等待她的是一箱红酒，一见红酒的标签，她不禁琢磨道："喔，我的老天。" 1985年的西施佳雅[1]？还是一整箱？肯定是哪里搞错了。但是，上面貌似还有张留言条——"后来发现，你也帮我们省下了不少钱。"没有署名，可是除了罗基那个资深的少数民族品酒专家还会有谁呢？好在这至少能激发她足够的负疚感，再回去检查下hwgaahwgh与hashslingrz问题层出不穷的账簿。

今天，突然有个地方让她觉得奇怪，一些让人烦心的规律，这些规律并不总是受人欢迎，因为它意味着无偿加班，可是除此之外就没有新发现了。她煮上些咖啡，再细细观察下hwgaahwgh和hashslingrz在阿联酋的账户路径，不一会儿便发现了问题所在。有一个资金缺口持续存在，而且金额相当可观。似乎有人从管道上搭线，让人好奇的是那个金额，貌似正好跟另一笔钱吻合，也就是跟艾斯收购hwgaahwgh.com所花的现金有关的一笔令人困惑的持续结余。那笔钱被存进了长岛一家银行的公司运营账户里。

自从离群单干以来，玛克欣在一些声誉不怎么好的客户的帮忙下，学会了使用好几种软件，于是她有了超能力的加持，虽然这些超能力

1 西施佳雅是意大利托斯卡纳一家生产商生产的红酒，被认为是意大利最负盛名的波尔多口味的红酒。

并不一定符合公认的会计实践准则，比如说，你不可侵入他人的银行账户，你应该把这类事情留给FBI来做。她把两三个书桌的抽屉翻了个遍，找到一张没有标记的淡绿色金属色泽的光碟，由于离午餐还有一段时间，便一头钻进了莱斯特·特雷普斯的私人事务里。果不其然，神秘的资金缺口跟定期转入莱斯特一个个人账户的金额完全相等。

玛克欣重重地舒了口气，“莱斯特，莱斯特，莱斯特。”好吧，说什么签了保密协议，那只不过是掩盖他远远危险得多的真实行为的烟幕弹。莱斯特发现了流经他们行将倒闭的公司的隐形地下现金流，艾斯的这些幽灵款项原本是要兑换成里亚尔的，莱斯特把其中的一大笔半路拦截下来，存进他本人的某个秘密账户里。想必他是得手了。

所以那晚在卡拉OK厅里，他把盖布里埃尔·艾斯比作放高利贷的，还是拉皮条的，那并不是空穴来风的修辞。孤立无援的莱斯特，好似一个站在高架桥下、不肯屈服于追赶她的男人的姑娘，迫切需要别人的帮助。他用密码给玛克欣发送了呼救信号，可她甚至懒得去读，真是羞愧……

而残酷的地方在于她清楚地知道，知道这世道遍地是由公司制度创造的、为媒体大肆称道的那些配大容量弹夹的恶棍，在他们那个圈子里头的一些深水区里，轻度诈骗会变得极其严重，经常难逃死罪。有一些特定个性的人会大发雷霆，惩罚也会很残忍，很——她焦急万分，本能地瞥了一眼墙上的钟——直接。这个人大概并不知道自己惹了多大的麻烦。

手机铃一响莱斯特便接了，这让玛克欣感到很意外。“你运气挺好，这是我打算用这玩意儿接的最后一通电话了。”

“要换运营商服务吗？”

“要废了这工具，我觉得上面被安装了追踪芯片。”

“莱斯特，我遇到一些严重的事情，我们见个面吧。你把手机放在家里。”从他的呼吸声中，她推断得出来他知道是什么事。

“永恒九月”从90年代鼎盛时期开始营业，它是一家生意惨淡的技术员酒吧，掩在一家理发店和一家领带精品店的中间，离独立地铁系统的一条老线路上的一个人流稀少的车站有大约半个街区的距离。

“莫非你有什么情感依恋？”玛克欣环顾下四周，尽量不扮鬼脸。

“不是，我想着就算大白天有人进来，他也不知道我们在谈些什么，所以我们可以放心地说话。”

“你知道你惹上麻烦了，对吧，所以我不用一开口就数落你。”

“那晚在卡拉OK，我本来想告诉你，可是……”

“费利克斯不停地插嘴。他在监视你吗？还是保护你？”

“他听到了我在厕所里跟别人争论，觉得应该来帮帮我，仅此而已。我相信费利克斯的为人。”

这话听着耳熟，没必要跟他争。既然他相信费利克斯，那么得他自己留着神儿。“你有孩子吗，莱斯特？”

“有三个，一个秋天就要升高中了，经常觉得是我算错了。你呢？”

“两个儿子。”

“你告诉自己，你是为了他们才这么做的，”莱斯特皱着眉头，“仿佛把他们当借口不够糟糕似的——”

对的，说得没错。“那么，你并不是为了他们才做的。”

“听着，我会还回去的，终有一天会还的。你有没有什么保险的方法去告诉艾斯我真的想这么做啊？”

“即使他相信你，虽然他有可能并不，那也涉及了一大笔钱……莱斯特。他要你还的钱会比你偷走的更多，他也会管你要些利息，作为额外的费用，极有可能会是很大的一笔。”

“做错事付出的代价。”他低声说，没有看玛克欣。

“我就当你接受高额利息的条款了，可以吗？”

“你觉得你搞得定这事吗？”

“他不怎么喜欢我。这要是在高中，我兴许会有些伤感，话又说回来，盖布里埃尔·艾斯在高中时……”她摇了摇头，怎么说起那事了？

“我妹夫在hashslingrz工作，行，我来看看能不能让他捎个口信。”

“我想我就是你经常出庭指认的那种贪婪的孬种吧。”

“现在不了，我的执照被吊销了，莱斯特，我不在司法界混了，法庭上没人认得我。”

“而我的命运就握在你的手里？太棒了。”

“放松点，别人在看呢。正统世界里没有你的解决出路，你现在唯一能求助的是某个无证从业的人，而我比大多数人要好。”

“那么我现在欠你一笔酬金咯。”

“你见我在这里挥舞发票了吗，算了吧，没准儿将来有一天你会有钱付给我。”

“我不喜欢别人施舍。”莱斯特嘟哝道。

“是啊，你宁愿去偷。”

“是艾斯偷的，我只是转移走而已。”

“就是因为这些漂亮的说法，我才被他们踢出了游戏，现在你又卷入了麻烦。你的法律意识啊，我真是佩服。”

“请务必，”从他嘴里吐出来的这句话，真的没有玛克欣见惯了的那种油腔滑调，这让她大为惊讶，“让他们知道我很抱歉。”

“我会尽量往好的方面说，莱斯特，可是他们才不会管呢。‘抱歉’还是说给当地新闻台听吧。你这是在欺骗盖布里埃尔·艾斯哎，他肯定要气得跳脚。”

她已经说了足够多，不自觉地在祈祷，希望莱斯特不会问艾斯有可能要收他多少利息。因为要是他这么问的话，按她本人辞去CFE后同样不依不饶的行事准则来看，她会说：“但愿他的要价是用美元计算。”可此刻的莱斯特有太多的其他事要操心，只是点了点头。

“他收购你们公司以前，你们之间有生意往来吗？”

“我们只见过一次，不过当时他整个人浑身上下散发出一股鄙视我的气息。‘我有学历，有两三个亿的资产，你没有。’他当堂就发现我甚至连自学成才的电脑高手都算不上，只是收发室里走狗屎运的一个家伙。就这么一次。他怎么会让那样的一个人顺走哪怕是一美元九十八美分呢？”

不，不对，莱斯特，并不完全是这样，是吧。她听得出来他在逃避，不是怕承担责任，更像是害怕生死抉择。“你想告诉我一些事，”她柔声地问，“但你要是说了性命就有危险，对吧？”

他看上去就像是要放声大哭的小孩。“还能有什么事呢？钱的事还不够糟糕吗？”

“对你来说并不是。”

“抱歉，我们不能再往下说了，我不是针对你。”

“我会看看钱的方面我能做些什么。”

说到这里时，他们正快步朝门口走去，莱斯特走在她前头，宛如从枕头里挣脱出来的一根羽毛，飘浮在空气里，好似徜徉在某个安适的梦乡。

对呀，哎哟，然后还有马文送来的录影带。它此刻就躺在厨房的餐桌上，仿佛塑料突然间学会了如何责怪人。玛克欣知道自己是故意拖着不看，她对它的反感近乎迷信，跟她父母从前对待电报的态度如出一辙。有可能这盘录影带里讲的是公事，不过惨痛的经验告诉她，也不能排除是恶作剧。尽管如此，要是看了很不舒服，她得为此多上几堂治疗课的话，说不定可以试试看申请公费报销。

是《尖叫吧，博古拉》吗？不，根本不是——更像是自制的视频。开头是一段抖动的移动镜头，拍的是车窗外的景色，冬日里临近傍晚的暮色。长岛高速上，在往东行驶。玛克欣感到愈发不安了。接着镜头跳切到一个出口指示牌上——啊啊啊！第70号出口，正朝着她不希望它去的地方行驶，噢，现在又跳切到第27号公路，我们正朝着可谓是命中注定的汉普顿斯驶去。谁会厌恶她到给她寄来这种东西的地步呢，除非是马文搞错了地址，当然这样的事从来没有发生过。

看到起码不是去传说中的汉普顿斯，她多少松了口气。她曾在那儿待过相当长的时间，长到几乎是浪费生命。这地方准确说来只能算汉普顿镇郊，这儿的工薪阶层经常愤怒到想杀人，因为他们的生计全靠为富豪名流提供服务，所以绝不能错过任何巴结那些人的机会。此刻映入眼帘的是饱经风霜的屋宅、短叶松、路边商店，既没有灯亮着，也没有挂什么装饰物，所以这儿的冬天在假日季过后想必空落落得很，荒凉景象不知何时是个头。

镜头来到一条泥泞的土路上，路两旁是棚屋和活动屋。接着镜头慢慢靠近一家乍一看像是路边酒吧的地方，因为每扇窗户都有灯光洒出来。人们随意地进进出出，屋里传来欢闹声和音乐声，其中包括“汽车城”疯狂摇滚乐队“埃尔维斯·希特勒”的歌，他们此时正伴着《紫色烟雾》的旋律在唱《绿色田野》的主题曲，这勾起了玛克欣无限的怀旧情绪，她开始觉得他们是特意为她准备的。

摄影机步上门前的台阶进入屋里，挤开一群宴会宾客，穿过两三个房间，房间里扔满了啤酒瓶、伏特加酒瓶、透明的包装纸、不合脚的鞋子、比萨盒和炸鸡罐，再穿过厨房走进一道门，往下走到地下室里，来到一间有着特殊主题的郊区娱乐室里……

地板上铺着床垫，上面罩着一张特大号的山寨安哥拉羊毛床罩，床罩的颜色在录像里看来接近紫色。到处都是镜子，远处的墙角有一台脏兮兮的冰箱，上面有水滴渗出来，冰箱正以磕磕巴巴的韵律发出嗡嗡嗡的声响，仿佛在为眼前的欢闹场面做现场解说。

一个头发中等长度的年轻男子进入镜头里，他除了戴着一顶脏得发亮的棒球帽以外一丝不挂，他把勃起的阴茎对着摄影机。一个女人的声音从镜头外面传来，“告诉他们你叫什么名字吧，宝贝。”

“布鲁诺。”他心怀戒备地说。

一个穿着女牛仔皮靴的天真少女狡黠地咧着嘴笑，她的屁股上方有一个蝎子样的刺青，有段时间没有洗头了，电视机屏幕的亮光映照出她白皙丰腴的胴体，她自我介绍说她叫谢伊。“这位是威斯特彻斯特·威利，跟录像机打个招呼吧，威利。”

在镜头边缘点头打招呼的，是一个身材走样的中年男子。玛克欣根据约翰街给她传真来的人脸相片，认出此人就是维普·埃珀迪尤。她迅速把维普的脸放大，看得出来他的脸上露出无法掩饰的渴慕之情，不过他很快便试着重新调整到一副标准的聚会脸。

一阵阵笑声从楼上传来。布鲁诺拿着丁烷打火机和吸粉烟斗的手伸到镜头里，三个人此时变得柔情默默。

这可不是在拍《朱尔与吉姆》[1]。姑且来看一看它的功与过吧！作为色情片，它肯定有短板：男女主角的水准有待提高，谢伊是个开朗的姑娘，可是大概眼眸周围略显茫然，维普多年没有健身了，而布鲁诺则是个动不动喜欢尖叫的小淫贼，坦白说，他的鸡巴还不够大，不够上镜。不管它带着何种目的，只要一靠近谢伊和维普，两人就摆出厌恶的神情。玛克欣惊讶地发觉，自己对维普这个缺少关爱、莫名地总低声下气的雅皮士有一种有违职业道德的反感。按理讲，如果为了另外两个人，还值得在长岛高速上开几个小时的车从威斯特彻斯特赶来，不是因为迷恋他们的青春，而是迷恋他们青春那唯一显而易见的好处，这种迷恋据说比吸粉上瘾还要难戒，那么，为何不找那些至少会自称知道自己在干吗的小年轻来演呢？

不过，慢着。她意识到这些下意识的反应是长舌妇才有的，比方说，哎呀，维普啊，你不至于沦落到这个地步吧，类似的话。她甚至都不了解他，就已经在对他挑选性伴侣的品位指指点点了。

她的注意力回到镜头上，只见他们一面把衣服重新穿上，一面愉快地聊天。怎么回事？玛克欣确定自己一直很清醒，可似乎没见有男人射精的镜头啊，反倒是在某一刻，录像开始偏离正统的黄片，变成啊啊啊！即兴表演！没错，他们在给自己编台词，说起台词来的样子

1《朱尔与吉姆》是一部法国电影，主要讲的是德国人祖和法国人占是好朋友，他们共同爱上一个女子，并组成3P式婚姻的故事。

能把高中的戏剧老师逼去嗑药。镜头切换到对维普的信用卡的特写，所有的信用卡平摊在那里，仿佛算命先生的占卜道具。玛克欣按下暂停键，倒带再播放，记下能看得清的数字，虽然由于分辨率过低，其中一些数字模糊到无法辨认。三个人对着维普的塑料卡片，上演了一出近似轻歌舞剧的表演。他们把信用卡递来递去，对着每一张说些俏皮话，只有对维普不停地朝他们炫耀的一张黑卡例外，两人见到这张卡犹如少年吸血鬼碰上大蒜头，一脸夸张的恐惧，吓得直哆嗦。玛克欣认出来，那是传说中的美国运通“百夫长”卡，每年你得用它至少刷二十五万美元，要不然会被收回去。

“你们俩不是对钛过敏吧？”维普开玩笑地说，“说说看，你们是害怕里面有芯片，某个卑劣的探测器会触发你们的无声警报器？”

“商场保安吓不倒我，”布鲁诺一点也不像在发牢骚，“我这辈子就没有被那些傻瓜逮住的时候。”

“我就给他们一点小费，”谢伊加了句，“他们喜欢钱。”

谢伊和布鲁诺朝门外走去，维普瘫倒在山寨的安哥拉床罩上。不知他为何如此疲惫，反正不像是事后在愉快地回味的样子。

“去唐格奥特莱斯咯，真他妈的棒。”布鲁诺大喊道。

“要给你带什么吗，维皮？”谢伊回过头对他说，脸上的微笑仿佛在说，“你又在盯着我的屁股看了吧？”

“有时候，”维普喃喃道，“走开是件好事。”

摄影机一直对着维普，直到他愤愤地转过头来不情愿地面对着它。“今晚玩得真不开心，是吧，威利？”摄影机后面的一个声音问道。

“你注意到了。”

“你的表情活像个走投无路的人。”

维普别过目光，点了点头，好不凄苦。玛克欣真纳闷，自己为什么要戒烟呢。那个说话人声，那个声音里有某样东西听起来耳熟。她曾经在电视上听过，或者说听过跟它相近的声音。倒不是某个特定的人的，而是一类人的说话声，没准儿是什么地方的口音……

这盘录像带是打哪儿来的？想让玛克欣知道维普家里情况的某个人，某个强烈反对3P的隐形的格伦迪夫人[1]？还是说，是某个更亲密的人，比如这件事的主犯，甚至有可能是帮着维普瞒报盈利的合伙人。或者是那些满腹怨言的职工中的某一位？除了那句口头禅“就有这么个不登账的世界”之外，拉沃夫教授还会说什么呢？

俗套伤感的事再一次上演——事到如今，维普的风流韵事上仿佛安了一个不怀好意的计时器，没准儿他已经在涂改支票了，妻子和孩子照例完全不知情。结局会皆大欢喜吗？这并不像珠宝窃贼或其他蛊惑人心的恶棍，那些诈骗行为人什么都敢背叛，谁都会出卖，安全边际不断地缩小，终有一天等他们愧疚到无法自已时，就会从生活中狼狈出逃，不然就是犯下无法挽救的蠢事。

“缓发型后CFE综合征，姑娘。为什么你就不能允许周围有至少一两个老实人呢？”

“当然允许，某个地方有，只是我在日常工作里碰不到，不管怎样还是要谢谢你。”

“你太愤世嫉俗了。”

“能说是‘专业’吗？你要是想沉迷于嬉皮思维的话，你就那样做吧。与此同时，维普正漂浮在海上，却没有人通知搜索救援队去救他。”

玛克欣把录像带倒好，然后弹出来，回到真实世界的电视节目里，开始无所事事地一个台一个台地浏览过去，就当是在冥想。不一会儿，她的大拇指按下了公共频道上一档貌似是集体治疗的节目。

“那么——苔法妮，说一说你的幻想吧。”

“我的幻想是我遇见一个男的，我俩走在沙滩上，然后就做爱。”

顿了片刻，“然后呢……”

“也许我又见到他了。”

“就这样？”

---

1 19世纪剧作家托马斯·默顿戏剧中的一个人物，喜欢干涉别人的私生活，是一个假正经的卫道士。

“是啊，这就是我的幻想。”

“好吧，德詹妮弗，你举手了？你的幻想又是什么呢？”

“做爱时我在上面。因为一般他在上面，我的幻想是，换我在上面。”

小组里的女人一个接一个地描述她们的“幻想”，无非就是振动器、按摩油和聚氯乙烯装备这些，没多久就聊完了。玛克欣的反应是，她感到十分震惊。这就是幻想？呵乌安幻，西衣昂想？这些姐妹是患了爱情缺乏症吗，这就是她们能想到的，她们以为自己渴求的浪漫韵事不过如此？在忙着睡前的一系列步骤时，她对着浴室里的镜子好好端详了自己一番。“啊啊啊！”

倒不是因为她今晚的头发或皮肤状况，而是她身上穿的这件尼克斯队的二次色客队球衣，背上印着“**斯普雷维尔8号**”的字样。那甚至不是霍斯特或儿子们送的礼物，不是，实际上是她特地跑去花园[1]排队帮自己买来的，一点儿折扣都没打。当然咯，这么做的理由完全说得过去，她习惯裸睡，睡前又喜欢读一读《时尚》或《芭莎》，经常醒来时还捧着杂志。还有就是她对拉特里尔·斯普雷维尔以及他袭击教练的往事几乎不为人知的痴狂，原因是霍默勒死巴特是我们期待的，而巴特勒死霍默就……[2]

“明摆着的，”此刻她对镜子中的自己说，“你比公共频道上那些草包要好得多了去了。所以说……玛克森因！你的幻想是什么呢？”

哞，泡泡浴？蜡烛，香槟？

“啊——啊？那个河边漫步就算了。行了，我要去用马桶，去吐啊。”

第二天一早，肖恩帮了个大忙。

---

1 指位于纽约曼哈顿中城的麦迪逊广场花园，那里是尼克斯队的主场。

2 美国动画片《辛普森一家》里的两个人物，霍默·辛普森是父亲，儿子巴特非常调皮，经常闯祸惹得霍默生气。

“有这么个……客户。呃，也不算是客户，是我担心的一个人。他碰到了十七八种麻烦，处境很危险，可他却不肯放手。”她简要地概括了下维普的情况，“我几次三番地撞见同样的局面，真叫人沮丧，每回这些软蛋能选择的时候，他们总是押上身体，从来不押灵魂。”

“没什么神秘的，其实相当常见……”他顿了顿，玛克欣等他说下去，可看样子他说完了。

“谢谢，肖恩。我不知道我应该怎么做。以前的我从来不在乎这些事，管他们是死是活，那都是他们应得的。不过最近……”

“说来听听呢。”

“我不喜欢事情就这么发展下去，但我又不乐意向警察告发那人，于是我就想请你帮我出点主意，仅此而已。”

“我知道你是靠什么吃饭的，玛克欣，我知道你的工作里到处都埋了道德绊脚线，我不想去干涉，是吧。好，你听我说。”于是肖恩告诉了她那个“炽热的煤块”的佛教寓言，“有个人在手心里捧着一块炽热的煤块，显然痛得不行。有人路过——‘哇，请问你手里拿的是不是一块很烫的煤块啊？’

“‘嗷，嗷，噢，朋友，是啊，真的很疼，你知道不？’

“‘我能看得出来。可它要是让你这么疼，你为什么还要一直捧着呢？’

“‘没错，咄！因为我需要捧着它，不是吗——啊嗷嗷！’

“‘你是……喜欢疼痛吗？你的脑子不正常？怎么回事？为什么不肯松手？’

“‘好，你仔细看看——难道你看不出来它有多美丽吗？瞧它发光的样子，有好多种颜色呢，啊呃呃，该死……’

“‘可是这样用手捧着，会造成你三度烧伤啊老兄，难道你就不能把它放在什么地方再细细欣赏吗？’

“‘会被人抢走的。’

“如此等等。”

“那么，”玛克欣问，“后来怎么样了？他放手了吗？”

肖恩仔细地盯着她看了一会儿，然后耸耸肩，用佛教徒的精准度说，“他既放手了，又没有放手。”

“嗯哼，我肯定说错了话。”

“嘿，也许是我说错了话。这次留给你的作业是找出我们中谁说错了，说错了什么。”

可是，她被又一个神秘的冲动俘虏了。她应该打电话给阿克塞尔，告诉他维普经常去南福克，然后把她从录像带上抄下来的信用卡号码的片段给他。但先不要操之过急，她提醒自己，且再等等看……

她又放了一遍录像，尤其是维普跟摄影机后面那人的对话，那人的声音就徘徊在她记忆的边缘，真叫人抓狂……

哈！是加拿大口音，明显就是。在生活电影频道，你能听到一点儿，其实是魁北克口音。会不会意味着……

她打通了费利克斯·博因久的手机。他还在城里到处拉风险投资。“有维普·埃珀迪尤的消息吗？”

“不抱希望了。”

“你有他的电话号码吗？”

“有几个，住宅电话、传呼机，永远能打通，就是没人接。”

“方便告诉我吗？”

“没问题。要是你运气好找到他，帮我问问我的支票在哪儿，嗯？”

很接近，相当接近。要是摄影机后面的是费利克斯，是费利克斯给她寄来了录像带，那么，这若不是社会工作者所说的维普发来的求救，就是一个精心策划的圈套，而后一种可能性更大，因为对方是费利克斯。至于这件事怎么会跟在这儿寻找投资商的费利克斯扯上关系的——不着急，且看事态怎么发展吧，不肯说实话的小蠢货。

其中一个电话号码的区号显示它位于威斯特彻斯特，没有人接听，甚至也没有机器应答。还有一个是长岛的号码，她在办公室的地图上找，因为疑心已起而觉得不踏实。果然，号码来自汉普顿斯背面的一个地方，几乎就能确定是谢伊和布鲁诺所住的拍业余黄片的片场，维普经常找借口溜去那里，去另一种不同的人生里恪尽职守。电话里传来一阵响亮而刺耳的电子噪声，有个机器人声跟玛克欣道歉，说该号码已停用。但是，它说话的音调有些古怪，仿佛并非全自动似的，说明这其中另有隐情，也像是在说“你这可怜的白痴”。有一圈多疑的光晕旋转在玛克欣的脑袋周围，并愈加浓厚起来，虽然这不见得是她对局面了如指掌的灵韵。一般情况下，她没有足够多的周转资金能供她去长岛东端扔炸弹可及的区域打探一番，不过此刻她正把雄猫装进包里，另外再多放上一个弹夹，匆匆套上工作装和一件适合穿去海滨小镇的T恤，接着她便去77街上租了辆米色的凯美瑞。车子开上亨利哈德逊公园路，途经跨布朗克斯高速公路到窄颈大桥。在她的右手边，城市高塔仿佛守卫的哨兵，它今天的轮廓像水晶般晶莹剔透。车子开上长岛高速后，玛克欣摇下车窗玻璃，把座位向后倾斜，调整到兜风模式，一路朝东开去。

17

90年代中期，WYNY一夜之间把歌曲编排从乡村音乐换成了经典的迪斯科舞曲，自那以后，这些地区适合驾车听的像模像样的音乐就一直少得可怜。不过，在过了迪克斯山后的某个地方，玛克欣收到了另一个乡村电台，可能来自康涅狄格州，不一会儿，斯莱德·梅·古德奈特[1]和她早期的畅销歌曲《纽约米德尔敦》来了。

我会为你请来，一个唱歌的牛仔女郎，
她带着帽子，还有吉他乐队，
只是要你知道，我一直在这里，
任何时候你需要人帮忙——
　　　　　　　　　　可是你会开始
想，关于那个牛仔女郎，
演出过后她会去什么地方，
　　　　　　　　　　又是同样
绝望的故事，
同样老套又悲伤的结局，

1 品钦虚构的乡村音乐歌手。

忘了吧，亲爱的，我已经知道——

不要告诉我，

怎么

让我伤心欲绝，

谢谢，我不用，

我不需要——刀和叉，

听听

火车的声音……呼啸而过

在没有你的夜晚，

待在纽约米德尔敦。

[接着是一段踏板电吉他的华彩段，它总能抵达并触动玛克欣的内心]

坐在这里，拿着长颈酒瓶，

欣赏着漫

画，在放学后的阳光里，

而影子像故事一样伸展，

关于我们从未做过的事的故事……

从没有

时间去做，去好好停放那辆清风房车，

所以，我们只能

不住地紧张激动，

直到我们

谁也说不出，在具体哪一天

我们对对方没有了感觉。

所以不要告诉我

怎么让我伤心欲绝……

这么一路唱着。到那时，玛克欣已经相当专心地跟着一道唱了，风把眼泪吹进她的耳朵，旁边车道的驾驶员不住地朝她投来目光。

到达第70号出口时大约正午，由于马文送来的录像带里并没有特别注意约迪·德拉·费米纳[1]所谓的捷径，玛克欣不得不凭直觉开车，开了一会儿后离开27号公路，然后按她记忆中录像带里所花的时间那样一直朝前开，直到看见一家名叫“青年休闲吧”的酒吧，门口停着前来享用午餐的小卡车和摩托车。

她走了进去，坐在吧台边，上来一份颇为可疑的沙拉，一瓶PBR[2]长颈啤酒和一个玻璃杯。自动点唱机在播放音乐，播的这类音乐的弦乐改编版是玛克欣在曼哈顿任何一个用餐点都不大可能听得到的。很快，距离三个凳子之遥的一位男士走上前来，自我介绍说他叫兰迪，还说道：“那个，你的挎包有一点倾斜，说明里面装了小型武器，不过我感觉你不怎么像条子，也不是军火贩，这样一来还剩下什么呢，真想知道。”你可以说他像不倒翁，虽然玛克欣的天线把他安置在了带武器的不倒翁小组里，也许并没有随身携带，但肯定放在了某个伸手可及的地方。他蓄着胡须却不常打理，戴了顶红色的棒球帽，上面有某种肉卷模样的标志，棒球帽后面有一束发色渐灰的马尾辫荡在外面。

“嘿，没准儿我就是警察，在秘密查案呢。”

“不对，警察有一种特殊的气质，你一眼就能认出来，尤其是如果你见多识广的话。”

“我想我只是在后场运运球，我应该要道歉吗？”

“要是你来这里找别人的麻烦的话就要道歉。你要找谁呢？”

好。试试看——“谢伊和布鲁诺？”

“哦，他俩啊，嘿，你可以尽管找他们的麻烦。这里的大伙儿都行善积德，但是他俩……你到底要找他们干吗？”

“关于他俩的那个朋友。”

---

1 约迪·德拉·费米纳曾于1999年出版了一本关于汉普顿的书——《约迪的捷径》，书里给出了许多这个地方可以走的乡间僻径。

2 指美国帕布斯特公司生产的蓝带啤酒。

“希望你说的不是威斯特彻斯特·威利？个子不高，喜欢喝比利时啤酒的那位？”

“也许吧。你知道怎么去谢伊和布鲁诺住的地方吗？”

“哦，这么说来……你是保险理财师，对吧？”

“怎么说？”

“那场大火。”

“我只是那个人办公室的会计，他有一阵子没来上班了，什么大火？”

“两三个星期前房子烧掉了，新闻里有专门报道，还启动了所有的应急响应，火焰烧红了半边天，从长岛高速上都能看见大火。”

“那么——”

“烧焦的残骸？没有了，全烧没了。”

“是什么让火烧得那么旺呢？”

“你确定你不是那些犯罪取证实验室的人，就是电视里演的那种。”

“你又在拿我寻开心了。”

“我本来想之后才这么做呢，可你要是——”

“兰迪，要是我现在不是在忙公事的话？”

两人片刻不作声。趁着工作间歇休息的当儿来这儿的同事们努力不要笑得太大声。这儿所有人都认识兰迪，不一会儿，众人便开始幸灾乐祸地讨论谁混得最惨。自从去年技术泡沫破裂以来，这附近在市场上遭遇麻烦的大多数业主就没办法履行合同了。你只能偶尔才听见90年代黄金时期家居装修的回声，而他们不断提到的人名并没有让玛克欣感到惊讶，正是盖布里埃尔·艾斯。

“他的支票还在兑现。”玛克欣猜。兰迪像不倒翁那样喜滋滋地笑着。“只要他肯开。”整修浴室时，兰迪发现张张发货单都拿不到钱。“我欠了这里所有人的钱，跟比萨一般大的花洒，价格高达四位数，从意大利卡拉拉特别订购来的浴缸大理石，专门安装金条纹镜面玻璃的釉工费。”屋里的其他人都说了一个类似的经历。仿佛艾斯在某个时刻命中注定般地邂逅了风云人物唐纳德·特朗普的成本会计师，现在正把有钱人的行事原则运用至各处——付钱给大承包商，对小承包商就不理不睬。

艾斯在这些地方没什么追随者——这在意料之中，玛克欣心想，不过发现屋里所有人一致认同他多半也参与了纵火焚毁布鲁诺和谢伊的家，这倒让她着实吃了一惊。

“有什么联系吗？”玛克欣眯缝着眼，“我一直把他当汉普顿斯人看呢。”

“在城市的另一头[1]，像老鹰乐队唱的那样，汉普顿斯可满足不了他，他想离开灯红酒绿和名车香闺的世界，去某个破旧到要塌的房子，像布鲁诺和谢伊家那样，门窗边框用脚就能踹开。”

“他们以为他们以前就是那样，”一个身穿油漆匠工装裤的年轻女人说道，她没有穿胸罩，裸露的手臂上满是中文刺青，“满脑子白日梦的电脑迷。他们想回到那个时候，重新回到过去。”

“噢，贝特斯达，你真是个荡妇，你说这话就是太帮盖布那小子洗白了。跟做其他事一样，他就是想以最小的代价办成事，就是这样。”

“可是为什么，”玛克欣装出保险理财师的口气，“要把房子烧了呢？”

“他们的名声不太好，据说经常会做出奇怪的举动。也许艾斯被人勒索了。”

玛克欣迅速地扫了一眼视线里的人脸，没有人清楚地了解这件事。

“是房地产业的因果报应吧，”有人提议说，“艾斯要建那种大规模的宅子，就意味着许多小房子要被推倒，算是维持整体平衡吧。”

“那要发生很多纵火案哦，艾迪。”兰迪说。

“这么说来……是座相当壮观的宅邸咯。”玛克西假意问道，“艾斯

1 老鹰乐队的歌曲《撒谎的眼睛》里的一句，这首歌源于老鹰乐队在好莱坞看到很多漂亮的女人嫁给富商后过着空虚迷茫的生活。歌词的大意是年轻貌美的妻子瞒着有钱的丈夫去城市另一头会见情人。

的家？”

“我们管它叫操金汉宫。想去看看吗？我正要顺路去那里呢。”

玛克欣尽量让自己听起来像一个追星族：“我对豪宅完全没有抵抗力啊。可是他们会让我进门吗？”

兰迪拿出一串辨识标签。“大门是自动的，这里有个小的应答器，我总是会多带一个。”

贝特斯达解释道：“我们这里的传统，是如果你眼中的浪漫就是半途被人粗暴地打断，那么那些大宅子可是幽会的好去处哦。”

“《阁楼论坛》做了一整期的专刊呢。”兰迪补充说。

“过来，我们来帮你稍微整理一下。”她们去了女厕，贝特斯达拿出一把刮发刷和一个八盎司罐装的定型水，开始处理玛克欣的头发，“需要把这个发圈松一下，现在你看上去太像博比·凡[1]的手下了。”

当玛克欣从女厕出来时，“老天爷，”兰迪被迷得晕头转向，“我以为是仙妮亚·唐恩呢。”嘿，这话玛克欣爱听。

几分钟过后，兰迪开着一辆F350从停车场出来，车上顶着一个承包商的支架。玛克欣紧随其后，心里嘀咕着这会是个好计划吗。当阴郁的住宅区街道替代“青年休闲吧”出现在后视镜里时，她的疑虑就更重了。那些破败的街道坑坑洼洼的，街上到处是年代久远的小出租屋，街道尽头则是用铁链围起来的停车场。

他们短暂停了下车，去看谢伊、布鲁诺和维普以前住的游戏屋。烧得干干净净。绿色的夏季植物从灰烬中吐出蒸汽来。“这是事故呢，还是人为纵火？”

“你那朋友威利说不准，可谢伊和布鲁诺没什么机灵脑袋，其实要说起来的话还特别蠢呆，所以有可能是有人傻乎乎地放了把火。没准儿就是这么发生的。”

玛克欣在包里翻找数码相机，想拍几张现场照片。兰迪越过她的

---

1 博比·凡是美国音乐剧演员，曾在百老汇出尽风头。

肩膀偷偷瞄到里面的贝雷塔。“哦，我的天。那是把3032吧？用什么样的子弹？”

“六十格令的中空弹，你用什么样的？”

“我喜欢水力冲压弹，博萨公司产的九毫米。”

“棒极了。”

“那么……你不是真的在办公室工作的会计员吧。”

“呃，算是吧。斗篷今天在干洗店清洗呢，我忘了把氨纶纤维的装备带来，不然你就可以看到整体效果了。不管怎么说，你可以把手从我的屁股上拿开了。”

“我的老天，我刚刚真的——”

这跟她寻常的社交日比起来，算是不俗的表现了。

他们继续朝蒙托克角的灯塔开。按理说，人人都爱蒙托克，因为它避开了汉普顿斯的所有缺点。玛克欣小时候来过这里一两次，爬到了灯塔的顶端，住在古尼斯度假村，吃了好多海鲜，伴着海浪声进入梦乡，有什么叫人不喜欢的呢？可现在，当他们在27号公路的最后一段减速行驶时，她只能感受到选择项越来越少——整个长岛都挤在这里，国防工厂、杀气腾腾的车流、共和党永不被宽恕的原罪史、无休无止的郊区开发、延绵数英里的割过草的院子、承包商未开垦的硬地、纤维板和沥青的屋面、寸木不植的地产，所有的人与事都挤来这里，都缩坍到辽阔的大西洋荒野跟前这一块末端的方寸之地上。

他们把车停在灯塔的访客停车场里。这儿到处都是带孩子来玩的游客，如同玛克欣的青涩过往。“我们在这里等一会儿，有视频监控呢。把你的车留在停车场里，我们假装是情人来幽会，一起开我的车离开吧，那样的话艾斯的安保人员不怎么会起疑心。”

玛克欣觉得有道理，虽然也不能排除这是他故意使出来的诡计。他们再次驶出停车场，顺着环形路开上老蒙托克公路，不一会儿便向右拐上海岸大炮路，朝内陆开去。

盖布里埃尔·艾斯那来路不明的避暑胜地原来是一座中规中矩的

十居室寓所，房产经纪人喜欢称之为“后现代”楼房，窗户和框架上有圆圈和圆圈片，房子采用开放式设计，里面充溢着那种怪异的横向海滨光亮，在南福克还是真实的存在那会儿，把艺术家吸引来了这里。必不可少的“好础绿”网球场[1]，喷浆游泳池（虽然它在技术层面达到了“奥林匹克”的规模，却似乎更像是为了赛艇比赛而不是游泳项目而打造的），还有一间小木屋，在许多上岛的小镇上，比如玛克欣能想到的塞奥瑟，这木屋够得上做家庭住宅了。从树丛的顶端伸出来一个巨型的旧式雷达天线，还是对抗苏联的核恐惧时代遗留下来的，很快就会变成州立公园的一处景点。

艾斯的宅子里挤满了承包商，到处闻起来都是黏合剂和锯木屑的味道。兰迪拎起一个装了咖啡的纸盒，一包勾缝剂，摆出一副有事要忙的样子，假装来处理浴室的什么问题。玛克欣装作是跟他一道来的。

这里怎么可能会有秘密？免下车厨房，最先进的放映室，所有东西都是开放式的，墙壁里没有通道，也没有暗门，一切都还是崭新的。如此的门面后面会藏着什么呢，假如一路到底都是掩盖真相的障眼物？

最后他们来到了下面的酒窖里，看来酒窖才是兰迪此行的目的地。

“兰迪，你不是要——”

“我想我不喝的话可以拿去易趣网上卖，换些美元用用，也算是收回我的一部分钱。”

兰迪拎起一瓶波尔多白葡萄酒，看着上面的标签直摇头，然后又放了回去。“狗娘养的蠢蛋，偏偏就存了一架子的1991年的货。说句公道话，我想就连我老婆也不喝这鬼东西。慢着，这是什么？好啊，也许我可以用它来做菜。”他来到红葡萄酒那儿，嘴里念念叨叨的，掸掉酒瓶上的灰尘，然后开始偷酒，一直偷到他的衣服外口袋和玛克欣的托特包装得满满当当，“我去把这些藏在卡车里，没有落下什么吧？”

1“好础绿”是一种红土网球场，便于日常维护，且对人们的健康有诸多好处。

“我再到处看看，一会儿外面见。”

“留心那些保安，他们不总是穿制服。”

吸引她眼球的既不是佳酿的年份，也不是名号，而是那头一个角落里一扇幽暗到几乎看不见的门，门旁边还有一个按键盘。

等兰迪一出去，她便拿出她的斐来仕记事本，这年头斐来仕记事本已经演变为一个装满活页纸的昂贵文件夹。她在昏暗的光线下找一张写有hashslingrz密码的列表，那是艾瑞克在深网里调查时找到的，经由雷吉转交到她手里。她记得有一些还标记为重要密码。果然不出所料，手指轻轻舞动两三下，电机就呜呜地响了，然后门闩嘎嘣开了。

玛克欣并不认为自己特别胆小，她曾经戴着不该戴的首饰去参加资金募集活动，在异国他乡开租来的车，连车上的变速杆要怎么用都不熟悉，跟收账人、军火交易商、如疯狗般乱吠的共和党人起争执时总能获胜，并且身心都没怎么迟疑。然而，此时当她跨过这道门时，有趣的问题出现了：玛克欣，你是不是脑子出问题了？几百年来，人们一直努力向女孩子灌输“蓝胡子公爵的城堡”的故事，可她呢，此刻又一次无视那些明智的忠告。前面某个地方藏着一个神秘莫测、匪夷所思的密室，宿命般地误闯入内就是她当初被踢出那个行业的原因，没准儿某一天也会这样断送了她的性命。在上面的世界里，正值一个阳光灿烂的夏日晌午，屋檐下有鸟儿，花园里有黄蜂，还有松树的清香。在下面却好冷，她感觉到有一股冰凉的寒意袭来，一直冷到脚趾尖。并不是艾斯不想她来这里这么简单。她明白这是她最不该跨过的那道门，可并不清楚理由是什么。

她发现有一条长长的走道，有人来清扫过，没有摆什么装饰品，每两盏投射灯之间隔开一段长长的距离，留下了一些不该有的阴暗处。走道通往——除非她不知怎的转过了身——那个大型雷达天线所在的荒弃的空军基地。不管跨过防护栏来到走道另一头会碰见什么，既然盖布里埃尔·艾斯去那里的通道要紧到要用一个重要的密码来保护，那么这多半不是某个富商单纯的嗜好那么简单。

她小心翼翼地挪进去，擅闯者的定时器在她的脑子里安静地一闪一闪。走道上有一些门紧紧关着，还上了锁，有一些开着，门后的房间空荡荡的，浸透着寒意，打理得甚为怪异，仿佛令人不快的陈年旧事可以以某种方式被安抚，然后保存几十年。当然，除非这只是闲人莫入的办公场所，是艾瑞克在调查的hashslingrz的黑暗档案馆的有形载体。这里闻起来有一股漂白剂的味道，仿佛最近做过消毒处理。地板是混凝土的，管道通往安装在低位的下水道。头顶上方悬着钢梁，钢梁的配件有哪些功用，她要么不知道，要么也不想去弄明白。除了灰色的福米卡办公桌和折叠椅之外没有其他家具。有几个二百二十伏特的壁式插座，但没见有大型电器的影子。

莫非喷发剂神奇地把她的大脑变成了天线？她开始听见窸窸窣窣的低语声，很快又分解为类似无线电通信——她四处寻找说话的人，却哪里也找不到，可空气里越来越充溢着各种数字和北约的注音字母，包括威士忌、探戈、狐步舞，还有被无线电干扰所扭曲的冷酷无情的说话声，串音和一阵阵太阳射电的噪声……时不时还冒出一个英语短语来，只是她从来都来不及听清楚是什么。

她来到一段楼梯井前，此处能下行至更深的终碛，深得一眼望不见底。她的坐标突然转过了九十度，以至于她无法判断此刻自己是在垂直地往下注视着深不可测的平面呢，还是径直朝前望向另一条长长的走道。这种感觉只持续了一个心跳的时间，可难道非得要很长时间才行吗？她想象着，有人曾设想过冷战的亡灵在底下那里获得救赎，那个地方战战兢兢地蜷居于美国的这一个死角旮旯，这是源自对无情深处的信仰，亦是出于虔诚的信心，相信有一小撮幸运之人会存活下来，击败世界末日，揖入“虚无”……

哦，真该死，这是什么——当她爬到下一个楼梯平台时，有东西摆好了姿势想伺机行动，它在抖动，在抬头看她……光线这么暗，不好判断，她希望这只是她的幻觉，这东西有生命，可是又太小了，不会是安保人员……不是护卫犬之类的……不是……会是个孩子吗？它穿着童装大小的工作服，此刻正以谨慎又极具杀伤力的优雅姿态接近她，仿佛生出了翅翼般腾空而起，它的双眼在幽暗中无比明亮、无比苍白，几乎是惨白的……

她大脑中的定时器突然停了，发出急促的叮叮声。不知怎的，现在去掏贝雷塔不会是个明智的做法。“好吧，飞人乔丹鞋——看你的了！”她转过身，沿走道飞奔回去，穿过她原本就不该打开的那道门，回到酒窖时，发现兰迪正在找她。

“你没事吧？”

要看你怎么界定没事了。“这瓶沃恩——罗曼尼，我刚刚在想……”

“年份没什么要紧的，带上它，我们走。”身为偷酒贼，兰迪突然间表现得不那么老练了。他们匆匆爬上卡车，朝来时的路疾驰而去。在到达灯塔前的一路上，兰迪一声不吭，仿佛他也在艾斯的宅子里瞅见了什么。

“听着，你去过扬克斯吗？我夫人的娘家在那里，有时候我会去那里一家叫‘识别力’的小妇人靶场练射击——”

“‘永远欢迎男同胞’，还用说嘛，我知道那里，其实我还是会员呢。”

“那好，也许什么时候会在那里碰见你？”

“非常期待，兰迪。”

“别忘了你的勃艮第。”

“唔……之前你说到因果报应，也许还是你拿的好，你拿走吧。”

她没有立刻踩油门离开，不过也没有慢悠悠地消磨时间，至少在开到石溪前，她一直朝后视镜投去焦灼的目光。继续开吧，四轮车，继续开。真是白跑了一趟。维普·埃珀迪尤最后一个为人所知的住处已经被烧为灰烬，盖布里埃尔·艾斯的豪宅虽然阔气，却也不足为奇，除了有一条神秘的走廊和走廊里某样即使她看见了也不想知道那是什么的东西以外。所以……说不定她可以报销一部分费用，中等量的日工资率，信用卡折扣，一箱油，一美元二十五美分一加仑，看看他们愿不愿意付一美元五十美分……

就在乡村电台快要收不到信号前，德鲁令·弗洛伊德·沃玛克的经典歌曲来了，

喔，我的脑袋，它
近来开始抽痛，
时不时地，它还
呃，扭动到痛……
　　　　　它
抢走了我夜里珍贵的睡眠，
因为它在抽痛
扭动到痛，为了你。
［女生伴唱］为什么它要
抽动到痛？为什么它要
抽痛，我好想知道？
［弗洛伊德］呃，请告诉我，它快要
把我逼疯……
有没有可能，
我中了什么邪咒？哦
安静会吧，你这扭动
呃，抽痛的脑袋……

当晚，她梦见了寻常的曼哈顿，虽然不见得就是她在梦里常去的那一个。在梦里，假如你沿着任何一条大道走到足够远，熟悉的城市网格就开始消散，变得东歪西斜，与郊区的交通干线交错在一起，最后，她来到一个主题购物中心。她清楚，这个购物中心是被故意设计

成像经历了一场恐怖的第三次世界大战后的模样：焦黑的残骸，遍地疮痍，荒弃的破屋和烧毁的混凝土地基被置于一个天然的圆形露天看台上，如此一来，两三层的商店便高耸在一个相当陡峭的斜坡上，四目所及尽是凄惨的铁锈色和深褐色。然而，就在这些精心布置得落败不堪的户外咖啡店里，坐着前来购物的雅皮士，他们在室外愉快地啜饮着一杯杯茶，再点一份塞满了芝麻菜和山羊乳酪的雅皮士三明治，与他们在伍德柏瑞奥特莱斯或帕拉默斯的行为并无二致。按理说，她是来这里跟海蒂碰头的，可突然间发现自己身处黄昏时分的一条小路上，在穿越某个小树林。灯光在前头一闪一闪。她闻到有强烈毒性的气味，是塑料吗，还是药物实验室的设备，谁能晓得？来到小路的拐弯处，那是维普·埃珀迪尤录像带里的房子，房子着火了——呈螺旋状卷扬的黑烟，在橙红刺目的火焰的锤击下，正朝天空升腾而去，化入星光暗淡的夜色里。没有邻居凑来看热闹，远处也没有越来越响的警笛声，没有人赶来灭火，或是来救还在屋里的人，屋里的人不是维普，这次莫名其妙地变成了莱斯特·特雷普斯。玛克欣站在朦胧的光线下浑身乏力，思索着她有哪些办法，又有哪些责任。火烧得很旺，大有要摧毁一切的气势，温度高到常人无法靠近。即使隔着这么远，她也能感觉到快要呼吸不过来了。为什么是莱斯特呢？她带着这种焦急的心情醒来，明白她得做点什么，却不知道该做什么。

日子同往常一样朝她扑面而来。很快，她就为了逃税案、幻想大捞一票的贪婪小能手和看不懂的电子表格而忙到不可开交。大约到了午餐时间，海蒂把头探了进来。

“我正好有问题想请教流行文化专家呢。”她们来到街角的一家熟食店准备随便吃一点沙拉。“海蒂，再跟我说说那个蒙托克计划吧。”

“从80年代起就存在了，现在已经进入了美国的方言。明年，他们会把老空军基地向游客开放，已经有公司在运营旅游巴士了。”

“什么？”

“凡事都以被搬上百老汇音乐剧舞台而结束，换种形式而已。”

“那么你是说，再没有人会认真对待蒙托克计划咯？”

海蒂故作夸张地叹了口气。“玛克西，一本正经的玛克西，你还是凡事喜欢辩一辩啊。这些都市神话没准儿很吸引人，它们把四处搜集来的零零落落的怪事拼在一起，过了一段时间，就没有人会关注这些都市传说然后从头到尾都相信的，它们太没有条理了。但我们还是会挑出有趣的部分，老天爷当然不会允许我们被人糊弄，我们太了解内情了，不至于相信那一套，可是也并没有最终的证据证明其中一些不是真的啊。支持派和反对派，全都倒退到去网络上争辩，越争越激烈，越争越来劲，一条条线索只会通往迷宫的更深处。”

玛克欣突然想到，开发成旅游景点也未必就意味着祛除毒性了。她认识一些夏天去波兰参加纳粹死亡营旅游项目的游客。车上有免费赠送的波兰疯狗[1]。在蒙托克那儿，地表的每一寸土地上都有可能挤满前来找乐子的游客，而在他们游乐的双脚之下，不管地底下在忙什么，不管艾斯的隧道通往哪里，它们都将照常进行。

“你要是不吃那个……”

“你尽管吃吧，海蒂，尽情享用。我没有我想的那么饿。”

1 波兰疯狗（Polish Mad Dog）是一种曾在华沙风靡一时的饮料，由伏特加、树莓糖浆和辣椒酱调合而成。此处有双关的用意。

18

傍晚时分，天空逐渐蓄积起一抹耀眼的黄色。河对岸有情况要发生。玛克欣打开大苹果城的新闻交通和天气广播台WYUP，在一连串一个比一个更不堪入耳的快嘴皮子广告过后，熟悉的电传打字主题乐和一个男人的声音出现了，“给我们三十二分钟——概不退还。”

一位新闻女主播开始播报新闻，她的语气相对内容而言似乎过于俏皮了些，“今天，上西区一处高档公寓楼里发现了一具尸体，被证实是莱斯特·特雷普斯，他是硅巷一位小有名气的企业家……这是一例明显的自杀案，虽然警方称尚不能排除谋杀的可能。”

“同时，被人从皇后区的垃圾箱里救出来的一周大的阿什莉宝宝目前状况良好，据——”

“不，”换成是更年长、更冲动一些的人可能会冲着广播大喊，“去你妈的，才不会呢，你这个蠢娘们，不会是莱斯特。”她才跟他谈过，他应该还活着的。

她见识过贪污犯悔改的主要过程，无非是泪汪汪地接受记者采访，侧眼投来“我真该死”的目光，突然神经疼痛发作，而莱斯特呢，他曾经是那稀有品种的一员，他在努力把拿走的还回去，努力做一个问心无愧的人，像他这样的人很少会自行了断……

还剩下哪些可能？玛克欣感觉到沿着下颌轮廓有一阵不舒服的、

针扎似的疼痛。此刻她匆匆想到的结论看上去都不怎么好。德塞雷特？该死的德塞雷特？难道把莱斯特拖到清溪杀掉然后弃尸于垃圾填埋场有那么难吗？

她不自觉地朝车窗外张望。暴风雨来临前，光线亮晶晶的，仿佛已经在渐渐落下黑幕的夜里淋湿了。她的目光越过车顶的轮廓、通风窗、天窗、水箱和飞檐，再沿着街道望向那高高耸立在百老汇大道上的、被人下了诅咒的德塞雷特，有一两户因为暴风雨而紧张的人家已经点亮了灯。隔着这些距离看，德塞雷特的石材建筑似乎不太容易洗干净，它投下的阴影又太多，多到无法穿透。

她开始疯狂地责怪自己。因为她发现了艾斯的隧道，可一碰上有东西要接近她扭头就跑。现在是艾斯来报复了，她被盯上了。

那天晚上发生的一幕也没有帮上多大的忙。当时天空正下着雨，她在外面，瞅见莱斯特·特雷普斯在街对面，正朝百老汇大道和79街交叉路口的地铁走下去，同行的是一位年轻的金发美女。显然，这位金发女郎是莱斯特的助手，他俩因处理业务之故，公开露面有一段时日了，现在，她要把他重新藏到下面。玛克欣快速奔过去，穿越城里最危险的十字路口，可等她穿过凶神恶煞的司机们组成的不经意间溅起一波波脏水的移动障碍通道，来到地铁站台时，莱斯特和金发美女已经四处不见了踪影。当然，在纽约城里看见一张你认识的脸，不消说它是一张不在人世的人的脸，这本不稀奇，有时候，那张脸正好瞧见你在盯着它看，它说不定还能认出你是谁，但百分之九十九的情况是你们俩互不相识。

在经历了不时被碎梦打断的难眠之夜后，第二天早上，她出现在了同肖恩的会面上，状态不太对劲。"'莱斯特？'我当时差一点就这么愚蠢地朝街对面喊了，按理说你不是死了嘛。"

"首先要怀疑，"肖恩建议道，"你是不是记错了？"

"没有，呃，呃。这可是莱斯特，不是别人。"

"嗯……我想有时候是会这样。像你等未开悟的普通人，没有特殊的才能，啥也没有，会跟一个修炼多年的大师一样看透所有的幻觉？他们能看见真正的人，在禅宗里叫'原初之脸'，也许之后他们再把它跟更熟悉的脸联系起来？"

"肖恩，你的话很管用，谢谢，可是假如当时真的是莱斯特呢？"

"嗯哼，那么当时他是以芭蕾舞第三脚位在走路吗？"

"这不是开玩笑，肖恩，那人——"

"什么？死了？没死？出现在WYUP的新闻里？跟某个身份不明的美女上了地铁？你确定吗？"

在他贴到城里每一台卖报纸的机器上的广告里，肖恩承诺说"保证不使用香板"，香板是曹洞宗的禅师用来督促人集中注意力的木制"警策法器"。所以肖恩不会打人，而是用言语来伤人。玛克欣从他的辅导课上出来，感觉就跟沙奎尔·奥尼尔打了场人盯人的防守似的。

在外面的办公室里，她发现有一个客户在等，此人身穿浅灰色的西装，淡紫红色的衬衫，领带和搭配的方巾都是深紫色的。有那么一瞬间，她以为碰见了艾力克斯·崔贝克。肖恩把头探出来，满脸的殷勤好客。"玛克欣，这位是康克林·斯皮德韦尔，有朝一日，你会觉得是命运让你们相遇的，而其实只是我在多管闲事而已。"

"原谅我打断了你们的会面。"玛克欣跟他握了握手，留意到这一握可谓是不在他的日程安排之内，这种情况他在城里很少能碰上。

"有空请我吃饭。"

莱斯特的事暂且放一放，他可以等。他如今可是这世上最有时间的人。她假装看了看手表。"就今天如何？"

"择日不如撞日。"

没问题。"你知道这条街上有家达佛涅和维尔玛餐馆吗？"

"那还用说，那里的气味动态不错。下午一点见怎么样？"

气味什么？原来康克林是自由职业的专业气味嗅辨师，他生来就拥有比我们正常人精准得多的嗅觉。他为人津津乐道的逸事，是他曾循着一缕有趣的味痕，追踪了几十个街区，最后发现味源在一个牙医从古溪来的太太身上。他相信，任何人参加宴会，或是去宴会路上搭电梯，要是用了不合适的香水，那将是所有人的地狱。他从没见过的狗满眼疑惑地来到他跟前。“这天赋是好是坏不好说，有时候会惹祸上身。”

“那么说来听听呢，我今天用了什么香水？”

他已经面带微笑，轻轻地摇晃着脑袋，避免跟她眼神交流。玛克欣明白，不管这种天赋有多本事，他都不是四处招摇卖弄之人。

“仔细一想……”

“太晚了。”他故作姿态地操纵着自己的嗅觉，仿佛在清空鼻腔，“行了——首先，这种香味来自佛罗伦萨……”

呃哦。

“诺维拉圣玛利亚药局，你用的是他们独创的美第奇制剂，1611号。”

玛克欣意识到她的嘴巴比她心想的多张开了几毫米，“别告诉我你是怎么做到的，别，就跟纸牌戏法一样，我不想知道。”

“其实，我很少碰到那么多用药局香水的人。”

“用这香水的人比你想的要多。你漫步走进这家精美的高穹顶老店，里面弥漫的全是这些香味，即使去过佛罗伦萨百来次的人也从来没有听说过这家店，你开始想，也许这是你自己的秘密发现——然后突然间，购物者的噩梦出现了，城里所有人都在用。”

“那些连花香与西普香水都分不清的人，”康克林用同情的口气说，“能把你逼疯。”

“那么……当气味嗅辨师……这工作不错吧，收入高吗？”

“这个嘛，大部分的活儿来自大公司，我们都是从一家公司跳到另一家，没过多久，你就开始发现公司之间在相互转手、重组，就跟经典的香味一样，接着你又回到了大街上。这么多年，我从来没有想过，这没准儿就是我俩共同的精神导师所说的从那边递来的讯息。‘谁是那没有品阶的人，谁从面庞的门户进进出出？’他是这么说的。”

“他也告诉了我同样的话。”

“‘门户’的意思照理应该是眼睛，不过我立即想到了鼻孔，这公案说的完全正确，给了我一些思考的空间，如今我是自由职业者，我的新客户候选名单排了大约六个月，这要比随便哪家公司的活儿持续的时间都长。”

“那么肖恩……”

“他时不时会给我介绍客户，拿一小笔提成，足够买他的艾罗花了，他用艾罗花泡澡。见怪不怪了。”

“那是你们在嗅辨行业。你们有自己的香水生产线呢，还是……？”

他看上去很难为情。“更像是一家调查机构吧。”

啊！！“私家嗅辨师。”

“情况还要更糟，我的业务有百分之九十跟夫妻生活有关。”

还能跟什么有关？“我的老天。那样……的活儿要怎么干？”

“哦，他们来找我，说‘闻闻我老公，我老婆，告诉我他们跟谁在一块儿的，他们午餐吃了什么，喝了多少酒，他们有没有嗑药，有没有口交——’这些貌似是问得最多的问题——像这类问题。而情况是，凡事都有个先来后到，每一种迹象都堆在前一种上面，你可以列出一个时间表来。”

“好奇怪”——这么跟他说合适吗？——“我碰到一个状况……你介不介意我用一下你的——我换一种说法吧，你们这些嗅辨师能不能去犯罪现场看一下，像警界通灵师那样，去闻一闻，然后重新拼出案发经过？”

“当然可以，嗅辨法医嘛。莫斯科维茨、德·安佐利，还有两三个其他的人，他们主要从事那方面的工作。”

“你呢？”

康克林歪着脑袋，玛克欣不得不说他那个姿势很有魅力，他顿了一会儿。“我和警察……你用鼻子扫嗅一番，那些人就多疑起来，他们以为也许你也在闻他们的气味，把所有那些个深藏的警界秘密都闻了去。所以我跟他们之间总是会产生矛盾。”

“这对莫斯科维茨和其他人来说从来就不是问题吗？”

“莫斯科维茨是诈骗特别行动小组的授勋老兵，德·安佐利有犯罪学的博士学位，他有家人也从事这样的工作，有信任的文化吧。我呢，我还是做独立人士更自在。”

“哦，我能体会。”她转过脸，扫视了房间一番，然后眼珠子滴溜溜地转到一旁斜眼看着他，“除非你也已经闻出来了？”

“好比说有某种恶名远扬的费洛蒙，随时会启动——慢着，话说回来，你不会以为——”

玛克欣露出爽朗的笑容，啜了一口她的顿悟牌有机竹茶。“你这鼻子，想必没少把约会搞得很复杂吧。”

“这也是我一般会闭口不谈这方面的原因。肖恩想要撮合我时例外。”

他们互相看了一眼。在过去的一年里，玛克欣跟恋帽癖者、当冲客、撞球高手、私募基金能人出去约过会，很少会因为再见到他们中的任何一个而感到紧张。此刻呢，虽然晚了那么一小会儿，她还是记得查看了下康克林的左手，发现他的左手跟她的一样，没有戴戒指。

她观察他时正好被他撞见。“我也忘了看一下你的手指。我俩弱爆了，是吧。”康克林有一儿一女在读中学，他们周末会来看望他，而今天是星期五。“我是说，他们有钥匙，不过他们来时我通常都在家。”

“是啊，我也得立刻赶回去了。给你这个，我的家庭、办公室和传呼机号码。”

“这是我的，要是你真心想找人看犯罪现场，我可以帮你介绍莫斯科维茨或……”

“要是你愿意去就更好了。”她停顿了一个半心跳的时间，“在这件案子上，我尽量不想跟纽约警署有过多的牵扯。他们通常对市民捣鼓他们的——抱歉，我是说过问他们的警署事务不太受欢迎。”

于是，他们约了一天中午一起在德塞雷特的游泳池见面，按康克林的说法，经过科学证实，人类的嗅觉平均在上午十一点四十五分达到峰值。玛克欣用了某种中程距的翠丝麦依香水，反正很容易清洗掉，所以就算康克林又猜对的话，也不至于让她过于崩溃。

康克林看上去身材健硕，是经常游泳的体格。今天，他穿了一件高档商品目录册上选登的泳衣，只是大了两三个号。玛克欣忍住不让自己的眉毛胡乱评价。她原先还期待他说不定会穿速比涛的丁字泳裤？她偷偷地瞄了一眼他丁丁的大小，同时也很好奇，不知他见她今天这身装束会有什么反应。她的泳衣可是花了大价钱用小黑裙重新剪裁而来的，不是那些邮寄来或多或少穿一次就扔的泳衣，那些泳衣上的印花图案最好想都别去想……嘿嘿，勃起了。不是吗？

“那个，呃……”

“噢，我刚刚在找，呃，我的泳镜。”

“在你的头上？”

“没错。”

从外观上看，德塞雷特的游泳池大概是城里年代最悠久的。你朝顶上看，可以看到一个由早年的某种半透明塑料制成的巨大分段式圆顶，直蹿入含氯味道的薄雾中。构成圆屋顶的每一块塑料都是呈泪珠状的凹面体，由古铜色的带槽铅条分隔开——白天的时候，不管太阳入射角是多少，都能照射进同等量的铜绿色光线，当夜幕降临时，圆屋顶的表面就越来越遥远，越来越模糊，在泳池关门前消失在了冬日般的晦暗中。

泳池的工作人员华金在当班。他平日里是个话匣子，但今天在玛克欣看来有一点你可以说是不愿意多谈的样子。

“关于他们发现的尸体，你还听说了些什么吗？”

“跟其他人听到的一样，也就是什么也没听到。就算是看门人，就连清厕工弗格斯那个八卦通，也什么都不知道。警察来了又走了，现在大伙儿都吓坏了，是吧？”

“我听说死者不是这里的租客。”

“我不过问。”

“肯定有人知道些什么。”

“这里的人都装聋作哑，这是楼里的规定。抱歉，玛克欣。”

玛克欣和康克林象征性地游了两三圈后，佯装去各自的更衣室，然后重又碰头，偷偷溜进一个外人莫入的楼梯井。不一会儿，两人便来到了游泳池的下面，衣服半裹在身上，穿着人字拖啪嗒啪嗒地穿行于幽暗与神秘的十三楼。这一层楼没有楼层编号，永远笼罩在一场即将发生的灾难的阴影里，要是上帝容许泳池裂开一道口子，那么它将是一个时常面临被淹没的、危险的缓冲空间。泳池用混凝土建成，采用当时最先进的工艺，免受法规的约束，要是放在今天，它铁定犯了好几起违例。从如今的角度看，它明显就是一部布局精致的私密史：贿赂承包商、质检员、许可证签署人、奸诈的管理员，而那些人早已跑得远远的，就巴望着诉讼时效一过发一场大洪水。嘎吱作响的底架、20世纪初的桁架结构和支撑系统，还有形形色色的动物，老鼠可能是其中最不劳人操心的了。室内唯一的光亮是从泳池的防水观测窗照进来的，每扇观测窗都镶嵌在独立的观景隔间里，像极了拱廊里的西洋景。据早年的一本地产宣传册上说，“游泳艺术爱好者不必亲自潜入水底，就能获得关于人类形体不受重力限制的极具启发性的视角”。从泳池上方照进来的阳光经过水和观测窗的折射，等照到下面的漆黑平面上时，就显现出一种怪异罕见的蓝绿色。

警方是在这些小隔间中的一间发现莱斯特的尸体支在那儿，仿佛在凝视着泳池。起初留意到的是一个来游泳的人，等那人再游两三圈回来定睛一看，哎妈呀，吓死了。据报纸上的报道称，一把刀片被用力地捅进了莱斯特的头颅里，显然不是徒手捅的，因为还有些微浓烈的气味从莱斯特的前额溢出来。刀把不见了，说明用的是弹簧推动的弹道刀片，这种刀片在美国从1986年起就被列为非法，不过据说它是俄罗斯特种部队的标配。《邮报》偏爱报道这类故事，于它而言，冷战依旧能释放出柔和的怀旧光辉，于是人们开始尖叫，克格勃暗杀小组在城里四处猖獗之类的故事能连载大半个星期。

玛克欣一见新闻标题《上弹道！》，就拨通了罗基·斯拉杰亚特的电话。“你在特种部队的哥们伊戈尔·达什科夫，他会不会碰巧知道些什么？”

“已经问过他了。他说那种刀片纯属都市神话，他在特种部队待了一辈子也从来没瞧见过一把。”

“我不是问这个，不过——”

“嘿。不能排除是俄罗斯人干的。另外……”

没错，也不能排除有人故意设局，让它看上去像是俄罗斯人干的。

与此同时，这里的犯罪现场被人仔细地翻腾过。到处都是黄色胶带、粉笔标记，还有丢弃的塑料证物袋、烟屁股和快餐包装盒。穿过一层背景薄雾，包括警察用的须后水、香烟烟雾、邻近酒馆飘来的胃部气味、犯罪实验室的溶剂、指纹粉、鲁米诺——

“慢着，你能闻出鲁米诺来？按理说它不是没有气味的吗？”

“不是，闻到了铅笔屑、木槿、二号柴油、蛋黄酱——”

“打断一下，你那是红酒鉴赏家的说话调调啊。”

“哎呀……”

不管怎么说，康克林把其他气味过滤后，便进入了曾经缭绕在尸体周围的核心气味群，从他们的专业角度来看，这些气味依然存在，现在之所以难以辨别，乃是因为法庭取证嗅辨师喜欢称为遗容面模的东西，也就是说，尸体腐烂时散发出的吲哚会盖住所有其他种类的气味。当然，有鉴别技术可以解决这个问题。你可以去新泽西参加整个周末都在那儿偷偷举办的研讨会，有时候，这些课程确有实用价值，有时不过是

80年代流传下来的新世纪官样文章而已，那些领头的大佬们觉得要继续发展这些理论不容易，所以就允许满怀希望前来的与会者往他们各自财产账户的下水道里再冲走一百三十九美元九十五美分外加税费。其中一半是税务局批准的，但通常来说，他们会隐约觉得研讨会令人失望。

“随便抓一些，来——”康克林从他的随身装备里掏出几个耐用的塑料袋，一台袖珍装置和一个塑料配件。

“那是什么？”

“空气取样泵——很可爱是吧？用的是蓄电池。只要装两三升空气就行。”

一直等到两人从不知是客梯还是货梯里出来，来到大街上，喧闹肮脏又无知的大街上，玛克欣才问：“那么……你在上面闻到什么了吗？”

“没有特别不寻常的气味，除了……在纽约警署的人到达前，在硝烟出来前，有一种气味，也许是古龙香水，我一时半会儿识别不出来，广告里有过，没准儿是几年前的一个广告……”

“有人在现场。”

他从片刻的思虑中回过神来，“我想是时候去图书馆查查了。”

图书馆原来指的是康克林自己从各处广泛收集来的复古香水藏品，被他安放在雀儿喜的陋室里。一进那里，玛克欣首先留意到的是一台锃亮的黑色仪器，放在一些大到夸张的蕨类植物中央的电池充电器上。由于有机器放在中间，植物大概发生了变异。仪器以多种调子嗡嗡地低声哼着，红色和绿色的发光二极管朝四处发着光，闪个不停。仪器还有一个克林特·伊斯特伍德大小的手枪式握把和一个长长的排放喷嘴。仿佛一个怪物躲在灌木叶里瞪着她。

“这是嗅光，”康克林介绍他俩认识，“也叫嗅觉激光器。”他继续解释给她听，气味跟声音或光一样，可以被看成它们仿佛具有周期性的波形。在日常生活里，人类的鼻子一股脑儿地接收到各式各样的气味，如同眼睛接收到非相关光的各种频率一样。“这台嗅光可以把这些分解成不同部分的‘气味’，把每一种气味和其他的隔离开，并放置在相位中，让它‘聚合’，然后根据需要放大。”

听起来有点儿像西海岸的风格，虽然这台仪器看上去已经足够吓人了。“这是武器吗？它……它危险吗？”

“同样的道理，”康克林推测说，“闻纯玫瑰精油会把你的脑袋变成一团红果冻。一定不要跟嗅光较劲。”

“你能把它，比方说，设定在‘昏迷状态’吗？”

“如果我非用它不可，那说明我已经犯错了。”他走到一组玻璃橱窗前，里面满是各种定制的和量产的烧瓶与喷雾器，“这种气味——我无法立刻敲定，与其说它像清新的肥皂味，不如说像消毒剂味，不像烟草味，倒更像烟屁股的臭味。说不定是某种灵猫香，但又不是古来斯。也像是动物的尿骚味。”在玛克欣听来这些话仿佛魔术师的顺口溜。康克林打开一扇橱窗门，伸手去够一个四盎司的喷雾瓶，把瓶放在离鼻子一英尺处，然后没有按柱塞便在轻轻地吸气。“天哪，是的，就是这个。你看。”

“‘9：30’，”玛克欣念出瓶子标签上的字，“‘男士古龙香水。’慢着，这是华府那家9：30俱乐部吗？”

“是同一个地方，不过它现在不在F街上那个老地方了，卖这种香水时它还在那里，80年代末那会儿。”

“有些年代了，这肯定是城里最后一瓶了。”

“你永远没法知道。即使像这样的试用装很快就用完了，仍然会有几千加仑的原包装香水，等着被香味收藏家、怀旧人士，还有顽固守旧的朋克摇滚乐手，也不能排除精神失常的人去发现。原生产厂商被人收购了，如果我记得没错的话，9：30当时被重新授权了。所以我们还剩下二级市场、折扣店、行业报纸上的广告、易趣网可以找。”

“这个有多重要呢？”

“这里困扰我的是时间先后——那气味太接近硝烟味了，不可能跟案情没有关联。要是他们找贾伯林·杰·莫斯科维茨处理这件案子，那么他已经知道了其中的关联，也就是说，纽约警署的所有人包括抄表员在内都已经知道了。杰是最厉害的法庭取证嗅辨师，不过他对于如何专业地共享信息并不总是很清楚。”

“那么……用这种香水的人……”

“不能排除跟用了这种香水的男人有亲密接触的女士。终有一天会出现一种搜索引擎，任何东西你只要稍微喷一下，输入进去，瞧，没有地方可以逃，没有地方可以躲。你还来不及惊奇地挠挠脑瓜，整个情况全出现在了屏幕上。另外，我们还有嗅辨社群，各种趣闻逸事，我来到处打听下。”

接着一如往常，尴尬的沉默时刻来了。康克林还在勃起，仿佛那是个他丢失了使用指南的硬件装置，对于怎么个用法他还拿捏不定。玛克欣她自己也心不在焉的。貌似有情况在发生，不过没有人告诉她是什么事。不管怎样，那个时刻过去了，等她回过神来，她已经回到了办公室。啊,好吧，正如郝思嘉在电影快结束时所说……

她梦见自己孤身一人在德塞雷特顶层的游泳池边。在异常平稳的水面下方，透过肉眼看来清澈见底的池水，可以看到泳池里空荡荡的，她感到不安，于是过后脑补出这样一幅画面：有一具白人男性的尸体，穿着西装打着领带，脸朝上直挺挺地躺在泳池底部，宛若从死后生活的琐碎中短暂休息片刻，以某种古怪的半睡眠状态从一边翻滚到另一边。它既是莱斯特·特雷普斯，又不是莱斯特·特雷普斯。她弯下腰，越过泳池边缘想要仔细看个究竟时，他的双眼睁开了，他认出了她。他并不需要浮到水面来同她讲话，她能听见他从水底传来的声音。“阿兹瑞尔。”他说了一句，接着又重复了一遍，话里有些急促。

“格格巫的猫[1]？”玛克欣追问道，“《蓝精灵》里那只？”

1 动画片《蓝精灵》里的男巫格格巫有一只猫，名字叫阿兹瑞尔。

不是，既是又不是莱斯特的那人脸上的失望表情告诉她，她本应该知道正确答案的。她完全清楚，在犹太人非源自《圣经》的传统里，阿兹瑞尔是死亡天使。这么说来，在伊斯兰传统里也是如此……她又短暂地回到了走廊上，回到了盖布里埃尔·艾斯在蒙托克那保卫森严的神秘隧道中。为什么会这样？这会是个值得追究的有趣问题，可朱利安尼乐此不疲地搞的高质量基础建设工程，已经让不止一台而是好多台手提钻在上班前好一会儿就开始施工了，料想纳税人不会反对挣些额外的加班费，这一来，所有的讯息都弄错了，破碎了，丢失了。

19

另一边，海蒂从圣地亚哥的动漫展上回来了，满脑子还尽是些超级英雄、怪兽、巫师、僵尸时，正好碰上纽约警署的警探来找她问话。警方在调查海蒂的前未婚夫伊万·施特鲁贝尔的通讯录，此人最近被拘留了，被指控犯有严重的计算机篡改罪，与一项联邦内部交易控诉有关。海蒂的头一个想法是，他还把我保留在通讯录里？

“你们俩曾经是浪漫的情侣关系？”

“说不上浪漫，也许能算巴洛克吧。好几年前的事了。”

“那是在他婚前，还是婚后呢？”

“我原以为你们是附近警区的，不想是抓奸小分队啊。”

“你好敏感。”在“坏警官”看来。

“是啊，还很情绪化哦。”海蒂马上回嘴，“跟你有什么关系，警官大人？”

“我们只是想弄清楚时间先后。”“好警官”安慰她道，“你有没有什么愿意与我们分享的，海蒂？”

“‘分享’，哟，热拉尔多[1]，我以为你解约了呢。”

谈话就这么进行着，像是在玩警察手球。

---

1 热拉尔多·瑞维拉于1987—1998年间主持过一档脱口秀节目。

两位警官正要离开时，海蒂发现那位“坏警官”正笑嘻嘻地盯着自己看。“哦，对了，海蒂……”

“怎么了，”她假装努力在回想他叫什么名字，“诺佐利警官。”

“20世纪50年代那些少女电影，你看过吗？”

“偶尔在电影频道看过，”不知为何，海蒂忍不住扑闪着她的眼睫毛，“当然，为什么这么问？”

“下周在安吉利卡[1]有个道格拉斯·瑟克[2]展映节，要是你有兴趣，也许我们可以先去喝点咖啡，然后——”

“不好意思，你是在约我出去吗——”

“当然，除非你是‘已婚人士’。”

“哦，现在这年头，大家允许已婚的女人跟别人喝咖啡，这甚至都写进了婚前协议。”

“海蒂，”当玛克欣听到这话时，她跟往常一样叹了口气，“饥不择食、不动脑子的海蒂，这位诺佐利警探，他，呃，他自己结婚了吗？”

“你绝对是这世上最没有情趣的苦行僧了！”海蒂喊叫道，“哪怕对方是乔治·克鲁尼，你也会挑出些刺来！”

“我这么问没有恶意。”

“我们去看了《苦雨恋春风》，”海蒂继续往下说，仿佛一想起来就忍不住想入非非，“只要多罗茜·马龙一出现在荧幕上，卡迈恩就勃起，大大地勃起哦。”

“别告诉我——那出老掉牙的‘把阴茎放爆米花盒子里’的烂戏，就为了秉持50年代的精神。”

“玛克西，无可救药的西区自由人士玛克西，你要是能知道自己错过了执法部门的那些男人有多可惜就好了——相信我，一旦你跟警官约过会，你就永远不想停下来了。”

“好吧，说来听听呢海蒂，你以前迷恋《木乃伊》《木乃伊归来》

---

1 指纽约的安吉利卡电影中心和咖啡厅，那里经常播映一些独立电影和外国电影。

2 德国导演道格拉斯·瑟克，他于20世纪50年代期间曾在好莱坞拍摄过许多通俗喜剧。

里的阿诺德·沃斯洛，后来怎么样了。你不是还想尽法子想去采访他的工作室吗——”

“忌妒，”海蒂认为，“往往能让我们中的一些人活得没那么悲伤与空虚。”

今天，玛克欣正翻看外卖菜单呢，看到一半，海蒂把头探了进来，她的手提包戏码有了最新的进展。海蒂摆脱了以前那个老款蔻驰包带给她的身份危机，那个包曾多次让喜欢把手提包看成身份符号的旁人误把她认作各式各样的亚裔族群。现在，她沉迷于基本款的女王装扮，选择比如说龙骧的高贵形象，学会适应永远也别想找到包里装的任何东西，要不然就是提着一个分成很多小口袋的款式，这么一来她就得甘愿让她的时尚品位略微下降些档次。

“不过那都是过去的事了，真要感谢卡迈恩，他解决了所有的问题。”

“卡迈恩是……他有……恋包癖吗，海蒂？”

“不，不过他确实很花心思。瞧，你看他给我买了什么。”是一个印着秋天图案、价格并不贵的托特包，上面还印有一颗金色的心。“秋冬款，对吧？现在看仔细了。”海蒂伸手到包里，把整个包翻了个里朝外，一个完全不同的淡颜色、花朵图案的包诞生了。“春夏款！这个包可以变身！一包两用，看见了吗？”

“好有创意，一个两用包。”

“当然，它还是一部鲜活的历史呢。”在下面的一个角落里，玛克欣瞥见“由莫妮卡为您倾情打造”的字样。

“我真是开了眼界了，除非……哦。不会吧，海蒂，慢着，‘莫妮卡’。他该不会是在班德尔[1]买的吧？”

“正是，才到的货——是老‘肥胡椒瓶’[2]本人哦。你有没有意识

1 班德尔是纽约一家专卖女性用品，比如化妆品、香水、时装配饰等的高档商店，开有多家分店。

2 莫妮卡·莱温斯基与时任总统比尔·克林顿传出性绯闻后，遭到诸多媒体报纸的谴责，其中《纽约邮报》第六版称呼她为“肥胡椒瓶”。

到，这包过两三年能在易趣网上卖出怎样个好价钱？”

“是莫妮卡·莱温斯基设计的真品。真叫人纠结，但我宁可相信好品位经得起时间的考验，就算错了也甘愿。”

“谁能比你懂得更多呢，玛克西，你见过那么多时装季来来去去。”

“哦，不过当然这也是个暗示，不是吗，卡迈恩在暗示一个特别的行为，让我想想会是什么呢，某个你有可能并不很迫切地想做的行为……”

那是一个相当轻便的手提包，可海蒂像模像样地使尽全身气力用它去打玛克欣。她们在公寓里满屋子追着跑，大喊大叫了好一会儿，最后才决定停下来吃晚饭，从“宁夏幸福生活”那里叫外卖，这家店总把外卖菜单塞到大家的后门下面。

海蒂眯缝着眼看上面的备选菜。“还有早餐菜单？‘长征四川穆兹利’？‘魔法枸杞长寿奶昔’？拜托，这都是什么鬼？”

送外卖来的小哥不是华裔，而是拉美裔，海蒂被弄得更糊涂了。“你确定你送对了地方[1]？我们在等中餐外卖。是中餐吗[2]？”

两人打开包装盒一看，根本不记得点过其中的大多数菜。“来，尝尝这个。”玛克欣递给海蒂一个蛋卷模样的食物。

“奇怪……又别有风情的味道……这是……肉吗？什么肉，你知道吗？”

玛克欣假装在看菜单，“上面只说是‘班吉卷’？听起来好有趣，那么——”

“狗！”海蒂跳了起来，跑到水池边拼命地吐出来。“哦，我的天！那儿的人吃狗肉！你居然点了这个，怎么能这样？你没看过那部电影吗？你过的什么童年啊——啊啊啊啊啊！”

玛克欣耸耸肩。“你需要我帮你催吐吗，还是你记得怎么能全吐出来？”

“十二种风味之呛醉花枝”烹煮得有些过头了。她们干脆把墨鱼肉

1 原文是西班牙语。
2 原文是西班牙语。

从不同的高度扔到餐盘上，看看能弹跳到多高，玩得不亦乐乎。“翡翠元气礼包”装在一个塑料包装盒里，盒子的造型做得像清朝的翡翠盒。“礼包，”海蒂紧张地说，“是指里面有一个干瘪的头颅。”其实大部分是西兰花做的。另一边，“四人时蔬套餐”不仅诡异，做得还很精致。在宁夏餐馆的实体店用餐时，你如果非得要问这道菜里面是什么，只会招来白眼。而中式幸运饼干里的幸运语就更是成问题了。

“‘他表里不如一’。”海蒂读道。

“显然是说卡迈恩。噢，海蒂。”

“拜托。这只是块幸运饼干而已，玛克西。”

玛克欣把她的饼干掰开。“‘即使是牛的心中也藏着暴力。’什么意思？”

“显然是说霍斯特。”

“不对，可以是任何人。”

“霍斯特从来不……跟你露出暴力的一面之类的吗？”

“霍斯特？他就是只和平鸽。哦，除了有一次他掐我的脖子……”

“他什么？”

“哦？他从来没有告诉过你。”

“其实霍斯特——”

“这么说吧，海蒂——他把双手放在我的脖子上，然后按压，这个你怎么形容？”

“发生了什么事？”

“哦，当时正在播比赛，他一时昏了头，是布雷特·费弗还是什么人做了件事，我忘了，反正他丧失了理智，去冰箱里拿了罐啤酒，我想是一罐百威。当然我们一直在争论。”

“哇噢，惊险的一刻啊。”

“并不算是。我一般都指望凶手能发发善心[1]。”她迅速地用筷子在

1 这里玛克欣引用了《欲望号街车》女主人公的著名台词。

海蒂的脑袋上咚咚地敲了几下。

卡迈恩·诺佐利警探有进入联邦犯罪数据库的权限，他意外地成了玛克欣的热心帮手，譬如说能够让玛克欣方便地探到塔利斯的光纤销售员情夫的底细。乍一看，沙兹·拉德是从美国某个地方来的普通无名之辈，从寂静火热的墨西哥湾岸区的培养皿中蹦出来，到纽约来淘金，他的家乡光是在地方层面的最高执行官就不知道有多少个。他的个人履历上满满当当地记录着各种轻微的违法行为，很快便升级为第十八篇里的罪行，包括用传真机进行电话推销的诈骗勾当，跟人合谋改装墨盒，然后假冒代理商，再加上把老虎机搬过州界线，运到并不一定合法的州里，还有流窜在郊区中心地带的小路上，兜售走私来的红外线闪光灯，此种闪光灯能帮助酒鬼和各类少年犯把红色交通灯变成绿灯，因为这些人不喜欢为了屁大点事停车。他的种种不法行径据说都是受迪克西黑手党的指使，该组织是一个有犯罪前科的人和持全自动武器的坏蛋组成的松散联盟，里面的人相互不认识，甚至相互厌恶对方。

卡迈恩只是摇了摇头。“是黑社会的安排我还能理解，我对家族帮派总是很尊敬——不过里面这些成员，也太令人震惊了。”

“这个叫沙兹的家伙坐过牢吗？”

“只因为两三个小案子在郡里的监牢坐过，郡长的老婆给他送来炖锅菜之类的，可所有的大案子他都逃脱了。看来背后有势力在罩着他。当时是，现在也是。”

邪恶的高中戏剧老师普利博乐太太，在这里玛克欣得再一次唤醒您，邀您来担任反诈骗警官（正式受命的也好，自由职业的也罢）的守护神，“你好，这里是hashslingrz，请问是拉德先生吗？”

“你们没有我这里的号码。”

“嗯哼，我是法务部的希瑟，我想跟您核实下您跟我们公司会计艾斯太太来往的一两处细节。”

“艾斯太太。”他顿住了。从事反欺诈工作一段时日后，你就学会了听懂电话里的沉默。这些沉默的持续时间和深度、房间环境和前端攻击都不一样。这个沉默在告诉玛克欣，沙兹明白他不该脱口说出他刚才说的话。

“抱歉，我了解的不对吗？你是不是想说跟艾斯先生的来往啊？”

“亲爱的，你要么压根就不在这个圈子里混，要么就是个八卦博客的写手，不管是哪一种，你最好要知道，我们能跟踪这玩意儿，我们知道你是谁，知道你在哪里，我们的人会不遗余力地逮住你。你给我老实点，听见了没有？”他挂断了电话，当她重新拨过去时，电话没人接了。

这通假扮警察的电话，希望能唬得住他，不过更重要的是，塔利斯是怎么回事，她在这些事上会是无辜的一方吗？假如她有参与，那么参与了多少？而且她的无辜是出于纯洁呢，还是愚蠢？

考虑到这儿的腐化风盛行，盖布里埃尔·艾斯说不定对那对小情侣在东哈勒姆的爱巢[1]知道得一清二楚，没准儿还是他付的租金呢。还有什么？他还把塔利斯当骡子使，把资金秘密地运送到“黑色线性解决方案”吗？可究竟为什么要这样偷偷摸摸呢？有太多的疑问，猜不到答案。玛克欣瞥见镜子里的自己。她的嘴巴此刻并没有张开，可还是张着好啊。亨利·扬曼[2]或许会下诊断说，嘴巴张开能起到超能力分流器的效果。

另一边，维尔瓦从拉斯维加斯和黑客大会上回来了，并没有像预

1 原文为西班牙语。
2 亨利·扬曼是喜剧演员兼小提琴家，以经常口吐俏皮话而闻名。

料的那样在泳池边晒得黝黑。事实上，让玛克欣吃惊的是她变得，用哪个词好呢，沉默寡言？心神不宁？怪里怪气？仿佛在维加斯发生的某件事并没有待在那里，某种不祥的东西溢了出来，像是外星球的基因悄悄地搭了回来的顺风车到了地球上，来随心所欲地搞恶作剧。

菲奥娜还在夏令营里，在忙着把《音乐之声》改编成贵格派电影。菲奥娜她们小组扮演纳粹。

“你肯定很想她。”

“当然想她。”回答得有点过于急促了。

玛克欣挤出“我说什么了吗？”的不对称眉形。

“幸亏她不在，因为现在的情况开始变得很疯狂，人人都在觊觎深渊射手，那两个家伙在维加斯时被很多人搭讪，一批接着一批，有国安局、摩萨德、恐怖分子的掮客、微软、苹果和一年内会销声匿迹的新公司、新资本、老资本，只要你能想到的都来了。”

由于它的名字一直在玛克欣的脑子里徘徊，玛克欣就说了出来。“Hashslingrz也去了吧，我猜。”

“那是自然。贾斯丁和我，我们这对天真的观光客夫妻正在恺撒宫[1]里四处溜达呢，突然，只见盖布里埃尔·艾斯提着装满了游说材料的公文包躲在一张自助餐桌旁边。”

“艾斯去参加黑客大会了？”

“在一场黑帽简会上，那是一种安全会议，每年在开黑客大会前的一周他们都会举办，在一家赌场酒店里，到处都是会非法入侵灯泡的人、公司警察、隐秘天才、瘾君子和骗子、设计师、逆向工程师、电视网络的高级管理人员，所有有东西要卖的人都来了。”

她俩是在翠贝卡的街头不期而遇的。“来，我们去喝杯冰咖啡吧。”

维尔瓦开始看手表，可又不想让动作太过明显。“当然。”

她们找了个位子，迅速躲进了空调的舒适乡里。某种占星术正在

1 指拉斯维加斯的恺撒宫酒店，一家位于赌城大道上的豪华酒店与赌场。

进行，木星，金钱星球，出现在了双鱼座，那是所有可疑物的星象。“你知道吗——”维尔瓦叹了口气，“我们有机会拿到一笔钱。”

哇哇哇。“以前没有机会吗？”

“说真的，谁拥有那该死的源代码，有什么要紧？搞得它有良知一样，深渊射手，它就在那里，用户可以是任何人，并没有什么道德调查问卷，不是吗？真心是有钱就行。最终谁拿了多少。”

“可是在我们的行业里，”玛克欣温柔地说，“我经常见一些天真的人跟撒旦势力做交易，为了得到超出他们习以为常的一大笔钱，在某一个点上，所有的钱都砸在他们身上，他们沉了下去，有时候就再没有上来。”

可维尔瓦此刻已经飘游到了远方，外面的夏日街道，泽西天空中堆聚的云朵，渐渐逼近的高峰时段都与她所在之处相去甚远。她独自漫步在内测版的深渊射手里，点击痕迹在她的身后消失，如同脚印消失在空气中一样，也如同未听闻的免费建议一样。所以，玛克欣决定不告诉她，无论建议是什么，无论最终的条款清单上写着什么。

20

在诺佐利警探一如既往的慷慨协助下，玛克欣拿到了一张艾瑞克·杰弗里·奥特菲尔德的身份证照片。拿着这张照片，还有雷吉给她的艾瑞克最有可能出没的地方的简短清单，她在一个溽暑的八月傍晚，来到皇后区一家名叫“海狸的喜悦”的脱衣舞俱乐部。俱乐部在长岛高速公路边的一段临街道路旁，它的霓虹灯标志是一个淫荡的人形海狸，戴着顶贝雷帽，朝一个搔首扭臀的脱衣女郎交替地眨着双眼。

“你好，我是来找斯图·戈茨的。”

“在里面。”

她本以为会看到某部音乐剧里的那种化妆室，却发现只有一间临时改建的女厕，里面有几个隔间之类的——当然，有些隔间的门上贴着亮晶晶的星星——一堆品脱酒瓶，既有可以抽的大麻烟屁股，也有爬行的蟑螂[1]，用过的面巾纸，完全看不出像文森特·明奈利[2]剧中的场景。

斯图·戈茨坐在办公室里，一手夹着香烟，一手端着不知道装了什么的纸杯子。要不了多久，香烟就会被掐灭到纸杯里。他惊讶地瞪

1 原文里的“roach”既可以指蟑螂，也可以指大麻烟蒂。
2 文森特·明奈利是美国的舞台执导兼电影导演，以执导过一些经典的音乐剧而著名，如《美国人在巴黎》《吉吉》等。

大了双眼好一会儿。“你想要试镜的话，MILF[1]夜晚是周二，到时再来吧。”

“星期二我有特百惠聚餐。”

他色眯眯地瞄着她，若有所思。“那么，要是你现在愿意试一试……”

“我其实是在调查案子，我需要跟踪你这里的一位常客。”

“且慢，你是警察吗？”

“不是，更像是会计之类的。”

“好吧，你千万别被这儿的温馨氛围给糊弄住了，以为我知道他们每一个人的名字。我确实知道，不过是人人都用相同的名字？卢瑟？”

“哇噢，用这种方式来称呼你的客户群真是别致啊。”

“对那些失业的极客来说，在屏幕面前打飞机要比干些接地气的事更自在，希望我说这话没得罪人。抱歉我无法感同身受。你请便，自己去看看，找套服装，你穿多大号？2码可以吗？别担心，会有适合你穿的。”

嗨，自从2码真的只是2码那会儿以来，玛克欣就再也没穿下过。如今的界定大不一样了，出于商业目的，现在的2码能大到跟以前的16码一般大，甚至还要更大。好在她并没有脱口对对方的玩笑话表示感谢，只是耸耸肩，开始在一个靠墙的破旧衣橱里找衣服。衣橱里塞满了某些人概念里的性感内衣，还有亚文化趣味的服装——修女、女学生、战斗公主——还有细高跟鞋，你不得不说，它们一双比一双更有诱惑力，倒未必是设计师鞋品，可能更像是批发货，是会让足科大夫梦想开上法拉利、聘请泰格·伍兹为他私授高尔夫球课的那种鞋子。

她挑了双荧光绿的厚底鞋，搭配镶有亮片的紧身皮衣和长筒袜。穿在她身上正合适，除非……“对了，戈茨先生？”

“全都干洗消毒过，亲爱的，我以个人名誉保证。”不知为何，她

1 MILF在英文里是“操他娘的”首字母缩写，是一句粗鄙的脏话，此处暗指玛克欣的年纪明显要比其他脱衣舞女要大。

并不完全放心，于是没脱自己的连裤袜，直接套上了那身诱人的行头。她默默地深吸几口气后，便踩着舞步穿过用仿造的施华洛世奇水钻做成的帘幕，进入“海狸的喜悦”里开足冷气的高分贝昏暗中。吧台边坐着两三个姑娘，在按揉自己的阴部，神情半恍惚地盯着远处。那里貌似有根闲置的钢管，玛克欣就走过去，因为说来奇怪，她碰巧会跳两三个钢管舞的动作，多亏她时不时去健身房运动。那家健身房远在14街上，名字叫“肢体与钢管”。虽然钢管舞已是日常健身的常见项目，但在上西区，在很多人眼里——呃，其实是在海蒂的眼里——它仍然是非常不体面的。

“落寞受挫的玛克西，你为什么不买个振动器呢，我听说有好几款在卖，说不定能达到你想要的效果。”

“古板挑剔的海蒂，你为什么不挑个晚上自己来看看呢，试着跳跳钢管舞，没准儿会重新发现你内心那个贪玩的姑娘。”

玛克欣计划着，在即兴演出一段MILF夜晚的常规舞曲的同时，仔细扫视一下人群，希望找到一张脸能跟艾瑞克的身份证照片对得上。据雷吉的说法，由于多起“艾瑞克阴谋”事件之故——极客就爱多想——这位年轻的电脑神童在拍官方证件照时剃光了胡须，不过时至今日他的发色还保持原样。

她特意从手提包里掏出一瓶汉蒂湿巾的分液器来，以家庭主妇的一丝不苟帮钢管消了消毒，然后慢慢地上下抚弄它，同时顺着吧台投去故作端庄的眼神。在靛蓝色的荧光灯下，这些人的肤色同样地苍白，仿佛受到了太多的阴极辐射，被永久性地上了色。

不知是斯图·戈茨还是谁，体贴地放了一首MILF夜晚的混音舞曲，其中包括许多迪斯科音乐，还有U2乐队、枪与玫瑰乐队、旅行乐队的歌曲。眼前的这个人群对于玛克欣的偏好来说过于庞大了，不过她还是试着去迎合他们，大概除了《这时我拔出了左轮枪》[1]这首歌以外。

1《这时我拔出了左轮枪》是波士顿朋克乐队“缅甸任务”的一首歌。

玛克欣从来就没有人们常说的“大奶子”，可这里的鉴赏家们并不介意，反正只要是赤裸的奶子就成。他们唯一不愿意多看的身体部位是她的眼睛。她从高中起就不断听人说起的“男性的凝视”，看来在这儿它暂时是碰不到女性对手了。

在跳一段固定舞步时，跳到大约香草旋风与樱桃旋风之间，包括单腿挂管、螺旋式下降、倒立顶胯等动作，玛克欣留意到有一个人在吧台远处的拐弯地方，在用炫彩吸管可谓是猛力地吸杯子里的野格力娇酒和百加得151，用的是一只他随身带来的二十盎司的便利店杯子。他丝毫没有表露出酒精中毒的迹象，这意味着他若非有反常的免疫力，就是绝望透顶了。她一起一伏地晃过去，想靠近些看看，分明就是他嘛，艾瑞克·杰弗里·奥特菲尔德，那个超级电脑高手。他的上嘴唇光秃秃的，下巴上新长出了一小撮胡子，除此以外，他长得跟身份证照片上一模一样。他身穿迷彩印花的工装裤，花形图案是按照很远很远的某个作战区定制的，那个作战区即使不在天外，也是远在天边。他还穿了一件T恤，上面用海维提卡字体写着**<P>REAL GEEKS USE COMMAND PROMPTS</P>**[1]。他随身佩戴的一根蝙蝠侠腰带，像幸运手链一样叮当作响，上面挂着电视机、音响设备和空调的遥控器，还有激光棒、寻呼机、开瓶器、剥线钳、电压表、放大镜。每个装置都如此袖珍，你要是怀疑它们到底会有多实用，也完全在情在理。

大约就在那时，杰米罗奎尔的《罐装热》开始放了，这首歌的低音线玛克欣从来就抵抗不住，她沉浸在某种后迪斯科音乐的狂喜中，暂时把此行目的抛到了脑后，也无视钢管的存在，全身心地投入舞蹈里。等到音乐进入下一首《宇宙少女》时，她已经蹲坐在艾瑞克跟前的吧台上，而艾瑞克似乎被她脚上亮闪闪的水绿色皮鞋给吸引住了。玛克欣一直蹲坐在那儿直到整盘磁带放完，直到大伙儿中场休息时，然后才从吧台上滑下来，坐到他旁边的一张高脚凳上。

1 意为“真正的极客用命令提示符”。

“我没有一美元零钞。”他先说话了。

“亲爱的，纳斯达克真叫人沮丧，我们亏了钱，真是糟透了，不过说不定你能帮我一个忙，我第一次来这里，你看上去至少像是常客，你能告诉我这家店的香槟酒廊在哪里吗？”

“我也没有二十美元的纸钞。”

“我不是在强迫你。”

“下一句你就要说，‘但是慢着！’”他不解地盯着那杯剧毒的饮料看了一会儿，像是在等待印在十二面体一个侧面上的某个私人问题的答案浮现到视线中来，接着慢慢地一摇一晃，小心地站起身来。“我要去厕所，来吧，正好顺路。”

他领着她朝后面走去，爬下一段楼梯。灯光的照明渐渐地变幻到光谱的红色一端。一首浪漫弦乐曲的改编乐从楼下飘来，玛克欣原以为这首音乐在70年代就已经淡出人们的视线了，它今晚听来跟当年一样无趣。

“我就在里面，你想找人聊天随时过来。不收费用，我保证。”

香槟酒廊在规模上显得很温馨，更像是一间疯狗杂货间。墙壁上到处都安装着电视屏幕，用支架托着，有几台仅发出噪声，还有几台闪动着色情录像，它们的分辨率低到跟老式柯达彩胶的画质有得一拼。有一些姑娘独自坐在桌边，边抽烟边休息。还有一些姑娘在里间的“私人雅座”里跨坐在客户身上，彩色天鹅绒帘布勾勒出他们的身影。酒廊里有一个迷你酒吧，里面有两三个架子的酒瓶，瓶上的标签玛克欣没能立刻认出来。“你是新来的吧。”长着洋娃娃脸的酒保说，他的声音很有活力，跟发出这样声音的那一副阴郁的翘唇显得有些格格不入，“欢迎来到极客的天堂。第一杯莫吉托免费，之后就要自己掏钱了。”

“不瞒你说，”玛克欣道，“我就是个平头百姓，以为今晚是MILF夜晚呢，不想是我搞错了啊。”

“你带客人来了吗？”

“只有我邻居的侄儿，她嘱咐我盯着他。其实是个很乖巧的孩子，可能太沉迷于上网了。”

就在那时，艾瑞克朝珠帘里探进头来。

“哦，不是吧，这小子不行，呃呃，他不准进来这里，他尽干些让人起鸡皮疙瘩的事，你要我把波菲里奥再叫下来吗，知道出去的门在哪里吧？”

“很好。”玛克欣脸上堆着笑，耸了耸肩，快步走出门去，“还不错。”

“混账东西，”艾瑞克嘟哝道，“喜欢脚是我的错吗？”

“你住在哪里？我送你回去。”

“曼哈顿，市中心。”

“来吧，我来付打车费。等我进去换些零钱来。”

“我在外面等你。”

“跟恋脚男什么关系，”她准备跑路时，斯图·戈茨问她，“你交的都是些什么朋友啊。”

“哦，是公事。”

“正好提醒我了——现在我们愿意跟你签一个月的合同，只要你肯参加我们的介绍分析论坛，在那儿你会认识各路技术渣滓和心理变态，说来悲哀，我们的老客户里通常这类人居多。”

她接过他递来的名片，说不定某一天能派上用场，不过目前两人谁也看不出会是哪一天。

艾瑞克住在洛萨达[1]一间位于五楼、没有电梯直达的工作室里。浴室没有门，嵌在房间的一个角落里，另一个角落里放着微波炉、咖啡机和小水池。装满了私人物品的酒品商店纸板箱凌乱地堆放在房里的各处，有限的地面空间上大多扔满了还没有洗的脏衣服，中餐馆的外

1 洛萨达是“下东城”的西班牙语发音，它现在用来指字母城的C大道，从20世纪60年代开始，那里的居民以拉美裔为多。

卖盒和比萨盒，斯米诺冰纯的空酒瓶，《重金属》《美信》《肛欲期少年慕男狂季刊》这些杂志的过刊，女式鞋品目录，软件开发工具包的光碟，《德国总部》《毁灭战士》，以及其他游戏的游戏手柄和卡带。天花板上有些区域的油漆在脱落，窗户上积着街上飘来的灰尘。在用来当烟灰缸的一只球鞋里，艾瑞克找到一个比其他略长的烟屁股，于是点着它，踉踉跄跄地走到电动咖啡机的烂摊子边，往一只马克杯里倒上一些昨天留下来的污泥浆水，杯子上有一个长方形的轮廓，杯身外面印着“**层叠样式表酷毙了**”这几个字。“哦，你要来点吗？”

他们点了一根大麻烟，艾瑞克舒服地坐在地上。“说到你这个，”她希望自己的声音足够坚定，“恋足癖。”

“来吧，你把鞋子脱下来，别担心。你不用把脚放在地上，搁在我的身上就行。”

“我也是这么想的。”

她的脚有好一阵子没有引起别人如此大的兴趣了。有那么一刻她很慌张，心里纳闷着，我竟然允许他这么做，很奇怪吧？艾瑞克仿佛有超感官似的，咧嘴一笑，抬起头朝她点了点。“对啊，你很奇怪。”

她的脚貌似放在他的大腿上有一会儿了，她不由得发现他这个，呃，勃起了。从他的裤子里探出来，在她的双脚之间，在前后动来动去……并不是说这类事经常发生在她身上，也许就因为不怎么碰上，她现在才开始试着去找答案，不管用手抚摸换成脚要怎么称呼，姑且叫“用脚抚摸”那勃起的器官吧，她的脚趾总是很灵敏，很能抓握袜子、钥匙、零钱和鞋底，是因为大麻的缘故吗？莫名地敏感，尤其是脚后跟的内侧，反射论者曾跟她说过，这个部位直接跟子宫相连……她利索地把一只脚上修平磨光的脚趾塞到他的蛋蛋下面，以其他脚趾为垫，开始爱抚他的阴茎，过一会儿再换另一只脚来，就为了看看会发生什么情况，当然纯粹是出于做试验的好奇心……

“艾瑞克，怎么回事，你不会刚刚……高潮了吧，在我的脚上？”

“呃，是吧？准确说来不是在你的脚‘上’，因为我戴了避孕套。”

“你担心什么，真菌感染吗？”

“无意冒犯你，我就是喜欢戴避孕套，有时候我会戴，就因为想戴，知道了吧？”

“好吧……”玛克欣迅速瞄了一眼他的鸡巴，她的感应器跳了出来，满屋子乱窜。“艾瑞克，抱歉问一下，你那个是一种麻烦的皮肤病吗？”

“这个吗？哦，这是一款专门设计的避孕套，我记得是从‘特洛伊抽象表现主义展品会’上得来的，你看——”他脱下避孕套，朝她甩了甩。

“不用，不用。”

“刚才这事儿你不介意吧？”

怎么会呢，我的宝贝。嗯？真不介意吗？她斜着脑袋笑了笑，希望笑得不是太滑稽。

“你不是经常这样吧。”

“不是那么频繁，用‘老爹’沃巴克斯的话来说……”此时他的脸上露出小孩跟人约会时的那种体贴的神情。所以说，玛克欣，你可别一辈子都当卑鄙小人啊。“听着，艾瑞克。我跟你敞开天窗说亮话吧，行吗？”她跟他说了她跟雷吉的安排。

“什么？你是专程来那家脱衣舞俱乐部的，来找我？嘿，雷吉，谢谢你啊，好哥们。他要干吗，他在监督我吗？”

“别激动，只要把我想成你在正常世界里的翻版就可以了，懂我的意思吗。你能当法外之徒，在深网里探险，你觉得我们中的哪一个过得更开心呢？”

“当然。”他快速地瞥了她一眼——她在注视着他，不然她也不会看到他看了自己一眼。“你以为下面很好玩，也许有时间我应该带你去看看，参观参观。”

“好啊，就这么说定了。”

“真的？”

“说不定会很浪漫哦。”

“大多数时候并不浪漫，只是非常简单易懂，你要自己想法子进入地址，自己搜索，因为没有爬虫知道怎么去，没有连接它的链接存在。时不时会变得很奇怪，像是碰见hashslingrz那些人想要藏起来的东西。或者是碰上链接无效的地址，关闭的地址，没人再去操心的地址……”

深网里按理说大多是废弃的网站和断开的链接，是个无边无际的垃圾场。像是在《木乃伊》里，探险家某一天会来这里，把别具异域风情的遥远王朝的废墟挖掘出来。“不过它只是表面看上去那样而已。”艾瑞克的说法是，“它的表面以下是一套完整的具有重重限制的隐形迷宫，精心建造好，让你能去一些地方，另一地方则去不了。你必须学会并遵守这些隐秘的行为准则。一个结构精美的垃圾场。”

“艾瑞克……要是说下面有一个地方我可能想硬闯进去……”

“呃呃。我原以为你是因为我独特的性心理个性才爱上我的。早该知道没这么简单了，我的人生大抵如此了。”

“嘘，嘘，不是，不是那样的——我心里想的那个地方，它甚至有可能并不存在，是那些个古老的冷战遗址之一，也许是某种极端的幻想吧，时间旅行，UFO，思维控制——”

“目前听来很精彩。”

“它有可能被多重加密了。要是我真想进去，我需要一个会解密的技术达人来帮我。”

“没问题，我来帮你，不过……”

“嘿，我会聘请你，我是老实本分人，雷吉会帮我担保。”

“他当然会啦，他可是撮合咱俩的人。他应该问我收中介费。”他此刻可谓是满心期待地握着她的一只鞋子。

“你不是要……”

“我本来是这么打算的，不过要是你急着赶回去，我理解，来，我来帮你把鞋穿上……”

“我是说，这双鞋有点太不正式了，你不觉得吗？你看上去更像是喜欢马诺洛·伯拉尼克的鞋的人。”

"其实有个叫克里斯提·鲁布托的人，他专门造五英寸高的细高跟鞋。太漂亮了。"

"我想我在哪里见过山寨货。"

"嘿，山寨货啊，没问题。"

"下次也许……"

"说定了？"

"我能说不吗？"

等她到家时，电话铃正在响，响个没完。答录机里有几条先前的留言，都是海蒂的。

她其实就是想知道玛克欣去哪里了。

"打关系去了。有要紧的事吗，海蒂？"

"哦。只是想知道……谁是你的新对象？"

"什么对象……"

"有人看见你前几天在那家中式—多米尼加餐馆。据那人说，你们俩聊得很投入，眼里只有对方。"

"呃，"她多半不应该脱口而出的，"他是类似FBI，海蒂，是工作上的事……我把它归在'旅游与娱乐'那一栏里。"

"你把什么都归在'旅游与娱乐'里，玛克欣，薄荷糖，报摊的雨伞，我和卡迈恩都无法理解的是，为什么你不停地让我们帮你这么多忙，进NCIC的数据库，尤其当你还在跟埃利奥特·内斯[1]这号人物约会。"

"这让我想起来……"

"什么，又要帮忙？并不是卡迈恩在发牢骚，他完全没有，他只是想知道，你是不是有可能回报一下他帮你的一些忙。"

"怎么回报？"

"呃，比如说跟德塞雷特死尸有关的信息能否透露下，还有你似乎

---

1 埃利奥特·内斯是美国禁酒令时期的一名特工，他曾经在芝加哥大力推行禁酒令。

同时在约会的那位黑手党成员？”

“谁——罗基·斯拉杰亚特？他现在也算是嫌疑人了？你这话什么意思，约会？”

“当然，我们以为你和斯拉杰亚特先生是……”海蒂的说话声里这时已经流露出她的标志性奸笑。

有那么一刻，玛克欣进入了肖恩的一个图景想象的练习，仿佛看见她伸手可及的贝雷塔变成了一只彩色的加州蝴蝶，跟魔斯拉一样，献身于和平的目的。“斯拉杰亚特先生在帮我处理一桩盗用公款的案件，相互信任是我跟他交往的核心，我不认为这包括把他出卖给当局政府，你怎么看，海蒂？”

“卡迈恩只想知道，”海蒂仍紧追不舍，“斯拉杰亚特先生有没有提到过他以前的客户，也就是去世的莱斯特·特雷普斯。”

“风险投资方面？我们不怎么聊那个，抱歉。”

“破坏了愉快的回忆，我非常能理解，虽然你能抽时间跟某个特区官员——”

“也许他比官员要有趣——”

“‘有趣’啊。”海蒂的这个“啊”，短促杂碎，让人恼火，“希特勒舞跳得很好，谈吐风趣幽默，我真他妈的不敢相信，我俩竟然在生活频道上看同样的电影，总是那些反社会的鼠辈，与接待员乱搞，挪用儿童的午餐费，在早餐里放喷雾杀虫剂让无辜的新娘慢性中毒。”

“那就像是……”玛克欣故作天真地问，“麦片杀手？”

“就因为我有一次推荐给你一个有关警察的广告？你居然相信了？”

“他不是警察，我们不是新婚夫妇。还记得吗？海蒂，冷静点，看在老天爷的分上。”

21

玛克欣和海蒂在苏豪区—中国城—翠贝卡交界处的大型购物港湾晃荡了一天以后，晚上来到东村找一家酒吧，德里丝科尔应该在里面驻唱，在一个叫品客薯片方程式的微核乐队里。正当两人穿行在潮湿的暮色里，突然有阵阵气味开始尾随她们，隔着这么远尚且不算强烈，纯度却出奇地等高。不一会儿，有一群人从街区那头跑过来，他们惊慌地大声尖叫，夸张地捏着鼻子，有时候还抱着头。“我以为是电影里的镜头呢，”海蒂说，“那是什么味道？”

原来是康克林·斯皮德韦尔，今晚在打包他的嗅光，机器其实看上去像最近刚被用过，它镶有LED的排送喷嘴在挑衅地一闪一闪。与他同来的是一个由公司保安组成的小分队，这些人穿着名牌军服，人人佩戴一个状似香奈儿5号香水瓶的臂章，瓶塞的部位写着“香味部队”，商标的位置则是互成镜面的双C标志，两侧各有一把格洛克手枪。

“诱捕行动，”康克林解释道，“一卡车拉脱维亚造的假货，我们按理是要购买的，谁想全都发臭了。”他朝半昏迷地瘫倒在门口的三个可怜巴巴的帕道加瓦小匪徒点了点头。“他们会没事的，只是乙醛休克，正巧撞在了主瓣上，相当于最大纯度的战前硝基面具和茉莉花纯提取物，对吧？”

“换作其他人也会这么做的。”聊到了化学成分，且慢，海蒂和康克林突然怎么回事？

“那个……你喷的是毒药香水吗？”康克林的鼻子在幽暗的光线里泛着一道缓缓跳动的红光。

“你是怎么看出来的？”海蒂的眼睫毛照旧扑闪着。真是可恶啊，再加上香水一事就是可恶透顶了。毒药香水事件在海蒂和玛克欣之间蓄积已久，尤其是海蒂有喷了香水进电梯的习惯。全城的电梯有时候甚至过了许多年也依然无法摆脱海蒂的痕迹，哪怕她只搭过很短暂的时间，有些甚至不得不去专门的电梯修复诊所祛除味道。“你不能再因为这个责怪自己了，你也是受害者啊……”

“我真应该把她拒之门外，然后默许她从屋顶进来……”

这时候，警察分局的人来了，还有爆破小组、两三辆救护车和一个特种武器和战术小组。

“哎呀，确实，除了那小子还能有谁呢。”

“莫斯科维茨，什么风把你给吹来了？”

“跟一些家伙去KK甜甜圈，正闲聊着，碰巧在扫描仪上收到这个信号——哎呀，那边闪着光的是它吧，那台臭名昭著的嗅光，是吧？”

“哦……什么，这个吗？不是，不是，就是个小孩的玩具，你听。”他按下一个假按钮，启动了一个声效芯片，机器开始唱《小白鲸》。

“好可爱，你把我当什么白痴了，小康克林？”

“我猜是专家级别的，不过你看啊，杰，那里有一整车的香奈儿5号，要是没有人盯着的话，送去道具室的路上说不定会弄丢了。”

“哎呀，这可是我亲爱的老婆最喜欢的香味啊，太巧了。”

“呃，这么说来就交给你了。”

“康克林，”玛克欣很乐意留下来再聊一会，但是，“你知道这里附近有一家叫‘伏特加脚本’的酒吧吗，我们正在找。”

“我有路过，就在那头过去两三个街区。”

“欢迎你跟我们一道去哦。”海蒂一时难掩她的过度殷勤。

“不知道我们这里还需要多久……”

“啊，来嘛。”海蒂说。她今晚穿的是牛仔裤和两件套毛衣，两件套的颜色考虑欠佳，是某种橘色调，可尽管如此，或者说正因为如此，康克林被吸引住了。

“伙计们，我们回57街后把文件做完，行吗？”康克林说。

真是神速啊，玛克欣心想。

在伏特加脚本，他们发现满满一屋子全是信托嬉皮士、赛博哥特、失业的码农，还有前来寻找不那么枯燥乏味的生活的城外人。所有人都挤在这间小型的前社区酒吧里，听品客薯片方程式唱歌，酒吧里没有冷气，扩音器倒是装了很多台。乐队所有成员都戴着电脑迷款的镜框，跟屋里其他人一样挥汗如雨。主唱的吉他手在弹易普风的莱斯·保罗定制款吉他，键盘手用的是科音DW-8000，还有一个吹各种铜管乐器的管乐手和一个玩五花八门的热带乐器的打击乐手。德里丝科尔·帕吉特今晚是一身特别来宾的装扮，她的歌声时不时能听见。玛克欣从来没有想象过，在德里丝科尔的三个字首字母缩写词的小宇宙里居然会有LBD[1]，瞧瞧眼前这最新的修订版。让玛克欣吃惊的是，她的头发用发卡夹了起来，露出一张甜甜的六边形嫩模脸，眼部和嘴唇化了淡妆，下巴很坚定，仿佛她要开始严肃地过生活了。一张终于扬眉吐气的脸蛋，玛克欣禁不住想……

还记得硅巷吗，
每天都有趴体，
我们是城里新来的……
来找乐子的极客，
大家都吵吵嚷嚷的，红着眼睛，
玩得太兴奋，不愿意清醒……

1 应该是指小黑裙（little black dress）。

双击公司的南面
欢迎牌，难以寻到
很多过去的模样，
电脑迷在那儿故作高冷
变身为百万富翁
只需要鼠标轻轻一挥……

这是真实的吗？
该不会是
午休时做的黄粱一梦吧，
抑或是百忙中许下的一个心愿，
我们能感觉到……
在屏幕边沿以外，某样
尘世间的卑劣之物，
在匆匆与我们擦肩而过……

当所有那些激动的时刻
无名之辈和好消息
还有不明智的行动全部烟消云散时，
这些街道依然人头攒动
熙熙攘攘，诸多渴望
就如同它们
回到了那一天……
我此刻身在一个新的地方，
租金很贵，约会对象爱撒谎
小镇没有当年温馨，
给我打电话，试着打开我的心房
也许你会找到我……

也许你会找到我，

再一次……

组曲表演完后，德里丝科尔挥挥手，然后走了过来。

“德里丝科尔，海蒂，这位是康克林。”

“哦，那是自然，迷恋希特勒的那个人，”德里丝科尔迅速看向玛克欣，“呃，那事，后来怎么样了？”

“希特勒。”海蒂的眼睫毛剧烈地眨动着，把睫毛膏眨掉了好几块，仿佛那是她和康克林有可能共同喜欢的一个流行歌手一样。

我操，好戏开始了，玛克欣几乎在嘴里默念道。她本人也是最近才知道，康克林长时间以来痴迷的其实不是宽泛意义上的希特勒，而是“希特勒闻起来有什么味道，确切什么味道？”这个具体的问题。“我是说显然像一个素食主义者，像一个不抽烟的人，可是……比方说，希特勒用什么古龙水呢？”

“我一直以为是4711。”海蒂表现得比正常人要更积极一点。

康克林当即被迷住了，是在迪士尼的老牌动画片里会看到的那类情景。“我也这么觉得！你在哪里——”

“只是胡乱一猜，肯尼迪用过，对吧？要是适当变通一下，这两人都有相同种类的，你知道的，领袖魅力？”

“一点儿没错，要是小杰克借用他老爹的古龙水——在文献资料里，我们经常发现存在父传子的模型——我们知道老肯尼迪敬仰希特勒，要说他想跟他闻起来有一样的味道也完全说得过去。再说了，邓尼茨元帅的舰队里每一艘U型潜水艇上都被不停地喷洒4711，每一趟出航都要载上几桶满满的香水，而且邓尼茨还是由希特勒本人钦点的接班人——”

“康克林，”玛克欣温柔地说，这并不是她第一次这么跟他说话，“那并不意味着希特勒就是U型潜水艇的狂热爱好者，当时已经没有什么人是他信任的了，那么这里的逻辑又是什么呢？”

起初，玛克欣以为康克林只是在大声地阐述一个观点，所以也就乐意试着去理解他。可是没要多久，她开始有点儿警觉起来，发现在正常的好奇心姿态背后是狂热信徒迷离的凝视。有一次，他给玛克欣看一张“那个年代的宣传照”，照片上，邓尼茨正给希特勒展示一瓶巨大的4711，上面的商标赫然可见。“哇噢，”玛克欣谨慎地避免触怒康克林，“是商家植入的广告吧，嗯？介意我复印一张吗？”只是出于直觉，不过她想让德里丝科尔看看这个。

一看到照片，德里丝科尔的眼珠立刻开始转动。“经过图像软件处理过的，你看。”德里丝科尔打开电脑，在某些网站上到处点击了几下，输入两三个检索词，最后找到一张邓尼茨与希特勒在1942年7月的合影，与康克林的一模一样，只是这两个人仅仅是在握手。“把邓尼茨的手臂往下调两三度，找来一张香水瓶的图像，按你想要的比例缩放，然后放在他的手里，把希特勒的手仍留在原处，看上去就像他在伸手接瓶子，看到了吧？”

“你觉得告诉康克林这些管用吗？”

“这要看他从哪里找来的照片，花了多少钱。”

当玛克欣鼓起勇气问的时候，康克林看上去一脸尴尬。“旧货交换市场……新泽西……你知道那里总会有纳粹纪念品的吧……你瞧，也许是有原因的——它也有可能是正宗的纳粹宣传照，对吧？照片是他们自己处理的，用来当海报或是……”

“你还是要找人做专业判断的吧——哦，康克林，其他人打电话进来了，我得接了。”

自此以后，玛克欣一直努力让他俩的谈话维持在专业层面。康克林确实因为提到希特勒而放松了些，不过这只有让玛克欣紧张起来。她很早以前就在弗洛伊德大学纽约分校学过，哪怕是像这位超级鼻王之类的奇才经常也会是疯子。

海蒂自然是觉得他萌萌的。当康克林离开去厕所时，她侧过身，直到她俩的头挨在一块，然后低声说，“玛克欣，有什么问题吗？”

“你是说，”玛克欣切换到忠诚的跟班模式，“像是埃弗里兄弟的《猎鸟犬》里唱的那样，[1]呃，就我所知，康克林目前还名鹑无主。再说了，你专偷别人的丈夫，难道不是吗，海蒂？”

“啊啊啊！你永远不会——”

“还有卡迈恩怎么办呢，那个热情的意大利人，不用说他肯定忌妒得很，嗅光使用秘诀对战全盛时期的格洛克手枪，对吧？”

“我跟卡迈恩在一起很快乐，不是，我只是考虑到你，玛克欣，你是我最要好的朋友，我不想抢了你的道……”

就在那时，康克林回来了，糖量计的读数降到了一个不那么惊人的水平。

“厕所很迷人。不像‘欢迎来到约翰逊家’[2]的那么复杂，倒是有很多新新旧旧的趣闻逸事。”

阿克塞尔从税务所打来电话，说起维普·埃珀迪尤的近况，貌似他弃保潜逃，逃离了管辖区。“他的年轻朋友们也都消失了。也许不是跟他一块儿跑路的，也许他们仍然在一块儿。”

“你是想让我帮你找一个靠谱的追债人吗？”

“追什么债？我们不用管了。‘松饼与独角兽’被破产管理了，维普所有的账户都被冻结，税务负债正在谈判中，他老婆在申请离婚，就快要拿到房产证了，结局皆大欢喜。抱歉，我得去找张纸巾来。”

对玛克欣来说，迪奇大叔的罚款单是某种能让她学习控制愤怒情绪的教程，她花了一两个小时翻看迪奇的收据和分类账的复印件，然后休息片刻，这时才发现康克林正在翻阅《欺诈》杂志的过刊。“你怎

1 二重唱摇滚乐队埃弗里兄弟的一首著名歌曲《猎鸟犬》里有一句歌词：“猎鸟犬，离我的鹑儿远一点。”

2 曼哈顿下东区的一家廉价酒吧。

么不吭一声哪？”

“你看上去相当忙啊，不想打扰你。只是那瓶9：30香水有了最新进展——我请教了一个同事，我们以前一同在国际香精香料公司工作。她是嗅味专家——她能预先闻到即将发生的事。有时候，一种气味会引发一些事，在这种情况里它更像是导火索——她凑近我给她看的气味样本闻了一闻，然后就一发不可收了。”已经好几个星期了，她不管干什么事都处于恐慌的状态，呼吸困难，不明缘由地惊醒，有一种反向香痕，一种来自未来的味痕，轻柔地但又持续不停地搅扰她。“她说在世之人里没有人以前闻过这个味道，她接收到的这个剧毒的谐味，苦苦的，发出恶臭味，有强腐蚀性。‘像是呼吸进根根细针。’这是她的原话。药物分子、合成物、合金，全都要经历毁灭性氧化的过程。”

“什么意思，比如火灾吗？”

“可能吧。她经历过好几场火灾，有几场还是大型火灾。”

“然后呢？”

“她打算出城去，还跟所有她认识的人说跟她一起走。9：30古龙水跟特区有关联，所以她不会去特区附近的地方。”

“你呢，你还要待在城里吗？”

他没听明白，“这个周末吗？我本来不打算，不过后来我遇见了某人就改变主意了。”

“某人。”

“那天晚上你那个朋友，喷毒药香水的那位。”

小矮个儿羞于启齿。“是海蒂，好吧，我可要恭喜你选择女伴的品位了。”

“我希望你们俩不会因为这事生了隔阂。”

她怔住了，一会儿才反应过来，不过这么多年来，她已经训练到能表现得稍微不那么明显了。“不至于吧，你以为我们会像亚历克西斯和克里斯塔尔在泳池边打架那一幕那样抢着跟你约会吗，康克林？告诉你吧，我会把姿态放高一点，回到我丈夫身边，要是他还要我的话。”

“你似乎……生气了，对不起啊。”

“霍斯特最近几天就要回来了，也许我有些焦躁，不过不是因为你。”

“你丈夫一直没有退出过，我当时立马就知道了——这么说吧，其实我是闻出来的，所以从那以后我努力使咱俩的交往严格限制在公事上，为了避免你误会我。”

“噢，康克林。我希望没有给你带来太多麻烦。”

“确实有，不过我来找你真正想问的是，你今天见到她了吗？”

“海蒂吗？海蒂在……”说到这里她不得不打住，不是吗。此刻合乎道德的做法也许是，呃，不说是警告吧，没准儿只要碰巧提到一两个海蒂的性格小缺陷。但是康克林啊，可怜的傻瓜，他迫不及待地想要聊起她，噢，还有她是什么星座，她最喜欢的乐队是什么，还有还有……

算是服了他了。“你想要什么，让我祝福你们吗？你以为我是拉比啊。我给你写个试镜意见怎么样，这个我倒能写。”

他面带愁容，之前有排练过。“我觉得咱俩尽力试过了，可就是不行。”

“是的，我们的关系可以单独列一条。”玛克欣假装在思考。

“对于海蒂你觉得——不会只是因为嗅光吧，对吗？”

“你想她喜欢的只是你这个人。”

“只要把嗅光一掏出来，人家立刻就下了结论。有些女人会禁不住跟军队想到一块儿去，虽然隔着十万八千里。我从来不是出现场的那类人，在我的心里，我总是坐在办公桌后面。不像——”

“什么？”

“不提也罢。”

要说他准备提温达斯特的名字，那是万万不可能的。真荒唐，对吧？可是，不然还会有谁呢？

22

凌晨三点，电话铃响了，在梦里听来好似一些在追赶她的警察的警笛声。“你们的证据不够充分。”她嘟囔道。她伸手去摸听筒，接了起来。

电话另一头的音效说明对方不熟悉怎么用电话。“哇哦，这些东西真奇怪。嘿，这是怎么了——是我超时了吗，我的天……”看来是艾瑞克，他从昨天凌晨三点到现在还没有合过眼，正打算研磨一把阿得拉[1]然后用鼻子吸呢。

“玛克欣！你最近跟雷吉联系过吗？”

“唔，怎么了？”

“他的电子邮件、电话、门铃，全都是空响，没人应答。去他的工作单位，打他的手机，都找不到他。貌似不管我去哪儿找，突然间都找不到雷吉了。”

“你上次跟他联系是什么时候？”

“上周。我应该要开始担心他吗？”

“他多半只是去西雅图了。”

艾瑞克哼了几小节达斯·维德[2]的主题乐。“你不觉得是因为其他

---

1 阿得拉是一种控制中枢神经的西药，含有安非他命，能使人上瘾。
2 达斯·维德是“星球大战前传”三部曲的男主角。

事吗？”

“Hashslingrz？他们开除了他，你是知道的。”

“是啊，就是说我也被开除了。雷吉做人厚道，给我寄来张遣散支票。不过你知道吗，我现在有进入hashslingrz内部任何地方的特权，最近越是不关我的事，我越是忍不住想管。其实我刚刚正要准备再下去一趟，但一想我最好先给你打个电话……”

“趁我睡觉的时候，真是谢谢你了。”

“哦，真该死，对了，你们这些人要睡觉的，嘿，我——”

“没关系。”她从被窝里钻出来，拖着脚走到电脑边，“你介意有人一道去吗？带我去看看深网怎么样？我们上次约好了的。”

“当然可以，你可以上我的网络，我给你密码，带你进来……”

“等我把咖啡煮上……”

不一会儿，他们便连上了网，缓缓地从凌晨时分的曼哈顿下沉，来到熙熙攘攘的黑暗世界，把忙着从一个链接窜到另一个链接的浅网爬虫留在了上面，把横幅标语、弹出式广告、用户群和自主复制的聊天室也留在了上面……下降到他们可以开始随心游弋的地方，那里有由赛博恶棍守卫边界的特别划定的地址空间区域，垃圾邮件操作中心，还有视频游戏，大家认为这些游戏因为这样那样的理由对目前界定的市场而言过于暴力、太不堪入目或太过妖魅……

“也有一些很不错的恋足网站。”艾瑞克随口一提。不消说还有更忌讳的欲望表达呢，从儿童色情片开始，往后越来越令人作呕。

玛克欣吃了一惊，蛛网下面的地带居然如此人满为患。探险家、朝圣者、侨居他国靠国内汇款生活的人、逃跑中的爱侣、强占他人土地者、潜逃犯、神游症患者，还有好些爱管闲事的企业家怪才，包括“广告男”，艾瑞克介绍给了她认识。此人的虚拟化身是个和蔼可亲的极客，戴着一副方形眼镜，身上穿着一块写了他名字的老式三明治广告牌。他那位体态婀娜的助手三明治妹也是如此，她的头发如火焰般绯红，多边形动图上，有一盆火堆搁在一张日本漫画风格的十三岁左右孩童的脸蛋的上方。

“在深网里做广告，是未来的潮流，”广告男欢迎玛克欣道，“关键是现在就要占据位置，抢好地盘，爬虫们来这里就是眼前的事了，等他们来时广告已经做得风生水起了。”

“等等——你们已经看到这里的广告产生收益了？”

“现在是武器、毒品、性爱、尼克斯队门票的天下……”

“都是些贵得离谱的蹩脚货。”三明治妹插嘴道。

“这里还是未被污染的国度。你以为会永远这么继续下去，可是殖民者就在赶来的路上了，那些西装革履的新手。你能听见山脊线那头传来白人灵魂乐。已经有半打子资金充足的项目，在设计能检索深网的软件——”

“那就，”玛克欣疑惑道，“像是‘狂野冲浪骑士’？”

“不同的是，夏天很快就会结束，一旦等他们下来这里，一切就会被郊区化，速度比你说的‘晚期资本主义’还要快。之后一切都会跟上面浅滩里一样了。一个接一个的链接，全都在他们的控制之下，既安稳又体面。每个角落都有教堂，所有酒吧都有营业执照。谁还想要自由，就不得不套上马鞍，往其他地方奔去。”

“如果你想找便宜的地方，”三明治妹建议说，“冷战遗址附近倒是有一些不错的，不过价格也不会长时间这么合理的。”

“下次开董事会，我会把这个问题提出来。既然说到了，我就去看看吧。”

那不是一个前途一片光明的社区。要是深网里有罗伯特·摩西这号人物，他肯定在嚷嚷，“这儿已经不适合住人了！”老军事设施的破碎残骸，早已失效的指令，仿佛用于幽灵通信的输电铁塔依然伫立在尘世黑夜里远方的海角上，没人打理的桁架结构已然锈蚀，里里外外缠绕着凋谢的有毒绿色植物的藤蔓和树叶，用荒弃的战术频率开展早已因资金撤销而陷入沉寂的行动……导弹原本是用来击落螺旋桨驱动的俄罗斯轰炸机的，却一次也没有使用过，现在横七竖八地闲置在那儿，仿佛是被某些只在深更半夜才出来的穷困人群挑剩下来的。硬件台面占地多达半英亩的巨大的真空管计算机被洗劫一空，只留下空空的托座和散乱的接线。战况室里满地杂物，60年代极盛时期的塑料装饰品已经发黄变脆，一碰就碎。雷达控制台上罩着圆网屏，高级军官的虚拟化身依然挺直腰板坐在办公桌前，对着闪闪发光的分区地图，像是被施了催眠术的蛇，图像腐烂了，僵滞不动，而后化作尘埃。

玛克欣留意到，这些地图中有一幅的中心位于东长岛。房间看着挺眼熟，没有什么装饰物，冷冷清清的。她突然冒出来一个疯狂的直觉。“艾瑞克，我们怎么进去这间呢？”

艾瑞克用手指在键盘上快速地舞动了几下，两人就进去了。它即使不是她在蒙托克看到的那些地下室里的其中一间，那么也相当接近了。这儿的鬼魂用肉眼能看得见。烟草的层层烟雾一动不动地缭绕在没有窗户的房间里。观察器向导负责监视雷达显示屏。虚拟走卒们带着写字板和咖啡进进出出。当班的军官是一位上校，他盯着他们看，仿佛在跟他们要通行口令似的。一个信息对话框弹了出来。“访问权限仅限于美国空军特别调查室第七分区的航空空军防卫司令部里通过适当审查的个人。”

艾瑞克的虚拟化身耸耸肩，笑了笑。下巴上有一小撮胡子在颤动，发出闪烁的绿光。“全是老掉牙的加密，给我一分钟时间。”

上校的脸覆盖了整张屏幕，然后零星地散开，变得模糊不清，化为像素，被噪声与遗忘之风吹散，链接失效，服务器也找不到了。它的声音是好几代人以前合成的，再没有更新过，哪怕以前可以的话，现在嘴唇的动作与发音也无法匹配起来。它想说的话是这样的：

“有这么个惨绝人寰的监狱，大多数举报人相信它位于美国境内，虽然我们也有俄罗斯方面的消息，称它跟古拉格一般丧尽天良。俄罗斯人一贯不情不愿的，他们不肯具体指明。不管它位于何方，用残忍来形容它都过于温和了。他们杀人，但又不让人死，一点儿怜悯心都没有。

“照理说，它类似新兵训练营，用于训练军队里的时间旅行者。其实，时间旅行并不适合平民旅客，你不是简单地爬进一台机器里，而是用你的身心从里向外操作，操控时间并不是一项轻松的训练。它需要你承受经年累月的苦痛、劳役和损失，而且任何事都不可以救赎，或者说，不管发生什么事都没法子救赎。

“由于在校学习时间相当漫长，这个项目更愿意以绑架的形式征募孩童，特别是男孩。他们未经允许就被带走，然后进行系统性地洗脑。他们被分配到秘密的军官手下，再被派去执行政府任务，在时间里来来回回，受命去创造另类的历史，为那些派送他们出去的高层指挥官谋益。

“他们需要做好准备承受极端艰苦的工作。他们挨饿，被人鞭打和鸡奸，不施麻药就进行手术。他们再也见不到自己的家人和朋友。假若这类事在他们执行任务时或仅仅是某一天偶然地发生了，那么他们长期有效的命令是立即杀了认出他们的任何人。

“通常认为，他们转移公众视线的标准战略很有效果。被UFO掳走，在惩教机构里不见了踪影，人脑控制类项目，这些经证实都是转移注意力的有用借口。”

假如……好吧，比方说有一个尚未到青春期的男孩在1960年前后被绑走，那是大约四十年前。他现在说什么也得五十岁上下了。他行走在你我中间，经常趁大家不注意时消失，被一次又一次派遣到时间的残酷荒野里，去不停地重写命运，改写别人以为的既定事实。这些人多半不是东萨福克郡当地的孩子，最好要从遥远的地方把他们掳来，让他们离家千里开外，这样他们就迷失了方向，更容易被驯服。

这么说来，在玛克欣的通讯录里先前未受怀疑的上百号人里，有谁会符合那样的描述呢？她再次浮到现实世界里，留艾瑞克在下面打发他的清晨，在她回到毫无诗意的平日琐碎中很长时间后，她不自觉地在为温达斯特想象一个背景故事：一个天真的孩子，被地球本土上的异族人绑走，等他年纪足够大，大到能明白他们对他做了什么时，一切都太晚了，他的灵魂已被他们夺走。

玛克欣，清醒点吧。她是从哪儿学来这套荒谬的想法的，认为没有人是不可救赎的，甚至包括为IMF卖命的杀人不眨眼的走狗？就算把互联网的可靠性存疑考虑在内，温达斯特的手上也是沾满了大量无辜人命的鲜血，这使得他极容易挤进吉尼斯纪录里那些名声在外的杀人狂魔的队伍。不同的是他犯下的命案都是渐次发生的，一次分摊到一桩，并且都发生在遥远的司法管辖区，那儿的法律和媒体都圈禁不住他。然后你最终见到的他本人，则是一副学者风范，还有总是选错时尚品位这未必讨喜的特点，而你怎么也没法把这两个故事联系到一起。玛克欣明知道不可取，但是多半因为没有其他人愿意听她倾诉，她明白，这事儿还得去跟肖恩说说。

肖恩出门去见他自己的治疗师了，所以玛克欣就在外间办公室里坐一坐，翻翻冲浪杂志。过了约定的时间十分钟，他驾着某个幸运的浪头，兴冲冲地走了进来。

“与宇宙合一，谢谢，”他招呼她道，“你呢？”

“你不用嘴贱，肖恩。”

据玛克欣所知，肖恩的治疗师莱奥波尔多是一位拉康学派的精神分析师，此人在几年前不得已放弃了在布宜诺斯艾利斯的一份体面的行当，很大一部分原因是新自由主义对他们国家的经济胡乱干预。阿方辛执政下的恶性通货膨胀、梅内姆-卡瓦罗时期的大规模下岗潮，再加上国家政权对IMF的唯命是从，想必像极了失控的“父之法”。莱奥波尔多受够了一切，在他深爱的这个问题重重的城市身上看不到未来，于是便放弃了他的业务，还有在精神科大夫住宅区名为“弗洛伊德别墅”的豪华套间，逃来了美国。

有一天，肖恩在城里大街上的一个电话亭里打一通重要的电话。所有的事情都出错了，他不断地把二十五美分硬币塞进去，不是没有拨号音，就是机器人应答，把他折磨得够呛，终于他被逼得爆发了常见的纽约愤怒症，重重地把听筒摔在电话机上，嘴里骂着操他娘的朱利安尼。就在那时他听见有人说话，那声音充满了人情味，既真实又平静。“你遇到一点小麻烦了吗？”当然，莱奥波尔多过后会承认，那是他招徕生意的方式。他常在心理健康危机最有可能出现的地方转悠，比如纽约城电话亭，他事先把故障指示牌移走。“也许算是在道德上钻空子，”肖恩琢磨道，“不过每周的治疗课越来越少，而且并不上足五十分钟。没过多久我就开始发现，拉康学与禅学有多相近。”

“嗯？”

“基本上就是说自我是完全虚假的。你以为的那个你，根本就不是真正的你。真正的你要更少，而同时呢——”

“也就是更多，是的，谢谢你讲得这么透彻，肖恩。”

考虑到莱奥波尔多的过往，这确实是提出温达斯特话题的一个好时机。“你的精神分析师曾经有没有谈到过那里的经济？”

“不怎么说，这个话题让他难受。他能想到的最狠毒的脏话，就是骂对方的妈妈是个新自由主义者。那些政策破坏了阿根廷的中产阶层，毁了无数人的生活，比事到如今人们计算的还要多。大概并没有糟糕到让中产阶层消失的地步，但他们的生活却是完完全全地[1]被毁掉了。你为什么这么问？”

“我认识一个人，他曾经参与过那儿的事，在90年代初期，如今他在特区工作，还在忙着同样龌龊的事，我很担心他。我就像是捧着红通通的热炭的人，无法放下它。这对我的健康有害，它本身也没什么美丽的地方，但是我必须得捧着它。”

“你现在迷恋像是共和党战争犯那样的人了？希望你有用避孕套哦。”

“真机智，肖恩。”

“拜托，你不会生气了吧。”

“‘不会’？等一等。这是一尊铸铁佛像，对吧？你看着啊。”她伸手去够佛像头，只要她一碰到，佛像的头自然就会刚好被她抓在手里，

1 原文是西班牙语。

仿佛是特意设计成一个武器把手的。就在那一瞬间，所有不善的冲动都平静了下来。

“我见过他的犯罪记录，”玛克欣努力不陷入达菲鸭的状态，“他用电动赶牛棒折磨别人，把蓄水层里的水抽出来，强迫农民离开他们的土地，他以一套甚至他自己都不相信的、烂透了的经济理论为名义，摧毁了整个政府，我对他的为人不抱有幻想——”

“他是什么，一个遭人误解的少年，只想跟他爱的女孩结婚，那个女孩其实比他还要懵懂？这是又回到了高中吗？抢着跟会当医生或是去华尔街工作的男孩约会，不过心里始终偷偷渴望着跟瘾君子、盗车犯、便利店的恶棍私奔……”

“是的，肖恩，不要忘了还有冲浪手。我多嘴问一句，你说这话的底气从哪儿来？你们这个行业是怎么了，明明想要救别人，结果却误了他们？”

“我所做的，无非是尽力达到拉康所说的‘好意的人格解体’。如果我一门心思想要‘救’我的客户，你认为我得做多少好事？”

“许多？”

“再猜猜呢。”

“唔……没那么多？”

“玛克欣，我觉得你是害怕那个人。他是死亡之神，他缠上你了，你要找到走出困境的路啊。”

哎哟喂。难道现在不正是好时机吗，踩着重重的脚步走出门去，不失尊严但又毫不含糊地回过头去骂上一句“滚你丫的”？她心里虽这么想，说出口的却是“好吧，容我再想想”。

23

布鲁克和阿维终于回到了美国，他俩看上去仿佛在某个奇怪的伪基布兹里待了一年似的，在那儿成天盯着屏幕，晒不到太阳，饭倒是没有错过太多顿。伊莲恩瞧了布鲁克一眼，二话没说就把她拉去了“高强度”，那是附近的一家健身会所。当布鲁克在底层的餐吧转悠，盯着松饼、百吉圈和冰沙出神时，伊莲恩跟人好说歹说，搞来了一张会员体验卡。

玛克欣并不是那么渴望见到她妹妹，但琢磨着至少得顺路去问候一声。结果去了后才发现，伊莲恩和布鲁克去了世贸中心，这会儿想必在打量着21世纪百货还有多少购物潜力没有被开发。厄尼照理应该在林肯中心，观看某部反响不错的吉尔吉斯电影，不过他实际上偷偷溜去了索尼影城看《速度与激情》。因此，玛克欣只能跟妹夫阿维拉姆·德施勒做伴，度过令人陶醉的一个半小时。阿维负责帮伊莲恩的波洛涅兹牛舌看火，这道菜已经在厨房用慢火炖了一整天了，整个房间弥漫着一股味道，起初还挺好闻，不一会儿就呛鼻了。联邦官员来访一事不由得被提了出来。

“我想只是针对我的官方审核而已。”

“你的？”

“你听说过一家叫hashslingrz的计算机安全公司吗？”

玛克欣的眼神直勾勾地盯着一只鞋的鞋底。“有一点印象。”

“他们拿到了很多联邦工程，还有国安局之类的机构，他们聘用了我，其实我下下周就要开始工作了。”阿维等待着，以为她至少会发出羡慕的赞叹声。

这就是联邦政府上门查访的目的吗？抱歉，不知怎的，玛克欣不这么看。安全方面的审核是基层政府的日常工作，他说的这话分明是某种叫人摸不透的信口胡诌。

“那么……你见着大人物盖布里埃尔·艾斯了。”

“其实他本人亲自来海法聘请我了。我们在瓦迪尼斯纳斯一家沙拉三明治餐馆一起用了早餐。他似乎认识那里的老板。我告诉他我需要多少薪水和福利，他同意了，没有讨价还价。他的衬衫上沾满了芝麻酱。”

“就是个普通人。”

“一点儿没错。”

两人仿佛仅仅是从一个话题轻松地聊到另一个，“阿维，你了解一款叫普罗米斯的软件吗？”

阿维意味深长地顿了顿，感觉比十月怀胎还要久一到两个礼拜。“算是行业里的老生常谈了。英斯洛里的阴谋与反阴谋，法庭案件，FBI把它偷走，如此云云。但它是摩萨德的一棵摇钱树。这是别人告诉我的。”

“有传言说存在后门……”

“起初没有，可是有一些客户强烈要求安装，所以程序被重新修改了，还不止一次哦。事实上，变化一直在发生。今天的版本你都认不出来了。别人差不多是这么告诉我的。”

“现在我想听听你的意见，别人还告诉我有一块电脑芯片，是某个以色列的销售商生产的，也许你曾经碰见过，它安静地躺在客户的机器里搜集数据，时不时地再把搜集到的传给利益相关人？”

他并没有吓一跳之类的，不过他的眼睛开始四处打量房间。“我知道的有埃尔比特[1]。”

“有没有遇见过，比方说在现实生活里？”

他终于跟她四目相对了，然后坐在那儿注视着她，仿佛她是一块屏幕。她思忖着，报酬递减的临界点来了。

没过多久，布鲁克和伊莲恩从市中心回来了，拎着一些21世纪百货的购物袋，还带回来一种奇怪的素食果子冻，它晶莹剔透，叫人越看越着迷，越看越不得其解。“好可爱啊，”在伊莲恩看来，“像是一幅三维的康定斯基画作，正好搭配牛舌吃。”

波洛涅兹牛舌是家里所有人的童年最爱。玛克欣以前常以为它是古典钢琴的某个新奇曲目。把腌制过的牛舌放在厨房里一个精致的茨米斯[2]里炖上一整天，里面还放有杏子碎末、芒果泥、菠萝块、去核的樱桃、葡萄柚果酱、两到三种不同的葡萄干、橙汁、糖和醋、芥末和柠檬汁，最最重要的是姜饼，至于原因，已经在传统的某个沉寂的光环中被人遗忘了——默认是纳贝斯克，因为奇宝在两三年前就把原来的阳光系列产品卖掉了。

“她又把姜饼给忘了，”厄尼喜欢假装愤愤地抱怨说，“你会在《每日新闻》里读到这条。”

姐妹两人拘谨地拥抱了一下。谈话尽量避免触到敏感点，直到客厅电视机的13频道开始播放一档谈话节目，叫作《用老二思考》，由环城路[3]知识分子理查德·乌克曼主持，今天的嘉宾里有一位以色列内阁官员，布鲁克和阿维以前经常在聚会上碰见他。谈话的主题是热度不减的西岸定居。等一分半钟的政府宣传过去后，虽然感觉上时间还要更长，玛克欣突然说道：“希望这个人没有向你们推销房地产。”

这正是布鲁克一直在等的。“快嘴小姐，”她略微尖声细气地说，

1 埃尔比特是以色列的一家防务公司，在全球范围内开展业务。
2 犹太人的传统菜肴，是一种加了蜂蜜煮的胡萝卜甜点。
3 环城路指的是495号州际公路，它是环抱首都华盛顿特区的一条公路，因此环城路也用来指代联邦政府的内部人员。

“总有言论要发表。什么时候试试夜里出去巡逻，阿拉伯佬朝你扔炸弹时，看看你那张快嘴能让你跑多快。”

“姑娘们，姑娘们。”厄尼低声说道。

“我想你是说姑娘，姑娘，”玛克欣说，“我是家里突然遭遗弃的那一个。”

“布鲁克只是想说，她去过基布兹，而你没有。”伊莲恩宽慰道。

“对的，一整天都在海法的大峡谷购物中心，花她老公的钱，什么基布兹啊。”

“你呢，你连个老公都没有。”

“哦，快看啊，惊叫电影节。我来这儿就为了这个啊。”她朝果子冻抛了个飞吻，然后到处找她的钱包，果子冻似乎扭动着应答了下。布鲁克气冲冲地去了厨房。厄尼跟着进去了，伊莲恩伤心地望着玛克欣，阿维假装在专心地看电视。

“好吧，好吧，妈，我会客气一点，只是……我本来想说，好好管管布鲁克吧，不过我想这话应该三十年前说的。”不一会儿，厄尼吃着姜饼从厨房里出来了，玛克欣走进去，发现她妹妹正在切土豆做土豆烙饼。玛克欣找到一把刀，开始剁洋葱，两人一声不吭地准备了好一会儿，谁也不愿意先开口，但愿一开口不是“我很抱歉”之类的话。

“嘿，布鲁克，”最终玛克欣先说话，“能问你一些事吗？”

布鲁克耸了耸肩，仿佛在说，我有的选吗？

“我曾经跟一个人出去约会，他说他以前是摩萨德的。我无法判断他是在骗我还是什么。”

“他有没有脱下他右脚的鞋子和袜子，然后——”

“嘿，你怎么知道？”

“在海法随便挑一家单身酒吧，每天晚上你总能碰见某个草包，拿了支三福记号笔在脚后跟底部画上三个点。说是有这么个关于秘密文身的古老传说，完全是胡说八道。”

“可还是有姑娘上当受骗？”

“你难道没有？”

“拜托，犹太人和文身？我是很迫切，可还不至于看走眼。”

晚上接下来的时间里，大伙儿都客客气气的。波洛涅兹牛舌盛在玛克欣记得只在逾越节家宴上才亮相的韦奇伍德瓷盘里端了上来。厄尼动作夸张地磨了磨刀，开始隆重地切牛舌，仿佛那是一只感恩节火鸡。

“怎么样？”厄尼吃了一口后，伊莲恩问道。

“绝对是舌尖上的时间机器啊，亲爱的，你简直是普鲁斯特再世[1]，这道菜直接把人带回到他当年的受戒礼。”厄尼唱了两三小节的《赞纳，赞纳，赞纳》[2]来证明。

“我用的是他妈妈的烹饪秘方，”伊莲恩解释说，“呃，芒果除外，当时它们还没有发明出来。”

“媒婆直通车”的伊迪丝在外面的走廊上，懒洋洋地坐在自家门口，仿佛在招揽顾客。“玛克欣，前两天有人来这里找你？当时戴托娜也不在，他让我告诉你他会再来的。”

“哎呀，”直觉的灵光一闪，“那人的鞋子不错吧？”

“得要大几百吧，像是爱德华·格林[3]那种牌子，蛇皮做的，足够得体。你可能要长着点心眼，这人有问题。”

“你说客户吗？”

“圈子里都知道。别误会我的意思，寂寞没问题，我就是靠这个赚钱的，我受够了寂寞，我受够了饥渴。不过这个人……”

“别用那种眼神看我，伊迪丝。我跟他不来电。”

---

1 法国作家普鲁斯特的著作《追忆似水年华》里有一个著名的桥段，玛德莱娜小蛋糕的味道引发了叙述者对童年的回忆。

2 这是一首以色列军歌，原为1939年逃亡当时的巴勒斯坦、现居以色列的波兰犹太人伊萨卡·米隆所作的一首歌曲，当时在巴勒斯坦非常流行，后在以色列电台经常播出。

3 英国知名鞋牌，公司成立于1890年，专门生产高品质的绅士皮鞋。

“我在这个行业做了三十年，相信我，怎么样才算来电？电来了就是来电。”

“你别吓我。你是说我应该等他回来找我？”

“别担心，我已经事先通知《时报》的人了，他们不会把你的名字写错的。”

果然不出所料，仿佛伊迪丝装了窃听器似的，尼古拉斯·温达斯特打来了电话。他想邀请她去东区的一家伪巴黎啤酒店吃早午饭。“只要是你请客就行。”玛克欣耸耸肩，只当是一笔不小的联邦退税款吧。

温达斯特似乎觉得这是约会，不然也说不通，因为他精心打扮了一番，一身某人概念里的时髦装束——牛仔裤、上等的鲨皮运动外套、紫饮料[1]的T恤，违反了好几条着装规定，足以让人把他从L号列车[2]上扔下去。玛克欣尽量盯着他的装扮看了一会儿，耸耸肩说："真是抢眼啊。"

他想坐到屋里去，可玛克欣觉得靠街坐更安全，而且今天天气不错，于是呢，体贴的马屁精，那就坐在外面咯。温达斯特点了一个溏心蛋和一杯血腥玛丽，玛克欣要了半个葡萄柚和碗装咖啡。“你居然有空出来，真是意外啊，温达斯特先生，”玛克欣露出一副不顾及颜面的、假假的笑容，“对了！我妹夫现在回到美国了，我实在想不出你找我还会有其他什么事。”

“我们很好奇地了解到，他被hashslingrz.com聘用了。顺便说一句，喜欢你这身打扮，是阿玛尼的吧？”

“只是H&M淘来的破衣服，不过你能注意到真是体贴啊。”怎么

1 紫饮料指在美国南部的嘻哈圈子里流行的一种毒品，成分包括含可待因和异丙嗪的止咳糖浆和汽水。

2 纽约的L号列车沿着14号大街行驶，在开往布鲁克林的途中经过东村，因此列车上经常坐满了穿着时髦的人。这里的意思是温达斯特的打扮并非符合现下流行的趋势。

回事，她这是在跟他要嘴皮子吗，打住，打住，玛克欣你什么时候才会……？”

“要是阿维拉姆·德施勒跟我们怀疑的那样，是摩萨德的沉睡者，那么利益扯在一起就很有趣了。”

玛克欣用“茫然的目光”注视着他，这是她从肖恩那里学来的，经常发现很管用。“在我看来太不切实际了。”

“你尽管装傻吧，我调查过你，你可是把杰里米·芬克送去监牢的小娘子，曾经在泽西把马纳拉班的蓬佐兹犯罪团伙一锅端掉，扮成雷盖摇滚乐的伴唱歌手前去大开曼，朝一百零五亿白花花的瑞士法郎投燃烧弹，搭犯罪嫌疑人的喷气机偷偷从敌占区溜出来。”

“你说的其实是米基·特纳，大家总是把我俩搞混。米基才是女强人，我只是个上班族妈妈。”

“不管怎么说，考虑到hashslingrz牵涉到大量的美国政府合同——”

“听着，不管是你们这些人把阿维幻想成帮黑暗势力干活的黑客破坏分子、摩萨德的杀手，还是说他只是一个普通的极客，跟我们其他人一样在环城路外面努力讨生活，无论是哪样，我都不明白这跟我有什么关系。”

温达斯特打开一个铝制手提公文包，伸手进去掏出一个文件夹来。从手提包里面装着剃须工具包和更换的内衣物来看，他似乎是提着这个包过日子的。“等他跟盖布里埃尔·艾斯下一次碰面前，你说不定想看看这些资料。”

她看不见他的眼睛，就只能注视着他的嘴，想看出什么来，提示吗？可惜并没有，他只是朝着她微笑，这微笑甚至算不上和善，更像是他握有胜券，或是握有对准她心脏的武器。

她虽然没有兴趣触碰跟温达斯特的贴身衣物靠在一起的任何东西，不过身为反欺诈调查官，首要行事原则是“你永远不知道会发生什么”，所以她还是小心翼翼地接过文件夹，塞进了她的凯特·丝蓓挎包里。

“前提条件是，”玛克欣很快加上一句，“像黛博拉·蔻儿或是玛尼・尼克松[1]会说或唱的那样——这跟我无关——”

“我让你紧张了吗？”

她壮着胆子迅速瞥了一眼，惊奇地在此刻他的脸上捕捉到一个与身在14街南面一家临时搭凑的餐馆不会不相符的神情。在某个周六的深夜，热卖品已经售罄，剩下的库存越来越少，抵不上什么用。这是怎么回事？她可不打算应对这样一张脸。一阵沉默袭来，然后弥漫开。可又不仅仅是沉默，当她的目光无意中游移到他身上另一个内部指示器时，这一点得到了印证。其实是他勃起了，活儿还颇具规模，糟糕的是，她在看时被他逮了个正着。

“就这样吧，回去工作。”她不自觉地以一副冒冒失失的傻样低哑着嗓子说。可是她没有动，甚至没有伸手去够自己的包。

“拿着，兴许这个更方便。”他在一张餐巾纸上写了些字。要是在一个更纯洁的年代，或说假设在一个更早些的年代，他写下的说不定是一家好餐馆的名字，或是创办一家新公司的想法。搁在今天，你能给的最优雅的说法是邀请对方踏入轻浮之地去犯错。她留意到，那是一个搭地铁去不太方便的地址。“上下班高峰期怎么样？比较不容易引起注意，你可以吗？”

她之前没有领悟到的许多事中的一件是他说话的口气，很强硬，谈不上所谓的特别有魅力，可也算不上是交易杀手。她想知道，什么才会让他们的交易谈崩。他站起身来，点了点头后开溜了，留下她结账。可他之前明明说过他来请客的。她又在想什么呢？

仿佛康克林是一位仁慈的天使，给她送来最后一次敢做敢当的机

1 玛尼・尼克松是美国的一位女高音歌手，经常在音乐剧电影里帮女演员配音。1956年，她与女演员黛博拉・蔻儿合作，为后者在电影版的《国王与我》里配音。次年，她再次与蔻儿携手合作，为《金玉盟》配音。

会。康克林事先没有通知，突然出现在了等候室里，真是他一贯的办事风格啊。“噢，”戴托娜夸张地后退一步，“吓尿我了，你怎么总是让这些孤僻的家伙进来这里呢？”而此时的康克林出于自身的原因已经变得怪里怪气。

“什么，你闻到什么了吗？”

“又是那股男性味道——男士的9：30古龙水。这里有东西在散发出征象。”康克林像越狱电影里的猎犬一般，跟随着香痕走进玛克欣的办公室里，锁定在她的手提袋上。“这气味干得特别慢，所以是最近两三个小时以内的。”

哦，还能是谁呢，温达斯特呗。她在包里一阵翻找，拿出他给她的文件夹。康克林飞快地翻动着文件页。“就是这个。”

“刚刚跟我，唔，一起吃早午饭的那个人，他是从特区来的。”

“你确定他跟莱斯特·特雷普斯没有关系？”

“只是我的大学同学而已。”哦？怎么回事，突然不乐意跟康克林分享温达斯特的事了？什么理由呢？这理由她现在不想说？“他现在是环境保护局的中层管理人员，也许这气味在某个有毒污染物的清单上？”

她的思绪渐行渐远，没有人试着把它们拉回来。温达斯特在某段更通人情的年轻岁月里有没有像玛克欣去天堂车库那样曾经流连于老式的9：30俱乐部呢？也许趁着在全世界作威作福回美国休息的当儿，也许他曾碰见过还在当地发展的“小型书桌乐队”和“坏脑乐队”，也许9：30古龙水的味道是他与那个尚未堕落的青年最后也是唯一的纽带？也许康克林的季节性过敏症犯了，他的鼻子今天失灵了？也许玛克欣不知不觉地陷入了多愁善感的愚蠢情绪里？也许就是个屁，不是吗？莱斯特被干掉时温达斯特就在场，也许就是他干的呢。

真该死。

那么，今天差点儿就发展出一出浪漫的韵事，这事又该怎么说呢？突然间它更像实地调查了。

另一边，康克林想聊一聊恐海症公主，不然还会有谁呢。等到玛克欣终于把这个走火入魔的家伙赶出门去，她只剩下短短的半小时来整理，怎么说呢，整理跟温达斯特的工作约会。她稀里糊涂地回到家中，站在卧室的衣橱前发愣，纳闷着为什么她的思绪变得如此茫然。备选清单上不知怎的不会有亮红色的聚氯乙烯衣服，虽然它们并不是不合适。也不会考虑牛仔裤。最终，在衣橱里视线容易忽略的深处，她发现了一套别致的色调柔和的紫红色套装，那是参加鸡尾酒派对穿的，很久以前在老佛爷百货歇业甩卖时买来，一直留着它，想必并不是出于念旧。她努力去想象温达斯特会怎么看它。要是他看懂了，要是他不是一把抓来就开始撕的话……女人独特的颅顶，还是说她想说的其实是涡旋？[1]里面反复传来同样的讯息，它们渐次堆积起来，得不到回应。

1“颅顶”（Vertex）与“涡旋”（Vortex）的拼写只相差一个字母。

24

那个地址在地狱厨房[1]南部最西边的一栋楼里，周围是火车场和隧道入口，穿越街区的隧道挖得实在马虎，七零八落的碎块留在原地自生自灭，此外还有厩楼、录音室、台球桌陈列室、电影仪器租赁处、地下拆车厂……玛克欣认识的人里有自作聪明的房地产专家，跟她保证说这是下一个抢手的社区。改造工程即将开展。某一天，地铁7号线会延伸到这里，贾维茨会议中心会有自己的站口。某一天，这里会有公园、高耸的公寓楼和奢华的旅游酒店。目前，它的周围荒凉一片，交通也不方便，在未来的几个世纪里，在纽约被人遗忘后很长时间，从其他星球来的参观者抵达这里，他们会以为这个地方颇具有仪式感，甚至会以为它是宗教圣地，做公共景观、集体祭奠和午餐休息用的。

今天，第十一大道上聚集了一大批警察，一直到第十大道的所有街区都是。玛克欣很庆幸自己此刻不是在步行。这样麻烦就转嫁给了出租车司机，他觉得有可能是警察在演习，假想的场景是恐怖分子占领了贾维茨会议中心。

“为什么，”玛克欣想知道，“会有人想占领它啊？”

“呃，假设是发生在车展期间。于是他们抢走了所有那些汽车和卡

1 正式的行政区名为克林顿，俗称为西中城，是纽约市曼哈顿岛西岸的一个地区。该地方早年曾是一个著名的贫民窟，以杂乱落后和高犯罪率而闻名。

车。他们可以把其中的一些卖钱，去买炸弹、AK手枪之类的，”司机显然自己设想好了场景，“把像法拉利和帕诺兹这些酷车留着，卡车就用来当部队用车，哦，他们还需要劫持一个车队的汽车运输船，像彼得比尔特378之类的。还有……还有那些真正帅爆的上等货，希斯巴诺-苏莎、阿斯顿·马丁，他们可以把它们圈禁起来要赎金。”

“给我们一千万美元，不然我们毁了这部车？”

“起码折断它的天线，只要别严重影响它的二手价值就成，明白吧。”在他们周围，纽约警察蜂拥而至，他们聚在一起站岗，编队在街上跑来跑去。在头顶上方明亮的初秋天空中，UFO在耐心地执行它们隐秘的侦察任务。时不时地，一个带扩音器的警察会走上前来，瞪大着眼睛朝出租车嚷嚷，要它们走开。

最后，他们在那个地址前缓缓停下，它看上去像是一个六层楼的出租楼盘，土里土气的，被人遗弃在这里，等着有一天某个高层公寓楼方案来拆除它取代它。夜里，也许每层楼只有一间窗户亮着灯。这让她想起自己在80年代里住的地方，当时那个街区采用了合作公寓的模式，住的都是些无法搬出去或不肯搬出去的租户，开发商迫不及待想把那个地方推倒，表现得很不友善。

她按响门铃，似乎有十分钟的时间，她感到被突然聚过来的半个街区的人盯着看笑话，一个随便是什么都有可能的刺耳噪声从尺寸过小的扬声器里传出来。

“是我——玛克欣。”

“谁？”

她又大声报了一遍名字，透过脏兮兮的玻璃向里望。门还是没有开。最后，当她要转身离开时，温达斯特来开门了。

“门铃坏了，从来没有正常过。”

“谢谢你告诉我。”

“想看看你能等多久。”

荒凉的过道无人打扫，光线昏暗，比从大楼外观看上去延伸得要更长。墙壁病恹恹地闪着不同颜色的光，有恐怖的黄色和污垢折射出来的绿色，医疗废品的颜色……随便什么都能进来这里，包括非法占据者，他们时不时踏入视准线里，再立马缩回去，像是第一人称射手的射击目标。地毯被人从门道里移走了，漏洞还没有人来修，油漆荡在那儿，命不久矣的日光灯在头顶上嗞嗞嗞地亮着紫光。

温达斯特说，地下室里住着野狗，太阳落山以后开始出来，整夜在走道上游荡。这些狗原本是带过来恐吓最后一批租户让他们搬出去的，可当狗粮钱一超过重新安家的预算，它们就被留在原地自讨活路了。

在公寓里，温达斯特一刻也不浪费。"趴在地上。"他似乎正因性欲高涨而焦灼难耐。她看了他一眼。

"赶紧。"

她难道不应该说，"你猜怎么着，操你自己吧，你会觉得更好玩的"，然后走出门去？没有，她反倒是立刻就顺从了——她利索地双膝跪下。很快地，没有再跟她商量，没有说找张床来会更舒服，她就跟地毯上几个月来吸尘器没有清扫掉的垃圾待在一块，脸贴着地板，屁股翘在半空中，裙子被掀了起来。温达斯特没有修剪的指甲有条不紊地撕扯着她前不久在萨克斯百货花了二十分钟好不容易才选中的灰褐色透明连裤袜，他的鸡巴没受到什么阻碍就进入了她的身体里，想必她在自己不知道时就已经湿了。他那双杀人犯的手用力地抓着她的臀部，就是那个部位最关键，她直到现在还只是朦胧地意识到，那个部位里有某个邪魅的神经受体组等着被发掘，等着像游戏手柄上的按钮那样工作……她无法判断是他在动，还是自己在动……就算想搞清楚，那也得等到事后才有时间细细回味这个区别，当然，在某些圈子里这被认为是一个很重要的区别。

她趴在地上，鼻子跟一个插座在同一水平线，想象着有那么一刻，她能看见平行的插孔后面，电力正散发出强烈的亮光。有个跟老鼠一般大小的东西在她的视线边缘匆匆地一闪而过，那是莱斯特·特雷普斯，是莱斯特那忸怩的、委屈的魂灵，急需找到庇护所，它被人遗弃了，尤其是被玛克欣。他站在插座前面，伸手进去把一个插孔的边缘撑开，如同打开门一样，然后带着歉意回头望了望，悄悄地溜进那吞噬一切的光亮中，不见了。

她大叫一声，虽然不全是为了莱斯特。

在忧郁的灯光下，玛克欣细细观察着温达斯特的脸，想看看他是什么心情。对于一场草草了事的打炮，上帝保佑但愿不会有眼神交流之类的，可就算有也不要紧。另一方面，起码他用了避孕套——慢着，慢着，初中毕业舞会的应变能力还不赖嘛，她现在也在为这事儿计算利害得失？

朝窗外望去，映入眼帘的不是一幅广阔的灯火全景图，每一盏灯映衬出一幕不同的大苹果剧，而是一张规模有限的低层楼图景：水箱似古老的冲天火箭般倚立在屋顶上，屋顶的最后一层防水层是去世有几代人之久的移民劳工涂上的，灯光从其他人家的窗户里射出来，再经过钉起来的床罩的过滤，书架上放满了破旧不堪的平装书，电视机留下它们的背影，遮阳帘自好几任租户以前被摇到底后，就再也没有摇上来。

屋里有一处类似厨房的地方，里面的橱柜按照临时住房的传统，堆满了许多人前前后后留下来的不少杂物，无名氏销售代表、故障检修工和旅客，他们肯定以为自己需要这些东西来度过在这里逗留的时光，尤其是晚上他们不愿意或不允许上街乱逛……奇形怪状的意大利面，印有颜色罕见的图片的罐头，里面装着难以辨认的食物，名字难念的汤羹，还有在通常写营养成分的地方放着官方模样的弃权声明书的零食产品。在冰箱里，她只看见一颗甜菜，可以说是傲慢地坐在盘子上。已经有生出蓝绿色霉菌的迹象了，看着挺可爱，只是……

“有时间喝咖啡吗？”

“不喝了，我得回去了。”

“当然，孩子明天还要上学。我也要给多蒂打个电话。”

“多蒂，她是……”

“我太太。”

哈。她在心里一愣，过了一会儿才反应过来，怎么回事？这么说来有几个太太，两个？而这跟你有什么关系，玛克欣？最后，关键的问题是，他是故意等到现在才提到他有太太？

温达斯特找到一个写着日文的盒子，里面似乎是海藻零食，此刻他大口大口地吃起来，怎么看都像是胃口很好的样子。玛克欣看着，不尽然是反胃，或者说还没有开始反胃。

“想来点吗，味道……很特别……对了，玛克欣……我没有不开心。”

不是情到深处无法自已嘛。没有不开心，亏他说得出口。话说回来，布景设置[1]得怎么样？室内不知打哪儿来的一阵风，吹来了9：30的香味，又一次叫她想起德塞雷特的屋顶，还有莱斯特·特雷普斯。

“我可能今天有一点心不在焉，”她眼见着提一下没什么坏处，“有一个案子，严格说来不是由我管的，不过它一直在我脑海里。没准儿你在新闻里见过。一桩谋杀案，莱斯特·特雷普斯？”

冷漠，冷漠无情的家伙。“谁？”

“就发生在我家那条街上，在德塞雷特。你也许从来没有去过吧？我的意思是你对盖布里埃尔·艾斯这么有兴趣，而他恰好拥有那栋楼里的一个单位。”

“真的。”

她原本期待上演一出法庭剧里的俯首认罪？他知道我知道，她揣测道，那么今天的任务就完成了。

他没有下楼来送她搭出租车。她坐进开往城外的出租车后，才有

1 原文的这个词（set up）正好颠倒了前文的“不开心”一词（upset）。

空在心里质问自己，我到底他妈的在想什么啊？最糟糕的地方，或者说她的意思其实是最棒的地方，是哪怕到了现在，她依然可以探身前去，打断的哥广播里听众来电的仇恨联欢会，用准是在颤抖的声音请求司机把她送回到那个杀人鹰犬黑漆漆的、简陋的窝巢里去，再问他要更多，这么做几乎不费什么事，没错，其实全靠罗斯福那银光闪烁的小颧骨[1]就能搞定。

直到那天夜里晚些时候，她才抽出空来阅读温达斯特带给她的文件。一时间有那么多趣味盎然的零碎杂事要干：按大小和颜色整理水槽下面的海绵，在录像机上播放一盘清洁磁头的磁带，翻阅外卖菜单看看有没有重复印刷的。最终她才把文件夹拿出来，上面的朋克摇滚气味已然褪去。封面上压根就没有标题、作者名、商标或任何身份证明。她在里面找到了一份类似小档案的文件，一下就明白了它想讲什么，这些内容似乎对于收集这份资料的人来说很重要。里面说盖布里埃尔·艾斯身为犹太人，却不断帮着把数百万美元非法转移到由瓦哈比跨宗教友谊（WTF）基金会控制的一个在迪拜的账户，反正据这份文件称，该基金会是恐怖分子的一个著名的幕后操纵者。

“为什么，”这个账户伤心地问，“身为犹太人，艾斯却如此慷慨地为以色列的敌人提供援助和支持呢？”可能的推测包括“纯粹的贪婪”“双重间谍”“犹太人的自我仇恨”。

文件里有十来页都是在跟踪流经艾瑞克所发现的哈瓦拉系统的资金流向，从湾脊的祝您健康快乐[2]进出口开始，然后经由货物装运的再开票，运入美国的货物包括芝麻蜂蜜糖、开心果、天竺葵精油、鹰嘴豆、几种摩洛哥综合香料，运出美国的货物有移动电话、MP3播放器、

1 指十美分硬币。
2 原文是阿拉伯语。

其他轻电子产品和DVD，尤其是老剧《海滩救护队》——这些数据是由某个思路不太清楚、连对一般公认会计原则都无知到出奇的委员会收集的，全都随意地杂糅在了一起。看了半小时后，玛克欣的眼珠子在朝相反的方向转了，她完全不知道这份文件是在自我陶醉呢，还是用隐藏得很深的方式承认失败。最起码，他们貌似了解哈瓦拉——嘿，酷毙了。还有什么？最后一页的标题是“行动建议”，洋洋洒洒地列举了通常用来制裁hashslingrz的措施：撤回忠诚审查，提起公诉，取消高价合同，还有一个令人不安的脚注——“备选项X——查阅指南”。当然，文件里并没有附上指南。

为什么温达斯特要给她看这个呢？是个圈套的可能性继续上升。时近天亮，她发现自己在梦里重温电影《扬帆》。在梦中的版本里，扮演“杰里”的保罗·亨里德和扮演“夏洛特”的贝蒂·戴维斯正准备再休息一下抽根烟。一如往常，“杰里”娴熟地把两根香烟放在嘴里同时点燃，不过这一次，当“夏洛特”满怀期待地去够她的烟时，“杰里”把两根烟都含在嘴里不肯放，继续抽着，乐得眉开眼笑，吐出一大团一大团的烟雾，直到只有两个软塌塌的烟屁股挂在他的下嘴唇上。在交替镜头里，“夏洛特”眼见着越来越焦虑不安。“喔……喔，好吧……当然如果你……”玛克欣大叫着醒来，以为有东西睡在她的床上。

近来发现，在雅皮士的玩家市场上，轻易上当受骗的事是一桩接着一桩。有一伙雪茄伪造商在西30街的一家烟店里销售“走私的”古巴雪茄，二十美元一根，这价格放在当下是很吸引人的，还有一系列的“稀有古董”雪茄，包括据说是JP摩根私人珍藏中的藏品，格劳乔·马克斯电影里如假包换的可嚼道具雪茄，还有最早的雪茄，比如克里斯托弗·哥伦布的第一根巴西雪茄，德拉斯·卡萨斯在《印第安人历史》中曾经提到过。令人难以置信的是，这些赝品全都能按要价卖出，城里有一个小型对冲基金支付给这些仿冒品艺术家大笔大笔的钱，然后列支在旅游与娱乐的条目里，万一被媒体逮个正着，就收取所谓的“奢华折扣”。两三天后的一个早晨，玛克欣渐渐要适应手头这张永远生效的搜查令了，这时戴托娜摇头晃脑地走了进来，眼睛往下和往右边瞟着。回想起曾经在亚特兰大城参加过的一个神经语言学工作坊，玛克欣察觉道：“你又在自言自语了。”

“别跟我掉书袋，1号线有电话。看看你能不能打发那家伙。”

多亏她的妹夫阿维，玛克欣这些日子里在电话机上连接了一个神奇的以色列制语音分析器，它的算法能区分“攻击型”和“防御型”撒谎，还有“只是闹着玩”的撒谎。不知道温达斯特跟戴托娜说了什么客套话，但不管今天是什么让他烦恼，它都不符合闹着玩的范畴。

“你读了我留给你的资料了吗？”

不妨说我那天跟你在一起很愉快，你一直在我的脑海里挥之不去之类的话怎么样？立刻叫停这操蛋的对话，你为什么不这么做呢？恰恰相反，和颜悦色小姐。“里面的大部分内容我之前已经知道了，不过还是谢谢你。”

“你知道艾斯是犹太人。”

“是的，还是超人呢，那又怎么样，抱歉，现在又回到1943年了？你们这些人为什么这么偏执呢？”

“他确实聘用你的妹夫了。”

“所以说呢？你是说这些犹太人真是团结吗？就这样？”

“关于摩萨德——他们是美国的同盟，不过只在一定程度上。他们有时候合作，有时候不合作。”

“是啊，犹太禅宗，非常普遍，艾尔·乔逊前一分钟还化装成黑人呢，下一分钟就在庙堂里开唱了，记得那一段吗？让我来提醒你，好好读一读哥舒姆·舒勒姆吧，他的《犹太神秘主义的主要潮流》会给你解释徘徊在你脑子里的任何问题的。另外，请允许我回到忙碌的工作中，并不会因为接了一通像你这样的电话，我一天的工作就没那么吃力了。

除非你乐意像我们说的那样痛痛快快地全说出来?”

“我们知道艾斯转走了多少钱，钱去了哪里，我们几乎肯定钱到了谁的手里。可事到如今，我们只有零散的线索。你读过那些文件，明白这一切是多么凌乱。我们需要有反欺诈调查技能的人来整理清楚，才能送去给上级。”

“拜托，我试着想理解你，可你的话真他妈的说不通哎。你是说在你们自己庞大的数据库里，居然连一个专业谎话精的联系人信息都找不到？这可是你们这些人的特长啊，是你们的家乡产业。”玛克欣提醒自己，把两人的浪漫情事放一边，要记住当莱斯特·特雷普斯被丢弃在德塞雷特的游泳池里时，这个人可是在场的啊。

“哦，对了，”温达斯特的话跟环卫车一样突然冒了出来，“你听说过莫斯科的国立黑客学校吗?”

“啊，没有。”

“听我的一些同事说，它是由克格勃创办的，现在仍旧是俄罗斯间谍活动的左膀右臂，它的任务声明里包括用网络战争摧毁美国。你新结识的好朋友米沙和格里沙看样子就是近几年的毕业生。”

他在监视我，好啊，恐俄反应，意料中的事，可现在是怎么了，这个厚脸皮。“你不喜欢我跟俄罗斯人交往。抱歉，我原以为所有那些冷战戏码都结束了呢。这是暴徒指控，还是什么?”

“俄罗斯暴徒和政府近来有诸多共同利益。我只是建议你对同伴要多长个心眼儿。”

“比高中时还要糟糕啊，我发誓，约会过一次他们就以为你是他们的人了。”

他恼火地咔嗒一挂，通话断了。

25

在家中邮箱里等待她的，是一个四方形的邮寄用小信封袋，邮戳盖的是美国内陆的某个地方，可能是某个M打头的州。起初，她以为是孩子们或霍斯特寄来的，但包裹里没有留言条，只有一张装在塑料唱片套里的DVD。

她把光碟放进DVD播放器里。突然，屏幕上跳出来一个用德式斜角镜头拍的屋顶的影像，是在西区郊外的某个地方，再过去就是哈德逊河和泽西了。清晨的曙光洒在屋顶上。一条烧附的时间戳显示“上午7：02：00”，那是大约一周前，时间戳僵滞片刻后开始跳动。一段音频响起，其中全是杂碎的噪声、远处的救护车汽笛声、街那头的垃圾回收声，一架直升机经过或也可能是在空中盘旋的声音。镜头若不是从大楼水箱所在的某个房子的后面，就是从房子的里面拍摄的。外面的屋顶上站着两个男人，他们架着一具肩扛导弹，没准儿是“毒刺”，还有一个男人，他大多数时候在对着一部有很长的鞭状天线的手机大声说话。

有一段时间没什么动静。对话不是太清楚，好在用的是英语，口音也不是特别生僻，是中部地区哪个地方的口音。雷吉（肯定是雷吉）又回到了以前爱玩变焦的拍摄路数，给每一架出现在空中的客机都来个特写后，才再回到屋顶上的待命现场。

大约八点半左右，摄影机留意到附近另一幢楼的屋顶上有动静，就摇过去拍摄。镜头推近到一个扛着一杆AR15突击步枪的人身上，此人正装上两脚架，趴下呈俯卧的开火姿势，随后又站起身来，移走两脚架，走到屋顶的矮墙边，用矮墙做支撑，保持这个姿势再转到不同的位置，直到找到令他舒服的那一个为止。他唯一的目标看样子是扛“毒刺”的那些人。更有趣的是，他丝毫不掩饰什么，仿佛扛“毒刺”的那些人知道他在那里，没有关系，他们也不打算回击。

不一会儿，打电话的那个人朝天空指了指，一切准备就绪等待行动，全体人员瞄准并捕获目标，他们的目标貌似是一架往南飞的波音767。他们追踪着飞机，摆出准备开枪射击的样子，不过并没有开枪。飞机继续飞，不久便消失在了一些建筑物的后面。打电话的那个人大喊一声：“好了，我们收工。”射击组便收拾东西，所有人离开屋顶。另一个屋顶上的狙击手同样也消失了。从下面传来风刮过的声音，还有短暂的沉默。

玛克欣给玛奇·凯莱赫拨通了电话。“玛奇，你知道怎么把视频资料上传到你的博客上吗？”

“当然，只要带宽允许。你的话好奇怪，发生什么有趣的事了？”

“这事你得瞧瞧。”

“你过来吧。”

玛奇的家要再过去几个街区，在哥伦布大道和阿姆斯特丹大道之间的一条十字街上，那条街就算玛克欣曾经去过，她也不记得是什么时候了。她从未留意过，这条街上还有一家洗衣店和一家印度餐馆。这个年代悠久的波多黎各[1]住宅区算是存活了下来，免不了遍体疮痍，污头垢面的。它被赶到了室内，不准再出来抛头露面，它原先的样貌被人在上面无情地改了又改——随着没有一丝自我怀疑的高层建筑一路向北挺进，不管是50年代的黑帮，还是二十年前的毒品交易，全都

1 原文是西班牙语。

当众消失在了雅皮士的冷漠中。不久后的一天，这些地方全都会成为中城，充满哀伤的黑色砖房，第8项住房[1]，还有那些老式的微型公寓楼，有着花里胡哨的盎格鲁名字，古典式圆柱立在狭窄的门廊两侧，拱形窗台和精致的铸铁消防通道以飞快的速度生了锈，这些建筑将会被拆除推平，铲入逐渐衰退的记忆的填埋场里。

玛奇住的楼叫作“圣阿诺德”，是一栋不大不小的战前楼房，它与周围这个褐砂石街区格格不入。光看那破烂不堪的外观，玛克欣就意识到，这是频繁更换业主的结果。今天，楼房外面停了一辆没有商标的家具搬运车，门厅里有油漆工和泥瓦匠在工作，有一台电梯前面放着“清洁中”的标示牌。玛克欣被多于寻常的怀疑目光细细打量了一番后，才被放行去搭那台正在运行的电梯。当然，要是住在这儿的租客里有很多人干见不得光的勾当，需要收买工作人员，那也是有可能会导致安保如此严格的。

玛奇穿了双新奇的拖鞋，每一只都是一条鲨鱼的形状，后跟那里还有语音芯片，所以她走来走去时，拖鞋就发出《大白鲨》主题乐开头的那段音乐。“我在哪里能买到这样的鞋？价格不成问题，我可以报销。”

“我来问问我外孙，他用零花钱买的——艾斯的钱，不过我猜，要是这钱都经过孩子的手了，那多半洗得干干净净了。”

她们进了厨房，厨房地板铺着古朴的普罗旺斯瓷砖，一张没有上漆的松木桌足够两人坐下，仍留有空间给玛奇放电脑，还有一摞书和一台咖啡机。“这里是我的工作室，你想给我看什么？”

“我也不确定，它要是真如看上去那样，就该挂一个辐射警告的标志了。”

她们启动光碟，玛奇一看到第一帧的场景，嘟囔了句我操，就坐在那里不安地皱着眉头，直到带步枪的那个人出现，她专心地把身子

---

1 第8项住房是由美国住房与城市发展部执行，由联邦政府来补贴低收入家庭的租金资助计划。申请者需总年度收入少于该地区中位收入一半或以下，合资格的家庭将会获得政府颁发的一张证书，可以自由选择符合第8项资格的房屋。

往前倾，一不小心洒了一些咖啡在那天早上那份定价过高的《卫报》上。“我真他妈不敢相信。”录像播完后她说。“好吧，”她倒了些咖啡，“这个是谁拍的？”

“雷吉·德斯帕德，我认识的一个拍纪录片的人，他在做一个有关hashslingrz的项目——”

“哦，我记得雷吉，我们是在1996年的大暴雪期间认识的，在世贸中心，当时清洁工举行罢工，发生了各种各样的怪事，秘密啊，报酬啊。等罢工结束时，我们感觉像老战友了。我们有一个长期的约定，任何有趣的东西，只要带宽允许，我就要首先把它传在我的博客上。我们失去了联系，不过该来的终究会回来。你对这录像的看法跟我一样吗？”

“有人差点把飞机射下来，最后一刻临时改变了主意。”

“还是说也许只是彩排。有人计划击落一架飞机。比方说，私营部门里帮现任美国政府干活的某些人。”

“他们为什么要——”

爱尔兰人向来不爱默默祷告，可玛奇坐在那里一小会儿，感觉像是在祷告。“好，首先这有可能是伪造的，或是个圈套。假装我是《华盛顿邮报》，行吗？”

“当然可以。”玛克欣伸手去够玛奇的脸，开始做出翻页的动作。

“不。不，我是说像在那部水门电影[1]里？尽忠职守的新闻人之类的。首先，这张光碟是复制品，对吧？所以雷吉的原件很可能被随意修改过不知道多少次。角落那个日期—时间戳说不定是伪造的。”

“你觉得谁会伪造这个呢？”

玛奇耸耸肩。“想要把布什整成蠢蛋的某些人，假如你觉得‘布什’跟‘蠢蛋’之间有区别的话？还是说，没准儿是布什的人假扮受害者，想要陷害想陷害布什的那些人——”

“好吧，不过假设这是类似带妆彩排，另一个屋顶上的那个狙击手

1 指电影《总统班底》，描述的是当年在《华盛顿邮报》任记者的伍德沃德和伯恩斯坦揭发水门事件而导致尼克松下台的经过。

是谁呢？”

“确保他们顺利完成任务的人。”

“那个人冲着大喊大叫的电话另一头的又是谁啊？”

“对不起，你已经知道我是怎么想的了。那些扛‘毒刺’的人说的是英语，我猜他们是民间承包商，因为那是共和党人的意识形态，尽一切可能搞私营化——等间谍语音实验室把对话内容全清理一遍然后转录出来，那些外国雇佣兵就遇到大麻烦了，吃了不好好清理屋顶的亏。容我多问一句，雷吉是怎么把这个给你的？”

“没说一声就寄来了。”

“你怎么知道是雷吉寄来的？说不定是CIA呢。”

“行了，玛奇，它就是凭空捏造的，我过来这里纯粹是浪费你的时间。你有什么建议，什么都不干吗？”

“不是，我们首先得查明这个屋顶在哪里。”她们又浏览了一遍录像，“好，那是哈德逊河……那是泽西。”

“不是霍博肯。没有大桥，那么它是在利堡的南面——”

“慢着，按暂停，那是皇家码头。锡德有时候从那里进进出出。”

“玛奇，虽然我连提都不想提，我从来没去过上面，可是这个屋顶给我一种可怕的感觉，那……”

“别说。”

“……它是该死的……”

“玛克西？”

“德塞雷特。”

玛奇眯起眼睛看屏幕。“很难说，这些角度都不够清晰。百老汇那段路上十来座大楼中的任何一座都有可能。”

“雷吉悄悄地混进了那个地方。相信我，这录像铁定就是在那儿拍的，我敢打包票。”

玛奇谨慎地说，仿佛眼前的人是一个疯子。“也许只是你自己希望那是德塞雷特。”

“因为……？”

“他们在那儿发现了莱斯特·特雷普斯的尸体。也许你想要相信两件事情有联系。”

“也许就有联系，玛奇，我这一辈子里，那个地方一直是我的噩梦，而我已经学会要相信这些噩梦。”

“如果是同一个屋顶，那应该不难核实。”

“我经常搭那儿的货梯，我给你弄张游泳池的通行证来，然后我们可以想办法上去屋顶看看。”

她们绕过渺无人迹的迷宫般的走道和消防梯后到了室外，来到连接大楼两部分的狭小通道附近的高空中，那儿适合少年探险家、秘密情侣和有钱的在逃犯。两人走过一段令人眩晕的天桥后，便来到一组铁梯前，顺着铁梯最终转到了屋顶上，来到城市上空的风中。

“小心，”玛奇猛地躲到一个通风孔后面，“有几个戴金属配饰的男人。”

玛克欣在她的身边蹲下来。“是啊，我想我有他们的专辑。”

“是不是又是那个导弹组啊？他们扛的是什么？”

“看起来不像是‘毒刺’小组呢，直接走过去问问他们是不是更方便？”

“我是你老公吗？这里是加油站吗？去问啊，只要你开心。”

她们刚一站起身来，就看见另一群人从电梯里走出来。

“等等，”玛奇调整下太阳镜的角度，“我认识她，是承租人协会的贝弗利。”

“玛奇！”没吃处方药不可能挥手挥得这么有力，“碰见你真高兴。”

“贝弗，发生什么事了？”

“合作公寓董事会又混账了。他们瞒着所有人，把这里上面的一些地方租给了一家移动电话设备公司。这些家伙，”她指的是工作人员，“想要装上微波天线来辐射这个街区。要是没人阻止他们，我们所有人的脑袋都要变成荧光的了。”

“算上我一个，贝弗。”

“玛奇，唔……”

“你也参加吧，玛克西，归根到底，这儿也是你住的街区。”

“行啊，一会儿工夫可以，不过你又欠我一个人情了。”

“一会儿工夫”的结果，当然是一天里接下来的时间玛克欣都耗在了屋顶上。每回她要动身离开，总会发生一个新的小危机，跟安装工、监工、大楼管理人员起争执，接着《目击者新闻》栏目的人来了，拍了一些录像，然后更多的律师、起晚了的纠察员、游手好闲的人和看热闹的人在现场进进出出，人人都有观点要发表。

在下午那个懒散的犄角旮旯，就连看一下钟表都觉得沮丧。就在这时，玛奇仿佛记起来她到这儿来是要确认线索的，弯下腰捡起一个像是螺帽的东西，它已经风化成灰色，直径有两英寸，两英寸半，会叮叮当当地响，上面用马克笔写的笔迹已经褪去。玛克欣眯着眼看。“这是什么，阿拉伯语吗？”

“像是部队里用的，对吧？”

“你觉得……”

“听着……你介不介意给伊戈尔看看？只是我的直觉。”

“伊戈尔说不定是什么犯罪头目，你觉得不要紧是吧？”

“记得克里克曼吗，那个恶劣的房东？”

“当然记得。我们第一次见面时，你就在抗议他。”

“两三年过后的一天，肯定是由于生意原因，伊戈尔很讨厌那个医生，就赶去庞德里奇镇，把食人鱼放进了医生的游泳池里。”

“然后他们永远成了好朋友？”

“想说的话带到了，那个医生停下了手头不该做的事，从此以后变得温文有礼。所以我开始觉得，伊戈尔是个心怀善念的匪徒，房地产只是他的副业而已。”

趁吉尔车一路穿过曼哈顿，从一桩鬼把戏忙到另一桩时，他们在车里碰了个头。

“确实是，以前爆炸留下来的，‘毒刺’导弹发射器上的零部件，电池冷却液容器的盖子。”

“你以前常被‘毒刺’朝着射吧。”玛奇体贴地指了出来。

“我，还有我的朋友们，不是个人原因。在阿富汗战争后，‘毒刺’就落到了那儿的圣战游击队的手里，通过黑市买卖，许多被CIA买了回来。我促成过几桩交易，CIA才不在乎要花多少钱呢，一枚导弹可能卖到十五万美元。”

“那是很久以前的事了，”玛克欣说，“现在还有的卖吗？”

“有很多。全世界范围内，加上山寨货，没准儿得有六七万枚……美国没有这么多，所以这个视频就有点意思了。介意我问一下吗——你是哪里找来的？”

玛奇和玛克欣交换了一个眼色。“有什么要紧？”玛克欣认为。

“其实上次有人这么说……”

“你知道你是想告诉我的。”伊戈尔满脸是笑。

她们告诉了他，包括DVD里的大致内容。“是谁拍摄的这个？”

原来雷吉和伊戈尔也做过一些生意。俄罗斯宝宝领养风潮在美国演得最烈的前后，两人在莫斯科相遇，当时雷吉在拍符合领养条件的宝宝的视频，来帮助美国这边的儿科医生为想领养的父母提供建议。由于这里面存在欺诈的可能性很大，所以他们的想法是，不要让这些宝宝就坐在那里，摆出姿势拍特写，而是要做些动作，比如伸手去够东西，到处滚来滚去或是爬来爬去，这就意味着雷吉得指挥，或至少要费些口舌。“这个年轻人非常有同情心，对俄罗斯的电影赞不绝口，总是去戈布什卡市场买成堆成堆的DVD，*盗版碟*[1]，当然，没有好莱坞的电影，全是俄罗斯的——塔可夫斯基、吉加·维尔托夫、《带小狗的女人》，不用说还有最伟大的动画影片《雾中的刺猬》。”

玛克欣听见有间歇的抽噎声传来，朝前排座位一看，发现米沙和格里沙两人正泪眼婆娑，下嘴唇在颤抖。“他们，啊，也喜欢那部电影吗？”

伊戈尔不耐烦地摇了摇头。“刺猬，俄罗斯人的最爱，具体别问。”

“电池盖上写的字，是说什么，你认得吗？”

“阿富汗语，‘真主伟大’，有可能是真迹，也有可能是CIA故意伪造成圣战游击队写的，来掩盖自己的某种不法行径。”

“好吧，既然你提到了，还有一个……”

“让我来猜猜你的心思。是特种部队的刀，对吧？”

“飞刀，据说就是那个要了莱斯特·特雷普斯的命——”

“可怜的莱斯特。”他的脸上奇怪地混杂着同情与警告。

“呃哦。”不过，看来这里面还有一层关系，“据我所知，飞刀这回事纯属捏造。”

“特种部队不朝人射刀，特种部队直接*扔刀*。*新手*[2]才用弹道刀，他们没有掌握扔掷的技巧，又害怕靠近，又想不发出枪击声。而——”伊戈尔装出犹豫的样子，“他们从莱斯特身体里拔出来的刀片，好吧，我的远房表弟在市中心的警察广场工作，他在证物室里见过，你猜怎么着。他妈的，完全是他妈的*在开玩笑*[3]啊，甚至都不是奥斯特马克刀啊，没准儿是中国刀，没准儿还要更便宜。希望有朝一日我能告诉你更多的细节，目前还不是摩登原始人[4]所说的写入历史的一页。目前有太多的

---

1 原文是俄语。

2 原文是俄语。

3 原文是俄语。

4 动画片《摩登原始人》以石器时代为背景，主要讲的是身为同事及朋友的两位男主角家中和公司里发生的事。动画片的主题曲中有这样的歌词：“摩登原始人 / 快来见见摩登原始人 / 他们是摩登的石器时代家族 / 从基岩小镇来 / 他们是写入历史的一页。”

债要还了。”

“不管你愿意告诉我什么，我都洗耳恭听，这是当然了，伊戈尔。另外，另一件武器我们应该怎么处理才好呢？就是屋顶上那个高科技。要是这上面有个同步脉冲发生器呢？”

“介不介意让我看看DVD？纯粹是怀旧，你懂的。”

26

科妮莉亚打电话来，跟先前威胁的那样想去购物。玛克欣以为要去波道夫百货，不然就是萨克斯百货，谁知科妮莉亚一把把她推进了出租车里，等她反应过来时，她们正赶往布朗克斯去。“我一直想去洛曼百货购物。”科妮莉亚解释说。

“可是他们从来都不让你进去，因为你……没有犹太人陪同？”

“我冒犯你了。”

“别往心里去，只是有那么段往事。我希望你了解，这可不是传说中的洛曼百货。那一家搬走了，在，我不知道有没有记错，80年代末？”

在玛克欣和海蒂的少女时代，那家店还在福德汉姆路上，差不多每个月，她们的妈妈都要带她们去那儿学习怎么购物。那些日子里，洛曼百货有不准退换货的规定，所以你第一次就得选对了。那是新兵训练营，教会你遵守纪律和快速应变。海蒂很喜欢去，仿佛她的前世是服装业的一位超级巨星。“我感觉像回到了家，好奇怪，可这就是真实的我，我也无法解释。”

“我能解释，”玛克欣说，“你是强迫症购物狂。”

对玛克欣来说就没那么绝妙了。那儿的试衣间缺乏隐私，就是人家常说的“公共”试衣间，里面挤满了宽衣解带到不同阶段的各持己见的女人，她们试穿的衣服中有一半不合身，可还是会提供免费的时尚建议给任何看上去需要的人，也就是所有人。跟以前在茱莉亚瑞查曼高中的衣帽间很像，只是少了忌妒和多疑。而现在这位戴珍珠的WASP居然想把她再拉回到那里。

新的洛曼百货搬去了北面一个以前曾是滑冰场的地方，看样子几乎要到里弗代尔了，背靠持续传来轰鸣声的狄根高速。玛克欣得努力控制住自己，别因为眼熟而大声尖叫——同样是一眼望不到头的走道，堆满了挑剩下来的衣服，也是同样声名狼藉的老式库房，她敢打赌，里面同样塞满了购物者犯下的错和恐怖故事里的舞会礼服，装饰亮片掉了一地。可科妮莉亚却不一样，她一踏进店里，便中了它的魔咒。“噢，玛克西！我爱死这里了！”

“是啊，好吧……”

“在收银台跟你碰头，下午一点左右怎么样，到时我们去吃个午饭，可以吗？”科妮莉亚消失在了甲醛的迷雾里，那是产品零售商为了让衣服闻起来有甲醛味道而特地洒的。玛克欣倒谈不上是幽闭恐惧症犯了，更像是无法容忍回忆，于是又溜达到外面，来到大街上，在街上至少能看清楚眼前的东西。随后她想起来，沿着狄根高速开过去一小段路，越过扬克斯线，就是女性射击场“识别力”，她刚刚把下一年该交的会费寄过去，这趟来洛曼百货，不知怎的，她竟然记得把贝雷塔带在了身边。

嘿。科妮莉亚还要磨蹭好几个小时呢。玛克欣找到一辆正在下客的出租车，二十分钟后，她便在“识别力”登记完毕，戴着护目镜、耳塞和头套站在射击线上，拿了一只装满零散子弹的便利店杯子，开始全力射击了。就让游戏玩家打僵尸，汉·索罗决战钛战机，艾默小猎人跟他那只上蹿下跳的兔子斗智斗勇吧。[1]于玛克欣而言，她的对手总是警察们称为“罪犯”的那个纸人像射击靶，这儿的纸人像着的是桃红色和亮绿色。从样貌看，他是上了年纪的少年犯，梳着50年代全

1 汉·索罗和钛战机来自电影《星球大战》，艾默小猎人和兔子是动画片《乐一通》里的角色。

盛时期那种油光锃亮的发型，脸紧绷着，没准儿还患有近视性斜视呢。今天，即使他的图像一直摇到了后面的崖径处，她还是漂亮地把好几发子弹打在了他的头部、胸部，其实还有阴茎——很久以前，玛克欣说不定不会打那儿，可随着时间的过去，她开始觉得从射击靶的胯部发散出那么多的裤子褶皱，画家故意设计成那样，也可以解读为邀请枪手朝那儿射击。她花了些时间练习双发快射，有那么一小会儿故意假装——纯粹是好玩，你懂的——她在对着温达斯特开枪。

出去的时候在休息室里，她用付费电话叫出租车，就在那时猜她碰见了谁，正是一起偷红酒的老搭档兰迪，上次见他，还是他驱车驶离蒙托克灯塔的停车场时。今天他看上去像是有心事。两人在壁画大小的一幅截屏图下方的一张靠背长椅上坐下来，截屏图来自《香笺泪》的开头，贝蒂·戴维斯正假装一口气把六发子弹全打进一个叫“大卫·纽厄尔”的人身上，字幕上没有注明他参与了客串，但说不定有表达过致谢。

“你猜怎么着，那狗娘养的艾斯？他收回了我出入他家的权限。肯定有人统计了酒窖的库存，从闭路视频里看到了我的车牌号。”

“真倒霉。希望后续没有追究你的法律责任。”

“目前还没有。老实说，我倒是很乐意离那个地方远一点。最近听说了一些怪事。”黑夜里怪异的灯光，有着古怪眼神的来客，拒付退回的支票，退回来时上面写满了无法辨认的字迹。“出现在蒙托克附近的电影摄制组突然变成从超自然频道来的了。警察们各种加班，彻查神秘的案件，包括布鲁诺和谢伊家发生的那场纵火案。我猜你现在听说威斯特彻斯特·威利的事了吧？”

“上回我听说他们跑路了。”

“他在犹他州。”

“什么？”

“昨天我收到他们三人寄来的一封平信，他们要结婚了，三个人一起结。”

“他们不光是潜逃，还是私奔啊？”

“你看这个。”兰迪递给她一张卡片，上面镌刻着花朵、婚礼铃铛、丘比特，还有一种不那么容易辨别的嬉皮字体。

玛克欣开始感觉到恶心，但尽量往下读。“这是他们送礼会的邀请函吗，兰迪？怎么，在犹他州三个人结婚是合法的？”

“多半不合法吧，不过你知道是什么情况，在酒吧里遇见一个人，在一起吹牛，不一会儿，疯狂的孩子们一时冲动跳上车，朝远方开去。”

“你，呃，打算参加这个聚会吗？”

“决定送他们什么真难啊，一套男男女的三人沐浴套装？带三个水槽的梳妆台？”

“三十件套的烹饪用具。”

“说得一点儿没错。肯定有一张联邦逮捕令在通缉他们，你可以赶紧拿些换洗衣物，飞去那里，说不定我可以一道去出点力气。”

“我不是什么赏金猎人，兰迪，我只是个会计。钱都冻结了，他们的关系居然还能维持十分钟以上，这让我有些惊讶。其实我倒觉得挺暖心，我肯定在变成我妈的样子了。”

“没错，想一想谢伊和布鲁诺是怎么站出来支持威利的。你开始为人性感到愤愤不平，接着就有人欺骗了你。”

“或者说，在我们行业里，”玛克欣说这话时不像是在提醒兰迪，倒像是在提醒自己，“别人欺骗了你，接着过段时间你开始感到愤愤不平。”

她回到洛曼百货时，正好科妮莉亚从里间的女人堆里出来。这群女人一直在折腾货架上的打折衣服，眯着眼将信将疑地盯着设计师品牌的标签看，用手机打电话给她们穿0码的十来岁的女儿，问她们的意见。玛克欣一眼就看出，科妮莉亚有晚期DITS的迹象，也就是“折扣库存标签眩晕症”。

“你饿坏了吧，在你晕过去前我们得找些东西吃。”于是她们就去找午饭吃。她记得，以前百货店还在福德汉姆路时，你在附近起码能买到味道还过得去的克尼什馅饼和一杯经典的蛋蜜乳。可这儿呢，只有达美乐比萨店和麦当劳，兴许还有一家假冒的犹太熟食店“百吉圈和布利尼”，这当然就是科妮莉亚非得要去吃午餐的地方了，她肯定从某份少年联盟的时事通讯报上见过。不一会儿，两人便坐到了餐馆里，身边被科妮莉亚堆积如山的采购品团团围住，用“冲动”来形容她也许太客气了。

至少这里不是一家中城的女士茶屋。女服务员林达是在熟食店工作的老手了，她只要听科妮莉亚说两秒钟，立即就开始嘟哝，“以为我是城里的女佣啊。”而科妮莉亚此时正一本正经地在点“犹太”黑麦面包，来搭配她的土鸡烟熏牛肉和烤牛肉套餐。三明治来了，“你很确信这就是犹太黑麦面包吧。”

“我来问问它。喂！”玛克欣把三明治捧到面前，“你是犹太面包吗？客人在吃之前想知道你是不是。什么？不，她不是犹太人，但他们这儿没有洁食的规定，所以他们倒反过来对你这样百般挑剔。”玛克欣像这样说着。

玛克欣推荐科妮莉亚尝尝布朗博士家的苏打饮料，倒了一杯给她。“尝尝看，犹太香槟。”

“有意思，有点像是半干型——抱歉问下，哦，林达，你们这里有没有那种更干的，特别干的……？”

“嘘，嘘。”玛克欣示意她，可林达听得出来是WASP在开玩笑，便没有搭理她。

边用午餐边聊天时，玛克欣听到了一大堆有关斯拉杰亚特夫妇的婚史韵事。虽然科妮莉亚和罗基之间的来电异乎寻常又迅速，但是看样子，两人更像是陷进了纽约城经典的二联性精神病里，而不是坠入了爱河——她，沉迷于嫁入移民家族的美梦，期待着欣赏地中海灵魂乐，享用无与伦比的美食，无拘无束地拥抱生活，包括不大想象得出来的意式做爱；另一边，他则期盼着有人把他引领进神秘的阶层文化中，好窥得一眼优雅服装与梳妆及上层社会妙语巧辩的奥秘，再加上还有取之不尽的继承来的财产可以借用，又不必过于担心有人催债，起码不是他所习惯的那种催债。

想想看，他们知道真实情况后彼此有多沮丧。罗基发现，思罗布威尔斯家族远远不是他期待中的13频道[1]里的上层阶级王朝，而是一大家子爱抠鼻子的庸人俗物，他们家孩子看时尚品位和交谈技巧像是由狼群养大的，他们家的集体资产净值邓白氏几乎不屑一提。科妮莉亚同样吃惊地发现，斯拉杰亚特家的大部分成员散居在纳索线以东的郊区群岛上，他们家最接近意式宴席的美味是从必胜客叫来的外卖，他们连在家人中间都不“给予温暖”，比方说，他们管教孩子不是靠温柔的吼叫或一顿掴打，如同大家年少时在塔利亚[2]看的新现实主义电影里演的那样，而是用冷冷的、沉默的、不得不说是病态的怒视。

早在他们在夏威夷度蜜月时，罗基和科妮莉亚就相互交换着“瞧瞧我们做了些什么”的眼神。不过那里美如天堂，没有竖琴，也有尤克里里，而有时候，天堂自有它的妙招。一天晚上，他们做爱后欣赏着日落，“WASP妞儿，”罗基宣布说，爱慕的口气已经在他的嗓音里跳动了，“咱俩就这么过吧。”

“我们是危险的女人，你要知道，我们有自己的犯罪团伙。”

“嗯？”

“黑裤裆[3]。”

两人达成了一种惺惺相惜的彼此相知，情感不断加深。科妮莉亚继续夸张地坚持称，对思罗布威尔斯家族来说，社会名流录里的大多数人太过异族，太暴发户了，简直叫人难以置信。而罗基接着唱《我从未见过这样的女人》，一边还朝正在淋浴的她抛媚眼，他经常一边唱歌一边吃西西里比萨片。不过随着两人的关系越来越亲密，他们也慢慢了解，他们之前以为自己在戏弄谁啊。

“你先生特容易跑到其他维度去。”玛克欣试着说。

“在韩国城，他们管他叫‘4D’。顺便说一句，他还有超能力呢。

1 13频道是纽约的PBS电视台，PBS是知识分子和权贵阶级喜欢看的频道。
2 应该指的是位于纽约曼哈顿的“伦纳德·尼莫伊”塔利亚剧院。
3 与“黑手党”的发音相近。

他觉得你现在碰到了一些麻烦，不过他不愿意用他的话说‘介入’。”科妮莉亚的WASP眉毛又开始了一套固定的动作，多半是遗传的，与她的弦外之音相得益彰：不是吧，又要跟一个草包打交道……

虽然不在计划中，但还是有必要观察一下科妮莉亚为什么这么好心。“我就跟你实话说了吧，是关于我碰见的一个视频录像。我甚至都不会好奇我应该操多少心，只是最糟糕的话，它涉及政治，没准儿还是国际政治，所以我想我现在的处境真的需要别人的帮助。”

玛克欣没见她有半点犹豫，“那样的话，你得去找钱德勒·普拉特，他特别擅长促成结果，而且他的为人真的很好。”

这句话引发了游戏节目的警报器。其实，要是玛克欣没有搞错的话，这位叫普拉特的客户她之前见过，他是金融圈一位响当当的大人物，也是在上流阶层有些门道的、小有名气的毒贩子，她的直觉虽然像炮兵地图一样细致地校准过，却始终搞不明白他的最大收益来自哪一块。多年来，他们在各类聚会上碰见过，那些聚会通常是东区人的慷慨与西区人的内疚的交汇点。此刻她突然想起来，钱德勒没准儿有一回还摸过她的乳房，虽然更多的是出于本能反应，类似衣帽间里的咸猪手，所谓无害不罚。她怀疑他是不是不记得这事了。

好吧，走到哪儿哪儿都有毒贩子。“他的这项特长——有没有延伸到知道如何保密？”

“啊。就像《教父》里常说的，一个卡诺利式的希望。”[1]

钱德勒·普拉特在中城有一套宽敞的转角办公室，在实力雄厚的

1 卡诺利是意大利西西里的一道美食。在电影《教父》中，教父在街头被刺杀后，柯利昂家族决心清除叛徒，大胖子克莱门萨杀了叛徒后说了句经典的台词：“把枪留下，卡诺利带走。”这场谋杀发生在车上，开车的是那个叛徒，车上正好有卡诺利。克莱门萨从后座杀掉叛徒后，跟同伴说了这句话。现在的阐释一般是：杀人只是工作之一，更重要的是代表美好生活的卡诺利，忘记充满暴力与仇恨的过去，好好展望未来。

汉诺威和菲斯克律师事务所里，位于第六大道空中走廊上的一幢玻璃盒子的高楼层。从办公室里往外看，眼前的景色极易让人产生壮观的错觉。去他的办公室有一部专用电梯，电梯有交通流量的设计，让人无法判断有多少生意在进行，更不用说判断是什么样的生意了。视野所及之处，貌似有许多深琥珀色和沙皇红色。一个亚裔的年轻实习生把玛克欣领到钱德勒·普拉特的面前。普拉特坐在办公桌后面，那张桌子用有四万年历史的新西兰贝壳杉打造而成，更像是一件不动产，而不是家具，让偶然进来、连对这类问题没啥兴趣的客人也心生好奇，好奇办公桌底下能挤得下几个秘书，下面的空间里又配备了何种设施——厕所用具、互联网接入、让小美人儿轮班工作的蒲团？普拉特脸上不稳定地介于下流与慈爱之间的笑容更是助长了来客们的这些猥琐的想法。

“真是荣幸啊，莱夫勒女士，我们是有多久没见了？”

“哦……上世纪的某个时候？”

“是不是还是艾略特·斯皮策在圣雷莫的那次海滨野餐啊？”

“有可能。从来没想过你会参加民主党的筹款活动。”

“哦，我和艾略特是老相识了，从世达律师事务所开始，说不定还要更早。”

“可现在呢，他是司法部长，他在你们这些人屁股后面追着，就像追赶暴徒一样。”要是这两者有区别的话，她几乎要多说这么一句了，“很讽刺，是吧？”

“成本与收益。总的来说，他待我们不薄，摆平了一些最后会反咬我们一口的人。”

“科妮莉亚确实暗示过，你在九行八业都有朋友。”

“从长远来看，我不是为了颜面，更多的是希望大家合作愉快。这些人中有一些真的成了我的朋友，互联网诞生前的那种朋友。科妮莉亚，她当然是。很久以前，我曾追过她母亲一段时间，她母亲很明智，把我赶了出去。”

玛克欣带来了雷吉的DVD和一台小型的松下播放器，普拉特虽然不确定墙上的插座到底在哪儿，不过还是允许她插上。他看着小屏幕时笑眯眯的模样，让她感觉像是小孙儿给他看音乐视频。可是等到“毒刺”一伙人出现时：

“喔，喔，等一等，这个是暂停键吗，你可不可以——”

她按了暂停。“有问题吗？”

“这些武器，是……毒刺导弹什么的吧。这不是我擅长的领域，希望你能谅解。”

她假如想听推脱之词，早就去中央公园了。“对的，我老是忘记，你们这些人喜欢用曼利夏-卡尔卡诺[1]那种类型的枪。”

“我和杰基曾是很亲密的朋友，”他冷静地回道，“我不确定我是不是应该愤慨。”

“愤慨，愤慨，少来了。我早就知道不该来找你。”她拎着凯特·丝蓓挎包站起身来，发现包意外地轻。当然，像今天这样操蛋的日子，她就应该带上贝雷塔的。她伸手去把DVD弹出来。此时，普拉特八面玲珑的应变能力已经占据上风，或者没准儿是WASP强烈的控制欲。他在嘴里嘟囔着“别生气，别生气”，一边按下一个隐秘的呼叫按钮，很快就把那位实习生唤了来，他端来了一壶咖啡和各色各样的曲奇。玛克欣想知道，女童子军卷进里边是不是不太合适。普拉特一言不发地看完了屋顶视频的剩余部分。

“嗯，很有煽动性。你不介意我失陪两三分钟吧？”他退到里面的一间办公室，留下玛克欣跟实习生在一起。那个实习生此时正倚在门口，她想说正神秘莫测地盯着她看，不过那样说的话等于是歧视少数族裔了。曲奇没有附上完整的成分列表，她可不打算大把大把地往嘴里塞。

“那个……工作怎么样啊？是你迈向律政事业的第一步吧？”

“希望不是。我真正的职业是说唱歌手。”

“像那个，谁，Jay-Z？”

---

1 一种枪口初速很大的步枪，刺杀肯尼迪总统用的就是这种枪，下文的杰基指的是肯尼迪总统夫人杰奎琳·肯尼迪。

“呃，其实我更偏向纳斯。你大概知道吧，他们目前在闹不和，又是皇后区对抗布鲁克林区的那老一套，我讨厌选边站，可是——《世界是你的》，有什么歌能跟它媲美呢？”

“你公开表演吗，在俱乐部那样的地方？”

“是啊。不久后就要去俱乐部表演，其实，瞧，你听这个。”他不知从哪儿掏出来一台跟TB-303一模一样的合成器，机器带有内置扬声器。只见他接上电源，启动机器，开始用指法弹奏一个大调五声音阶的低音线，“仔细听。”

想跟图派克和大个那样饶舌[1]
用红丝绒的储钱罐，
像号叫的杰
妄下错误的定论
老电影里的困惑，[2]哟，谁是那个
斯堪的纳维亚人演的亚周人
你看那个叫西格丽德·古里的人
演成吉思汗的闺女
华纳·欧兰德，陈查理，颜将军
伤心茶，因为她傻傻地摆架子
贝蒂·戴维斯被盖尔·桑德加德给做了[3]
如同她们身在放风场

1 图派克和大个是美国的两位很著名的饶舌歌手，他们分别代表西海岸和东海岸的风格。后者又叫“大个小子”或“声名狼藉先生”。

2 指在20世纪30年代的好莱坞电影里，多由白人演员来扮演亚裔角色，且这些角色大多是脸谱化的。

3 在电影《马可·波罗历险记》里，成吉思汗及其女儿均是由白人演员来扮演。美国白人演员华纳·欧兰德曾多次在荧幕上扮演陈查理的角色。电影《香笺泪》里，白人演员盖尔·桑德加德扮演了一位华裔妇女。电影《颜将军的伤心茶》里，所有的亚裔角色也是由白人演员扮演的。

或在某个被人遗忘的地牢里
与勿街与披露街[1]
的街角隔着十万八千里

“那个，哦，达伦，”钱德勒·普拉特略显唐突地再次走了进来，“等你方便时，请把布朗和弗莱克维斯单边保证函的那些复印件拿给我可以吗？再把休·戈德曼叫来那边见我可以吗？”

“酷毙了，哟。”达伦拔掉数字低音器的电源朝门口走去。

“谢谢，达伦，”玛克欣微笑道，“歌很不错——光从普拉特先生允许我听的这么一小段就知道。”

“其实，他已经超乎寻常的宽容了。并不是跟他同样肤色的每一个人都愿意听匪帮说唱。”

“是。我以为我大概听到了一丁点儿的，我不确定哦，是种族歧视的口气吗？”

“这叫先发制人。他们会用黄皮肤亚洲佬之类的话来说我，这么一来我就抢在他们前头了。”他递给她一张装在珠宝盒里的碟片。“我自制的录音带，好好听一听。”

“他逢人就送，”钱德勒·普拉特有规律地眨巴着双眼，天真的模样好似低成本卡通片里的人脸，“有一回我问他打算怎么挣钱，不该这么问的。他说挣钱不是关键，可从来没有解释什么才是关键。对我而言，我十分震惊，因为他这话直接击中了交易所的心脏。”他伸手抓来一块巧克力屑曲奇，坐在那儿盯着它看。“从前我刚入行时，‘身为共和党人’就意味着一种有原则的贪婪。你干活的目的是你和你的朋友们能过得好，你表现得很内行，最重要的是你用心做事，只拿应得的钱。好吧，这个党恐怕已经倒了霉了。这一代人——现在几乎成了

1 勿街与披露街位于纽约中国城的中心位置，而电影《香笺泪》发生在马来西亚。

一种宗教信仰。新千年，世界末日，没有必要再对未来负责。他们的重担被解除了。由小耶稣在统管尘世的事务，没有人羡慕他的附带权益……”突然间，从曲奇的视角看，它被粗暴地咬了一口，碎屑撒得到处都是。“你当然不要吃啦，它们相当……不？好吧，谢谢，你不介意我……”他又抓起来一块，实际上是两三块，“我刚刚跟一些人谈了谈。不得不说，谈得真是叫人摸不着头脑。至少他们接了电话。”

“这么说来，不是普通生意上的事咯。”

“不是，其他的事，是……奇怪的事。没有大声说出来，或者说没说多少句，不过似乎……”

“且慢。要是你不愿意跟我说——”

“……貌似他们已经知道将要发生什么事了。这件……大事。他们知道，可打算就这么由着它发生。”

这莫非又是吓唬老百姓的把戏，如此一来我们只能不停地嘀咕，不停地哀求保护？玛克欣应该感到有多恐惧呢？“希望我没有为你招来麻烦。”

“‘麻烦。’”她自认为，这个薪酬级别的男人大多数的绝望神情她都见过，可是对此刻他的脸上短暂出现的那个神情，你得新建一个文件夹。“跟那群家伙惹上麻烦？真的不是那么简单能判断的。就算会有不愉快的地方，我也能毫不犹豫地依赖小达伦，他在各行各业都拿到了委员会认证，从双节棍，到……呃，毒刺导弹，我肯定，还有更厉害的呢。至于我的安全嘛，大可放心，女士，你还是顾好自己吧，尽量避开跟恐怖分子有关的活动。哦，你介意从后门出去吗？你从没来过这儿，明白吧。”

后门的出口碰巧在达伦的隔间旁边。玛克欣朝隔间里瞥了一眼，瞧见他临窗而立，身子转了过去，只露出四分之一的侧貌，正从五十层楼的高处往下观察纽约，或是说瞄准纽约，那个确切的无底深渊。他专注的样子她认得出来，跟深渊射手启动画面上的如出一辙。她应该冲进去，问他问题打断他的注意力吗，比如说，你认识卡西迪吗，你有没有帮射手摆过造型，让他愤怒地摇身变为嘴里唱着“别在我面前晃来晃去臭娘们”的匪帮说唱歌手……她就这么迫切地想在这孩子和某个屏幕图像之间搭建起直接的联系吗？即使她一直都知道根本不存在什么联系，那个人形以前就在，一直都在那儿，就是这么回事。卡西迪托了无人能说清的某只神来之手的福，摸索着找到了世界尽头那个不爱说话的修长人形，然后按记忆里的模样原原本本地把他临摹出来，之后立刻就忘记了回去的路……

玛克欣一面因焦灼的思绪烦恼着，一面来到了大街上，发现步行一小段路即可到萨克斯百货。没准儿在时尚圈神游半个小时（就别管它叫购物了）会安抚她焦躁的心绪。她经由47街抄近路来到第五大道。这儿可是钻石区[1]，谁会不抄近路去呢？不仅是希望无论隔着多远也要从远处瞟一眼那货真价实的宝石，这样的机会她一辈子都在寻觅，也是为了感受下空气里有阴谋在酝酿的气氛，感觉这个街区里的所有人与物所处的位置都不是出于偶然，感觉一出出精雕细琢的复杂戏剧跟把肥皂剧带去每家每户的波长一样无声无息地弥漫在周围。

“玛克欣·塔诺？是你吗？”好像是爱玛·莱文，齐格的格斗术老师，“我在这儿等我男朋友吃午餐呢。”

“这么说来你们两人——在选钻戒吗？没准儿是……婚戒？噢！那是什么……我听到了叮咚声？有可能是……”没有，她其实没有大声地这么说出来，是吧？她真的在变成伊莲恩吗，打个比方，就像拉里·塔尔博特[2]不情愿地变成狼人那样？

她那位以前在摩萨德工作的男友纳夫塔利，现在在这条街上一家钻石商那里当保安。“你会以为我俩是多年前因为工作认识的，出外勤的员工到访办公室，啪嗒！真神奇！可惜并不是，我俩是在一间待修房里认识的。虽是如此，我们的激情可一点儿也不少……”

---

1 纽约位于第五大道和第六大道之间的那段47街被称为钻石区，因为百分之九十进入美国的珠宝在此中转，这儿聚集了著名的珠宝商。

2 拉里·塔尔博特是小朗·钱尼在1941年的恐怖电影《狼人》里扮演的角色名字。

“齐格自从开始学格斗术，就经常回家讲纳夫塔利的事。给他留了很深的印象，对他来说很难得哦。”

“他来了，我的梦中情人。”纳夫塔利佯装倚在一家店的门口，好似一个闲逛者，会被悄无声息地触怒，二话不说就爆发神之愤怒。据齐格说，纳夫塔利第一次去参观他们的练功房时，奈杰尔马上问他杀过多少人，他耸了耸肩，“数不清哦，”瞧见爱玛瞪着他，便接着又说，“我是说……我记不清了？”多半是糊弄捣蛋鬼的，不过玛克欣也不会想着去查探清楚。他身材精干，理着平头，身着一套黑色西装。他的脸隔着半个街区远尚且觉得亲切，一旦进入观者的视野便重新显露出它曾被撕裂和毁损的沧桑史，让人不得不与它保持专业的距离。但对爱玛·莱文来说，他是如此独特。两人微笑着拥抱了下，就在那一刻，他们是整个街区最璀璨的两颗宝石。

“啊，你就是齐格的妈妈，那个壮实的小家伙。他暑假过得怎么样？”

壮实？她的小齐古拉特？“他去了艾奥瓦还是伊利诺伊，反正是其中之一。我肯定他每天都会练步法的。”

“那可真是个好地方啊。”纳夫塔利稍微加快一点攻击速度，爱玛朝他投来一个眼神。

玛克欣以前说话也是不经思考，所以能够领会，可是她还是想知道他想表达什么，就试探性地说：“真希望我可以抽空溜出城去几天。”

他专注地看着她，不见得是在笑，不过心情很好，就像是参加过很多次问讯的人，知道感激别人给他的礼遇。“你知道，在这光天化日之下，你会听说各种各样的事。问题是大部分纯属胡说八道。”

“那也帮不了什么忙，要是你生性焦虑的话。”

“你容易焦虑吗？我根本没想到。”

“纳夫塔利·帕尔曼，”爱玛怒冲冲地说，“你别诱惑她，她结婚了。”

“分居中。”玛克欣扑闪着眼睫毛。

“看到了吧，占有欲真强。”纳夫塔利满脸是笑，“我们要去吃午餐，你要不要一道去？”

“我该回去工作了，不过还是谢谢你们。”

“工作……你是……模特吗？”

爱玛·莱文用精准的姿势，一条腿往旁边跨一步，弯曲手肘准备开打，脸上摆出功夫电影里的神情。

“我女人真霸气！”他直截了当地一把抱住她，爱玛想躲也躲不了。

“乖乖地玩啊，伙计们。安好。”

27

一天晚上，两个儿子不知是从普雷里德欣还是丰迪拉克[1]或其他什么地方打来电话，告诉她他们两天后到家。

像艾斯·文图拉[2]说的甚至是唱的那样，那就这么着吧。玛克欣不安地在家里踱来踱去，确信自己留下了明显到一眼就能看出来的行为不检的证据，虽然这未必会让她得罪霍斯特，但会令她不得不在意他的感觉。你别看霍斯特表面那样，其实情感挺细腻。她回顾了一遍自从霍斯特离开城里后——除了温达斯特以外——她接触过的伙伴。康克林、罗基、艾瑞克、雷吉，对他们每一个人她都有合理的工作借口，即使霍斯特是IRS，她也能安全过关。

虽说海蒂不大可能帮得上忙，玛克欣还是问她："没准儿你和卡迈恩可以顺路过来一趟，像是碰巧路过？"

"你预计要有麻烦了？"

"情感上的麻烦，说不定呢。"

"唔，嗬？……所以你其实想说的是，你希望霍斯特看见我跟另一个人在谈恋爱，因为你怀疑霍斯特和我还余情未了？玛克西，缺乏安全感的玛克西，什么时候你才能不再纠结呢？"

---

1 这两个均是威斯康星州的城市。

2 艾斯·文图拉是加拿大美籍演员金·凯利在电影《神探飞机头》里扮演的角色。

海蒂近来貌似心神不宁，哪怕是海蒂也会这样，所以当这个儿时的闺蜜不管带没带卡迈恩都特意没有出现时，玛克欣并不感到意外。最终，莱夫勒家的男人们打打闹闹地回家来了，穿过走道走进门，大声嚷嚷着，十分亢奋。

"嘿，妈妈，我想死你了。"

"噢，小家伙们。"她跪在地板上搂着两个儿子，直到所有人都觉得不自在。

他们三个人都戴着"莱去便利店"[1]的红色棒球帽，给玛克欣也带回来了一顶，她把帽子戴上。他们去了所有的地方，印第安纳州的弗洛伊德纳布斯、贝滕多夫的鸭流广场、查克芝士餐厅和乐口乔。他们给她唱海蓝超市[2]的广告曲，唱了不止一次。

一到芝加哥，他们便马不停蹄地重游故地。故地于霍斯特而言，就是拉塞尔街峡谷[3]，他第一个同时也是时间最久的大本营。在那儿，他曾是那些跳着手捷舞的冒险家中的一员，每个交易日都要去交易场上赌一把。他最早时在商业交易所帮客户和他自己做三个月的欧洲美元期货交易，当时他身穿一件定制的交易员马甲，上面印有雅致的暗绿色和品红色条纹，三个字的姓名标签别在衣服上。下午三点左右交易所关闭后，他就换成便服，步行去芝加哥商品交易所，在赛尔斯咖啡店找个地方坐下。在CME[4]决定取缔两面交易后，霍斯特跟随着一大波迁移潮，搬去了CBOT[5]，那儿不存在这样的疑虑，虽然欧洲美元的交易活动明显没有那么激烈。有一阵子，他转去做债券，可没过多久，他仿佛受到来自中西部基因精确重叠深处的感召，摸索到了做农产品交易的路子。接下来他便深入美国乡村，呼吸着一把把小麦的清香，

1 美国中西部挺受欢迎的一家连锁便利店，它在现实社会中真实存在。

2 美国中西部地区的连锁超市。

3 拉塞尔街是芝加哥一条南北走向的干道，以最早探索伊利诺伊地区的法国探险家罗伯特·德·拉塞尔的名字命名。由于此街道两头耸立着高大的建筑，故绰号又叫"峡谷"。经过卢普区的那一段是金融街。

4 指芝加哥商品交易所。

5 指芝加哥期货交易所。

仔细检查大豆有没有紫斑病，在种植春麦的田间漫步，用手捏捏谷粒，检查检查颖片和花梗，跟农民、天气和保险理算员唠唠嗑——他是这么对自己说的，重新发现自己的根。

毕竟，农田有莱有去[1]，而真正把你拉回来的是芝加哥。霍斯特带他两个儿子去CBOT的交易员餐厅，去经纪人旅馆，在那儿吃了传说中的巨型鱼堡，还去了卢普区的老式牛排屋，那儿的牛排挂在前窗上等着熟化，那儿的服务员称男孩们为“绅士们”。那儿摆在你的餐盘旁的牛排刀，不是什么带塑料把手的、不耐用的锯齿状小刀，而是铆进专门劈来的橡木块里头的磨石钢刀，实打实的刀。

他们这趟探亲，可把莱夫勒家的爷爷奶奶高兴坏了，二老的心情犹如爬上了月亮，就是艾奥瓦的那轮月亮，从门廊前看过去比孩子们见过的任何月亮都要大。它爬升到小树的上方，投影的轮廓形似棒棒糖，让大伙儿忘记了他们可能在错过什么好看的电视节目。里屋的电视机虽然开着，不过更多是当强光灯在用。

他们去艾奥瓦所有的购物中心吃了个遍，吃了薇拉比萨和毕晓普自助餐，霍斯特给他们介绍“女仆仪式”，还有路易斯维尔热布朗三明治[2]的本地版。随着夏日一天比一天炎热，他们在西部待着也有些时日了。半下午时，天色突然变得漆黑，闪电在地平线那儿刺破天空，他们看着风刮过不同的麦地，在全郡上下一片寂静里等待着。他们在无人光顾的购物广场、河畔的桌球房、大学城的游乐场、隐没于街廊中段的微型购物中心里的冰激凌屋里找街机游戏玩。霍斯特不由得发现，这些地方跟他那时候相比，大多已经变得落魄萧条，地没人扫，空调开得没那么足，烟雾比很久以前中西部的夏日还要浓烈。他们玩来自

1 与前文的“莱去便利店”相呼应。

2 1926年，美国肯塔基州的路易斯维尔的布朗饭店里，主厨弗雷德·舒密兹发明把火鸡肉三明治摊开放在烤盘上，加上一些培根和红辣椒，再淋上香浓可口的白乳酪酱后放进烤箱烤。这种香喷喷、热腾腾的三明治受到客户的欢迎，直到现在，热布朗三明治都是肯塔基州的特色餐点，是布朗饭店的招牌菜。

遥远的加利福尼亚的古老机器，据说是由诺兰·布什内尔[1]亲自定制编程的。他们在埃姆斯玩《快打砖块》，在苏城玩《空间逃脱》。他们玩《公路爆破车》《大蜜蜂》《大蜜蜂88》《暴风雨》《暴走弹弹兽》《机器人大战：2084》，最后这个霍斯特相信是有史以来最伟大的街机游戏。只要哪里能找到《化解危机2》，他们似乎多半在玩这个游戏。

还是说，其实是齐格和欧蒂斯在玩。这款游戏的一大卖点是两个男孩能同时在同一台机器上玩，方便互相照看对方，而霍斯特可以走开去操心与货品有关的各种杂事。

“小家伙们，我去这家酒吧里逛一会儿，有点公事要忙。”

齐格和欧蒂斯继续开枪射击，齐格一般用蓝色的手枪，欧蒂斯则用红色的，两人依照是否需要找掩护呢还是跑出来射击，在脚踏板上跳上跳下。某一刻，他俩在挣更多的分数时，留意到有两个当地的孩子一直在附近晃悠看他们打游戏，不过奇怪的是，这两个孩子并不乐意就这些街机游戏随便插嘴。虽然两人没有多嚼舌根，齐格和欧蒂斯也没有看见他们携带了任何现实生活里的武器，他们身上依然散发出一种毫不含糊的威吓信号，正是这种气氛让中西部经常不讨人喜欢。“有事吗？”齐格尽量不带偏见地问。

“你们是‘电脑迷’吗？”

“电脑迷，为什么那么问？”欧蒂斯说，他戴了顶深蓝色的平顶帽，还有史酷比的墨镜，镜片是绿色的，“生活就是这样，随遇而安吧。”

“我们是电脑迷。”两人中的矮个子宣布说。

齐格和欧蒂斯仔细地瞧了瞧，只见他俩是一对住在郊区的普通人。“如果你们俩是电脑迷，”齐格谨慎地说，“那么这里的非电脑迷又长什么样呢？”

“不知道，”块头大点的那个叫格里德利的人说，“大多数时候很难见到他们，哪怕是在大白天。”

---

1 诺兰·布什内尔是将电子游戏带入大众世界的人，他在1972年开发出了世界上第一台业务用投币式游戏机即街机，从而改写了电子游戏在商业市场上的空白。

“尤其是在大白天。”另一个叫柯蒂斯的加了一句。

“一般情况下，没有人玩《化解危机》能拿到这么高的分数。”

“从来没有，格里德利。除了那个从渥太华来的孩子。”

“当然，可是他是外星人，从那些个遥远星系来的。你们俩是外星人吗？”

“主要就是积累奖励分。”齐格演示给他们看，“穿橘色套装的这些人？刚玩的新手觉得是游戏里最划不来的射击目标了，砰一枪只值五千分，不过这里五千分。”砰！“那儿五千分。”砰！“很快就开始积少成多了。”

“我们从没发现过有这么多。”

“噢，”齐格平和地说，仿佛所有人都知道一样，“下次你看到大老板从你身边溜走——”

“那里！”欧蒂斯指着说。

“对的，好，你把他的帽子打下来——看见了吗？出手要快，连打四下，提前瞄准，对准略高于他的头的地方——所以现在你不需要直接去打那辆坦克，你可以先去这条到处是这些个蹩脚的送分男的小巷子。打爆他们的头，你就能赚到额外的积分。”

“你们是从纽约来的吧？”

“你注意到了，”齐格说，“这就是我们喜欢玩射击游戏的原因。”

“汽艇喜欢吗？”

“我怎么觉得听起来有益健康啊。”

“你们玩过《雷霆快艇》吗？”

“只见过没玩过。”欧蒂斯承认。

“来吧，”格里德利说，“我们能给你们看怎么立刻登上送分船。有一艘装了大炮的水警艇，叫‘武装反应’，你们应该会喜欢。”

“那么你要坐在低音炮上咯。”

“我弟弟有一些古怪。”

“嘿，得了吧你，格里德利。”

"你们俩是兄弟吗？我们也是。"

因此，当霍斯特支付完追加保证金、安排好7月至11月的大豆差价、成功探来堪萨斯城硬红冬麦的最新线报、喝完不知道多少瓶贝高福长颈瓶装啤酒后从酒吧回来时，他发现他的两个儿子在，你会说是在异乎寻常地放声尖叫，在末日过后的纽约城里把加大马力的汽艇炸到稀巴烂。游戏里的纽约城有一半在水下，笼罩在薄雾里透不过气来，城里的灯光昏暗，熟悉的地标建筑磨损得别具一格。自由女神像戴着一顶海草做的王冠，世界贸易中心以一个危险的角度倾斜着，时代广场上的灯一大片一大片地没有规律地灭了，多半是由街区里最近发生的都市巷战导致的。完好无损的大楼上挂着黑色的脚手架安全网，一直到吃水线。齐格在"武装反应"里，欧蒂斯在操舵泰坦尼克号，那艘劫数难逃的著名远洋邮轮的微缩版。格里德利和柯蒂斯不见了人影，仿佛他们是雇来的托儿，不属于这个地球，他们在现实世界的使命就是带领齐格和欧蒂斯进入他们家乡可能落得的这般破败下场的水景中去，仿佛开汽艇的技能对应付大苹果城即将发生的包括全球变暖在内但并不局限于它的灾难是必要的。

"妈妈，我们在想，也许我们可以搬去不那么危险的地方住？美利山？里弗代尔？"

"呃……我们住六楼这么高呢……"

"那么至少买条救生艇吧，放在窗边？"

"那得多占空间呀，饶了我们吧，小傻瓜，可以吗？"

等儿子们上床睡觉后，玛克欣正打算坐在电视机前看另一部杀人犯保姆的电影，这时霍斯特怯生生地走了过来。"我在这儿住上一阵子可以吗？"

玛克欣尽量不表现出惊讶，"你是说今晚吗？"

"说不定要更久？"

怎么回事？"想住多久就住多久，霍斯特，这儿的物业费还是咱俩分担付的呢。"此时的她要多亲切有多亲切，因为她要赶着去看一位昔日的电视剧女演员假扮处境危险的年轻妈妈。

“要是有问题的话，我可以去其他地方住。”

“我想儿子们要高兴疯了。”

她见他的嘴刚张开，随即又闭上。他点了点头，退回到厨房里。不一会儿，厨房里传来冰箱被打开，然后被大肆洗劫的声音。

电视上的剧集正要接近危机的爆发，保姆邪恶的阴谋开始败露，她刚刚抢走了宝宝，正打算逃走。她穿着不合脚的高跟鞋，误入了某个遍地是鳄鱼的地方，有一小队看着像目录册模特、脑子连该用枪的哪一头对准嫌疑犯都不清楚的警察正快速赶去营救——当然了，一整夜的激战——这时霍斯特从厨房里出来了，嘴边沾了一圈巧克力，手里还捧着一个冰激凌盒。

“上面全是俄语。是那个叫伊戈尔的人送的，对吧？”

“是啊，他让人把冰激凌空运来，总是多得吃不完，我就帮忙解决掉一些。”

“那为了回报他的慷慨——”

“霍斯特，我跟他只是工作关系，他，”玛克欣心平气和地说，“八十岁的高龄了，长得跟勃列日涅夫似的。你已经吃了半公斤了，你要我拿走，帮你找个洗胃器来吗？”

霍斯特近乎奇迹般地紧紧抓着不放，“完全不用，事实上，这东西太好吃了。下次你再跟那个伊戈尔联系时，你能问问他，他们那里有巧克力夏威夷果味吗？或者是百香果旋风？”

第二天早上，玛克欣在“莫里斯兄弟”帮儿子们置办返校用品，临近午餐时分才匆匆回到家。她正要打开一瓶半品脱的酸奶时，里戈韦托嗞嗞嗞地出现在了对讲机上。即使透过低保真度的扬声器，你还是能听见他的说话声里带着些许痴迷。“莱夫勒太太？有客人来找你？”

他顿了顿，仿佛在想怎么表达才好，“我相当确定就是詹妮弗·安妮斯顿，来这里找你？”

“里戈韦托，少来了，你可是老练的纽约人啊。”她走到猫眼那里，果然，不一会儿，这个广角镜头里的瑞秋“我喜欢罗斯，我不喜欢罗斯”格林本人从电梯里出来沿着走道走了过来。玛克欣还没等到“准是哪个戴着乳胶名人面具的神经病”之类的负面想法冒出来便把门打开了。

“安妮斯顿小姐，首先我想说，我是你这部剧的忠实粉丝。”

德里丝科尔把头发一挑。“你这么认为？”

“你跟她简直一模一样。别告诉我是在‘默里和莫里斯美发店’。”

“没错，绝对要谢谢你那个建议，它改变了我的人生。他们要我转告你说他们很想念你，希望你没有还在为干燥机出故障那件小事心烦？”

“没有，联邦救急，联合爱迪生公司[1]有一半的人拿着手提钻在街上，有什么可心烦的？到厨房来吧，芝玛我刚刚喝完了，不过啤酒还有。多半还有。”

还有两瓶滚石啤酒藏在冰箱的深处，霍斯特不知怎的没有注意到。她们进了厨房，在餐厅的桌子边坐下。

“这个，”德里丝科尔悄悄递过来一个灰色和深红色的信封，大小和形状跟老式软盘差不多，“这个给你。”

里面是一张用料昂贵的卡片，上面写着手写花体字。

玛克欣·塔诺-莱夫勒女士

诚挚邀请您参加

第一届年度

大型入场舞会

又名大型极客舞会

1 联合爱迪生公司是美国最大的私人能源公司之一，其中的纽约分公司负责对纽约和威斯特彻斯特郡提供电力、瓦斯和蒸汽服务等。

2001年9月8日周六晚

于Tworkeffx.com公司举行

免费酒吧

着装随意

<ha ha only serious[1]/>

“这是什么？”

“哦，我是某个委员会的成员。”

“看上去很了不得呢，谁还能办得起这种规模的聚会啊？”

咳，貌似是盖布里埃尔·艾斯，除了他还会有谁呢，原来他最近收购了Tworkeffx，一家建设和维护虚拟私人网络的公司，他在公司资产里发现了一笔特殊的聚会基金，已经放在托管账户里好多年了，一直在等待着什么，像是这个特别的“如我们所知的世界末日”。

玛克欣很是气愤。“那么长的时间，就没有人想到去突袭下账户吗？那得有多理想主义呢？我每天打交道的那帮混蛋，没有一个人——无论是残废，还是白痴——会错过这个的。当然，偏偏让讨厌的艾斯捡了个便宜去。所以，现在他摇身变作好客的主人，却不花他自己口袋里的一个子儿。”

“不管怎么说，现在我们可以好好大醉一场了，哪怕它只是硅巷最大的失业聚会。就算其他的算不上，它好歹也是个免费酒吧。”

劳动节即将来临，一时间，全世界所有的人都来走亲访友，其中有玛克欣好多年没有收到消息的朋友；亨特学院[2]的一个同班同学，最终她记起来，在一个醉到不省人事的夜晚，她是如何在关键时刻喊来

1 意为“哈哈不是开玩笑”。

2 纽约市立大学亨特学院。

一辆出租车救了此人一命；住在城外、每年秋季来纽约城朝圣的人们，他们的心情跟住在城里、往相反方向去的赏叶人[1]一样迫切，等不及要看城里腐化堕落的景致；整个夏天一直待在秀丽风景区的资深游客，此趟回来不过是为了召集一些朋友，然后把他们惹烦，通过放录像带给他们看，说合算的买卖故事给他们听，还有旅途中的最新见闻，比如与当地人住在一起，在南极地区徒步旅行，去印度尼西亚参加加麦兰节，去列支敦士登保龄球场来趟奢华游。

霍斯特虽然不会整天在家里晃悠，但会找时间陪儿子们。从玛克欣与霍斯特共同生活的岁月那段日渐模糊的记忆来看，他花来陪儿子的时间比以前要多，带他们去看洋基队的比赛，找曼哈顿最后一家投球游戏室，甚至主动要求带他们去街角参加季节性操练，也就是返校理发，以前他总是能躲则躲。

"时尚屋"理发店在街面以下。店里装了台噪声很大的亚北极空调，摆着《OYE》《时尚》的过刊。店里百分之九十的对话，譬如评论电视上的大都会队比赛，用的都是加勒比西班牙语。霍斯特正饶有兴趣地看着比赛，一场跟费城人队的比赛，突然间有一个人从街上一路跑过来，爬下楼梯穿门进来，他穿着约翰尼·帕切科的T恤，扛着一件大尺寸的户外烧烤架连同一个丙烷罐，想以诱人的价格兜售给店里的客人。这样的事在"时尚屋"常有发生。老板米格尔心肠软，耐心地解释给他听为什么这儿的人不大可能感兴趣，指出带着它步行回家走上街的物流成本太高了，更不用说还有警察，"时尚屋"就在警方的名单上，他们经常派一些身材同样健壮的英裔白人穿着便衣来，那可不是忽悠人的，他们在路边戛然刹住车，从车里跳出来投入行动。街那头有个正在休息的门卫负责打探，他把头探进来，报告最新的盯警情况，其实据他说，这种局面就快要发生在他们身上了。有一阵紧张的窃窃私语声传来。卖烧烤架的那个人将他的待售货物费力地搬出门

---

1 美国新英格兰地区的一个俚语，指在秋天慢慢开车穿过美国东北部地区、透过车窗欣赏叶色变换的游客。

扛上台阶，不到一分钟的时间，第20分局一个警察模样的人来了，他身穿一件夏威夷衬衫，格洛克手枪没有完全被衬衫盖住。他大声喊道："好了，他人在哪里，我们刚刚见他在哥伦布大道的，要是我发现他躲在这里，我会踢烂你们的屁股，懂我说的话了没，你们这些混账东西，有你们的好日子过，没有好日子过，懂我的意思吗[1]。"诸如此类的话。

"嘿，快看，"欧蒂斯说，他的哥哥在一旁打出闭嘴的手势，"是卡迈恩——嘿！嘿，卡迈恩！"

"哟，是你们啊。"诺佐利警探的眼睛迅速移到电视屏幕上，"他们打得怎么样？"

"5比0。"齐格说，"佩顿刚刚一个本垒打。"

"真希望我有时间看，可是要去抓一个罪犯。跟你们妈妈问声好。"

"'跟你们妈妈问好'？"一局结束后插播广告时霍斯特问。

"他和海蒂在约会，"齐格安慰他道，"她以前有时候会带他来玩。"

"你们妈妈……"

原来玛克欣一直在帮警方做些协调工作，某种警察，孩子们不敢肯定是哪种。"她现在做刑事案件了？"

"我想是跟一个客户有关。"

霍斯特盯着屏幕看的眼神变得忧郁起来。"不错的客户……"

晚些时候，玛克欣瞧见霍斯特在餐厅里帮齐格组装一张刨花板电脑桌，有几个手指已经在流血了，近视眼镜也快要从他鼻子的汗珠上滑落下来了，神秘的金属和塑料紧固件扔得满地都是，说明书撕破了，这儿飘一张，那儿飞一张。他在抓狂地大叫，未说出口的话是"操他妈的宜家"。

跟全世界其他上百万男人一样，霍斯特恨死了瑞典的这个DIY巨头。他和玛克欣有一回浪费了一个周末在新泽西伊丽莎白市找它的分店，那家分店靠在机场边，这样一来全世界第四大富有的亿万富翁就

---

1 原文是西班牙语。

可以省去提单费，而我们其余人要花上一整天的时间在新泽西高速公路上迷路，下了高速继续迷路。最后，他们停在了一个像郡一般大小的停车场里，在远处闪着微光的是居家生活理论的神殿，或者说是博物馆吧，反正对霍斯特来说太陌生了，他无法有切身体会。货运飞机不停地在附近缓慢地降落。店里有一整块区域专门用来更换错误或丢失的零部件和紧固件，因为在宜家这不是什么稀罕事。店堂尽其所能填满了可用的建筑空间，所以你永远在沿着一条蜿蜒的小路从一个小资风格或“居室”走向另外一个。出口有着清楚的指示，却不可能走得到。霍斯特很困惑，“你看这个，一张高脚凳，名字叫斯文？是某个古老的瑞典习俗吧，冬天到了，天气变得很糟糕，要不了多久你会发现自己在对着家具说话？真是料想不到啊。”

婚后好几年，霍斯特才承认自己不是居家型男人——到那时已经没有人感到很意外了。“我理想的居住空间是中西部深处不太破旧的汽车旅馆里的一个房间，在崎岖地的某个地方，大约在下初雪前后。”其实，霍斯特的头就是一个由全国各地一处处汽车旅馆的房间堆积起来的单个雪堆，这些旅馆位于寒风刺骨的远方，玛克欣永远也不知道怎么去，住在那儿就更不可能了。每一个落入他黑夜的亮晶晶的片段，一旦落入，就不可重复。加总起来的结果就是一片冷冰冰的空白，她读不懂。

“快过来，来休息一会儿。”她把电视机打开，两人坐下来看了一会儿天气频道，声音调到了静音。有一个主持的气象专家说了一些话，另一个望过去，做出回应，然后再看回到摄影镜头上，点点头。然后两人互换，另一个人说话，这个人点头。

没准儿是昔日的融洽赶了上来。玛克欣不由自主地聊起了工作，而霍斯特呢，不可思议，他居然在听。当然，并不关他什么事，不过话说回来，大概说给他听听又有何妨？“这个拍纪录片的叫雷吉·德斯帕德的家伙——还有比他多疑一倍的IT天才艾瑞克——他们在hashslingrz.com的账簿里看出了蹊跷，好了，雷吉就带过来告诉我，认为里面存在欺诈，全球范围内的欺诈，说不定跟中东有关联，不过也有可能是《X档案》之类的电影看多了。”她停顿了下，巧妙地假装在深吸一口气，等着霍斯特发脾气。可他只是眨眨眼，反正动作很慢，这大概标志着他有点兴趣。“现在，看来雷吉是神秘地失了踪，虽然有可能只是去了西雅图。”

“什么情况，你是怎么想的？”

“哦。想？我有时间想吗？联邦官员现在也盯上我了，怕是因为布鲁克和她老公还有某些所谓的摩萨德关系，也许就为了那么点事儿，他们怎么知道你打哪儿来，一派胡言。”

此时霍斯特正双手托着头，仿佛打算用它来一记罚球。“耶米玛，基洗亚，基连哈[1]！我要怎么做才能帮到你呢？”

“其实你知道吗？”这要打哪儿说起，说真的她是认真的吗，“星期六晚上城里有一个大型的电脑迷室外聚会？那个，那个我可以带一个男伴去，怎么样？嗯？”

他稍微眯了眯眼。“没问题。”话里有一半是问句，“慢着……我必须要跳舞吗？”

“谁知道呢，霍斯特，当音乐对味时有时候需要吧？你知道的，人都有不得已时？”

“唔，不是我的意思是……”霍斯特急躁的样子几乎算得上可爱。“我不去学怎么跳舞，你从来没有原谅过我这一点，对吧？”

“霍斯特，我应该要怎么做呢，因为你有遗憾所以我就得故意避开？你要是愿意，我现在就可以教你两三个非常简单的舞步，能管用吗？”

“只要我不用抖屁股就行，身为男人得知道适可而止。”

她在CD收藏夹里一阵翻找，打开一张碟片。“好，这是梅伦格舞，非常简单，你只需要像导弹发射井一样站在那儿，要是你时不时地想

1《圣经·约伯记》里约伯三个女儿的名字。

动上一动，那就更好啦。”

孩子们过了一会儿进来一看，发现两人正拘谨地拥在一起，跟着《科帕卡巴纳》的每一个节拍在那儿慢舞。

“去副校长的办公室，你们俩。”

“是的，要跑步去。”

28

那是一个暖和的傍晚。日落的余晖在慢慢染红泽西的天空，附近送外卖的自行车流达到了高峰，街灯亮起来时，城里的树上满是鸟儿的啁啾声并越来越响亮，夜机起飞时留下的雾化尾迹明亮地挂在天上。大约就在这时，霍斯特和玛克欣把两个儿子送到厄尼和伊莲恩的住处后上了地铁，正往苏豪区赶去。

Tworkeffx近来被人收购了，它在风光无限的几个年头里以市场最高的租金把一处类似意大利宫殿的地方承租了下来，它铸铁的外立面伪装成石灰岩的模样，今晚在街灯下显得阴森森的。硅巷里从过去到现在的几乎所有人都往这里聚过来，隔着好几个街区远就能听见节日的欢笑声。聚会准备过程中人声鼎沸，夹杂着唱到高潮部分的女高音和从屋内音乐里传来的低音线，不时地被安保人员对讲机里噼里啪啦的高分贝失真信号打断。

大家不由得发现，今晚一个特定的重头戏就是一时兴起的怀旧风。90年代的反讽已经略微过了它的保质期，却又在此昂首怒放。玛克欣和霍斯特被人群的旋涡推搡着，从门口保镖的身前走过，人群里的人留着仿莫霍克发型、渐变式发型、情绪摇滚发型、蓬松的鬈发、平头、日本公主发型，戴着仿制的凡达驰卡车司机帽，文着临时文身，嘴唇上叼着大麻烟卷，戴着《黑客帝国》年代的雷朋眼镜，穿着夏威夷花衬衫，那是视野里除了霍斯特的以外唯一可见的有衣领的衬衫。“天哪，”他感叹道，“这儿看着就跟基奥卡克[1]似的。”周围那些太了解内情的人，反倒不愿意告诉他其实这正是关键所在。

网络泡沫曾是一个颇为抢眼的椭圆球体，现在，它瘪塌的亮粉色球壳无力地瘫软在时代颤抖的下巴上，里面多半只残留下浅浅的一口气。即使如此，今晚在花销方面一点儿也不手软。官方称聚会的主题是“1999”，它更黑暗的潜文本是“否认”。不一会儿便一清二楚，原来今晚人人都在假装，假装他们仍然生活在股市崩盘前的奇幻岁月里，在去年那可怕的千年虫的阴影里跳舞，千年虫如今已安全地成为历史，但从大家此刻共同的幻觉来看尚未降临到他们的头上，在场所有人都冻结与定格在千禧年午夜的灰姑娘时刻，在下一个纳秒，全世界的计算机将不会准确地加上一年，世界末日将扑面而来。在一个人们普遍患有注意力缺乏症的时代，这就被看作在怀旧了。人们把他们在千禧年前一直耷拉地穿着的T恤又从塑料整理箱里翻了出来，“千年虫就在眼前，善恶大决战的前夜，驯顺的爱情机器千年虫，我活了下来”，铁了心地要跟身在1999年一样狂欢，哪怕耳边不断地传来王子的催促声。

从东欧一个破败的舞台上洗劫来的苏联时代的音响系统，也在大声播放着眨眼182乐队、回声与兔人乐队、裸体淑女乐队、骨头恶棍与和声合唱团的歌曲，还有其他的怀旧老歌。同时，NASDAQ行情景气的那些年份里的股票报价在滚动显示屏上缓缓地向前爬行，显示屏安装在一块粗呢上，足足环绕了宴会厅一周。它的上方是一块4×6米的巨型LED屏幕，上面以花开花谢的动画效果循环播放着各大历史事件，譬如比尔·克林顿在大陪审团面前的供词：“这要看‘是’这个词是什么含义了。”还有另一个比尔，比尔·盖茨在比利时被一个馅饼砸中脸的瞬间，光环游戏的预告片，《呆伯特》漫画电视剧和《海绵

1 基奥卡克是美国艾奥瓦州东南部的一个县。

宝宝》第一季的视频剪辑，罗曼·科波拉为Boo.com拍的广告，莫妮卡·莱温斯基主持《周六夜现场》，苏珊·露琪因为埃丽卡·凯恩一角终于赢得日间艾美奖，她领奖时用的伴奏音乐是于尔格·奥弗吉尔的同名歌曲。

这儿的酒吧有些年代了，里面精致地雕饰着一些新埃及主题。酒吧是Tworkeffx从城外一家半神秘的机构的总部中心大楼里抢救出来的，当时那栋楼跟纽约城里同等规模的所有其他建筑一样，正要被改造成住宅用房。假如说神秘的魔咒依然浸润在古老的高加索胡桃木家具里，那么它是在等待大显神威的时刻。今晚维持原样的，是大家对再现90年代所有免费酒吧的甜美回忆的吁求。在场所有人都记得，那时候只需要自称是新创办企业的员工，就可以整夜整夜免费地喝酒。今晚站在吧台后面的酒保，大多是失业的黑客或街头的毒贩子，他们的生意自2000年4月以后就枯竭了。有些人没有忍得住，提议说让大家免费痛饮，打个比方说，后来才发现那些人是睿域营销公司以前的员工，他们依然是这个房间里最聪明的人。这儿的酒没有便宜货，都是添加利10号金酒、培恩白金[1]、麦卡伦[2]、精英[3]，当然还有放在一个装满了碎冰的洗涤桶里的PBR[4]，供无法轻松应对这个没有反讽的夜晚的人们喝个痛快。

要是今晚还有哪儿在谈生意，那也是在城里的其他地方，那儿的时间太过宝贵，不能浪费在花天酒地上。四分之三的盈利进了厕所，交易流程慢到如同滴注，公司的IT预算跟帕洛阿尔托一家酒吧里用来做玛格丽塔酒的机器一样冻住了，微软XP系统才刚刚结束试运行阶段，已经有电脑迷在低声嘟哝，有极客不满意它的安全性和向后兼容性问题了。招聘人员谨慎地潜伏在人群里，不过今晚没有戴寻常的那种色码手镯，想要挣零花钱的黑客不得不默认靠直觉来判断谁家想雇人。

1 指培恩白金龙舌兰，培恩是全球顶级的龙舌兰品牌。
2 指麦卡伦苏格兰威士忌。
3 指俄罗斯产的斯托利精英伏特加，这种伏特加在全球各地受到热烈的追捧。
4 蓝带啤酒价位适中，受到时髦青年的喜爱。

过后，来过这儿的人都会记得，一切是多么垂直。楼梯间、电梯、天井，还有阴影，它不停地从上方袭击底下聚拢与未聚拢的人群……跳舞的人有点儿呆愣，他们沐浴在闪光灯里，倒不见得是在跳舞，更像是站在一个地方，跟随着音乐及时地前后移动。

“看上去不怎么复杂呀。”霍斯特一边说道，似乎是在自言自语，一边朝时间域走样的喧哗声中信步走去。

“玛克西，你好啊？”原来是维尔瓦，她把头发盘在了上面，眼部化着夸张的妆容，身穿基础黑色，脚踩细高跟鞋。贾斯丁从她身后某个地方探出头来，带着药嗑多了的人常有的那种微笑扬了扬眉毛。哪怕是在眼前这个滋生颓废的地方，他依然保持着他那个值得信赖的西海岸可爱的自我，穿着一件T恤，上面写着“贾斯丁\另一个PERL语言的黑客”。卢卡斯也一道来了，他穿着痞痞的宽松牛仔裤，一件“我发现了联邦官员”的黑客大会衬衫。

“哇噢，把金·贝辛格[1]都吓跑了。让我感觉自己比平时还要土不拉叽呢，维尔瓦。”

“什么，你说这件破布衣服吗，狗喜欢睡在上面，它让我借来今晚穿。”与玛克欣没有直接的眼神交流，维尔瓦打定主意不留下证据，她的目光晃悠到头顶上方巨大的屏幕上，仿佛在那儿等待着什么，没准儿是某个重要的电影片段。玛克欣虽然没有进行脑部扫描，不过对于心里有鬼可是太熟悉不过了。

“这宴会厅够气派吧，到处都是受戒礼的主题思想。艾斯那家伙不惜一切花销啊，他肯定在哪儿躲着偷看呢。”

“不知道哎，没怎么留意。”

“要我说，”卢卡斯说，“我觉得他跟乔希·哈里斯[2]在暗暗较劲。还

1 金·贝辛格是美国女演员兼模特，90年代后期因出演电影《洛城机密》而获得了奥斯卡奖。

2 乔希·哈里斯是美国的一位互联网企业家，他创建了朱比特研究机构和Pseudo.com，后者是一家用于发布音频与视频的网站，成立于1993年末，2000年网络泡沫破裂时申请了破产。

记得千禧年前夕在pseudo举办的那场宴会吗？一连开了好几个月的？”

“你是说，”贾斯丁说，“有人在透明的塑料房间里当众乱交，哪里？哪里？”

“哟，玛克西。”是艾瑞克，他的头发染成了近似淡淡的荧光绿，他抛过来一个媚眼，那个露齿的笑容经分析大概属于傻里傻气的类型。玛克欣感觉到霍斯特就在附近哪个看不见的地方注视着他们，快要陷入糊涂虫的模式了。哎哟喂，“你看见我老公在这儿附近什么地方了吗？”嗓门大到霍斯特也能听见，要是他在听的话。

“你的谁？”

“噢，”玛克欣变回到正常语气，“类似准前夫，我从来没跟你提过？”

“真叫人大吃一惊啊，”他欢快地喃喃了一句，“那什么，瞧瞧今晚我们有什么好家伙，朱塞佩·萨诺第，对吧？”

“是斯图尔特·韦茨曼[1]，自作聪明的家伙，不过且慢，你得见见一个人，要是我没搞错的话她特别喜欢穿周仰杰。”她就是德里丝科尔，今天全身上下是安妮斯顿的装扮，使得玛克欣的爱情额叶联系簿上有一个显示屏开始闪动，或者叫脑内红娘程序吧。“除非你们早就认识了……”

又来这一套，玛克欣，她为什么就抵挡不住那些试图控制她的古老的媒妁之力呢？够了，住手吧，别再多管闲事了。当事人处理婚配之事比媒婆的效率更高，想必是规模经济之类的缘故吧。艾瑞克妩媚地眯着眼睛。“我们是不是……在网络上因为啤酒起过争执，你想把我扔到河里去？不，不对，她的个子比你要矮。”

“没准儿是在一个没有啤酒的场合？”跟瑞秋与罗斯那样神秘兮兮，“某个Linux的安装集会？”两人用马克笔在手掌上留下电话号码或类似这样的仪式，之后德里丝科尔便走开了。

1 斯图尔特·韦茨曼和上文的朱塞佩·萨诺第都是著名的鞋品设计师的名字。

“听着，玛克西，”艾瑞克变得一脸严肃，“有个人我们需要找到他。莱斯特·特雷普斯的合伙人，那个加拿大人。”

“费利克斯？他还在城里吗？”说不清，反正不像是什么好事，“他怎么了？”

“他想见你，有关莱斯特·特雷普斯的事，不过他也疑神疑鬼的，不停地走来走去，到处找乐子。”

“用幼稚寻找安全感。”莱斯特，那莱斯特呢？

自从卡拉OK那晚以后，费利克斯没有一丝音信，可现在突然之间，他想坦白了。他那轻易相信别人的生意伙伴被人杀害时他在哪里？刚好回蒙特利尔了吧？该不会是在蒙托克跟盖布里埃尔·艾斯密谋怎么陷害莱斯特吧？玛克欣很好奇，费利克斯今晚会有什么紧要的事要急着告诉她。

“来吧，我们去厕所来一场伪随机搜查吧。”

她跟着他走进热气腾腾、人满为患的无底洞里，这个工作地方现在已经堕落为社交空间了。玛克欣扫视了下人群，很快地瞥了霍斯特一眼，他正在舞池里跟其他人一样在跳Z轴节奏呢，至少没有玩得不愉快。

艾瑞克示意她穿过门，经过走廊来到厕所里。那是一间男女共用的厕所，没有什么隐私可言。厕所里没有设一排排小便器，只有一柱柱水帘不间断地从不锈钢墙上直泻而下，邀请先生女士们侧身对着墙体小便。那些不敢冒险的人则可以在隔间里方便，隔断用的是丙烯酸，一眼能看到里头。在Tworkeffx更兴旺的岁月里，逃工巡检就是透过这些隔断，朝里面望上一眼便可知谁在逃避工作。隔间内部由从城里高价聘请来的涂鸦艺术家们定制装修，阴茎伸入嘴巴里是一个常见的图案，还有“**微软的窝囊废去死吧**”和“**劳拉·克劳馥的多边形图像有问题**”这样的宣泄情绪的标语。

费利克斯不在这儿。他们进了楼梯间，一层楼一层楼地往上爬，走进楼上那些充满幻觉的明亮大厅里，偷偷潜入办公室和工作隔间里，那儿的家具摆设是从破产的网络公司廉价淘来的，要不了多久注定会轮到它们被盖布里埃尔·艾斯之流掠劫走。

到处都是寻欢作乐的场景。两人疾步走进人群里想借个道儿，却被推搡着无法脱身……一张张人脸在移动。香槟酒喝完后的空瓶子在职工游泳池里荡起荡落。貌似最近才学会抽烟的雅皮士们对着彼此大喊大叫。“前几天抽了根很正点的阿图罗·富恩特！”“棒呆了！”一群躁动不安的鼻子排成队列，在装饰派艺术圆镜前吸狭长条可卡因，镜子是从早被夷为平地的豪华饭店里取来的，那些饭店从纽约上一回出现跟刚刚结束的这股激烈度相似的市场狂热时就存在了。

在一些主题洗手间里进进出出，差不多是环抱式的巨型爱尔兰酒吧的小便器，有浮雕图案的百年老厕所，固定在墙上的水箱和拉链，其他更昏暗、不那么雅致的空间，想要让人们联想到闹市区俱乐部里的典型厕所，自从90年代中期起就不再喷来苏水，只有一个臭气熏天的便宜货抽水马桶，大家得排队等着用。

同时，费利克斯并不在这些地方。最终，艾瑞克和玛克欣来到了顶层，走进了后现代厕所的教父级别的样板间里。它如同广场一般开阔，地上铺着从下百老汇一处宅邸回收来的比利时釉面瓷砖，有赭色、淡蓝色和暗酒红色。厕所里有三十来个隔间，有专属酒吧、电视娱乐室、音响系统，还有唱片师，他此刻在播放“纳粹蔬菜乐队”曾经冲破榜单的迪斯科乐曲，伴随着音乐有6×6方队的舞者在古色古香的瓦面上跳滑步舞。

《在厕所里》（哈斯尔舞节拍）

如此古怪又稀奇的感觉，你的
脑瓜飞到天花板上，在
厕——所里！
［女生伴唱］——在厕所里！
可乐和摇头丸还有大麻烟，

永远不知道你何时会用得上
在厕所里用得上它们
（全都——在厕——所里！）
就进来扫一眼，却
待上了一个星期，在下面的
厕——所里！……
（厕所！厕所！）
有那些镜子，镀上的许多铬，你
在家永远不会尝试的东西，在这里，在
厕——所里——
哇哦，噢，女孩和
［转接］
男孩，就让
夜晚由着它的性子，
跟白昼说拜拜，
任何东西不可过量食用，
看一看可以，但不要碰，不然你就会
糟蹋了它，
从容一点，这是次——所——
那场期待中的消毒剂味浓烈的
洗手间约——会会会……
八面玲珑的便池，如同电影里，
会吸引着你脱下你的，裤子——来
到
厕所里！把所有那些
烦恼哗地冲走，跳舞吧！

并不是所有人都从虚度的青春中受益良多。玛克欣的同龄人中，有些人年少时迷失在80年代的俱乐部厕所里头，进去后再也没有出来；有些运气好的，不是太赶时髦，就是不够时髦，根本欣赏不来那种场景；而其他人比如玛克欣，他们继续过着自己的生活，却时不时地回想起来，那引发癫痫的灯光，摆在地板上出售的安眠酮，区外的发型秀……水网[1]的喷雾！浪费在镜子前的少女时光！舞曲音乐和歌词间怪异的脱节，《科帕卡巴纳》《只有傻瓜才相信》，悲伤乃至不幸的故事，配上的却是这些出奇轻快的曲调……

滑步舞是一种四墙排舞，玛克欣一眼就认出来了，自青少年时代起她常逛老天堂车库，在许多朦朦胧胧有点印象的受戒礼上多次见过。那也是一周里唯一真正重要的片段，周六夜里，她会在一点或一点半偷偷溜出家门，搭地铁到休斯敦站，再经过数不清数不尽的街区来到国王站，从舞厅保安跟前瞬间移动过去，加入其他核心车库头当中，在施了魔咒的世界里跳上一整夜的舞，一直等到在某个路边小餐馆里吃早餐时才琢磨，这一回编什么样的故事骗父母……接下来，你就满手提包地找纸巾，因为一切都成了过去，当然也并不是所有人都撑了过来，那时候有艾滋病，有可卡因，别忘了还有那该死的晚期资本主义，所以只有一小撮人真正找到了所谓的安全港湾……

“呃，玛克欣，你在……”

“是的，不是。我还好……怎么了？”

艾瑞克用头示意了下，在地板上新艺术派风格的复杂图案中间，在队列的中央，玛克欣瞧见了神出鬼没的杀人帮凶和嫌疑犯费利克斯·博因久，他身穿一套迪斯科年代的双面提花西装，颜色是某种极为花哨的深珊瑚色，几乎肯定是趁打折时买的，在商店里购物时一时冲动，过后很快就会后悔了。他的西装里是一件T恤，上面印着加拿大的枫叶标志，还有“THE EH? TEAM”[2]的字样。舞蹈队列重新组合成两两一组，费利克斯走了过来，他浑身是汗，抖动个不停。

---

1 美国的一个美发品牌，生产发胶、定型液之类的美发用品。
2 戏仿80年代的一部著名连续剧《天龙特攻队》（*The A-Team*）。

“哟，费利克斯，你好啊[1]？”

“莱斯特真惨啊，对吧？”跟她眼神交流时，他的眼皮连眨都不眨，一副肆无忌惮的样子。

“这就是你要见我的原因吗，费利克斯？”

“惨案发生时，我不在城里。”

“我说什么了吗？即使莱斯特确实看上去，怎么说呢，以为你会帮他的。”

激怒这位客户的概率跟艾丽·麦克比尔[2]一样肥腴。“这么说来，你还在跟进这个案子咯。”

“我们还在不断搜集资料。”调查员身份的“我们”，让他以为有第三方聘请了她，“你有什么可以帮上我们的吗？”

“难说。说不定你会跑去告诉警察之类的人呢。”

“我可不喜欢警察，费利克斯，那是南茜·朱尔，说实话，你这么比较可不是在表扬我啊，这方面你得好好下点功夫。”

“嘿，你可是曾经想把维普斯特抓去问话的人啊。”费利克斯此时已经开始疑心地睥睨着艾瑞克，艾瑞克便善解人意地退入由舞者、酗酒者和瘾君子组成的起起落落的人潮中。

她假装叹了口气。“跟普丁有关是不是啊，你永远也不会原谅我的，再次跟你道歉，费利克斯，真抱歉我说了那些话——愚蠢的话，下三烂的手段。”

他接着她的话往下说，“在蒙特利尔，这能用来判断一个人的道德品格——如果有人能抵制得住普丁的诱惑，那么他也能抵住生活的诱惑。”

“我能考虑一下吗？”她环顾了下周围吃喝玩乐的人们，“过后给你答复？周一怎么样？我保证。”

“快看，快看，是盖布里埃尔·艾斯。”费利克斯朝吧台的方向指

1 原文是法语。
2 美剧《律政俏佳人》里的女主人公，由卡莉斯塔·弗洛克哈特扮演，她的身材极瘦。

了指，果然，他们慷慨的东道主就站在那儿，正对着一小撮仰慕者发表言论呢。

“你见过他吗？”

她明白，这多半就是关键所在。“我们通过电话，我感觉他的时间很宝贵嘛。”

“来吧，我介绍你认识，我和他最近在一起做些小生意。”

你当然在做，混蛋。他们侧着身子穿过人挤人的地方，来到能听见这位身材修长的大亨说话的地方。这位大亨并不是在跟人闲聊，而是在大放类似推销的厥词。

他的双眼经一副奥利弗·皮帕斯的角质框架眼镜一勾勒，比玛克欣在鱼市见过的许多眼睛还要更没有精气神，虽然有些时候，一个也许看上去不受欲望左右的人其实反倒会过分受到欲望的影响，这通常很危险，因为他完全不知道一旦欲望跳过围栏朝山脊线奔去时要怎么应对，而欲望是绝对会这么做的。他的嘴唇薄薄的，长得很精致。在工作中你碰见过太多这样的人脸，不知道它们想要什么，想要多少，也不知道一旦成功得手后它们会怎么做。

“越来越多的服务器放在同一个地方，它们散发出来的热量很快就造成了问题，除非你投入预算启动冷气。我们能做的，”艾斯宣称道，“就是往北去，在散热不会构成如此大问题的地方建立服务器农场，用像水能或太阳能这些可再生能源生产电力，用多余的热量帮助在数据中心附近建立起来的社区维持日常运转，在北极苔原上建立穹顶社区。

“我的极客兄弟们！热带地区在提供廉价劳动力和色情旅游方面也许没问题，可是，未来在永久冻土区，这是地缘政治的一项新规则——控制冷量的供应，冷量作为一种自然资源，它的价值无法估算，尤其当全球变暖来临，就更为重要了——”

这条向北进军的论断里有一种令人毛骨悚然的熟悉感觉。根据高德温法则只在上西区才成立的一条推论，任何讨论不论长短，百分之百会出现斯大林的名字。玛克欣此刻想起来，厄尼曾跟她讲过这个实施种族屠杀的格鲁吉亚人及他在20世纪30年代里用穹顶城市和年轻技术员组成的军队开拓北极圈殖民地的计划。厄尼总是很用心地指出来，那些技术员从其他方面讲也就是人所共知的强制性劳工。他还用多媒体影像资料来佐证，拿出他珍藏的每秒七十八转的专辑《扎佐品斯基的漂亮女学生》，那是大清洗年代里一部不知名的歌剧，被绞死的俄国男低音与男高音二重唱让人想起结冰的大草原，还有熵增的夜晚。而现在呢，这位盖布里埃尔·艾斯却以资本主义聚会为幌子，在重新上演一出新斯大林的戏法。

啊！愿主保佑我们，这一切是多么低级庸俗啊，可怎么会走到这一步的呢？在租来的宫殿里头，否认时间的流逝，站在IT界黑钻石斜坡上的一位大人物以为自己是摇滚明星。并不是说玛克欣不会被人耍弄，而是说她讨厌被人耍弄，当她发现有人拼了命地想要耍她时，她就伸手去掏手枪。或者说，在眼下这个情况，她会掉头朝楼梯走去，留下费利克斯和盖布里埃尔·艾斯在那儿，随他们爱聊什么聊什么，流氓对流氓。

诺拉·查尔斯需要容忍这类事吗？甚至是南茜·朱尔呢？她们去参加的聚会，到处都是现成的开胃小菜和友善的陌生人吧。不过，就让玛克欣去找点娱乐活动吧，稍微玩得尽兴些，别去想了，每回总如这般收场。工作日类型的义务，负疚感，鬼魂。

然而，出于某些原因，她在那儿待了一整个晚上，直到酒吧打烊。霍斯特大概是二手烟吸多了，又回到他以前的聚会狗状态，正四处跟人献殷勤搭讪呢。玛克欣不自觉地卷入了电脑迷的纷争中，不一会儿在替他们当调解人了，可他们到底在争论什么，她其实一个字也没有听懂。她在厕所里打了一两次瞌睡，即使有做梦，也很难把梦境跟她周遭无形的天旋地转区分开来。随着旋转慢慢减速，图像逐渐消失为静寂无声的黑白色，最终，键入CD~回用户家目录的时间到了。[1]退场

1 在Linux系统里，管理员在管理无图形界面的服务器时，CD是改变目录的命令，CD~的指令是回到用户的家目录。

音乐用的是半音速乐队的《结束时刻》，一首作别20世纪的四度和弦离别曲。昔日与来日的电脑迷在陆续离场，看着他们你会不忍心去想。他们三三两两地往回走，来到大街上，来到那漫长的九月里。自从去年春天以来，九月就以一种虚拟的形式来到了他们身边，接下来就只有变得更虚幻而已。他们重新摆出一副适合走上街的面容，那副面容已经遭到了无声的攻击，仿佛是被前头的什么东西，工作周里某个不期而遇的千年虫。人群陆陆续续地来到略有名气的大街上，来到黎明的曙光出现前的朦胧夜幕里，吸毒引起的快感慢慢消散。一片T恤的海洋，上面的字没有人解读，一阵喧嚷的信息，内容没有人能领会，仿佛它是硅巷之夜真正的文本史，呐喊声需要你留神倾听，不容错过，凌晨三点送达代码集会和通宵碎纸宴会的星兹快递，同床共眠的伴侣来了又走了，在夜总会驻唱的乐队，歌曲里的副歌依然在等着你百无聊赖时偷袭你，白天工作时举行关于会议的会议，连老板也摸不着北，幻想中一串串的零，商业模式分分钟在变，一周里每天晚上都有新创公司宴会，碰上周四尤其多，多到你根本顾不过来。这些人的面容完全被时代所掳获，被他们整夜在为之庆终的时代——他们中有谁能预见到，在二进制的微环境里，在全球各地沿着不见天日的光纤和双绞线，如今以无线连接的形式，穿过私人空间和公共空间，网络血汗工厂里的每一处地方，闪闪发亮的绣针一刻也不停歇地在那张永不平静的帷毯上编织，有大片地方已经织就，也有大片地方尚未编织，某个时刻他们坐在帷毯上织啊织，坐到四肢发麻无法动弹——按照即将来临的那一天的模样，一个等待执行的程序就要显现，一个没有指令指示如何搜索的搜索结果？

在回家的出租车上，广播里传来阿拉伯语的嘈杂声，一开始玛克欣以为是哪一档听众来电节目呢，直到出租车司机接上听筒参与进去她才发现不是。她瞄了一眼树脂玻璃上的证件。照片上的人脸太模糊，看不清楚，不过名字是穆斯林的名字，叫穆罕默德什么的。

仿佛是在听另一个房间里人们聚会的声音，不过玛克欣注意到既没有音乐，也没有欢笑声。情绪倒是很高涨，但是更接近哭声或愤怒声。男人们互相想说服对方，大声尖叫，不断地插嘴。有两三个说话声没准儿是女人的声音，虽然过后看来，有可能是声音尖厉的男人的声音。玛克欣唯一能听懂的单词是“Inshallah”，她听到了不止一次。“阿拉伯语里的‘随你的便’。”霍斯特点点头。

他们在等交通灯。“若是上帝的旨意。”司机纠正他，他坐在驾驶位上半转过身子，所以玛克欣正好对着他的脸。她在他脸上看见的神情，会令她当天晚上无法立刻入睡，或者说，她会就这么记住它。

29

星期日那场喷气机对抗印第安纳波利斯的比赛，差距是两分。霍斯特一如既往地支持本地球队，跟齐格和欧蒂斯打赌小马队会赢，赌一个比萨。事实上，他们确实以二十一分之差轻松取胜。佩顿·曼宁是保准不犯错，维尼·特斯塔维尔迪就没那么从一而终了，比如说，在最后的五分钟里，他在小马队[1]的两码线里漏接了球，球到了对方的防守边锋手里，随后那个边锋带着球跑了九十八码触地得分，而特斯塔维尔迪独自一人追着他满场跑，喷气机队的其他球员只是在一旁看着。齐格和欧蒂斯忍不住在言语上放纵了些，要怎么做才能把他们叫停，他们的爸爸完全没辙。

那是个暖和的夜晚，他们决定不叫比萨外卖，而是步行去哥伦布大道上的汤姆比萨店用晚餐，那是附近的一家小餐馆，很快将消失在上西区民众的记忆里。过后玛克欣才突然想起来，那是他们一家人好多年来第一次一起行动。他们坐在户外的一张餐桌边，怀旧情绪蠢蠢欲动，随时准备从打埋伏的地方跳出来。玛克欣回想起两个儿子小时候，当时家附近的比萨屋独具地方特色，他们把比萨薄片切成一口一块的小正方形，方便小孩子们食用。孩子能吃下一整块时说明他长大了。之后，孩

1 小马队是印第安纳波利斯的橄榄球队。

子戴牙套后又得倒回去吃更小的小方块。玛克欣瞟了霍斯特一眼，想看看他有没有表露出清楚记着的迹象，谁知连门儿都没有，“一本正经的几何体先生”[1]正忙着以平稳的节奏把比萨饼塞到嘴里面，设法让儿子们数不过来他们吃了多少块。玛克欣心想，你可以称这为家风，不是什么特别值得骄傲的事，但活见鬼，她居然就这么认了。

过后回到家中，霍斯特在电脑屏幕跟前坐定，“小家伙们，快过来，瞧瞧这个。岂有此理啊。”

屏幕上全是数字。“这是芝加哥交易所，上礼拜结束前，看到了吧？美联航突然有一拨反常的看跌期权。看跌卖了好几千份，看涨倒没有多少。好，同样的事今天又发生在了美国航空身上。”

“看跌，”齐格说，“就像是卖空吗？”

“是啊，当你期待股价下跌时。可同时呢，成交量却高出很多——是正常时的六倍。”

“就那两家航空公司吗？”

“是的。好奇怪，是吧？”

“内部交易。”这是齐格的看法。

星期一晚上，维尔瓦打电话给玛克欣，说话的声音很慌张。“他俩的情绪非常不安，是有关他们一直以来非法侵入的随机数字源的事，它们突然变得不随机了。”

“你告诉我这个是因为……”

“我和菲奥娜过来坐一会可以吗？”

“当然可以。”霍斯特在市中心某个地方的一家体育酒吧看《周一橄榄球之夜》，是在丹佛举行的巨人队对抗野马队的比赛。他计划在那

1 也即正方形。

位青春期发育停顿的同事杰克·皮门托的公寓里过夜，那位同事住在巴特利公园城，然后从那里去世贸中心上班。

维尔瓦来了，一副魂不守舍的样子。“他们冲着对方大喊大叫，这从来不是个好兆头。”

“露营怎么样啊，菲奥娜？”

“棒极了。”

“还不赖嘛。”

“那是。”

欧蒂斯、齐格和菲奥娜在霍默·辛普森的跟前坐下来，霍默在一部叫《D.O.H.》的黑色电影，或者没准儿是黄色电影[1]里扮演一名会计，真是没想到啊。

维尔瓦流露出家长摸不着头脑的早期迹象。“她突然就在做贵格派电影了。有一些放在了网上，已经有下一部在等着她开拍了。我们一直在联名签署发行合同，条款比北极家庭团圆还要多。当然，我们也不知道同意了啥。”

玛克欣做了些爆米花。“在这儿住一晚吧，好吗。霍斯特今晚不回来，家里有很多房间。”

不过是又一场马拉松式的闲聊，两人一直聊到夜深人静，倒没什么特别的事。孩子们没发生太多戏剧性的场面就回房睡了。电视节目呢最好把音量掐掉，没有推心置腹的坦白，都是些有关公事的闲聊。午夜前后，维尔瓦跟贾斯丁联络了下。“他们现在又重归于好了，这比之前还要糟。我想我还是住在这里吧。”

星期二早晨，大家一块儿送孩子们去库格尔布里茨上学，在门阶一

1 霍默·辛普森的肤色是黄色。

直逗留到铃声响才离开。维尔瓦搭公共汽车去城市的另一头，玛克欣动身去上班，路过一家当地烟店时探身进去买一份报纸，发现大伙儿都躁动不安，同时又垂头丧气的。市中心发生了不好的事。“一架飞机刚刚撞上了世贸中心。”据收银台后面的那个印度人说。

“什么，是私人飞机吗？”

“商用飞机。”

天哪。玛克欣回到家打开CNN。电视上全在播，坏情况变得更糟了，一整天都在恶化。中午前后，学校打来电话说他们要闭校一天，问她能不能来把孩子们接走。

所有人都紧张得不行。点点头，握个手，没有太多的社交闲聊。

“妈妈，爸爸今天在他的办公室吗？”

“他昨晚住在了杰克家，不过我想他一般用电脑远程办公，所以多半连大楼都没有进。”

“但你不是还没有他的消息嘛！”

“大家都在想办法相互联系上，电话线路忙得一团糟，他会打电话来的，我不担心，你们也不要担心好吗？”

他们并不买账。他们当然不买账了。不过两人还是点点头，就这么接受了。真是好样的，两个小家伙。她拉着他俩的手，一边拉一个，一直走到了家。这种事只有在他们小时候才干过，两人通常不会乐意，不过今天，他们允许她拉着他们的手。

过了一会儿，电话铃开始响了。每一次玛克欣跳起来去接，都希望是霍斯特打来的，结果不是海蒂，就是厄尼和伊莲恩，要不就是远在艾奥瓦州的霍斯特的父母，那儿的一切离无忧睡梦要近一个小时。然而，她希望仍是她生命一部分的那个大块头，却没有一丝消息。孩子们待在他们的房间里，看着浓烟滚滚的双子塔唯一那张定格不变的远距离镜头照，已经太过遥远。她不时地伸进头来，送来些零食，妈妈允许吃的和不允许吃的都有，可他们连碰都不碰。

“我们要打仗了吗，妈妈？”

“不会的，谁说我们要打仗？”

“这个叫沃尔夫·布利策[1]的人？”

“通常国家会跟国家打仗。我觉得不管干这事的是谁，他们都不会是一个国家。”

“新闻里说是沙特阿拉伯人干的，”欧蒂斯告诉她，“也许我们要跟沙特阿拉伯打仗了。”

“不可能，”齐格指出来，“我们需要那么多石油。”

电话响了，仿佛它有超能力，是玛奇·凯莱赫打来的。

“堪比国会纵火案[2]啊。”她问候玛克欣道。

“什么？”

“华盛顿那些该死的纳粹需要发动政变的借口，现在他们有了。这个国家正一头栽进麻烦里，我们要担心的不是阿拉伯瘪三，而是布什那帮人。”

玛克欣却不是那么肯定。“貌似他们都不知道自己现在在干什么，只是被吓坏了，更像是珍珠港事件。”

“那是他们想让你这么觉得。还有，谁说珍珠港事件不是有人故意设局？”

她们现在居然在讨论这个？“先别提这么对待自己的老百姓了，为什么会有人这么对待他们国家的经济呢？”

“你从来没有听说过‘你需要先花钱才能挣钱’的说法吗？回缴给资本主义的黑暗神灵呗。”

玛克欣突然想起来一些事。“玛奇，雷吉的那张DVD，毒刺导弹……”

“我知道。我们被骗了。”

---

1 沃尔夫·布利策是美国的一名记者和电视新闻主持人，他从1990年开始担任CNN电视台的主播。

2 国会纵火案是指1933年柏林国会大厦被烧一案。

电话铃响了。“你没事吧？”

混蛋。他在意个什么鬼啊？那可不是她特别期待听见的人的声音。背景里是一片官僚场所闹哄哄的嘈杂声，电话铃声在响，低薪职员被人出言训斥，碎纸机一刻不停地在工作。

“请问是谁？”

“你想聊聊的话，你有我的电话。”温达斯特挂断了。“聊聊”，是指“打炮”的意思吗？当然了，他那种如饥似渴的程度并不会让她感到意外，总会有一些孬种，利用市中心在发生悲剧的契机免费跟人上床，她所认识的温达斯特没有理由不会是其中一员。

霍斯特还是没有消息。她尽量不去担忧，尽量相信自己安抚儿子时用的说辞，可她其实很担心。那天深夜，等孩子们睡下以后，她坐在电视机面前打起了盹，在有人从门口进来的碎梦中被吵醒，接着又打起了盹儿。

夜里某个时候，玛克欣梦见自己是一只老鼠，在一栋她知道就是美国的宽敞公寓楼的四壁之内仓皇出逃，冒着险去厨房和食物储藏室里觅食，它急匆匆但自由自在地奔来跑去。在这夜半三更，她被某个人道捕鼠器吸引住了，虽然知道那是捕鼠器，却依然抵挡不住诱饵的魅力。那不是传统的花生酱或奶酪，更像是某种精致的美食，说不定是肉馅饼或松露呢。她一走进那个极具诱惑的小装置里，她单薄的小身板就足以拔去一扇弹簧门的插栓，门没有发出太大的声响便在她身后关上，再也不可能重新打开了。她发现自己身处一个有好多层的活动空间的内部，有一场聚会在进行，多半是一场派对，到处是她不熟悉的面孔，老鼠同胞，但又不再全是老鼠，或者说不只有老鼠。她明白，这个地方就是一个介于自由的旷野与某个无法想象的别样环境之间的候宰栏，他们会一个接一个地被送来这儿，而她也明白，这只可能跟死亡和阴间相仿。

她迫不及待地想醒过来。等醒来时，她希望能身在其他地方，哪怕是像深渊射手一般俗气的极客天堂也好。

她从床上爬起来，发了一身的汗，顺路去看看儿子们，发现两人正鼾声四起。她就晃悠到厨房，站在那儿盯着电冰箱看，仿佛那是台电视机，会告诉她她需要知道的事。她听见客房里有声音传出来，试着不抱希望，不快速喘气，轻手轻脚地走进去一瞧，没错，正是霍斯特，在他的传记片频道面前打着鼾，那是今晚所有频道里唯一一个不全天候播放那场灾难的频道，仿佛活着、仿佛在家里，就是这天底下再自然不过的事。

"丹佛以31比20赢了，之后我就在杰克的长沙发上睡着了。夜里醒来后，我怎么都睡不着。"从夜里的巴特利公园城望过去，城里是如此怪异，让霍斯特想起他小时候的圣诞节前夜。圣诞老人在高高的天上没有人能看见，他在赶来的路上，在那块天空的某个地方。万籁俱寂，除了杰克在卧室里打呼噜。在那个街区里，你即使看不见世贸中心的双子塔，也能感觉到它们，以前能感觉到它们，如同电梯里某个与你擦肩的人。而在太阳光底下，烟雾缭绕的铝制建筑高高耸立在那儿……

第二天早晨，外面仿佛炸开了锅。等杰克想起来咖啡放在哪儿，霍斯特打开电视机的新闻时，整个街区里到处都是警笛声，还有直升机。不一会儿他们便留意到，窗外的人们都在朝河边走去，想着跟他们一块儿去准没错。拖船、渡船、私人船艇，在进站靠岸，从游艇停泊区把人们接出来，这些行动全靠他们自己，协调配合得非常完美，"我觉得没有人在具体负责，大伙儿就自发来这么做了。我最后到了泽西，在一家汽车旅馆里。"

"你最喜欢的地方。"

"那儿的电视机不太好，什么都没有，只有最新的新闻播报。"

"这么说要是你们俩没有睡过头的话……"

"以前在交易场时，我认识一个叫克里斯特的咖啡贸易商，他告诉我这就像是恩典，你没有去要求，它就这么来到了你的面前。当然，它也有可能随时被收回去。就跟我总是知道该赌欧洲美元涨还是跌一样。我们卖空亚马逊那回，还有朗讯涨到七十美元一股时我们走掉那回，记得吗？并不是我‘知道’些什么，但有东西知道。突然间大脑密码里又跳出来两三行预测结果，谁知道呢。我只是跟着走而已。”

“不过话又说回来……如果它跟救你一命的是同一个怪异的天赋的话……”

“怎么可能呢？预测市场行为怎么可能跟预测恐怖灾难一样呢？”

“要是它们是同一样东西的不同形式呢？”

“对我来说这太反资本主义了，宝贝。”

过后他回想说：“你老觉得我是傻人有傻福，而你有精明的生存智慧，是有头脑的实干家，我只是个会耍点小聪明的无可救药的人，不配这么幸运。”这话他是头一回当着她的面说，虽然当他夜里独自一人身在美国和国外的宾馆房间里时，他曾不止一次地这么跟想象中的前妻摊牌。有时候，那些宾馆里的电视机说着他只懂皮毛的交流用语，客房服务总是给他送来别人点的饭菜，他已经学会以探险家的好奇心来者不拒了，提醒自己，要不然他永远也不会体验到比如说烟熏鳄鱼砂锅、油炸泡菜、羊眼比萨。白天的公事于他而言易如煲鸭汤[1]（有一次在乌鲁木齐，他们真的在早餐时给他送来过一回），可是他无法清楚地看明白，它们与一天里的另一半时间，与白日的后街小巷，与它们在凌晨三点不速之梦中足以引发恐惧的复现，还有窗外那叫人读不懂的城市夜景之间有什么联系。忧郁的民众令人不悦，他不想看见他们，可还是不停地把帘子拉开一点点，好透过帘子观察他们，想看多久就多久，仿佛那儿在发生着什么他不能错过的事。

---

1 英语里用“duck soup”这个俚语来形容轻而易举之事，因为鸭子生活在水里，用它来做汤是顺理成章之事。

第二天，玛克欣和两个儿子正要去库格尔布里茨，“介意我一道去吗？”霍斯特问。

当然不介意。玛克欣注意到其他家的父母，有些好几年不说话了，却一起出现接送孩子安全地上学放学，不管孩子有多大，也不管他们有没有家门钥匙。温特斯娄校长站在小门廊那里，挨个儿问候大家，他神情肃穆却不失儒雅，头一回忍住没用文化人的说话腔。他轻轻触碰大家，用力拍拍对方的肩膀，拥抱一下，握握手。大厅的桌子上有一张去暴行现场做志愿者的报名表。大伙儿依然是一副愕然不知所措的模样，他们前一天在家里、在酒吧、在单位的电视机面前或坐或站，犹如僵尸般瞪大着双眼，无法明白他们眼前所看见的一切。一个醉心于图像的国家返回到系统默认状态，它在毫无防备之时被吓蒙了，惊恐得失了魂。

在博客上，玛奇·凯莱赫不失时机地转换到她所谓的老左派长篇大论的抨击模式。“只说是邪恶的伊斯兰教徒的所作所为，这太没有说服力了，我们心知肚明。我们看到屏幕上那些官方的特写镜头。满嘴谎话的人贼眉鼠眼的神情，十二步的人眼睛中的闪光。只消看一眼这些脸，我们就知道他们犯下了我们所能想象的最恶劣的罪行。但谁又会急着去想象呢？去建立那可怕的联系？恐怕不会比1933年的德国民众积极多少吧，当时纳粹党在希特勒成为首相后的一个月内，就一把火烧了议会大厦。当然，这并不是在暗示说布什之流真的疯狂到上演了‘9·11’[1]这出事。只有多疑病病入膏肓的人，甚至只有极度反美的疯子，才会让这种可能性在她的脑海里闪现：那恐怖的一天说不定

1 品钦在小说里提到“9·11”时，会别具一格地使用“11 September”（只有一两处例外，届时将另行注明），而不是用约定俗成的“September 11”。鉴于在英语中，日期的表示方法既可以是月在前，也可以是日在前，不影响表达的意思，而中文却没有，故本书会按照中文习惯译成“9·11”，特此说明。

是有人蓄意策划的，目的是要强行发动一场永无止境的‘奥威尔式的’战争，强行颁布我们不久后将生活于其中的紧急法令。不会的，不会的，断了那个念头吧。

“可是，总还是有另一样东西，我们的渴望，我们内心深处希望一切成真的需求。在某个地方，在民族灵魂某个可耻的幽深之处，我们需要有被人背叛甚至是负疚的感觉。仿佛是我们创造了布什及其幕僚、切尼、罗夫、拉姆斯菲尔德、费斯，还有其他一些人——是我们祈求‘民主’的神圣照临，然后高等法院里占多数席位的法西斯分子扳过道岔，布什从混凝土路面里蹦出来，开始为所欲为。之后不管发生什么，都是我们自己造的孽。”

大约一个星期后，玛克欣和玛奇在比雷埃夫斯餐厅吃早餐。窗户上现在挂上了一面巨大的美国国旗，还有一张写着“**团结就是力量**”的海报。迈克对进来找白食吃的警官格外殷勤。

“你瞧。”玛奇递过来一张美钞，围着钞票正面的边缘处，有人用圆珠笔写下了“世贸中心是被CIA摧毁的——老布什的CIA倒让小布什成了终生总统和英雄”的字样。“这是今天早上街角的杂货店找给我的零钱，袭击才发生一个礼拜不到就出现了。不知你会怎么想，这可是历史文件啊。”玛克欣想起来，海蒂收集了一批经人涂改过的美元纸钞，她觉得那就是美国货币体制的公厕墙，上面有笑话、脏话、口号、电话号码，扮演黑人的乔治·华盛顿戴着奇怪的帽饰，留着埃弗罗发式和脏辫儿，还有玛吉·辛普森那种头发，嘴边挂着点燃的大麻烟卷，话泡泡里的言辞从俏皮到愚笨的都有。

“无论官方怎么粉饰这件事，”在海蒂看来，“这些才是我们应该去关注的地方，不是报纸或电视，而是边缘空白的地方、涂鸦、不经意间说出的话、在公共场合睡觉然后在睡梦里尖叫的做噩梦的人。”

“让我吃惊的不是这张纸钞上的这段话，而是它出现得如此迅速，”玛奇此刻在说，“分析得如此快。”

不管她喜不喜欢，玛克欣已经成了玛奇的官方质疑声，虽然她这些天跟其他人一样感觉很困惑。“玛奇，自从这事发生后，我就不知道该相信谁说的。”

可玛奇依然咬住此事不肯放，又提到了雷吉的DVD。“假如他们派了一个毒刺小组，等待命令把第一架767打下来，就是飞过去撞上了北塔的那一架。或许还有另一个团队部署在泽西，由他们去搞定第二架，第二架飞机会在空中盘旋，从西南方向飞过来。”

“为什么？”

“反同情的保险。有人不信任劫机者会完成任务。这些人接受的是西方教育，对任何以信仰为目的的自杀想法都感到不自在。所以他们威胁劫机者，万一他们在最后时刻临阵退缩，就把他们打下来。”

“要是劫机者确实改变了主意，可如果毒刺小组同样也改变主意不把飞机打下来呢？”

“那么就能解释另一个屋顶上的后备狙击手了，毒刺那些人知道狙击手在那儿，他会一直盯着他们直到他们完成自己那一部分任务。也就是为什么打电话的那个人一接到消息说飞机撞上了——然后所有人就收拾干净离开了现场。那时候天已经很亮了，但是不大可能会有人看见，因为大家的注意力都放在市中心。”

“救命啊，太错综复杂了，快让它停下来！”

“我也想啊，可布什肯接我的电话吗？”

另一边，霍斯特正因为其他事一脸茫然。“还记得这事发生前的那个礼拜吗，联合航空和美国航空的那些看跌期权？结果发现，正是这两家航空公司的飞机被人劫持了。呃，貌似在那个周四和周五，摩根斯坦利、美林证券，还有几个跟它们相仿的公司，都是世贸中心的租户，它们的看涨看跌期权的比例也出现了一边倒。身为反欺诈调查官，你觉得像是怎么回事？”

“预先知道他们的股价要跌。这些交易都是哪些人在做？”

“事到如今还没有人站出来。”

“知道事情将要发生的神秘操盘手。有可能是海外的操盘手吗？像是阿联酋？”

“我要稳住自己，不能偏离常识，但是……”

玛克欣去她父母家吃午饭，不出所料，阿维和布鲁克也在。姐妹俩拥抱了下，虽然算不上热烈。没有办法避开世贸中心不谈。

“那天上午，所有人都说不出话来，”某时，玛克欣留意到阿维的亚莫克便帽上有一个纽约喷气机队的队标，“‘太可怕了’是能说的最深刻的话了。就只有一个拍摄角度，双子塔闷燃时拍的远距离静态照，同一条不再是新闻的新闻，晨间秀里同一个愚蠢至极的行为。”

“他们太震惊了，”布鲁克喃喃道，“跟那天里所有人一样，什么，难道你不是？”

“但为什么一直给我们看同一个场景，我们应该在等什么呢，接下来会发生什么？太高了没法用消防水龙喷水，行，那么大火不是自己燃尽，就是扩散到其他楼层，或是——还有什么？如果不是发生了那件事的话，他们给我们设了什么圈套？一幢楼倒下，接着另一幢倒下，有谁大吃一惊了？到那时难道不是无法避免了吗？”

“你觉得网络里提前就知道了？”布鲁克被触怒了，怒冲冲地瞪着她。“你站在谁那边？你是美国人吗，不然你是谁呢？”此刻布鲁克已经怒不可遏，“这场恐怖、太恐怖的悲剧，让一整代人有了心理阴影，随时要跟阿拉伯世界开战，即使这样了还是逃脱不了你那愚蠢的赶时髦的小讽刺？下一个是什么，拿奥斯维辛开玩笑？”

“肯尼迪被刺杀时发生了同样的事，”虽然晚了一步，但厄尼想用老人的怀旧来平息争端，“也是没有人愿意相信官方的说法。所以突然间所有这些奇怪的巧合都出现了。”

“爸，你觉得是自己人干的？”

“反驳阴谋论的主要观点总是太多的人牵涉在内，肯定会有人去告密。可是看一看美国的安全机器，这些家伙可是WASP、摩门教、骷髅会的，它们的本性就是神神秘秘的。从一出生的某个时候起，他们就接受训练，永远不准说漏嘴。要是哪里还有严明的纪律，那就是在他们中间。所以当然是有可能的。”

“你觉得呢，阿维？”玛克欣转向她的妹夫，“四千三百六十千赫上有什么最新说法？”她装出特别亲切的样子。不过他明显心神不宁。“糟糕，我是说兆赫兹吗？”

“说什么鬼话？”

“注意用词。”伊莲恩脱口而出后才意识到说这话的是布鲁克，布鲁克看上去像是在到处找武器。

“阿拉伯人的政治宣传！”阿维大叫道，“反犹的下流话。谁告诉你这个频率的？”

“在互联网上看到的，”玛克欣耸耸肩，“业余无线电台操作员一直都知道，它们叫作E10电台，由摩萨德从以色列、希腊、南美操作，广播里的声音是各地无线电台爱好者情色幻想里的女人的声音，她们播报字母数字，当然是加密的。大家普遍相信，这些是传给离散在外的领工资和不领工资的特工的消息。有消息称，暴行即将发生前的一段时间内，那儿的通信相当繁忙。”

“这个城里每一个憎恨犹太人的人，”阿维用愤愤不平的语调说，“都把‘9·11’[1]怪罪到摩萨德的头上。甚至流传着一种说法，说在世贸中心工作的犹太人那天集体告病假，是摩萨德警告他们远离的，通过他们的，”他在空中比画着引号，“秘密网络。”

“在泽西那台货车的车顶上，有犹太人一边跳舞，”布鲁克气呼呼地说，“一边看着大楼倒下来，别忘了还有那个说法。”

后来当玛克欣准备离开时，厄尼在门厅里追上她。“打过电话给那个FBI官员了吗？”

---

1 此处原文不是“11 September”，而是“9/11”。

“打了，可是你知道吗，他认为阿维拉姆真的就是摩萨德，是吧？待命状态，用脚给只有他才能听见的克莱兹莫的音乐节奏打拍子，等着被唤醒。”

“邪恶的犹太阴谋论。”

“但你会注意到，阿维从来不说起他在以色列做过什么，他俩谁都不说，他同样也不说现在在帮hashslingrz做什么。有一件事我能跟你保证，那就是他干的活会大赚一笔，等着瞧吧，等你们过周年纪念时他会送一辆奔驰给你们的。”

“纳粹的车？不错啊，那样的话我就卖了它……”

30

假如你只读《档案记录报》，说不定会相信，纽约城跟这个国家一样，在悲伤与震惊中团结一致，已经准备好应对全球圣战主义的挑战，加入一场布什的人民如今称为“反恐战争”的正义的讨伐运动中。假如你去其他的消息渠道看看——譬如互联网——没准儿能见到不一样的景象。在赛博空间里广袤模糊的无政府地带，在数不清的自得其乐的幻想中，黑暗的可能性开始慢慢浮现出来。

一缕缕烟雾，还有颗粒分明的建筑物和尸体的残骸，朝着西南方，朝巴约讷和斯塔滕岛的方向吹去，不过在往城外去的路上你也一直能够闻到味道。这个城市的居民在记忆里从未闻到过的一股死亡与燃烧的刺鼻的化学味道，这会萦绕好几个星期迟迟不散去。虽然第十四大道以南的所有市民都或多或少直接受到了影响，但对于城市的大多数居民而言，这段经历经过二手传播才传到了他们的耳朵里，大多是靠电视——越往城外去，那个时刻就越是二手：发生在通勤上班的家人、朋友、朋友的朋友身上的故事，从电话交谈中听来的故事，异端邪说，民间传说。与此同时，这场灾难的发生正好符合了一些势力的利益，它们为尽快获得叙事的控制权而粉墨登场，可靠的历史被缩减为一块以“归零地”为中心的沉闷区域。“归零地”是冷战时的一个术语，来自60年代初期非常流行的核战设想。眼下这事可远远不是苏联用核武器袭击曼哈顿市中心，然而那些嘴里不断重复着“归零地”的人们这么做时居然毫无羞耻感，他们也丝毫不考虑词源。他们的目的是要以某种方式刺激民众。让他们受到刺激，害怕与无助得要命。

有两三天的时间，西区高速公路突然陷入了沉寂。住在河滨路和西边大道之间的居民很怀念周遭的嘈杂声，反倒不能轻松入睡了。而此时的百老汇别有一番景象。平板卡车拖着液压起重机、履带传送装载机和其他重型装备，轰隆隆地护送它们赶往市中心，昼夜不停歇。战斗机在头顶上方轰鸣，直升机紧贴着屋顶，击打着气流一连悬停好几个小时，警笛声经常全天候地响着。城里每一处消防站都在“9·11”那天痛失了成员，每天都有住在附近的居民把鲜花和自家做的饭菜放在消防站门前。以前承租在世贸中心的公司为没能及时逃生的员工举行精心策划的悼念仪式，请来风笛手和海军仪仗队表演。教堂和学校的童声合唱团提前几个星期就被人预订了，去“归零地”举行隆重庄严的演出，《美丽的亚美利加》《奇异的恩典》是这些活动的常选曲目。大家本来还期待，暴行发生地会变成一处圣地，或者至少能激起人们的一点敬畏之心，谁料围绕着房产开发的前景，它迅速成为挟势弄权与挑牙料唇的开放式传奇，所有的都被《档案记录报》当作“新闻”尽职尽责地欢呼报道。有人留意到，从布朗克斯区伍德劳恩公墓的方向传来一阵阵怪异的地下隆隆声，最后才确定，原来那是罗伯特·摩西在坟墓里跳舞的声音。

大约过了一天半目瞪口呆的悬念期，如往常一般剧烈的族裔毒性又卷土重来。嘿，这里可是纽约，美国国旗在到处飘扬，飘扬在公寓楼的大厅和公寓窗户上，屋顶上，店门口和街角的杂货铺里，餐馆里，运货卡车和热狗摊上，摩托车和自行车上，信仰穆斯林的教徒开的出租车上，他们趁着当班的间歇在上第二门语言西班牙语的课程，为了让自己看上去像稍微不那么低贱的少数族裔，虽然拉丁裔的市民无论何时挂上像波多黎各这样的不同国别的国旗，他们都会被人本能地咒骂并指责是美国的敌人。

根据后来的传闻，在那个恐怖的清晨，双子塔附近方圆好几个街区内，所有的推车小贩都消失了，当时人们相信，推车主人那个群体里大多是穆斯林，仿佛他们得到了线报警告他们躲远一点。通过某个网络。阿拉伯瘪三们某个说不定运营多年的邪恶的秘密网络。由于小贩推车都在外避风头，那个清晨在一开始就让人不怎么舒服，大家去上班时无奈不像平时有咖啡、丹麦酥、甜甜圈和瓶装水可以买，即将发生的那件事有如此多阴郁的倚音。

诸如此类的说法占据了民众的想象。街角的报刊店突然遭到搜查，伊斯兰长相的嫌疑犯被整车整车地拖走。大型移动指挥中心出现在各个暴乱频发点，尤其在东区，比如说，高收入人群的犹太会堂和某个阿拉伯国家的大使馆正好位于的同一个街区。最终，这些设施变得不是那么流动，随着时间的消逝成了城市景观永恒的一部分，几乎跟人行道结成了整体。同样，一些船只佯装是货轮，船上看不见挂有国旗，而且天线比吊杆要多，这些船出现在哈德逊河里，抛下锚，变成了实际上属于匿名安全机构的私人小岛，而且船只的周围不许外人靠近。通往和离开主要桥梁与隧道的一些大道旁边，沿路不停地被人设下关卡和移走关卡。年轻的安保人员身穿整洁的新迷彩军装，提着武器和弹夹，在宾州车站、中央车站和港务局巡逻。公共假日和周年庆典成了引发焦虑的场合。

家里的电话答录机上传来伊戈尔的声音。玛克欣接起听筒。“玛克西！雷吉的DVD——你那里有拷贝吗？”

“某个地方有。”她把声音切换到扬声器上，找到光碟，放进播放器里。

她听到酒瓶与玻璃杯碰杯的声音，大白天的，太早了点吧。“*祝好运*。”[1]接着是一下有节奏的锤击木头的声音，像是用头撞桌子。“*操*[2]！新泽西的伏特加，一百六十度，远离明火！”

---

1 原文是俄语。
2 原文是俄语。

“唔，伊戈尔，你该不会是要——”

“哦。毒刺那段录像视频真的很棒，谢谢你，让我回忆起来。你知道里面还有更多的吧。”

“除了屋顶上那个场景之外？”

“隐藏的音轨。”

不，她不知道。玛奇也不知道。

是雷吉那个不知其名的hashslingrz项目的原始录像。果然不出所料，一群盯着屏幕的呆子，还有办公室景观，由小隔间、实验室和娱乐场所构成，后者还包括一个全尺寸的室内半场，由链锁围栏团团围住，白人和亚裔雅皮士在里面，明目张胆地推肘，跳投，但没有进球，他们在仿古得很逼真的城市沥青路面上跑来跑去，叫嚣着内城贫民区的骂人话。

她隐约地期待过，期待能看见雷吉走错门拍下的那段视频，谁知真的就有，屏幕上阿拉伯背景的年轻人正紧张地为某样电子设备制作电路板。

“你知道那是什么吗，伊戈尔？”

“虚阴极器，”他告诉她，“又叫虚阴极振荡器。”

“用来做什么？是一种武器吗？会爆炸？”

“是电磁的，肉眼看不见。当你想要破坏别人的电子产品时，它能给你很大的脉冲能量。炸焦计算机，炸焦无线电线路，炸焦电视机，炸焦射程内的任何东西。”

“烤一烤更健康。听着，”她冒险一试，“你有没有用过这种，伊戈尔？在战场上？”

“当时还没有这种武器。也许从那以后买过一些吧，也卖过一些。”

“有交易的市场？”

“是目前军队采购非常火热的领域。全世界有许多军队已经在部署短程的虚阴极器了，有很多投资资助这类研究。”

“这里图像里的这些人——雷吉说他觉得他们是阿拉伯人。”

“没什么好奇怪的，脉冲武器的大部分技术文献都是用阿拉伯文写的。当然，要说真正危险的现场实验，你得看看俄罗斯。”

“俄罗斯的虚阴极器，怎么样，大家评价很高吗？”

“怎么？你想搞一台？问问帕东基吧，他们靠代销拿佣金，我也抽一部分。”

“只是好奇，要是这些人真像我们以为的那样，阿拉伯人不愁没人资助，那为什么还要自己来造？”

“我一帧一帧地看过，发现他们不是在从头造机器，而是在改造现有的硬件，说不定是从哪儿淘来的爱沙尼亚山寨货？”

如此说来，这没准儿只是造不出成品的无用功，电脑迷挤在一个房间里没事可干，可假如这是又一起要担忧的事呢，嗳。真会有人在纽约或华府的中心引爆一场殃及全城的电磁脉冲吗，还是说屏幕上的这个装置是要转运到世界上的其他地方去？艾斯这是参与了什么样的交易啊？

光碟上没有其他内容了。所有人被晾在那儿，面对着一个更大的问题，等着它竖起长鼻开始咆哮。“好了，伊戈尔，告诉我吧，你觉得它可能会关联到……？”

“啊，老天，玛克西，我希望不是。”他又喝了一小杯泽西的伏特加。

“那么会是什么呢？”

“我来想想，你也想想，也许我们都不会喜欢我们想到的答案。”

一天晚上，对讲机还没有嗡嗡嗡地响，只听见有人试探性地在门上敲了敲。透过猫眼的广角，玛克欣注意到有个哆哆嗦嗦的年轻人，纤弱的脑袋上留着个板寸头。

“你好，玛克西。”

“德里丝科尔。你的头发，詹妮弗·安妮斯顿的发型怎么了？”原以为要听到又一个年少轻狂、幡然悔悟的“9·11”故事了。谁想却是，“我承担不起维护费用。我想一顶瑞秋的假发只要二十九美元九十五美分，效果能以假乱真。瞧，我戴给你看。”她从双肩背包里缩身出来，玛克欣这时才留意到那背包看上去足足有去喜马拉雅山探险那么大规模，她在里面乱翻一通，找出假发，戴上去，然后取下来，这么做了两三回。

“让我来猜猜你来我家有何贵干。”这样的事近来在整个社区里时有发生。有些逃难者进不了自家在曼哈顿下城的公寓（精致豪华的也好，简单朴素的也罢），拖着老婆和孩子，有时也拖着保姆、司机和厨子，就这么往远在上城的朋友家门口一站，因为他们做过一番详尽的研究和成本分析，得出的结论是这是他们一行人目前能找到的最好的避难所。“下个星期的事谁知道呢，对吧？我们一次住个一周。”“一次住个一天会更好。”雅痞上西区的人们以他们宽厚的胸襟接纳了这些房地产业的受害人住了进来，他们能有什么选择呢，有些时候忠实的友谊甚至变得更加坚固，有些时候就永远形同陌路了……

“没问题，”这是玛克欣此时跟德里丝科尔说的，“你可以住客房。”客房碰巧没人住，“9·11”发生后不久，霍斯特就把他的睡眠装备搬进了玛克欣的房间，两人都没有觉得不方便，要是她曾跟任何人说起过这件事，那么也不会有什么人大惊小怪。再说了，这又关谁什么事呢？她到底有多想他，这个问题太过复杂，玛克欣还一头雾水。大家所谓的“婚姻关系”怎么样了，两人有做爱吗？那是肯定的，可跟你有什么关系？听音乐吗？要是你真想知道的话，他们听弗兰克·辛纳屈。所有酒吧音乐里最令人心酸的降b调出现在卡恩与斯坦恩的歌《一次又一次》里，从“一天过完时的那个傍晚”那句开始，辛纳屈唱起那句时效果最好，家里的唱片库里恰好有这首歌。在这些时刻，霍斯特把持不住，而玛克欣很久以前就学会要把握时机，当然了，要让霍斯特以为那是他的主意。

德里丝科尔来后两小时，紧接着艾瑞克来了。他背着一个还要更巨型的双肩包，踉踉跄跄地走了进来。他事先没有收到通知就被房东赶了出去，这场城市悲剧对他的房东而言正是把艾瑞克和其他租户撵出去的好理由，这样他就能转去合作公寓模式，顺便把民众的一部分钱塞入自己的口袋。

"哦，是啊，要是你不介意跟人合住的话，房间是有的。德里丝科尔，艾瑞克，你们俩在Tworkeffx的那个聚会上见过面，还记得吗，两人好好处，别打架……"她边喃喃自语边走开。

"你好。"德里丝科尔想着要不要甩甩秀发，还是再想想吧。

"你好。"他们很快就发现了一些共同爱好，包括石棺乐队[1]的音乐，艾瑞克的个人财物里就有这个乐队的全套CD，两人还都喜欢挪威黑金属艺术家，比如波扎姆和异教狂徒乐队，这些人的音乐很快就被选为客房活动的伴奏乐。客房活动从那天晚上见面后不到十分钟就开始了，艾瑞克盯着德里丝科尔T恤上的安必恩商标看。"安必恩，太棒了！你带了吗？"她怎会不带。看来，这两人都偏爱这种吃着玩的安眠药，吃了这药后你要是能强迫自己醒着不睡，就会产生吃了迷幻药般的幻觉，不用说性欲也会猛涨，所以没过多久，他们就像少年一样在做爱了，其实在不久前他俩真的就是少年。另外一个副作用是失忆，这么一来两人都不记得确切发生了什么事，直到下一次同样的事再次发生，那时就又跟初恋一般了。

一碰见齐格和欧蒂斯，兴高采烈的两人几乎是异口同声地惊叫道："你们是真人？"——在广为报道的安必恩所致的幻觉里，就包括好几个小人忙碌地跑前跑后做各种各样的家务活。两个孩子虽然很感兴趣，但是在城里长大，他们知道怎么跟人保持距离。而霍斯特呢，即使他还记得在大型极客舞会上见过艾瑞克，这点印象也被近来那么多事给冲刷到记忆的下游去了。不管怎样，艾瑞克与德里丝科尔的配对组合

1 巴西黑金属乐队。

有助于安抚霍斯特通常的荒唐猜忌。他那平静得恰到好处的家庭结构突然被忠于毒品、性爱、摇滚乐的力量侵入，所幸没有构成任何威胁。所以，玛克欣盘算着，我们所有人就这么你挨着我我挨着你地住上一段时间吧，其他人家的情况还要更糟呢。

有些人的爱情正昂首怒放，而另一些人的在黯然凋零。一天，海蒂来了，整个人笼罩在一种再熟悉不过的不悦情绪的愁云之下。

“哦，不会吧。”玛克欣大叫道。

海蒂先是摇了摇头，然后又点点头。“我再也不会跟警察约会了。城里所有的妹子不论智商多少，一个个突然间全变成了无助的小傻帽儿，需要某个又高又壮的一线紧急救援队员来保护。是赶时髦呢，还是老土帽儿？才怪呢，完全没脑子就对了。”

玛克欣很想问问，卡迈恩是否也因为无法抵挡别人的关注而四处撒欢，不过她硬是忍住没问：“到底发生了什么事？哦，不对，我不要听所有的细节。”

“卡迈恩最近都有看报纸，他相信所有的传闻，以为自己现在是英雄。”

“他不是英雄？”

“他只是个片区警探，二线还是三线的救援队员，大多数时候待在办公室里头，做着他一贯做的工作，同样还是抓着小偷、毒贩子、家暴者。可现在卡迈恩以为他站在反恐战争的前线，而我不够尊重他。”

“你啥时候尊重过他？他难道不知道吗？”

“他喜欢女人毕恭毕敬的。他说的，我这么觉得。不过自从袭击发生后……”

“是啊，你禁不住会发现有些人开始太把自己当回事了。”纽约警察向来霸道，不过近来他们居然经常把车停在人行道上，没有缘由地朝市民大声嚷嚷。每次有孩子想跳过旋转栅门，地铁服务就突然中止，地面和空中各色各样的警队运输工具聚拢过来，徘徊着不走。费尔威开始售卖以不同警区命名的咖啡饮品。为咖啡店供货的面包坊发明了一种巨型的“英雄”果酱甜甜圈，形状与同名的著名三明治一模一样，以备突然出现的巡逻车之需。

海蒂在为《弥母空间与制图学期刊》写一篇文章，起名为《媚异的明日新星，恐同的黑暗伴星》。文章论证道，反讽被想当然地认为是组成都市同性恋者的幽默的关键要素，风靡于整个90年代，现在却变成了“9·11”的又一个间接受害者，因为不知为何，它没有能够阻止这场悲剧发生。“真是莫名其妙，仿佛反讽，”她概括给玛克欣听，“被一个咯咯傻笑、装腔作势的第五纵队[1]操弄的反讽，实际上招来了‘9·11’这桩大事，因为它让这个国家不够严肃——让它放松了对‘现实’的把控。于是所有的虚构艺术——别忘了这个国家已经身陷妄想症状态——都必须遭罪。现在任何事都要如实按它的字面意思来。”

“是啊，孩子们甚至在学校里也这么学来着。”假如库格尔布里茨是一座小镇的话，英语老师张老师就是街坊邻里的骂街泼妇，她宣布不会再布置小说阅读的作业。这可把欧蒂斯吓坏了，齐格就没那么害怕。每当玛克欣撞见他们在看《淘气小兵兵》或《洛可的摩登生活》的重播时，他们会条件反射般地大喊：“不要告诉张老师！”

“你发现没，”海蒂继续说，“电视上突然全是‘真人’节目了，跟一坨坨狗屎一样？当然，这么一来制片商就不用给真正的演员付薪酬了。不过且慢！没那么简单！有人想要这个国家的电视观众相信，他们终于都学聪明了，对人类的处境见惯不怪了，从引他们走弯路的小说那里挣脱了出来，仿佛醉心于虚构世界是某种形式的有害的毒品滥用，双子塔的倒塌帮它戒了毒，所有人被吓得赶忙回到正经路子上来。顺便问一句，另一个房间里有什么动静？”

“两个跟我时不时有工作往来的小朋友。他们以前住在市中心，又一个搬迁的案例。”

“我还以为可能是霍斯特在互联网上看黄片呢。”

---

1 第五纵队指与敌方里应外合、在内部进行破坏、不择手段地颠覆与破坏国家团结的团体，现泛指隐藏在内部、尚未曝光的敌方间谍。

要是在以前，玛克欣准会反驳："他只是不得已才看的，因为他当时在跟你约会。"不过这些日子里，她反倒是不情愿把霍斯特牵涉到她和海蒂热衷的你一句我一句的斗嘴中，因为……什么，不大可能是出于对霍斯特的某种忠贞，是吧？"他今天在皇后区，他们把商品交易所撤去了那里。"

"我还以为事到如今他早就离开了呢。搬回到那里的什么地方去了。"大概朝哈德逊对岸挥了挥手，"除此之外一切都好吧？"

"什么？"

"你知道的，那个，哦，罗基·斯拉杰亚特？"

"棒极了，就我所知，怎么了？"

"我想老罗基这些天快活多了吧，是吧？"

"我怎么会知道？"

"因为FBI把特工的职责从黑手党转去了反恐，我是说。"

"这么说来，'9·11'原来对暴徒而言是一大善行啊，海蒂。"

"我不是那个意思。那一天发生了恐怖的悲剧，不过那不是事情的全部。你难道感受不到吗，大家是怎么在倒退的？'9·11'让这个国家变得幼稚，它本来有机会成长的，谁知它却选择倒退回童年。昨天我在街上，听到我背后有两个高中女生如典型的青少年那样在聊天，'所以我就是，"哦，我的老天？"而他是，"我没有说我不在跟她约会啊？"'当我最后回头朝她们一看，才发现那是两个跟我差不多年纪的女人。比我年纪更大！跟你差不多年纪，一把年纪了不是应该开窍了嘛。如同被困在一个该死的时间扭曲里。"

好生奇怪，玛克欣刚刚在阿姆斯特丹大道上碰上了一件类似的事。每个上学日的清晨，她在去库格尔布里茨的路上，留意到总有那么三个同样的孩子站在街角等校车来，贺拉斯·曼高中还是其他什么学校的校车。也许那天清晨有些雾，也许是她心中有雾，某个梦无法完全消散，这一回她看见，站在同一个地方的是三个中年男人，头发灰白，装束不那么有朝气。她的心里不由得咯噔一下，她知道，这些是原来那几个孩子，同样的面庞，只是老了四五十岁。更糟糕的是，他们正以古怪又老成的专注神情回望着她，特地望着她一个人，在微暗的晨曦中显得恶意满满。她环顾了下街上。汽车在设计上并没有更先进，不比路过或在头顶上方盘旋的寻常警车和军车更高级，低层堡垒还没有被其他高层的建筑替代，所以仍然是“当下”，不是吗？那么，这些孩子身上肯定发生了什么。但第二天早晨，一切又回归了“正常”。跟往常一样，这些孩子并没有注意到她。

那么，到底他妈的发生了什么事？

31

她去肖恩那里打算告诉他这件事时，发现她的导师因为他自己的理由，此刻也正躁动不安。“你还记得我跟你说过的那两尊佛像吗？刻在阿富汗的一座山上，在春天的时候被塔利班炸毁了的？发现熟悉的影子了吗？”

“两座佛像，双子塔，好有趣的巧合，可那又怎么样。”

“世贸中心的双子塔也是宗教圣物。它们象征着这个国家顶礼膜拜的东西，市场，总是那个神圣又该死的市场。”

“你是说，这又是一起宗教争斗。”

“它难道不是宗教？这些人可是坚信市场的无形之手操控一切啊。他们向其他有竞争关系的宗教发动圣战。他们无视所有指向‘世界有限论’的证据，盲目地信仰资源从来不会耗竭，利润会永远往上增长，如同这世上的人口一样——廉价劳动力越来越多，上瘾的消费者也越来越多。”

“你说起话来像极了玛奇·凯莱赫。”

“是啊，还是说，”肖恩标志性地暗暗一笑，“没准儿是她像我。”

“嗯哼，听着，肖恩……”玛克欣告诉了他关于街角的孩子的事，还有她的时间扭曲理论。

“这跟你说过你看见的那些个僵尸一样吗？”

“那是一个人，肖恩，我认识的一个人，也许死了也许还活着，别再提什么僵尸了。”

唔，是啊，不过，此时又有一个你会说是疯狂的猜想开始在这周围的加州阳光里盛放。那就是，假设这些“孩子”真的是特工，从蒙托克计划来的时间伞兵，他们很久以前被人掳走，过着奴仆般无法想象的日子，多年的军旅生活让他们变得严肃与阴郁，现在专门被派来玛克欣这里，至于理由呢她永远也不会知道。也有可能是来跟盖布里埃尔·艾斯笼络的脚本小子秘密团伙偷偷地谋划着什么事，为什么不可能呢……啊啊啊！多疑症真能叫人恐慌！

“好吧，”他安慰道，“我们是在交心吗？我也遇见了类似的事。我在街上看见理应是死了的人，甚至有些时候还看见那些我知道大楼倒塌时他们就在里头的人，他们不可能在这儿，却在这儿出现了。”

此刻，站在历史酒吧间的地板上，他们互相注视着对方有好一会儿，感觉冷不丁地被人打了一拳，找不到爬起来继续过好每一天的办法。生活里突然间满是空洞——家人、朋友、朋友的朋友、名片夹里的电话联系人，再也见不着他们了……有一个阴暗的想法：某些天的早晨，这个国家没准儿也不复存在了，那些头脑保持清醒、大拇指随时准备点击下去的人，用其他东西、用某个意想不到的东西悄无声息地把它一个屏幕一个屏幕地替换掉。

“抱歉，肖恩。你觉得为什么会这样呢？”

“除了我很想念他们之外，我还真想不出其他理由。是不是这个操蛋的悲惨城市里的人脸太多了，把我们逼疯了？我们看见的是亡灵批量归来吗？”

“难不成你还想挨个儿归来？”

“你还记得本地新闻里的那段视频录像吗，就在第一幢高楼倒下来时，有个女人从街上跑来躲进一家店里，把门在她的身后关上，突然间，恐怖的滚滚黑烟，灰烬与残骸横扫过街面，强风从窗前刮过……就是那个时刻，玛克西，那一刻不是‘一切都变了’，而是一切得到了昭示。没有了不得的禅宗启示，只有黑暗和死亡猛然袭来，向我们精确地展示我们的模样，我们一直以来的模样。”

“我们一直以来的模样是……？”

“在苟延残喘，卑鄙地逃之夭夭，从来不关心谁要为此付出代价，谁在其他地方挤在一块儿挨饿，这样一来我们才能有便宜的食物，在郊区有房子有庭院……全世界范围内，账单一天比一天摞得高。同时呢，媒体给我们的唯一帮助就是，呜呜呜，那个人死得好无辜。操他娘的呜呜呜。你知道吗？所有死去的人都是无辜的，不存在死不足惜的人。”

过了一会儿玛克欣说：“你不是打算要解释吧，还是说……”

“当然不，这是个公案。”

那天晚上，卧室里传来不寻常的笑声。霍斯特居然笑得趴在了电视机前，开心得不能自已。出于某个原因，他在看NBC，而不是传记片频道。一个缺乏自信、戴着琥珀色太阳镜的长发男人在某个晚间秀上说单口相声。

距离大家一生中最惨的悲剧的发生才一个月，此刻霍斯特却笑到肚子作痛。“怎么回事霍斯特，才反应过来自己还活着？”

“我很庆幸能活着，可这个叫米奇·赫德伯格的家伙真的好逗。”

她没怎么见过霍斯特真正开怀大笑，上一次想必还是四五年前播《柯南与凯尔》的“我把螺丝钉掉在金枪鱼肚子里”[1]那一集时。有时候，他会为了某件事抿嘴轻声一笑，但就算这样的场合也少得可怜。每当有人问起，为什么大家都在哈哈大笑而他却无动于衷时，霍斯特

---

1 此处原文拼写错误，应为“Kenan and Kel”，而不是“Keenan and Kel”，《柯南与凯尔》是1996—2000年尼克国际频道播放的一个情景喜剧，此处提到的这集是第一季的第二集。

解释说他相信笑是神圣的，是被宇宙里某个力量忽然轻轻地推了一把，它只会因为电视里那些预先录制好的笑声而变得粗俗和不值钱。他不能容忍没有来由、没有欢乐的笑声。“对许多人来说，尤其在纽约，放声大笑是不用说什么话就能提高嗓门的一个方法。”顺便说一句，既然这么说，那他还待在纽约城里干什么？

一天早晨她去上班，正好碰见贾斯丁。看着像偶遇，但也许不再有什么事是偶然的了，[1]《爱国者法案》大概把它们跟其他东西一起取缔了。“我们能谈一谈吗？”

“上来吧。”

在玛克欣的办公室里，贾斯丁没精打采地坐在椅子上。“是关于深渊射手。还记得就在世贸中心遭袭击前，维尔瓦肯定告诉你了，我们当时在用的随机数据变得有些奇怪吗？”

“有那么点印象。它们回归正常了吗？”

“有什么回归正常了？”

“霍斯特说股票市场也变得很疯狂，就在袭击发生前。”

“你听说过全球知觉实验计划吗？”

“某个……加州的东西。”

“其实是普林斯顿的。那些人在全球范围内维护一个由三四十台随机事件发生器组成的网络，它们产生的数据昼夜不停地全流进普林斯顿的站点，混杂在一起生成这个随机数字串。一流的资源，纯洁无比。它是基于这个理论，就是如果我们的大脑以某种方式全都连接在一起，那么任何重大的全球性事件、灾难，不管是什么，都会在数字里体现出来。”

---

1 英文里的“事故”与“偶然的事”是同一个词“accident”。

“你是说，会让它们变得不那么随机。”

“对的。另一边，要让深渊射手不被人追踪到的话，我们正巧需要大量的高质量的随机数据。我们一直以来的做法是在全球的志愿者计算机上建立一组虚拟节点。每一个节点存在的时间只够接收和转发信息，然后它就消失——我们用随机数据在节点之间建立一个开关控制。我和卢卡斯一发现普林斯顿的这个数据源，就潜入站点，偷偷把产品拷贝来。一切进展得非常顺利，直到9月10号夜里，突然从普林斯顿出来的这些数据开始偏离随机属性，我是说真的很突然，很彻底，没有理由。你可以去查一查，图表公布在他们的网站上，所有人都可以看到，它……要是我知道那些数据里的任何一个是什么意思的话，我会大呼诡异的。11号一整天，还有接下来的那几天，数据一直如此。接着跟之前一样神秘，它们又回到了随机到几乎完美的状态。”

“那么……”究竟他为什么要把这事一五一十地告诉她呢，“不管是什么原因，现在它都成过去了？”

“只是在那几天里，深渊射手很容易被人攻破。我们尽最大努力用美元买来序列号，序列号对低技术的准随机数据生成器来说是挺不错的种子，但是，深渊射手的防卫系统还是开始土崩瓦解了，一切变得更加可见，更容易进入。有可能就是在那时，一些不该进去的人找到了进去的路。很快，当全球知觉实验计划的数据再次变得随机时，擅闯者就看不见出来的路了。他们被困在了那个程序里，说不定还在那儿呢。”

“他们不会点击‘退出’吗？”

“要是他们在忙着逆向设计我们的源代码，那就不会。这当然不可能，不过他们还是能改变里面的许多内容的。”

“听上去又是一个开放源代码的理由啊。”

“卢卡斯也这么说。我真希望我能……”他看起来是那么茫然，虽然理智告诉玛克欣不要，可她还是说，“你要是听过这个故事就喊停。有个人到处走来走去，手里捧着一个炽热的煤块……”

那天晚上，她一进门就留意到有一股很香的味道飘来。霍斯特在做晚餐，闻起来像是法式扇贝和普罗旺斯红酒炖牛肉。他的拿手好菜，当然，是只有在愧疚时才做的特别菜肴。霍斯特在婚姻这座围城内一直保持着怪异的不变性，近来却渐渐转变成了顾家的好男人，简直叫人受不了。前两天晚上，她回来晚了，当时家里所有的灯都熄了，突然砰的一声，她的脚踝那儿撞上了一个机械装置，原来是一个扫地机器人。“想谋杀我吗！”

“以为你会很高兴呢，”霍斯特说，“这是Roomba Pro的精英版，刚从工厂里出来的新鲜货。”

“还带袭击配偶的功能。”

“其实它要等到秋季才正式发布，这台是我从技术尝鲜的试用售卖会上搞来的。它可是未来的潮流啊，宝贝。”

一丁点儿反讽都没有，搁在一两年前简直无法想象。另一头，现在轮到玛克欣有这些个，呣，不顾家的冲动了，对于那些喜欢明算账的人来说，这样似乎才显得公平。愧疚？那是什么？

艾瑞克和德里丝科尔有时一起在家一起出门，有时单独行动，让人捉摸不透。不过，如果第二天学校要上课，他们倒是会准时回家的，晚上十一点熄灯就寝。要是在外逗留到那个时间还不回来，他们会另外找睡觉的地儿，这样一来大家都方便，玛克欣也能少操点心。两个孩子不管发生什么，跟他们的爸爸一样不受干扰地继续睡他们的觉，哪怕附近普通的锯木厂仓库整夜不眠不休。

一天，玛克欣发现艾瑞克在客房里拿着一瓶二十七盎司的纺必适喷雾瓶，一件一件地依次喷洒他的脏衣服。“地下室里有一间洗衣房，艾瑞克。我们可以借洗衣粉给你。”

他把手里拿着的T恤放在一堆已经用纺必适处理过的脏衣服上，但仍然把喷雾对着自己的耳朵，仿佛打算用它来朝自己放一枪。“你家的洗衣粉有没有当妮柔顺剂的香型？”收益递减规律。不过他的神情也很担忧。

玛克欣调整下天线的角度，“有其他事吗，艾瑞克？”

“我又调查它了，一夜没合眼，操他娘的hashslingrz，我就是停不下来。”

“你想喝点咖啡吗？我要去弄点咖啡。”

艾瑞克跟着她走进厨房。“Hashslingrz那个往阿联酋去的资金通道，还记得吗？在迪拜的账户之类的破事，我控制不住自己，总是不停地回去查，翻来覆去地查，要是那个通道帮袭击世贸中心的那些人提供了资金可怎么办？那么艾斯不仅是互联网界的人渣，他还是我们国家的叛徒。”

“华盛顿政府里有人跟你看法一致。”她给艾瑞克快速概括了一下温达斯特递给她的资料，就是那份弥漫着一股他用过的朋克摇滚的古龙水香味的资料。

“是啊，这个‘瓦哈比跨宗教友谊基金会’怎么说，他们有没有碰巧提到它？”

“他们认为那是把资金转移到圣战分子行动账户上的某种前线。”

“甚至比那还要诡异。可以说是前线吧，没错，不过它其实是CIA，假装是圣战分子。”

“瞎扯吧。”

“也许是安必恩，也许是它总在我面前晃，而我就是看不清它，不过不知为何，这一次所有的面纱一层接一层地掉了，然后玛塔·哈里[1]本人出现了。它一直是运资金出去的一个通道，运给那个地区不同的反伊斯兰地下组织。作为回报，艾斯对所有经过通道的资金都抽取一些提成，还有很大一笔咨询费。”

“哟，敢情那家伙是爱国人士啊。”

“他就是个贪财的小贼，”此时艾瑞克的脑袋周围浮现出一圈达菲鸭的涎沫滴的光环，“让他一辈子待在得克萨斯休斯敦一家汽车旅馆的

1 荷兰人玛塔·哈里是20世纪初的知名交际花，她的原名为玛格丽莎·赫特雷达·泽莱。一战期间她与欧洲多国政要、社会名流有往来，最终在巴黎以德国间谍罪名被法军枪毙。

酒吧间，音响里永远在重复播放安德鲁·劳埃德·韦伯的合成带，这也太便宜那家伙了。你要相信我一件事，玛克欣。我会给他点厉害瞧瞧的。”

“听着像是去水中捞月亮。”

“或许吧。”

“跟赖克斯轻微交过一次手已经不能满足你了，现在你要计划拒绝服务攻击了？”

“对艾斯来说太便宜他了。如果每个老板是混蛋的公司都应该受到拒绝服务攻击的话，那么技术界就一片荒芜了。不过你瞧，我来给你看看我的最新发明，它就像是一道开胃小菜。”

他在笔记本上演示给她看。貌似他最近发布了一款叫“催吐工具”的软件，是跟以前住的社区里的一个女巫[1]合作开发的，起这个名字是为了向90年代获恶评不少的“鼠标工具”致敬。“催吐工具”用醒目显眼的假弹出式广告，承诺用户诸如健康、财富、幸福等好运，然后偷偷地把老式咒语施加在选定的目标身上——只要点击一下，你的屁股就成了青草地。这个拉美裔的女巫跟艾瑞克解释说，互联网其实跟咒语的运作机制有一种奇特的亲缘关系，尤其当它用早于HTML的更古老的语言写成的时候。网络世界里存在着数不清的交叉目的，那些疏忽大意的用户点击鼠标点到爽歪歪，却不知他们的命数变得很惨——系统崩溃、数据丢失、银行账户被劫，所有跟计算机有关的厄运你尽可以期待，接着真实世界也会出现麻烦，比如长青春痘、配偶出轨、患上不停地跑厕所的顽疾，进一步提供了形而上层面的证据：互联网只是一个更广阔的完整统一体的一小部分而已。

“这会让艾斯的系统瘫痪？他可是犹太人，不了解什么萨泰里阿教，这话即使是从你的嘴里说出来的，听起来也太脑残了吧，艾瑞克。”

“你听我说完，这还不是正片，只是预告片而已。与此同时，我不

1 原文是西班牙语。

仅摧毁了他的malloc (3)，还把它赶到大街上去接客，要修补很长时间才能恢复正常。”

“留心你的小命啊，我看过这样的电影，结局像是遭到了惩罚。片尾字幕里大致有说‘目前在联邦监狱里服无期徒刑’？”

她以前没见他的脸上有过这种神情，既害怕又异常坚定。“这儿没有退出键，没有路可以回到鲨鱼金手指的作弊卡带，也不会有英勇的溢出特技，快乐时光一去不复返了，现在留给我的唯一路子是往深处去。”

苦闷的孩子。她好想摸摸他，可是不确定摸哪里好。“那个听上去好难对付。”

“还行。你知道艾斯的客户名单上有多少个大盘股坏蛋吗？我起码可以教其他黑客和溃客怎么进去一些值得去的地方。当一个亡命徒导师。”

“要是那些同伴中有人其实已经投靠他们了，把你出卖给联邦政府呢？”

他耸了耸肩。“所以我必须比以前当脚本小子时要更小心一点。”

“某一天，艾瑞克，他们会发明时间机器，我们就可以在网上订票了，我们都要回到过去，说不定回去不止一次，去重新改写所有的过往，不要伤害我们伤害的人，不要做我们做的选择。免除要还的贷款，参加应去的午餐约会。当然，一开始车票会非常贵，等到产品开发的成本分摊开来后……”

“说不定会帮时间旅行的常客开发一款程序，你可以拿到年度赠品？那些我可以攒上一大堆。”

“拜托。你还这么年轻，不该有那么多遗憾的。”

“嘿，我甚至对我俩的事都后悔呢。”

“我俩，什么事？”

“我们从‘海狸的喜悦’回来的那个晚上。”

“很温馨的回忆啊，艾瑞克。我认为刑法里并没有规定，说不能用脚通奸？才没有呢。”

“你告诉过霍斯特吗?”

“不知怎的，从来没有过合适的机会。或者换句话说，为什么要告诉他? 你跟德里丝科尔提过吗?”

“没有，我很确定没有说过……”

“你‘很确定’……”她意识到自己已经把鞋子脱了下来，两只脚在互相对搓，你会说反正是按捺不住了。

“我能问你些其他事吗?”

“说吧……”

“你知道吗，真有一些小个子的小人儿从暖气片里钻出来……扛着小扫帚、小簸箕，还有——”

“艾瑞克，别说了。我不想听。”

32

翌日清晨，雷吉·德斯帕德从西边的地平线那儿打来电话。“跟你说话的这会儿，我正在看太空针塔[1]呢。”

“它在干吗？”

“跳《玛卡莲娜》。你还好吧？我本来想早点给你打电话的，就在袭击一发生时，不过当时我在路上，之后到了这里，我又忙着找房子还有——”

“幸好你及时离开了。”

“我在汽车广播里听见的，本来想掉个头直接开回去。后来没有那么做，继续往前赶路了。幸存之人心怀愧疚啊。”

“公路催眠现象。[2]不要想太多了，雷吉。你现在身在暴女的国度[3]，周围都是有益身心的常青树和冒充咖啡什么的煤球，对吧？得了吧，你还是好好放松下自己吧。”

---

1 美国西北太平洋地区的一座主要地标，位于华盛顿州西雅图的市中心区域。

2 对于技术纯熟的司机而言，驾驶已成为一种本能，当在状况良好的路段上长时间驾驶后，他们会逐渐放松警惕，并进入一种精神恍惚的状态，这时有可能会产生幻觉。

3“暴女的国度”是20世纪90年代初期的一个地下女性主义朋克运动，发源于美国华盛顿州及太平洋沿岸的西北部城市，它是把女性主义思想与朋克风格和政治相结合的一种亚文化运动。

"我了解的都是从电视上看来的，那儿看上去一团糟啊。"

"大伙儿都心痛欲绝，现在还是很紧张，警察由着他们的心情，随便把人拦下检查他们的背包——他们要找的东西你猜都猜得到。不过就心态来说，生活还在继续，街上没什么太大的不同。你找到工作了吗？"

迟疑了下。"我在微软打临时工。"

"噗。"

"是啊，他们的着装规定我还要去适应，所有的呼吸装置和冲锋队装备……"

"见到孩子们了吗？"

"不想催促得太急，不过……"

"你从纽约赶来，他们能理解。"

"昨晚他们邀请我去用晚餐了。她老公下厨，法式海鲜汤，用的是当地的原材料，雅基马谷产的某种白诗南。格雷西依然是那副'生活里遇到一个新如意郎君'的得意劲儿，好像是故意让我看的。但是两个女儿……我说不好……她们比我记忆里更安静些。不是愁眉苦脸的那种安静，没有不悦的神色，没有噘着嘴巴，她们甚至笑过一两次。说不定还是冲我笑的，我不确定。"

"雷吉，希望事情能顺利解决。"

"听着，玛克欣。"呃，哦，"我们现在的通话，是不是——"

"假如不是，那我们都劫数难逃了。你想说什么？"

"那张DVD。"

"很有趣的录像。有一两个镜头你在拍的时候或许可以用个水平仪……"

"我经常凌晨三点就醒来。"

"也有可能是其他什么原因，雷吉。"

"屋顶上的那些人，hashslingrz关着门的那个房间里的那些阿拉伯人，他们在接受培训，保准就是。"

“要是盖布里埃尔·艾斯参加了某个大规模的秘密行动，那么……你是在暗示……”

“即使毒刺那帮人看上去像私人聘请的外国雇佣兵，那也跟美国政府高层的鼓励脱不了干系。”

“艾瑞克也这么认为。还有玛奇·凯莱赫，呃，她自然是不在话下。她把视频上传到网上你没意见吧？”

“我一直就想这么做，我撒出去十几二十来张DVD，希望带宽够用的人起码会把其中的一张传到网上。终有一天，会有一个视频网站纳普斯特，到时把视频上传到网上跟大家分享会是再正常不过的事。”

“那么做人家怎么挣钱呢？”玛克欣想不通。

“总有法子把任何东西都变成货币的。这不是我的专长，能拍拍片子我就很满足了。”

“先积攒访问量，再期待网络效应能发挥作用，是啊，听着耳熟，是个糟糕但可靠的商业计划。”

“只要能把录像放到网上，只要有人设计些HTML让转发视频变得容易些。”

“你真觉得这背后是布什的人在搞鬼？”

“你不觉得吗？”

“我只是个反欺诈调查官。关于布什，我不想多做评论。阿拉伯那个问题，我有这些犹太人本能反应，所以我也得努力在那个话题上避免犯多疑症。”

“明白了。大家称兄道弟一派和睦不好吗，不要意图对任何人不敬，我忙着打造我的新生活呢，雷吉2.0，不含暴力内容，常居西海岸，远离压力。”

“万事小心。有空给我寄些录像资料来。对了雷吉？”

“还有事吗，姐们？”

“你觉得我应该抛空微软吗？”

玛克欣和科妮莉亚两人约好，下一次吃饭时先在“街灯人家”碰头。玛克欣给罗基带来了一份温达斯特给她的hashslingrz资料的影印版。

“瞧瞧，最近hashslingrz都是怎么花你们的钱的。”

罗基带着好奇的神情仔细翻看了一两页。“谁做的这份文件？”

“特区一家不知名号的机构，明摆着别有用心，只是我搞不懂他们打的是什么算盘，躲在某个装腔作势的智库后面。”

“反正来得正是时候，我们最近在观望怎么从hashslingrz中抽身出来呢，我可以把这个给斯帕德和董事会看吗？”

“要是他们能看懂，当然没问题啊，你们最近有什么打算，资产重组吗？”

“十有八九，那家公司既不打算上市，也没有并购的意思，倒是有一大堆政府工程要忙活，坦白说现在正是退出的最佳时机。钱自然要赚，不过他们那边还在干其他事，比如说……我能说是邪恶勾当吗？”

“这成了什么，罗杰斯先生的街坊四邻[1]？我想你说的是像IBM或微软那种邪恶勾当吧。”

“你跟那个人有过眼神接触吗？就像是他知道你知道他们在做坏事，可他一点儿也不在乎？”

“还以为只有我才这样呢。”

“我们谁也不晓得事情到底会变得多复杂，他们真正在替谁干活，但是如果现在就连特区的人都开始担忧的话，”罗基轻轻拍了拍档案，“是时候把股权变卖成现金了。”

“那么我就当我可以不管这件案子了。”

“但你会永远在我的通讯录里的。”

“饶了她吧，”科妮莉亚飘然而入，“他总是跟我说同样的一套话，别听他的。”

---

1 源自《罗杰斯先生的街坊四邻》，美国的一档儿童电视节目，由有“美国儿童电视之父”之称的弗雷德·罗杰斯制作与主持，该剧首播于1963年，目标观众群是儿童，但PBS电视台称它“适合所有年龄的人观看”。

“滚粗（出）去，你们这俩娘们，我有正四（事）要做。”

在科妮莉亚的印象里，玛克欣严格遵守着犹太教的洁食规定，真是莫名其妙啊。就因为这样，她们最后又去了一家“犹太”饭馆，叫平卡斯太太的鸡汤店，还是一家连锁店呢。店里的客人貌似都是从城外赶来吃饭的。好在玛克欣和科妮莉亚的胃口并不在正宗性存疑的鱼饼冻上，两人更想跟对方唠唠嗑。

不一会儿，科妮莉亚以技艺娴熟的近镜头纸牌艺术家的技巧，从一堆乱糟糟的午餐谈话里把话题引到了家族，还有家族里潜藏的怪胎上。

“我的原则，”玛克欣说，“是一旦我开始说，要不了多久我们就回到了黑魔法正在施威的犹太小村庄里。”

“噢，跟我说说呢。我们家族，呃……‘各种不正常！’差不多可以这么概括。我们甚至有个人在CIA上班。”

“才一个？我以为你们整个家族的人都在CIA工作呢。”

“只有劳埃德堂兄。好吧，据我了解。”

“他能跟别人谈论他的工作吗？”

“也许不行。我们从来不确定。他……他可是劳埃德，你要知道。”

“也——呃，我并不知道。”

“你要理解，他们是长岛的思罗布威尔斯，绝对不能跟家族的曼哈顿分支相混淆，虽然我们从未提倡过优生优育之类的事，但是，一旦什么事确实呈现出规律时，要做到不从基因方面寻找原因经常都不容易。”

“他们更有可能出现……

“蠢货，没错，呃唔……别误会我的意思，劳埃德堂兄一直是个挺讨人喜欢的孩子，我和他处得挺好，家庭聚会时他扔的食物其实从来就没砸中过我……不过除去餐间袭击之外，他真正的天赋，我们不妨说他克制不住的癖好，就是喜欢搬弄是非。他总是偷偷躲在一旁，观察同伴离开大人视线后的行为，然后一五一十地记下来，要是这些证据还不够可信，我真是羞于启齿啊，他还会添油加醋地捏造一些。”

“这么说来，完全是干CIA的料啊。”

"他一直在他们的候选名单上，直到去年总检察长办公室出现了个空位。"

"就跟内务部类似吧，他居然敢打CIA的小报告？他这么做不危险吗？"

"大多数是仓库偷窃，他们永远有人偷子弹，然后用到私人武器上？那貌似就是劳埃德堂兄无法忍受的一件事。"

"那么他'现在在特区'工作咯，像玛莎与凡德拉合唱团[1]唱的那样。他另外接私活吗？比如说帮人做点咨询？"

"我不会觉得意外。毕竟蠢货需要好大一笔开销，药物治疗，经常被人讹钱，贿赂警察，买尖顶帽[2]，尖顶帽当然必须是量身定制的……不过我真心希望，玛克西，你不会是跟CIA惹上麻烦了吧？"

为什么伪善的警报这时候突然响了呢？"某个机构，说不定不是你说的那一个，但起码跟他们是一路的，没错，你知道的，好好想想，假如我想跟你堂兄咨询一些事……"

"需要我让他跟你联系吗？"

"谢啦，科妮莉亚，我欠你一个……这么说吧，我还没有跟劳埃德碰上面，所以至少欠你半个人情吧。"

"不对，谢谢你才是，玛克西，跟你在一起总是很愉快。如此地……"科妮莉亚示意了下平卡斯太太的饭馆，仿佛找不到该用什么词来表达。

玛克欣抿紧嘴唇，眼睛不对称地眯缝着。"具有民族风情。"

劳埃德堂兄第二天一大早给玛克欣打来了电话，幸亏他要赴的约

1 指玛莎与凡德拉合唱团的歌曲《在大街上跳舞》。

2 指学校里用来惩罚做错事的学生的"傻瓜帽"，傻瓜帽就是尖顶的帽子，经常是纸制的，上面写着大写的字母D或"傻瓜"的字样。

会不是纽约城里的情场幽会，不然如他这般性急，准会当即遭到对方的拒绝。他的声音听上去很紧张，所以玛克欣决心用账单欺诈的普通谈话先安抚他一下。“目前所有事都汇聚到一个叫TANGO的智库头上？你听说过他们吗？”

“哦，他们现在可是城里的当红明星，W及其党羽跟前的红人。”

“他们中有一个人，一个叫温达斯特的特工看来有些问题，我找不到关于他的任何信息，甚至连官方的个人简历都没有，他被人最大限度地用密码保护着，防火墙隔着防火墙，我没有渠道越过那些个防火墙。”我真没用，“要是发现他有参与，哦，不妨说……挪用公款……”

“那个，我不想多嘴问的……你们俩是……密友吗？”他设法让那两个字裹上喉咙的黏液。

“唔。你不是第一个这么问的人，我还是那句话，我不是温达斯特先生粉丝团的成员，对他几乎没什么了解，除了知道他是弗里德曼[1]式的红人，不分昼夜地工作，就是为了让多半像你这样的人在这个世界能行方便，思罗布威尔斯先生。”

“噢，亲爱的，希望我没有冒犯你……我会试试看我这里能不能帮上你什么。我们的数据库——那可是举世闻名的，你也知道。除了最高机密外，大多数时候我畅通无阻，所以应该不是什么麻烦事。”

“但愿如此。”

当然，多亏马文送来的便携式储存器，玛克欣已经有了温达斯特的大部分履历，所以让劳埃德来查他并非出于搜集信息的目的……其实，玛克欣，你为什么要骚扰那个男人呢？是出于某个冠冕堂皇的执念，非得要逮住谋杀莱斯特·特雷普斯的重大嫌疑犯吗，还是说只是感觉受了冷落，怀念那个撕裤袜好手对做爱前戏的古怪看法？你怎么就那么自相矛盾呢！

不管怎样，如果劳埃德真是科妮莉亚所认为的那种蠢货，那么温

1 米尔顿·弗里德曼是美国经济学家，曾担任罗纳德·里根总统的经济顾问，他的经济政策偏保守，强调自由市场经济的优点，反对政府的干预。

达斯特应该要不了多久就会知道CIA对他有兴趣了。他绝对会像其他人那样开始提防周围。眼下，玛克欣能做的无非是给他招来点小麻烦，在凌晨时分的此时此地，没有所谓的道德准绳来约束她，她也无从得知如何在精英层面上与他作对，那个把“无限说”的谎言宣扬到深入人心的全球金字塔阴谋，温达斯特的雇主们一直以来可是把所有的赌注都押在了它的上面。她不晓得如何才能跨出自己的安全选项史，然后在这个危险时分的荒漠里探寻自己的路，期望找到什么？某个安全港湾，某个美国的深渊射手……

33

玛克欣从维尔瓦那里得来一钱袋的密码，供她进深渊射手用，这些密码随时间变动，平均每十五分钟变换一次。这一回她不由得发现，这个地方大不一样了。以前是火车站的地方，现在成了一个杰森一家[1]那个时代的太空站，太空站的每个角都极为怪异，远处是参差不齐的塔楼，扁豆形围场用支柱支撑着，飞碟在虹光闪耀的天空中飞来飞去。还有雅痞风格的免税店，一些店里售卖的国外品牌，她连上面什么字体都认不出来。到处都是广告，在墙上、衣服上、一堆附加功能的皮肤上，这些弹出式广告从无形中突然冒出来，往你的脸上扑过去。她怀疑是不是——果然，他们就在那儿，在一家星巴克门口有两个网络漫游者，他们就是艾瑞克做广告生意的老相识"广告男"和三明治妹。

"真是个消磨时间的好去处。"三明治妹说。

"更别提做生意了，"广告男接过话来，"商店嗖嗖嗖地猛增。这些看上去只是虚拟背景的人里面，有好多个其实是真实的用户。"

"是嘛，不是应该有各种各样的深度加密嘛。"

"还有后门呢，你不知道？"

"什么时候开始的？"

---

1 美国ABC电视台曾经播出的一部动画片《杰森一家》，它是《摩登原始人》的太空时代版。

“得有好几个星期……好几个月了吧？”

这么说来，卢卡斯和贾斯丁曾如此担忧“9·11”会打开易受攻击的窗口，显然他们的担忧并非没有道理，它不仅让不速之客偷偷溜了进来，而且还让有些人——盖布里埃尔·艾斯，联邦政府及其支持者，还有一直打这个地方主意的其他势力——安装上了一个后门。接着，整个社区就如这般被轻而易举地攻陷了。她点击离开，最后来到了一圈犹如夜店追光灯照出来的令人毛骨悚然的光晕里，你明白不用等到夜晚结束你就会恶心到想吐。她迟疑了一会儿，决定不去管它，继续点击，来到一块让人眩晕的朦胧光亮的中央，接着周围的一切暂时暗了下来，她从未见过屏幕变得如此黑乎乎。

当画面再出现时，她似乎正搭着一辆外太空的交通工具在前进……有一个菜单可供选择视图，等暂时切换到外部视图时，她发觉自己搭乘的不是一辆单个的交通工具，更像是一支不完全地简单连靠在一起的船队，大大小小来自不同年代的宇宙飞船在一个延展的永恒里向前行驶……要是问海蒂，她会说她觉得里面有些《太空堡垒卡拉狄加》的影子。

在里面，玛克欣发现有好几条用亮闪闪的太空时代复合材料铺筑的通道，足足有林荫大道那么长，室内空间向上延展，雕塑投下暗影，车辆穿行在越往上空越明亮的曙光里，行人走在大桥上，客运和货运的航空飞行器忙碌地闪着亮光……代码而已，她提醒自己。但是所有这些不明身份、不图回报的人中，它有可能是谁编写的？又为什么要编写呢？

半空中突然弹出来一个分页式窗口，邀她前去大桥，还附带了一组方位指示。肯定有人见她登录来了这里。

在大桥上，她看见有空酒瓶和用过的注射器。船长的椅子是一把年代久远的拉兹男孩躺椅，颜色是丑陋的米黄色，上面布满了香烟烧过的痕迹。防水隔板上用透明胶带贴着丹妮丝·理查兹和蒂雅·卡瑞拉的廉价海报。从隐秘的扬声器里传来某种混录的嘻哈乐，此刻在放的是奈特·道格和沃伦·G唱的90年代中期风靡于西海岸的流行歌曲《掌控》。工作人员走来走去忙着各种差事，步伐倒称不上轻快。

“欢迎你来到大桥，莱夫勒太太。”一个粗声粗气的年轻人说道，他胡子拉碴，穿着工装短裤和一件脏兮兮的《给我更多牛铃》[1]的T恤。气氛一下子变了。音乐平滑过渡到《杀出重围》的主题乐，光线暗下去，隐形的网络精灵把太空打扫干净。

“大家人呢？船长呢？管理人员？科学官？”

年轻人扬起一道眉毛，用手指摸了摸双耳的顶部，仿佛在试试它们尖不尖。“抱歉，首要指令是没有该死的什么官。”他用手势示意她走到前面的观景窗边，“浩渺辽阔的太空，你来瞧瞧。无数颗星星，每一颗都有它自己的像素。”

“酷毙了。”

“也许吧，但所有的都只是代码。”

有根天线转动起来。“卢卡斯，是你吗？”

“真讨厌！”有那么一会儿，屏幕上布满了iTunes图标那色彩炫目的图案。

“你来这里是处理那个什么后门问题吗？我听人说了。”

“唔，不完全是。”

“他们告诉我这些天它完全对外敞开了。”

“私有财产的弊端，保管会出现后门，迟早的事。”

“你觉得没有关系？那贾斯丁呢？”

“我们都无所谓，其实以前那个模式我俩从来就不觉得自在。”

以前那个模式，是说……“有重大新闻，让我来猜猜。”

“是滴。我们最终决定开放源代码了，把煤块送了出去。”

“也就是说……任何人……？”

1《给我更多牛铃》是《周六夜现场》的一档喜剧小品，由喜剧天王威尔·法瑞尔自编自演。

“任何人只要有耐心进去探险，只要想要就能得到。已经有一个Linux版在编写了，业余玩家应该会成群结队地拥来。”

“这么一来挣大钱……”

“再也不可能了，说不定从来就没有可能。要有相当长的一段时间，我和贾斯丁不得不继续当工薪阶层了。”

她凝视着布满天幕的潺潺繁星在眼前铺展开来，卡巴拉飞船撞击在造物主身上，碎裂成这些个亮闪闪的光斑，从赋予它们生命的奇点、其他地方称为膨胀的宇宙里喷涌而出……“如果我点击这里的这些像素，会发生什么情景呢？”

“你说不定会走大运哦，碰见不是我们编写的东西。有可能存在去其他地方的链接。你也可以花时间去探寻‘虚空’，永远也到不了什么地方。”

“这艘飞船——它不是去深渊射手的，对吧？”

“更像是去远征，探险。最早的维京人一开始朝北方的海洋进军时，有一种说法是他们要找到世界之巅那个该死的大窟窿，那是个深不见底的漩涡，像黑洞一样把人拉下去，卷进里面，没有逃跑的路。这些天你去浅网里看看，那么多连篇的废话，那么多待售的商品，还有垃圾邮件、推销广告、到处闲逛的用户，全都挤在他们喜欢管它叫经济的那一团乱麻中。另一边，在下面的这儿，在某个深处，已编码与未编码的地域之间迟早会出现一条地平线，一个万丈深渊。”

“那就是你在找的吗？”

“我们中的一些人是。”化身不会陷入沉思，不过玛克欣还是捕捉到了一丝神色，“其他人则尽量避开它，就看你怎么选择了。”

玛克欣继续在走道上逛了一会儿，随便找什么人说说话，不管这里的“随便”究竟有何深意。她开始感到脊背一阵发凉，一些新来的乘客没准儿就是从世贸中心那场灾难里逃生来的难民。没有直接的证据能证明，说不定只是因为她脑子里正想着“9·11”，可是她现在不管朝哪儿看，都觉得自己看见了痛失亲人的幸存者、国内外的罪犯、毒贩子、掮客、准军官，他们这些人也许那天就在现场，也许只是为了诈骗目的才声称自己在现场。

而有可能是真正的伤亡者的那些人，他们的心上人把他们的照片带来这儿，好让他们有来世，他们的脸部照片从全家福上扫描而来……一些人脸的表情跟表情符号一样单调，其他的脸则表现出各式各样的情感，从参加派对时的兴高采烈，到对着镜头时的忸怩不安，再到绝望无助时的愁眉苦脸，有些是静态图，有些是GIF格式的无限循环动态图，像因果报应一样轮回，不停地旋转、招手，吃东西或喝东西，不管当快门闪动的那个刹那，他们在婚宴或受戒礼或深夜外出寻乐时手里拿着的是什么。

然而，仿佛他们愿意跟人交流似的——他们有眼神接触，会微笑，能好奇地歪着脑袋。“是啊，它是什么？”或者是，“有问题吗？”或者是，“现在不要，可以吗？”假如这些不是亡者的真实声音，假如真跟有些人相信的那样，死人没法说话，那么这些话是帮他们上传化身的人加上去的，他们说的话就是活着的人希望他们说的。有些人开了博客，另一些人忙着写代码，然后放进程序文件里。

她在角落的一家咖啡店停住了脚步，不一会儿便与一个要去已知宇宙的边缘执行任务的女人攀谈了起来——多半是个女人吧。“所有这些愚昧无知的人进来，闯进来，这儿就跟浅网一样糟糕。他们逼你往深处去，往黑暗混沌的深处去。他们只有不断前行才会自在。而那就是源头的所在地。正如一架强大的望远镜会带你去物质空间的更远处，更靠近大爆炸的时刻，而在这儿呢，越往深处去，你就越靠近边界地带，不可通航的边缘，无信息的区域。”

“你是这个项目的成员吗？”

“只是上这儿来瞧瞧，看一看我能在‘道’创造出来前的开端边缘待多久，[1]看一看我能盯着里面端详多久才会眩晕——害相思病、恶心，诸如此类——然后崩溃。”

“你有电子邮箱吗？”玛克欣想知道。

“很感谢你这么问，但我也许不会回来了。没准儿有一天你去收件箱一看，我不在那里了。来吧，跟我一起走走。”

她们抵达一个类似观景台的地方，那地方从飞船里伸出来，由悬臂危险地支撑着，伸入强辐射、真空与死寂中。“你瞧。”

无论她是何方神圣，她既没有携带弓箭，头发也不够长，不过玛克欣可以看到，她跟深渊射手启动画面上的那个人物以同样倾斜的角度凝视着下方，同样以为太空痴狂的专注力看着无限，注视着充满了隐形链接的虚空。“有一道微弱的光亮，一会儿你就会留意到它了——有人说它是记忆的痕迹，像是大爆炸留下的辐射一样，是记忆在虚空里留下的，对曾经模样的记忆……”

“你是——”

“射手？不，那家伙可不会说话。”

回到现实世界，玛克欣莫名觉得需要找个人说说那个全新的、她猜到很快将面目全非的深渊射手，于是拨通了维尔瓦的移动电话。“我正要进地铁呢，等我有信号后给你回电话。”玛克欣虽然不是处理手机诈骗的老手，但只要一听到对方紧张的声音立刻能知道。半个钟头过后，维尔瓦本人出现在了办公室里，拖着一个塞满了豆豆娃的大口径垃圾袋，据说是刚从东区赶过来。“赶上过节了！”她大声说道，一边把疯疯癫癫地咧着嘴笑、头戴女巫帽的万圣节小南瓜灯，鬼熊，还有穿着披风、乔装成吸血鬼的熊一个个地取出来。“女鬼古利安尼，你

1《圣经・约翰福音》的第一章第一节讲道，“太初有道。道与神同在，道就是神。”

瞧，还拿着个小南瓜呢，她是不是很可爱啊！”

唔，是啊，维尔瓦今天早晨略微有些狂躁啊，不用说，东区会对人们产生这种芒奇金效应，[1]但是——昔日的CFE线路此时完全接通了——玛克欣突然想到，豆豆娃没准儿一直以来都是个幌子，难道不是吗，来掩盖不那么符合公众价值观的行为……

先是一通寒暄，贾斯丁怎么样，菲奥娜怎么样，都很好谢谢关心——这时她的眼珠子是不是在滴溜溜地来回转——“他俩……我是说，我们近来压力都很大，可是……”维尔瓦戴上一副淡紫色镜片的金丝边眼镜，街上五美元就能买到，为什么偏偏现在戴上，原因耐人寻味，“我们搬来纽约，我们一起搬来了，那么地天真……以前在加州的日子很快乐，只要写写代码，寻找完美的解决方案，很优雅的生活，愿意的话去参加派对，可是在这里，越来越像——”

“长大成人？”也许有一点太快说出口了。

“可以这么说，男人们就跟小孩似的，这一点我们都知道，但是这就像是看着他们无法停止地向某个隐秘的恶势力屈服。他们想拖住以往那些纯真的童稚时光，你可以看出来，就是这种恐怖的断裂，孩童般的希望与纽约城现实世界的贫瘠之间的断裂，变得让人无法承受。”

亲爱的神父，我这位朋友遇到了个大麻烦……

“你是说，对你来说无法承受……是什么原因……情感上的吗？”

“不是，”维尔瓦的眼神迅速地与她交会了下就避开，“对所有人来说，就是那种遥遥无期、让人蛋疼的无法承受。”她的话不失俏皮但又充满了怨念，这在玛克欣那个行业里司空见惯。说不定也是在以最小的代价获取听者的理解吧。当审计钩开始把他们以为永远销毁的证据拉起来时，当收税员一脸严肃地坐在办公桌对面，一口接一口地抽着国税局分发的廉价雪茄，办公室的恒温器开足马力，等着他们坦白时，

1 芒奇金人是个子异常小、非常可爱的人，源自《绿野仙踪》。

他们就是这副模样。

玛克欣谨慎地暂时不让话中有话，“说不定惹烦他们的是工作上的事呢？”

“不会，不可能是因为源代码的压力，不再可能，他们现在已经想通了。你不能告诉别人哦，他们打算开放源代码了。”

她假装自己还没有听说过这个消息，“免费开放？他们有没有厘清税务状况？”

据维尔瓦所言，贾斯丁和卢卡斯有一天晚上在西50街那儿的一家游客汽车旅馆的酒吧喝酒。酒吧里灯火通明，大屏幕电视调到了体育频道，有几棵人造树高达二十英尺，金发碧眼的女服务生留着长头发，还有一张老式的红木吧台。店里的客户中有好多张老面孔。两个合伙人喝的是金刚鸡尾酒，就是用皇冠威士忌加香蕉利口酒调的，他们在房间里四下打量，看看有没有熟悉的人，这时他们听见一个声音说，“给我来一杯菲奈特·布兰卡，最好要双份，配一杯姜汁酒？”听声音，乐观点说，这位说话人没怎么被岁月温柔相待。卢卡斯大吃一惊，连嘴里的酒都喷了出来。“是他！沃尔希斯和克鲁格的那个狗娘养的疯子！他是来抓我们的，他想要把钱要回去！”

“是你多心了吧？”贾斯丁这么希望。他们躲到一棵塑料的凤梨科植物后面，眯着眼睛观察。这些天他的着装风格有一点不一样，不过看上去就是伊恩·朗斯布本人，上次见他还是几年前在沙丘肥皂箱赛车现场他失控打滑的时候。此时，有一个戴着奥克利M镜框、穿着暗绿色休闲西装的身材壮实的人走到朗斯布的身旁。贾斯丁和卢卡斯一下就认出来，正是经过一番仔细伪装的盖布里埃尔·艾斯。

“艾斯偷偷会见我们以前的风险投资人，要谈什么？”卢卡斯想知道。

“他们的共同兴趣会是什么呢？”

“我们！”两人异口同声道。

“我们必须看看那些鸡尾酒纸巾，要快！”他们正好认识那家汽车旅馆的保安，没过多久便在他的办公室里仔细研究起一堆监控录像来。他们把镜头拉近到艾斯和朗斯布坐的那张餐桌上，能看出来奇奇怪怪的无趣表格里满是箭头、方框、感叹号，还有一些看上去像是大写的J，别提还有L字母了。

“你怎么看？”

“有可能指代任何东西，不是吗？”

“慢着，我在想……”两个人轮流检查录像，把录像颠来倒去再放大，不出一会儿便过度猜疑，直至恐慌的地步，连他们的保安朋友也变得很烦躁，请他们出去。

“两个人的结论是，”维尔瓦总结道，“艾斯想让沃尔希斯和克鲁格行使保护契约，把生意抢过来，然后把资产卖掉——也就是深渊射手的源代码——卖给艾斯。”

“操他娘的，”过后在夜里，贾斯丁出其不意地愤愤道，“既然他想要，那就让他拿了去。”

“这可不像你啊，兄弟，下一次我们想玩走失该怎么办呢？”

“我不会了。”贾斯丁的话里带着些许惆怅。

“也许我会。”卢卡斯声明道。

“我们可以再创造一个地方。”

“贾斯丁，这个城市把我们的脑袋怎么了啊，哥们，我们以前从来不这样。”

“我不觉得加州的状况能好到哪里去，一样地腐败，我们一起在这些道上来来去去，你知道它通往哪里，无论是在那里还是在这里。”

维尔瓦让他们继续说下去，她虽然严格来讲不算是犹太妇女，却像慈母般服侍在周围，给他们递去点心，有什么烦恼都往自己肚子里咽。现在她对玛克欣说：“说起玩走失，有时候……”

来了，诈骗犯的悔恨。玛克欣可以开一场“如何征服眼球转动”的工作坊了。“而……”

“而如果他们迷失了自我，那么我觉得，”维尔瓦的声音小到几乎听不见，“有可能是我的错。”

戴托娜走了进来，送来整整一袋子的丹麦酥和一个塑料咖啡瓶。“哟，维尔瓦，冲浪季到了，宝贝！”

讲义气的维尔瓦站起来跟戴托娜撞了撞屁股，友情伴唱了八个小节的难得一闻的老歌《激情杰杰》。戴托娜看了她一眼后说：“我们应该唱《苍白的浅影》[1]的，你看上去没什么食欲呢，姑娘，你需要来点猪排！羽衣甘蓝！”

“油煎蜜桃派。”维尔瓦脸色苍白但又不想扫人家的兴。

“我是说，”她边挥手边往门外走，“悠着点儿！”

“维尔瓦——”

“不，没关系。我是说有关系，噢，玛克西……我一直良心难安？”

“如果你不是犹太人，你就必须有执照，因为专利是我们犹太人的，明白吧。”

维尔瓦摇了摇头，“我该怎么办呢，我现在害怕得要命，我陷得那么深。”

“卢卡斯呢，他陷得深吗？”

“卢卡斯？不，不是卢卡斯？”她有点儿失望，因为玛克欣没有明白她的意思。

“呃哦。难道我们说的是另外一个人？是谁？”

“拜托……我真的以为我能帮上忙的。原本是为了菲奥娜，为了贾斯丁，为了我们所有人。他说任何事情都能让他们如愿以偿。”

“某个人，”恐龙般巨大的障眼物终于从玛克欣的眼前哗啦啦地掉落下去，“某个人想要收购深渊射手的源代码，以为跟合伙人之一的老婆约会就能让他一只脚踏进门里去，我说的这些对吗？”

“玛克西，你要相信——”

---

1 英国摇滚乐团普洛可哈伦乐团的一首经典歌曲，歌名也可译为《脸色极其苍白》。据说歌曲源自乔叟的《坎特伯雷故事集》中的一个故事，大致是讲一位年轻美丽的磨坊主人的妻子与他们的大学生房客有染，苍白的浅影指的是不伦恋中的美丽女子。

“不，那是1969年大都会队的口号，[1]大苹果城居民资格考试里会有这题。另外，现在是谁，我想知道在你众多西装革履的追求者里，是谁卑鄙无耻到居然这么做，慢着慢着，我就快要想起来了……”

“我之前就想告诉你了，但是你这么痛恨他……”

“人人都恨盖布里埃尔·艾斯，那么我猜，那就是说你跟谁都没有说起过。”

“他是个报复心极强的混蛋，要是我想跟他断绝关系，他就会把所有的事都告诉贾斯丁，毁了我的婚姻、我的家庭……我会失去菲奥娜的，所有的一切——”

“别急，别急，不要想多了，那是最糟糕的情况，事情有可能朝许多方向发展。你们俩的事持续多久了？”

“从今年夏天在拉斯维加斯开始。我们甚至在9月11号那天还匆匆打了一炮呢，更觉得我跟他的事太恶劣了……”

玛克欣不由得微微地瞟了她一眼，“我希望你不是在说那事也是你造成的吧？那样的话你就真的太疯狂了，维尔瓦。”

“同样的不以为意，难道不是吗？”

“同样的什么？你这是在做演说吗，‘听好了你们所有的懒虫’？美国人忽视家庭观念，所以才把基地组织招到飞机上来，把世贸中心给撞倒了？”

“他们看见了我们的样子，我们目前的模样，多么不堪一击，多么疏忽大意、自以为是。他们把我们定为容易攻击的目标，他们想得没错。”

“不知怎么回事，我看不出因果关联，不过也许只有我看不到吧。”

“我是个淫妇！”维尔瓦轻声哀叹道。

“啊，别这样。少妇还差不多。”

---

1 1969年，纽约大都会队第八次作为美国职业棒球大联盟球队参赛，最后赢得了世界联赛。“你要相信”是大都会队的投手塔格·麦格罗在1973年赛季里喊出的口号，并非1969年赛季时全队的口号。

但遇到这种情况，谁会禁得住不想听一两个细节呢？比方说，艾斯在翠贝卡有一套温馨的单身公寓，浴室的建筑面积足足有一个专业篮球场那么大，各种品牌、大小和吸水性的卫生棉条应有尽有，洗发水和护发素瓶子上的商标你连一个字也不认识，因为它们是从遥远的地方进口来的，美发器材里既有扁平发夹，也包括一个巨型的老式美容院吹风机，你用的时候不仅要坐在下面，而且显然要爬到里面才行，避孕套的选择也是多到让杜安里德药妆店的结账台看上去像加油站男厕里的售卖机。

“问题是，”维尔瓦擤了擤鼻涕后说，“跟他做爱总是很刺激。”

“他是个很敏感很体贴的爱人。”

“操！才不是呢，他就是个狗杂种。你试过肛交没有？”

玛克欣真的想听她说这些吗？

德尔曼卖鞋子吗？

“有道理。”她以鼓励的口吻说，“我猜这是他的拿手好戏？”

34

万圣节到了。多年来，这个节日在14街以南已经成了一项重大的城市庆典，被电视报道的游行活动可以媲美感恩节时的梅西百货。在雅皮士上西区，节日活动则更趋近街区派对的规模，69街用警戒线封锁起来，采光井改装成鬼屋，街头有各项娱乐活动，还有小吃摊，人群一年比一年拥挤。玛克欣通常就带儿子们上那儿要糖吃不然就捣蛋，一直北上至79街才完事，有时候要到86街，去不同公寓楼的大厅里欢腾。但是今年有谣言称，由于"9・11"发生后[1]人们处于恐慌的情绪中，有一些街面活动也许被缩减乃至取消了，尽管市长不停地在当地的电视台上露脸，他的面容看上去就跟他出现在季节性快闪店的橡胶面具一样古怪，他讲话的口气一如既往地坚定，建议纽约人勇敢地直面恐怖袭击，跟往年一样欢度万圣节。

"贾格迪普他们家要办万圣节派对呢。"齐格突然想起来。明眼人都看得出，他是故意装出来的。

玛克欣记得，齐格有个同班同学四岁就在写代码了，他碰巧住在德塞雷特。"太合适不过了，那整幢楼就是一个鬼屋。"

"德塞雷特有什么问题吗，妈妈？"欧蒂斯的眼睛睁得大大的，分

1 此处的原文是post-9/11。

明跟他哥串通好了。

“到处都有问题。”玛克欣回答说。

“就算那样也还是要去。”齐格平静地说。

“你们俩会规规矩矩地待在大楼里要糖果吃不然就捣蛋吗?”

“没有必要去其他地方，那儿的万圣节可是个传奇。每一户公寓都装点成不同的恐怖主题。”

“呃……这跟贾格迪普的姐姐没什么关系吧。她比你们大几岁，呃……”

“有咪咪了，”欧蒂斯插嘴道，然后不得不躲避哥哥冷不防挥来的一拳，“反正你是见不着她的，齐格，她肯定会出去玩儿。”欧蒂斯拔腿就跑，齐格追了过去，“去村里[1]，她只跟纽大的人约会——”

霍斯特一本正经的面容因为得意的傻笑而变得柔和了些，“今晚会上演一组比赛，公爵[2]要开始，可能是对抗柯特·席林，我们可以待在家里看比赛……”

“给我买些花生和玉米花可好[3]?”

欧蒂斯打定主意要扮成贝吉塔，他今晚用啫喱膏把头发夸张地向上固定成尖钉状，穿上从某个古怪的亚洲网站淘来的银蓝色服装，几乎在他点击“添加到购物车”前就完成了订单并发出了包裹。齐格要扮成帝国大厦，在齐脖高的地方拴一个黑猩猩毛绒玩具。维尔瓦和贾斯丁答应去当护花使者，会跟他们在德塞雷特碰头。

艾瑞克和德里丝科尔赶去格林尼治村参加游行，两人分别装扮成了与非门(“什么我都回答是”)和电影《最终幻想》里的阿基·罗斯，“人人梦寐以求的发型，六万缕，每一缕都自带动画特效，需要非常大的带宽，虽然这个假发，”德里丝科尔甩了甩头，临时演示下，“得归

1 应该是指格林尼治村。

2 公爵是纽约洋基队投手奥兰多·赫南德兹的绰号。

3 这是歌曲《带我去看棒球赛》里的一句歌词，“玉米花”(Cracker Jack)是玉米花混合花生裹上糖衣后具有浓厚糖蜜风味的一种零食，目前是美国百事食品公司旗下的产品与商标。

到‘疯狂的搭卖品’名下。”

“不再扮瑞秋了，嗯？”

“那是过去的事了。”

海蒂很快过来串下门，她身穿一件热带薄型布做的米黄色连衣裙，套上了短而凌乱的浅黑色假发，戴着特大号金丝边框的眼镜，脖子上还挂了一个奇奇怪怪的、没准儿是荧光的塑料花环。“你看着有些眼熟，”玛克欣招呼她道，“你是扮成……？”

“玛格丽特·米德。”海蒂回答说，“今晚我要纵身跃进都市的远古文化里，宝贝，那儿什么都有，我要完全沉浸到里面去。瞧瞧我从坚尼街淘来了什么。”

“摊开你的手看看呢，我看不见，是什么？”

“数码摄像机，通常这些东西只有在日本才买得到。电池能续航好几个小时，而且我还带了备用电池，这样我整个晚上都能录像。”

“你似乎迫不及待了啊。”

“谁能把持得住啊，那可是史上最激动人心的时刻，全浓缩在一年中的一个夜晚，要是我不知道把镜头对准哪里该怎么办？要是我错过了真正重要的东西怎么办？”

“仔细听我说，”她们小时候常常这么做，“你不会歇斯底里的，冷静点，这才是棒棒的公主。”

“噢，玛克箱夫人，真是太感激你了，你是如此地踏实能干……”

“是的，我刚刚去了自动提款机，所以要保释金的话也来找我，要是用得上的话。”

随着夜幕降临，玛克欣和霍斯特拿出家里最大的废纸篓，在里面装满不同品牌的大号糖果，包括瑞典小鱼甜胶糖、佩德糖果条，还有哥登堡花生糖，然后放在门外的过道里，在门把手上挂一个“**请勿打扰**”的指示牌，接着便回到了卧室里，随万圣节爱怎么闹腾就怎么闹腾吧。在外面的上西区大街上，万圣节会演变成具有异域风情的格林尼治村的一条伪足，而在一年的其他时间里它不得不安心当类似于上城的迪比克[1]。

屋里的夜晚可谓是洋溢着节日的气氛，一个钟头里的大部分时间，玛克欣骑在霍斯特上面，当然这不关任何人什么事，她高潮了好几次，最后还激烈地与霍斯特一同达到了高潮。之后没过多久，由于调到静音功能的电视机里传来的某个超感信号，他们从纵欲过后的恍惚中及时回过神来，亲眼见证了德瑞克·基特在关键时刻的第十局本垒打和洋基队又一次标志性的胜利。“帅呆了！”霍斯特开始既兴奋又难以置信地大声尖叫，“传记片频道如果在放基努·里维斯的电影那就更棒了！”

“呃，哼。你不是痛恨纽约的一切嘛。”玛克欣提醒他。

“噢。好吧，我曾经开车穿过亚利桑那州，虽然我对亚利桑那没什么偏见，但是我确实押了些钱赌洋基队赢，本能判断，真的……”眼见着他即将开始东拉西扯……

“真的？”也许不是，霍斯特，“听着，明天学校要上学的吧？我想我要赶紧去街上看看大家玩得怎么样。”

“好吧我的宝贝，外面好不热闹，有句猪圈边的老话，说时光虽短，美好永存，[2]那么我就只拣些精彩的片段看看啦。”

她晓得，这话从霍斯特的嘴里说出来，就等于是爱的宣言了。不过，此时有某样东西正把她的全部注意力吸引到屋外去，到德塞雷特的身上，那儿很有可能在办一场别开生面的恐怖集会，什么样的人都有。

一轮满月依然略微斜向一侧，尚未爬至它的顶点。她少女时代的劲敌——看门人帕特里克·麦克蒂尔南在门口值勤，他身穿一套深蓝色的制服，上面印着金色的德塞雷特字样，每个袖管上缝有金色V形臂章，还有金色镶边肩章，一条金色饰带垂落在右肩上。他自己的名字印在左手边的胸袋上方，也是金色的。说不定这是为万圣节特制的服装。要不然就是这么多年过去了，帕特里克也该积攒到足够的年资，

---

1 迪比克是艾奥瓦州的一个城市，是重要的旅游胜地。该市同时也是五所高等院校所在地。

2 小说这里在单词“short”（短暂）与“shoat”（猪仔）上玩了个文字游戏，这两个单词发音相近。

配得上制服上面这多出来的斜条，还有属于尊贵老绅士的文雅品质。他自然没有认出玛克欣来，无论是多年前的记忆，还是游泳池不知名的顾客，只是见她不是喝醉酒的小年轻，便挥了挥手让她进去。

辛格一家住在十楼，电梯不是过于忙碌，就是由于过载而出了故障。玛克欣听过身体健康好处多多的说法，所以并不介意走楼梯。这座阴沉的老地标性建筑今晚确实一派热闹。楼梯间和走道里挤满了形形色色一品脱大小的自由女神像、山姆大叔、火人、身穿迷彩服的警察和美国兵，甭提还有史瑞克、建筑师巴布、海绵宝宝、派大星、松鼠珊迪、艾米达拉女王，以及哈利·波特里戴着魁地奇护目镜、身穿格兰芬多长袍和头戴女巫帽的人物了。所有的公寓大门都直直地敞着，你能听见里面传出来一系列的音乐，包括史提利·丹的《不戴土耳其圆毡帽就不做》。承租户跟往年一样，不遗余力地挥霍数千美元来布置鬼屋的效果：黑光、烟雾发生器、舞台音响、电动僵尸，还有在不上档次的地方演出而大掉身价的现场演员，从迪恩&德鲁卡和札巴买来做招待用的各色礼物，礼品袋里塞满了高档数码玩意、爱马仕围巾和飞去像塔希提和格施塔德这些地方的免费机票。

在楼上的辛格家，普拉布诺尔和阿姆莉塔用橡胶面具及其他类似的道具，扮成了比尔·克林顿和莫妮卡·莱温斯基。普拉布诺尔正在派发雪茄。阿姆莉塔自然是一袭蓝色裙装，手里拿着一个没有声音的卡拉OK话筒，在甜甜地唱《我活出了自己》。他们看样子绝对是好相处的人。大家都喝醉了，主要喝的是伏特加，这从吧台周围和后面堆积的空瓶可以看出，但穿成战斗机器人的酒席侍应生们还在端着香槟托盘走来走去，托盘里面还有夹牛肉卷的烤面包和龙虾三明治。维尔瓦似乎扮的是皮卡丘豆豆娃，她走到玛克欣身边热情地说，“你的服装真是太棒了！你看上去俨然是一位成熟懂事的女士啊！”

“孩子们玩得怎么样了？”

“玩得很尽兴，我们也许得从U-Haul租辆车来。贾斯丁跟他们在一起，正挨家挨户地逛呢。牛掰的万圣节，是吧？”

“是啊，真搞不懂我为什么这么有阶级敌意。”

“你说的是这里吗？能跟两三年前的硅巷相提并论？普通新创企业办的聚会？这顶多算个脚注，亲爱的，评注而已。”

“你在纽约待太久了，维尔瓦，你说话开始像我爸爸了。”

“贾斯丁带移动电话了，你想要我打电话给——”

“这里可是德塞雷特，不在地球上，说不定漫游费贵得这儿没人能付得起，我就随便逛一逛，谢谢。”

从辛格家出来后，她来到大楼里，她从来没觉得这幢大楼有一丝讨喜，相反它早就该驱驱邪了。走廊宽如街道，一百年前小马拉的送货车由液压电梯摇动曲柄送上来，直接把一罐罐牛奶、大量鲜花、一箱箱香槟酒送到房客的门口。今晚玛克欣发现，立在走廊两旁的是水晶湖营区、木乃伊坟墓、弗兰肯斯坦装饰艺术实验室的精致模型，统统是黑白两色。房客们的待客之道真可谓是积极主动。没过多久，她没费扬眉的劲儿就背了几个装满了万圣节战利品的包裹，这些包裹沉到光凭一个孩子是拎不动的。

随着夜色渐深，随便逛进门来的人群的中值年龄也增加了，这些人更喜欢化眼妆，戴发光饰品，穿渔网袜，沾点假血。总是免不了有人要假扮成奥萨马·本·拉登，事实上现场有两位本·拉登，玛克欣一眼便认出来那是米沙和格里沙扮的。

“我们本来打算扮世贸中心的，”米沙解释道，“但想来本·拉登会更有冒犯性。”

“那么你们俩怎么不去村里的什么地方呢，那里有电视采访。”

他们交换了一个“我们能相信她吗”的眼神。

“有原因的，”她猜到，“而且是个人原因不是其他原因。”

“今天可是该死的万圣节，对吧？”格里沙说。

“来凭吊。”米沙解释说。

凭吊谁？这儿是德塞雷特，还会有谁呢，当然是莱斯特·特雷普斯了，今夜真正的万圣节鬼魂，死在弹道刀片下、仍有夙愿未了的蠢驴莱斯特，他注定要在那些百年走廊里游荡，直到业债偿清，或是永远在那儿游荡，就看哪一个先来了。莱斯特生前是硅巷人，地地道道的硅巷人，而在硅巷，故事从来不是那么简短，甜美就更别指望了。那个美梦近来消逝的社区不仅是媒体的关注焦点，还是纽约大街小巷的"其实最好避开它"传统里的最新事发现场，那儿的暗影里全是精神不正常的说话声，砖石结构里传来回音，城市发出孤寂的呐喊，刺耳的噪声不比风中年代悠久的垃圾筒更纯真。

"你们两人跟莱斯特是朋友吗？做过生意？"还是说要换一种说法，有过什么样的尘缘？……除非那才是关键，他们之间的因缘并不在尘世。今天可是该死的万圣节。

"莱斯特跟我们同是帕东基，"米沙微微涨红了脸，仿佛因为这话听起来站不住脚而觉得难为情，"他是各地恶棍黑客的朋友。"

"包括，"她突然有了个念头，"苏联。也许这还跟某个秘密警察组织有关？"

米沙和格里沙开始咯咯咯地笑，互相看着对方的脸，看看谁会先扇对方一个巴掌，把对方扇清醒，好让他尊敬逝者。监狱里的惯例。

"你们俩，"玛克欣小心地试探下，"真上过莫斯科那所国立黑客学校，是吧？"

"青创赛[1]学校！"米沙大喊道，"那些家伙，不是，嗯嗯！"

"我们不是！我们只是电脑菜鸟[2]！"

"从博布鲁伊斯克来！"米沙用力地点点头。

"连在键盘面前应该怎么坐都不知道！"

"不是我想窥探你们的隐私，只是莱斯特没准儿跟盖布里埃尔·艾斯有过节，你们肯定知道，艾斯这人基本上就等同于美国安全部门。所以俄罗斯情报部门自然会对他的一举一动感兴趣。"

"这幢大楼都是他的。"格里沙像是说漏了嘴，他的同伴朝他使了

1 指北高加索联邦大学的青少年科学创新竞赛参与者组成的俱乐部。
2 原文是俄语。

使眼色，“要是他今晚在这儿，说不定我们能碰见他，他或者他的手下。兴许他们不会乐意见到两个一模一样的奥萨马。谁知道呢？有可能来一场《格斗之王》。”

提醒自己的便条：记得旁敲侧击下伊戈尔，他肯定知道这他妈都是怎么回事。匆匆地在一张虚拟便利贴上潦草地记下，贴在不怎么光顾的脑叶上，虽然不一会儿它便会掉落，但至少会稍微起到些唠叨的效用。

一群打扮招摇的法国女佣、街头妓女和小母夜叉抖抖索索地从楼梯爬上来，她们每一个人连上初中的年纪都不到。“瞧！我怎么跟你说的？”

“噢，我的老天？”

“哟，鸡皮疙瘩掉一地？”

米沙和格里沙乐得眉开眼笑，把手搁在心脏处，微微鞠了下躬。“Tha tso kalan yee[1]？”

“Tha jumat ta zey[2]？”

米沙和格里沙把年轻姑娘们送到盘旋楼梯上，所有的姑娘都很兴奋，沿着楼梯向下走回去，两人热情地在她们身后呼喊，“Wa alaikum u ssalam[3]！”

“你们说的是希伯来语？”玛克欣问。

“普什图语。祝她们安好，还有你们几岁了，你们定期去清真寺吗。”

“我儿子来了。”

齐格的帝国大厦造型被人用喷雾剂喷涂了各种涂鸦文字，还有人偷偷地在金刚的头上塞了个红袜队[4]球帽的迷你纪念品。欧蒂斯的头发依然傲娇地竖立着，绅士如他，他正把菲奥娜的包连同自己的一起背着。

---

1 普什图语，意为“你们多大岁数”。
2 普什图语，意为“今天你做过祷告了吗”。
3 普什图语，意为“祝你们安好”。
4 波士顿红袜队是一支职业棒球队，隶属于美国职棒大联盟的美国联盟东区。

“菲奥娜，这衣服不错，教教我，你这是扮成了——”

“小霞。”

“《神奇宝贝》里的女孩。这位是——”

菲奥娜的朋友因巴扮成了小霞那位经常心情忧郁的伙伴可达鸭。

“我们抛硬币决定的。”菲奥娜说。

“小霞是体操领队，”因巴解释说，“不过她没什么耐心。可达鸭有特异功能，可是总心情不好。”她和菲奥娜像S. Z. 萨考尔[1]那样抓住脑袋的两侧，异口同声地说着标志性的“呱，呱，呱”。玛克欣突然想到，可达鸭虽然是日本人创造的，却有可能是犹太裔。

“晚上好，需要技术支持吗，我可以怎么虐待你呢？”贾斯丁今晚化装成了呆伯特那条迷上特异功能的狗——狗伯特[2]，他戴着深蓝色的墨镜而不是透明的镜片。玛克欣介绍双方认识。

“你就是那位贾斯丁·麦克尔默？”玛克欣第一次听见这两个傻冒用定冠词。

“不知道，有可能还有其他同名同姓的人吧。”

“创造深渊射手的那位。”格里沙进一步解释。

“就是两个游戏机迷。”玛克欣喃喃道。

“你们去过那里？什么时候开始的？”贾斯丁与其说警觉起来，不如说很是好奇。

“差不多是从‘9·11’那会儿起？在那之前很难侵入进去，突然在攻击的那天变得很容易，之后又进不去了。”

“但你们还是会进去。”

“控制不住啊！”

“简直顶呱呱[3]，”格里沙开始得意起来，“总是有新鲜的故事，新

---

1 S. Z. 萨考尔是匈牙利电影演员，他曾于1940年成功地逃离犹太大屠杀，从匈牙利来到美国。他在电影《卡萨布兰卡》中出演一位服务员。

2 漫画《呆伯特》里，狗伯特曾经做过技术支持的工作。

3 原文是俄语。

鲜的图像，每次都不一样。”

“一切都在不停地演变，”米沙说，“说给我们听听，贾斯丁。你是特意设计成那样的吗？”

“演变？”贾斯丁看上去一脸惊讶，“不是，它本来应该只有一种模样，像是永恒不变的模样？一个避难所。不受历史的干扰，我和卢卡斯原本是这么期望的。现在你们也看到了，怎么样？”

“就是些寻常的破事[1]，”格里沙说，“政治、市场、探险、掐架闹事。”

“你们要明白，它不是给游戏玩家设计的情境。在那儿我们不能是游戏玩家，我们必须是旅行者。”

谈到这儿，双方觉得是时候交换名片了。

就在继续搞下一出恶作剧前，两个职业杀手把玛克欣拉到一旁。“深渊射手——你也知道的吧。你去过。”

“唔，”眼见不会有什么损失，“要知道，它只是像代码那样的东西？”

“不对！玛克欣，不对！”两人要不是傻乎乎地信以为真，就是精神失常后胡言乱语，“它是真实的地方！”

“它是个收容所，不管你是穷得叮当响，还是无家可回，哪怕是最低等的阶下囚，贱犯[2]，被判了死刑。”

“死人。”

“深渊射手总是会接纳你，保你安全。”

“莱斯特，”格里沙低声说道，眼睛瞟向楼上游泳池的方向，“莱斯特的魂魄。你明白吧？屋顶上的毒刺，就是那个。”他用头示意了下外面的万圣节夜晚，向着遥远的市中心，向世贸中心曾经矗立的地方，越过视线以外多达好几十万的乔装改扮的人们，他们在灯火辉煌和昏暗的大街上参加节日庆典活动，再来到曼哈顿岛下部边缘那个冠以冷

---

1 原文是俄语。
2 原文是俄语。

战名字的浓烟滚滚的大窟窿。

玛克欣点了点头，假装看到了她其实看不见的东西。“谢谢你们，悠着点儿，哥们。”她接上齐格和欧蒂斯，两个孩子已经在狼吞虎咽地吃特舒亚松露巧克力，仿佛那是好时臻吻。他们走出德塞雷特那扇门禁森严的正门，朝家的方向走去。

“祝你们度过一个难忘的夜晚。”帕特里克·麦克蒂尔南喊道。

是啊，那些俏皮的鬼话都跑去哪儿了，她本来可以用上一两句的。

霍斯特还没有睡，此刻正全神贯注地在看安东尼·霍普金斯演的《米凯亚·巴瑞辛尼科夫的一生》[1]，满满一勺子“都市杂烩”[2]的冰激凌停在离他的嘴一英尺处一动不动，正滴到他的鞋子上。

“爸，爸！快塞到嘴里！”

“你们来看看，”霍斯特眨了眨眼，“老汉尼拔居然在暴风雨里跳舞。”

自从参加了万圣节那趟人类学探险后，海蒂回来时像是完全变了个人。“不同年龄的孩子们上演了无所不包的流行文化时分。所有的东西套缩在唯一的现在时态里，同时平行地存在。模仿与演绎。”说了一会儿后，她可能有点儿语无伦次了。她没有见到完美的复制品，甚至是说“噢，我就扮成我自己”的那些人也不是他们自己的正宗复制品。

“太令人沮丧了。我原以为动漫展很独特，可这才是真相啊。那儿的一切只需要鼠标点击一下就会出现，模仿再也不可能了。万圣节就此结束。我从来不觉得人们会学聪明。我们所有人会怎么样呢？”

“因为你喜欢责怪别人……”

“噢，我责怪该死的互联网，毫无疑问。”

---

1 作者虚构的一部电影。

2 本＆杰里冰激凌的一种口味，只在2000—2001年间有售。

她并不期待给伊戈尔拨一通电话。不管他和盖布里埃尔·艾斯之间是谁欠谁的，她之前都刻意不去管，直到米沙和格里沙从白日极限的另一头轻轻推了推（她是宁愿躲在里头不出来的），才使得这事是不管不行了。另外，这两个愉快的职业杀手出于不为人知的理由，现在看样子已经在悄悄跟踪hashslingrz了，也许她应当查明白到底是什么原因，虽然她并不期待会探得多少详情。

伊戈尔很热情，太热情了，从他的举动看仿佛他一直在等这一通电话。

“听着，伊戈尔，并不是有人付我钱，请我查清楚是谁干掉莱斯特的。”

“你知道是谁干的，我也知道。警察不会行动的。它事关……”他是想让她来说吗？

“正义。”

“物归原主。”

“他人都死了，归还什么？”

“你会大吃一惊的。”

“我肯定会的，尤其是如果它涉及KGB，而你和你的团伙又是KGB的嵌入资源的话。”

伊戈尔一声不吭，她得把他的沉默归在“他被逗乐”那一栏里。“他们不再管它叫KGB了，他们说FSB，他们还说SVU。[1]从普京开始，KGB的意思是在政府里工作的老不死的。”

“这个随便吧。艾斯一门心思给反圣战人士提供资金。俄罗斯有自己的伊斯兰问题，想象这两个国家一起合作是不是太疯狂了？当莱斯特开始不经允许偷拿不该拿的钱时他们就不高兴了？”

“玛克欣，不是这样的。不仅仅关于钱。”

---

1 KGB指克格勃，FSB是俄罗斯联邦安全局的缩写，SVU其实拼写错误。克格勃在1991年重组时，曾分割为两个部门，一个是负责国内安全的俄联邦安全局，另一个是SVR，即俄对外情报局。

“抱歉，那还有什么？”

他多停顿了零点几个节拍。“莱斯特看到太多了。”

她试着回想她上次和莱斯特聊天时的情景，那是在永恒的九月。肯定有一句话她没有在意，类似一时口误说错的话。“如果他知道自己看到的是什么，难道他就不会告诉其他人吗？”

“他想说的，就在他们干掉他前的那个晚上，他打过我的移动电话。我没接到，他在语音信箱里留了很长的信息。”

“他有你的电话号码。”

“人人都有我的号码，做生意不得不付出代价。”

“信息里说什么？”

“全是胡言乱语，他说黑色的凯雷德沿着长岛高速追他，打电话恐吓他老婆，威胁孩子们。我，还有我的手下，他以为我们或许有点人脉，能帮他从中调解。”

“比如从……？”

“要是他能忘了他看到了什么，他们就不杀他。祝他好运。”

“他看到的是……？”

“那时他已经疯了，他们把他逼疯了，根本不需要杀他的。还有一样东西必须物归原主。你想要尘世的因果报应，但很抱歉，这儿的事都不记到因果簿上。莱斯特说过，‘我剩下的唯一选择是深渊射手。’我以前从帕东基那里听说过深渊射手网站，所以我差不多知道它是什么意思，不过他说的我听不懂。”

是避难所。而当时，她像母狗一样正被谋杀他的一个凶手操。

纽约马拉松开跑的那一天，距离暴行发生已有七周，那天的恐怖场景依然历历在目，于是在所谓的爱国氛围中，成千上万的跑者出来纪念“9·11”及其遇难者，藐视悲剧会重演的任何可能性。现场的安保超级严格，韦拉札诺海峡大桥被人紧密把守，所有的港口交通全部停运，头顶上方的天空中除了兢兢业业执行监控任务的直升机外别无他物……

晌午前后，玛克欣在赶往附近一所中学的每周跳蚤市场的途中发现，一开始是一个接一个，后来是成群的雅皮士披着麦拉[1]披风——这个超级明星行业突然间开始粗制滥造了——开始从公园那儿慢慢地拥过来。等到了77街与哥伦布大道的街角时，已经壮大成人群集会的场面。大家在高声欢呼、尖叫、拥抱，旗帜四处飘扬。

跟一排其他跑者一同精疲力竭地坐在人行道上靠墙休息的，貌似是温达斯特。他们还在从赛事中舒缓过来，身上亮闪闪的官方披风表明他们刚刚跑完了赛程。

两人自从那夜在西区近郊共度春宵后，还是头一回见面。"不要告诉别人你见过我。"他仍然有一点上气不接下气，"这是罪恶，尤其是'9·11'发生还没多久，周围已经有太多的亡人，为什么还要大费周章地允许更多的人离开？可是，"他有气无力地朝四周挥了挥手，"我们都来了这儿。"除非他是从街上某个人手里买来的纪念品披风，这样一来玛克欣又要中他的圈套了。

"对我来说太深奥了。"

他挑逗地得意一笑。"是的，我记得。"

"话说回来，有时候多个一厘米就太多了。没关系，你因为跑了步，化学物质在释放。你还能站起来吗？我请你喝杯咖啡。"当然了，玛克欣，为什么不呢，要不再请吃个芝士丹麦酥呗？她疯了吗，这是她最不应该做的事啊。不过，坐在黑暗里一言不发的犹太妈妈，突然选择这个时候跳起来，打开从斯库利精品店[2]买回来的精致台灯，出其不意地误导玛克欣再一次可耻地表露出埃普斯-埃森[3]的寂寞。有那么

1 麦拉是生产坚韧聚酯类高分子物的著名品牌，为杜邦公司所有。
2 斯库利精品店是曼哈顿的一家高端礼品店，始创于1934年。
3 埃普斯-埃森是新泽西一家犹太餐馆，在意第绪语里的意思是"我请你吃东西"。

一瞬间，她希望温达斯特太累了不能去。不过，健康的体格还是占了上风，他站起身来，还没等到她想出一个借口来，两人就坐在了哥伦布大道上一辆复古的快餐车里，这辆车可以追溯到80年代，当时这个街区很热闹，现在吸引来的更多的是想欣赏亚文化历史的游客。今天，这儿挤满了来重新补充咖啡因的马拉松选手。然而，没有人在大声说话，所以两人能真正说会儿话的概率反正只有五五开，换换口味也好。

她暗暗在心里想，温达斯特能有资格做哪门子前任？前任重要约会对象，前任出轨对象，前任炮友，也许说身份不明的前任更合适？事到如今，她应该已经能像模像样地假装什么事也没有发生过了，但是，这里这个耀眼媚俗的文件夹图标“未了的孽缘”正朝着她不停地闪啊闪。

外面的人群一路推搡着从窗前走过，人们大声地祝贺，爽朗地大笑，捂着脸，挥舞着披风。在胜利的主屏幕上，温达斯特是一个心怀不满的孤独像素。“我想他们可让那些瘪三见识了，是吧。瞧瞧他们，一群没心没肺的，谁能猜到他们身上发生过‘9·11’呢。”

“嘿，为什么他们就不该这样呢，他们是拜你们所赐，我们所有人都是，你们把我们宝贵的悲伤拿走然后加工一下，再像其他产品那样回卖给我们。能问你些事吗？那件事发生时，天翻地覆的那一天，你在哪里？”

“在我的小房间里，读塔西佗。”战士—学者的日常，“谁能说因为尼禄没有放火烧罗马所以他就能把它怪罪在基督徒头上。”

“听起来莫名地耳熟啊。”

“你们这些人想要相信，这一切都是一项伪旗行动的犯罪，某个看不见的超级阵容伪造了情报，捏造了阿拉伯文的流言，控制了空中交通、军事通信、民用新闻媒体——所有事协调得一点儿差错或故障都没有出，整出悲剧布置得看起来像一起恐怖袭击。拜托，难为你是一介草民，我聪明的小心肝儿。你猜怎么着，这个行业里没有人这么牛掰。”

“你是说我再也不需要因为这个而情绪激动了？好吧，真教人一身轻松啊。另一边呢，你们这些人得到了你们想要的，你们的反恐战争，永无止境的战争，永远不用担心丢了饭碗。”

“对有些人来说大概没错，可我不是。”

“不再需要流氓打手了？呃噢。”

他望着下面，望着自己的腹肌、阴茎和鞋子，那是一双美津浓波浪系列的经典跑鞋，配色十分辣眼，从磨损的情况看，岁月并没有怎么善待它。“我基本上离退休不远了。”

“你们这些人还有洗手不干的机会？别开玩笑了。”

“这个……考虑到退休后的情况，我们确实会尽量做些私人安排。”

“把你的零花钱存起来，去佛罗里达礁岛群，买一艘小艇，小艇的冰箱塞满了多瑟瑰之类的酒……”

“我希望我能说得更具体些。”

从今年夏天马文送来的闪存盘里的档案来看，温达斯特的卷宗里填满了各种私有化的国家资产，遍布整个第三世界。她想象着，在人迹未至的后殖民区，有块幸运的方寸之地，一块“安全”的地方，不管“安全”意味着什么，它不在监控的矩阵内，不知何故也不受美国操控的政权更迭、带AK手枪的年轻人、森林滥伐、风暴、饥荒，还有其他晚期资本主义的大范围侵害的影响……当岁月的车轮向前滚动时，有一个他能信赖的人，某个终极汤头[1]，帮他照看领地……在温达斯特众说纷纭的人生故事里，像那样的忠臣志士还有可能存在吗？

在此之前她就应该看出来的，他今天的眼神黯淡无光得让人起疑，透露着超越世俗疲累的失落。“退休”是一种委婉的说法，不知为何，她觉得他来这儿并不是参加什么中年人有氧健身项目。这越来越感觉像是他在继续赶路前匆匆浏览一遍收尾事项的清单。

那样的话，玛克欣反正是受够了约会那一夜的轻率与放纵，她能

---

1 汤头是《游侠传奇》里的一个人物。《游侠传奇》的主人公是一名戴着面具的游侠，他原本是得州骑警，在追捕一伙不法之徒时险些送命，在印第安人汤头的治疗和照顾下逐渐康复，从此后戴上面具、骑着白马与汤头一起在西部旷野惩恶扬善。

感觉到有一股冰凉的穿堂风穿过白昼纹理上某处裂开的缝隙吹来，这儿没有什么回报值得她进一步投资。“来看看，你吃了多少，三杯吉佳奇诺[1]？然后还有百吉圈……”

“三个百吉圈，还有丹佛豪华煎蛋卷，你吃了原味烤……”

在外面的人行道上，两人都想不出能让他们体面分手的客套话。又过了半分钟的沉默，他们最终点了点头，转身朝不同的方向走去。

在回家的路上，她从附近一家消防所的门前经过。他们在里面修理一辆卡车。玛克欣认出来，其中一个人她经常见他在费尔威买大量的食物。他们笑了笑，挥挥手。机灵的年轻人。要是换成不同的场合……

跟往常一样，不同的场合并不多见。她从人行道上的每日花束间穿过，这些花束一会儿就会被人清理走。这家消防所在“9·11”那天丧生的消防员的名单被保管在更隐秘的地方，不在公众的视线里，要是有人想看，他们可以问人要。有时候不把这样的内容放在公告栏里才更显得尊重。

假如不是为了工资，不是为了荣誉，何况有些时候你不能活着回来，那么是为了什么呢？是什么让这些人选择了这份工作，二十四小时轮班，然后不停地干活，不停地把自己投身于那些岌岌可危的废墟堆里，举着火把在钢筋中找，把民众救到安全的地方，寻回其他人的残肢破体，最后自己病倒了，从噩梦中惊醒，受不到别人的尊重，去世了？

无论是什么，温达斯特会认得出来吗？他已离开干体力活的现场多远了？他寻找过什么样的庇护所吗？要是有的话，得到了什么样的？

随着感恩节临近，管他是恐怖暴行还是什么呢，街坊邻里又回到了它寻常那教人难以忍受的模样，并在感恩节的前夕达到了顶峰。人

---

1 一种饮料，成分是浓缩咖啡、巧克力和榛果口味的糖浆等。

们来城里观摩梅西百货游行的“放飞气球”活动，把街上和人行道上挤得水泄不通。到处都有警察在执勤，安保非常严格。每一家餐馆的门前都排起了长龙。在有些餐馆里，往常你能走进去点一个外带比萨，等待的时间不比烤比萨的时间长，而现在至少得多花一个小时。人行道上的每一个路人都是一辆行走的梅赛德斯，沉溺于特权享受——他们碰撞、怒吼、你推我挤地往前走，甚至连一句“抱歉借过一下”都没有，哪怕它从一开始就是句空话。

今天晚上，玛克欣发现自己正置身于这场纽约城典型行为的盛会中。她犯了个错误，不该主动提出来如果伊莲恩愿意煮火鸡的话她就自掏腰包去买一只，更糟糕的是她不该提前在克拉米拉奇预订，那是靠近72街的一家精致食材店。她到达那儿后才发现，餐馆里比高峰时段的地铁还要拥挤，挤满了前来采购感恩节晚宴食材的心急如焚的市民，买火鸡的队伍不知是折了八折还是十折，并且移动的速度非常非常慢。人们已经在相互嚷嚷了，素养跟货架上的食材一样出现了供应吃紧。

有一个插队惯犯正在买火鸡的队伍里朝前移动。他是一个大块头的白人老大，要说有什么社交技能的话，也还没有出炉。他把大伙儿一个个地唬住，给他让出道来。

“借过一下？”他一把推开队伍里排在玛克欣后头的老太太想要挤到前面去。

“这里有人插队。”老太太叫道，一边儿把肩包从肩上取下来准备打他。

“你肯定是从城外来的，”玛克欣跟犯事的人说，“在纽约城里，明白吧，像你这么干，那可是重罪。”

“我赶时间，臭娘们，所以你让开，要不然你想去外面解决？”

“噢，你辛辛苦苦地插了这么多队愿意前功尽弃？告诉你吧，你去外面等着我，行吧？我马上就来，我保证。”

他勃然大怒，“我有一大家子的孩子要养，”但是没等他把话说完，卸货区那儿就传来一声大叫，“看好了你这个笨蛋！”接着，像炮弹一样越过人群的头顶飞来一只冰冻的火鸡，正好一记打在那个讨人厌的雅皮士头上，把他打趴在地，然后又从他的头上弹跳到玛克欣的手里。玛克欣站在那儿惊呆地望着它，犹如贝蒂·戴维斯吃惊地盯着某个没想到要跟她一同出镜的宝宝。玛克欣把火鸡递给身后的老太太。“我想这是你的吧。”

“什么！他碰过的我才不要呢。不过还是谢谢你。”

“那给我吧。”排在她后头的那个人说。

当队伍缓缓朝前移动时，大家都确保在那个倒地的插队者身上踩一脚，而不是凌空跨过去。

“看到城市又回归常态了真是欣慰啊，是吧。”说话声音很耳熟。

“罗基，你来这一带有何贵干啊？”

“是科妮莉亚让我来的，要是没有她从小到大的这一款填充混合料，她是过不了感恩节的，迪恩&德鲁卡的都卖完了，克拉米拉奇是纽约城里仅剩的另一家。”

玛克欣瞟了一眼他拎着的大塑料袋。“‘斯匡托的选择，WASP原汁原味的旧时烹饪秘方’。”

“用古时候的白面包。”

“‘古时候’……”

“神奇面包[1]在被切成片卖之前？”

“那得有七十年了，罗基，面包不会发霉吗？”

“跟水泥一样硬，他们得用手提钻把它钻开，所以它就格外地那什么。你在排队买什么，我还以为你是吃斯威夫特公司的奶油球[2]火鸡那

1 神奇面包是北美面包的一种品牌，最早是在1921年的美国销售，被誉为“切片面包出现前的最伟大的面包”。

2 奶油球是美国的一个火鸡及其他禽类产品的生产品牌，该品牌于20世纪40年代注册后，于60年代被卖给了斯威夫特公司（Swift & Co.），后者在1990年被康尼格拉食品公司收购。在2006年，康尼格拉公司又把奶油球品牌卖给了卡罗来纳火鸡公司，该公司现已更名为奶油球有限责任公司。

种人呢。”

“本来想着帮帮我妈妈的，跟以往一样错了，瞧这儿挤的，简直是宿业犯罪现场啊。你不觉得这会进去食物里吗？”

“全家人今年都聚在一块儿了吧，嗯？”

“你会在《邮报》上见到的。‘在留院观察的那些人中……’”

“嘿，你那个蒙特利尔的朋友？那个卖反杀手软件的叫费利克斯的家伙？我们要借给他一笔过桥资金，斯帕德·洛伊特曼有第六感，他说可以借。”

“这么说来你现在想聘请我，还是说等到费利克斯如鲍比·达林[1]所言‘越过大洋’后再说？”

“是啊，好吧，就算他在做不正当的买卖，那又怎么样，我以前也那么干过，我能体会，所以，我有什么资格去评判噪声界的迪恩·马丁呢？”

---

1 鲍比·达林是美国的一名歌手、作曲家兼演员，他有一首经典歌曲叫《越过大洋》。

35

后来的情况是，感恩节终究不算太糟糕，这大概跟“9·11”有点儿关系。餐桌边跟办逾越节家宴时一样，摆了一张空位，不是为先知以利亚，而是为那天里遭预言背弃的那一位或某一位陌生人。背景音乐既柔和又舒缓。厄尼和两个外孙坐在一年一度的《星际大战》长片面前看得入神，霍斯特和阿维在谈论体育，烹饪的香味弥漫在所有的房间里，伊莲恩在饭厅、配餐室和厨房间轻快地跑出跑进，俨然一个由栖于木器的精灵组成的单妇人兵团。玛克欣和布鲁克在傍晚前出其不意地达成了对峙状态，没有搬出致命武器。饭菜是时间旅行的一种方式，伊莲恩做的饭菜通常就是如此。火鸡虽是从克拉米拉奇餐馆买来的，好在味道还过得去。不管怎么说，糕点有幸避免了布鲁克最受不了的精致过度，里面甚至还包括一个欧蒂斯有一回不吝溢美之词时说的正常的南瓜派。厄尼免去了大家听演讲的烦扰，只是手握一杯苹果酒示意了下那张空椅子。“敬所有今天原本应该庆祝佳节却没有能够的人。”

他们准备离开时，阿维把玛克欣拉到一旁。“你的办公室——有没有像是后门入口之类的地方？”

“你想来但又怕别人看见。也许……我们去什么地方吃个早餐？”

“唔……”

“大庭广众下，好吧，你这么做吧，绕过转角有一个货运入口，通常是开着的，你进来院子里，向右拐弯，会看到一扇漆着红铅漆的门，货运电梯就在里面，我在三楼。来之前先打个电话。”

乔装改扮的阿维悄悄地来到了楼上办公室里，他的牛仔裤紧紧绷在身上，T恤上写着“诸位的基地全部由我们收下了[1]”，头上戴着一顶毛茸茸的白色坎戈尔袋鼠504，戴托娜一开始没反应过来，于是又多看了两眼，假装在调整她的眼镜。“我还以为是酷王山姆[2]来了这里呢，在我们中间走来走去。客户变得太时髦，我招架不住啊，玛克欣小姐！”

“你从来没见过我妹夫吧？”阿维摘下帽子，里面还有他的亚莫克便帽。两人谨慎地握了握手。

“那么我去冲一堆咖啡来，好吧。”

“来得正是时候，阿维，送丹麦酥的那个人一分钟前还在这儿呢。”

“一直想要问你呢，还在这儿附近的什么地方吗？我们回到这个城市后，发现72街上的皇家餐馆不在那儿了。”

“跟我说呗。我们得从23街把这些运来。请坐，来，喝点咖啡，谢谢你，戴托娜。”

“只能待一会儿，得去打卡上班。我是替人带口信来给你的。”

“我猜肯定是大人物艾斯本尊咯。你们谁也不会给我打个电话说吗？”

“呃，不只那个。有件奇怪的事我也想问问你。”

“如果你老板的口信是别再调查hashslingrz的审计跟踪了，那么就

1 “All your base are belong to us.” 这句话最早来自1989年日本世嘉公司发行的《零翼战机》游戏开头部分的序幕，说出这句话的是游戏里的邪恶组织CATS，本来是要彰显霸气的，结果因语法不通而变成了笑话。这句话后经由互联网的传播而广泛流传，成了网络俚语化浪潮的一个案例，也是恶搞文化冲击严肃的正统文化的典范。

2 指演员萨缪尔·L. 杰克逊，此人经常头戴一顶坎戈尔袋鼠帽。

当账查完了吧，那张罚单自从9月11号以后就被暂时搁置了。”

“我觉得他是想给你一份工作。”

“礼貌地婉拒。”

“就那样干脆？”

“每个人不一样，阿维，也许我曾经帮一两个恶棍做过事，但艾斯这类人，我希望你和他还没有成为好朋友，他我要怎么来形容呢。”

“他对你也是大加赞扬。”

“那么他会给我什么好差事呢——让卡车碾压吗？”

“他觉得有人在偷他的钱，不知道是谁，公司里有内鬼。”

“噢，少来了。然后他就需要一位前CFE来帮他找证据？告诉你一个大秘密吧，阿维，这些不知道是谁的人碰巧就是艾斯本人，还有那位说不定也卷在里头的夫人，你要是记得的话，就是公司的那个会计？很抱歉从我嘴里说出来，但艾斯接连好几个月，没准儿是好多年，一直在神不知鬼不觉地盗取自己公司的财物。”

“盖布里埃尔·艾斯在……挪用公款？”

“是啊，真够无耻的，他现在居然在抱怨员工吃里爬外？简直就是载入史册的诈骗老手啊，他想让某个请不起好律师的可怜笨蛋背这个锅。我的判断？就是一起经典的诈骗案，你的老板是个诈骗犯。花了十秒钟的计时付费，我会寄发票去的。”

“他在被人调查？他会被起诉吗？”他的话音如此哀怨，玛克欣最后伸过手去，拍了拍她妹夫的肩。

“没人打算上法庭，也许只是联邦政府有点儿好奇而已，不过艾斯在那里也有他自己的朋友，很有可能某个时候他们会私底下交易，不会发展到上法庭或闹到环城路以外那么严重的。你和我，我们这些纳税人，当然会因为这件事更加贫穷那么一丁点儿，但是谁会在乎我们呢。你的工作很安全，别担心。”

“我的工作。呃，那是另一码事。”

“噢，有人不开心了？”她用她喜欢在大街上对未必认识的大声嚷嚷的学步儿童说话的声音说道。

“不是，我也不是糊涂蛋或万事通[1]。如果这个城市是个精神病院，那么hashslingrz就是患多疑症的精神病人——救命啊，救命啊，坏人，快看，他们在那里，他们把我们包围了！仿佛在倒霉的日子里回到了以色列。”

“放你们单位内部看，这个说四周被无法无天的犯罪狂阿拉伯人包围着的商界比喻是指……”

他笨拙地耸了耸肩，略显无奈。“不管是什么，都不是幻觉，有人积极参与了，神秘的跟踪者，偷偷侵入我们的网络，在酒吧里跟我们套近乎。”

“好，先不谈可能是，容我这么说吧，是公司故意让所有员工保持多疑的策略……你有没有跟布鲁克说起过，跟她说你被人跟踪、骚扰，手段恶劣到超出了这个城市的寻常标准？”

“有这么两个家伙。”

“呃哦。”真希望这一次是她的直觉线路板出了故障，“像是俄罗斯那种跳街舞的作派？”

“被你一说还真有些古怪。”

我日[2]。“听着，如果我猜得没错，他们有可能并不是要伤害你。”

“‘有可能’。”

“不能告诉你他们到底是谁，不过我可以打个电话，问问发生了什么事，另外你告诉布鲁克让她别担心。”

“其实，我一直没有告诉过她这些事。”

“如此高风亮节啊，阿维，你总是考虑到她承受压力的能力，遇到你她真是幸运。”

“呃，并不是这样的……保密协议说不能告诉太太。”

他走出去时，戴托娜得意地秀了秀她的指甲。“可喜欢你在《低俗小

1 童话故事《白雪公主和七个小矮人》里的其中两个小矮人的名字。
2 原文为俄语。

说》里演的角色了呢，宝贝。那段《圣经》引文？[1]嗨——呼嗨嗨！”

大约凌晨五点钟，玛克欣从一个类似噩梦的梦中醒来，那些梦一个嵌套一个，非常惹人讨厌。这次的梦是关于伊戈尔和一瓶超大号伏特加的，伏特加以立陶宛一个篮球运动员的名字命名，伊戈尔不停地想要介绍它给她认识，仿佛它是一个人似的。她从床上一骨碌爬起来，走到厨房，发现德里丝科尔和艾瑞克在共用他们寻常的早餐，也就是一瓶插着两根吸管的“激浪”。“一直想要告诉你，”德里丝科尔开口道，她和艾瑞克互相看着对方，犹如在进行慈善义演的两个乡村歌手，开始唱情景喜剧《杰斐逊一家》里那首老掉牙的主题曲，“我们打算搬出去住了。”

“等等，不是要‘搬到东区去’吧。”

“其实是，”艾瑞克说，“威廉斯堡。”

“所有人都往布鲁克林去，感觉我们是最后一拨旧时硅巷人了。”

“希望不是我们有什么地方招待不周吧。”

“不是你们，是整个曼哈顿，”德里丝科尔解释说，“不像以前了，也许你也注意到了。”

“贪婪成性。”艾瑞克进一步解释，“你会以为，双子塔的倒塌会是这个城市的重置按钮，房地产业、华尔街，一个让它们全部都重新开始的机会。但你瞧瞧它们，比之前还要糟。”

在他们的周围，这个不夜城开始更加不眠了。街对面的窗户亮起了灯光，打烊过后在外游荡太久的醉鬼不满地大声吼叫。街区另一头，一辆汽车的警报响了，发出一系列不同的注意信号。在旁侧的大道上，重型机器轰隆隆地进入待机状态，准备开到那些大意到现在还赖在床

1 萨缪尔·杰克逊在电影《低俗小说》中扮演了一个杀手，在开枪杀人前他总要默念一段《圣经》祷文。

上不起的市民的窗子底下。一些候鸟不是过于愚蠢就是过于顽固，在冬天悄悄爬上这个城市之前没有来得及离开，它们开始讨论为什么自己还没有去禽鸟疗养地。

玛克欣一边忙着做咖啡的一整套步骤，一边还满心遗憾地注视着她家的两只候鸟。“那么在布鲁克林，你们俩是住在一起呢，还是分开住？”

“都对。”艾瑞克和德里丝科尔异口同声说道。

玛克欣打量了一眼天花板。

“不好意思，是非排他性的‘或者’。”

“极客的说法。”德里丝科尔解释说。

等玛克欣出现在工作单位时，温达斯特已经打过好几通惊慌失措甭提脏话连篇的电话来了。戴托娜觉得既莫名其妙又好笑。

“很抱歉让你处理那些……我希望他没有歧视少数族裔吧。”

“他倒是没有，不过……”

“噢，戴托娜。”下一个电话玛克欣接到了。温达斯特确实听上去烦躁得不行。“冷静点，你要把我的听筒震坏了。”

“那个该死的、歹毒的臭婆娘不负责任，她以为她在做什么？她知道她害惨了多少人吗？”

“‘她’是指……”

“你知道我在说什么，真该死，玛克欣，你跟这件事有关系吗？”

“跟……”见他这副模样，她不由得打心眼儿里高兴。最后，她让他气急败坏地把事情和盘托出了。原来玛奇·凯莱赫终于有时间把雷吉从德塞雷特屋顶上拍的视频资料上传到了互联网上。好吧，谢谢你的提醒，玛奇，虽然也是时候了。

“让我来瞧瞧。”

玛奇——玛克欣想象得出来，她的眼里是带着怎样的调皮神色——

想要采取一个经典的办法，“我们中的许多人需要有一条简单的故事线才觉得安心，比方说伊斯兰是反派，像《档案记录报》那样的推波助澜者很乐意帮忙。真可怜，可怜的美国，为什么那些邪恶的外国人要痛恨我们呢，肯定是我们拥有的所有这些自由，心理得多么扭曲，才会痛恨自由啊？他们真心在算计的是所有那些可以盖新房子的空地，上面原来的房子已经拆除。但是，假如你对反叙事感兴趣，可以点击此链接，观看曼哈顿一处屋顶上的一个毒刺团伙的视频。看看都有哪些猜测，以及反对这些猜测的猜测，你也来说说自己的看法吧。”

真的不需要特意去邀请，互联网就爆发了一场臆想症和煽动帖的嘉年华，评论区里一片喧嚣，即便不算上侵犯协议被删除的那些回复，其他跟帖的数量也是多到没准儿在宇宙的预计时代里都来不及读完，此外还有家庭录像和音频，其中包括一段德塞雷特发言人谢默斯·奥福欧特的欢快的原声片段，“我们大楼的安保是全市最好的，这肯定是内部人干的，多半跟某些个房客有关。”

“哇哦，真是气人。”玛克欣有些假惺惺地说道。

“那不是要——”

“不是，我是指德塞雷特，我花了好几年的时间才从他们的正门进去，可这里这一整个导弹团伙居然就这么大摇大摆地走进去，然后爬到楼顶上去了。”

“我想，告诉她把视频撤了也没什么用了吧？”

“外面已经复制了无数份。”

“屎一坨坨地砸在下面的臭苍蝇上。我自己也惹上了一身的麻烦，实际上我现在就是个逃犯，需要偷偷潜回自己家再偷偷出来，上次我收到多蒂的消息还是在半夜里，她跟我说家门口停着没有标志的货车，现在她完全不在线了，天知道什么时候我才能再见到她——”

“你现在从哪里打电话来，我怎么听到后面有人讲中文？”

“唐人街。”

“啊。”

“我想你是不会来这里见我的吧。”

“不会？”搞什么鬼，“我是说，见你干什么？”

“我所有的银行卡好像都用不了了。”

“那么，请问你是想借钱吗？跟我借？”

“我不会说借，因为那就假定了我也许会在未来什么时候还给你。”

“你开始让我感到有点害怕了。”

“不错。你能带些钱来吗，够我回华府就可以？”

“是啊，我看过那部电影，我想是伊丽莎白·泰勒演的你？”

“我就知道你会提到这个。”

今天，玛克欣提醒动身前去市中心的自己，所有的幸运饼干都在大叫，“不可因蠢货而犯错！”这个男人不值得怜悯，玛克欣，你现在最明智的做法就是让他见大头鬼去吧。他手里缺钱，噢耶，既然他这么有本事，踢翻一个便利店对他而言应该不是什么难事，最好是新泽西的便利店，这样他离华府就只有一半的路程了。如此看来，现在她当然要急匆匆地提上一袋的美元去找他了。然而，这其中明显的因果关联兴许值得回味。玛奇上传了视频，温达斯特就被迫逃亡，他的资金来源就被冻结了。其中的联系很难视而不见——温达斯特即使没有卖力地执行德塞雷特屋顶的全部行动，肯定也是至少负责了安全问题，然后被他搞砸了。任何能连上互联网的人，任何咩咩叫的市民小羊羔，现在都能看到原本由温达斯特负责掩盖的东西。所以惩罚应该会很严重，说不定还很极端，没什么好惊讶的。

她坐在后排座位上，看着视频显示器上他们在曼哈顿大街被GPS追踪并记录的蜗行路线，逐渐开始胡思乱想。美国印第安人是不是有这么个诅咒，说倘若你救了某个人的性命，你就得负责他从今往后的人生？暂且不考虑印第安人是否是以色列的走散部落这些边缘理论，她很久以前是否在不知情的情况下救过温达斯特一命，如今，看不见的因果轮回的运作机制把这些信息传递给她——他需要你，所以赶紧去！

她瞧见温达斯特在一个凉棚底下，与他一同等车的还有几个中国人，附近的曼哈顿大桥若隐若现。玛克欣从马路对面观察了一会儿，察觉到站在温达斯特两旁的人并不在直接对话，而是在通过他交流。他一如往常地机智，似乎在把一种中文翻译成另一种，就这么来回翻译着。他发现她正朝着他看，便点了点头，用手势示意她，你待在原地别动，然后穿过人流朝她走来。他看上去脸色不太好，毕竟是个仓皇出逃的人。

“时间刚刚好。刚才我用最后的钱买了去华府的车票。”

“这附近有汽车总站？”

“街上的顺风车，省下的钱便宜了乘客，本世纪最实惠的特价品，你是犹太人，我很惊讶你居然从来没听说过。”

“给你信封。”

温达斯特没有像常人一样数一数里面的钞票，而是用他熟练的手部小动作掂了掂信封的重量，这点本事对一个有些资历的职业行家来说简直是易如反掌。

“多谢，可人儿。不知道什么时候——”

“能还的时候再还吧，这些钱我不用申报所得税。说不定从蒂凡尼的街面层——不对，慢着，她叫什么名字来着，是多蒂吗？不对，你不会想让她发现的。”

他细细观察着她的脸。“耳环，简单的钻石耳钉，把头发盘上去……”

“其实我是戴法国夹耳钩那种类型的姑娘。”她几乎没有时间去想要不要再加一句，“这该有多丑啊？”就在那时，一发子弹飞来，它无影无形，直到打在一面墙上才发出声来，嗡嗡嗡欢快地弹了回来，消失在唐人街里。那时，温达斯特已经一把抓住玛克欣，把她拉蹲下，两人躲到一辆装满了建筑废料的倒卸车后面。

“天哪。你是——”

“别动，”他提议说，“稍微等一会儿，我不确定角度，子弹有可能从任何一个方向打过来，从上面那些地方。”他用头示意了下他们周围的高层楼房。两人看着人行道进一步碎裂，以后只会被当成城里多出来的几个凹坑。马路对面的人们似乎没有留意到。远处的一阵窸窸窣窣声乘着一缕清风飘来。“我也说不清，以为会有三发子弹打来呢，听声音更像是AK手枪，你可站稳了啊。”

“我就知道我今天应该穿那套凯夫拉尔[1]的。”

“在你那帮俄罗斯暴徒朋友的眼里，距离就等于尊敬，所以我们应该觉得被AK–47暗杀很光荣。”

“哎呀，你一定是盖世高人。”

“再过十五秒，”他瞥了一眼手表。“我打算跑路了，该干吗干吗去。你可能要在这儿多等一会儿才能走。”

“真了不起啊，我还以为你会抓住我的手臂，咱俩会私奔呢，像是电影里演的？中国人从半路跳出来？还是说我必须得金发碧眼才行？”同时她朝高层的窗户扫了一眼，一边儿伸进手提包里把贝雷塔掏了出来，扣动扳机。

“不错，”温达斯特点点头，仿佛到时间了，“你可以掩护我。”

“那扇窗户，开着的那扇，你觉得是那儿吗？”没有人应声。已经离开了，像是老鹰乐队唱的那样。[2]她从倒卸车后面一步一步侧着身子挪过来，朝那扇窗户开了两三枪双发快射，大声吼道：“你们这群狗娘养的！”

我的老天，玛克欣，子弹会从哪儿打来呢？没有人回击。正在等公交车的人们开始指指点点和议论纷纷。她留意着街上开过的车辆，等到一辆足够高的车开来，就躲在后面当掩护，迅速离开了那个地方。那原来是一辆家具搬运车，上面用仿造希伯来文的字体写着“**善行搬家公司**”，还有一幅卡通画，似乎是一个神志不太正常的拉比背上扛着一架钢琴。

好吧，正如温斯顿·丘吉尔所言，最刺激的事莫过于被人开枪打，

---

1 凯夫拉尔是杜邦公司的注册商标，是一种新型的复合材料，具有防弹功能。

2 老鹰乐队有一首歌的名字就叫《已经离开》。

却没有被打中。但是对玛克欣而言，这事儿还有下文，或者说还有收获——过了几个小时后，在库格尔布里茨的放学门廊里，当着众位上西区妈妈的面（这些人的生活技能包括一眼看出别人的悲伤指数略微上升的好眼力），玛克欣并没有崩溃到号啕大哭，不过她的双膝在隐隐发软，头也感觉轻飘飘的……

“你没事吧，玛克欣？你看着那么地……难以捉摸。”

“所有的事又挤到一块儿发生了，罗宾，你呢？”

“快被斯科特的受戒礼折腾疯了，你根本就不知道，有太多的工作要做，承办酒席、找DJ、写邀请函。还有斯科特，他的经文诵读，他还在努力背诵经文，因为希伯来文的书写顺序恰好相反，我们现在担心他患上诵读困难症。”

“这个嘛，”她以此刻能发出的最理智的声音说，“为什么不到《托拉》以外的地方去找一篇，我不知道啊，比如汤姆·克兰西写的文章？他的文章不是那么地符合传统，这是事实，我猜甚至都跟犹太人没啥关系，不过他的文章里有，你也知道，说不定有丁·查维斯[1]啊？”过了一小会儿，她注意到罗宾正古怪地盯着她看，人们开始悄悄地离她远一点儿。幸亏在那时，孩子们都从大厅里冲了出来，来到门廊里，家长们的例行程序开始了，她和齐格，还有欧蒂斯随着人群走下楼梯来到大街上。在街上，她看到奈杰尔正忙着用一根又小又尖的笔在一个波状的紫绿色袖珍装置上捣鼓，看起来不像是掌上游戏机。“奈杰尔，你那个是什么？”

奈杰尔过了一会儿抬起头，“这个吗？是赛比客，我姐姐给我的，拉瓜迪亚[2]的学生人手一台，它最大的卖点是没有声音。它是无线的，看到了吗，你可以在班上来回发送短信，没有人能听见。”

“那么如果我和齐格一人一台，我们就可以来回发送短信了？”

“要是你们在信号范围内，只有大约一个半街区那么大。不过相信

1 丁·查维斯是在美国作家汤姆·克兰西的多部小说和电子游戏里出现的一个虚构人物。
2 极有可能指的是位于纽约长岛的拉瓜迪亚社区学院，学制为两年制。

我，莱夫勒太太，它是未来的潮流。”

“我猜你会想要一台的，齐格。”

“我已经有一台了，妈妈。”天知道还有谁有。有那么一会儿，玛克欣的眉毛在上下摆动，私有网络真不是盖的。

办公室的电话突然响起一段电子主题乐，玛克欣接了起来。是劳埃德·思罗布威尔斯打来的，他的声音有些激动。“你要查的那个人？我很抱歉，我不能再往下查了。”

好的，待我来查查把环城路语言翻译成英语的用法手册……“有人命令你放手别管，对吧？”

“这个人是一封内部备忘录的主题，其实有好几封备忘录。我不能再多说了。”

“你多半已经听说了吧，我和温达斯特昨天被人开枪射击了。”

“你是他太太呢，”他只是开个玩笑，“还是他是你老公？”

“我把你这话当成是WASP在说‘谢天谢地你们俩都没事’。”

他用手裹住送话口。“且慢，我很抱歉，当然这是一件很严重的事。我们已经在调查了。”他等了一个节拍的沉默，这在阿维的压力分析器上，无疑显示在远远那一头“撒谎不打草稿”的级别。“你们大概猜得到开枪人的身份吗？”

“温达斯特在帮他的祖国收拾残局的漫长生涯中得罪的人可不少啊，天哪，劳埃德，坦白说，往那方面去想的话太困难了。”

他继续压低声音胡扯。“没问题。要是你跟那个人还有联系，无论多么间接的联系，我们都强烈建议你不要继续了。”阿维的机器显示屏这时已经变成了鲜艳的镉红色，开始不停地闪烁。

“是因为他们不想我干涉特工的工作吧，还是说有其他原因？”

“其他原因。”劳埃德悄声说。

分机被人接了起来，背景声音变了，另一个她从来没听过、至少在真实世界里没有听过的说话声建议她，“他是说你的人身安全，莱夫勒女士。我们这里对温达斯特兄弟的分析是，他是一个训练有素的栋梁之材，但并不是什么都懂。劳埃德，就这样吧，你现在可以挂电话了。”连线断了。

36

未来的某个假日季里，玛克欣期待电视上能播放《圣诞颂歌》的改编版，里面的斯克鲁奇变成了好人。维多利亚时代的资本主义制度这么多年来逼迫着他的灵魂，把他从底层社会的一个天真孩子变成了所有人他都不放在眼里的刻薄老家伙，跟他那位表面上老老实实的记账人鲍伯·克拉奇特一样恶劣，后者实际上一直在有计划地偷偷挪走可怜忧愁又意志脆弱的斯克鲁奇的钱，他把账簿给煮了，隔段时间就溜去巴黎，把偷来的钱挥霍在香槟酒、赌博和康康舞女孩上，留下小提姆和一大家子在伦敦挨饿。结局不再是鲍伯成为斯克鲁奇赎罪的工具，变成了鲍伯通过斯克鲁奇被拯救，重新变得有人情味。

一年里每逢圣诞节和光明节来临，这个故事便开始漫溢到工作中。玛克欣不自觉地颠倒了黑白，不顾显而易见的斯克鲁奇们，反倒是把注意力集中在暗地里犯罪的克拉奇特们身上。无辜者有罪，罪人无药可救，整个世界都颠倒了，这是晚期资本主义矛盾命题的一个主显节前夜，并不让人觉得特别轻松。

隔着窗户听了一千遍街上的小号演奏的同样暖心的《红鼻子驯鹿鲁道夫》，每一遍的每一个音都一模一样，最终觉得，这话要怎么说来着——真他妈的烦人，于是，玛克欣、霍斯特还有两个儿子决定一块儿放松下，去港务局客运总站打两三轮球，那儿有城里最后一家尚未被雅痞化的保龄球馆。

到了客运总站，在爬楼梯上去的途中，玛克欣在一大群游客、诈骗商贩、背后偷窥者[1]和便衣警察里留意到一个步履轻快的人形，他背着一个大型双肩包，多半是要赶往他以为跟美国不存在引渡条约的什么地方。“我马上就去找你们。”她在人群中往前走，露出友善的微笑，“哟，费利克斯·博因久，怎么样啊[2]，这是回蒙特利尔去，对吧？”

“现在这时候，你疯了吧？去有阳光、热带微风和穿比基尼的靓妞的地方。”

“那肯定是某个友好的加勒比管辖地咯。”

“只是去佛罗里达而已，多谢，我知道你在想什么，但那都是过去的事了，不是吗？我现在是个体面的生意人，连员工的医保都是由我付。”

“听说你从罗基那儿拿到了一轮过桥资金，恭喜你啊。自从极客舞会后就没再见到你，记得当时你跟盖布里埃尔·艾斯聊什么聊得很起劲。你争取到什么生意没？”

“也许有一些咨询工作吧。”毫无羞愧之心。费利克斯在从杀害他前合伙人的嫌疑犯那里拿钱，说不定一直以来都这样。

“告诉你吧，拿根显灵板去问问莱斯特·特雷普斯他意下如何。你曾经告诉过我，你给过我明显的暗示，你知道是谁干掉了莱斯特。”

“我不知道名字，”他看上去很紧张，“你希望事情简简单单，可惜并不是。”

“只问你一件事——跟我完全说实话，可以吗？”想找这个家伙的鬼鬼祟祟的眼神？算了吧，“莱斯特被杀以后——你有没有想过，也有人在追捕你？”

这个问题够刁钻。费利克斯要是说没有，就等于承认了有人在保护他，这就会导向下一个问题：“谁在保护你？”他要是说有，那就说

1 指常常在他人使用电脑、取款机或填表时偷看并获取他人隐私的人。
2 原文是法语。

明只要出的价能让他满意，不管有多为难，说不定他都会拿出文件证据来。他站在那儿权衡着利弊，一大群假日游客、冒牌的圣诞老人、由大人陪同的小孩、因午餐时间办公室里开派对而喝得醉醺醺的人、迟到几个小时和提前好几天的通勤旅客从他身旁经过，他就跟普丁的外卖包装盒一样了无生趣。“有朝一日我们会成为朋友的，”费利克斯调整下双肩包，“我答应你。”

“我甚是期待，旅途愉快。喝一杯冰迈泰纪念莱斯特吧。”

“那人是谁，妈妈？”

“他？呃，圣诞老人的一个精灵，从蒙特利尔来这儿出公差，蒙特利尔像是北极下设的一个区域枢纽，那儿什么都跟北极差不多，包括气候。”

“不存在什么圣诞老人的精灵，”齐格宣布道，“其实——”

“快闭嘴，孩子，”玛克欣喃喃道，霍斯特大约在同一时间也提议说，“别说了。”

看来在欧蒂斯和齐格的熟人中，有好多个纽约小神通在四处散布谣言，说不存在圣诞老人。

“他们根本不知道自己在说什么。”霍斯特说。

两个男孩乜斜着眼看着他们的爸爸。“你多少岁来着，四十岁，五十岁，可你居然还相信有圣诞老人？”

“我确实相信，要是这个悲惨的城市太自作聪明，不相信有圣诞老人，那么他们可以把它塞到自己的，”他煞有介事地朝四周望了望，“屁眼里，上次我看的时候发现它就位于上东区的某个地方。”

当他们在“休闲时光通道”登记，取保龄球鞋，观察油炸食品还剩多少库存等时，霍斯特继续解释给他们听：如同街角仿制的圣诞老人，爸爸妈妈们也是圣诞老人的助手，按当地交货的圣诞老人条约来行动。“其实，越靠近平安夜，就越是要在当地交货。明白吧，北极不再包办产品制造，精灵们逐渐从工厂里搬了出来，搬去搞成品投递，他们忙着把玩具订单外包出去，还有安排送货。这些天，几乎所有的商品都通过圣诞老人网在交易。”

“通过什么？”齐格与欧蒂斯追问道。

“嘿，大家毫不费劲就相信了互联网，对吧，话说互联网可真是神奇啊。那么，相信圣诞老人有一个虚拟的私有网络来做生意又有什么问题呢？它能在圣诞节清晨前送来真的玩具，真的礼物，所以有什么区别呢？”

“雪橇，”欧蒂斯当即说，“还有驯鹿。”

“只有在大雪覆盖的地区才合算。随着地球变暖，第三世界的市场变得越来越重要，北极总部不得不把投递的业务转包给当地的公司。”

“那么这个圣诞老人网，”齐格紧追着不放，“有登录密码吗？”

“孩子们不允许上，”霍斯特迫不及待地想要转移话题，“就跟他们不让你们小孩看盗版电影一个道理。”

“什么？”

“盗版电影？为什么不让看？”

“因为它们的评级是啊啊啊。快看，谁来帮我设定这个记分牌，我有点晕头转向了……”

他们很乐意伸出援手，一阵阵假日季的幸福感袭上玛克欣的心头，可尽管如此，她心里依然清楚得很：这就算是死缓，也太匆匆易逝了些。

另一边，要联系上玛奇·凯莱赫变得更困难了。圣阿诺德的现任门卫里没有一个人听说过她，她所有的电话都不再转接到自动答录机上，只是不停地响啊响，直至谜一般的沉寂。从她的博客来看，警察局及其下属的公共和私有部门对她的关注高得惊人，逼得她每天清晨卷起铺盖，跳上自行车，重新搬到新的地方，尽量不在同一个地方连续睡太多晚。她有一个人脉网，有一群朋友带着小型笔记本电脑在城里暴走，为她提供一张越来越长的清单，上面列着免费的无线热点，这些她同样不会太频繁地使用其中任何一个。她随身带着一台阅读星彩壳本[1]，外壳是众人皆知的青柠色，在能找到免费互联网接入的地方上网。

“情况越来越奇怪了。”她在一条博客帖里承认，“我到目前为止还领先一两步，但你永远不知道他们手头有什么，会有多先进，谁替他们干活，谁不替他们干活。别误解我的意思，我喜欢他们这帮电脑迷，生命要是能重来，我肯定会是电脑迷的粉丝，但甚至连电脑迷也可能被收买、被出卖，几乎就如同在任何一个时代里，有多少理想主义，就有多少潜在的腐败。”

“‘9·11’袭击发生后，”一天早晨玛奇发表评论说，“在所有那些混沌与困惑中，美国历史悄悄地打开了一个洞，一个管理责任的真空，人类资产和金融资产开始消失在里面。以前在嬉皮的单纯岁月里，人们喜欢怪罪‘CIA’或‘某个秘密的流氓机构’。但是，这次是全新的敌人，你无法说出它的名字，也无法在组织表或预算线里找到它——天知道，说不定连CIA也怕它们。

“也许它是无懈可击的，也许有回击的办法。大概它需要的只是一支愿意牺牲时间、收入和个人安危的富有献身精神的武士队伍，一个献身于一场前途未卜的战斗的手足同盟，这场战斗说不定会打上好几代人，尽管如此还有可能以全线溃败告终。”

她要发疯了，玛克欣心想，完全是绝地武士的说话腔调啊。还是说，没准儿今年夏天她在库格尔布里茨的毕业演讲真的是个预言，现在预言成真了。据玛克欣所知，事到如今玛奇一直在公园里过夜，她的随身物品装在札巴的购物袋里，灰白的头发乱蓬蓬的，没有时间打理，不再有热水澡可洗，全靠下冬雨时冲个淋浴。玛克欣应该为给她雷吉的视频感到内疚吗？

---

1 苹果公司于1999年7月21日在纽约MacWorld大会上发布的一款便携式阅读器，这一系列彩壳产品又名“蛤壳”。

维尔瓦有一天把孩子们送去学校后过来了。确切说来，并不是她和玛克欣之间有了隔阂。反欺诈调查界里的不成文规定是随便挑一个周六晚上，谁都有可能在跟别人打桥牌，尤其是跟一些无关痛痒的人。

维尔瓦把鼻子埋在咖啡杯里，宣布说："最终还是发生了，他把我给甩了。"

"哟，那个卑鄙小人。"

"呃……算是我挑起的。"

"他没有……"

"报复我因为深渊射手开放源代码了？绝对不是，他很高兴，因为他不花一个子儿就拿到了，省得他花大价钱买，这笔钱可以让我和菲奥娜、贾斯丁住上城里随便哪一套十二居室的豪华公寓。"

"哦？"谈到房地产了，看来她的精神恢复正常了，"你们想住？"

"我是想。当然还要说服贾斯丁，他很想念加州。"

"你不想。"

"记得有一部电影叫《阿拉伯的劳伦斯》吗，一个英国人去了沙漠，突然意识到那儿才是他真正的家。"

"你记得有一部电影叫《绿野仙踪》吗，里面——"

"好吧，好吧。不过在这个版本里，多萝西在翡翠城碰上了住宅房产的大麻烦。"

"因为她跟巫师的关系闹僵了。"

"总之巫师跟我是玩完了，他把我扔一边，我是个堕落的女人，不过我会带着愧疚生活的，没错我自由了，跟你说我自由了。"

"那为什么还这副表情？"玛克欣允许自己一年模仿一回霍华德·科塞尔[1]的样儿，而今天正是时候，"维尔瓦，你的眼泪珠子在打转呢。"

"噢，玛克西，我觉得自己真是，怎么说呢，遭人唾弃？"

---

1 霍华德·科塞尔是美国的著名体育播报员。

“才不是呢，你是个很端庄的女人，至少你不啰哩八嗦时就很端庄，要是不仅是生意阴谋，要是他对你真的是欲望呢，”这话她还真说出口了？“单纯的真正的欲望，一直以来都是。”

一听这话，水龙头完全开了闸。“那个傻小伙！我叫他滚远点，是我伤害了他，我真是犯贱……”

“给你一个建议。”玛克欣把一卷纸巾滚过去给她，“女子有泪不轻弹，即使真到了伤心处也别用太多纸巾，回头收拾起来麻烦。”

戴托娜仿佛在岁末下过决心似的，把她的黑人喜剧片暂停了一会儿。“莱夫勒太太？”

“呃哦。”玛克欣环顾下四周，看看有没有前来寻仇的、收账的或警察。

“不是，只是有关埃哈博勒-科亨的那份临时账？那份描绘得很怪异的福利计划？他们把它藏在了电子表格里，你瞧。”

玛克欣看了看。“你是如何——”

“纯属运气，我刚巧把阅读眼镜摘下来，突然间，那个规律模模糊糊的，分明就在那儿。太多该死的空白单元格了。”

“快领我看看这个愚蠢透顶的样式，我对电子表格是一点辙儿也没有，人家说Excel，我还以为他们在说T恤的尺码呢。”

“你看，你拉下‘工具’菜单，点击‘审计’，那个功能能让你看到进入公式单元格的所有数据，然后……仔细看。”

“哦，哇塞。”跟着往下看，“真不错哎。”她赞赏地点着头，仿佛在参加一档烹饪节目。“干得好，我是永远也发现不了的。”

“呃，当时你在外面忙其他事呢，所以我就擅自……”

“要是你不介意我多嘴问一句的话，你从哪里学来的这个？”

“夜校，这么长时间你该不会以为我在做康复治疗吧？哈哈。我在上CPA的课程，下个月要考执照了。”

“戴托娜！这太棒了，可你为什么连提都不提呢？”

“不想你以为是《四面夏娃》之类的剧情。”

圣诞节来了又走了，也许它不是玛克欣的节日，却是霍斯特和孩子们的。看样子，今年她更是不用费什么劲儿就会沦为别人的笑柄，虽然她跟往年一样，圣诞节前夕的深夜在梅西百货绝望崩溃到大喊，脑子如同寻常的刨冰机一样一团糨糊，在夹层楼面里否定了一个又一个购买礼物的想法。这时候，突然有人热情又友好地拍了拍她的肩——啊啊啊！是伊策林医生！她的牙医！事情就走到了这一步！

但是在悬灯结彩的喜庆佳节里，某时也会有烤箱的香味飘来，那是霍斯特练习了整整一个星期的昔日蛋诺食谱，里面没准儿投了毒；大伙儿走亲访友，包括远房的姻亲也来走动，他们临近末了总是开割礼执行人的玩笑；去无线电城音乐厅看《超能勇士之家庭圣诞版》，里面的擎天圣、犀牛、黄豹等一帮人帮一所中学举办圣诞游行，客串演唱马厩里的动物这样的配角；两个儿子集众人的宠溺于一身，一大清早坐在堆得如小山高的一摞不可回收的包装纸和包装袋中间，从这些礼品盒里拆出来游戏平台机、动作人像、DVD、运动器材，还有他们不一定会穿到的衣服。

其间会出现怪异的闲暇时刻，专门留给那些无法或不会上这儿来的幽灵前来拜访——尼克·温达斯特就是其中之一，他总是跟欢闹场面格格不入。他迄今为止没有一丝音信，可话又说回来，他为什么非得有消息传来呢。在那片淡漠的游牧旷野里的某个地方，他搭着那辆中国人的巴士，朝着时刻表模糊和选项稀少的未来奔去。那段旅程要持续多久？

“尼克。”

不管他此刻身在何处，他都一言不发。时至今日，又一只美国羔羊暂时与牧羊人失联了，在这一凶险的时辰，它被围困在偏僻山区的一场暴风雪中进退不得。

假日过后的星期一，库格尔布里茨接着上课，霍斯特和杰克·皮门托前去新泽西找办公用地，玛克欣可以再睡上一个小时的回笼觉，也可以早起去上班，不过，她心里有数应该上哪里去。等到所有人出了家门，她便煮上十二杯咖啡，往电脑屏幕跟前一坐，登录后前往深渊射手去。

开放源代码确实带来了一些变化。这些天，核心区域里到处都是自作聪明的人、雅皮士、游客，还有傻蛋，他们随心所欲地编写代码，然后安装，一直等到被另一个疯子发现然后再卸载。玛克欣进去时，完全不知道自己会遇见什么。

于是，屏幕上跳出来一个沙漠，不对，是那个沙漠，里面空无一物，而在以前那个更纯真的时代，火车站和太空客运总站里总是人满为患。除了有箭头引导你在地平线附近游逛以外，这儿没有中产阶级的生活设施。这儿是生存训练的国度。她移动时图像没有一丝模糊，每个像素各司其职，从上面照来的光线漫射出来的颜色用十六进制代码来表示太不靠谱了，从地平面上刮过的沙漠风自带音乐。按理说，这就是她要拾路前行的地方，在一个不只是沙漠的沙漠里找寻隐形模糊的链接。

她还没有完全绝望，便动身前去探险，倏地腾空而起，不停地旋转，在纯洁度很高、精致矿物色的沙丘和河道里跳上跳下，蹿到岩石和山脊线下面，接着又跃到空荡荡的旷野中，这儿继续不见有奥马尔·沙里夫[1]从幻境里骑着骆驼出来。它应该是反社会的青少年玩的那

1 奥马尔·沙里夫扮演了电影《阿拉伯的劳伦斯》里的阿里王子。

种视频游戏，只是它不是射击游戏，反正走这么远了也没瞧见有射击手，没有故事线，没有目的地的具体信息，没有可读的使用指南，没有修改代码列表。里面的人有多余的命吗？那么至少这条命是属于他们自己的吗？

她在沙漠风那不和谐的装饰音里驻足。假若所有这一切都是关于错过而非发现呢。她错过了什么？玛克欣？喂？还是说，她想要错过什么呢？

温达斯特，回到温达斯特身上。在屏幕外日复一日的探险中，她有没有曾经在“9·11”发生前的往昔岁月里莫名地点过把她领到他面前的那个隐形像素呢？他有没有做过类似的行为，才不由自主地走进她的生活？他们其中一个人是怎么颠倒过程的？

她在平视图和俯视图之间往来切换，发现有一个方法可以变换多种角度。这么一来，此刻的她好比是黎明时分的考古学家，可以以一个微小的倾角纵览这片沙漠的景致，把地貌特征尽收眼底，而在其他情况下这些都是看不见的。结果发现，这些正是她需要点击的链接的肥沃源头。片刻间，她发现自己交替淡变到了中继站和绿洲上，难得有游客迎面走来，在眼前的一片苍茫中，除了隐约能看见某一条冰封的尚未疏通的河流之外，几乎看不清其他。在河流遥远的堤岸上，有一座用一种坚不可摧的稀有金属建成的城市，苍白的城市闪着微光，笼罩在自足自得的神秘中，只有交换一大堆暗语与反暗语后才进得去……

可辨认的图像开始浮现在她的眼前，秃鹫出现在天空中。远方不时人影绰绰，他们比透视原则下的人形的个儿更高，长袍裹身，兜着风帽，静立不动，风吹拂着他们的装束。他们就站在那儿凝望着玛克欣，既没有想要靠近，也没有欢迎她的意思。在前头，越过出现在她周身的干裂土质区，她感觉到有情况。天空变幻不定，色彩逐渐饱和起来，慢慢变成了SVG[1]的爱丽丝蓝。自然风景染上了一种怪异的光

1 指可缩放矢量图形。

亮，朝她移动过来，速度越来越快，冲过来把她拥入怀中。

确切地讲，她的崩溃点应该设置在哪儿呢？不知是城市还是要塞的某个地方，从她身旁掠过，把她留在此刻已是第三世界的一片黑暗中，周围唯一的光亮是一丝丝零零落落的火苗。片刻过后，她在漆黑中摸索着路时发现了油矿。一口巨大的喷油井突然间喷薄而出，发出低沉的声音，朝上空隆隆地喷射，夜也黑得更加浓重了。探矿人扛着发电机和探照灯，不知从哪儿冒了出来，在探照灯的耀眼光亮里，油柱的顶部甚至都看不见。那简直是每一个油井勘探者的梦想，正是许多人此行的目的。玛克欣惊讶地大叫了一声"哇噢"，拍了张虚拟快照，接着便继续赶路了。没过多久，喷出物熊熊地燃烧了起来，她走出去几英里后依然能在身后看到。

一个长度无法设置偏好的夜晚，一个为把夜行人变成未知世界的盲目探寻者、使他们差点儿在空地里迷路的值夜。绝对不要把注意力集中在任何可见之物上。

在虚拟世界的破晓时分，你猜玛克欣遇见谁了，正是维普·埃珀迪尤，他站在山脊线上凝望着沙漠。她不确定有没有被他认出来。"谢伊和布鲁诺怎么样了？"

"我想他们在洛杉矶吧。我不在，我还在维加斯。我们似乎不再是3P了。"

"怎么回事？"

"我们当时在米高梅大酒店，我在一台臭皮匠老虎机上玩，中奖线上得了三个拉里、一个默和一个派，当我转过身去想告诉谢伊和布鲁诺我的运气真好时，却哪儿也找不到他们。我就拿了满堂红奖金，到处去找他俩，可他们消失了。我总是想，要是他们真的想一走了之，那么我会被落在一个尴尬的公共场合，双手铐在一根路灯柱之类的地方。可是我当时跟一个正常市民一样自由，有人帮我付了房费，反正赌场里挣来的奖金也够我用上一阵子了。"

"你当时心里肯定非常不安。"

“其实当时我还心心念念地想着老虎机呢。等我终于明白过来他俩是不会回来了，我已经赢了很多钱，足够在北拉斯维加斯签下一个单人居室的租赁契约了。其余就走一步算一步了。”如今，维普是一位职业老虎机操作员，神奇的是，到目前为止一直有那么一丁点儿的运气在眷顾他。他是城里的老面孔，从赌窝到便利店，没有人不认识他。他学会了凡事依靠自己的赌博灵感。他找到了人生的使命。

“你喜欢我的座驾吗？”他指了指斜坡上一辆造于60年代的雪铁龙撒哈拉，车的前部和后部都有引擎，是适合沙漠地形的四轮驱动车，每个细节都造得很用心，要不是车篷上有个备用轮胎，它看上去就是一台标准的2CV[1]。“这种车只产了四百台，我凭一对鱼钩[2]赢了台货真价实的，当时没人相信我有一对鱼钩。你要是喜欢的话我便宜点卖给你啊，绝对一张大牌啊。万一你要想知道，这个地方美就美在，”他朝周围空荡荡的沙漠景观望了望，“它不是维加斯。没有赌场，全靠正当手段讨生活。随机数在这儿完全合法。”

“别人也这么跟我说过，如今就不一定了。你现在可能要留着点神儿——维普？你还记得我吗？”

“亲爱的，我连上一局牌是什么都不记得。”

她找到一个链接，点击后来到了一片绿洲里，那简直是一座从伊斯兰天堂里脱胎出来的环绕式花园，里面的水域比她刚刚离开的崎岖国度里所有河水加起来还要广阔，还有棕榈树、带有池内酒吧的游泳池、红酒和烟斗烟、甜瓜和异性朋友、希贾兹音阶浓重的乐曲。事实上，这一回她确信看见了奥马尔·沙里夫，他在一顶帐篷里打桥牌，[3]脸上掠过一抹杀手样的微笑。接着，没有任何开场白。

“你好啊，玛克欣。”温达斯特的化身是他年少时的自己，一个神气活现的小年轻，初出茅庐，尚未沾染腐化的习气，比现在的他要聪

1 雪铁龙的一种车型。
2 鱼钩是赌博术语里对任何花色的杰克（J牌）的称呼。
3 奥马尔·沙里夫除了是一位演员以外，在桥牌方面也颇有造诣。

明伶俐。

“从来没想过会在这儿遇见你，尼克。”

哦，真的吗？这难道不正是她希望发生的吗？莫非有一个人，一个无所不知的网络八婆知晓她的上网史，会记录她的每一次鼠标点击，每一次光标移动？比她自己还要更早就知道她的心思？

“你安全回到华府了吗？”要是这话听起来跟“什么时候还我钱”差别不大，那就狗吃屎了。

“不算到家吧，现在有一些地方我去不得了，我家附近，家人身边。我最近没怎么睡过好觉，看来他们已经不管我了，终于不管我了。所有联系人都变暗了，通讯录里的所有人，连那些没有名字只有号码的人也都不亮了。”

“你现在人在哪里，我是说你的真身？”

“某个有无线热点的地方吧，我猜是星巴克。”

他猜。她不觉倒吸了一口凉气。这几乎是他说的第一句她真正相信的话。他连自己在哪儿都不知道。一束透明的感觉从她身体里流过，她要过后才能明白那是什么。她已经很久没有这么可怜一个人了。

猛然间，她不确定是谁先行动的，他们重又回到了沙漠中，以迅疾的速度在移动，倒不见得是在飞，因为那意味着是她睡着了在做梦。两人踏着一轮新月洒下的皎洁月光，越过经风沙精雕细琢的岩层，温达斯特常常突然间猛地闪身躲避，拉着她一道拿岩层当掩护。

“有人在朝我们开枪？”

“还没有，不过我们得假定有东西在跟踪我们，我们的一举一动，短期内紧跟着不放。他们会自以为看出了我们寻找掩护的规律，那么我们给他们点惊喜瞧瞧，偏就待在空旷的地方……”

“‘我们’？我似乎喜欢躲在石头后面。他们跟上一回用AK手枪朝我们开枪的是同一些人吗？”

“别跟我赌气。”

“为什么不能？我们本来就可以像这样的，一对私奔的恋人。”

“噢，点子不错。你的孩子、房子、家人、工作和名誉统统都不要了，沦落到跟所有那些你救不了的人厮混在一起，我是无所谓。”温达斯特的化身镇定地注视着她，没有一丝愧疚，一副不慌不忙的样子。但是，无论“他们”是谁，她需要相信，他们比为他们卖命的温达斯特后来变成的样子还要龌龊得多。他们发现他有男孩残忍的顽桀天质，就一点一滴地培养它，激发它，利用它，直至有一天他无怨无悔地成为GS-1800[1]系列工作的职业施虐狂。世间无一物能让他动容，他以为自己会一直这样干到退休。简直是傻瓜，十足的笨蛋。

她怒不可遏，她又无能为力。“我能怎么——”

“什么都不能。”

“我知道，但是——”

“不是我来找你的，是你点击的我。”

“是嘛。”

他沉默许久，仿佛在跟自己争辩，最终他们达成了和解。“我会在老地方等你，我不能保证一定会勃起。”

“呀。你愿意跟人敞开心扉？”

“我刚刚想的是，你能不能带些钱来？”

“我来看看能从孩子们那儿偷来多少。”

1 GS-1800是通用业务-1800的缩写，是指美国政府指派不同的特工从事行动的代号。

37

出于某个大概与007脱不了干系的心理障碍，她尽量不把握柄里有激光器的瓦尔特PPK手枪带在身边，而是依靠她的第二选项——那把贝雷塔，倘若手枪也能自觉地规划职业生涯的话，它也许会当自己晋升了。不过，此刻她去把折梯取了来，在上面橱柜里一顿翻找，把PPK拿了出来。起码它不是那种握柄是粉色珍珠母的女士手枪。她检查电池，反复地把激光器开了关、关了开。你永远不知道一个妹子什么时候用得上激光器。

出门来到压抑的冬日午后，新泽西的上空是冬日这一古老国度的一面苍白的战旗，它沿着水平方向分为两色，上面是十六进制蓟色[1]，下面是酪乳黄。她走去百老汇打车，一天中这个时间点的出租车多半是回头开去长岛城交班的，司机们不乐意再载客人。结果可想而知。等她终于招来一辆车时，城里的华灯初上，夜的帷幕在缓缓落下。

她来到“安全屋”，按了门铃后，左等右等没有人来应门。门上了锁，不过她看见门缝里有光透出来。她朝里面瞅了瞅，想看看门是否锁得牢靠，注意到它只上了弹簧锁，没用插销。她曾经用不同的商

1 十六进制值在网页编码里被用来界定颜色，每一个十六进制值都有一个相应的名称，其中有四种颜色被称为蓟色，十六进制蓟色大概是从亮紫色到暗紫色这个范围。

店会员卡和信用卡做过多年的实验，发现儿子们不时从ESPN地带[1]带回家来的塑料游戏卡完美地结合了强硬度与柔韧性。此刻她拿了一张这种卡片，单膝跪在地上，还没来得及质疑这究竟是不是个好主意时，就用万能开锁片把门给撬开了。

啮齿目动物那迅捷的身影从她前头的路上匆匆闪过。楼梯井里回荡着其他楼层传来的尖叫声，还有她辨认不出来的非人声噪音。墙角的阴影如油脂般黏厚，不管灯泡有多亮，你都无法看清它们为何物。走道里的灯明灭不定，要是哪儿有暖气的话，那也只是从那么几家的供暖器里散出来的，所以就有了阴冷的寸土尺地，说明有邪恶的妖魔鬼怪在附近游荡，这是玛克欣一位以前信仰新世纪理论的熟人说的。从一条走道上传来电池快要耗尽的火警报警器的尖叫声，凄凉的唧唧声重复响个不停。她记得温达斯特说过，太阳落山时会有野狗出没。

公寓的门打开了。她掏出PPK手枪，打开激光器，扣上扳机，小心翼翼地探身进去。野狗就在那里，有三条，有四条正围着躺在这儿和厨房中间的某样东西。有一股恶臭传来，你用不着有狗那样敏锐的嗅觉也闻得到。玛克欣悄悄从门口避开，唯恐那些野狗夺门而逃。她的声音目前还算沉着，“好了，托托——不许动！”

它们抬起头来，嘴巴和鼻子那一块比正常的颜色要深。她贴着墙壁侧身而入。那个东西躺着一动不动。它宣称自己是众人瞩目的中心，即使死了，也依然想控制话语权。

一条狗跑出了门去，另外两条怒吠着走向前来与她对抗，还有一条狗站在温达斯特的尸体旁，等着对付这个擅闯进来的人，它以原初之脸——并不特别像犬类的神情，如果肖恩在场他当然可以证实——注视着玛克欣。“别以为我不记得你是去年西敏寺犬类比赛最佳类别的选手？”

最靠近玛克欣的那条狗是罗威纳犬和不知什么犬的杂交狗，那个

1 ESPN地带是美国迪士尼乐园的一个主题餐厅和娱乐中心。

小红点已经挑衅地移到了前额中央，非但没有紧张地抖个不停，反而如磐石般稳固。这条护卫狗站着不动，好似要看看会发生什么情况。

“拜托，”她悄声说，“你知道是怎么回事，朋友，你的眉心已经在演练了……算了吧……我们不需要做到这份上的……”怒吠声停了，那几条狗体贴地朝门口走去，领头那条在厨房里的狗最后也从尸体旁退了出来，然后——它是在朝她点头吗？跟其他狗一起走了出去。它们在外面的过道里等。

她尽量不去看被狗撕咬过的伤口，可那股臭味却无从回避。她对着自己默念从前的一首童年儿歌：

死了，医生说，
死了，护士说，
死了，那个女士说，
背鳄鱼包的那个女士……

她踉跄地走到厕所，打开排风扇，跪在出风网下面冰凉的瓷砖上。马桶里明显有东西在汩碌碌地往上泛，仿佛想要跟人交流似的。她呕吐了，满脑子尽是一个幻觉：城里每一间阴郁的办公室和每一处被人遗忘的临时空间里所有的排水管道，全都通过一根巨大的歧管流入一根输送管中，在臭屁、腐臭和烂掉的卫生纸发出的一股永恒不变的气味里轰隆隆地疾速流走，如人所料，它们全都被排放到远在泽西的某个地方……而与此同时，在这些数以百万计的每一个排放口上方的格栅里，脂腻始终在沟槽和通气窗上堆聚，腾起和落下的灰尘也沉积在那儿，经年累月积起黑熏熏的隐秘污垢……冷酷无情的粉蓝色灯光，黑白相间的花卉图案壁纸，还有她自己在镜子里晃动的映像……她的外套袖管上沾了呕吐物，她用冷水冲洗，却怎么也洗不掉。

她重又回到另一个房间里那具沉默的死尸旁边。在那边的墙角，背鳄鱼包的女士静静地看着，她的眼里没有强光射出，阴影里隐约只见一抹微笑的弧度。她的背包挂在一边的肩上，包里的东西永远也不会显露出来，因为你总是在看清之前就醒了过来。

“时间在匆匆溜走。”女士悄声说，话里并无恶意。

尽管如此，玛克欣还是用一会儿工夫好好看了看昔日的尼克·温达斯特。他折磨过别人，杀过好些人，他的鸡巴曾进去过她的身体里，此刻她不确定自己是什么感觉，她的注意力全在那双定做的高帮皮靴上，这会儿在灯光下，皮靴是脏兮兮的淡棕色。她在这儿做什么？她有多大的能耐，跑来这里以为自己能阻止事情的发生？……这双可怜又愚笨的靴子……

她迅速搜了一遍他的口袋——没有钱包，没有现金，纸币与硬币都没有，没有钥匙，没有记事本，没有手机，没有香烟、火柴和打火机，没有药和眼镜，只是几个空空荡荡的口袋而已。真是赤条条来去无牵挂啊。起码他始终如一，他干这一行从来不是为了钱。新自由主义的鬼把戏肯定对他产生过别样的魅力，但现在已无从得知。他在临终前，在走向冥界的时候，身上所有的家当不过是一份犯罪记录，调度员们让他听任这份记录的吩咐。长长的一份记录，是岁月积聚的重量。

那么之前在深渊射手的绿洲里，她在跟谁说话呢？假如从臭味来看，当时温达斯特已经死了很久，那么她就遇到了几个令人困惑的选项——要么他从冥界跟她对话，要么有人冒名顶替他，链接有可能是随便哪个人埋下的，此人未必是出于好心，没准儿是间谍，或是盖布里埃尔·艾斯……说不定是加州的某个十二岁的孩子呢。为什么要相信在里面说的话？

电话铃响了。她微微一颤。狗好奇地来到门口。要不要接？她想还是不要接的好。铃声响了五下后，厨房长桌上的答录机启动了，音量设置得非常高，不可能避而不听。说话的声音她不认得，是一阵高分贝粗哑的低语声。“我们知道你在听，你不需要接。打电话就是要提醒你明天学校要上学，你永远不知道你家孩子什么时候会需要你的保护。”

哦，真该死。哦，真该死。

在出去的路上，她从一面镜子前经过，习惯性地朝里望了望，只见一个正在移动的模糊人影，也许是她自己的，也可能是其他什么东西，比如说那位女士。四周一片昏暗，只有她的结婚戒指反射过来一道光。倘若你懂得如何品鉴光，有那么一会儿她想象自己可以，那么那道光的颜色你会说是隐隐发苦。

到了外面，四下里不见有警察，也没有出租车，初入隆冬时节的黑夜。寒意袭来，起了一阵风。市嚣流矢中的华灯太过遥远。她踏入的是一个不一样的夜，一个完全不同的城市，是那些个第一人称射手的城市，你貌似可以永远在里面开着车逛来逛去，永远不会远离。举目之下唯一可见的人类是远处的虚拟临时演员，没有人主动前来帮忙。她在包里摸索着，找到了手机，离文明世界这么远当然接收不到信号，就算能，电池也差不多快用光了。

那个电话多半只是警告，多半就是这样，两个儿子大概安全着呢。也许她不能再这么傻乎乎地想当然。维尔瓦应该在学校接欧蒂斯放学了，齐格应该跟奈杰尔在学格斗术，可那又怎样。她风光得意时想当然的所有地方都不再安全，因为最后归结为的唯一问题是，在哪儿才能保护齐格和欧蒂斯不受伤害？她朋友圈里的所有那些人中有谁还值得信赖？

她提醒自己，现在最好不要惊慌。她想象自己凝固成，倒未必是一根盐柱，而是介于盐柱与纪念雕像之间的某样东西，那种瘦骨嶙峋的铸铁雕像，用来纪念以往纽约城里站在路边“招呼出租车”惹得她心烦的所有女人，虽然方圆十英里看不见任何出租车的影子——尽管如此，她们还是把手伸到空荡荡的大街上，伸向迎面驶来但根本不存在的车辆。她们不是在摇尾乞怜，反倒是出乎意料地优越感十足，仿佛那一个隐秘的手势会引起所有的哥的警觉，“有个娘们站在街角处，手高高举在空中！快去！快！”

然而，眼下她变成了一副自己也认不得的模样。她还未来得及细细想清楚，就眼见着自己把手伸进朝哈德逊河刮去的那阵风里，想要唤来一条具有魔力的逃亡之路，好逃离失去希望、无药可救的当下。也许她在那些女人身上看见的并不是优越感，也许那其实是极具信念的行为。在纽约，严格来讲，就算踏上外面的大街也需要信念。

回到现实世界中的曼哈顿，不知怎的，她最后经由黑魆魆、没有警察巡逻的十字街到了第十大道上，发现那儿往城外去的车行道上满是顶在欢乐的黄色屋顶上的亮闪闪的字母数字，行驶在夜幕降临时分的马路上，仿佛路面是一条黑色的河流，在永远地朝城外流去，所有的出租车、卡车和郊区居民的私家车只是浮在它的上面被托着往前走而已……

霍斯特还没有回家。欧蒂斯和菲奥娜在两个儿子的房间，跟往常一样发生了创作分歧。齐格坐在电视机前看《史酷比拉美历险记》[1]，仿佛他在一天里并没有发生什么事。玛克欣很快去盥洗室整理了下仪容，知道最好不要直接开始问答环节，于是她走进去坐到儿子旁边，正好广告休息时间到了。

“嗨，妈妈。”她想把他永远抱在怀里。算了，还是让他大致概括下情节说给她听吧。夏奇不知何故被准许驾驶货车，他一时头脑发热走错了路，最后把历险五人组送到了哥伦比亚的麦德林，这个城市当时是一个臭名昭著的可卡因集团的大本营所在地。在那儿，他们无意间撞上了毒品管制局一个恣意妄为的特工布下的计划，此人为了控制集团，假扮成遭人暗杀的一个毒品大头目的鬼魂（不然还能扮什么）。但在当地一群街头流浪儿的帮助下，史酷比和他的同伴们搅乱了他的计划。

1 应该是品钦虚构的电影。

动画片继续往下播，坏人被绳之以法。“我本来也是可以成功逃脱的，”他抱怨道，“都怪那些麦德林[1]的孩子从中捣乱！”

“那么，”她努力表现得很天真，“今天的格斗术学得怎么样啊？”

“你知道吗，你问的真巧。我开始明白学格斗术的意义了。”

下课后，奈杰尔在外面的某个地方找他的保姆，爱玛·莱文到处走来走去设置安全防线，这时齐格听见他的书包里传来一阵嘟嘟声。

“呃哦，是奈杰。”齐格把他的赛比客摸了出来，看了看屏幕，然后开始用一根又细又尖的笔按按钮，“他在街角的杜安里德药妆店，看到这个地方的门口停了辆货车，里面有些鬼鬼祟祟的家伙，他们的发动机没有熄火。”

“嘿，真棒，是袖珍键盘哎，你可以在上面发送电子邮件吗？”

“更像是即时通信吧。你觉得我们不用担心那辆货车吗？”

突然间一道巨大的闪光划过，还有一阵响声。“哎呀！”爱玛咕哝道，“有人踩到我们的绊网了。”

他们从后门跑出去，发现有一个军人模样的大块头在过道里挤眉弄眼，连站都站不稳，嘴里还在骂骂咧咧。到处飘着烟火的味道。

“需要我们帮忙吗？”爱玛迅速站到右边，挥手示意齐格站到左边去。来人转身朝向她刚刚说话的那个地方，看样子像在摸什么东西。爱玛出手快如闪电，那个傻大个儿虽然没有在空中飞出去多远，可等他摔到地上时已经狼狈得不行了。有齐格当后援，爱玛仅仅用简单的几招就将他解决了。

“不仅功夫蹩脚，脑子还不好使。他不知道他在跟谁捣乱吗？”

“你太厉害了，莱文女士。”

“那是，可你也很厉害啊。你是我的小组成员，齐格，任何人都别想找我们的麻烦，不过他这恐怕连找麻烦都算不上吧？”

她给擅闯者搜了身，找到一把格洛克手枪和一本大号杂志。齐格

---

1 麦德林（Medellin）与“好管闲事”（meddling）发音相近。

的眼神变得恍惚，仿佛在专注于什么心事。“唔……说不定不是普通人，可也不是什么厉害的职业人士，我想知道除此之外还能是什么。”

“私人保镖？”

“我刚刚也这么想。”

“所以你终究还是个潜伏者啊。”

耸耸肩。“我随时待命。需要我时我就会出现。看来现在要我派用场了。让我在这里再放上一个闪光弹，之后我们去地下室看看，找辆手推车来，把这个傻蛋运到外面什么地方去，这样他货车里的朋友可以来把他接走。”

他们把失去意识的持枪歹徒运到街区北面，卸在马路牙子上，让他靠在旁边一个用合成纤维板做的破旧的餐边柜上，柜子在雨水里浸泡得发胀并且斜向了一侧。他们商量着要不要拨打911，想着也不会有什么坏处。“整个经过就是这样。果然，奈杰尔因为没能赶上而失望极了。”

“那个……这都是你从《恐龙战队》，还是其他什么剧里看来的吧。”玛克欣这么希望。

“要是在这种事上撒谎会遭报应的……妈妈？你没事吧？”

“哦，齐古拉特……只要你安全我就心安了。真为你自豪，你表现得很好……莱文女士肯定也是。晚点时候我给她打个电话可以吗？”

“告诉你吧，她会证明我说的都是真的。”

“只是跟她道个谢，齐格。”

欧蒂斯和菲奥娜从卧室里飞奔出来。

“听我说，菲，失去永恒语，你会后悔的。”

“那只是老掉牙的套话，萨茨凡说我什么时候想走都可以。”

“你相信他的话？他的工作就是招人。”

“你现在的行为就像男朋友在吃醋。”

“拜托成熟点吧，菲奥娜。”

霍斯特火急火燎地回到家，看了一眼玛克欣。“小家伙们，我要跟你们妈妈单独谈谈。”然后抓起她的一只手腕，温柔地把她拉到卧室里。

“我没事。”玛克欣避免跟他有眼神接触。

“你在发抖，你的脸色比星期四康涅狄格州的格林威治还要苍白。亲爱的，没什么可担心的。我跟齐格的教练谈过，只是普通的纽约小偷，学格斗术就是用来对付那些人的。”她明白，这张老实巴交、永远也不会学聪明的面孔会突然就翻脸，明白最好就这么随他去，除非她想因为那个什么而崩溃，姑且称作内疚吧。于是，她只好点点头，神情恍惚，心里痛苦。就让霍斯特相信普通小偷这个说法吧。在这个城市里生活，要担心的事有一千件，说不定还会有两千件，有太多的事他大概永远也不会知道。所有的缄默，所有那些年，反欺诈调查官出轨但不到跟人上床的地步，有时候出乎意料地真跟人上了床，而现在另一方死了。用今天发生的事临时应付下是绝对不行的，霍斯特的第一反应会是，这个人死了，你跟他约过会？然后，她会勃然大怒，你不知道你自己在说什么，于是他会责怪她把儿子们置于险境中，接着她会反问，那么当你应该在他们身边时你人在哪里，就这样吵啊吵，没错，又回到了从前的日子。所以现在最好还是闭嘴吧，玛克欣，再一次闭上你的嘴吧。

第二天，爱玛·莱文打电话来，说有人匿名送了一束有好多玫瑰花的花束到她的练功房，上面的便条写着希伯来文，大意是一切都会好起来的。

“兴许是你男朋友吧？”

“纳夫塔利知道有鲜花这东西，他在街角的市场见过，不过他仍然以为那是可以吃的东西。”

“那么会是……？”

“也许吧。可话又说回来，没有人会花钱让我们当秀兰·邓波儿的。[1]我们还是静观其变吧。”

不管怎么说，也许不算是个不祥的征兆吧。另一边，阿维和布鲁克刚刚搬进了河滨路附近的一套合作公寓，双方谈妥的价格跟阿维在hashslingrz拿的工资一样没天理。玛克欣现在有了一个大致说得过去的借口，可以把两个儿子藏在他们外公外婆家一段时间，那儿大楼的安保质量可以跟我们国家的首都相媲美。霍斯特热切地举双手赞成，尤其因为他在重新发现那位相当于是他前妻的女人是个性感尤物。“我没法解释……”

“好，那就别解释。”

“就像搞外遇，虽然并不是一码事？”

优雅先生。玛克欣觉得原因不会跟这些没有干系：不管愿不愿意，她浑身上下散发出荡妇的气质；再者，任何男人，管他是鬼魂还是什么，只要靠近可以摸到她屁股的地方，霍斯特就疯狂地起疑心。由于她不怎么需要调整自己的反常程度就能感觉到受宠若惊，她干脆让他爱怎么想就怎么想，而勃起的状况并未受到连累。

另外，有一天霍斯特不知从哪儿给她递来黑斑羚的钥匙。

“我什么时候会用到这个？”

“以防万一嘛。”

“比如……”

“没啥根据，只是我的感觉。”

“你的什么，霍斯特？”她仔细看着他，他看上去完全正常。“你就放心让我开？你不是无法容忍有刮痕、凹坑之类的嘛？！”

“哦，车身会付出些代价，当然你得重新把驾驶本领捡起来。”

那并不意味着他总是在家里无所事事地瞎晃悠。有一天晚上，他和工作伙伴杰克·皮门托在外面跟一群从大洋彼岸来的风险投资人通

---

1 据说秀兰·邓波儿的传记《童星的自传》里曾经说到，她收到一位电影制片人寄来的花束，而此人前一天曾想对她实施性侵。至于侵害到底有没有发生，这一点没有定论，但邓波儿出演了那家制片公司的电影，并接受了他们给她支付的一大笔酬金。

宵谈生意，这些人近来对稀土感兴趣，霍斯特的直觉认定，那将是下一个热门商品，当时杰克已经不住在巴特利公园城，搬到了默里山住。于是玛克欣决定去她父母和儿子们那里过夜。

她早早地躺下睡觉，却不停地醒来。支离破碎的梦，她绕不出来的循环。她看着镜子里，有一张人脸出现在她身后，她自己的脸上则写满了恶毒的念头。整个晚上，这些碎梦片段一次次不断地把她抛入回音袅袅的心灵空谷中。到了某个点，她终于受不了了。她在湿漉漉的床单中翻滚着醒来，嘴里呓语不断。有人在上百老汇来来回回地开车，不停地按喇叭，喇叭的声音是尼诺·罗塔的《教父》主题乐的前八小节，一遍又一遍。这类情况一年发生一次，而今晚显然碰上了。

玛克欣开始在公寓里踱来踱去。两个儿子分别睡在双层床的上下铺，他们的房门留了一小条缝，她喜欢认为那是特意为她留的，她知道有朝一日，他们的房门会紧紧关上，到时她必须要敲门。厄尼的办公地跟洗衣机和烘干机共用一室，一台陈旧的苹果CRT显示器摆在书桌上，没有关机。伊莲恩的餐厅里如博物馆一般陈列着在这个家里服役过很长时间的灯泡，每一个灯泡都放在一个小小的泡沫展示盒里，上面标注着拧入和熔断的日期。看样子，某个年代的喜万年灯泡服役的时间最久。

电视房里传来一首古典乐，是莫扎特的。在清晨节目这一无所畏忌的时间档，她发现厄尼坐在电视机前，脸庞在那台年代久远的特丽珑的光亮下变了形，他正专注地看一部不知名的、事实上从未公开发行过的马克斯兄弟[1]版的《唐璜》，格劳乔演剧名中的角色。她赤着足踮起脚尖走进去，坐在沙发上她爸爸的旁边。面前放着一大盘塑料盘装的爆米花，大到两人吃都嫌多，过了一会儿，厄尼把盘子朝她的方向推了推。唱宣叙调时他讲给她听。“他们删了骑士这个角色，所以里面没有安娜小姐，没有唐·奥塔维奥，这一来也就没有谋杀的剧情了，是一部喜剧片。”莱

1 活跃在美国20世纪上半叶的一个喜剧团体，也是最经典的喜剧之王，堪称无厘头的鼻祖，热衷于塑造癫狂或装傻充愣的人物。

坡勒罗由奇科和哈勃共同扮演，一个人唱台词，另一个人负责形体表演。譬如，当奇科口齿伶俐地唱完花之歌咏叹调时，哈勃在埃尔韦拉小姐（由玛格丽特·杜蒙饰演，这个角色简直像为她量身打造的）身边打转，不停地拧、摸、按他的自行车铃，还有之后弹竖琴为《快到窗前来吧》伴奏。演马赛托的是一位录音室男中音，跟尼尔森·艾迪[1]比还有段距离。采琳娜由年轻曼妙、姿色不俗的比阿特丽斯·皮尔逊扮演，不过是对口型的。皮尔逊以后还会再塑造另一位天真无邪的少女，此女注定要遇见跟《痛苦的报酬》里的约翰·加菲尔德截然不同的恶棍。

歌剧结束后，厄尼按下静音按钮，把双手摊开顺带略微耸了耸肩，好似男低音歌手在鞠躬。“怎么回事？我第一次见你坐着看完一部歌剧。”

“我不知道，爸，肯定是因为有你做伴。”

“我也帮孩子们录下来了，似乎很合他们的口味。”

“文化交流，我发现这些天他们还让你放《合金装备》。”

“总比我以前常常看到你和布鲁克眼睛盯着的电视垃圾要好。”

“是啊，你真的很厌恶那些警察剧。要是被你逮到我们在看，你就会关掉电视机，罚我们不许出去玩。”

“难道说他们有什么好转？私家侦探、可爱的罪犯怎么样了？迷失在后60年代的那一套政治宣传中，不幸被奥威尔言中了，无穷无尽的迫害和强制执行，警察警察警察。为什么我们不该阻止你们这些姑娘远离那些东西，保护你们敏感的思维？瞧瞧它都做了什么好事。你妹妹支持利库德党，而你紧追着那些只是为了挣房租钱的可怜傻蛋不放。”

“也许以前的电视确实是帮人洗脑，不过这样的事今天再也不会发生了。没有人能控制互联网。”

“你当真？趁你还能相信时就相信吧，乐天派。你知道你那个网上天堂，它都是从哪儿来的吗？它是在冷战期间开始的，当时的智库

---

1 尼尔森·艾迪出身于音乐世家，是美国的一位著名男中音，活跃于20世纪三四十年代的歌剧和音乐会舞台。

里全是些策划核战争方案的能人干将。他们拎着公文包，戴着角质眼镜架，学者派头十足，每天的工作就是想象这个世界灭亡的各种方式。你的互联网，当时国防部称之为DARPA网，它最初真正的目标是万一跟苏联打核战争，它要确保美国的指挥与控制中心能保得住。”

“是嘛。”

“还能有假吗？它的理念是要创建足够多的节点，这样一来不管哪一个被摧毁，它们总是可以把剩下的节点连接起来，重新组成一个网络。”

此地是失眠之都，离天亮还有好几个小时，父女之间的闲谈不知不觉就会变成这副模样。在这些窗户底下，他们能听见夜半街道上没有法律管束的声音集锦：破碎声、尖叫声、汽车排气管声、纽约大笑声，太过吵闹，太过细碎，还有刹车刹得太晚而发出的某种揪心的重击声。儿时的玛克欣觉得这夜间的喧闹离得太远，不足为扰，比如鸣笛声。而现在，它总是近在咫尺，是生活的一部分。

“你当年了解冷战时发明的那东西吗，爸？”

“我吗？太专业了。不过跟我一起玩的读布朗克斯科学高中的那个人了解……疯狂的耶鲁雅各宾派，人很不错，我们以前常常一起去市中心，打乒乓球散散心。他后来上了麻省理工，在兰德公司找了份工作，搬去了加州，我们就失去了联系。”

“兴许他不在‘轰炸地球’的部门工作。”

“我知道，我这人喜欢挑剔别人，起诉我啊。你要是在那个年代生活过就能明白，孩子。现在大家都以为，艾森豪威尔的时代是如此古朴、老实、沉闷，但是所有那些都是要付出代价的，在表面底下就是赤裸裸的恐怖，永远生活在午夜。如果你停下来，就算想那么一分钟，它就在那儿，你轻易就会被它俘获。有些人缴枪投降，有些人发了疯，有些人甚至连自己的命都搭上了。”

“爸。”

“没错，你的互联网就是他们发明的，这个神奇的便利装置如今就像一股气味那样，悄悄地渗透到我们生活中最细末的地方，购物、家务活、家庭办公、税收，它吸取我们的精力，耗光我们宝贵的时间。天下没有这么单纯的好事，随便什么地方都没有。它由罪恶孕育，最深重的那种罪恶。它一路成长，但它的心中从未放弃过希望地球毁灭这个歹毒的意愿，别以为有什么不一样了，孩子。”

玛克欣在没有完全炸裂的玉米粒里找挑剩下来的爆米花。“可是历史还在继续前行啊，你不是老这样提醒我们的嘛。冷战结束了，对吧？互联网在不断地演变，离军事越来越远，更靠近平民了——现如今有聊天室、万维网、在线购物，你能批评它的最大缺点是或许它变得有一些商业化。瞧瞧它如何让几十亿人变得更加强大，它承诺让所有人自由。”

厄尼开始频繁地切换频道，看样子是生气了。“叫它自由吧，可它是基于控制的。所有人都连在一起，谁都不可能走失，再也不可能。再往前跨一步，把它跟这些手机连起来，你就有了一个监控的天网，再没有地方可逃。你还记得《每日新闻》里的漫画吗？迪克·特雷西的腕带式收音机？那东西以后会遍地都是，乡巴佬都眼巴巴地想戴，未来的手铐。太棒了。五角大楼里那些人做的美梦是他们要在全世界实施军事管制。”

“这么说，我的臆想症就是从那儿来的。”

“问问你的儿子们吧。看看《合金装备》里——恐怖分子绑架了谁？斯内克[1]想要救谁？DARPA的头儿。想想吧，呃？”

“爸。”

“别相信我们说的话，问问你在FBI工作的朋友，你也知道，那些和善的警官有NCIC数据库？里面有五千万、一亿份文档？我敢打包票，他们会证实我说得没错。”

她把这话当成跟爸爸和盘托出的引子。“听着，爸，我得告诉

1 游戏《合金装备》里主要角色的一种称呼。斯内克（或叫蛇）并非一个固定的人，而是多个角色。

你……”就这么一五一十地说了出来。温达斯特的离去留下了无情的真空。自然，考虑到祖父母会担忧，她稍微做了下剪辑，比如并没有提到齐格的格斗术插曲。

厄尼听她说完，“在报纸上看到了，一宗离奇的死亡案，他们把他描述成一个智库专家。”

“他们是会这么说。他们有没有提到职业杀手那方面？刺客？”

“没有。但是我猜，既然牵涉到FBI和CIA，那就不能排除是刺客的可能。”

“爸，我在工作中接触的那个坑蒙拐骗的圈子，我们有自己的草包章法，像是忠诚、尊敬、不到迫不得已不会去告密。但那帮家伙，他们不等到吃早饭就会把对方卖了，温达斯特迟早会送命的。”

“你觉得他是被同伙杀害的？我原以为是有人寻仇，这个人一路走来在第三世界国家肯定惹得不少人满肚子怒气。”

“你比我更先见到他，是你把他的名片带给我的，你本可以提点提点我的。”

“我那时候说得还不够多吗？在你小时候，我总是尽可能阻止你跟别人一样盲目崇拜警察，可是过了段时间后，你自己犯了错。”然后他试探性地问，玛克欣从没见过他如此，“玛克西莱，你该不会？”

她更多地看着自己的膝盖，而不是她爸爸，假装解释给他听，“所有这些小打小闹的诈骗犯，我一次也没有放过他们中的任何一个，但是我碰见的第一个重量级战争犯，我就鬼迷了心窍，他折磨人、杀人，总是侥幸逃脱，是我觉得反感、惊呆了吗？不是，我在想他可以洗心革面。他仍然可以痛改前非，没有人生来就那么坏，他肯定有良心，还有时间，他可以弥补自己犯下的错，只是现在他再也不能了——”

“嘘，嘘。一切都会过去的，我的孩子。”厄尼谨慎地去触碰她的脸。没有，他的这个动作并没有让她完全脱离困境，她知道自己并没有说出全部的实话，但还是希望厄尼就这么原原本本接受她说的，这是为了保护他自己，抑或是因为她无法亲手毁了自己的纯真形象。他确实就这么信了她的话。“以前你总是这样，我一直在等你放弃，等你放手，跟我们其他人一样冷酷地扭头就走，同时又一直祈祷你不会。你会放学回来，告诉我们，历史课上又学到了一个噩梦，印第安人、犹太大屠杀，这些罪行好多年前我就无情地接受了，讲解它们但是心里不再有很大的触动，可你会如此地生气，愤怒到痛苦，小手紧紧握着拳头，怎么会有人做出这些事，他们怎么能心安理得地生活？我要怎么回答呢？我们把纸巾递给你，说成年人就这样，有些人就那样做事，你不需要像他们那样，你可以做得更好。这是我们能想到的最好的安慰了，真可悲，不过你知道吗，我从来没有想到过我们当时该怎么劝导你的好方法。你以为我很开心吗？”

“现在轮到孩子们问我同样的问题了，我不愿见他们变成他们同学那样，一群冷血、油腔滑调的小王八蛋——但是，如果齐格和欧蒂斯变得太在意，那会怎么样呢？爸爸，这个世界会毁了他们的，那简直是易如反掌。”

“没有其他选择，你要相信他们，相信你自己，霍斯特也要这样，他看起来现在又回到你们的生活中了……”

“其实已经有一阵子了。也许他从来就没有离开过。”

“呃，至于那另一个人，最好让其他人去献花致悼词。就像乔·希尔常说的，不要哀悼我，组织起来。[1]听着，你家这位时髦的老头子要给你一条时尚建议，穿些艳丽的衣服，别成天黑不溜秋的。”

1 乔·希尔是20世纪美国著名的工运歌手和社会活动家。1915年，他在犹他州被指控谋杀，并判处了死刑。据说他在最后的日子里给芝加哥工会领导人比尔·海伍德写过一封信，信里说：“再见了比尔，我要像一位真正的蓝色叛军那样去死。不要哀悼我，组织起来！”这句话被后人不断地引用，在1990年还成为一张音乐精选集的名字《不要哀悼我——组织起来！：工会作曲家乔·希尔的歌曲集锦》。

38

于是第二天早晨，肖恩的诊所自然就成了她情绪失控的地方，不是在她父母或丈夫或挚友海蒂面前，不是他们——而是当着一个白痴冲浪手的面，此人对糟糕的一天的最糟糕的念想是浪头只有一英尺高。

“这么说来你……确实对那个人有感觉。”

“有感觉，”加州人的官话，请翻译一下，不对且慢，别翻译，“肖恩？好，你说得没错，是我错了，你知道吗，去死吧你，我还欠你多少钱，咱们把账清了，因为我再也不会回来找你了。”

“我们第一次吵架。”

“也是最后一次。”出于某些原因，她并没有动。

“玛克西，是时候了，我跟所有人都会走到这一步。你现在要做的是聆听古训。”

“好极了，我现在在这儿看牙医呢。”

肖恩拉上遮阳帘，放上一盘摩洛哥迷幻音乐的磁带，点上一炷香。“你准备好了吗？”

“别，肖恩——”

“它是这么说的——古训，准备跟着念。”她不由自主地坐到了冥想垫上。肖恩做深呼吸，大声念道，“‘是其所是是……是所是其所是’。”等待沉默落定，挺拗口的，不过也许不像他此刻的呼吸那么深邃，“记住了吗？”

“肖恩……”

“这就是古训，再重复一遍。”

她重重地叹了口气，照着做了，不过加了一句，“当然这要看你怎么界定‘是’这个词了。”

没错，生活发生了一些变化。之前曾是什么样的？如今她被鸡毛蒜皮的日常琐事拉了回来，假装生活“回归正常”。这个艰难冬日里要应对的突发事件一桩接着一桩，她把自己裹在一条破旧的毛毯里瑟瑟发抖：第一季度的开销吃紧，学校召开家长会，有线电视账单出现了异常，一个工作日里碰见的尽是些地痞流氓，这些人的致富白日梦用“诈骗”来形容经常太过文雅，楼上的邻居从来不晓得浴缸还需要填缝，上呼吸道和下消化道出现了感染症状。所有这些全凭一个离奇的信念支撑着才过得下去：变化历来是渐次而来，只要有预防措施，有安全装备，饮食健康又坚持运动，就肯定应付得了；灾祸是永远不会从空中咆哮而出，一头撞碎任何人对自己能幸免于难的高尚幻觉的……

齐格和欧蒂斯平安地度过每一天，这是无数件提升她信心的事情中的一件，她看在眼里，心里越来越相信，也许没有人在追杀他们，也许没有人要她为温达斯特的所作所为负责，也许杀害莱斯特·特雷普斯的嫌疑人盖布里埃尔·艾斯并没有把邪气通过阿维·德施勒吹到她家人的心中。话说回来，阿维看着越来越像青少年恐怖电影里那个中了邪的孩子。“才不是呢，”布鲁克愉快地说，“他多半是在做实验。估计是什么恐怖兮兮的事吧。”说来奇怪，这些天玛克欣发现自己盯妹妹盯得特别紧，她知道在都市病变所有的迹象和症状中，布鲁克从前曾表现出过最明显的征兆，当过她的高灵敏度侦毒器。现在她饶有兴致地发现，布鲁克近来的举动里悄悄浮现出某种不爱发牢骚的怪异特质，愿意克服以往待人与购物时的强迫症，有一种……光辉？啊哈哈！不对，不大可能吧。有可能吗？

“行了，我们直说吧，你什么时候完事儿？”

“唔？‘我怎么了.’？你是指一天到晚还是……哦。喔，玛克西开的士[1]，你已经跌跟头了？昨天我还跟阿维说呢。”

“姐妹血缘有超能力，多看些恐怖电影吧，你会学到很多。阿维最近怎么样？”

“棒极了？”

阿维可不会这么说。他现在每周都要练习怎么偷偷从街角的货运门溜进来，从戴托娜不赞同地摇着头的审视目光里经过，就为了把他在hashslingrz发生的伤心事说给玛克欣听，仿佛玛克欣有一个全是超能力的宝库可以调遣。

他的职场变成了一个鼠窝，人人想着建造帝国、保卫地盘、飞黄腾达、背后捅刀、背信弃义、告密钻营。阿维曾经以为是由竞争引起的单纯的臆想症，时至今日其实已经颇成体系，公司内部的敌人比外部还要多。他不自觉地在用“拉帮结派”这个词。还有，“我可以借用下你的洗手间吗？”

这在阿维的嘴里成了一个常问的问题。再加上他时常红着眼，抬不动眼皮子，淌着鼻涕，说起话来迷迷糊糊还时常跑题，所以玛克欣的信号器开始响了。有一天，玛克欣故意让他先行一步，接着便跟在他后头走过走廊，来到洗手间里。她发现她的妹夫把电脑除尘器的喷嘴对着鼻子，在那儿吸食压缩气体。

“阿维，真有你的啊。”

“罐装空气而已，没什么害处。”

“读读说明书吧。有些星球上的大气成分是氟代乙烷，在那里说是

1 原文是“Maxi the Taxi”，押的尾韵，这是妹妹开玛克欣的玩笑。

‘空气’还差不多。可是回到地球，你首先要记着，你是一家之长[1]。”

“谢了。我应该欣喜若狂，对吧？你猜怎么着，我一点儿也没有，我很焦虑，我知道我得换一份工作，可艾斯掌握了我的弱点，没有工资我怎么还贷款，怎么养家糊口？”

“艾斯最关心的，”玛克欣像往常一样安慰他，“是公司里其他人有没有把手伸到盘子里，远远排在第二的是能不能保密。如果你能说服他，不管哪一方面你都不会对他构成威胁，那么他会亲自出去帮你找一份你梦想中的工作。”

可是，她就是忍不住想去深渊射手。开放源代码后，它把半个地球的人迎了进来，没有人用真实身份，选项菜单长到堪比《国内税收法》，随便什么人都有可能在里面游逛，成群结队的散客、好奇的警察、比爬虫更低等的我们所谓的渣滓、ROM黑客、自制程序的人、信奉旁门左道的RPG玩家，他们不停地拆解、重写、拒绝、作废、重定义越来越多的新贡献的内容，包括图形、指令、加密和退出……消息不胫而走，看来他们是等待了好多年，正所谓需求一直被压抑。玛克欣能自在地混迹于人群中，不惹人注意。她并非上了瘾，可有一天她碰巧回现实世界中一会儿工夫，看了看墙上的钟，掐指一算，发现有三个半小时的时间她说不清楚。幸亏除了她自己以外没有人问她去那里要找什么，因为答案明摆着，真是可悲。

是的，她很清楚深渊射手没有让人死而复生的神功，谢谢你指出来。但是，温达斯特的档案正发生着奇怪的事，就是马文送来闪存盘后没多久她拷贝到电脑上去的那份档案。她近来常偷偷溜去看档案，看得她胆战心惊，因为现在每次查看时，总会有新加进来的资料。仿

---

1 此处品钦运用了双关语，原文“patafamiliarass”其实是结合了古罗马社会里的家长（pater familias）与被人恶意相待（pat a familiar ass），指代阿维在hashslingrz里的处境。

佛有人想攻进来时就会来——由于她的防火墙几辈子不更新了，这几乎是不费吹灰之力的事。

“想想看近来的前沿理论，”譬如有这样的资料，“认为当事人虽不是传统意义上的双面间谍，却有可能有着清晰完整的个人目标。根据最近降低了保密级的资料显示，这也许早在1983年就露出了端倪，当时当事人据称促成了危地马拉一位民族主义者的成功逃离，档案馆对这位参与起义的民族主义者颇有兴趣，当时当事人与她还存在婚姻关系。”类似这样的更新内容，奇怪的是所有的内容都不是否定的，虽然也不是完全的赞颂。像这样的材料是写给谁看的呢？只有玛克欣能看到吗？二十年前的温达斯特仍然能施善行，把时任他妻子的希奥玛拉从法西斯刽子手那里救了出来，而严格来讲，他当时正在替他们效命，有谁知道这些后能从中沾到好处？

至于是谁写的，首先要怀疑的是温达斯特本人，他想看着体面些，只是这也太荒唐了，因为温达斯特已经死了。不然就是环城路的阴谋家在演习，再不然就是互联网已经变成不同世界之间交流的媒介。玛克欣开始瞥见屏幕上有一些动静，她知道她应该能喊出它们的名字来，隐隐约约地捉摸不定，每一个都消退为单一的不知名像素。也许不是。更有可能的是，温达斯特仍然不亮，他身在别处。

虽然深渊射手的创始人声明他们不干神秘玄乎的事，但是这种可能性依然存在，除了有更世俗的解释以外——所以当她与莱斯特·特雷普斯不期而遇时，她并没有认为那是别有用心的人冒名假扮莱斯特，或是为各种情境预先编写好的机器人程序，她倒觉得把他当成已故之人来对待没什么害处。

玛克欣只想尽快知道真相，“啊，莱斯特！是谁干的？”

“有意思，大多数人想知道的第一件事是人死后是什么感觉。”

“好吧，人死后——”

“哈哈，好刁钻的问题。不过，我没有死呢，我只是逃出生活避难去了。至于谁是凶手，我非得知道吗？我在电话里安排半夜把一包塑料薄膜包装的现金包放在德塞雷特游泳池底下，当是给艾斯的第一笔分期付款，接下来等我反应过来时，我已经魂魄离体了。”

“伊戈尔·达什科夫说，你说过想要在深渊射手里找像是避难所的地方，现在跟我对话的是你吗，伊戈尔？米沙，格里沙？”

“我不觉得，我说‘那个’太多了。”

“好吧，好吧。假设某个地方还存在边缘，再过去就是空无。要是你去过那里——”

“抱歉，只是个邮件收发室的扰码器，记得不？你想要预言未来，没问题，我能预言，但是那些都是胡说八道。”

“不管你现在在哪里，起码让我把你带去上面怎么样？”

“什么，去表层吗？”

“不管怎么说能近一点。”

“为什么？”

“我也不知道。”她不知道，“如果真的是你，莱斯特，我不想你迷失在下面。”

“迷失在下面就是关键所在啊。有时间好好看看浅网吧，然后告诉我那儿够不够惨。你真是要帮我个大忙啊，玛克欣。”

浅网下面简直像是在过返家周末。等她回过神来时，那不是她家的齐格和欧蒂斯嘛。整个庞大的宇宙里哪儿不好选，不知为何在全世界的比特流里，两个男孩偏偏选中了2001年9月11日以前的那个纽约城的图形文件，当时张老师还没有冷酷地区分真实与虚构，现在，他们用图片再现了私人城市齐欧城。城市采用老式彩色印刷的那种很有爱的明亮配色，就是你某一天在风景明信片上看见的那种彩印。在世界上的某个角落，有人神奇地从时间流里逃脱，创造了大部分互联网的内容，耐心地把这些车辆和街道，这个不可能再出现的城市用代码拼合起来。以前的海登天文馆，被特朗普收购前的海军队长酒店[1]，好多年前就消失了的上百老汇的餐馆；提供免费午餐的瑞典式自助餐酒吧，常客在厨房门口徘徊，以便能尝到端出来的第一口饭菜；用蓝色醒目字体写着标语的城市夏日电影院，保证室内很凉快，标语的周围覆盖着霜和冰锥；仍然在第五和第八大道上的麦迪逊广场花园，街对面还是杰克·登普西饭店；昔日的时代广场，那时候还没有站街女，也没有毒品，像“欢乐滚球”[2]那样的街机和弹球机现在变得如此珍贵，只有收入颇丰的雅皮士才买得起；还有你们五六个人能挤在里面的录音棚，把艾迪·费舍的最新单曲转录在醋酸盐带基上。街上那些复古的机器虽然品牌和年代均不详，却遍地都是，它们始终在移动。所有这些十有八九都是厄尼和伊莲恩帮忙提供的原始素材，他们会尖叫说他们认得。

她看见了儿子们，不过他们没有留意到她。进去城里不需要任何密码，可她还是犹豫，没有主人的邀请要不要登录进去呢，毕竟这是他们的城市啊。他们这里的优先事项不一样，在玛克欣的深渊射手里，城市景观支离破碎，一个个地方充斥着冷漠与伤害，还有未清理掉的狗屎，她可不想把那些脏东西带过来弄脏他们这更幸运的城市。这里有古朴的配色、柠檬绿的灌木林、靛蓝色的人行道和超安全标准设计的车流量。齐格把一只手臂搭在弟弟的肩上，而欧蒂斯正抬头望着他，丝毫不掩饰崇拜之情。他们在这个尚未腐化的屏幕景观里自在地漫步，已经像在家里一样轻松自得，丝毫不担心自己的安全、救赎和命运……

别在意我，小家伙们，我就在游客网页里潜潜水。她特地记下来，

1 大概在1975年前后，唐纳德·特朗普与合伙人一同收购了海军队长酒店，当时同个片区的其他酒店都因为债务危机而处于混乱的经营状态，甚至纷纷抛售酒店。特朗普抓住机会跟银行谈判，取得了很多贷款并成功盘活了海军队长酒店。1996年，特朗普卖出了自己所持有的酒店股份。

2 “欢乐滚球”是北美的游乐场和拱廊等地方常有的一款游戏，诞生于20世纪20年代，后来由于主题公园的盛行而逐渐失去了热度，如今这种游戏依然能在美国的东北部地区找到。

等他们都回来皮囊空间，回到大豆蛋白增充的空间，[1]不管它现在是什么，她要谨慎又温柔地跟他们提一提。因为实际上这种奇怪的事已经发生了。她发觉，要把“真实的”纽约跟齐欧城这样的转译版本区分开来是越来越难了……仿佛她不停地被卷进一个旋涡里，每一次都被带至离现实更遥远的虚拟世界中。现在出现了一种可能：深渊射手马上要溢出来了，溢进屏幕和人脸之间危险的深谷里，当然，这是起初的商业计划没有料到的。

从这个冬天魔术表演完后残余的灰烬和氧化过程中，一些有悖事实的单体开始像小小的毒蘑菇一样蹦出来。一天清晨刮着风，玛克欣沿着百老汇步行，这时候有个九英寸大小的铝制外卖盒的塑料盖顺着街区随风飘了过来，它保持直立，边刃就跟黎明前的梦一般瘦削犀利，不断地想要倒下去，但是不知是气流还是什么——不然就是某个坐在键盘前的电脑迷——让它保持直立地飘过去一长段距离，简直叫人难以置信，半个街区，一个街区，等交通灯，接着再过去半个街区，直到最后落在了路基边一辆卡车的四轮之下，卡车正在驶离路边，就把它压扁了。是真实的吗？还是电脑制作的动画？

就在同一天，玛克欣在一家鹰嘴豆泥餐馆用午餐，你不能排除他们总是在塔波利沙拉里放迷幻毒素。吃完午餐后她碰巧路过附近的迪奇大叔店，店主本人恰好来了，开着往常的那辆送货卡车绕过街角，嘭的一声把车停在路边，大叫道：“让开！让开！”她停下脚步多看了一眼，正好被迪奇瞧见。“玛克西！我一直想见你！”

“不是迪基，你认错人了，真的。”

“拿着，这个给你，为了谢谢你。”他递过来一只可以开合的小盒子，里面似乎有个戒指。

---

1 在食品行业，人们常在肉类里加入一些高蛋白物质作增量剂，例如在香肠中用大豆蛋白代替部分畜肉，这样可使产品的价格更便宜，同时也更有益健康。小说用meatspace（直译为肉类空间，皮囊空间）称呼跟虚拟的网络世界形成对比的现实世界或物质世界，所以此处乃是品钦在meat一词上做文章。

“这是什么，他要求婚？”

“刚从批发商那里拿来的，崭新崭新的。中国货，我还不知道该定什么价。”

“因为……”

“这是一个隐形戒指。”

“唔，迪基……”

“我是认真的，我想送给你，来，戴戴看。”

“那个……它能让我隐形。”

“迪奇大叔以个人名誉担保。”

她还没搞清楚自己为什么要这么做，就把戒指套上了。迪奇独自转了两三圈，然后开始在空气中摸找。“她去哪里了啊？玛克西！你在那里吗？”就这么找着。她不由得蹦来跳去，生怕被他抓到。

真是胡扯。她把戒指摘下还给他。“给你，嘿，要不你来试试吧。”

“你确定要……”她确定，“好吧，这可是你说的。”他戴上戒指，倏地消失了。她今天本来没有这么多时间的，却花了很久去找他，怎么也找不到，路人开始好奇地盯着她看。她回到办公室，发现那一天莫名其妙地跟“什么是现实”这个问题杠上了，四点钟左右决定不再纠结，于是去了很快就将成为中城的72街。在那里，她撞见了从格雷木瓜热狗店出来的艾瑞克，他跟一个十来岁的同伴一起，那人身上所有的能指都在尖叫“他在钻法律的漏洞”。

“玛克西，这位是我的搭档凯托，他擅长伪造证件照，一起来吧，你能帮我们找找。”

“找什么？”

一辆白色的面包车，艾瑞克解释说，最好是停着的，上面没有刮痕、污泥、标志和字。他们沿着好几个街区来来回回地找，去了中央公园西侧又折回来，最后才找到一辆凯托能够接受的面包车。他让艾瑞克靠着面包车摆好姿势，然后拿出一台闪光照相机，告诉他要微笑。他拍了五六张照片，接着他们去了百老汇，走进一家寒碜的行李寄存店。玛克欣的感应器全面警戒起来，因为在这些众目睽睽之下的任何一件迷人的旅行包和拉杆箱里，肯定会藏着你和警区的小伙子们能想象出来的随便什么违禁品。大约过了下载的间歇，凯托拿了几张艾瑞克的证件照过来让他们选。“你喜欢哪一张，玛克西？”

“这张不错。”

“等五分，十分钟吧。”凯托说，一面朝里屋的打印和压膜设备走去。

“有什么英勇壮举，”玛克欣猜，“是不能让我知道的？”

艾瑞克开始有一些闪躲。“万一我要仓促地出城去。”他顿了顿，似乎在想怎么说，“理由是，情况变得很诡异。”

“说来听听。”她讲给他听随风飘动的外卖盒盖和迪奇大叔凭空消失的事，“我最近好像有一些，我也不知道，虚拟恐惧症。”

艾瑞克也留意到了。“说不定又是那些蒙托克计划的人搞的鬼。他们在时间里来来回回，忙着扰乱因果关系，所以每当我们看见有东西要消散，化为像素并闪烁不停，没人预料到即将降临的厄运，甚至连天气也变得古怪，那是因为时间特工们出来插了一脚。”

“听起来不错啊。跟新闻频道说的一样简单易懂。不过我们从来都没法判断，任何人只要离真相很近，真相就会消失。”

“也许我们一直在透过一扇奇妙的小窗户生活，现在它要回到它以前的老样子了。”

“莫非你预见到，呃，有灾难要发生？”

“我只是对互联网有一种奇怪的感觉：互联网的日子要到头了，我不是指科技泡沫，也不是‘9·11’，而是它自身历史中某样致命的东西。它一直就在那里。”

“你说这话时很像我父亲，艾瑞克。”

“你瞧瞧它，每天里面的废材比用户多，键盘和屏幕只不过变成了通往网站的入口，那些网站的管理层希望大家都迷上购物，打游戏，手淫，接收无穷无尽的垃圾——

“哎呀，艾瑞克，你这话有点主观哦。如佛陀所言，人要心怀善念。”

“与此同时，hashslingrz和那帮人叫嚣着‘互联网自由’的声音越来越响，可他们继续把越来越多的自由交给那些坏人……他们掐中了我们的弱点，行，我们都很孤独，又是穷光蛋，也不值得人尊重，都迫不及待地相信他们想要卖给我们的关于归属感的任何可悲的仿制品……我们在被人玩弄，玛克西，游戏早已设好了局，除非互联网——真正的那个互联网，那个梦想，那个诺言——被摧毁，不然游戏不会结束。”

“那么撤销指令在哪里呢？”

一阵战栗，几乎微弱到看不见。说不定他在暗自发笑。“也有可能有很多乐意反击的好黑客，愿意免费干活的亡命之徒，不管谁想用互联网来干邪恶勾当，他们绝不会轻饶。”

“内战。”

“是啊，只是这一回奴隶们连自己是奴隶都不知道。”

直到过后，在一月份那没有指望的荒原里，玛克欣才明白过来，这是艾瑞克说再见的方式。类似这样的事一直有可能发生，不过她原先以为，他会慢慢地从虚拟世界里遁隐，先躲到购物网站和八卦博客那刺目的绿藻层下，再往下穿过一段晦暗的光亮区，悄悄溜到层层叠叠的加密后面，最后再往深网的更深处去。没有，反倒是突然有一天，啪地不见了——不再搭L号火车，不再去“海狸的喜悦”，只是骤然暗了下去，再没有回应，又一起经典的开溜，只留给旁人一个不安的信念：他说不定还在哪儿行侠仗义呢。

后来发现，原来德里丝科尔还在威廉斯堡，还会回复电子邮件。

“我的心碎了吗，谢谢你这么问，我从来都搞不清楚是什么状况，艾瑞克一直有这个，可以说是与众不同的命运吗？也许并不是，不过你肯定注意到了。现在我得应付身边更多的破事了，比如这里同住的室友太多了，热水又出问题，洗发水和护发素被人偷，我必须要集中精力早点供得起一间自己的房子，即使这意味着我得换行当，白天去桥对面某个地方的一家商店站柜台，那我也愿意。请不要搬去郊区，或者说暂时不要，可以吗？我没准儿有空时想去找你玩。”

没问题，德里丝科尔，要是你能来，那么三维世界、“客观现实”的此处当然很好，相比屏幕的哪一边，在哈德逊河的哪一边倒不是很重要。玛克欣最开心的，莫过于这个认识论难题流传了开来，只有霍斯特幸免于难。霍斯特通常对这号事有免疫力，不久后他便发现，自己作为校验标准的最后一根救命稻草很是管用。“那么爸爸，这个是真实的吗？还是说，不是真实的？”

“不是真的。”霍斯特省去了欧蒂斯把目光从《弗雷德·麦克默里的故事》里的本·斯蒂勒身上暂时挪开的麻烦。

“这是最奇怪的感觉。”玛克欣一时冲动，跟海蒂倾诉道。

“当然，”海蒂耸了耸肩，“那就是GAPUQ，也就是老掉牙的‘格拉纳达-阿斯伯里帕克的不确定性问题’[1]，永远也甩不掉。”

“你是说在那个封闭排他的学术界，还是……”

“其实你说不定会喜欢他们的网站，”海蒂说起话来还是那么地讨厌，“因为那些受骗者，他们拼命想要区分，那举动相当地形象，比如说，跟你的一模一样，玛克西——”

“谢谢你，海蒂，”玛克欣用上扬的声调说，“可我相信弗兰克歌唱的是爱情。”

她们此刻身在肯尼迪机场，在汉莎航空商务舱的候机室内，一口一口啜饮着某种有机含羞草鸡尾酒，而房间里的其他人正忙着匆匆一醉了事。“好吧，都是为了爱，难道不是吗？”海蒂扫视了下房间寻找康克林，他去周边地方来一趟嗅觉游了。

“这个亦真亦幻的情况，你从来没碰见过是吧，海蒂？”

“你觉得我只是上上雅虎网那种类型的姑娘。点击进去，点击出

1《永恒的爱》里有一句歌词：“它是永恒的呢，还是只是一只云雀在歌唱？我看见的是格拉纳达呢，还是只是阿斯伯里帕克？”

来，不会走得太远，不会陷得太……”典型的海蒂式的停顿，“深。”

城市学院在放寒假，休假中的海蒂马上要跟康克林一起飞去德国慕尼黑。玛克欣一开始听说时，有一段瓦格纳的铜管乐器演奏开始在她短时记忆的过道里粗暴又吵闹地响了起来。“是因为——”

“他”不再说“康克林”了，玛克欣注意到，“最近买了一瓶二手的4711古龙水，是战争结束时美国兵从希特勒在贝希特斯加登的私人浴室里顺来的……而……”又是海蒂那惯用的“是啊，可是关你什么事”的眼神。

“而世界上唯一能检测希特勒私物的法医实验室恰好位于慕尼黑。嗯，换作谁谁会不想确认一下呢，就跟怀孕一样，不是吗？”

“你从来就不懂他。”玛克欣本能地捡起没吃完的半个三明治，然后砸向海蒂，海蒂敏捷地躲开了。没错，她还是没能把康克林钓上钩，此时康克林几乎是一蹦一跳地回到汉莎航空的候机室来了。“我准备好了！你呢，毒药女孩，你准备好去探险了吗？”

“随时可以走。”在玛克欣看来，海蒂似乎一半心思不在这里。

“也许就是这一次了，你知道吗，失去的联系，沿着那条黑暗的味痕踏出第一步，穿过所有那些时间和混沌，来到生前的元首面前——”

“你以前从来不这么叫他。”海蒂想起来。

要不是被一位年轻女士用扩音器播报慕尼黑航班的声音打断的话，康克林的回答没准儿愚蠢至极。

拜“9·11”所赐，这些天登机需要多经过一个安检点。检查员在康克林的一个内袋里发现了多半就是那瓶具有历史意义的4711。扩音器里传来紧张激动的德语口语。双方国家的武装安保人员朝嫌疑犯包围过来。糟糕，玛克欣记起来，有规定说搭飞机不能携带液体……她站在一块防弹塑料挡板后面，努力用象征性的肢体动作把这个规定告诉海蒂，海蒂生气地回瞪着她，眉毛扭来扭去，好似在说，“别杵在那儿，打电话喊律师来。”

后来，几个小时后在回曼哈顿的出租车上，“也许这样最好，海蒂。”

“是啊，说不定慕尼黑还有孽债的古怪势力在徘徊不去。”海蒂几乎是释然地点了点头。

“没什么损失，”康克林尖着嗓子大声说，“我可以用保价专递邮寄，我们只浪费了一天，晚香玉美女。”

“我们再重新策划。”海蒂答应道。

“马文，你没有穿制服呢。那套星兹装备跑哪儿去了？”

“挂在易趣网上卖了，亲爱的，与时俱进嘛。”

“卖了一美元九十八美分，少来了。”

“比你想的多了去。任何东西都不再消失，玩家市场简直是死后重生的冥界啊，雅皮士就是它的天使。”

“好吧。你带来给我的这个东西是……”

还能有什么，又一张光碟呗。虽然直到吃过晚饭，等霍斯特最终坐到电视机前看亚力克·鲍德温演的《雷·米兰德的故事》后，玛克欣才得空看一下里面的内容。又是旅行视频，这一回是镜头伸到某辆大卡车被冻雨敲砸的挡风玻璃的外面拍的。透过朦胧的天气依稀可见周围是山区地势，天空灰蒙蒙的，残雪斑驳，不好说是不是水平拍摄，直到有一架天桥倏地出现在镜头里才确定。接着她能看出来，画面实际上没有必要倾斜成一定角度，所以镜头后面的那人除了雷吉·德斯帕德还会有谁呢。

不单单是雷吉——仿佛恰好在那时，镜头转到了左边，有一个人坐在方向盘后面，戴着网眼帽，嘴里叼着歹徒的方头雪茄，胡子一个星期没刮了，此人正是他们曾经的调皮搭档艾瑞克·奥特菲尔德，他从深处或什么地方重又浮了上来。

“请求插入请求插入好伙计等，[1]”艾瑞克眉开眼笑，“迟来的新年祝福，玛克西，祝你和家人新年快乐。”

“我也同样。”不在镜头里的雷吉插了一句。

“命中注定，看见了吧，我和雷吉就是能不停地遇见。”

“这一次是这位黑帽黑客偷偷潜伏在雷德蒙德园区[2]，他不知怎么搞的用身体闯进了大门——”

“我们都对安全补丁感兴趣。”

呵呵。“动机当然不一样。这个时候另一个任务出现了。”

“从这儿下去。”

从州际公路上下去，拐过两三个弯后，他们开进了一个卡车休息站。摄像机绕到挂车的后面，特写镜头里的艾瑞克表情严肃。“目前还都是一级机密，你现在看的这张光碟在看完后必须立刻销毁，碾碎它，切碎它，放在微波炉里爆成玉米花，终有一天它会出现在一部跟正片一样长的纪录片里，只不过不是现在。”

“卡车里还有几个人？”玛克欣问屏幕。

艾瑞克拉开卡车门的闩销，把门推上去，“你从没有见过这个，对吧？”她能看得出来，里面塞着整架子的电子设备，一直延伸到看不见的尽头，LED在晦暗中闪着微光。她听见散热风扇的嗡嗡声。“防震功能是定制的，每样东西都是军用规格，这里这些都是他们所谓的刀锋服务器，这些天仓库里堆得满满都是，你可以期待价格降到最低点，”艾瑞克一边儿愉快地吞云吐雾一边儿说，“我敢打包票你肯定想知道，谁来帮车载服务器农场买单。事实上我们有一个车队呢，昼夜不停地在路上奔波，谅谁也追踪不到我们。”

“具体别问，”雷吉咯咯地笑，“目前还只是试验阶段。没准儿是在

---

1 民用波段电台里的常用语。“请求插入”一般用在当其他两个电台在联络时，你也想加入联络或有事需要呼叫其中某一方时，在他们联络的间隙发出插入呼叫。“好伙计”是民用电台里人们之间的相互称呼。

2 雷德蒙德是华盛顿州的一个城市，是微软总部所在地，所以这里的雷德蒙德园区指的是微软。

大大浪费我们的时间，还有某位不知名人士的钱。”

有人在玛克欣肩膀上方平静地呼气吸气。出于某个理由，她并没有吓了一跳或是大声尖叫，或是说反应还不算夸张，只是把光碟按下暂停。“像是在波兹曼隘口附近。”霍斯特猜。

“你的电影怎么样了，亲爱的？”

“插播广告呢，正放到拍摄《失去的周末》那段呢，华莱士·肖恩演的配角比利·怀尔德还不错，不过听着，不要根据这段视频下论断，可以吗？那里的乡村景色真的非常美，你会很喜欢的……说不定哪个夏天我们可以……”

“他们要我毁了这张光碟，霍斯特，所以你要是不介意……”

“我从没见过，我会装聋作哑的，嘿，那个人是艾瑞克吧，是不是？”

他的话音里有可能有一丝忌妒，不过这一回这位丈夫并没有发牢骚。她偷偷瞥了一眼他的脸，发觉他就像放逐在外的人一样凝视着被风暴席卷的大山，心愿一清二楚地写在脸上，多想再一次在暴风雪和狂风中跋涉前行啊，独自儿在遥远的北方高速公路上。她应该怎么适应他对冬天的这种留恋呢？

“我想你的电影开始了，十八轮卡车。你不是在找学习榜样吗，你找不到比雷·米兰德更好的了，也许你应该做做笔记？”

“没问题，我自己也向来是《双头怪》[1]那种人。”

玛克欣继续放光碟。卡车又开动了，灰蒙蒙的叵测前路铺展开来。过了一会儿，艾瑞克说：“对了，万一你要问起来，我们上次聊到的，可是这并不是要打内战，甚至连萨姆特堡都算不上，只是在州际公路上兜个风而已，血尖技术还在开发阶段。我们有可能去随便什么地方，艾伯塔、西北地区、阿拉斯加，看看它会带我们上哪儿去。很抱歉不

1 雷·米兰德主演的又一部电影。电影里，他演的那位外科医生希望自己死后能把头装在另一个人的身上而获得重生，电影海报上写着“他们把一个顽固的白人的头装在了一个黑人兄弟的身子上”。

会给你发邮件了，我们去的地方你兴许连家用电脑都不愿意带。内容不适合你，再加上我们破坏机器的样子会惹你不高兴的。从这儿开始，只能断断续续跟你联络了。没准儿有一天——”画面黑了。她按下快进键，看看还有没有其他内容，但是看来只有这么多了。

39

有时候在地铁里，玛克欣搭的那一辆车会被另一条轨道上的一列慢车或是快车慢慢地超过。在幽暗的隧道里，当另一列火车的窗户缓缓移动过去，明亮的窗格挨个儿出现，犹如一副正在发的占卜纸牌，在她眼前一滑而过。“学者”“流浪汉”“勇士盗贼”“鬼魂附身的女人”……过了一阵子，玛克欣渐渐明白过来，此时此刻，这些窗格里的人脸正是城里的芸芸众生中她最应该留意的人，尤其是那些跟她有眼神交会的人——他们是“那一边”派来第三世界的白日的使者，每一位使者携带着与他们的人格相符的道具，如购物袋、书、乐器。他们从漆黑中来，又要回漆黑中去，只有一小会儿工夫能给玛克欣传递她所需要的情报。某一刻，她很自然地开始纳闷，她是否也为从另一个窗户回望她的某个人担过类似的角色。

有一天，玛克欣在一列从72街开往市中心的快车上，一列慢车恰好在同一时间离开车站。在月台的尽头，当两条铁轨靠得近些时，镜头慢慢聚焦到了另一列车的一个窗口上，窗里有一张人脸很明显地想要吸引玛克欣的注意。她身材高挑，长着毛发肤色都偏深的外国人相貌，仪态很优雅，背着一个肩包。此时她暂时把视线从与玛克欣的对视中挪开，用手伸进包里掏出一个信封来。她把信封高高地举到窗前，然后猛地朝下一个快车停靠站也就是42街的方向扭过头去。就在这时，玛克欣的列车正在提速，载着她缓缓驶过。

假如这张塔罗牌有名字，它会是“不受欢迎的使者”。

玛克欣在时代广场下车，在一段出口楼梯下等着。慢车开来了，嘶嘶嘶地进了站，接着那个女人走了过来。玛克欣默默地跟着她往地下走，进入通往港务局的那条长长的人行地道。地道里铺着瓷砖的墙面上贴着各种新闻，有即将上映的电影和专辑，也有针对雅皮士的玩具和流行时装。哪怕你想当都市万事通，你所需要的所有信息也都在这条地道的墙上贴着呢。玛克欣突然想到，倘若地狱是纽约的一个公交车站，那么“了断所有的希望”[1]就会是这副模样。

信封离她的鼻子尚有一英尺半的距离，她就闻到一股香味，透着遗憾、误判、徒劳的哀悼，准错不了——是男士9：30古龙水。玛克欣不禁打了个寒战。尼克·温达斯特从坟墓里踉踉跄跄地走向前来，他饿得饥肠辘辘，怎么也填不饱。无论信封里装着的是什么，她都觉得自己未必需要看。

信封外面写了字，

这是我欠你的钱，很抱歉不是耳环。

再见。

玛克欣的两眼几乎是直勾勾地瞪着那个信封，原以为那儿只会有曾经装在里面的一沓钞票的印迹，却惊讶地发现里面一分钱也不少，全是二十美元的。还附上了一笔丰厚的利息，这可不像他呀。不像生前的他。这里可是纽约，为什么没有人偷偷拿走呢，有多少种解释？这大概跟使者有关……

喔。看见那个女人的眼睛眯缝起来，足够明显，玛克欣本能地喊了一声，“希奥玛拉？”

那个女人的微笑在都市冷漠那明亮的噪声流里，仿佛是在一间没有人认识你的酒吧里拿到的一杯免费啤酒。

---

1 但丁的《神曲》中，地狱大门上刻着的标语是：“入此门者，了断所有的希望！”

“你不需要告诉我你是怎么找到我的。”

“哦，他们对找人很在行。”

希奥玛拉整个上午都在哥伦比亚大学，主持一场有关中美洲问题的类似研讨会。这兴许能解释她为什么在慢车上，不过其他就不好说了。一般都会有备用的世俗理由，希奥玛拉的肩包里说不定藏着什么通信连接呢，在监听界以外的其他地方还没有上市……可话又说回来，就算被一种离奇的解释忽悠也没什么可丢人的，所以玛克欣就随他去了。“那么现在你是要去……”

“呃，其实是要去布鲁克林大桥。你知道我们要怎么从这里到那里去吗？”

“搭穿梭巴士到莱克斯，再去下面搭6号线，为什么说‘我们’？”玛克欣同时也想知道。

“我每次来纽约，都喜欢从布鲁克林大桥上走过去。要是你有时间，我想你也可以跟我一道去。”

犹太妈妈的默认设定开启了。“你吃过早餐了吗？”

“在匈牙利糕点屋[1]吃过了。”

“那么等我们到了布鲁克林再吃点吧。”

玛克欣说不准她原先期待过什么——麻花辫、银首饰、长裙、赤脚裸足——呃，大吃一惊了吧！相反，这位身穿权力套装的国际美人儿端庄优雅，套装不是捡人家穿过的那种傻不拉叽的80年代款式，它的肩膀那里更窄，这样才自然，外面披了一件长一些的风衣，脚上穿着一双正统的皮鞋。妆容化得很精致。玛克欣看上去肯定像是一直在外面洗车的。

她们刚开始聊时很谨慎很礼貌，等两人回过神来时，谈话早已变成了早间脱口秀节目。跟前夫的前女友共进午餐。

“这么说来，钱你是从多蒂那儿拿来的，在特区的寡妇，对吗？”

---

1 极有可能是指阿姆斯特丹大道上那家著名的“匈牙利糕点屋”，离哥伦比亚大学只有几个街区之遥。

“她突然发现有一千件事要做的其中一件。”

也有可能是环城路明里暗里地在大千世界捣鬼，与其说希奥玛拉今天是受多蒂之托，不如说是有一群人想知道，玛克欣会有多顽固地拽着温达斯特之死背后的真相不放，而她就是奉这些人的命令前来。

“你跟多蒂有联系。”

“我们是两三年前见面的，当时我跟着代表团来了华盛顿。”

“你的——她的丈夫当时也在那里？”

“不大可能。她要我帮她保守秘密，我们约好在‘老埃比特’一起用午餐，那里太过吵闹，克林顿的幕僚全在那儿转来转去，我俩都没什么胃口，就吃了一点点沙拉，尽量不去在意坐在远处一个包厢里的劳伦斯·萨默斯，她倒没什么问题，不过我觉得像是在参加什么面试。”

“你们俩聊的话题，当然就是……”

“真的是两个完全不同的丈夫。以前我认识的他，她肯定认不出来，当年的他只是一个不知道自己的灵魂惹上了多大麻烦的小屁孩。”

“等到她出现在他面前……”

“说不定他已不需要太多的帮助。”

真是典型的纽约谈话啊，你在用午餐，然后聊到在其他地方用午餐。“这么说来你们两位女士聊得挺愉快。”

“不好说，快结束时多蒂说了句奇怪的话。你听说过古代玛雅人，还有他们玩的那种游戏吗？就是足球的一种早期形式。”

“大概是，”玛克欣隐约记得，“……篮圈是竖直的，犯规的概率非常大，有一些还特别明目张胆，经常会闹出人命？”

“我们当时在外面想叫一辆出租车，多蒂突然冒出来一句，‘最应该恐惧的敌人跟电视上的玛雅篮球赛一样安静。’我礼貌地指出来，玛雅时代并没有电视机，她笑了笑，犹如接过你抛来的正确的话引子的精神导师。‘你可以想象那会有多安静了。’接着她钻进了一辆我先前没看到开来的出租车里，就不见了踪影。”

“你觉得她就是那么谈论……”哦，往下说啊，“他的灵魂的？”

她注视着玛克欣的眼睛，然后点了点头。“前天她让我把钱捎给你时，说起最后一次见他的情景，有人在监视，直升机在头顶盘旋，电话挂断了，信用卡被冻结了，她说她真的以为他俩又成了战友。也许她只是想当一个称职的间谍遗孀吧。不过我还是吻了她。”

换玛克欣点头了。

“我在韦韦特南戈长大，那里也是我和温达斯特相识的地方，花不到一天的旅程就能抵达一排洞穴，我们那里的大伙儿都认为它们是通往西瓦尔巴的路径。早期的基督教传教士以为地狱的故事能吓倒我们，可是我们已经有西瓦尔巴了，它的字面意思是‘恐怖之地’。那里有一片尤其恐怖的球场。球有这些个……刀片在上面，所以比赛真的会闹出人命来。西瓦尔巴曾经是——现在是——地表下面的一个庞大的城邦，由十二位死神统治着。每一位死神都有他自己的军队，由死不瞑目的亡者组成，他们在地球表面游荡，把痛苦与折磨带给世人。里奥斯·蒙特和他发动的种族大屠杀……跟这没有本质的区别。

“温达斯特所在的部队一到那个地区，他就听说了西瓦尔巴的故事。一开始，他以为又是一起玩弄外国佬的恶作剧，但是过了一段时间……我觉得他开始相信，甚至比我还要相信，反正是相信在他脚底下很遥远的某个地方有一个平行世界存在，另一个温达斯特在做一些他在上面假装不在做的事。”

“你知道……”

“只是怀疑，我尽量不看穿太多。我那时太年轻了。我知道电动赶牛棒，他辩解说是‘自我防卫’。大家给他起了个名字叫胡克，在凯克奇语里是毒蝎的意思。我爱过他，我肯定以为自己可以拯救他。可在最后是温达斯特救了我。”玛克欣感觉脑袋周围嗡嗡作响，仿佛有一条腿想要苏醒过来。新婚燕尔的甜蜜期尚未过去，他从被窝里钻出来，去做他来危地马拉要做的正事，然后再溜回来，在凌晨最凶险的时辰，用自己的鸡巴紧紧偎依着她屁股眼儿的那条缝，她怎么可能猜不到？她还能相信什么天真的鬼话？

每天夜里都有自动步枪开火，森林上空不时闪动着火红的光亮。村民们纷纷离开。一天早晨，温达斯特发现他一直以来工作的办公室人去楼空，所有敏感的东西都被清理掉了。跟他一起溜进小镇来的那帮新自由主义渣滓连人影都看不见。多半是因为一夜间突然冒出来的乡民，他们手握弯刀，一副凶神恶煞的模样。有人在一个隔间的墙上用唇膏写下了“混账东西快滚蛋”[1]的字样。里屋有一只五十五加仑的油桶，里面满是灰烬和烧焦的文件，还在冒着烟。四下里不见有美国佬，更别提辅佐他们的以色列雇佣兵了，所有人忽然间凭空消失了。“他给我一分钟时间收拾行李。我带了结婚时穿的那件衬衫，一些全家照，有一圈绿咬鹃在上面的袜子，还有那把西格绍尔的.22小型手枪，他用起来始终不顺手，硬要我带在身边。”

从地图上看，墨西哥边境离得不远，可是虽然他们先是朝海边走去，尽量远离山区，但地势依然十分陡峭，时不时还会碰见路障——军队巡逻、饮人血的凯维尔特种部队、见美国佬必开枪的游击队[2]。温达斯特随时会冒出来一句，“有麻烦。”然后他们就必须躲起来。路上花了好几天的时间，不过最终他还是领着她安全进入了墨西哥境内。两人在塔帕丘拉上了公路，搭汽车一路北上。一天早晨在瓦哈卡州的汽车站，他们正坐在电线杆和棕榈叶的华盖下面，温达斯特忽然单膝跪下，递给希奥玛拉一只戒指，她从没有见过如此大的钻石。

“这是什么？”

“我忘了给你订婚戒指。”

她试戴了下，发现并不合适。“没关系，”他说，“等你到了联邦区，我要你把它卖了。”直到那时，直到他说“你”而不是“我们”时，她才明白过来，他要走了。他跟她吻别，然后转身离开大概是他履历里最后一桩善举，信步走出汽车站。等她想到站起来去追他时，他已经在硬邦邦的石砾路上渐行渐远，消失在了一路向北的命数那压抑的境遇

1 原文是西班牙语和英语。
2 原文是西班牙语。

里，而她原以为她能带他逃离的。

“愚蠢的小姑娘。他们单位设法让我们的婚姻判定为无效，帮我在‘叛乱应对局’的一个办公室里找了份工作。过了一阵，我就独自一个人了，没有人有兴趣追踪我，追踪我也没什么好处，我越来越频繁地跟流亡群体和调停委员会共事，韦韦特南戈依然在南面那里，战争永远不会停止，墨西哥有个老笑话说得好，才出油锅，又入火坑[1]。”

她们已经走到富尔顿码头。曼哈顿近在眼前，今日看去格外地开阔，然而在“9·11”那天，哈德逊河几乎就是一道无法逾越的天堑。从河对岸的这里目睹悲剧发生的那些人，从一个他们不再信仰的安全之地，注视着恐怖的一幕幕，注视着成群的遍体鳞伤的人们跨过大桥逃命而来，他们满身灰垢，浑身上下散发出一股摧毁、烟雾和死亡的味道，他们的眼神迷离，惊魂甫定地仓皇出逃。而那一团大得吓人的烟雾正冉冉升空。

“你介不介意我们沿大桥走回去，去归零地？”

当然不介意。这位不过是又一个来大苹果城玩的游客，要去下一个必游景点。还是说她一路上打的就是这个算盘，玛克欣被她玩弄[2]了，像是一张原声的黑胶唱片？“你又说‘我们’，希奥玛拉。”

“你从来没有去过那里吗？”

“事后再没有去过，其实是特意避开那里不去。你现在是要向爱国警察告发我吗？”

“是我，我有一个执念。”

她们又回到了大桥上，享受着这个城市里的最大限度的自由，眼下暂时没什么“状况”。从海港那儿吹来一阵刺骨的风，说明泽西上空有黑暗物在堆聚，倒不是入夜，还不到时候，是其他东西，正在赶来的路上，仿佛在被世贸中心遗址造成的楼市史真空吸过来，顺路带来了视觉戏法，一道悲伤的亮光。

---

1 原文是西班牙语。

2 原文的“play”，既有“玩弄（某人）”的意思，也有“播放（音乐、唱片等）”的意思。

她们如护工一般，悄悄地走向那个有人从噩梦中醒来却得不到抚慰的城市之屋。敞篷的观光巴士载着身披有旅行社标志的塑料披风的游客慢悠悠地驶过。教堂街和富尔顿街上有一个观景台，游客们能越过围网和栅栏朝里看，凝神望着本应该围绕在一块圣地周围但实际并没有的光晕，围在铁丝网里的倾卸卡车、起重机和装卸车正忙着把一大堆仍堆得有十到十二层楼那么高的残骸清理走。警察们用喊话筒在维持行人的秩序。附近的建筑物虽然损毁严重但依然立在那儿，有一些像丧主一样披着外立面网，有一栋楼的顶层上拉了一面巨大的美国国旗。这些楼房一言不发地聚在一起围观，没有玻璃的窗洞黑幽幽的，眨也不眨地盯着看。有小贩在兜售T恤、压纸器、钥匙链、鼠标垫和咖啡杯。

玛克欣和希奥玛拉站着朝里面望了一会儿。“它以前从来就不是自由女神像，”玛克欣说，“从来不是美国人钟爱的地标，它只是纯粹的立体建筑而已，仅此而已。后来他们就把它炸成了像素。”

我知道有一个地方，她小心翼翼地不说出口，你在那儿的一面空空的屏幕上找寻，随意点击微小到几乎看不见的链接，有东西潜伏在那儿等待，它也许呈几何形状，也许像几何体一样哀求着想摆脱定律，也许是一个由像素组成的圣城，等着被重新拼合，仿佛灾难可以逆行，双子塔从黑乎乎的废墟中拔地而起，还有碎片瓦砾和生命，不管它们是如何化作云烟的，都将再次组合成整体……

“地狱并不一定在地底下，”希奥玛拉抬头望向记忆中的大楼，它原本在那儿，现在已不见了踪迹，“地狱有可能在天空中。”

“温达斯特他——”

“多蒂说‘9·11’发生以后，他来过这儿不止一次，时常来这儿逗留。还有事没有做完，他这么跟她说。不过我觉得他的魂魄不在这里，是在西瓦尔巴，跟他邪恶的双胞胎兄弟重新团聚了。”

她们周围无人居住的建筑物似乎靠拢了些，仿佛在商量着什么事。有个从宿业警署来的巡警在说大家往前走，都结束了，这里没什么好看的。希奥玛拉挽起玛克欣的手臂，两人轻快地步入骤雨将至的氤氲里，走进那个被晚霞染红的大都市。

晚些时候回到家里，玛克欣以类似守寡的仪式，找了一段独处的时间，把灯关上，拿出装钱的那个信封，尽情吸吮着他朋克摇滚的古龙水最后的残留气味，想要召回跟他的魂魄一般虚无缥缈又难以解释的某样东西……

那样东西此时在玛雅的地底下了，在一群饥饿难耐、染上疾病、变幻多端、精神失常到危及性命的玛雅篮球迷组成的死亡景观里游荡。跟波士顿花园很像，只是不是一回事。

晚些时候，玛克欣在鼾声如雷的霍斯特身旁躺下，躺在灰白色的天花板下，城市的灯光透过百叶窗漫射进来，在向下潜入深度睡眠以前，她默默地说了声，晚安。晚安，尼克。

40

每逢周末的晚上，纽约城里的健身俱乐部就透着一股特别的怪异感，经济不景气时尤其明显。玛克欣近来不大乐意再去德塞雷特的游泳池游泳，她觉得那儿被人诅咒了，于是就加入了她妹妹常去的街角那家顶尖的健身房“高强度”。可是，她终究不怎么习惯眼前的这一幕夜间奇观：跑步机上的雅皮士一边看CNN或体育频道，一边拖着沉重的步伐走啊走，却哪儿也到不了；下岗的网络从业人员既不去脱衣舞夜店，也不埋首于众人联网对战的在线游戏，反倒是人人在跑步、划船[1]、举重，跟痴迷于身体塑形的人混迹于一处；此外，还有从约会溃败中慢慢恢复过来的人，以及今晚如饥似渴上这儿来而不是去酒吧寻觅佳偶的人。更糟糕的是，玛克欣从残冬细雨里一路赶来，那雨怪就怪在你能听见雨滴轻轻敲打在雨伞或雨衣上，仔细一看却什么也没有淋湿，她一进去就发现玛奇·凯莱赫在餐吧里消磨时间，正忙着在手提电脑上敲敲打打，周围是松饼屑和几个她用来当烟灰缸的纸制咖啡杯，这让餐吧里的其他人看在眼里极为不爽。

“不知道你是这里的会员啊，玛奇。”

“随便进来的，来蹭免费的互联网，虽然城里哪儿都有热点，可有

1 北美的一些健身房里有划船机，用于训练上半身的肌肉，锻炼爆发力。

段时间没来这里了。”

“我一直有看你的博客。”

“关于你朋友温达斯特，我得到一个很有趣的密报。据说他好像死了。我要贴在网上吗？我要表示哀悼吗？”

“不是向我。”

玛奇把屏幕调至休眠，以平视的目光瞅着玛克欣。“你知道我从来没有问过你。”

“谢谢，你不会觉得有趣的。”

“你呢？”

“不好说。”

“悲哀地当人岳母这么多年，我唯一学会的道理是不要给别人乱出主意。要说如今有什么人需要建议，那人就是我。”

“嘿，乐意之至，怎么了？”

玛奇一脸愁容。“我担心塔利斯担心得要死。”

“这有啥新鲜的？”

“情况越来越糟了，我不能再坐视不管，得采取行动了，想个办法见见她，管他有什么后果呢。告诉我这不是个好主意。”

“这不是个好主意。”

“要是你说人生苦短，没错，可是跟盖布里埃尔·艾斯一起过日子，你肯定也知道，人生就更苦更短了。”

“怎么了，他在恐吓她？”

“他们分居了，他把她赶出了家门。”

这样啊，“谢天谢地，脱离苦海了。”

“他不会善罢甘休的，我能感觉到，她可是我生的。”

好吧，为母之道准则里有规定，这些话你不好反驳。“这么说来，”她点点头，“我能帮上什么忙吗？”

“把手枪借给我。”大吃了一惊，“跟你开玩笑呢。”

“可是要再吊销一张执照的话，会是……”

“只是打个比方。”

好吧，但是如果玛奇已经如此忙碌，自身都难保了还觉得塔利斯碰到大麻烦的话……“需要我先调查下吗，玛奇？”

“她太天真了，玛克欣。啊，她是真他妈的天真。”

跟墨西哥湾岸区的那帮恶棍为伍，参与国家洗钱，违反了第十八篇里的好几条规定，天真，不见得吧……“为什么那么说？”

“人人都自以为懂得比她多。这个可悲的城市里每一个算不上卑鄙小人的万事通都有这种悲伤的错觉。他们都觉得自己生活在‘真实世界’里，就她没有。”

“所以呢？”

“所以当一个‘天真的人’就这个下场。”她说这话用的是当有人需要你解释给他听时用的调调。

塔利斯从她和艾斯同住的东区豪宅里被撵出来后，在上西区新盖的一幢高楼里找了一处改建成住宅用的储藏室。那幢楼看上去更像一台机器而不是楼房。灰白色的外立面极具金属质感，反光也厉害，塔利斯住在楼高大约在五十米左右的某个单位，房子有着看上去像散热片的全景阳台。没有一户人家写名字，只有一个数字不起眼地躲在哪个犄角旮旯里，你问上附近一百个居民，也没有一个人能告诉你数字在哪里。塔利斯今晚与酒做伴，酒瓶数量多到足够与一家普通中餐馆的酒吧存货相当。此刻，她自顾自地拿起一瓶叫“旋涡”的苹果绿的酒直接喝了起来，竟没顾得上递一瓶给玛克欣。

这里是曼哈顿岛远端的一块年代久远的边缘地区，附近一带以前全是火车站。在底下的深处，火车依然沿着隧道从宾州车站开出开进，汽笛奏出如睡梦般深沉的B大调六度和音。在隧道墙上创作的艺术家和让民政局束手无策的非法侵占者——先是驱赶，后来只能随他们去，再后来又再次驱赶——他们的鬼魂在苍茫的暮色中从火车车厢的窗玻璃边飘然而过，低声诉说着有关世事无常的讯息。而在头顶上这幢造价低廉的公寓楼里，租客们进进出出，跟投宿在一家19世纪铁路旅馆的游客一样来无影去无踪。

“我起先留意到，”塔利斯与其说在跟玛克欣抱怨，不如说随便换哪个乐意听的人都行，“我被人彻底地赶出了我经常访问的网站。不能在网上购物，也不能进聊天室聊天，过了一阵子连正常的公事也办不了了。最后，不管我想去哪里，都碰见类似墙的东西，对话框，弹出的警告框，大部分是威胁我，有一些是道歉。一点一滴地把我逼走，逼我去流浪。”

“你跟你当CEO的老公聊过这个吗？”

“当然聊过，当时他大叫大嚷，把我的东西扔到窗外，不断提醒我我的下场会很惨。真是一场非常惬意的成人对话。”

夫妇之间何至于此。一般这时候说些什么好呢？“别忘了亏损结转就行，对吧？”玛克欣迅速地为塔利斯做了下眼球湿润度评估，一度以为她就要悲从中来了，谁知仿佛镜头跳切一般，那保准令人恶心的手指甲，不停地在嘴唇上扭来晃去，真是让玛克欣好生松了口气。

“你一直在揭我丈夫的老底是吧……你愿意告诉我吗？”

“都还无凭无据呢。”

她毫不惊讶地点了点头。“但他是，我不晓得，什么嫌疑犯吗？”她把目光投向一个灰蒙蒙的墙角，话音柔和到没了锋芒，“《无法入眠的极客》，那是一部虚构的恐怖电影，我们以前经常假装自己生活在里面。当时的盖布真的是个很和善的人，很久以前的事了。”

接着她发动了时间机器，留玛克欣在一旁盘算着利口酒的库存有多少。不一会儿，塔利斯回想起“9·11”发生后她曾代表hashslingrz出席的一场追悼会，当时她站在一群挤不出一滴眼泪的自作聪明的家伙中间，这些人看上去就像等不及追悼会结束，好赶紧回去看看下一步卖空哪一只股票。这时，她留意到有一个为《风中之烛》即兴加上装饰音的风笛手，她隐约觉得那个人面熟。后来才发现，此人正是盖布里埃尔以前的大学室友迪特尔，他现在是专业风笛手。追悼会结束后有伙食供应，席间她与迪特尔聊了起来，尽量不开苏格兰短裙的玩笑，虽然不管他的样貌变化有多大，他都没有长成肖恩·康纳利[1]的模样。

风笛手非常紧俏。迪特尔近来把联系人单位署名为S公司，那是他跟卡内基·梅隆大学的两三个其他同学合作组队的，自从“9·11”发生后，他接到的特约演奏邀请多到忙不过来，有婚礼，有受戒礼，还有家具店开业……

“连婚礼都有？”玛克欣问。

“他说你肯定会觉得惊讶，在婚礼上奏一曲挽歌，每次都让大家发笑。”

“我能想象。”

“他们不怎么去警察葬礼，警察显然有他们自己的门路，大部分去的都是像我们参加的这样的私人聚会。迪特尔变得很深刻，说时不时会觉得压力很大，他觉得就像应急服务的一个分部，时刻准备着，等待人们召唤。”

“等下一个……”

“是啊。”

“你觉得他会是某种超前预警器吗？”

“迪特尔？是说风笛手在下一场灾难发生前会收到警告？那得有多不可思议啊？”

“呃，从那以后——你和你丈夫有没有跟迪特尔在一起聚过？”

“呃哼？他和盖布甚至说不定合作过一些生意。”

“当然了，不然要前室友干吗？”

“似乎他们在一起策划着什么项目，不过他们从来没告诉过我。不管那项目是什么，它都没有出现在账目上。”

---

1 肖恩·康纳利是一位苏格兰演员，外表英俊，说话带着一口苏格兰口音，因出演詹姆斯·邦德而闻名，曾获奥斯卡金像奖。

合作项目，盖布里埃尔·艾斯和某个以普罗大众丧亲失偶为生计的人，唔。“你有没有曾经邀请他去蒙托克？”

“其实……”

提示泰勒明电子琴音乐响起，而你，玛克欣，你要控制住自己。“你们分居对你而言说不定是因祸得福呢，塔利斯，另外，你……打电话给你妈妈了吗？”

“你认为我应该打吗？”

“我认为你早就该打了。”还有个相关的想法，“听着，虽然不关我什么事，但是……”

“有没有第三者，当然有。他能帮上忙吗，问得好。”塔利斯伸手去够那瓶“旋涡”。

“塔利斯，”尽量把话说得很平淡，“我知道你有个男朋友，他不是任何人的‘伙伴’[1]，除了也许是你丈夫的，坦白说，这些事并不像你希望的那样美好……”玛克欣简要地跟她讲了讲沙兹·拉德的犯罪记录，包括他与艾斯达成的帮他照看太太的安排。“这是一个圈套，到目前为止你所做的事都是你丈夫一手安排的。”

“不对，沙兹……”她是不是接下去要说，“……他爱我？”玛克欣的思绪游荡到她手提包里的贝雷塔上，不过塔利斯的话让她吃了一惊。“沙兹就是一根长在一个东得州人身上的鸡巴，它们就是彼此的标价，你可以这么说。”

“等一会儿。”有什么东西在玛克欣的视野边缘闪了好一会儿了。原来天花板的一个阴暗角落里有一个监控小摄像机的指示灯在一闪一闪。“这是汽车旅馆吗，塔利斯？谁把这东西放这里的？”

“之前没有的。”

“你觉得……”

“有可能。”

1 原文此处的“fella”，既有“男朋友、情郎”的意思，也可表示为“搭档、同伙”。

“你有梯子吗？”没有，“扫帚呢？”找了把海绵拖把来。她们轮流用拖把戳它，仿佛它是个邪恶的高科技彩罐，直到它落到地上，啪的一声碎了。

“你知道吗，你应该找个安全点的地方住。”

“去哪里？跟我妈住？她差不多就是个叫花婆子，别管我，她都自身难保了。”

“我们再商量吧，不过他们刚刚搞丢了图像，马上就会找来这里了，我们要赶紧走。”

塔利斯往一个特大号肩包里塞了两三样东西，她们走到电梯，往下搭二十层，穿过跟中央车站一般宽敞的金碧辉煌的大厅，大厅里光装饰鲜花每天就要花四位数的开销——

“艾斯太太？”看门人看塔利斯的表情介于畏惧与尊重之间。

“过一会儿就回来。”塔利斯说，“德拉戈斯拉夫，怎么了？”

“有两个人来过了，说他们‘一会儿会去见你’。”

“就这样？”困惑地皱了皱眉。

玛克欣突发灵感。“那两人是不是碰巧叨叨着俄罗斯说唱歌词啊？”

“就是他们，请务必告诉他们我把消息转达给你了，因为我答应过他们。”

“他们人很不错，”玛克欣说，“真的，没必要担心。”

“抱歉，还真不是担心能形容的。”

“塔利斯，你该不会……”

“我不认识那些人，看来你认识，有什么想跟我说的吗？”

两人晃悠到了外面的人行道上。泽西天空的光亮在慢慢黯淡，四下不见有出租车来，离地铁站又有好几英里的路。等她们回过神来时，拐过街角沿街区开来一辆明显用了新液压系统的车，没错，正是伊戈尔的吉尔-41047，今夜装饰成了全尺寸的拉皮条豪车[1]，定制的金色轮

1 原文是俄语。

毂上有红色LED在一闪一闪，还配上了高科技天线和低底盘汽车的条纹——车子在塔利斯和玛克欣身边嚓的一声停住，米沙和格里沙从里面跳出来，两人戴着同款奥克利头戴式墨镜，扛着PP-19野牛冲锋枪。他们用枪指了指，示意塔利斯和玛克欣坐进汽车的后座。玛克欣把车里这儿拍拍，那儿摸摸，动作算不得文雅，只能说一看就是行家。而她手提袋里的雄猫不能被带上车。

“米沙！格里沙！我本来以为你们好歹算绅士呢！”

“你的手枪[1]会还给你的。”米沙友善地咧嘴一笑，溜到方向盘后面，启动拉皮条豪车驶离路边。

“降低复杂度。”格里沙补充道，“还记得《黄金三镖客》[2]里的三方僵持吗？记不记得光是看着就觉得麻烦？”

“兄弟，你们不介意我问问吧，发生了什么事？”

“直到五分钟前，”格里沙说，“计划还很简单，把这位可爱的帕梅拉·安德森抢了就跑。”

“谁，”塔利斯问，“我吗？”

“塔利斯，请别——现在计划没那么简单了？”

“我们没想到还会遇见你。”米沙说。

“喔。你们本来打算绑架她，然后问盖布里埃尔·艾斯要赎金？让我在地上打会儿滚，你们两个家伙。塔利斯，你来告诉他们呢，还是我来说？”

“完蛋。”这两个暴徒齐声说。

“我猜你们还没有听说吧，我和盖布要走很恐怖的离婚程序了。目前即将成为我前夫的这个人想要把我，把我的身份从互联网上删除。我觉得他连油费都不会付的，哥们，抱歉了。”

---

1 原文是俄语。

2《黄金三镖客》是意大利导演赛尔乔·莱翁于1966年制作的西部片镖客三部曲的最后一部，片名的意大利语和英语意为“善、恶、丑陋”，分别代表电影里的三名主角。电影以美国南北战争为背景，讲述了南方政府埋藏了一批黄金。这个消息被三名主角知道了，然而他们每个人只知道关于埋藏地点的一部分信息，他们既要合作，又要提防对方独吞财产。

“该死[1]。”两人不约而同地说。

“难不成真是他雇了你们，要把我处理掉。”

“该死的盖布里埃尔·艾斯，”格里沙义愤填膺地说，“是寡头渣滓、窃贼、杀人犯。”

“到目前为止什么也没发生[2]，”米沙兴奋地说，“不过他也在帮美国秘密警察干活，所以我们永远是不共戴天的仇敌——我们发过誓，誓言比窃贼[3]更古老，比古拉格更古老，那就是永远不帮警察。”

“背叛誓言的惩罚是，”米沙加上一句，“死亡。并不是说他们会杀了你，是灵魂的死亡，明白吧。”

“她只是紧张，”玛克欣慌忙说，“没有不尊重你们的意思。”

“你觉得他会付你们多少钱？”塔利斯依然想知道。

两人用俄语愉快地交流了一番，玛克欣想象他们说的大致是“该死的美国女人，只关心她们的市场价？一个国家全是娼妓”。

“更像是奥斯丁·鲍尔，”米沙解释道，“告诉艾斯，‘噢，给我规矩点！’”

“正点[4]！”格里沙大叫道。他们举手击掌。

“我俩今晚有事要做，”米沙接着说，“把艾斯太太当人质只是保险起见，万一有人玩阴的呢。”

“看来行不通啊。”玛克欣说。

“抱歉，”塔利斯说，“我们现在可以出去了吗？”

那时他们已经离开跨县购物中心，开上了纽约州高速公路，从斯图·伦纳德[5]的假牛棚和假筒仓前经过，此人是销售点诈骗史上的一个

1 原文是俄语。

2 原文是俄语。

3 原文是俄语。

4 奥斯丁·鲍尔是《王牌大贱谍》里的主人公，“Shagadelic”（本书译成“正点”）这个词是由他首创。

5 斯图·伦纳德是康涅狄格州和纽约州的一家连锁超市的创始人，这家超市与其他杂货店不同之处在于它擅长以店内营销来吸引客户。1993年，老斯图·伦纳德被控税务欺诈，他在长达十年的时间里转移了价值高达一千七百万美元的发票，被判入狱五十二个月。

传奇人物。车子正朝着欧蒂斯以前常常管它叫强潘齐大桥[1]的方向前进。

“急什么？很愉快的社交夜晚啊，聊得很尽兴。淡定些，女士们。”冰箱里有香槟，格里沙取出塞满烟草的蒲罗达牌雪茄点上，不一会儿，二手烟效应开始出现了。两个男孩在音响设备上放俄罗斯80年代怀旧的嘻哈混合乐，包括DDT的公路赞歌《Ty Nye Odin》(《你不是孤单一人》）和热情奔放的民谣《风》。

“那么我们这是去哪里啊？”塔利斯沉闷的嗓音充满了挑逗意味，仿佛她希望今晚会发展成一个狂欢之夜。

“往上州去。Hashslingrz在山里有秘密的服务器农场，对吧？”

“在阿迪朗达克山，热槽湖——你真的打算把我们大老远地都带去那里吗？”

“是啊，”玛克欣说，“得开不少路呢，是吧？”

“或许你不需要大老远跑到那儿去。”格里沙吓人地抚弄着他的野牛枪。

“他脑子进水了。”米沙解释说，“在弗拉基米尔中央监狱待了那么多年，一点儿长进也没有。我们得去波基普西见一个叫尤里的人，我们可以让你们在火车站下来。”

“你们想去服务器农场，”塔利斯拿出她的记事本，找到一页空白页，“我可以给你们俩画张地图。”

格里沙眯缝着眼，“我们不需要毙了你什么的吧？”

“哦，你们不会真的用那把又大又丑的枪来杀我吧？”故意等到说“大”这个字时才跟他们有眼神交流。

“有地图很好啊。”米沙尽量让自己听上去像两人中的那个正派杀手。

“盖布带我去过那里一次，在湖边非常深的地下岩洞里。几乎是垂直往下好多层，电梯里的楼层前面都有负号。那块地皮以前曾是夏令营地，

1 塔潘齐大桥是纽约州的一架横跨哈德逊河的悬臂大桥，连接罗克兰郡和威斯特彻斯特郡。欧蒂斯戏称它为强潘齐大桥，是因为英语里“猩猩”一词的发音即为“强潘齐”。

什么营地来着，什么印第安的名字，腾瓦兹，易洛魁之类的……”

“特瓦兹斯洛克瓦斯营地[1]。”玛克欣差点忍不住尖叫说她认识。

“就是它。”

“莫霍克语里的‘萤火虫’。至少他们是这么跟我们说的。”

“你去过那里露营？噢我的老天。”

“哦，老天你个头啊，塔利斯，总得有人去啊。”特瓦兹斯洛克瓦斯营地是一对托洛茨基派夫妇的创意，西达赫斯特[2]的吉梅尔曼夫妇。营地始创于沙赫特曼引发不悦的时代，当时人们整夜在比谁的尖叫声更响亮，这事儿轰动一时，等玛克欣去时也并没有安静多少，当时你在纽约州山区到处都能看到爬满毒漆藤的标准设施。食堂饭菜、色彩争战[3]、湖面赛艇，大家唱着《向阿斯托利亚进军》[4]《萨姆咖喱咖喱》[5]，还有舞会——啊啊啊！韦斯利·爱坡斯坦[6]！

特瓦兹斯洛克瓦斯营地的辅导老师喜欢用当地的热槽湖传说把孩子们吓到睡不着觉——从古时候起，印第安人是如何避开这个地方，因为他们害怕生活在湖底的怪物，炽热的紫外线发出斗篷形状的光线，庞大的白化鳗既无法在陆地上走动，也不能在水里游，它们以可怕的面容用易洛魁语向你诉说着等待你的恐怖事件，只要你的脚趾一沾到水立刻就……

“让她别再说了，”格里沙颤抖着，“她把我吓坏了。”

“难怪盖布毫不犹豫就选了那里。”塔利斯猜。显然，艾斯选择热槽湖，是因为它是阿迪朗达克山最深最冷的地方。玛克欣回想起他在极客大会上的高谈阔论，向北迁移到峡湾边，到亚北极的湖区，在那

---

1 营地的名字和创办者应该都是虚构的。

2 位于纽约长岛南岸纳索郡的一个村庄。

3 美国夏令营活动的一个经典项目，营员被分成两个穿不同颜色衣服的队伍，在一起对抗比赛。

4 美国70年代有部家喻户晓的电视连续剧叫《全家福》，里面有个人物叫阿尔奇·邦克，他曾提到过《向阿斯托利亚进军》，阿斯托利亚是俄勒冈州的一个城市。其实许多纽约上州的夏令营里会唱的营歌是《向比勒陀利亚进军》。

5 一首著名的以色列儿歌。

6 有可能是玛克欣儿时在夏令营时喜欢的对象。

里，由服务器设备产生的热量的反常流动会开始侵蚀地球上最后一块纯真之地。

音响系统里开始放奈利的《跟哥去兜风》。纽约州高速公路在疾驰的吉尔车前面和周围铺展开一张凄凉的冬景图：小小的农庄、冰封的田野、看似再也不会吐新芽的树木。米沙和格里沙开始上蹿下跳，跟着音乐唱道："嘿！肯定是钱多烧的！"[1]

"本来不想多管闲事的，"你当然不想，玛克欣，"不过我猜你们大老远跑去不是就为了顺道去看看然后在零食自动贩卖机边逛逛吧。"

两人又用监狱的俄语交流了下，猜疑地瞥了她几眼。在大脑某处不受关注的区域，玛克欣很清楚，她那好管闲事的行为会如何轻易地招来灾祸，不过这也没能阻止她略微刺探一番。"我听说的是真的吗？"她用伊莲恩那惹来杀身之祸的自信劲儿说，"服务器农场无论藏得多么隐蔽，其实都是坐以待毙的目标，因为它们会放射出一种追热导弹能识别出来的红外特征吗？"

"导弹？抱歉。"

"今晚可没有导弹，只是小规模的实验而已。"

他们停车加油，米沙和格里沙把玛克欣带到吉尔车的后面，打开后备厢。有个长长的圆柱体，带螺栓的法兰，从外观看像是用电的……"不错，你们应该从哪一头吸呢——哦，该死，等等，我知道这是什么！我在雷吉的录像里见过！它是那种虚阴极器，对吧，你们要——让我猜猜，你们要用电磁脉冲攻击那个服务器农场？"

"嘘嘘。"米沙提醒她。

"只用百分之十的功率。"格里沙向她保证。

"没准儿是二十。"

"实验而已。"

"你们不应该让我看的。"玛克欣心里一边想，非核武器说明射程

---

1 奈利的《跟哥去兜风》里的一句歌词。

不大，另一方面，也不能排除他们失了理智。

“伊戈尔说能相信你。”

“要是有人问起来，我从没有见过这个，不管是谁祝他好运，此外无他[1]。在我看来，hashslingrz那伙人早该尝一尝麻烦的滋味了。”

“操他娘的[2]，”格里沙乐得眉开眼笑，“艾斯的服务器成了烤面包。”

当然，一直以来玛克欣见多了这样的态度，盲目自信，另一个人肯定完蛋了，可不知怎的从来没有成功过。哦，这趟旅途看来不妙。今晚既没有狂欢，也不存在劫持人质的情况，上帝保佑所有人，它是电脑迷的一件英勇壮举，一趟远离屏幕边舒适生活的旅途，涉入一个越来越寒冷的夜晚跟敌人直面相对。

回到高速公路上，格里沙换米沙坐到方向盘后面，“他们肯定在那里布置了很严密的安保，”玛克欣像是突然想起来似的，“你们计划怎么进去呢？”

“是啊，”塔利斯换成坚强娃娃的活泼声音说，“你们要直接冲进大门去吗？”

米沙撸起一只袖管，露出他的一个监狱文身，“圣母玛利亚上帝之母”抱着她的宝宝耶稣，在耶稣前额大约眉心的位置，玛克欣察觉到有一个小小的隆起，约莫一粒青春痘那么大，宝宝不该有这些的。“植入式应答器。”米沙解释说，“我们跟酒吧里遇见的一个美人儿[3]搭讪，从她那儿发现来的。”

“叫蒂法妮。”格里沙想起来。

“hashslingrz的每一位员工都有一个，这样不管他们去那里，安保科都能追踪到他们。”

且慢。“我妹妹的老公一直带着一个植入式追踪器走来走去？从——”

---

1 原文是俄语。
2 原文是俄语。
3 原文是俄罗斯网络俚语。

耸了耸肩，“有两三个月了。连艾斯本人都有一个，你难道不知道？”

“你呢，塔利斯？”

“以前有，后来我让我从荷属圣马丁回来的皮肤科医生取了出来。”

“你的取出来后，你老公没有说什么吗？”

又在显摆她那性感的手指甲。“我觉得我只顾着我和沙兹的事了，怎么才能瞒住盖布。”

“再说一遍，塔利斯。”玛克欣不想充当恶人，可塔利斯根本听不进去。“盖布早就知道了，所有的事都是他一手策划的，当然他并没有大做文章。”固执的孩子。她想知道换作玛奇会怎么处理这事儿。

由于廉价雪茄烟草和昂贵大麻烟散发出来的烟雾，豪车内出现了高斯模糊。气氛变得很欢乐，也就没那么拘谨了。首先是男孩们承认，他们的文身不怎么正规。貌似以前在俄罗斯的时候，两人因为触犯了第二百七十二条里的轻微黑客罪，因为非法侵入他人的电脑而被逮捕过，但他们待在狱中的时间不长，不足以评价什么才是正宗的监狱文身，所以过后，他们等到喝得醉醺醺时，随便在布鲁克林找了一家文身店，那儿为想要看上去凶神恶煞的顾客做仿制的文身。米沙和格里沙在你一句我一句的轻松交谈中，讨论着谁才是比对方更邪恶的混蛋，一边儿还把野牛枪挥来舞去，害得玛克欣不得不自求多福。

“我上次跟伊戈尔聊天时据他说，”玛克欣凭直觉往下说，“你们和艾斯之间的过节不关克格勃什么事——”

“伊戈尔对今晚的事一无所知。”

“他当然不知道，米沙。我们就当他推说不知情，你们俩现在完全是独立行事。可我还是很想知道，为什么你们不从远一点的地方攻击呢，比如说在互联网上。溢出攻击、拒绝服务之类的。”

“太死板了，黑客学校的手段。我和格里沙是特写类型的人渣。你没有发现吗？这样做更说明是私人恩怨。”

“那么如果是私人恩怨……”她并没有怎么提莱斯特·特雷普斯，

不过米沙的眼睛里悄悄地流露出一个畏畏缩缩、几近和善的神色，是斯大林在他的宣传照里喜欢冲着你眉开眼笑的那种表情。

“不仅是莱斯特的事，请听我说，艾斯迟早要有这么一天，你是知道的，我们都知道。不过你还是不要清楚所有经过的好。”

迪莫斯和弗布斯游戏玩家的大男子气概，名正言顺的复仇天使，不是吗？也许今晚的事不仅仅关乎莱斯特，可难道有莱斯特还不够吗？不管他看到了什么不该看的东西（昭示他命数已尽的鬼魂显灵，阴森森地从秘密现金流的空白表格上飘然而起），那些东西都不能公之于众……

“没问题，但是说一点来听听又何妨？”

两人交换了下调皮的眼色。哈希什能让一个人，甚至是两个人行为反常。

“你听说过高空低开跳伞吗？”米沙说，“伊戈尔逢人就说这个故事。”

“尤其是漂亮的女人。”格里沙说。

“不过不是高空低开跳伞，而是高空高开跳伞。”

“那是……一路保持微笑到落地，不对慢着，高空……”

“高开。降落伞在大概二万七千英尺的高空打开，你和你的小组能飞行三四十英尺，所有人都堆在高高的空中，飞得最低的那个人身上带有格洛纳斯接收器——”

“相当于俄罗斯的GPS。一天晚上，伊戈尔在穿插作战，所有的事情一团糟，下级军官[1]因为没有氧气而躁动不安，风把战士们吹散在半个高加索的上空，格洛纳斯停止了工作。伊戈尔好歹安全落地了，但他身边一个战友也没有。不清楚当时有没有设立基地兵营，反正他是靠着指南针和地图去搜罗分队里的其他人的。几天后他闻到一股味道。是一个小村庄，像是被屠村了。年轻人、老人、狗，所有生命无一生还。”

---

1 此处原文为俄语。

“一把火烧了个精光，就在那时伊戈尔出现了精神危机。”

“他不仅退出了特种部队——等他有了足够的资金后，他还设立了自己的私人赔偿计划。”

“送钱给车臣人？”玛克欣想知道，“这难道不算叛国吗？”

“伊戈尔有很多很多的钱，到那时已经有人贴身保护他了。他甚至还想过要不要改信伊斯兰教，但是这么做太麻烦。战争一结束，第二场战争就开始，他资助的一些人当时已加入游击队，情况变得错综复杂。这儿那儿，满眼全是车臣分子。”

“有些是好人，有些就不是。”

抵抗组织的名字，玛克欣说不上来。此时，呃，未必是一盏灯——更像是一根燃烧着的蒲罗达牌雪茄烟的末端——从她的头顶上方越过。

“那么莱斯特从艾斯那里转移走的钱——”

“是送到坏人的手里，通过瓦哈比那个狗屁前线。伊戈尔知道怎么在资金混入阿联酋账户前把它转走，他帮莱斯特迅速摆平，然后抽取微薄的佣金。一切相安无事[1]，直到被人发现。”

“艾斯吗？”

“谁在追查艾斯？你告诉我们。”

“而莱斯特……”玛克欣意识到她说漏嘴了。

“莱斯特就跟迷雾中的小刺猬一样，只想找到同伴。”

“可怜的莱斯特。”

怎么，现在大家这是都打算以泪洗面吗？

“18号出口下，”米沙指示道，一边儿吐着烟雾，眼里还闪着微光，“波基普西。”不一会儿就到了。

火车站就在大桥的另一面。尤里正在停车场等，他是那种充满朝气的运动类型，靠在一辆多年来走南闯北而落得个满是刮痕的悍马上，

1 此处原文为俄语。

车后是一辆相当大的拖车，载着一台为脉冲武器供电的发电机。从她所见的房车发动机来看，玛克欣估摸着得有一万、一万五千瓦。“百分之十的功率”多半只是修辞说法。

她们来得及赶十点五十九分去纽约的车，“再见了，小伙子们，”玛克欣挥挥手，“万事小心，我不能说完全赞同你们的做法，我知道要是我自己的孩子搞来一台虚阴极器……”

“拿着，别忘了这个。”慎重地把贝雷塔交还给她。

“你们要知道，你们让我和塔利斯成了某项犯罪没准儿还是恐怖行为的从犯。”

帕东基交换了一下期待的眼神，“你这么觉得？”

“首先，它是联邦政府的，hashslingrz是美国安全部门的左膀右臂——”

“他们现在不想听你说这些，”塔利斯拉着她走下月台，“该死的蠢货。”

两个男孩一边儿开走，一边儿从窗户里往外招手。“再见，玛克西！再会，金发傻妞！[1]”

1 此处原文为俄语。

41

在回去的火车上，玛克欣肯定睡着了。她梦见自己还在吉尔车上。窗外的风景定格在隆冬时节遥远的俄罗斯，月色下的雪地，以往乘雪橇出行时突然受到的启示。被大雪覆盖的村落，教堂的尖拱顶，夜里歇业的加油站。接着，景象平滑地切转到卡拉马佐夫兄弟、日瓦戈医生和其他人身上，他们像这样在冬日里赶路，没有一丁点儿摩擦力，快如飞毛腿，突然间出门一趟能完成不止一件差事，真是浪漫技术的一大突破啊。在热槽湖和奥尔巴尼之间的某个地方，黑魆魆的旷野上有一支黑色SUV组成的车队此时只打开了雾灯，正赶过来拦截。玛克欣陷入了没有出路的死循环，她飘浮在其中的梦境变成了一张她读不懂的空白表格。大约到了斯派腾戴维尔[1]附近，她醒过来，瞧见塔利斯熟睡的脸庞，离她自己的比预料的要近，仿佛在熟睡中两人的脸一度贴得还要近。

她们的车在凌晨一点前后开进了中央车站，两人已经饿得肚子咕咕直叫。“我猜生蚝吧肯定打烊了。”

“说不定公寓现在已经安全了呢，”塔利斯提议说，虽然她自己也不相信，“一起回去吧，我们会找到吃的。”

---

1 斯派腾戴维尔是纽约布朗克斯区的一个街区的名字。

事实上，她们眼前的那一幕足以让她们转身再走。她们一踏出电梯，就听见埃尔维斯的电影音乐。“糟糕。”塔利斯找钥匙开门。还没找到钥匙，门就打开了，一个不算高大的人热情地迎了上来。在他身后的屏幕上，谢莉·法芭勒斯手举一张宣称“我心歹毒”的标语在跳舞。[1]

“这位是谁？”玛克欣知道是谁，她不久前曾追着他跑了半个曼哈顿。

“这位是沙兹，他不该知道有这么个地方的。”

“爱的指引[2]。”沙兹回答她，嘴跟抹了蜜似的。

“你来这里是因为我们打坏了监控摄像头。”

“你在开玩笑吧，我最讨厌那些东西了，亲爱的，要是让我知道，早被我砸了。”

“回去吧，沙兹，告诉帮你拉皮条的那人，让他别费心了。”

“请给我一分钟解释，甜心，我承认一开始完全是公事，但是——”

“别叫我‘甜心’。”

“阿斯巴甜心[3]！算我求你了。”

啊，他用尽蛮力，或者说其实是用不小的力气拖着她。塔利斯则昂首阔步地一边摇头一边往厨房里走。

“沙兹，你好啊，”玛克欣挥了挥手，仿佛与他隔着大老远似的，“终于跟你见上面了，读过你的犯罪记录，真够壮观的，说来听听呢，第十八条的名人堂成员怎么最后在光纤行业混了呢？”

“都是以前的不良行为了，女士。我在努力洗心革面，别戴着有色眼镜看我嘛，说不定你会发现规律的？”

---

1 沙兹所看的电影是《快乐的女孩》，美国的一部音乐浪漫喜剧片和沙滩派对电影，由埃尔维斯·普莱斯利和谢莉·法芭勒斯主演。

2 迪士尼动画片《狮子王》的一首插曲的题目。

3 前文的甜心是“sweet”，这里沙兹开了个玩笑，称塔利斯是“nutrasweet”，该词是一家生产阿斯巴甜的公司品牌名称，所以它也用来代指阿斯巴甜。阿斯巴甜是一种非碳水化合物的人造甜味剂，于1965年最早被科学家发现，经过多年的科学研究及验证，阿斯巴甜于1981年作为品牌正式推出市面。

“让我来瞧瞧，你在销售领域有很强的背景。”

沙兹友善地点点头，“你趁他们晕头转向摸不着北时打击他们。去年技术泡沫破裂时，‘黑色线性’开始大招特招，让人觉得自己在参加选秀。”

“同时呢，沙兹，”塔利斯倏地转换到她的受气包设定，帮他们拿来啤酒、沙司和袋装零食，“我未来的前夫没有付给你老板足够多的钱，好让微不足道的我有事可干。”

“他真的只有买光纤而已，他完全沉迷于粗管道，不惜花大价钱买，能买来多少光纤就买多少，户外工厂啦，建筑工地啦，刚开始只是在东北部买，现在遍布全美——”

“大笔大笔的咨询费啊。”玛克欣想象得到。

“你说对了。可这也是合法的，说不定比一些东西还要……”他顿了顿，放慢速度说。

“哦，继续说啊，沙兹，你从来不羞于表达对我，对盖布，对我们所在行业的鄙视。”

“我指的是真实与虚假的区别，我的人造甜味剂，我只是搞后勤和基础建设类型的人。光纤是实实在在的，你把它穿到管道里，挂起来，埋在地里，再焊接起来。它多少有些重量。你丈夫有钱，没准儿还挺聪明一人，不过他跟你们所有人一样，活在美梦中，飘在云端，浮在泡沫里，以为那些是真实的，再想想吧。它只有当有电时才存在。要是关了电网会怎么样？发电机燃料用光了，他们把卫星打下来，炸了指挥中心，你们都要回到地球上来。所有那些乱七八糟的废话，所有那些狗屁音乐，所有那些链接，都要下来，一下来就消失。”

有一瞬间，玛克欣仿佛看见米沙和格里沙在某个奇怪的大西洋海岸冲浪，他们带着冲浪板在漆黑的冬日海洋上远远地等候，等着除了沙兹和少数其他几个人外没有人看见正在席卷而来的浪头。

沙兹又伸手去够墨西哥辣椒味薯片，塔利斯一把把袋子抢走了。“你不能再吃了。已经很晚了，回去以后你跟盖布想怎么说就怎么说吧。”

“不会的，因为我不帮他干了，不想再在他的竞技场里当小丑。”

“听起来不错啊，沙兹。那么你现在单干了，完全是因为我，太令人感动了。”

“因为你，也因为这件事对我的影响。那个人开始让我感觉他要吸干我的精力。”

“好玩，我妈妈以前总是那么形容他。”

“我知道你和你妈妈在吵架，不过你真应该想个法子跟她和好，塔利斯。”

“抱歉，现在是凌晨两点，离日间剧开始还有一段时间呢。”

“你妈妈是你人生中最重要的人，唯一一个能完全按照你的需要把土豆捣成泥的人，唯一一个一眼就明白你在跟她接受不了的人谈恋爱的人。你谎报年纪，为了跟他一起进多功能放映厅看那些个青少年血腥恐怖片。她时日不多了，趁她在的时候好好珍惜她吧。”

接着他便出了门。玛克欣和塔利斯面面相觑地站在那儿。歌王继续柔情地唱。“我本来想建议你‘甩了他’的，”玛克欣若有所思地说，“一面把你摇醒……不过现在我想我只需要把你摇醒就可以了。”

霍斯特躺在沙发椅上睡着了，面前的电视机里在放由爱德华·诺顿主演的《安东·契诃夫传》，彼得·萨斯加德演斯坦尼斯拉夫斯基。玛克欣试着蹑手蹑脚地走进厨房，但是霍斯特不是居家男人，他哪怕是在睡梦里也会调成汽车旅馆的生活节奏，这会儿挣扎着醒了过来。“玛克西，你搞什么鬼。”

“不好意思，本来不想——”

“你整个晚上跑去哪里了？”

玛克欣还不至于魂不守舍到如实回答他的问题，“我跟塔利斯在一起，她和那个混蛋分道扬镳了，她找了个新住处，很开心有人去陪她。”

“是啊。然后她还没有安装电话机，那么你的手机呢？噢——肯定是电池用光了。”

“霍斯特，你这是怎么了？”

“那个人是谁，玛克西，我宁愿现在就知道，也不想一直被蒙在鼓里。”

啊啊啊！莫非昨晚吉尔车后备厢里的虚阴极器碰巧启动了？然后她被它的一块副裂片给击中了，至今还没有恢复过来？因为此时她在断然宣布，并且有充分的理由相信这是真心话：“除了你之外再没有别人，霍斯特。你这情感脆弱的、该死的蠢货，永远不会有其他人的。”

霍斯特身上有一个畅通的微型接收器原原本本接收到了信号，所以他终究是没有完全变成中西部的瑞奇·里卡多[1]，只是以熟悉的罚球动作抓起自己的脑袋，开始稀释掉一些怨气。“呃，我打电话去医院，打电话去警局、新闻电视台、保释金公司，然后我开始在你的通讯簿里找。你要迪奇大叔家里的固定电话号码做什么？”

“我们时不时联络一下，他把我当他的假释官。”

“那么跟你一起去唱卡拉OK的那个意大利人又是怎么回事？”

“就那么一次，霍斯特，团体订票，这件事我现在不打算再说一遍。”

“哈！‘现在’不说，下次挑个时间说，对吧？我干坐在家里，靠暴饮暴食来寻找平衡，你倒在外面快活，穿着红裙子，唱着《为你而笑》，跟人表演二重唱，跟从某个大桥或隧道另一边来的健身教练——”

玛克欣脱下外套和围巾，决定待上两三分钟。“霍斯特，宝贝，我们挑个晚上去韩国城就这么干，行吗？我去什么地方找条红裙子来。你能唱和声吗？”

---

1 瑞奇·里卡多是美剧《我爱露西》里的虚构人物，是女主人公露西的丈夫，一位古巴裔的乐队领队。

“嗯？”他一脸困惑，仿佛人人都该知道似的，“当然，从小就会。我学会后人家才让我进教堂。”提醒玛克欣——你不了解此人的事里又加上一条……

他们大概在沙发椅上打了一会儿盹，突然就天亮了。《档案记录报》啪嗒一声落在后门外面的地上。十二楼的纽芬兰犬开始因分离焦虑而伤心地呜呜直叫。儿子们开始了一天里把冰箱门无数次开来关去的例行游乐。他们瞥见爸妈躺在沙发椅上，便唱起了嘻哈版的蜜桃与贺伯二重唱的经典老歌《再相聚这感觉真好》，齐格用他一大清早能发出的最愤怒的黑人嗓音朗诵那情意绵绵的歌词，欧蒂斯则模仿鼓声节奏配合他。

玛克欣过后细细一想，悼念莱斯特·特雷普斯的脉冲几乎连上州地区的本地新闻都没上就被媒体遗忘了，加拿大的电视报道或国家电视台就更别指望了。既没有录像也没有日志留存下来。同样，米沙和格里沙也从时事动态的记录里被删除了。伊戈尔抛出的暗示大致是说，他们有可能被重新调回去了，甚至有可能又进了监狱，远东地区某个编了号的机构。那天夜里的事如同看没看见UFO一样，信则有不信则无。山区酒馆的常客可以做证，那天晚上在阿迪朗达克山附近方圆一定区域内，所有电视机的屏幕如临世界末日般地全部黑屏——电影正放到第三幕危急时刻，有点名气的小姑娘们穿着紧身服装和细高跟鞋，卖力地出演某某人最新的娱乐项目，体育比赛进行到白热化阶段，资讯型广告在替神奇的电器和让人重焕青春的草药吆喝，意气风发年代里的电视剧在重播，所有这些现实的最基本单位都是像素，它们悄无声息地消失在了严寒中的值夜里。没准儿只是山脊线那里的一个中继器失灵了，但也可能是世界被重置了，在那个转瞬即逝的周期里，按照易洛魁史前时期那缓慢的鼓声被重置了。

阿维·德施勒下班回到家中，心情比平时愉快。“上州的服务器？用不着担心，我们转到拉普兰那里去啦。但更好的消息是，”话里掩不住的期待，“我想我快要被解雇了。”

布鲁克盯着自己的肚子看，仿佛地理学家研究地球仪。“但是……”

“不——你听我说完薪酬福利呀。”

“小心‘加强版遣散费’那些字眼，”玛克欣建议道，“那意味着你不能起诉。”

说来也不是太不可思议，盖布里埃尔·艾斯最近没什么动静。注意力被分散了就好，玛克欣这么希望。

“塔利斯应该是安全点了，”她试着安慰玛奇，“你女儿她是个好孩子，不是一开始那个傻大妞了。”

“比我原先料想的要好，”这话乍听之下叫人吃惊，因为玛克欣之前认定玛奇不知道怎么后悔，“我一直是个糟糕的妈妈，不配有这样的女儿。还记得他们小时候，还拉着我的手走在街上时，我经常按我的速度拉着他们往前走，他们不得不一蹦一跳地才能跟上我，我当时那么匆忙是要赶往哪里去啊？连跟自己的孩子慢慢走都顾不上。”玛奇即将要做出某个幡然悔悟的行为。

“有朝一日，恶劣父母的技能会变成奥运会的一项赛事，成为奥运大家族的一员，我们来看看你会不会有资格参赛，其间丢脸丢到家，你知道你做得还要更恶劣。”

“恶劣得多。之后好多年，我连想都不愿意去想。现在看来，我当时怎么可以——”

“你最想见到的人就是她。你看，你只是紧张，玛奇，你们两人都上我家来怎么样，我家相对中立，我们喝喝咖啡，午餐就叫外卖吃。”后来发现，在72街上的“齐普美味家”，客人依旧可以吃到比方说夹料丰盛的巨无霸牛肉卷和涂有俄罗斯调味料的洋葱卷配鸡肝三明治，这在纽约城里自20世纪某个遥远的时候起就极为罕见了。塔利斯的目光立刻聚到外卖菜单上。

“你居然要吃那样的东西？”尽管玛克欣警告性地瞥了她一眼，玛奇还是说出了口。

“呃，我不吃，妈妈，我想我就坐在这儿盯着它看一会儿，那样总可以吧？”

玛奇的脑子转得倒挺快，“只是你要是点的话……我可以尝一小块吗？你愿意分一块给我尝尝吗？”

“你当犹太人多久了？”玛克欣从嘴角里挤出几个字来。

“你以为我的饮食习惯是从哪里学来的？”塔利斯开始被动攻击，手指甲这么一摆，“要是你叫外卖，我到门口会看见有一小队拎着饭盒的外卖小哥——”

“说不定有两队哦。不过只有那么一回啦。”

“过度肥胖，心脏毛病，特啦啦谁在乎啊，只要吃得够饱，对吧妈妈？”

这时需要有人稍微干预下了。“两位，”玛克欣宣布说，“账单我们各付各的，怎么样？在外卖来之前，我们可以……玛奇，你点了双层牛肉培根和香肠的日出特色套餐，外加土豆烙饼和苹果酱，再另加半个土豆烙饼和——”

“那是我点的。”塔利斯说。

“好，你点了牛肉卷……配三明治的土豆沙拉要再加五十美分……”

“但是另加的一份泡菜是你点的，所以正好抵消……”如玛克欣所期待，局面倒退成了以往的午餐簿记员练习，但愿不要有白花花的现钱出现在真实的桌子上啊，现金交换搁在其他地方能消耗有用的精力，它如果能让大伙儿脚踏实地，它就有它的价值。至于缺点呢，她承认，就是这两个人把点餐当战略游戏在玩，想尽法子制造焦虑情绪，降低或破坏某人的食欲。其实只要不是玛克欣的食欲就好，因为她很期待自己点的五香熏火鸡肉健康拼盘，菜单描述里说会有紫苜蓿尖、褐蘑菇、牛油果、低脂蛋黄酱，还有一些其他菜，都是兑换来的附加菜。母女两人见到这道菜，不由得露出厌恶的神情，还不错，不错，起码她们在这件事上观点一致，开头还不赖。

竞赛数学题，算错的话会产生实际和战略上的效应，计算小费以及如何分摊销售税，一直这么进行着直到里戈韦托按响了门铃。结果只来了一个外卖小哥，不过他似乎确实在用某种手推车把饭菜从走廊上推过来。

不一会儿，饭厅的整张餐桌上全堆满了包装盒、易拉罐、蜡纸、塑料包装膜、三明治，还有配菜，大家都在努力地大吃特吃，丝毫不在意食物除了送进嘴里以外都跑哪里去了。玛克欣休息片刻，顺便观察下玛奇。"那什么'腐败的滋生物'又怎么说啊……"

"呀诺噶该饿啊饿喂"，玛奇一边点头，一边把凉拌卷心菜的又一个包装盒的盖子掀开。

当往嘴里塞东西的活动略微放缓速度，玛克欣正思索着怎么才能把小肯尼迪·艾斯这个话题提出来，可被孩子他妈还有外婆抢先了一步。据塔利斯说，她丈夫在跟她争孩子的抚养权。

"噢，不会吧。"玛奇一下火冒三丈，"绝不可能，你请了哪个律师？"

"格利克·芒廷森？"

"他们有一次帮我从一桩诽谤官司里脱身，优秀的酒吧斗士。目前形势怎么样？"

"他们说，好在我没有争财产。"

"你对财产呃，没什么兴趣？"玛克欣有些吃惊，但是更多的是好奇。

"没有他们那么有兴趣——他们在想法子应对突发情况。抱歉，我心里想着的只有肯尼迪。"

"别跟我道歉。"玛奇说。

"其实我应该跟你道歉，妈妈……一直以来不让你和孩子见面……"

"好吧，实话跟你说吧，其实我们一有机会就会偷偷见上几分钟。"

"哦，他跟我说了，他很担心我会生气。"

"你难道不生气吗？"

“是盖布的问题，我其实不介意，所以我们就谁也不说。”

“当然，你不会做让家长生气的事。”玛克欣眼见着那尚有些距离但并不总是管用的话“该死的受气包”快要从玛奇的嘴里蹦出来了，便先发制人地抓了一块所有人不知怎的都没留意到的泡菜，塞进了她的嘴巴里。

三人吃完午餐，度过下午到了夜幕降临时分，夏令时的夜晚放在冬天太过明亮，大多数纽约人依然以为冬天尚未过去。玛克欣、塔利斯和玛奇转移到厨房里，接着又出门来到外面的大街上，在渐渐加深的路灯下走到玛奇家。

某一刻，玛克欣记起来要给霍斯特打个电话。“顺便说一句，今晚是一台全是女人的戏。”

“我有问你吗？”

“不错，你有进步。我可能要用黑斑羚。”

“你要开到州外去吗？”

“怎么，有联邦问题吗？”

“只是要做个小小的风险评估。”

“可能不会需要的，只是问问。”

塔利斯碰巧隔着窗玻璃在看外面的大街。“真该死，是盖布。”

玛克欣瞧见一辆雪白的超长豪华车在前面停了下来。“是挺眼熟的，不过你怎么知道是——”接着她瞅见了漆在车顶的hashslingrz的迭代对角线标志。

“那是他的个人卫星链路。”塔利斯解释说。

“这儿的工作人员都沾亲带故，算是‘野蛮的萨尔瓦多人’[1]的荣誉

1“野蛮的萨尔瓦多人”是美国的一个拉丁裔黑帮，于20世纪80年代形成，起初发迹于洛杉矶的拉丁裔社区，其势力至今已遍布北美洲及中美洲各地。

会员，”玛奇说，“所以应该没什么问题。”

“要是他们熟悉一大把一百美元钞票长啥样，”塔利斯嘀咕道，“那么盖布很快就会上来了。”

玛克欣抓起包，感觉到里头沉甸甸的，心里不由得一乐。“还有其他出去的路吗，玛奇？”

三人搭货梯到地下室，通过消防门来到后面的庭院里。“你们在这儿等，”玛克欣说，“我尽快把车开过来。”

她家附近的“曲速停车场”就在拐角处。趁着他们去帮她提车，她迅速地帮看门那个叫赫克托的人做了下辅导，教他了解罗斯个人退休金账户，原来他被人忽悠了，说是从传统账户转过来好处多多。

“不用违约金？不是马上，要等上五年，赫克托，真是遗憾。”

等她回到玛奇的公寓楼，发现不知何故大家都在前面的人行道上，正在比赛谁的嗓门大。艾斯的司机冈瑟坐在驾驶座上，车子没有熄火。他远远不是玛克欣先前期待的那种大块头的纳粹莽夫，对于在赖克斯坐过牢的人，他的穿戴大概过于整洁了。为了不压到格外长的眼睫毛，他把墨镜架在鼻梁上。

玛克欣一面发着牢骚，一面把车并排停在他们的旁边，加入联欢活动中。“玛奇，你过来。”

“我要去杀了那个狗娘养的东西。”

“你别去插手，”玛克欣提议说，“她的人生让她自己处理。”

玛奇不情愿地坐进车里，塔利斯却出奇地冷静，继续她与艾斯的成人谈话。

“你需要的不是律师，盖布，你需要的是医生。”

她的意思是让他找个精神科医生，不过此时的艾斯看上去身体也不怎么好，整张脸红通通的，浮肿得厉害，控制不住地颤抖着。“你听着，臭娘们，我会花钱买通尽可能多的法官，让你永远看不到我儿子，永远别想。”

好啊，玛克欣心想，等他举起手，我就掏出贝雷塔。

他举起了手。塔利斯轻松地躲开了，不过雄猫此时倒是瞄准了他。

“你不会杀我的。”艾斯小心地注视着枪口。

“为什么这么说，盖布？”

“我不会死，剧本里没有我死的情节。”

“真他妈的脑子不正常。”玛奇冲着车窗外喊。

“赶紧上来，到你妈妈这儿来吧，塔利斯。盖布，你这话挺有意思啊，”玛克欣冷静又不乏活力地说，“那么你不会死的理由是什么呢？理由就是你清醒了。从更长远的角度考虑，最重要的是走为上策。”

“那是——”

“那就是剧本里的安排。”

玛奇所住的这条街道的奇特之处，在于前来物色电影选址的任何探子都不会看中它，不管即将开拍的电影是什么类型，因为它太中规中矩了。在时空的这个褶皱里，像玛克欣这种穿戴的女人不会拿武器指着别人。她手里拿着的肯定是其他什么东西。她在递给他一样东西，一件他不想拿的宝物，说不定是她想还他一份人情债，而他装模作样地不要她还，可最后还是会收下的。

“她忘了说，”玛奇不由自主地朝窗外嚷嚷，“你是不会成为宇宙统治者的，你还是继续当蠢货吧，各种竞争会从墙角旮旯里涌出来，你得拼死拼活才能保住市场份额，你的生活不再属于你自己，而是属于你一直以来崇拜的上神。”

可怜的盖布，他得站在那儿被枪指着，还要被即将成为他前岳母的顽固守旧的老左派训话。

“你们什么时候吵完？”冈瑟大喊道，“我买了《妈妈咪呀》的门票，快到开幕时间了，现在想倒卖也不行了。”

“就当是出差娱乐抵扣了吧，冈瑟。你也要对他好一点，”玛克欣警告艾斯，这时艾斯正战战兢兢地往后退去，钻进了他的豪车中。她一直等到超长车开过街角转过弯，才麻溜地坐到黑斑羚的方向盘后面，调大收音机的音量，然后小心翼翼地穿城而去，收音机里河对岸的某个电台正好在播塔米·怀纳特的一套组曲。

“想必他看见了你的车牌号。”玛奇说。

“也就是说我被全面通缉了。”

“更有可能的是，你被杀手无人机追杀。”

“正因为如此，”玛克欣猛力地把动力转向成问题的庞然大物在几条光线昏暗的马路上开来开去，“我们要避开大桥，不能进隧道，待在城里，躲在视野开阔的地方。”

她们在西区高速上兜了一会儿风，身后是一幅深邃的灯火全景图。随后，她们又来到“曲速停车场”。玛克欣瞄了一眼后视镜，除了深夜的大街外依然不见一物。“我可以自己把车开去停好吗，赫克托？你就当没看见我们，可以吗？”

“我会装聋作哑的，女士。”

汽车沿着蜿蜒的车道一直朝底下那更古老、更凋敝的砖砌停车区开去，砖房结构多年来被汽车尾气腐蚀得不成样子。黑斑羚的尾气恢复了自我，仿佛一个少年歌手独自儿在高中的男生宿舍里练唱。

玛奇点上一根大麻烟卷，学着奇客和冲[1]的说话样儿，拖长调子说，“我要一枪毙了他，老兄。”

“你听见他说什么了吧。我想这应该是他跟他效命的死神立的契约，他得到保护了。他安然无恙地从上了膛的枪眼下脱身，就这样。他会再回来的，还没有结束。”

“你觉得他说要把肯尼迪从我身边抢走是认真的是吧？”塔利斯在颤抖。

“没那么容易的。他会不断地算成本与收益的账，发现有太多的人从不同方向冲着他来，证交会、国税局、司法部，他不可能收买所有人。除了友善和歹毒的对手，还有黑客游击队，要不了多久，他那几十亿就要开始骤减，要是他还有点脑子，就会收拾行李逃到像南极洲

1 奇客和冲是走红于20世纪七八十年代的一个喜剧二人组。

那样的地方去。”

“不是吧，”玛奇说，“全球变暖难道还不够糟糕吗？企鹅——”

大概是缘于车里豪华舒适的内饰吧——在路上奔波四十多年，中西部少年幻想尚未消寂的意境悄悄地渗透到它金属质感的蓝绿色乙烯基中，圈绒式地毯里，还有烟屁股多到溢出来的烟灰缸里，这些烟屁股大多年代久远，有一些上面沾着的口红颜色有好多年没得卖了，每一个都有一段彻夜未眠的浪漫故事，一段疾速追逐的过往，无论霍斯特过去某个时候在回复《省钱一族》上的广告时，在这辆滚动的欲望博物馆里到底看见了什么，心景与场境，像蒂姆医生[1]常喜欢说的那样，这会儿拥她们入怀，把她们从徒劳担忧未来的操练场领来这里，来到车里面，稍事休息，舒展眉头，每个人最终都进入了自己的梦乡。

大家醒来时已是早晨。玛克欣疲惫地横躺在前排座位上，玛奇和塔利斯在后排醒过来，每个人都是一脸倦容。

她们来到街面上，街上的梨树又在一夜间迸出了压满枝头的朵朵梨花。哪怕是一年中的这个时节依然有可能下雪，这儿可是纽约，不过眼下，树上的梨花把街道映衬得亮堂堂的，梨树在人行道上投下斑驳阴影。现在是它们的好时节，一年中风光无限的时刻，会持续那么几天，然后所有的残花落瓣会掉入排水沟里。

比雷埃夫斯餐厅被一群人彻夜闹腾后又恢复了平静：深受毒品之苦的追新一族，没能碰上艳遇的风流之徒，没赶上最后一班火车回郊区的夜猫子。从昼夜更替那不见太阳的一半时间里逃出来的难民。无论他们觉得自己需要的是什么，咖啡也好，汉堡也罢，不然就是一句暖心的话，抑或是黎明的天光，他们都留神守望着，一夜未眠的话至少能偷偷窥得一眼，要是一不小心打了个盹儿，就又一次与它错肩而过了。

---

1 指心理学家兼作家蒂姆西·利里，他曾主张对“致幻药物适量服用会具有治疗功能”这一方面展开研究。“心景与场境”最初即是由他提出来的，指精神药物，尤其是致幻药物产生的体验，也就是服用者的精神状态和产生体验的场景，这一术语后来被致幻药物精神疗法的研究者们广为采纳。

玛克欣匆匆喝完一杯咖啡，留下玛奇和塔利斯在一大桌子的早餐前继续讨论食物问题。她在回公寓接儿子送他们上学的途中注意到，顶楼的一扇窗户映照出灰蒙蒙的破晓长空，云朵从一道模糊的光线前飘过，光线异常地耀眼，或许是太阳光，或许是其他什么光。她朝东望去，想看看究竟是什么光，但不管是什么光在闪耀，从这个角度看过去，它依然被大楼遮住了，而大楼不得不屈居于自己投下的阴影里。她转过弯来到自己住的街区，不再去想这个问题。直到进了大楼的电梯，她才开始纳闷，到底该轮到谁送孩子们上学了。她没了头绪。

霍斯特半睡半醒地躺在莱奥纳多·迪卡普里奥演的《肥仔阿巴寇》前，看上去没有要出门的意思。两个儿子在等她回来，当然就是在那时，她回想起来前不久在深渊射手里，在他们虚拟的故乡齐欧城里，两人也是如这般站着，在此种晦暗的光亮里整装待发，准备踏入他们的和平之城，那儿还没有爬虫和机器人，可要不了多久后的某一天，它们就会来占领它，仗着世界处处相连的名义把它强占下来。

“看来我回来晚了，小家伙们。”

“回你自己的房间去吧，”欧蒂斯抬起手臂肩一耸就把书包背上了，随后走出门，“你啊，安心待在家里吧。”

齐格主动抛给她一个飞吻，让她吃了一惊，“过会儿放学见，好吗？”

“等我一会儿，等我跟你们一起去。”

“没关系，妈妈，我们能行。”

“我知道你们可以，齐格，问题就出在这里。”不过，她只是站在门口，目送他们走过走道，两人谁也没有回头。她起码可以看着他们进电梯。

图书在版编目（CIP）数据

致命尖端 /（美）托马斯·品钦（Thomas Pynchon）著；蒋怡译.—南京：译林出版社，2020.11
ISBN 978-7-5447-1176-0

I.①致… II.①托… ②蒋… III.①长篇小说－美国－现代 IV.①I712.45

中国版本图书馆 CIP 数据核字（2020）第 058825 号

著作权合同登记号　图字:10-2014-313号

致命尖端　[美国] 托马斯·品钦 / 著　蒋怡 / 译

责任编辑　张　睿
装帧设计　廖　韡
校　　对　王　敏　蒋　燕
责任印制　颜　亮

原文出版　The Penguin Press，2013
出版发行　译林出版社
地　　址　南京市湖南路 1 号 A 楼
邮　　箱　yilin@yilin.com
网　　址　www.yilin.com
市场热线　025-86633278
排　　版　南京展望文化发展有限公司
印　　刷　恒美印务（广州）有限公司
开　　本　718毫米 ×1000毫米 1/16
印　　张　33.5
插　　页　4
版　　次　2020 年 11 月第 1 版
印　　次　2020 年 11 月第 1 次印刷
书　　号　ISBN 978-7-5447-1176-0
定　　价　108.00 元